HEYNE

*Das Buch:*
Dylan Matheson, der in Tennessee eine Kampfsportschule besitzt, ist stolz auf sein schottisches Erbe. Als er bei einer Sportveranstaltung nach einem prächtigen antiken Schwert greift, findet er sich plötzlich im 18. Jahrhundert wieder. Die Fee Sinann hat ihn mit ihren magischen Kräften herbeigezaubert, als im Gebiet des Matheson-Clans ein Familienvater grausam hingerichtet wird. Im Jahre 1713 sind die Reiche Englands und Schottlands vereinigt. Die Engländer bemühen sich, die schottische Unabhängigkeitsbewegung mit aller Gewalt zu unterdrücken. Todesmutig beginnt Dylan an der Seite seiner Vorfahren zu kämpfen und muss entdecken, dass er selbst der Held ist, der die Schotten zum Sieg führen soll. Dabei verliebt sich der Fremdling ausgerechnet in Cait, die Tochter des Clanführers...

*Die Autorin:*
Julianne Lee war Hollywood-Schauspielerin, ehe sie sich dem Schreiben zuwandte. Sie arbeitete als Journalistin und Gerichtsreporterin und interviewte Stars für das *Starlog Magazine*. Mit ihren Kurzgeschichten gewann sie mehrere Preise. Sie lebt mit ihrer Familie in Hendersonville, Tennessee.

Bei Heyne sind alle vier Teile ihres Fantasy-Zyklus »Das Schwert der Zeit« lieferbar: *Vogelfrei, Die Verbannung, Die Rettung* und *Die Erfüllung*.

# JULIANNE LEE
# Vogelfrei

*Roman*

Aus dem Amerikanischen
von Nina Bader

WILHELM HEYNE VERLAG
MÜNCHEN

Titel der Originalausgabe
**SON OF THE SWORD**

*Umwelthinweis:*
Dieses Buch ist auf chlor- und säurefreiem Papier gedruckt.

Taschenbuchausgabe 09/2005

Redaktion: Werner Bauer

Printed in Germany 2005
Umschlagillustration: Ferenc Regös
Umschlaggestaltung: Hauptmann und Kompanie Werbeagentur,
München – Zürich
Druck und Bindung: GGP Media GmbH, Pößneck

ISBN 3-453-72055-5
www.heyne.de

*Für Alan Ross Bedford sen.,*
*mein erstes und bestes Figurenvorbild*

# *Prolog*

Mit weithin vernehmlicher, befehlsgewohnter Stimme verlas der englische Captain den Zwangsräumungsbefehl, ohne auch nur ein einziges Mal ins Stocken zu geraten. Vom dichten Geäst eines Baumes aus beobachtete Sinann Eire das Geschehen; in ihrem Gesicht spiegelte sich dasselbe ungläubige Entsetzen wider wie in den Mienen jener Familie, deren Besitztümer soeben auf einen hölzernen Karren verladen wurden.

Nachdem der Engländer seinen Monolog beendet hatte, faltete er das Dokument wieder zusammen und schob es in seine Rocktasche, dann straffte er sich und lenkte seinen Fuchswallach an die andere Seite des Karrens. Er saß mit der Sicherheit eines Mannes zu Pferde, der den größten Teil seiner Zeit im Sattel verbringt. Weitere mit Musketen und Schwertern bewaffnete Rotröcke eilten geschäftig hin und her. Es war ein nebliger, unfreundlicher Tag, nur gelegentlich riss das trübe Grau auf und gab ein Stück blauen Himmel frei; dunkle Regenwolken hingen über den schroffen Granitfelsen, die das kleine Tal einschlossen.

Ein schwarzweißer Hütehund tobte in sicherer Entfernung aufgeregt kläffend im Hof herum, während der junge Alasdair, der Vater der enteigneten Familie, die englischen Bastarde mit üblen gälischen Verwünschungen bedachte. Seine Frau Sarah versuchte vergeblich, ihn zum Schweigen zu bringen. Sie hatte ihre drei kleinen Kinder um sich geschart; das jüngste thronte auf ihrer Hüfte und klammerte sich Schutz suchend an die Mutter. Obwohl sie sich größte Mühe gab, ihren Mann von den Soldaten wegzuzerren, schüttelte dieser sie nur unwillig ab. Sarahs Stimme klang schrill vor Verzweiflung, auch Sinann las nackte Mordlust in Alasdairs Augen und wusste, dass es seiner Frau kaum gelingen würde, ihn zu beruhigen. Nur zu gerne wäre die Fee zu ihnen hinübergeflogen, um ihnen beizustehen, doch sie wusste, dass sie sich auf keinen Fall sehen lassen durfte, denn sie würde die Lage der enteigneten Familie nur noch verschlimmern; es wurden ohnehin schon überall im Land regelrechte Hexenjagden veranstaltet. Wütend hüpfte sie auf ihrem Ast auf und ab. Keiner der unten Stehenden schien zu bemerken, dass die Blätter leise raschelten, obwohl sich kein Lüftchen regte.

Ein Dragoner trat in gebückter Haltung durch die Tür des niedrigen strohgedeckten Torfhäuschens ins Freie. Er hielt ein längliches Bündel in den Armen, bei dessen Anblick Alasdair nach Luft schnappte und einen unterdrückten Fluch ausstieß. Sein Gesicht lief tiefrot an, und er machte Anstalten, sich auf den Dragoner zu stürzen, doch Sarah packte ihn beschwörend am Arm und hielt ihn zurück, obgleich sie seinen Zorn teilte. Der englische Soldat hatte das alte Breitschwert entdeckt, einen Zweihänder, der sich seit fünf Generationen im Familienbesitz befand und stets vom Vater an den ältesten Sohn weitergegeben wurde. Voll ohnmächtiger Wut folgte Alasdairs Blick dem in einen schmutzigen, zerschlissenen Kilt eingewickelten Schwert, dessen Heft mit uralten keltischen Symbolen verziert war. Der Dragoner präsentierte seinem Vorgesetzten seine Beute. »Seht mal, was ich gefunden habe. Er hatte es in einer Ecke vergraben.«

Der Captain grunzte nur. »Ab in den Karren damit.« Er blickte sich herausfordernd um, sichtlich zufrieden mit dem Fund. »Ein Schwert weniger, mit dem unsere Männer niedergemetzelt werden können.« Es klang, als habe er ganz allein das Leben unzähliger Engländer gerettet.

Der Dragoner warf die Waffe zu den anderen beschlagnahmten Besitztümern der Familie: hölzernen Schalen, Leinentüchern, Kleidungsstücken, Eisentöpfen, Säcken voll Weizen und Hafer, Wolle, Flachs, einem Pflug, Zaumzeug, Sicheln, Stühlen, einem Holztisch, Bettzeug und der kleinen, in Englisch verfassten Familienbibel.

Nur Sinann bemerkte den Ausdruck hoffnungsloser Verzweiflung, der beim Anblick der Bibel über das Gesicht des Schotten huschte, und sie begriff, dass er entschlossen war, lieber zu sterben als zuzulassen, dass ihm und den Seinen alles genommen wurde. Sie stieß einen durchdringenden Jammerlaut aus, der jedoch unbemerkt verhallte, da sie von gewöhnlichen Sterblichen weder gesehen noch gehört werden konnte. Tränen stiegen ihr in die Augen, als sie daran dachte, dass vor nicht allzu langer Zeit auch ihr geliebter Donnchadh von ebenjenem *Sassunach*, der jetzt eine ganze Familie von ihrem Land verjagte, grausam ermordet worden war.

In diesem Moment machte sich Alasdair von seiner Frau los, stürmte auf den Captain zu, bekam einen Zipfel seines blutroten Rockes zu fassen und riss kräftig daran. Der prächtige Dreispitz des Offiziers flog in den Schmutz; er schrie erschrocken auf, trat nach seinem Angreifer und traf ihn an der Nase, doch der Schotte ließ nicht locker. Er packte fester zu und versuchte den Engländer vom Pferd zu zerren. Das Tier wieherte und begann zu bocken, doch der junge Mann wich keinen Schritt zurück. Wieder trat der Offizier nach ihm, fluchte unterdrückt und brüllte dann seinen Männern zu: »So haltet mir doch diesen elenden Mistkerl vom Leibe!«

Der ihm am nächsten stehende Dragoner holte aus und stieß Alasdair mit dem Kolben seiner Muskete zur Seite. Sarah kreischte auf und setzte das Baby hastig zu seinen Brüdern auf die Erde. Inzwischen hatten alle Kinder zu weinen begonnen, sie begriffen zwar noch nicht, was um sie herum vorging, doch die Angst der Mutter hatte sie angesteckt.

Alasdair zeigte indes noch immer keine Anzeichen von Furcht, er hielt das zurücktänzelnde Pferd am Zügel fest und versuchte erneut, den Offizier zu packen zu bekommen, doch dieser lehnte sich so weit wie möglich im Sattel zurück und versetzte ihm einen kräftigen Tritt. Alasdair stolperte, verlor das Gleichgewicht und stürzte zu Boden. Als er sich aufrappeln wollte, um seinen Widersacher erneut anzugreifen, legte der Dragoner seine Muskete auf ihn an und drückte ab.

Die aus nächster Nähe abgefeuerte Kugel riss Alasdair den Hinterkopf weg. Ein Regen aus blutigen Knochensplittern ergoss sich über die Erde, dennoch blieb der junge Mann einen kurzen Augenblick lang aufrecht stehen, ehe er langsam in die Knie sank, vornüberkippte und mit dem Gesicht nach unten auf dem feuchten Boden liegen blieb. Blut sickerte aus der furchtbaren Wunde und bildete um seinen Kopf herum eine dunkle Pfütze; Sarahs schrille Entsetzensschreie gellten über den Hof.

Das Pferd begann ob des Lärms und der allgemeinen Aufregung nervös zu tänzeln, deshalb zog der Offizier die Zügel hart an und lenkte das Tier von dem Leichnam fort, damit es sich beruhigte. Ein angewiderter Ausdruck trat auf sein kantiges Gesicht und er wandte den Blick ab, als Sarah auf ihren Mann zurannte. Die Kinder brüllten jetzt aus vollem Hals, wagten aber nicht, sich ihrem toten Vater und der sich vor Schmerz wie von Sinnen gebärdenden Mutter zu nähern; auch Sinann strömten Tränen über die Wangen.

»Tut mir Leid, Sir.« Der Soldat, der den Schuss abgegeben hatte, starrte auf den Leichnam hinab. Er sprach so unbeteiligt, als habe er lediglich einen tollen Hund erschossen.

Der Offizier rümpfte die Nase und schnippte einen rosa Hautfetzen von seinem Rock. »Schon gut. Ihr könnt nicht erwarten, dass diese Horde auch nur einen Funken von Vernunft zeigt.« Aus schmalen braunen Augen musterte er die drei Kinder, dann wandte er sich an seine Männer. »Ihr solltet besser zusehen, dass ihr hier fertig werdet, sonst haben wir gleich die ganze Sippschaft dieses Kerls auf dem Hals und müssen uns am Ende den Weg aus diesem grässlichen Tal freischießen.«

»Aye, Sir.« Die Soldaten nickten und fuhren fort, den Karren zu beladen.

Sinann ballte ergrimmt die Fäuste. Oh, wie gerne sie jeden der Rotröcke mit einem Fluch belegt hätte! Wie gerne sie jetzt mit einer einzigen Handbewegung Unheil auf sie alle herabbeschwören würde, so, wie sie es früher häufig getan hatte! Sie winkte mit der Hand, erreichte damit aber nur, dass zwei Knöpfe vom Rock des Captains absprangen. Niemand bemerkte den Zwischenfall. Sinann seufzte, denn ihre Macht schwand rasch. Sie legte die Wange an den Stamm des Baumes, auf dem sie saß, und kämpfte gegen die aufsteigenden Tränen an. Würde doch ihr Volk noch über seine alten Kräfte verfügen! Wäre doch Donnchadh noch … Sinann barg das Gesicht in den Händen und begann zu schluchzen. *Wäre doch nur noch alles wie früher.*

Seufzend ließ sie die Hände sinken und beobachtete, wie der Karren voll geladen wurde. Als die Soldaten alle Habseligkeiten aus dem Haus getragen hatten, warf einer von ihnen eine brennende Fackel auf das Dach. Das trockene Stroh fing augenblicklich Feuer, und kurz darauf stand die ganze Torfhütte lichterloh in Flammen. Die überlebenden Familienmitglieder verfolgten schweigend, wie ihr Heim ein Raub des Feuers wurde. Schließlich stürzte der Dachfirst in einem Funkenregen zusammen, und die Flammen erstarben allmählich, bis nur noch dunkler, fettiger Qualm von den schwarz verkohlten Trümmern aufstieg.

Die Soldaten, die ihre Aufgabe erfüllt sahen, stiegen wieder auf ihre Pferde, und der Captain gab den Befehl zum Aufbruch. Die erbeutete Viehherde wurde vorwärts getrieben; der Holzkarren, an den man zwei Ziegen angebunden hatte, bildete die Nachhut. Er wurde von einer struppigen Stute gezogen und von einem Soldaten gelenkt, der oben auf den Beutestücken thronte. Das in den verblichenen rostfarbenen Kilt gewickelte Schwert ragte hinten heraus wie eine eroberte Fahne.

Sinann wurde das Herz schwer. Sie schluckte und wischte sich die Tränen ab. Ihre Stimme klang heiser vor unterdrückter Wut; ein drohender Unterton schwang darin mit.

»So kommt ihr mir nicht davon. So nicht!«

Sie sprang von dem Ast herab, breitete ihre weißen Flügel aus und folgte dem Karren. Über dem Schwert verharrte sie einen Moment reglos in der Luft, um ihre Kräfte zu sammeln, dann packte sie das Heft mit beiden Händen und zog daran.

Das Schwert bewegte sich nicht. Sinann murmelte ein paar böse Flüche, schwirrte hinter dem sich entfernenden Karren her und versuchte ihr Glück noch einmal. Diesmal gelang es ihr, das Schwert zwischen den anderen Beutestücken hervorzuziehen; ein weiterer kräftiger Ruck und sie hatte es geschafft. Vor Überraschung hätte sie es beinahe fallen lassen, doch sie war entschlossen, dieses Schwert keinesfalls in die Hände der Engländer geraten zu lassen und umklammerte das Heft fester. Die Dragoner ritten weiter; keiner hatte den Diebstahl bemerkt. Sinann beobachtete sie eine Weile, dann machte sie kehrt, um das Schwert zu dem zerstörten Haus zurückzubringen.

Sarah und die Kinder hatten sich inzwischen in Sicherheit gebracht; höchstwahrscheinlich waren sie den steilen Weg hinab zum *Tigh*, zu der am See gelegenen Burg hinuntergeflüchtet. Alasdairs Leichnam lag noch immer vor den Trümmern seines Hauses; später würden die Männer des Clans kommen, um ihn zu begraben.

Sinnan erhob sich in die Luft. Das mächtige Breitschwert war zu schwer für sie, es drohte ihr immer wieder zu entgleiten, denn sie maß kaum viereinhalb Fuß, war dünn und zierlich und hatte nicht viel Kraft. Aber sie musste tun, was sie sich vorgenommen hatte: Das Morden musste ein Ende haben. Wieder kamen ihr die Tränen, und sie zwinkerte ein paar Mal, um klar sehen zu können. Ja, gegen die englischen Besatzer musste etwas unternommen werden, und wenn weder sie noch ihr Volk die Macht dazu hatten, dann musste sie eben einen anderen Weg finden. Abrupt ließ sie das Schwert los und sah zu, wie es zu Boden fiel und in dem matschigen Erdreich stecken blieb.

Dann ließ sie sich mit untergeschlagenen Beinen davor nieder, um sich einen Moment auszuruhen und wieder zu Kräften zu kommen; ihr Atem ging keuchend. Das vor ihr aufragende Schwert hob sich schwarz vom violett verfärbten Himmel ab, an dem bereits die ersten Sterne funkelten. Nach einer kurzen Verschnaufpause erhob Sinann sich wieder, stellte sich vor dem Schwert auf, schloss die Augen und stimmte in der Alten Sprache einen Zauberspruch an.

*»Schwert unserer Väter, das du von Leben erfüllt bist, schenk du auch jenen das Leben, die mit diesem Land verbunden sind! Schick ihnen einen Mann mit Heldenmut, einen* neuen Cuchulain, *der die Söhne und Töchter dieses Landes von der Tyrannei befreit. Möge ein Matheson seine Hände auf dich legen und zu diesem Befreier werden! Mögen die Kräfte von Erde, Mond und Sonne, die Kräfte der Luft, des Feuers und des Wassers sich vereinen, um diesem Befreier beizustehen!«*

Sinann trat einen Schritt zurück, als das Schwert zu erglühen schien; es schimmerte in der hereinbrechenden Dunkelheit und verhieß eine Macht, die die Fee seit langer, langer Zeit nicht mehr verspürt hatte. Hoffnung keimte in ihr auf.

In der Ferne erklang Hufgetrommel. Ein Reiter kam auf sie zugaloppiert. Sinann schrak zusammen und fuhr herum. Der Bann war gebrochen. Sie erkannte den englischen Offizier, der mit wehendem blonden Zopf herangejagt kam, sein Pferd zügelte und begann, den Boden abzusuchen. Sinann blieb stocksteif stehen und bot all ihre Willenskraft auf, um ihn zur Umkehr zu bewegen, doch er lenkte sein Pferd immer näher heran, bis er auf einmal fand, was er suchte: seinen Hut.

Mit einem Satz sprang er aus dem Sattel, griff nach dem Dreispitz und klopfte sorgsam den Schmutz ab, ehe er ihn aufsetzte und wieder auf sein Pferd stieg.

Sinann atmete erleichtert auf. Er würde weiterreiten.

Doch gerade als er seinem Pferd die Sporen geben wollte, um seiner Truppe nachzusetzen, fiel sein Blick auf das Schwert, das vor der Schwelle des abgebrannten Hauses im Boden steckte. Er stieß ein ärgerliches Grunzen aus, dann lenkte er das Tier darauf zu, wobei er Sinann beinahe über den Haufen geritten hätte. Seine Hand schloss sich um das Heft, er zog das Schwert aus der Erde, hielt die Klinge von sich weg und galoppierte dann davon, um seine Männer einzuholen.

Die Fee sank auf dem Boden zusammen, ließ die Flügel hängen und schlug die Hände vors Gesicht.

Einen Moment lang verharrte sie so, nur einen bloßen

Moment, da war sie sicher, obgleich es ihr jetzt so vorkam, als sei mehr Zeit verstrichen, sehr viel mehr sogar. Die Sonne war fast vollständig untergegangen; ganz dunkel war es allerdings noch nicht. Doch plötzlich erglühte über der Stelle, wo das Schwert im Boden gesteckt hatte, ein seltsames fahles Licht. Gleichzeitig breitete sich eine merkwürdige Wärme aus. Sinann blickte auf, sie traute ihren Augen kaum. Das Licht wurde heller und heller und nahm allmählich die Umrisse eines Mannes an; eines hoch gewachsenen, mit Kilt und einem weiten Hemd bekleideten Mannes. Dann erstarb das Leuchten so schlagartig, wie es begonnen hatte, und die Silhouette nahm feste Gestalt an. Ein lebendiger, atmender Mann stand vor ihr.

Sinanns Herz tat einen Sprung. Sie flatterte auf und erhob sich in die Luft, bis sie sich auf Augenhöhe mit ihm befand.

Der Fremde blickte sich mit weit aufgerissenen Augen verwirrt um. Sinann musterte ihn neugierig, wohl wissend, dass er sie erst sehen konnte, wenn sie dies wünschte. Der Mann schluckte hart und zwinkerte ungläubig, dann strich er sich eine widerspenstige dunkle Locke aus der Stirn. Sein Haar war lang genug, um zu einem Zopf gebunden zu werden, aber zu kurz, als dass dies zwingend notwendig gewesen wäre. Seine Augen leuchteten blau, doch seine Haut war so dunkel wie die der Menschen aus den südlichen Ländern jenseits des Meeres. Dennoch war er kein Maure, auch kein Römer, sondern ein echter Schotte, das verrieten der Schwung seiner Brauen und die Farbe seiner Augen.

Der Fremde kniff die Augen zusammen, und als er sie wieder aufschlug, schien er von seiner Umgebung genauso wenig angetan zu sein wie vorher. Er drehte sich einmal um die eigene Achse und sah sich kopfschüttelnd um. Dann murmelte er ein paar Worte, und Sinann fuhr erschrocken zusammen. Er sprach Englisch.

»Ach du grüne Neune«, brummte er leise. »Was ist denn bloß passiert?«

# 1.

Dylan Matheson konnte sich an diesem Morgen nur schwer aus seinem Traum lösen, obwohl er für gewöhnlich sofort hellwach war. Ein Lächeln breitete sich auf seinem Gesicht aus, denn im Halbschlaf trieb er auf einer in helles Sonnenlicht getauchten Welle dahin. Wasser und Hitze – herrlich. Dann machte der Traum allmählich der Realität Platz, die sogar noch angenehmer war, und Dylan holte tief Atem, um den Schlaf endgültig abzuschütteln. Ginny würde bald vor der Tür stehen, und heute fanden die Spiele statt.

Es würde ein schöner Tag werden. Die weiß gestrichenen Wände seines Schlafzimmers warfen die Strahlen der aufgehenden Sonne zurück, und er musste blinzeln. Mit einem Satz sprang er aus dem Bett, ging zu dem Schiebefenster hinüber und drückte es mit dem Handballen hoch. Quietschend und knarrend ließ es sich gerade so weit nach oben schieben, dass Dylan sich hinauslehnen konnte.

Er stützte die Ellbogen auf das Fensterbrett und blickte über den See, wo die Sonne gerade hinter den Bäumen auftauchte. In der Main Street einen Block weiter zu seiner Linken stauten sich bereits die Kleintransporter und Kombis der Mütter, die ihre Sprösslinge zu den Sportplätzen oben am Drake's Creek brachten. Das samstägliche Fußballturnier war in diesem Vorstadtviertel ein festes Ritual, und Dylan wusste, dass auch seine eigene Mom immer gerne mit den anderen Müttern am Spielfeldrand gestanden und ihn angefeuert hatte. All diese Frauen waren nicht unbedingt eng miteinander befreundet gewesen, aber sie hatten zumindest eines gemeinsam gehabt: Söhne im gleichen Alter. Manchmal glaubte Dylan, dass sich seine Mutter insgeheim nach der Zeit seiner Kindheit zurücksehnte. Er nicht, er war froh, dass all das hinter ihm lag.

Dylan atmete ein paarmal tief durch. Es war Herbst, die Luft roch frisch, und von der Feuchtigkeit, die die Sommer in Tennessee oft so unerträglich machte, war nichts mehr zu spüren. Dieser letzte Septembertag versprach wunderbares Wetter für die Highland Games, die heute im Moss-Wright-Park stattfinden sollten.

Ihm fiel auf, dass an dem äußeren Fensterbrett die Farbe abblätterte, mit den Fingern schnippte er ein loses Fitzelchen fort. Da ihm das Haus gehörte, würde er wohl oder übel selbst zu Pinsel und Farbe greifen müssen – eine Arbeit, die er verabscheute. Sein Häuschen lag zwar auf der »falschen« Seite des Creeks, zwischen einem Secondhandshop und einem heruntergekommenen Mehrfamilienhaus, dennoch fand er, dass er besser dran war als seine wohlhabenderen Nachbarn auf der anderen Seite – dort, wo auch seine Eltern wohnten. Von seinem Schlafzimmer aus bot sich ihm nämlich ein atemberaubender Blick auf prächtige Villen, sorgsam gepflegte Rasenflächen und lange Baumreihen, deren Blätter zu dieser Jahreszeit ein leuchtendes orange-rot-gelbes Farbenmeer bildeten. Die feinen Pinkel von drüben dagegen mussten sich mit dem Anblick seiner … Behausung abfinden. Eine baufällige Holztreppe führte an der ansonsten kahlen Rückwand des Gebäudes zu seinem Apartment empor, darunter befand sich sein Studio. Auf dem Uferstück hinter dem Haus wuchsen lediglich Fliederbüsche und eine junge Weide, unter der sein auf zwei Holzblöcken aufgebocktes Ruderboot lag. Zwar hatte die Stadt eine Verordnung erlassen, die das längerfristige Abstellen von Wohnwagen und Ähnlichem auf öffentlichen Flächen untersagte, Boote jedoch wurden stillschweigend geduldet.

Dylan reckte sich, gähnte herzhaft und massierte seine Kopfhaut, um endgültig wach zu werden, dann verschwand er im Bad, weil seine Blase zu platzen drohte. Auf dem Rückweg griff er sich ein Handtuch von dem Regal hinter der Tür, warf es sich über die Schulter und ging auf den Balkon zu. Wieder musste er gähnen und schüttelte sich kurz.

In der Küchenecke neben der Hintertür blieb er stehen, um sich einen Apfel aus dem Kühlschrank zu holen. In diesem Moment klingelte das an der Wand befestigte Telefon, er nahm den Hörer ab und biss kräftig in den Apfel, ehe er sich meldete. »Hallo.«

»Dylan?«

»Ach, du bist's, Mom.« Dylan hielt die Muschel vorsorglich ein Stück von seinem Gesicht weg und kaute hastig, um einen Vortrag über gute Manieren und Sprechen mit vollem Mund zu vermeiden.

»Wie geht es dir, Herzchen?«

Früher einmal hatte er sich über ihre albernen Kosenamen schwarz geärgert, aber mittlerweile störte er sich nicht mehr daran. Rasch schluckte er den letzten Bissen hinunter. »Ganz gut.«

»Und was macht das reizende junge Mädchen, mit dem du zusammen bist, diese Ginny?«

»Der geht's auch gut.« Dylan verzog das Gesicht und polkte ein Stück Apfelschale aus seinen Zähnen.

»Versteht ihr zwei euch denn immer noch so gut? Ist sie inzwischen bei dir eingezogen?« Seine Mutter, früher eine überzeugte Anhängerin der Hippiebewegung, die nicht nur das Woodstock-Festival besucht hatte, sondern auch noch behauptete, ihr Sohn sei dort gezeugt worden, vertrat die Ansicht, ein Paar müsse vor der Hochzeit erst einmal eine Zeit lang zusammenleben. Leider war sie aber auch gleichzeitig konservativ genug, um die Hochzeit als logische Folge besagten Zusammenlebens zu betrachten. Anspielungen dieser Art hatte Dylan schon öfter zu hören bekommen, trotzdem dachte er gar nicht daran, in der nächsten Zeit zu heiraten, auch wenn Ginny noch so »reizend« war.

Leise Ungeduld keimte in ihm auf, und er unterdrückte ein unwilliges Aufstöhnen. »Nein, Mom, sie wohnt noch nicht bei mir.«

Jemand klopfte an die Hintertür. Dylan schob den billigen Baumwollvorhang ein Stück zur Seite und spähte aus dem Fenster über der Spüle. Ginny. Wenn man vom Teufel spricht, dachte er grinsend. Sie lehnte sich gegen das Geländer und wartete darauf, dass er ihr die Tür öffnete. Allerhöchste Zeit, seine Mutter von dem heiklen Thema abzubringen. Er hatte keine Lust, dass Ginny auch noch auf dumme Gedanken kam. Sie würde nicht bei ihm einziehen, und damit basta.

Betont fröhlich fragte er: »Na, Mom, was hast du denn an diesem schönen Morgen auf dem Herzen?«, dann klemmte er sich den Hörer zwischen Ohr und Schulter, schlang sich das Handtuch um die Hüften und machte Ginny die Tür auf. Sie gab ihm einen flüchtigen Kuss, trat dann auf den Balkon hinaus und hockte sich auf das niedrige Geländer. Dylan runzelte die Stirn und schüttelte mahnend den Kopf, woraufhin sie seufzte, schmollend die Lippen verzog und hereinkam, um sich auf der Sofalehne niederzulassen. Dylan musste lächeln, denn wenn sie schmollte, fand er sie besonders anziehend. Er warf einen raschen Blick auf die Uhr an der Wand und überlegte, ob ihm noch Zeit für ein bisschen Spaß blieb, ehe er sich auf den Weg zum Moss-Wright-Park machen musste.

Ginny hatte sich noch nicht für die Festspiele zurechtgemacht. Statt des historischen Kostüms, das sie hätte tragen sollen, trug sie Jeans und T-Shirt. Dylan fragte sich, was das bedeuten sollte, hatte aber keine Zeit, länger darüber nachzudenken, da seine Mutter fortfuhr: »Du weißt doch, dass dein Vater am Mittwoch Geburtstag hat?«

Und ob er das wusste! Zwar hatte er sich nach Kräften bemüht, den Tag zu vergessen, aber trotzdem hatte das Datum ständig in seinem Hinterkopf herumgespukt wie ein böser kleiner Geist. Ein sarkastischer Tonfall schlich sich in seine Stimme. »Yeah. Steht ein Familientreffen an?« *Bitte sag nein.*

»Das hoffe ich doch sehr.« Eine Pause entstand, denn Dylan fiel beim besten Willen keine Ausrede ein. Er blickte zu Ginny hinüber und wünschte, sie würde ihm einen Vorwand liefern, das Gespräch abzubrechen, doch seine Mutter redete schon weiter. »Ich habe gedacht, wenn ihr beiden einmal in aller Ruhe miteinander redet …«

Und schon ging Dylans Temperament, mit ihm durch. »Er redet nicht, er grunzt nur, und er säuft. Und sobald ich weg bin, prügelt er dich nur so zum Spaß grün und blau.«

»Das wird nicht wieder vorkommen. Er hat es mir versprochen.«

»Das hat er schon oft versprochen, und was war? Mom ...«

»Diesmal meint er es ernst. Wir waren bei einer Beratung ...«

»Ihr *beide*?« Er biss die Zähne zusammen. Auch das hörte er nicht zum ersten Mal.

Sie zögerte, und er wusste, was kommen würde. *Sie* war bei einer Beratung gewesen, Dad nicht. Der doch nicht. Sie schien seine Gedanken zu erraten, denn sie sagte bittend: »Es ist alles furchtbar schwer für ihn, Dylan. Du ahnst ja nicht, unter welchem Druck er steht.«

Dylan schnaubte abfällig. »Ich weiß nur, dass er meine Mutter zweimal krankenhausreif geprügelt hat. Ich weiß, dass er ein wertloses Stück Scheiße ist, das man am besten ...«

*»Dylan Robert Matheson!«*

Dylan biss sich auf die Lippe und holte einmal tief Atem. Eine Weile herrschte Stille, während er um Beherrschung rang, dann seufzte er resigniert.

»Es tut mir Leid, Mom. Das hätte ich nicht sagen dürfen. Aber Tatsache ist und bleibt, dass er dich irgendwann mal umbringen wird, wenn ich dich nicht da raushole.«

Wieder entstand eine lange Pause, ehe er mit weicherer Stimme hinzusetzte: »Und das weißt du so gut wie ich.«

Seine Mutter antwortete nicht. Schließlich sagte Dylan ergeben: »Okay, Mom, ich komm dann am Mittwoch mal vorbei.«

Die Mutter klang so erleichtert, als sei das die Lösung all ihrer Probleme. »Schön. Ihr müsst euren Streit endlich aus der Welt schaffen.«

»Ja, ja, schon gut, Mom.« Dylan war der Tag gründlich verdorben – und das, wo die Sonne eben erst aufgegangen war. »Wir sehen uns dann am Mittwoch.«

Nachdem er eingehängt hatte, brauchte er einen Moment, um wieder einen klaren Kopf zu bekommen. Er ging zu Ginny hinüber, um sie richtig zu begrüßen, aber sie ließ sich nur widerwillig von ihm küssen und machte sich dann rasch von ihm los.

Dylan musterte sie forschend, ging aber nicht weiter auf ihr abweisendes Verhalten ein, der Tag hatte auch so schon schlecht genug angefangen. Er zwang sich zur Ruhe, stieg die knarrenden Stufen zu seinem mit Holz ausgelegten Übungsraum hinunter und rief Ginny zu: »Komm mit runter und setz dich zu mir, während ich trainiere.« Wenn sie nicht mit ihm ins Bett zurückkriechen wollte, konnte er genauso gut sein Morgenprogramm durchziehen.

Ginny blieb, wo sie war. Dylan zuckte mit den Achseln, obwohl er sich über sie ärgerte. Manchmal meinte sie, ihm klar machen zu müssen, dass sie keine Befehlsempfängerin war, und dann weigerte sie sich, ihm auch nur die kleinste Bitte zu erfüllen. Er wusste aber, dass sie letztendlich nachgeben und herunterkommen würde, und wenn auch nur, um mit ihm zu reden. Sie langweilte sich leicht und konnte nie lange allein sein.

Bläuliches Morgenlicht drang durch die weißen Jalousien an den Studiofenstern, die er nicht hochzog, weil er das kühle Halbdunkel im Raum vorzog.

Die altertümliche mechanische Waage, die vor der Spiegelwand stand, kletterte heute bis auf einhundertvierundachtzig Pfund – ein Pfund mehr als letzte Woche. Dylan kniff sich in seinen straffen Bauch und kam zu dem Schluss, dass er an Muskeln zugelegt haben musste, weil er sich so intensiv auf die Spiele vorbereitet hatte. Zu den Schaukämpfen wurden zahlreiche Zuschauer erwartet, und da er hoffte, dort neue Kunden zu gewinnen, wollte er sich in Hochform präsentieren.

Das Kerngehäuse des Apfels landete im Abfalleimer unter dem Gestell mit den Übungsschwertern; daneben hingen einige hölzerne Bauernspieße, und an der anderen Wand war ein Schaukasten angebracht, in dem er seine Sammlung historischer Breitschwerter aufbewahrte. Bei den meisten handelte es sich um Nachbildungen, denn gut erhaltene Originale waren für ihn zumeist unerschwinglich, aber auch die Kopien kosteten oft ein kleines Vermögen und waren schöne Beispiele alter Handwerkskunst.

Er nahm einen Spieß aus dem Gestell. Der dunkle war der handlichste; das Holz war vor Alter und häufigem Gebrauch samtig glatt geworden. Dylan trat in die Mitte des Raumes, legte den Spieß auf den Boden und begann mit seinen Aufwärmübungen. Mit gespreizten Beinen beugte er sich aus der Taille heraus nach vorne, nach hinten und nach beiden Seiten, wobei er jedes Mal leicht den Boden berührte, ehe er noch einmal von vorne begann. Dabei konzentrierte er sich darauf, ruhig und gleichmäßig durchzuatmen und ruckartige Bewegungen zu vermeiden, während er die Übungen wiederholte, bis er spürte, dass sich seine Muskeln lockerten. Nun vollführte er dieselben Übungen mit geschlossenen Beinen.

Mittlerweile spürte er fast jeden einzelnen Muskel, und seine Haut begann zu prickeln. Nach einer Viertelstunde angestrengten Stretchings war er hellwach und brannte darauf, mit dem Training zu beginnen. Er beugte sich nach vorne, bis seine Hände flach auf dem Boden lagen, und richtete sich dann ganz langsam wieder auf; fast meinte er, jeden Wirbel einrasten zu hören. Dann holte er tief Luft und atmete langsam wieder aus.

Ginny hatte sich hinter ihn geschlichen und grub ihm unvermittelt die Finger in die Rippen, aber er war zu entspannt, um vor Schreck zusammenzuzucken, wie sie gehofft hatte. Doch ihr zuliebe tat er so, als ob er überrascht nach Luft schnappte.

Ginny kicherte, setzte sich breitbeinig auf eine kleine Bank und drehte ihre Sonnenbrille zwischen den Fingern.

»Du bist ja noch gar nicht angezogen«, bemerkte er vorwurfsvoll und meinte damit, dass sie ihr Kostüm nicht trug.

Sie verstand ihn absichtlich falsch. »Du doch auch nicht.« Ihr Blick blieb an dem Handtuch hängen, unter dem sich eine unübersehbare Beule abzeichnete. Dieser Zustand verflog jedoch so rasch, wie er gekommen war, und Dylan, der an sich hinuntersah, fing an, sich zu ärgern – über sie und über sich selbst.

Er runzelte die Stirn. Irgendetwas lag in der Luft, er konnte es förmlich riechen.

Doch ihre Gedanken waren bereits weitergewandert. »Wie kannst du denn diesen Karatekram …«

»Kung-Fu.«

Sie seufzte. »Na schön, Kung-Fu. Wie kannst du Kung-Fu betreiben, wenn du nicht angezogen bist?« Sie fing an, die Bügel der Sonnenbrille auf- und zuzuklappen. Klack. Klack. Klack.

»Wieso brauche ich dazu Klamotten?« Dylan hob den Spieß auf, um mit dem eigentlichen Trainingsprogramm zu beginnen.

»Kommst du dir denn nicht komisch vor?«

Er hob nur die Brauen. »Nein. Wenn ich mir komisch vorkäme, hieße das, dass ich etwas falsch mache.« Manchmal brachte Ginny ihn zur Weißglut. Sie war hübsch, charmant, geistreich und eine Wucht im Bett, aber sie interessierte sich nicht im Geringsten für alte Kampftechniken und die Feinheiten des Schwertfechtens, obgleich er sich damit seinen Lebensunterhalt verdiente. Er hielt Kurse ab und galt als guter Lehrer.

Dylan konzentrierte sich wieder auf sein Programm. *Vorstoß, Abblocken, Vorstoß, gerader Stoß, halbe Drehung …* Dann erklärte er: »Vergiss nicht, dass ich bei den Spielen den Clan Matheson vertrete. Ich muss also einen Kilt tragen, und den trage ich nach alter Tradition, nämlich ohne was drunter.«

»Du willst deine Karateübungen …«

»Kung-Fu.«

»Von mir aus. Du willst das in einem *Kilt* vorführen?«

*Vorstoß, Abblocken, einen Schritt zurück, Abblocken, Drehung …*»Nein.« Sein Atem ging keuchend, und es fiel ihm schwer, während des Trainings zu sprechen. »Schwerter. Es geht um einen bis ins kleinste Detail durchchoreografierten Schaukampf mit Schwertern, und zwar mit richtigen

Schwertern, nicht mit Attrappen. Ganz schön gefährlich. Wehe, wenn du mal einen Moment nicht aufpasst.« Ronnie, Dylans Assistent, wollte bei der Vorführung Kniebundhosen tragen; er fühlte sich in Hosen erheblich wohler, und daher bestand ein geringeres Risiko, dass er Fehler machte.

»Aha.« Ginny schwieg einen Moment, sah ihm zu und spielte dabei weiter mit den Bügeln der Sonnenbrille herum. *Ausfall, Ausfall, Drehung, Abblocken* … Dann sagte sie zaghaft: »Dylan?«

Diesen Tonfall kannte er, er besagte, dass das, was als Nächstes kam, ihm ganz und gar nicht gefallen würde. »Ja?«

Klack, klack, klack. »Es ist aus zwischen uns.«

*Hoppla.* Dylan blieb wie angewurzelt stehen. Damit hatte er nun nicht gerechnet. Mit einem Mal fiel ihm das Atmen schwer. Er klemmte sich den Spieß unter den rechten Arm und starrte auf den Boden, um sie nicht ansehen zu müssen. Obwohl er die Antwort eigentlich gar nicht hören wollte, fragte er dennoch: »Warum?«

»Na ja, weißt du … du musst das verstehen…«

Musste er? Er hoffte nur, dass sich hier keine längere Auseinandersetzung anbahnte. »Schon gut, spuck's einfach aus.«

»Nun … äh … ich treffe mich mit Peter.«

*Hört, hört.* »Mit wem?« Es kostete ihn einige Anstrengung, mit möglichst ruhiger Stimme zu sprechen.

»Peter Donaldson. Du kennst ihn.«

Allerdings. Peter war auf der High School drei Klassen unter ihm gewesen und besuchte dienstagabends den von Ronnie geleiteten Fechtkurs. Peter war ein netter Kerl; ein eifriger, aber unbegabter Fechter, der regelmäßig seine Gebühr zahlte. Dylan hätte dem Hundesohn am liebsten den Hals umgedreht, aber er beherrschte sich.

»Du triffst dich also mit Peter.« Er wollte erst gar nicht wissen, was sie darunter verstand. »Wie lange denn schon?«

»Seit ungefähr einem Monat. Weißt du, Dyl, ich find's echt cool, dass du das so gut aufnimmst.«

Jetzt hob er doch den Kopf und sah sie entgeistert an, doch sie betrachtete angestrengt ihre Fingernägel, so gut das in dem dämmrigen Licht möglich war. Wahrscheinlich fürchtete sie, er könnte doch noch einen Tobsuchtsanfall bekommen. Seine Stimme klang aber nach wie vor ruhig, als er fragte: »Warum?«

Sie überlegte lange, ehe sie antwortete. Schließlich sagte sie: »Deine Gedanken drehen sich nur noch um Schwerter, Kampftechniken und all dieses Zeug. Platz für irgendetwas oder irgendjemand anderen bleibt da nicht mehr.«

»Das ist mein Job, davon lebe ich. Wenn ich das aufgebe, nage ich am Hungertuch.«

»Niemand verlangt von dir, das aufzugeben. Aber …« Ihr Blick wanderte über die Schaukästen und blieb schließlich an dem Waffenrock mit dem Wappen der Mathesons haften, der an der Bürotür hing. »Dylan, bei dir hört man nur noch Schottland hier, Schottland da. Du kommst mir langsam so vor, als wärst du gar kein Amerikaner mehr, sondern ein Schotte.«

Der Hieb hatte gesessen. »Entschuldige bitte, dass auch ich ein Recht auf Wurzeln habe.«

»Nach dreihundert Jahren in Amerika dürfte das Schottentum doch wohl aus deiner Familie verschwunden sein. Außerdem stammen ja nicht alle deine Vorfahren aus Schottland. Behauptet deine Mom nicht immer, du hättest sogar Cherokee-Blut in den Adern?«

Dylan stützte sich auf seinen Spieß. »Mein Ur-Ur-Urgroßvater mütterlicherseits war ein Cherokee, demnach ist $^1/_{128}$ von mir indianisch, was nichts anderes heißt, als dass ich schnell braun werde. Sollte ich mich jemals bei meinen indianischen Verwandten als Cherokee vorstellen, würden sie mich unter Hohngelächter aus dem Reservat jagen. Vermutlich hätte ich von meiner Cherokee-Abstammung niemals etwas erfahren, wenn meine Mutter nicht während ihrer Hippiezeit nach ihren indianischen Wurzeln gesucht hätte. Vermutlich fand sie es damals schick, Teil einer ethnischen Minderheit zu sein.«

Er verlagerte sein Gewicht auf die andere Seite und fuhr

betont gelassen fort: »Einige der Namen in meinem Stammbaum kommen aus dem Französischen, einer aus dem Deutschen und einer aus dem Englischen, aber die meisten meiner Vorfahren stammen aus Schottland oder Irland. Für mich ist der Kilt ein Stück meiner Identität, so wie der Kaftan für einen Afroamerikaner, Pasta für einen Italoamerikaner oder schlechtes Spanisch für einen Latino, und dabei ist es völlig egal, seit wie vielen Generationen die Familien schon in Amerika leben.« Seine Augen wurden schmal. Es ärgerte ihn, dass er gezwungen war, ihr all dies so ausführlich zu erklären, nichtsdestoweniger redete er weiter.

»Aber hauptsächlich kommt es darauf an, dass mein Name Matheson lautet, und das ist nun einmal der Name eines schottischen Clans. Dazu gehöre ich, daran lässt sich nichts ändern, und daran will ich auch gar nichts ändern. Ich bin stolz darauf, einen Stammbaum zu haben, der viele Jahrhunderte zurückreicht, auch wenn du das nicht verstehst. Und vergiss nicht, dass es so etwas wie eine rein amerikanische Kultur eigentlich gar nicht gibt, sie setzt sich nur aus den Traditionen zusammen, die die Einwanderer aus ihren jeweiligen Ländern mitgebracht und gepflegt haben.«

Ginny überlegte kurz, dann sagte sie: »Trotzdem würden die meisten Typen, die ich kenne, lieber sterben, als sich in einem Rock sehen zu lassen.«

»In einem *Kilt*.«

»Die Dinger sehen aber aus wie ein Rock. Ich finde sie … na ja, irgendwie lächerlich.«

Dylan sah sie lange an. Er fragte sich, ob er diese Frau eigentlich je richtig gekannt hatte. Sie war Mitte zwanzig, redete aber wie ein Teenager, wie ein nicht sonderlich aufgeweckter Teenager noch dazu. Wie um alles in der Welt hatte er sechs Monate mit ihr verbringen können, ohne etwas davon zu merken? Er räusperte sich, um etwas zu erwidern, fand aber auf einmal keine Worte mehr.

Endlich blickte sie zu ihm auf, sah den Ausdruck seiner Augen und zog den richtigen Schluss daraus. »Hör mal, Dylan, ich muss jetzt wirklich gehen.«

»Lass dich nicht aufhalten.«

Ginny griff nach ihrer Handtasche. »Ich finde allein raus.« Als er keine Antwort gab, verabschiedete sie sich kühl von ihm, ging zur gläsernen Vordertür hinaus und war verschwunden; langsam fiel die Tür hinter ihr ins Schloss.

Dylan stand in seinem Studio und bemühte sich, die Wut niederzukämpfen, die ihm die Kehle zuschnürte. Sie hatte es sich so einfach gemacht! Ginny und Donaldson? Einen Monat ging das schon, und er hatte nichts gemerkt. Ein gottverdammter *Monat*!

Etwas explodierte in ihm. Er packte den Spieß, wirbelte ihn zweimal über seinen Kopf und schleuderte ihn dann blindlings ins Leere. Er flog quer durch den Raum und dann mit einem ohrenbetäubenden Krachen durch das Fenster seines Büros.

Glassplitter fielen leise klirrend zu Boden. Das Geräusch brachte ihn wieder zur Besinnung, und seine Wut auf Ginny verrauchte, als er daran dachte, was es ihn kosten würde, die Scheibe zu ersetzen.

»Verdammt«, fluchte er laut. »Ich bin doch ein gottverdammter Idiot!«

## 2.

Am Eingang des Moss-Wright-Parks waren lange Tische aufgebaut, wo man sich in die Anmeldelisten für die 5. Middle Tennessee Clan Society Highland Games eintragen konnte. Der ganze Park wimmelte bereits von Amerikanern schottischer Abstammung, die aus allen Teilen der Staaten angereist waren. Die meisten trugen die traditionellen Plaids, von denen einige sogar die authentischen Farbmuster echter Clans aufwiesen; andere waren recht bizarr gemustert, und wieder andere waren Teile traditioneller Kostüme.

Dylan nahm sein Schwert aus dem Jeep, schlang sich das Wehrgehänge über die Brust, schob dann das in seiner Scheide steckende Schwert durch die Schlaufe und befestigte es an der Seite. Dann reihte er sich in die Schlange vor den Anmeldetischen ein. Die leuchtend bunten Tartans taten ihm in den Augen weh. Dylan hielt nicht viel von den modernen Farbzusammenstellungen, die es damals, als der Kilt in Schottland im Alltag getragen würde, noch gar nicht gegeben hatte. Das grelle Orange und Blau stach unangenehm von den authentischeren olivgrünen, braunen und rostroten Plaids ab. Dylan selbst trug die Matheson-Farben: dunkelrot mit feinem schwarzen Muster.

Von den Imbissbuden wehte ein verlockender Duft zu ihm herüber, und obwohl er gerade erst gefrühstückt hatte, freute er sich schon auf die Lunchzeit. Die Wettkämpfe und Vorführungen hatten noch nicht begonnen, doch viele Teilnehmer standen schon in Grüppchen am Feldrand, und einige Männer im Kilt bauten bereits die Dekoration auf. Bunte Linien markierten die Felder, auf denen das beliebte Baumstammwerfen, die Sparringskämpfe mit verschiedenen Schwerttypen und andere Wettkämpfe stattfinden sollten. In der Ferne hörte man Dudelsackklänge, und irgendjemand stimmte ein gälisches Volkslied an.

In Dylans Nähe ertönte plötzlich ein freudiges Gequieke und unwillkürlich musste er lächeln: Die Mädchen hatten ihn erspäht. Er wusste nur nicht, ob er sich darüber freuen oder ärgern sollte. An jedem anderen Tag wäre ihm das Teenagertrio über kurz oder lang auf die Nerven gegangen, aber heute tat ihre großäugige Bewunderung seinem angeknacksten Ego gut.

Cay, Silvia und Kym nahmen alle drei an dem Kung-Fu-Kurs samstagmorgens teil. Keine von ihnen war älter als siebzehn, und alle hatten wohl weniger Interesse an asiatischem Kampfsport als vielmehr an ihrem Lehrer, für den sie alle schwärmten. Na ja, zumindest Kym zeigte manchmal auch echte Begeisterung für Kung-Fu.

Dylan amüsierte sich über die Art, wie die drei ihn anhimmelten, und wünschte sich oft, er hätte diese Wirkung auf halbwüchsige Mädchen schon vor zehn Jahren gehabt, als er selbst noch ein Teenager gewesen war. Nach der Szene mit Ginny fand er die Anbetung des Trios ausgesprochen tröstlich, also setzte er sein breitestes Lächeln auf, als die Mädchen auf ihn zurannten, um ihn zu begrüßen.

»Hallo, Mr. Dylan!«, rief Cay. Sie trug einen karierten Rock, der zu einer Schuluniform gehörte, und ein rotes Rüschenhemd, von dem sie wohl hoffte, dass es zeitgemäß wirkte. Die anderen beide hatten Jeans und Tanktops an, unter denen die BH-Träger hervorlugten. Bei diesem Anblick kam sich Dylan plötzlich alt vor, weil er diese modische Feinheit schlicht und ergreifend albern fand.

»Selber hallo.« Im Weitergehen rückte er das Gehänge auf seiner Schulter zurecht. Die drei folgten ihm wie treue Hunde. »Habt ihr ordentlich trainiert?«

Die Mädchen versicherten ihm unisono, dass sie jeden Tag brav ihre Übungen absolviert hätten, wie es sich für gute kleine Ninjas gehört. »Was für ein Schwert haben Sie denn mitgebracht?« Neugierig beäugte Kym die Scheide, konnte aber nichts erkennen.

»Ein neues. Na ja, ein neues altes, um genau zu sein. Die Kopie eines schottischen Breitschwerts. Er wurde in Toledo angefertigt, in Spanien, meine ich.«

Silvia kicherte. »Zeigen Sie uns das Schwert doch mal. Bitte, Dylan.«

Dylan verbiss sich ein Lächeln und zog bereitwillig das riesige Schwert aus der Scheide. Die Mädchen bewunderten pflichtschuldig die schimmernde Klinge und den stählernen Korbgriff. »Es ist die Nachbildung eines Schwertes aus der Mitte des 18. Jahrhunderts. Seht ihr, in die Klinge sind sogar jakobitische Parolen eingraviert.«

»Was sind denn Jakobiten?«

Dylan setzte zu einem längeren Vortrag an, besann sich dann aber. Wie sollte er Jahrhunderte schottischer Geschichte einem Teenager nahe bringen, der kaum wusste, wo Schottland lag, und sich vermutlich auch nicht sonderlich dafür interessierte. Schließlich sagte er: »Die Jakobiten haben früher für die Unabhängigkeit Schottlands von England gekämpft.« So ungefähr jedenfalls.

»War das so was wie die amerikanische Revolution?«, wollte Cay wissen.

Dylan dachte darüber nach. »Könnte man sagen. Nur haben die Jakobiten verloren.«

Sie machte ein langes Gesicht. »Scheißpech.«

Dylan musste grinsen, als er sich vorstellte, dass die Reaktion der Jakobiten auf ihre Niederlage vermutlich etwas massiver ausgefallen war. Er schob das Schwert in die Scheide zurück und ging weiter.

Die Mädchen ließen sich nicht abschütteln. Cay fragte vorwitzig: »Was tragen Sie denn unter dem Kilt?«

Er sah sie aus schmalen Augen an. »Das geht dich nun wirklich nichts an.«

»Nun seien Sie doch nicht so!«

»Nein.«

Jetzt mussten die drei natürlich unbedingt wissen, was unter dem Kilt war. »Ach, Dylan, bitte!«, jammerten sie im Chor. Cay kicherte wie eine Verrückte, und Silvia hüpfte aufgeregt auf und ab.

Mit einem tiefen Seufzer langte Dylan nach dem Saum seines Kilts. Die drei traten zurück und starrten ihn mit angehaltenem Atem ungläubig an. Er unterdrückte ein Grinsen, dann schlug er den rotschwarzen Wollstoff bis zu den Hüften hoch.

Die Mädchen brachen in schallendes Gelächter aus, Dylan hatte sich nämlich sein langes Leinenhemd in den Kilt gestopft, und die Schöße des Hemdes waren fast so lang wie der Kilt selbst und reichten ihm bald bis zu den Knien. Alles Sehenswerte war somit züchtig bedeckt.

Er ließ den Stoff wieder fallen. »Zufrieden?«

»Nein«, erwiderte Cay mit einem breiten Grinsen.

Dylan lächelte und ging weiter, die Mädchen immer noch im Schlepptau.

»Wie viel Meter Stoff sind das eigentlich?« Cay zupfte an dem Plaid, das er sich über die linke Schulter geworfen, rechts um die Taille geschlungen, dann über den Rücken hochgezogen und wieder über die Schulter gelegt hatte. Die Enden wurden von einer großen Metallbrosche gehalten, auf der das Matheson-Wappen prangte: eine Hand, die ein aus einer Krone herausragendes Schwert in die Höhe hielt. Entlang dem Broschenrand war das Motto des Clans eingraviert: *Fac et spera.* Handle und hoffe.

»Bring das nicht in Unordnung, Kilt und Plaid bestehen aus einem Stück.«

Wieder zupfte Cay daran herum. »Schön weich fühlt sich das an.«

»Finger weg, hab' ich gesagt. Das ist echte Hochlandwolle, deswegen ist der Stoff so weich.«

Cay schnippte mit den Fingern gegen seinen Gürtel. »Ehrlich?«

Er nickte. »Ehrlich. Es ist ein authentischer *feileadh mór*, ein nach alter Tradition gewebter Kilt. Ich muss ihn auf dem Boden ausbreiten, mich darauf legen und den Stoff dann in die richtige Form bringen. Nimm bitte die Hände weg, sonst verrutscht alles …« Als sie nicht losließ, warnte er: »Du willst wohl unbedingt was auf die Finger haben, wie?« Endlich gehorchte sie und ließ ihn in Ruhe.

Immer wieder wurde er von Leuten, die er bei anderen Festspielen getroffen hatte oder aus der Stadt kannte, begrüßt und musste zurückwinken. Aber er sah auch viele unbekannte Gesichter. Viele Amerikaner schottischer Abstammung schienen sich sehr für die Kultur und die Traditionen ihrer Vorfahren zu interessieren. Dylan holte tief Atem, freudige Erregung stieg in ihm auf. Wie musste es wohl früher bei den Zusammenkünften der Clans gewesen sein, wo das Gespräch mit alten Freunden und die Möglichkeit, neue zu gewinnen, ebenso wichtig gewesen war wie die Spiele selbst?

Plötzlich entdeckte er Cody Marshall im Gewühle und lächelte ihr freundlich zu, als sie kehrtmachte und mit ihrem Mann Raymond im Schlepptau auf ihn zukam. Dylan kannte Cody schon sein ganzes Leben lang, ihr Mann dagegen war für ihn ein unbeschriebenes Blatt. Er hielt Raymond für einen Langweiler, für ein richtiges Weichei. Sein langes, von grauen Strähnen durchzogenes Haar sah immer aus wie aus Polyester gemacht, und er trug stets eine blasierte Miene zur Schau. Aber Cody liebte diesen Kerl über alles, also hielt Dylan in ihrer Gegenwart seine Zunge im Zaum.

Cody trug ein Kleid nebst Mieder aus dem 17. Jahrhundert. Ihr glänzendes rotes Haar war kunstvoll geflochten, hochgesteckt und wurde von einem zum dreieckigen *corrachd tri-chearnach* gefalteten Leinentuch bedeckt. Raymond hatte Jeans und ein T-Shirt mit dem Emblem der Titans an. Dylan betrachtete Cody wohlgefällig. »Eine echte schottische Maid«, bemerkte er.

Cody musste lachen. »Du denkst wohl, ich wüsste nicht, was das bedeutet, was? Irrtum, mein Lieber. Glaubst du, ich wollte dir den Kopf abschlagen?«

»Zuzutrauen wär's dir.«

»Aber ich tu's nicht. Immerhin hast du mir ja beigebracht, wie so was geht.«

Dylan küsste sie sacht auf die Wange, ehe er murmelte: *»Ciamar a tha thu?«*

»Mir geht's gut«, beantwortete Cody seine Frage – die

einzigen gälischen Worte, die sie kannte. »Und selbst? Wo steckt denn Ginny?«

Ein dicker Kloß bildete sich in Dylans Kehle, doch er zuckte nur lässig mit den Achseln. »Aus und vorbei, fürchte ich.«

Cody schenkte ihm ein mitfühlendes Lächeln, dann sagte sie mit gedämpfter Stimme: »Tut mir Leid für dich, obwohl ich lügen müsste, wenn ich sagen wollte, dass mich das überrascht.« Dylan musterte sie forschend, versuchte zu ergründen, wie viel sie wusste, doch sie winkte nur ab. »Ich hatte bei euch so ein dummes Gefühl.« Dann legte sie ihm eine Hand auf den Arm und wechselte rasch das Thema. »Übrigens habe ich vorhin einen fantastischen Zweihänder gesehen. Einen echten.«

Dylans Interesse war sofort geweckt. »Tatsächlich? Wie alt war er denn ungefähr?«

»Ach, mindestens vierhundert Jahre. Eher fünfhundert, würde ich sagen.«

Dylan ließ den Blick über die Menge wandern, die sich vor den Ständen und Schaukästen drängte. »Wo ist er denn? Ich muss ihn mir unbedingt ...«

Raymond unterbrach ihn. »Ich wollte dich schon immer mal was fragen, Dylan. Ist Matheson eigentlich ein englischer Name?«

»O nein.« Bei dem Gedanken, wie seine Vorfahren eine so beleidigende Unterstellung wohl aufgenommen hätten, wäre Dylan fast in einen schottischen Akzent verfallen.

Raymond lächelte unsicher. »Aber dieses Anhängsel *-son* ...«

»Unser Clan war im nördlichen Hochland Schottlands beheimatet. Matheson ist die anglisierte Form von *MacMhathain,* was, wie man mir sagte, *Sohn der Helden* bedeutet, oder auch *Sohn der Bären,* was in der traditionellen bildlichen Darstellung ungefähr dasselbe ist.«

Raymond zog die Augenbrauen hoch, was Dylan verstimmte, dann bemerkte er: »Ich hatte ganz vergessen, wie gut du auf diesem Gebiet Bescheid weißt.«

Dylan zuckte nur mit den Achseln, blickte sich um und

suchte nach einem Vorwand, um sich zu verabschieden. Als er keinen fand, erwiderte er: »Als Kind habe ich herausgefunden, dass ich nach einem berühmten Mitglied des Matheson-Clans benannt worden bin, das hat mich neugierig gemacht. Mein Großvater hat mir die Geschichte wieder und wieder erzählt, bis er starb. Es gab da mal einen Matheson – wann genau er gelebt hat, wusste Großvater nicht –, der wurde Black Dylan genannt. Er war ein Straßenräuber, hat überall in Schottland die Leute ausgeplündert, trotzdem war er so was wie ein Volksheld. Dad gefiel der Name, weil ich schwarze Haare habe, und Mom war damals ein großer Fan von Bob Dylan. Also wurde ich nach einem Mann benannt, der vermutlich wegen Viehdiebstahl oder Überfällen auf Kutschen gehängt worden ist. Womit ich dir jetzt mehr erzählt habe, als du eigentlich wissen wolltest.« Er lächelte Marshall verkniffen zu.

Doch Raymond stellte ohne eine Spur von Sarkasmus nur lakonisch fest: »Für jemanden, der so in der Vergangenheit lebt wie du, muss es doch furchtbar schwierig sein, sich im zwanzigsten Jahrhundert zurechtzufinden.«

»Im *ein*undzwanzigsten Jahrhundert«, zwitscherte Cody.

Raymond schüttelte den Kopf. »Nein, Schatz, das kannst du erst in drei Monaten sagen.« Er senkte seine Stimme zu einem verschwörerischen Flüstern. »Deswegen heißt mein Lieblingsfilm ja auch nicht *2000: Odyssee im Weltraum.*«

Einen Moment lang herrschte Schweigen. Dylan und Cody starrten Raymond an. »Wie dem auch sei«, meinte Dylan dann. »Und jetzt komm, Cody, zeig mir den Zwei…«

»Dylan Matheson?« Der junge Mann von der Anmeldung tippte Dylan auf die Schulter. Er hielt ein Formular in der Hand. »Sie müssen das hier bitte noch ausfüllen. Für die Versicherung, falls Sie vorhaben, dieses Schwert da tatsächlich zum Einsatz zu bringen.« Er trug einen schwarzgrünen Kilt mit passendem Wams und Plaid, nur das akkurat gestutzte Haar wollte nicht zu seiner Aufmachung passen, denn es verriet den Bürohengst des 20. Jahrhunderts.

Seufzend machte sich Dylan daran, den Papierkram zu erledigen. Cody ging mit ihrem Mann weiter, um sich die restlichen Attraktionen anzusehen. Dylan ging davon aus, dass sie sich später wieder treffen würden.

Die Schwertkämpfe sollten erst am Nachmittag stattfinden. Ronnie, der noch den Samstagmorgenkurs abhalten musste, würde auch erst gegen Mittag eintreffen, also verbrachte Dylan den Vormittag in der Gesellschaft der drei Mädchen. Sie sahen zu, wie muskelbepackte Kolosse Baumstämme, Felsbrocken und Ähnliches um die Wette schleuderten. Dylan selbst war nicht gerade klein und ziemlich kräftig gebaut, aber mit diesen Muskelprotzen konnte er nicht mithalten. Viele trugen ihr Haar lang, und während Dylan sie bei den Wettkämpfen beobachtete, kam er zu dem Schluss, dass sie wie Klingonen in Frauenkleidern aussahen. Er selbst bevorzugte Schwertkämpfe, denn er sah nicht viel Sinn darin, mit Holzklötzen um sich zu werfen.

Die Mädchen klebten den ganzen Vormittag wie die Kletten an ihm. Später stießen noch zwei weitere Karateschüler, Steve und Jeff, zu ihnen, die gleichfalls den Samstagmorgenkurs besuchen. Allmählich kam Dylan sich vor wie auf einem Schulausflug, und er fragte sich, ob heute Morgen überhaupt jemand zu Ronnies Unterricht erschienen war. Gegen Mittag stieß die Gruppe wieder auf Cody und ihren Mann.

An den Imbissbuden konnte man Fleischpasteten, Wurstbrötchen, Scones, Bannocks, Rübengemüse mit Schinken (hier war Dylan sich nicht sicher, ob es sich um ein Zugeständnis an die Besucher aus Tennessee oder um ein original schottisches, von den Einwanderern eingeführtes Gericht handelte), Törtchen, Fish and Chips, Buttergebäck, amerikanisches Bier und importiertes englisches Ale erstehen. Die Kids hielten sich an Hot Dogs und tranken Cola dazu, nur Kym ließ sich von Dylan dazu überreden, einmal von der Hackfleischpastete zu probieren. Auch Haggis war im Angebot, aber bei gekochten Schafsinnereien hörte Dylans Traditionsbewusstsein auf.

Die Gruppe quetschte sich an einen steinernen Picknicktisch im Schatten der Bäume, wo es angenehm kühl war. Ein Trupp Dudelsackspieler marschierte vorbei, und Cody schnitt eine Grimasse. »Wisst ihr, ich bin ja ein großer Freund von dieser Art Musik, aber wenn ich noch ein einziges Mal *Scotland the Brave* hören muss, dann springe ich auf und renne kreischend aus dem Park. Langsam komme ich mir vor wie in einem Werbespot für Rasierwasser!«

Dylan kicherte in seine Pastete. »Na, wart's mal ab, als Nächstes spielen sie garantiert *Amazing Grace.*«

Cody verdrehte die Augen, dann begann sie davon zu schwärmen, wie gut all die Männer in ihren Kilts aussähen. Sie zog Ronnie, der sich mittlerweile auch eingefunden hatte, ein wenig auf, weil er keinen trug, und er erklärte, er fände die Dinger unbequem.

Cody nickte verständnisvoll. »Für viele von euch Jungs muss die raue Wolle auf der nackten Haut sicher unangenehm sein. Dylan macht das bestimmt weniger aus, der ist ja nicht beschnitten.« Sie biss kräftig in ihre Pastete.

Die Unterhaltung verstummte augenblicklich. Schweigen machte sich breit. Dylan spürte, wie ihm das Blut ins Gesicht stieg, er senkte den Kopf und pickte in seiner Hackfleischpastete herum. Raymond starrte seine Frau entgeistert an, und die Kids musterten Dylan verstohlen und kicherten leise.

Cody blickte in die Runde, schluckte den Bissen runter und fragte mit unschuldigem Augenaufschlag: »Was ist denn los?« Dann brach sie in Gelächter aus. »Was ihr immer gleich denkt! Wir waren vier Jahre alt und haben in den Büschen hinter der Garage seiner Eltern ›Zeig mir deinen, dann zeig ich dir meinen‹ gespielt. Seitdem habe ich das gute Stück nicht mehr zu Gesicht bekommen. Also regt euch ab, Jungs.«

Die Mädchen begannen haltlos zu kichern, Dylan seufzte, und Raymond wandte sich an Cody. »Und? Hast du dich revanchiert?«

Wieder verdrehte sie die Augen. »Natürlich. Ich bin doch kein Drückeberger.«

Dylan räusperte sich vernehmlich. »Also ich für meinen Teil fühle mich in meinem Kilt sehr wohl, aber ich finde es nett von euch, dass ihr euch solche Gedanken um mich macht.«

Daraufhin wollten sich die Mädchen vor Lachen schier ausschütten.

Nach dem Lunch fanden die Schaukämpfe statt. Zuerst hielt Dylan den überraschend zahlreich erschienenen Zuschauern einen kurzen Vortrag über die Finessen des Schwertkampfes und führte im Zeitlupentempo einige Finten und Paraden vor. Dann lieferten Ronnie und er sich ein bis in die kleinste Bewegung einstudiertes und oft geprobtes Duell, komplett mit Dialog. Dylan spielte den jakobitischen Helden, der seine Heimat verteidigt; Ronnie, der sich als Lowlandgeck ständig mit der freien Hand mittels eines Spitzentaschentuchs Luft zufächelte, wurde von der Menge lautstark ausgebuht. Beiden fiel es schwer, ein ernstes Gesicht zu wahren, während sie sich gegenseitig als »Niederträchtiger Schuft!« und »Schmieriger *Sassunach*!« beschimpften. Endlich brach Ronnie pathetisch zusammen und starb einen wenig überzeugenden Bühnentod, während Dylan breit grinsend sein Schwert in die Scheide zurückschob.

»Stümper«, sagte er, als er seinem Assistenten auf die Beine half. Ronnie lachte nur und verneigte sich in Richtung des Publikums.

Nachdem auch Dylan sich verbeugt und den Applaus der Zuschauer entgegengenommen hatte, führte er sein Gefolge zu den Tischen, wo die Schwerter ausgestellt wurden. Er wollte die Gelegenheit nutzen, um seinen Schülern einmal eine größere Auswahl verschiedener Waffen zu zeigen; seine eigene Sammlung nahm sich dagegen eher bescheiden aus. Er wies auf die Unterschiede zwischen englischen und schottischen Breitschwertern hin (herrlich gearbeitet die einen, schlichter, aber dafür erschwinglich die anderen), dann erklärte er, wie im Laufe der Zeit diese mächtigen Waffen durch Rapiere und schließlich durch

Degen und Florette ersetzt worden waren, mit denen man nicht zuschlagen, sondern nur noch zustechen konnte. Und dann kamen sie zu dem Zweihänder, den Cody gesehen hatte.

Dylan seufzte entzückt auf, als er die prächtige Waffe sah, und strich bewundernd über die Glasplatte des Schaukastens. Er hatte tatsächlich einen echten Zweihänder aus dem 15. oder 16. Jahrhundert vor sich, das erkannte er daran, dass das Schwert noch nicht den später üblichen Korbgriff aufwies.

Noch nie hatte er ein echtes antikes Schwert dieser Güte aus der Nähe gesehen, nur mehr oder weniger gute Kopien, und er wünschte sich nichts sehnlicher, als es einmal anfassen zu dürfen. Die schwere Waffe vermochte einem Mann den Kopf bis zu den Schultern zu spalten; sie war weniger zum Zustoßen als vielmehr dazu bestimmt, den Gegner regelrecht in Stücke zu hacken. Der Griff war mit Blei gefüllt, um das Gewicht der langen Klinge auszugleichen. Es juckte Dylan förmlich in den Fingern, sie einmal auszuprobieren.

Der Besitzer des Schwertes, ein Yankee namens Bedford, wollte ihm dies jedoch nicht gestatten. »Lieber nicht«, winkte er ab. »Es ist ein Familienerbstück. Mein Ur-Ur-Ur…« Er hielt einen Moment inne und zählte an den Fingern ab. »Na ja, einer meiner Vorfahren diente zu Regierungszeiten von Königin Anne in der englischen Armee und erbeutete dieses Schwert irgendwo in Schottland. Bis vor zehn Jahren hing es in Kent, in dem Haus, in dem mein Großvater aufwuchs. Als sein Bruder starb, bat mein Großvater seine Neffen, ihm die Waffe zu überlassen, weil er sie später mir übergeben wollte.«

»Eigentlich gehört dieses Schwert in ein Museum.« Dylan konnte die Augen nicht von der herrlichen Waffe losreißen.

»Da kommt es hin, wenn ich mal das Zeitliche gesegnet habe, es sei denn, einer meiner Söhne möchte es behalten.« Bedford hatte eine eigentümliche Art zu sprechen; klar und deutlich, aber mit so lang gezogenen Vokalen, dass es schon fast träge klang. Er war der ruhigste und ausgeglichenste Yankee, den Dylan je gesehen hatte.

»Wie haben Sie das Schwert denn über die Grenze geschafft? Die Ausfuhr von Antiquitäten aus England ist doch sicherlich verboten?«

Bedford grinste und antwortete mit passablem englischen Akzent: »Hab's mir in den Hintern geschoben und rausgeschmuggelt.«

Dylan und seine Begleiter lachten, dann sah Dylan dem Mann offen in die Augen und sagte: »Ich möchte das Schwert für mein Leben gern einmal in die Hand nehmen. Wie viel verlangen Sie für fünf Minuten?«

Die Frage hatte nicht das erwartete Gelächter zur Folge, stattdessen musterte Bedford ihn aus schmalen Augen. »Ich habe mir vorhin Ihre Vorführung angeschaut. Sie sind gar nicht schlecht. Sind Sie Schwertkampfexperte oder so was?«

Dylan spitzte interessiert die Ohren. »Ja, ich gebe sogar Unterricht.«

»Wie wär's dann mit einer kleinen Sparringsrunde? Kampf bis zum ersten Treffer. Wenn Sie mich besiegen, dürfen Sie mein Schwert aus dem Kasten nehmen.«

»Und wenn Sie gewinnen?« Dylan schätzte den Mann rasch als potenziellen Gegner ab: hoch gewachsen, breitschultrig, große, kräftige Hände, wendig und beweglich.

Bedford grinste. »Dann gewinne ich eben. Wir tun so, als ob wir einen weiteren Schaukampf vorführen, damit sich die Versicherungsfritzen nicht in die Hose machen.«

Dylan wusste sehr wohl, auf was er sich da einließ. Sparring ohne entsprechende Sicherheitsvorkehrungen war nie ganz ungefährlich, aber gerade in der Gefahr bestand ja der Reiz eines solchen Kampfes. Dylan erklärte sich sofort einverstanden und verschob jeden Gedanken an mögliche böse Folgen auf später.

Sie gingen hinüber zu einem leeren Feld direkt hinter dem Eingang. Dylan ließ das Schwert an seiner Seite durch die Luft kreisen. Adrenalin strömte durch seine Adern, sein Puls beschleunigte sich, und seine Muskeln vibrierten vor

Vorfreude auf den Kampf. Tief sog er die frische Herbstluft in seine Lungen. Ein Schauer lief ihm über den Rücken, und ein leises Lächeln spielte um seine Lippen.

Bedford schwang ein italienisches Langschwert über seinen Kopf, um sich warm zu machen. Dylan hielt es für eine Kopie; eine echt antike Waffe wie diese war zu wertvoll, um in einem Kampf eingesetzt zu werden. Sein eigenes Schwert war leichter und besser zu handhaben, aber die Klinge des Italieners war länger, was hieß, dass sein Gegner eine größere Reichweite hatte. In einem richtigen Kampf konnte dieses Schwert großen Schaden anrichten, aber hier ging es nur um Treffer; sie würden mit der flachen Klinge zuschlagen, daher konnte eigentlich nicht allzu viel passieren.

Hoffentlich. Dylan wurde das unangenehme Gefühl nicht los, dass heute Blut fließen würde.

Die beiden Gegner stellten sich auf, nahmen Haltung an und kreuzten die Klingen. Bedford wirkte selbstsicher und entspannt, fast schon überheblich, als sei er von seinem Sieg überzeugt. Blitzschnell griff er an. Dylan parierte seine Hiebe, konnte aber nicht verhindern, dass er fast bis zur hinteren Linie zurückgetrieben wurde. Wieder und wieder prallten die Schwerter klirrend aufeinander, dann täuschte Dylan einen Scheinangriff vor, sprang beiseite und griff Bedford von der Seite an. Dieser parierte, Dylan unternahm einen neuen Vorstoß, nur um abermals zurückgeschlagen zu werden. Daraufhin wich Bedford zurück, um sich Luft zu verschaffen, aber Dylan drang augenblicklich wieder auf ihn ein. Er hatte nicht die Absicht, dem Gegner eine Verschnaufpause zu gönnen.

Bedfords Schwert pfiff durch die Luft. Er handhabte die mächtige Waffe mit erstaunlicher Leichtigkeit. Dylan grinste. Es tat ihm gut, sich statt mit seinen Schülern einmal mit einem erfahrenen Gegner zu messen. Er führte weit ausholende, harte Hiebe gegen Bedford. Da er mit dessen Tempo nicht mithalten konnte, zielte er darauf, den Yankee zu ermüden. Der Plan ging auf; Bedford zeigte erste Schwächen. Er wich zurück und parierte Dylans Angriffe mit zusammengepressten Lippen. Dylan suchte nach einer Lücke in seiner Deckung, fand aber keine, deshalb sprang er zur Seite und umkreiste den Gegner lauernd.

Bedford lachte schallend auf. »Elender kleiner Hinterwäldler!«, brüllte er spöttisch.

Dylan jedoch fiel auf den Trick nicht herein, die erwartete Attacke blieb aus. Das brachte Bedford aus der Fassung. Unsicher sah er sich um, dann unternahm er einen neuerlichen halbherzigen Angriff. Dylan parierte und holte zu einem seitlichen Hieb aus, der Bedford am Brustkorb traf.

»Treffer!«

Bedford taumelte zur Seite, holte ein paarmal tief Atem und rief dann lachend: »Okay, Treffer! Ich gebe mich geschlagen!«

Die Zuschauer spendeten den Kämpfern, die sich vor ihnen verbeugten, donnernden Applaus. Dylan und Bedford salutierten mit ihren Schwertern, reichten sich die Hände und verließen dann gemeinsam das Feld. Dylan schob sein Schwert in die Scheide, nahm das Wehrgehänge von seiner Schulter und reichte beides an Ronnie weiter, der sofort damit zum Auto laufen wollte. »Hey, Ron!« Sein Assistent drehte sich um, und Dylan warf ihm die Wagenschlüssel zu. »Der Jeep ist abgeschlossen!

Das war ein guter Kampf«, sagte er dann zu Bedford. Plötzlich bemerkte er, dass der Yankee sich die Seite hielt. »Habe ich Sie etwa erwischt?«

Bedford zuckte mit den Achseln. »Sie haben bloß mein Hemd aufgeschlitzt, vielleicht hab ich auch noch einen kleinen Kratzer abgekriegt. Halb so schlimm.« Er zeigte Dylan das Loch in seinem Hemd und die dünne rote Wunde darunter.

»Tut mir wirklich Leid.«

Wieder zuckte Bedford mit den Achseln. »So was kann vorkommen. Sie haben gewonnen, und somit haben Sie jetzt das Recht, unser Familienerbstück zu entweihen.« Er zwinkerte Dylan zu und grinste breit, als er den Glasdeckel hochhob.

Geradezu ehrfürchtig schloss Dylan beide Hände um

das Heft der historischen Waffe und hob sie aus dem Kasten. Obwohl das Schwert so lang war, wog es nicht viel, ließ sich leicht mit zwei Händen handhaben und war hervorragend ausbalanciert. Es fühlte sich seltsam warm an. Ein Schauer lief Dylan über den Rücken, als sich das Sonnenlicht in der Klinge fing. Seine Hände begannen zu kribbeln, das Heft wurde wärmer und wärmer, bis er gezwungen war, das Schwert wieder in seinen Kasten zurückzulegen. Verwirrt starrte er auf seine immer noch brennenden Hände.

»Stimmt was nicht?«, fragte Cody.

»Ich weiß es nicht.« Die Hitze in seinen Handflächen wurde immer stärker, obwohl er das Schwert weggelegt hatte. Seine Haut begann zu prickeln. Dylan schüttelte sich, aber das Prickeln blieb. Allmählich bekam er es mit der Angst zu tun. Er blickte sich um: Alle Umstehenden starrten ihn besorgt an.

»Bist du okay?« Cody legte ihm eine Hand auf den Arm, aber er schüttelte sie ab. Irgendetwas stimmte mit ihm ganz und gar nicht, aber er wollte nicht, dass die anderen das merkten.

Sein Herz hämmerte ihm bis zum Hals, als die Welt um ihn herum plötzlich schwarz wurde. Er kämpfte darum, bei Bewusstsein zu bleiben, versuchte, sich auf die Gesichter der anderen zu konzentrieren, aber es half nichts. Alles begann sich um ihn herum zu drehen, und als er sich an irgendjemandem festhalten wollte, griff er ins Nichts.

Doch die Welt materialisierte fast ebenso schnell wieder, wie sie verschwunden war. Zu seiner größten Überraschung stand Dylan immer noch auf seinen beiden Beinen, doch als er wieder klar sehen konnte, stellte er fest, dass die Nachmittagssonne inzwischen untergegangen und die Luft merklich kühler geworden war. Er zwinkerte ungläubig, doch die Dämmerung blieb. Die Menge war verschwunden; tiefe Stille herrschte jetzt im Park. Er stand auf einer Rasenfläche, aber die Tische und Stände, die eben noch hier gestanden hatten, waren ebenfalls nicht mehr da, und das Gras sah irgendwie komisch aus. Hart und rissig, wie eine schlecht gearbeitete Webdecke. Dylan drehte sich einmal um die eigene Achse. Er war von Bergen umgeben, von höheren Bergen, als er je zuvor gesehen hatte; steil ansteigenden braunen Bergen, die sich mit den Hügeln Tennessees wahrlich nicht vergleichen ließen. Einige Gipfel verschwanden gar in den tief hängenden Wolken, andere hoben sich bedrohlich von dem dunkelvioletten, sternenübersäten Himmel ab.

Ein scharfer Geruch nach verbranntem Holz stieg ihm in die Nase, und als er sich umdrehte, sah er die verkohlte Ruine einer ... Scheune vielleicht? »Ach du grüne Neune«, brummte er. »Was ist denn bloß passiert?«

In der Ferne war Stimmengewirr zu hören. Er blickte auf und sah schattenhafte Gestalten auf sich zukommen. Vier oder fünf Männer, die sich ihm rasch näherten. Ausgezeichnet. Vielleicht konnte ihm einer von ihnen ein paar Fragen beantworten.

# 3.

Die Männer sahen aus wie Nachzügler von dem Festival, alle trugen Kilts und Leinenhemden. *Authentische* Kleidung, wie Dylan feststellte, als sie näher kamen. Es beeindruckte ihn, dass sie sich in ihren Kilts so unbefangen bewegten, als hätten sie nie etwas anderes getragen. Zögernd ging er auf sie zu, aber sie achteten nicht auf ihn, ihre Aufmerksamkeit galt etwas anderem.

Einer von ihnen, ein großer, rotnackiger Kerl mit blonden Haaren und einem schmutzig blonden Bart, sagte etwas, was Dylan nicht verstand, und kniete neben einem schwarzen Bündel am Boden nieder. Der Mond war inzwischen aufgegangen, spendete aber nur schwaches Licht. Dylan erkannte, dass zwei der anderen Männer sehr jung waren, fast noch Teenager; ihre Stimmen klangen unsicher und zittrig. Der vierte Mann war wesentlich älter als die anderen und groß und hager.

Alle vier flüsterten so leise miteinander, dass Dylan nur das Wort *Sassunach* aufschnappen konnte. Dieser abfällig gemeinte Begriff bedeutete ›Engländer‹ und gehörte zu den wenigen gälischen Worten, die Dylan kannte. Er fragte sich, ob diese Burschen das Festival nicht vielleicht eine Spur zu ernst nahmen. Immer noch klammerte er sich an den Gedanken, sich *tatsächlich* noch im Park bei den Highland Games zu befinden, obwohl ihm klar war, dass hier einige sehr merkwürdige Dinge vor sich gingen. Nun, da die Sonne untergegangen war, musste er schleunigst zusehen, dass er zu seinem Auto kam, um nach Hause zu fahren. Natürlich nur, wenn es ihm gelang, Ronnie zu finden, denn der hatte ja die Schlüssel.

»Hey!«, rief er, als er die Männer fast erreicht hatte.

Alle vier blickten erschrocken auf. »*Och!*«, entfuhr es

dem Rotnackigen, er sprang auf und über das Bündel hinweg auf Dylan zu. Die anderen unterhielten sich aufgeregt, was in Dylans Ohren wie sinnloses Gebrabbel klang, und der große Bursche zog einen Dolch aus dem Gürtel und fuchtelte bedrohlich damit herum.

Sogar in dem schwachen Licht konnte Dylan sehen, dass der Mann mit Sicherheit nicht vorhatte, ihm zur Begrüßung die Hand zu schütteln. Dylans Augen weiteten sich, er blockte den Angriff ab, packte den Arm, der das Messer hielt, und warf den Gegner über seine Hüfte zu Boden. Rotnacken war erstaunlich behände für seine Größe; noch im Fallen trat er Dylan mit aller Kraft in die Nierengegend, dann schlug er mit dumpfem Klatschen auf der Erde auf.

Einen Moment lang wurde es Dylan schwarz vor Augen. Wäre es ihm nicht gelungen, den Dolchstoß abzuwehren, hätte ihn die Klinge direkt ins Herz getroffen. Schlagartig ging ihm auf, dass der Kerl versucht hatte, ihn zu töten. Sparringskämpfe hatte Dylan schon häufig bestritten und sich dabei auch nie allzu zimperlich angestellt, aber er war noch nie gezwungen gewesen, wirklich um sein Leben zu kämpfen. Energisch schüttelte er den unerfreulichen Gedanken ab, holte tief Atem und bereitete sich auf den nächsten Angriff vor.

Rotnacken rappelte sich hoch und ging erneut auf ihn los, doch wieder blockte Dylan ab. Er bekam den Angreifer am Arm zu packen, ließ sich rücklings zu Boden fallen und riss Rotnacken mit sich, dann trat er ihm wuchtig in den Magen und stieß ihn von sich.

Nun sah sein Widersacher rot. Er holte schon mit dem Dolch aus, noch ehe er wieder auf den Füßen stand. Dylan sprang zurück und blickte sich suchend um, hoffte, irgendetwas zu finden, was sich als Waffe verwenden ließ, aber da war nichts, noch nicht einmal ein starker Ast oder ein Stein.

Er sah, dass die anderen drei Männer Anstalten machten, ihn zu umzingeln, und wich zurück, damit sie ihm nicht in den Rücken fallen konnten. Wieder stürmte Rotnacken mit gezücktem Dolch auf ihn los. Dylan empfing ihn mit einem Tritt in den Magen, der den Angreifer zurücktaumeln ließ. Dann drehte er sich zu den anderen dreien um und hob die Hände. »Moment mal. Was geht hier eigentlich …«

Weiter kam er nicht. Unter Wutgebrüll fielen alle drei über ihn her und warfen ihn zu Boden. Dylan setzte sich mit Ellbogen, Fäusten, Knien und Füßen zur Wehr, aber gegen diese Überzahl hatte er keine Chance. Seine Gegner prügelten erbarmungslos auf ihn ein, bis er keine Luft mehr bekam und sicher war, dass sein letztes Stündlein geschlagen hatte. Seltsamerweise dachte er in diesem Moment nur daran, dass ihm da ein sauberer Dolchstoß doch lieber gewesen wäre. Das Letzte, was er sah, bevor er das Bewusstsein verlor, war ein kleiner, schimmernder Engel in einem durchsichtigen weißen Kleid, der über seinem Kopf schwebte. Und während er in die Dunkelheit hinüberglitt, bemerkte er noch, dass der Engel glänzende weiße Flügel hatte …

Nur langsam erlangte er das Bewusstsein wieder. Sein Kopf hämmerte, doch konnte er in seinem benommenen Zustand den Schmerz zunächst nicht lokalisieren. Mühsam kämpfte er sich in die Wirklichkeit zurück und stöhnte, als er an den verrückten Traum dachte, der ihn heimgesucht hatte. Irgendwas mit hohen Bergen, Gälisch sprechenden Schotten und einer Messerstecherei …

Als er wieder halbwegs zu sich gekommen war, dachte er erst, der Traum würde noch andauern. Er lag auf einem kalten Steinfußboden, es roch nach Schmutz, Tieren, Essensdünsten und Rauch. Außer ihm befanden sich noch weitere Personen im Raum, er konnte ihre Stimmen hören. Alle sprachen Gälisch. Zumindest hielt er es für Gälisch, aber ganz sicher war er nicht. Er versuchte einzelne Worte auszumachen, doch die Leute redeten zu schnell und noch dazu alle durcheinander, und Dylan wusste zu wenig über diese Sprache; außerdem schmerzte sein Kopf zu stark.

Vorsichtig versuchte er sich aufzurichten, stellte aber fest, dass seine Hände gefesselt waren. Da ihn jede Bewegung anstrengte, blieb er still liegen und blickte sich um. Wo auch immer er sein mochte, es war ziemlich dunkel hier. Kerzenlicht flackerte über die steinernen Wände eines langen Raumes, dessen Ende im Schatten lag. Mehrere Männer in Kilts standen ganz in seiner Nähe und berieten sich leise. Einer davon war unverkennbar Rotnacken. Von Dylans Blickwinkel aus wirkte der Mann wie ein Riese.

Unauffällig musterte Dylan seine Umgebung. Er wollte um jeden Preis vermeiden, die Aufmerksamkeit der Männer auf sich zu lenken. An der gegenüberliegenden Wand stand ein niedriger Holztisch, darauf lag ein nackter Mann. Er war unzweifelhaft tot. Eine leise vor sich hin schluchzende Frau war damit beschäftigt, ihm mit einem feuchten Lappen, den sie immer wieder in einem hölzernen Eimer ausspülte, Blut vom Gesicht und aus den Haaren zu waschen. Von irgendwoher drangen leise schnüffelnde Geräusche an Dylans Ohr.

Der Boden war mit feuchtem, modrig riechendem Stroh ausgelegt. Drei Bordercollies lagen in Dylans Nähe und ließen ihn nicht aus den Augen; sie sahen aus, als wären sie bereit, ihn bei lebendigem Leibe zu verspeisen, falls er es wagen sollte, sich von der Stelle zu rühren. Am anderen Ende des Raumes flackerte ein niedriges Feuer in einem in die Wand eingelassenen Kamin. Davor kniete eine Gestalt – den Umrissen nach eine Frau – und rührte in einem kleinen Kessel. Über dem Sims waren merkwürdige Ornamente in den Stein gehauen, aber Dylan konnte sie nicht genau erkennen, dazu war es zu dunkel.

*Wo um Himmels willen war er nur hingeraten?*

Um das herauszufinden, galt es, ein paar Fragen zu stellen. Mühsam richtete er sich auf. Die Männer verstummten augenblicklich und starrten ihn finster, geradezu drohend an. Obwohl seine aufgeplatzten Lippen pochten, fragte er klar und deutlich: »Wo bin ich?«

Einer der Halbwüchsigen, der mit dem rotblonden Haarschopf, rief etwas und deutete auf ihn. Rotnacken griff erneut nach seinem Dolch, doch der ältere Mann, der aussah wie der typische amerikanische Hinterwäldler – groß, hager und knochig –, hielt ihn mit einer Handbewegung zurück. Eine lautstarke Diskussion entspann sich zwischen den vier Männern. Niemand achtete mehr auf Dylan.

Eine dünne, kindliche Stimme meldete sich auf einmal direkt neben seinem Kopf zu Wort. »Sie halten dich für einen Engländer.«

Dylan fuhr herum und erblickte den Engel, den er schon einmal gesehen hatte. Er kniff die Augen zusammen, da er fürchtete, gestorben und in den Himmel gekommen zu sein. Sein Herz begann wie wild zu hämmern, vorsichtig öffnete er die Augen wieder und betrachtete die Erscheinung. Der Engel hatte kurzes, silbriges Haar, das in weichen Locken um das schmale Gesichtchen fiel; spitze Ohren lugten daraus hervor. Noch immer hatte Dylan keine Ahnung, was mit ihm geschehen war, aber als er dem kleinen Geschöpf in die leuchtend blauen Augen sah, begriff er, dass er eindeutig keinen Engel vor sich hatte, und seine Umgebung entsprach wahrlich nicht seiner Vorstellung vom Himmelreich. Er zwinkerte verwirrt. »Wie kommen sie denn darauf?«, fragte er dann.

»Psst, nicht so laut.« Mit vor der Brust verschränkten Armen blickte das elfenähnliche Wesen zu den streitenden Männern hinüber. »Soll das heißen, dass du kein Engländer bist?«

»Natürlich nicht. Matheson ist kein englischer Name.«

Die Elfe schien erleichtert. »Wenn du ein Matheson bist, dann sprich gefälligst Gälisch«, drängte sie.

Dylan schüttelte den Kopf, bereute die Bewegung jedoch sofort. »Ich kann kein Gälisch. Jedenfalls nicht genug, um mich verständlich zu machen.«

Sie stemmte die Fäuste in die Hüften. »Red keinen Unsinn. Du musst doch Gälisch sprechen.«

Wieder schüttelte er den Kopf, diesmal jedoch erheblich vorsichtiger, woraufhin sie unwillig das Gesicht verzog. Dylans Kopf schmerzte, deshalb nahm er eine rasche Bestandsaufnahme seiner Verletzungen vor. Der kupfrige Blutgeschmack in seinem Mund beunruhigte ihn, und als er mit der Zunge über seine Zähne fuhr, spürte er, dass seine Lippen an der Innenseite aufgeplatzt waren. Verkrustetes Blut bedeckte sein Gesicht, ein Auge war halb zugeschwollen, und seine Nieren pochten, aber zumindest schienen alle Knochen heil geblieben zu sein. Er hob den Kopf. »Kann man hier irgendwo ein Aspirin kriegen?«

»Ein was?« Die Hände der Elfe gerieten in aufgeregte Bewegung.«

»Ein Aspirin. Gegen meine Kopfschmerzen.«

»Ich kenne kein Kraut, das Aspirin heißt.«

»Es sind Tabletten. Hast du denn noch nie von Aspirin gehört?«

»Nein. Von Tabletten auch nicht. Bist du sicher, dass du Englisch sprichst?«

Dylan seufzte und verkniff sich eine bissige Bemerkung. Dann fragte er: »Wo bin ich hier eigentlich?«

»In Glen Ciorram, in einer alten Burg namens *Tigh a'Mhadaidh Bhàin*. Haus des weißen Hundes. Es ist der Landsitz des hiesigen Lairds, Iain Matheson, den seine Familie und seine Freunde Iain Mór nennen. Sein Vetter Alasdair Matheson wurde heute Nachmittag vor der Schwelle seines eigenen Hauses von einem englischen Schwein und seinen teuflischen Dragonern ermordet; vor den Augen seiner Frau und seiner kleinen Kinder. Dann beschlagnahmten die Engländer all seine irdische Habe und brannten sein Haus bis auf die Grundmauern nieder.«

Das erklärte die stinkenden Trümmer, die er gesehen hatte, den Toten drüben auf dem Tisch und das dunkle Bündel auf dem Boden vor dem Haus. Langsam stellte er fest: »Und jetzt glauben diese Leute, ich hätte etwas damit zu tun, weil ...«

»Weil du Englisch sprichst.«

»Was für ein Zufall. Die halbe Welt spricht Englisch.«

»Richtig. Diese Burschen da drüben übrigens auch, aber nur, wenn es sich überhaupt nicht vermeiden lässt. Und mit Sicherheit käme kein einziges englisches Wort aus ihrem Mund, wenn sie unter Spionageverdacht stünden – so wie du. Was du wissen müsstest, wenn du kein verdammter *Sassunach* wärst, der des Gälischen nicht mächtig ist.«

Spionage? In Schottland? Wie, zum Teufel, war er denn nach *Schottland* gekommen? Dylan schloss die Augen. Sein Kopf tat so weh, dass er kaum klar denken konnte. Vor wie vielen Jahrhunderten hatten die Engländer zum letzten Mal Spione in Schottland eingesetzt? Vor einem? Oder zwei? Und er lag hier, fünftausend Meilen von dem Ort entfernt, wo er sich noch vor wenigen Minuten befunden hatte, war von einem schottischen Schlägertypen mit einem Messer angegriffen worden und unterhielt sich mit einer vier Fuß großen Frau mit weißen Flügeln und spitzen Ohren. »Wer oder was *bist* du eigentlich?«

Sie antwortete so obenhin, als sei es das Selbstverständlichste auf der Welt: »Ich bin eine Fee. Sinann Eire heiße ich, Enkelin des Meeresgottes Lir. Ich habe dich hierher gebracht, damit du meine Leute vor den Engländern rettest.«

*Wie bitte?* Sein umnebelter Verstand weigerte sich, die Existenz von Feen zu akzeptieren, also konzentrierte er sich auf ihre letzten Worte. »Schottland wird schon lange nicht mehr von den Engländern bedroht. Es ist nämlich mehr oder weniger ein Teil Englands; untersteht seit 1707 der englischen Regierung, und seit 1745 hat es auch keinen Jakobitenaufstand mehr gegeben.«

Ein seltsames Licht leuchtete in den Augen der Fee auf; ein Licht, das Dylan Angst einjagte, obgleich er nicht recht wusste, weshalb. Ein leiser Zweifel klang in Sinanns Stimme mit, als sie sagte: »Seit damals nicht mehr? Und wie lange soll das jetzt her sein?«

Dylans Augen wurden schmal. »Das weißt du nicht?«

Die blassen Wangen der Fee röteten sich; Ärger blitzte in den blauen Augen auf. Sie stemmte die Hände in die Hüften und beugte sich vor. »Verrate mir doch bitte, wie viele Jahre für dich seit diesem berühmten Aufstand von 1745 vergangen sind.«

»Mehr als zweihundertfünfzig auf jeden Fall.«

Ihr Gesicht verschloss sich, sie begann, etwas auf Gälisch vor sich hin zu murmeln, dann wandte sie sich abrupt ab.

»Hey! Hey, Sinann! Kleine Fee!« Sie reagierte nicht. *»Hey!«*

»Was ist?« Zögernd drehte sie sich wieder zu ihm um.

»Warum bist du so überrascht? In welchem Jahr lebst *du* denn?« Ein leises Unbehagen beschlich ihn, als ihm bewusst wurde, was er da gerade gesagt hatte.

Zuerst dachte er, sie würde ihm keine Antwort geben, aber schließlich murmelte sie: »Heute schreiben wir den ersten Tag im Oktober des Jahres 1713.« Dann fuhr sie mehr zu sich selbst fort: »Fast drei Jahrhunderte hat es gedauert, bis dieser *claidheam mór* dich ausfindig machen konnte! Das ist schlecht! Das ist furchtbar! Wäre doch nur dieser englische Bastard nicht zurückgekommen!«

Dylan interessierte es nicht sonderlich, welchen englischen Bastard sie meinte. Er stieß ein gezwungenes Lachen aus. »Du machst dich über mich lustig, nicht wahr?«

Sie funkelte ihn erbost an. *»Lustig?* Vielleicht findest du die ganze Angelegenheit lustig, ich jedoch vermag nicht darüber zu lachen.«

Das Datum schien bedrohlich vor ihm aufzuragen, sobald er begriffen hatte. *1713.* Er war nicht nur tausende von Meilen, sondern auch hunderte von Jahren von seiner Heimat entfernt. Nachdenklich musterte er seine Häscher. Er zweifelte nicht daran, dass die Fee die Wahrheit sprach. All diese Kleidungsstücke sahen so authentisch aus, weil sie *echt* waren. Diese Männer waren daran gewöhnt, Kilts zu tragen, deswegen bewegten sie sich so unbefangen darin. Plötzlich wurde ihm bewusst, in welcher Gefahr er schwebte. Rotnacken hatte vorhin ernsthaft versucht, ihn zu töten. Vielleicht gelang es ihm beim nächsten Mal.

Er zischte der Fee zu: »Psst! Sinann! Sprich leise!«

Sie blickte ihn mit einem geistesabwesenden Ausdruck an. »Wieso?«

»Damit sie dich nicht hören.«

»Keine Angst. Dich können sie hören, mich nicht.«

»Wie das?«

Seine Begriffsstutzigkeit schien sie zu ärgern. Gereizt zischte sie zurück: »Weil ich es nicht wünsche, deshalb!

Über eine gewisse Macht verfüge ich immer noch, musst du wissen.«

»Ich bin beeindruckt. Wie wäre es denn dann, wenn du beim nächsten Mal jemandem aus deinem eigenen Jahrhundert ein magisches Schwert auf den Hals hetzt?«

»Glaub nur nicht, dass ich auf die Hilfe von Männern wie dir Wert lege. Du bist ja sogar innerhalb deines eigenen Clans in Schwierigkeiten geraten!«

»Ich hab nicht darum gebeten, hierher geholt zu werden!«

»Und ich wollte dich bestimmt nicht hier haben!«

»Dann schick mich nach Hause!«

Auf diese Forderung hin schnippte sie nur unwillig mit den Fingern und verschwand. Dylan sackte in sich zusammen und presste die Stirn gegen die Knie; er war so gut wie verloren.

Doch der menschliche Geist hat nun einmal die Gabe, in Stresssituationen die seltsamsten Gedankensprünge zu vollziehen. So erging es auch Dylan, der sich plötzlich dabei ertappte, dass er an eine Zeichentrickserie dachte, die er als Kind oft gesehen hatte. Sie hatte von einer Schildkröte und einem Zauberer gehandelt; die Schildkröte geriet ständig in Schwierigkeiten, und am Ende einer jeden Folge musste der Zauberer sie daraus befreien. Ohne zu überlegen, murmelte er: »Na, komm schon, Zauberer, hilf mir hier raus …«

Aber nichts geschah, kein Zauberer schickte ihn mit einer Handbewegung ins 21. Jahrhundert und nach Tennessee zurück. Da er aber nicht vorhatte, sich kampflos in sein Schicksal zu ergeben, musste er wohl selbst etwas unternehmen. Vielleicht würde Rotnacken ihn umbringen, vielleicht auch nicht. Er holte tief Atem und rappelte sich hoch, obwohl es ihm mit seinen gefesselten Händen schwer fiel, das Gleichgewicht zu bewahren, dann fragte er laut: *»Ciamar a tha sibh?«*

Die Männer verstummten und blickten ihn an. Auch die beiden Frauen hielten in ihren Tätigkeiten inne. Aufs Geratewohl fragte Dylan in die Runde: »Iain Matheson?«

Als Rotnacken vortrat, hätte Dylan fast entsetzt aufgestöhnt. *Iain Mór* hatte die Fee ihn genannt. Den großen Iain. Jetzt verstand er, warum.

»Ich habe deinen Vetter nicht umgebracht.«

Der Hinterwäldlertyp, den Dylan bei sich Hillbilly getauft hatte, mischte sich ein. »Aye, das wissen wir. Sarah hat ja alles mit angesehen.« Er nickte in Richtung der schluchzenden Frau neben dem Toten.

»Malcolm!«, warnte Iain Hillbilly drohend. Eine weitere auf Gälisch geführte Diskussion folgte, dann wandte Iain seine Aufmerksamkeit wieder Dylan zu. »Sag uns augenblicklich, wer du bist, sonst werden wir dich auf der Stelle töten.«

Dylan widerstand dem Drang, einen Schritt zurückzuweichen, und sah Iain fest in die Augen. »Mein Name ist Dylan Robert Matheson.«

»Das ist eine Lüge!« Iain ging erneut auf ihn los und versetzte Dylan, der aufgrund seiner Fesseln nicht schnell genug ausweichen konnte, einen kräftigen Hieb in die Magengegend.

Dylan krümmte sich. Ein paar Sekunden lang bekam er keine Luft, während ein weiß glühender Schmerz durch seinen Körper schoss. Als er sich so weit erholt hatte, dass er wieder atmen konnte, richtete er sich auf und blickte Iain furchtlos an. Tonlos sagte er: »Es ist die Wahrheit.«

»Du bist kein Matheson, und ich werde dir zeigen, was es heißt, mich zum Narren halten zu wollen.« Wieder schoss Iains Faust vor und hätte Dylan genau ins Gesicht getroffen, wenn dieser nicht zur Seite gesprungen wäre. Stattdessen versetzte ihm Iain einen weiteren Schlag in den Magen. Die Welt begann sich um ihn zu drehen, doch als er wieder zu Atem gekommen war, forderte er barsch: »Bindet mich los und gebt mir ein Messer, dann wollen wir einmal sehen, ob ich dir nicht dein großes Maul stopfen kann.« Trotz der Körpergröße des Mannes war Dylan überzeugt davon, Iain in einem fairen Kampf bezwingen zu können.

Doch Malcolm hatte Iain schon am Arm gepackt und

sprach eindringlich auf ihn ein. Der große Mann blickte zwar nach wie vor finster, unterließ aber weitere Angriffe.

»Hört mich doch an.« Dylan sprach so deutlich, wie es ihm mit seinen zerschlagenen Lippen möglich war. »Fällt euch denn an meiner Sprechweise nichts auf? Ich bin kein Engländer.« Iain zögerte. Seine Hand stahl sich wieder zu dem Dolch, und Dylan fuhr rasch fort, wobei er seinen Südstaatenakzent noch übertrieb: »Ich bin kein Engländer nich', und das wisst ihr selbst ganz gut. Oder kennt ihr 'n Engländer, der so red't wie ich?«

Malcolm meinte nachdenklich: »Er hat Recht, Iain. Er ist kein Engländer und auch kein Franzose. Hör ihn dir doch an.«

Ermutigt sprach Dylan weiter: »Ich bin kein Engländer, sondern Amerikaner.« Hastig berichtigte er sich: »Ich meine, ich komme aus den Kolonien.« Trotz seiner Kopfschmerzen versuchte er fieberhaft, sich an alles zu erinnern, was er je über seine frühen amerikanischen Vorfahren gehört hatte. Wie lautete doch gleich der Name dieses Sträflings, von dem sein Großvater dauernd gesprochen hatte? Derjenige unter seinen Matheson-Ahnen, der als Erster einen Fuß in die Neue Welt gesetzt hatte? Das musste im späten 17. Jahrhundert gewesen sein: so um 1660 herum, also vor fünfzig Jahren, wenn man die Zeitrechnung dieser Fee zugrunde legte. »Mein Vater war ...« Er brach ab und atmete tief durch. Der Name? Wie war der *Name*? Ach ja, natürlich! »... Roderick Matheson.«

Gespanntes Schweigen breitete sich mit einem Mal im ganzen Raum aus. Er hatte offenbar das Richtige getroffen, nun musste er sein Gedächtnis anstrengen. Nach einer kurzen Pause fuhr er fort: »Roderick wurde als junger Mann nach Virginia deportiert. Und ich wurde ...« Achtung, jetzt musste er zu einer Lüge Zuflucht nehmen. Er war in Tennessee geboren, doch im Jahre 1713 war dieser Staat wohl noch weit gehend unbekannt gewesen. Aber um glaubwürdig zu klingen, durfte er nicht bedenkenlos das Blaue vom Himmel herunterflunkern. »Ich wurde in Virginia geboren, im Jahre ...« kurzes Kopfrechnen »... 1683.«

Iain wirkte nicht restlos überzeugt. »So alt siehst du gar nicht aus«, grollte er. »Und Ähnlichkeit mit den Mathesons hast du auch nicht viel.« Dylan nahm an, dass Iain auf seine dunkle Haut und sein schwarzes Haar anspielte. Diese Farben kamen zwar bei Schotten auch gelegentlich vor, passten aber nicht zu dieser Familie, deren Mitglieder zumeist hellhaarig – blond, rötlich oder hellbraun – waren. Ohne nachzudenken, entfuhr es ihm: »Ich hab einen ganzen Sommer gebraucht, um mir diese Bräune zuzulegen.« Alle Anwesenden sahen ihn daraufhin nur verständnislos an.

Klar, zwischen ihm und Roderick Matheson lagen immerhin fünfzehn Generationen, und all diese Leute hier waren bestenfalls Vettern dritten oder vierten Grades vom alten Rod, daher war die mangelnde Familienähnlichkeit nicht weiter erstaunlich. Er sann auf eine glaubhafte Erklärung. »Nun ja, in der Familie meiner Mutter werden sie alle alt«, was im Verhältnis zur Lebenserwartung von 1713 auch stimmte, »und ich sehe vermutlich jünger aus, als ich bin. Von meiner Mutter habe ich übrigens auch meine Farben geerbt.« Wohlweislich vermied er, sein Indianerblut ins Spiel zu bringen, das wäre des Guten zu viel gewesen.

Malcolm sagte etwas auf Gälisch. Die Mienen der Männer hellten sich auf. Anscheinend kauften sie ihm die Geschichte ab. Nur Iain musterte ihn weiterhin misstrauisch. »Was führt dich denn hierher, mein Bürschchen?«

Dylan zuckte mit den Achseln, als wäre es ein Kinderspiel, eine monatelange Schiffsfahrt in Kauf zu nehmen, nur um entfernte Verwandte zu besuchen, die nicht mit ihm rechneten, ja, die noch nicht einmal wussten, dass er überhaupt existierte. »Ich wollte die Familie meines Vaters kennen lernen.«

»Und darüber hast du ganz vergessen, deine Ausrüstung mitzubringen?«

Dylan winkte ab. »Ich reise gern mit leichtem Gepäck.« Als das erwartete Gelächter ausblieb, fuhr er rasch fort: »Ich bin ausgeraubt worden. In den Docks von …« Verdammt, da er nicht wusste, wo Glen Ciorram lag, hatte er auch keine Ahnung, wie die nächste Hafenstadt hieß. »Direkt nach meiner Ankunft hat man mich bekl… äh, bestohlen … ausgeplündert sozusagen.«

Malcolm grinste. »Es fällt mir irgendwie schwer zu glauben, dass du dich widerstandslos ausrauben lässt.«

Alle lachten, bis auf Iain, der immer noch ein finsteres Gesicht zog. Dylan lächelte grimmig und zerrte viel sagend an seinen Fesseln. »Sind die Gegner in der Überzahl, hat man manchmal keine Chance. Sie haben mich überwältigt und mir mein Gep… äh, alle meine Sachen gestohlen. Und leider auch meinen … äh … Geldbeutel.« War das der richtige Ausdruck? Hatten die Männer damals schon Geldbörsen bei sich gehabt? Da keiner der anderen eine Bemerkung machte, nahm Dylan an, dass er richtig gelegen hatte.

»Deinen *sporran* hast du auch nicht mehr. Und keine Waffen. Die Diebe waren wirklich sehr gründlich.« Er deutete auf Dylans Füße. »Sei froh, dass sie dir wenigstens deine Schuhe gelassen haben. Merkwürdige Fußbekleidung übrigens. Sollen das Stiefel sein?« Die anderen kicherten höhnisch. Dylan trug knöchelhohe Polostiefel aus Wildleder mit Gummisohle; die kamen seiner Meinung nach den handgenähten Schuhen der damaligen Zeit noch am nächsten.

Gerade als er in das Gelächter mit einstimmen wollte, wurde ihm schwarz vor Augen, er sank auf die Knie und begann, heftig zu würgen. Erste Anzeichen für eine Gehirnerschütterung. Na großartig!

Wieder erhob sich gälisches Gemurmel, doch jetzt hörte sich Iain Mór zum Glück nicht mehr so an, als würde er nach Dylans Blut lechzen.

Hinter ihm ertönte plötzlich die ruhige, sanfte Stimme einer Frau. Zuerst sagte sie etwas zu den umstehenden Männern, dann wandte sie sich auf Englisch an Dylan. »Sie werden dir jetzt gleich die Fesseln abnehmen, damit du dies hier trinken kannst.«

Dylan blickte auf. Feine Schweißperlen rannen ihm über die Wange, als Malcolm mit einem Dolch in der Hand auf ihn zukam und die Stricke an seinen Handgelenken durchschnitt.

Erleichtert rollte er die schmerzenden Schultern und rieb sich die Handgelenke, ohne dabei einen Blick von der Frau zu wenden. Er war froh, wenigstens ein freundliches Gesicht inmitten all dieser finsteren, bedrohlichen Gestalten zu entdecken. Die Frau hatte schimmerndes blondes Haar, das ihr lose auf die Schultern fiel. In eine Seite war ein dünner, mit einem feinen weißen Band durchwobener Zopf eingeflochten. Ihre großen Augen leuchteten tiefblau, und das Mitgefühl, das darin zu lesen stand, berührte Dylan ungemein. Sie hielt ihm eine niedrige, zur Hälfte mit einer undefinierbaren Flüssigkeit gefüllte Holzschale mit zwei Henkeln hin.

»Trinkt das, es wird Eure Kopfschmerzen lindern.«

Dylan hob die Schale an die Lippen und nippte daran. Das Gebräu schmeckte widerlich bitter. Angeekelt verzog er das Gesicht, doch die Frau drängte ihn leise, die Schale zu leeren. Nach dem zweiten Schluck kam er zu dem Schluss, dass alles, was dermaßen scheußlich schmeckte, unbedingt helfen musste, sonst würde niemand davon trinken. Also hielt er den Atem an und stürzte den Rest in einem Zug hinunter, dann gab er der Frau die Schale zurück und sah ihr nach, als sie damit zur Feuerstelle zurückging. Sie trug ein weißes Überkleid mit feinem blauem Karomuster und bewegte sich so anmutig und selbstsicher, wie er es bislang erst bei wenigen Frauen gesehen hatte.

Iain Mór war sein Interesse nicht entgangen. »Was hast du denn zu glotzen, Junge?«, grollte er.

Dylan senkte den Blick und sagte nichts darauf. Er hielt es für geraten, Vorsicht walten zu lassen. Wahrscheinlich gehörte die Frau Iain und wurde wegen ihrer Jugend und Schönheit von ihm eifersüchtig bewacht.

Malcolm wandte sich an Iain. »Er kann heute Nacht in meiner Kammer schlafen, während wir hier bei Alasdair wachen.« Da er Englisch gesprochen hatte, ging Dylan davon aus, dass diese Worte auch für seine Ohren bestimmt gewesen waren.

Iains Anwort bestand aus ärgerlichem gälischem Geknurre.

Malcolm fuhr – wiederum auf Englisch – fort: »Coll kann vor der Tür bleiben und auf ihn aufpassen.« Dabei deutete er auf den blonden Halbwüchsigen, der Dylan einen missmutigen Blick zuwarf.

Iain starrte zu Boden und überlegte eine Weile, dann sah er Malcolm an und nickte. »Aye, so sei es.«

Malcolm sagte etwas auf Gälisch zu den anderen Männern, dann forderte er Dylan auf, mit ihm zu kommen. Dylan rappelte sich hoch und folgte ihm durch den langen Raum zu einer schweren, eisenbeschlagenen Holztür und dann in einen Gang hinaus; zwei Hunde blieben ihnen dicht auf den Fersen. »Gibt es in dieser Gegend Leute, die dich erwarten?« Malcolm fragte dies so ruhig und gelassen, als sei ihm Dylans Antwort im Grunde genommen egal. Der Gang wurde nur von einigen langen Kerzen beleuchtet, die in unregelmäßigen Abständen in Wandhaltern steckten und bizarre Schatten an den Wänden entlangtanzen ließen. Das Dämmerlicht sowie das dunkle Gestein um ihn herum vermittelten Dylan den gespenstischen Eindruck, lebendig begraben zu sein. Der Gang kam ihm vor wie eine enge Höhle, aus der es kein Entkommen gab.

Flüchtig erwog er, einfach zu behaupten, dass bei Tagesanbruch ein Suchtrupp nach ihm ausgeschickt werden würde. Niedergeschlagen blickte er sich um. Allmählich wurde er sich seiner hoffnungslosen Lage bewusst. Jeglicher Gedanke an Flucht war sinnlos, wohin hätte er auch fliehen sollen? »Nein«, erwiderte er tonlos, »niemand erwartet mich. Ich wusste ja selbst nicht, dass ich hier landen würde.« Wo war eigentlich diese verflixte Fee geblieben?

Malcolm nahm eine Kerze aus ihrem Halter und führte ihn den Gang entlang zu einer steinernen Treppe, die sich spiralförmig in die Höhe schraubte. Die Pfoten der Hunde, die den beiden Männern immer noch folgten, klickten leise auf dem Gestein. Die über Dylans Kopf zusammenlaufenden Wände gaben ihm das beklemmende Gefühl, sich in einem engen Tunnel zu befinden. Die Treppe hatte zahlreiche Absätze; an jedem war links von den Stufen eine merkwürdig geformte Nische in den Stein gehauen, in die man eine Tür eingelassen hatte. Dylan spähte angestrengt ins Dunkel, konnte aber kein Ende der Treppe ausmachen.

Unbeirrt setzte Malcolm seinen Weg fort. »Lebt von deiner Familie noch jemand? Dein Vater ist doch sicherlich tot, nicht wahr?«

»Wie kommst du denn darauf?«

Malcolm sah ihn überrascht an. »Ich kann kaum glauben, dass ein Mann seine Familie aus freien Stücken im Stich lässt. Ich für meinen Teil würde das niemals über mich bringen. Auch nicht, wenn ich es müsste.«

»Mir blieb leider keine andere Wahl.«

Malcolm grinste. »Hat sich Ihre Majestät jetzt darauf verlegt, Leute nach Schottland *zurück*zuschicken?«

Dylan lachte. »Nein, ich ...« Er zermarterte sich das Hirn, doch ihm wollte keine glaubhafte Lüge einfallen. Also blieb nur die Wahrheit. »Ich hab an einem Nachmittag ... einfach das Bewusstsein verloren ... so, als hätte ich einen Schlag über den Kopf gekriegt, und als ich wieder zu mir kam, war ich in Schottland.«

»Ach so«, erwiderte Malcolm verständnisvoll, »du bist einer Presspatrouille in die Hände gefallen. Das erklärt einiges. Sei froh, dass du ihnen entkommen konntest. Glaubst du, sie suchen nach dir?«

Dylan hatte keine Ahnung, was eine Presspatrouille war, gedachte aber nicht, das Thema weiter zu verfolgen, und sagte nur: »Nein, niemand ist hinter mir her.« Eine Weile herrschte Schweigen, während sie weiter nach oben kletterten, dann fragte Dylan geradeheraus: »Warum lebe ich eigentlich noch?«

Malcolm erwiderte, ohne zu zögern: »Roderick Matheson, den wir seit fast vierzig Jahren nicht mehr gesehen haben, war der Bruder meiner Mutter und der Bruder des Vaters von Iain, Coll und James. Ich war noch ein Kind, als ich ihn zuletzt sah, aber du hast seine Augen. Wäre dem nicht so, so lägst du jetzt in Ketten im Gefangenenturm.

Aber ich glaube nicht, dass wir dich getötet hätten; auch nicht, wenn du ein Spion gewesen wärst.«

Seine Stimme klang unverändert gleichmütig, und Dylan erschauerte.

Auf dem fünften Treppenabsatz blieben sie stehen. Malcolm führte ihn in einen beinahe runden Raum, der von einem riesigen Kamin beherrscht wurde. Das Zimmer war so hoch, dass die schweren, mit grob geschnitzten Blumen verzierten Deckenbalken fast im Dunkel verschwanden. Dylan stellte überrascht fest, dass die hohen, geteilten Fenster mit Glasscheiben versehen waren; Glasfenster zeugten in diesem Jahrhundert und in diesem Land immer von einem gewissen Wohlstand. Aufmerksam blickte er sich im Raum um.

Neben einem der Fenster stand ein mächtiges Himmelbett, neben der Feuerstelle ein schwerer geschnitzter Stuhl, und am anderen Ende des Raumes gab es noch einen Schrank und einige kleine Regale. Am Fuß des Bettes stand ein niedriger Tisch mit kunstvoll gedrechselten Beinen. Jemand hatte einen zinnernen Wasserkrug nebst Waschschüssel darauf bereitgestellt. Eine Burg, Glasfenster, Zinngeschirr, geschnitzte Möbel … reiche Leute waren das hier.

Malcolm wies auf das Bett. »Das werde ich heute Nacht nicht brauchen, also kannst du darin schlafen. Gracie wird gleich kommen und dir …«

Ein Klopfen an der Tür unterbrach ihn. Eine kleine, grauhaarige Frau trat ein; sie hielt einige raue Tücher in der Hand. Ihr von Narben entstelltes Gesicht verriet, dass sie an den Pocken erkrankt gewesen sein musste. Sie verzog ihre dünnen Lippen zu einem Lächeln, dann legte sie die Tücher neben dem Wasserkrug auf den Tisch. Die ganze Zeit über warf sie Dylan neugierige Blicke zu. Dylan sah zu Malcolm hinüber und fragte sich, ob es in dieser Burg wirklich so wenig Betten gab, dass er in dem von Malcolm schlafen musste, oder ob man ihn hier untergebracht hatte, um ihn besser bewachen zu können. Sie befanden sich hoch oben in einem der Türme, und wahrscheinlich gab es nur einen Weg nach draußen. Vielleicht existierten noch

Geheimgänge, aber wie sollte er die ausfindig machen? Dylan vermutete, dass Coll nicht sein einziger Wächter war. Iain hatte bestimmt noch andere Männer entlang der Treppe und an den Türen postiert.

Er entspannte sich ein wenig. Die Wachposten störten ihn nicht. Er wusste ohnehin nicht, wohin er fliehen sollte.

Malcolm deutete auf den Wasserkrug. »Du willst dir doch sicher das Blut abwaschen.«

Dylan betastete eine verschorfte Wunde an seinem Kinn, die zu jucken begonnen hatte, und ging zum Tisch hinüber, um Wasser in die Waschschüssel zu gießen. Die Schwellung an seinem Auge ging bereits zurück, schmerzte aber noch, wenn er sie berührte. Als er anfing, sich vorsichtig das Gesicht abzutupfen, platzte seine halb zugeheilte Lippe wieder auf, und er musste ein Tuch darauf drücken, um das Blut zu stillen. Doch schließlich hatte er sich Gesicht und Hände gesäubert, trocknete sich an einem weiteren Tuch ab und stellte fest, dass die Schmerzen allmählich nachließen.

Die Hunde starrten ihn mit ihren blanken Augen so neugierig an wie zwei zottige schwarzweiße Kinder, die darauf warteten, dass er sie zur Kenntnis nahm. Einer war fast ganz weiß, hatte nur hier und da kleine schwarze Flecken, der andere war schwarz mit weißem Bauch. Der weiße Hund streckte sich auf dem Holzfußboden aus, um zu schlafen, der kleinere schwarze beäugte Dylan, schnupperte vorsichtig und kam ein Stückchen näher.

Dylan hielt ihm die Hand hin und ließ ihn daran schnüffeln. Der Knoten in seinem Magen löste sich ein wenig, als das Tier sich daraufhin auf den Rücken rollte und ihn aufforderte, ihm den Bauch zu kraulen. Dylan konnte sich ein Grinsen nicht verkneifen, als er der Bitte nachkam. »Braver Hund. Du erkennst einen Matheson, wenn du einen siehst.«

Als er wieder aufblickte, waren sowohl Malcolm als auch Gracie verschwunden. Er ließ sich auf das Bett sinken, schlüpfte aus seinen Schuhen, streifte dann seine schwarzroten Strümpfe ab und stopfte sie in die Schuhe, die er achtlos zu Boden fallen ließ. Dann löste er sein Plaid und nahm es ab. Er fühlte sich elend, starrte vor Schmutz und wünschte sich nichts sehnlicher, als nach Hause zurückkehren zu können. Seufzend löste er die Brosche vom Plaid und versteckte sie in einem Schuh, dann öffnete er seinen Gürtel und ließ die schwarzroten Stoffbahnen zu Boden gleiten. Nur noch mit seinem Hemd bekleidet, blies er die Kerze auf dem Fensterbrett aus, legte sich auf die mit einem weißen Leinentuch bedeckte Strohmatratze und zog ein zweites Tuch über sich.

Auf einen Ellbogen gestützt, starrte er in das allmählich herunterbrennende Feuer und haderte mit seinem Schicksal. Was hatte er nur getan, um diesen Albtraum zu verdienen? Endlich streckte er sich auf seinem Lager aus und fiel in einen unruhigen Schlaf. Einer der Hunde knurrte leise im Dunkeln.

# 4.

Im Morgengrauen wurde Dylan von Männerstimmen vor der Kammertür geweckt; rasch glitt er aus dem Bett und schlich barfuß auf die Tür zu. Der Holzboden war eiskalt, und Dylan begann in seinem dünnen Leinenhemd zu frösteln. Die Hunde waren auch bereits wach, begrüßten den neuen Tag mit eifrigem Schwanzwedeln und sahen aus, als würden sie Dylan freudig angrinsen. Dylan kauerte sich neben dem Kamin nieder; dort konnte er nur gesehen werden, wenn die Tür ganz aufgestoßen wurde. Kaltes Licht fiel durch die dicken welligen Glasscheiben in den Raum, und er rieb sich über die Arme, weil er eine Gänsehaut bekam.

Die Tür flog auf, und er sprang zurück, da er auf einen Angriff gefasst war. Der rotblonde Halbwüchsige – Iain hatte ihn Artair genannt – betrat den Raum. Er war groß und schlank, aber nicht so hager und knorrig wie Malcolm, und strömte eine nahezu greifbare Energie aus. Wie fast alle Männer, die Dylan bislang gesehen hatte, trug auch er einen Vollbart, aber der war ziemlich dünn, eher leicht gewellt als lockig und schimmerte rötlich, sodass er in Verbindung mit der rosigen Haut aussah, als würde Artairs Gesicht an den Rändern ausfransen.

Der blonde Coll stand hinter ihm und wirkte wie ein abgestumpfter Gefängniswärter; er war größer und ruhiger als Artair und bewegte sich langsamer. Seine leeren wässrig-blauen Augen schienen durch Dylan hindurchzublicken. Malcolm hatte gesagt, die beiden seien Iains Brüder.

Artair musterte Dylan finster. Sein Blick blieb an den bloßen Knien unterhalb des Hemdsaums hängen. Dylan, der sich unbehaglich zu fühlen begann, verlagerte sein Gewicht von einem Bein auf das andere. »Was willst du?«, fragte er nicht eben freundlich.

Artair schnaubte verächtlich. »Dasselbe wollte ich dich fragen. Ich nehme an, du hast Hunger.« Sein gleichgültiger Ton verriet, dass ihm Dylans Wohlergehen nicht sonderlich am Herzen lag, und Dylan zuckte mit den Achseln, obwohl sein Magen vernehmlich knurrte. »Aber vermutlich musst du vor dem Essen erst mal pissen«, fuhr Artair fort, »und wie du wohl gemerkt hast, gibt es in diesem Raum keinen Nachttopf.« Dylan hatte nur eine verschwommene Vorstellung davon, wozu ein Nachttopf dienen mochte, und er war nicht allzu unglücklich darüber, dass er keinen Drang verspürte, einen zu benutzen.

Doch Artair schien gar keine Antwort zu erwarten. »Oben am Ende der Treppe findest du einen Abtritt. Geh die Brustwehr entlang bis zum Turm, da auf der rechten Seite liegt er. Wenn du fertig bist und es dir gelingt, den Weg zur großen Halle wieder zu finden, wartet dort dein Frühstück auf dich. Beeil dich also, sonst wird es kalt.«

Dylan dankte ihm, doch Artair erwiderte nur kühl: »Wollte nur verhindern, dass du uns in die Ecken pisst. Dann verschwand er mit Coll, ohne die Tür hinter sich zu schließen. Ihre Schritte verhallten auf den steinernen Stufen, und Dylan hörte, wie sie sich leise auf Gälisch unterhielten.

Das konnte ja heiter werden!

Dylan legte seinen Kilt an und schlang den Gürtel um seine Taille. Während er sich ankleidete, bildete sich ein Kloß in seiner Kehle. Als er diesen Kilt das letzte Mal angezogen hatte, hätte er sich nie träumen lassen, dass er nur wenig später zu seinem einzigen – und dem einzig angemessenen – Kleidungsstück werden würde. Nur gut, dass er gestern keine Jeans getragen hatte.

Die dunkle Nische vor der Schlafkammer war leer und kalt. Dylan stieg die Stufen empor, um sich nach dem ›Abtritt‹ umzusehen. Sofern dies ein Ort war, wo er seine Blase erleichtern konnte, dann musste er zumindest entfernt einer Toilette gleichen.

Am Ende der Treppe angekommen, stand er vor einer hölzernen Tür, die auf die Brustwehr hinausführte. Zu seiner Linken lag die spitz zulaufende Holzdecke von Malcolms Schlafgemach, rechts eine geschwungene, zinnenbewehrte, in einzelne Abschnitte unterteilte Mauer, in die in bestimmten Abständen Schießscharten eingelassen waren. Die eisige Luft reizte seine Lungen, und er musste husten. Der Wind wehte ihm ständig die Haare ins Gesicht. Dylan lehnte sich auf die Laibung, um sich die Gegend genauer anzusehen, und stellte fest, dass die Burg auf einer Insel oder Halbinsel nahe dem Ufer eines kleinen Sees lag. Die Wolken spiegelten sich in dem tiefblauen Wasser wider. Hinter dem Ufer ragten die hohen, zerklüfteten Berge auf und bildeten einen auffälligen Gegensatz zu der friedlichen Atmosphäre des Sees. Die Luft war so klar und die Farben so intensiv, dass Dylan eine ganze Weile still stehen blieb und die Schönheit dieser grau-blau-grünen Landschaft bewunderte.

Endlich riss er sich von dem Anblick los, schaute nach unten und sah, dass rund um die ganze Burg eine verfallene Mauer verlief, eigentlich nur mehr eine Ruine, die darauf hinwies, dass das Gebäude einst von einem Burgwall umgeben gewesen war. Ein Trompeterschwan glitt lautlos über den See hinweg, Dylans Blick folgte ihm. Ein breites Lächeln trat auf sein Gesicht, erstarb jedoch sofort wieder. Er hatte noch nie zuvor einen lebendigen Schwan gesehen; für ihn gehörten diese Tiere in das Reich der Märchen und Mythen. Hieß es nicht, die ›kleinen Leute‹ würden gelegentlich Menschen in Schwäne verwandeln? Nur waren diese Märchen für ihn leider bittere Realität geworden, obwohl es ihn nicht weiter gestört hätte, wenn er niemals in seinem Leben einen Schwan oder gar eine Fee zu Gesicht bekommen hätte.

Doch mit diesen müßigen Betrachtungen konnte er sich jetzt nicht länger aufhalten, denn mittlerweile hatte er es wirklich eilig, jenen ominösen Abtritt zu finden. Schließlich stieß er auf einen winzigen, direkt in die Mauer gehauenen Raum direkt hinter dem Wachturm und stemmte sich gegen die schmale Holztür, bis sie sich mit einem protestierenden Knarren aufschieben ließ. Er zwängte sich hindurch, schloss die Tür hinter sich und drehte sich um, um die Burglatrine eingehender zu betrachten.

Diese bestand lediglich aus einem an der Wand angebrachten Holzsitz mit einem Loch in der Mitte; daneben stand ein kleiner Korb voll Heu. Als ihm aufging, wozu dieses gedacht war, verzog er gequält das Gesicht. Zwar roch es auf dem Örtchen etwas streng, aber lange nicht so schlimm, wie er es von einer jahrhundertealten Latrine erwartet hatte. Tatsächlich herrschte in jeder Telefonzelle in Nashville ein weitaus üblerer Gestank. Graues Morgenlicht drang durch die Schlitze im Mauerwerk und durch das Loch herein.

Neugierig spähte Dylan dort hinein. Direkt unter dem Loch, am Fuß des Turms, befand sich eine dunkle Grube, die ein Ende eines Gartens einnahm. Weiße Rosen rankten sich an dem Gitterzaun empor, der den Garten von der Grube trennte.

Flüchtig überlegte er, wie viele dieser Abtritte es wohl in der Burg geben und wie der morgendliche Exkrementeregen aussehen mochte, wenn man ihn aus der Entfernung betrachtete. Die Vorstellung sowie seine eigene missliche Lage erschienen ihm mit einem Mal so komisch, dass er beinahe in schallendes Gelächter ausgebrochen wäre, doch er beherrschte sich gerade noch rechtzeitig, da er befürchtete, nicht mehr aufhören zu können, wenn er erst einmal angefangen hatte.

Seufzend dachte er daran, dass es nun wohl an ihm war, seinen Teil zum Inhalt der Grube unten beizutragen, und langte nach dem Saum seines Kilts.

»Das nenne ich mal ein knackiges Hinterteil! Ich sehe, ich bin gerade zur rechten Zeit gekommen!«

Diese vermaledeite Fee! Dylan fuhr herum. »Du! Schick mich endlich nach Hause!« Er versuchte sie zu packen, doch sie entzog sich seinen Händen, flatterte zur Decke empor und lachte ihn aus.

»Nachdem du getan hast, weswegen du hier bist, mein Freund.«

Dylan legte den Kopf schief und grinste spöttisch. »Das dauert nur eine Minute. Muss bloß schnell pinkeln.«

Sie verschränkte ergrimmt die Arme vor der Brust. »Du sollst meine Leute retten.«

»Unmöglich. Sie werden sowohl bei Sheriffmuir als auch bei Glen Shiel und schließlich noch bei Culloden schwere Niederlagen erleiden. Schottland wird auch weiterhin der englischen Regierung unterstellt bleiben und erst gegen Ende des 20. Jahrhunderts ein eigenes Parlament erhalten. Niemand kann den Lauf der Geschichte ändern.«

»Du kannst es, und du wirst es auch tun. Du bist der Held, der die Gälen von den *Sassunaich* befreien wird. Nur du kannst uns retten, sonst hätte dich das Schwert niemals hierher gebracht, als du es berührt hast.«

Dylans Augen wurden schmal. »Du musst ja eine ausgesprochen mächtige Fee sein, wenn du ein Schwert dazu bringen kannst, Menschen aus ihrer Welt zu reißen und in die Vergangenheit zu versetzen.«

Sinann flatterte von der Decke herab und nickte. »Aye, ich verfüge tatsächlich über eine gewisse Macht.«

»Und wieso kannst du dann deine Leute nicht selber retten? Lass mich gefälligst aus deinen Zwistigkeiten mit den Engländern heraus!«

Die Fee landete mit beiden Füßen auf dem Boden und drohte ihm mit dem Finger. »Freundchen, es gab einmal eine Zeit, da hätte ich dich für eine solche Bemerkung augenblicklich mit einem Fluch belegt.«

Dylan riss allmählich der Geduldsfaden, und seine Blase zwickte erbärmlich, also kehrte er Sinann den Rücken zu und hob seinen Kilt, um durch das Loch in den darunter befindlichen Garten zu pinkeln. »Tu dir keinen Zwang an«, sagte er müde.

Eine Weile herrschte Schweigen, und Dylan hoffte schon, Sinann wäre verschwunden, doch als er fertig war, seinen Kilt fallen ließ und sich umdrehte, stand sie immer noch an derselben Stelle. Ein verdrossener Ausdruck lag auf ihrem Gesicht.

»Du kannst deiner Bestimmung nicht entgehen.«

»Wenn ich dazu auserkoren bin, das Schottland des 18. Jahrhunderts zu retten, warum wurde ich dann 1970 geboren, kannst du mir das mal verraten? Du bist doch nicht der liebe Gott!« Er drängte sich an ihr vorbei zur Tür hinaus. Sie folgte ihm die Brustwehr entlang und dann zu den Steinstufen des Turms.

Als sie ihn eingeholt hatte, keuchte sie: »Ich war schon da, als man an deinen Jahwe noch gar nicht gedacht hat!«

»Fang damit erst gar nicht an, hörst du? Lass es sein!« So schnell, wie es in dem dämmrigen Licht gefahrlos möglich war, eilte er die Treppen hinunter.

»Ich war …«

»Kein Wort!« Er blieb stehen und wandte sich zu ihr um. »Ich will nichts über alte Götter, über die *Sidhe*, über Banshees oder Erdgeister oder sonst was hören, okay?« Ohne auf ihren finsteren Blick zu achten, fuhr er fort: »Weisst du, gestern waren Feen für mich Fantasieprodukte, und heute werde ich von einer gefangen gehalten. Gestern war die Welt für mich noch in Ordnung, und heute finde ich mich in der Hölle wieder. Gestern habe ich mein Leben gelebt«, er musste an Ginny denken und schluckte hart, »und heute bin ich ein mittelloser Fremder in einem Land, dessen Bewohner mich am liebsten tot sähen. Und diese Menschen soll ich retten? Komm auf den Boden der Tatsachen zurück, Sinann. Für mich bist du keine Göttin, beileibe nicht, sondern nur ein lästiges kleines Ding mit Flügeln, das mir nichts als Ärger beschert hat. Also lass mich ein für alle Mal in Ruhe und verschwinde aus meinem Leben, aber bring mich vorher nach Hause zurück.«

Sinann wandte den Blick von ihm ab und konzentrierte sich auf einen Punkt hinter seiner Schulter. Dylan schwante Ungutes. Er drehte sich um und sah sich Sarah, der Witwe Alasdair Mathesons, gegenüber. Sie stand unten auf dem Treppenabsatz, hielt ein Bündel in den Armen und starrte ihn aus großen Augen an.

Dylan rang sich ein verlegenes und, wie er wohl wusste, wenig überzeugendes Lächeln ab, dann fragte er Sinann leise: »Sie kann dich nicht sehen, nicht wahr?«

Die Fee kicherte belustigt. »Nein, das kann sie allerdings nicht.«

Seufzend wandte Dylan seine Aufmerksamkeit wieder der Frau zu. »Hallo, äh, Ma'am ...«, stammelte er unsicher.

Die Frau nickte ihm zu. »*A Dhilein* ... ich habe hier etwas für dich.« Ihre rot geränderten Augen zeugten von einer schlaflosen Nacht, doch sie lächelte schüchtern, als sie ihm das Bündel reichte. »Mein armer Alasdair braucht diese Sachen nicht mehr, und du gehörst zu unserer Sippe, wie ich hörte. Also sollst du sie bekommen.«

Dylan war völlig aus der Fassung geraten. Er räusperte sich, suchte nach Worten und wehrte schließlich mit heiserer Stimme ab: »Ich kann die Klam... die Kleider deines Mannes nicht annehmen. Sie stehen mir nicht zu.«

»Bis meine Söhne alt genug sind, diese Sachen zu tragen, werden sie nicht mehr zu gebrauchen sein. Es wäre eine heillose Verschwendung, gute Kleider nutzlos herumliegen zu lassen, wenn es jemanden gibt, dem sie gute Dienste leisten können. Also nimm sie.« Sie kam auf ihn zu, drückte ihm das Bündel in den Arm, dann wandte sie sich ab, raffte ihre Röcke und eilte die Stufen hinunter.

Das Bündel drohte Dylan zu entgleiten, und eine Lederschlaufe löste sich daraus und fiel zu Boden. Dylan setzte sich auf die Treppe, um die Geschenke zu begutachten. Das Bündel enthielt ein paar zusammengenähte Schaffelle, Ledergurte und eine große, aus irgendeinem Pelz gefertigte Tasche.

»Das ist Seehundfell. Ein *sporran* aus Seehundfell kostet ein Vermögen«, sagte Sinann beinahe ehrfürchtig. »Niemand hätte von ihr verlangt, dir diese Tasche zu schenken; sie hätte sie verkaufen können. Hätte sie verkaufen sollen, wenn du mich fragst. Sieht fast so aus, als hätte sie Gefallen an dir gefunden.«

Dylan schnaubte. »Sie ist erst seit einem Tag Witwe.«

»Aber sie ist auch eine praktisch und nüchtern denkende Frau. Sicherlich betrauert sie ihren Mann aufrichtig, und wenn du dich ihr zu früh nähern würdest, würde sie dich erst einmal zurückweisen. Aber sie schmiedet schon Pläne für die Zukunft. Denk an meine Worte.«

Bei Sinanns Worten wurde Dylan das Herz schwer. »Die Zukunft, ach ja?« Er hielt eines der Schaffelle hoch. Es war zu einer Art Schlauch zusammengenäht: Leder nach außen, Wolle nach innen.

»Gamaschen«, erklärte Sinann. »Du musst sie mit den Lederriemen festschnallen.«

Dylan tat, wie ihm geheißen, und unterdrückte ein Schaudern, als er die Kleider eines toten Mannes anlegte. Doch das Leder und die Wolle schützten seine Beine vom Knöchel bis zum Knie vor der Kälte, und er fand, dass die seltsamen Dinger angenehm zu tragen waren, fast so gut wie Jeans. Er befestigte die schwarze Felltasche an seinem Gürtel und stand auf.

»Diese Brosche da brauchst du nun wirklich nicht. Du trägst dein Plaid viel zu eng am Körper, es wundert mich, dass du überhaupt noch Luft bekommst.«

»Wie meinst du das?«

»Du hast dich so fest darin eingewickelt wie in ein Leichentuch. So macht man das …« Sie erhob sich in die Luft und löste mit einer flinken Handbewegung die Brosche von dem Wollstoff.

»He, lass das!« Dylan holte aus, um nach ihr zu greifen, doch sie entwischte ihm, bekam das Plaid zu fassen und zog daran, bis es ihm locker über die Schulter fiel. »He! Schluss damit! Siehst du, was du angerichtet hast?« Der Zipfel des Plaids reichte ihm jetzt bis zu den Zehen.

»Jetzt ziehst du es ein Stück über den Rücken …« Sinann schwirrte um ihn herum und zupfte das Tuch zurecht. Dylan ließ sie widerwillig gewähren und beobachtete sie dabei verärgert. »So, und nun steckst du das Ende in deinen Gürtel.« Sie wollte sich schon wieder an ihm zu schaffen machen, doch er scheuchte sie weg und zog den Stoff selbst durch den Gürtel. Sie flatterte zurück und stemmte die Hände in die Hüften. »Na also, so sieht das gleich viel besser aus.«

»Aber so wird das Ganze runterrutschen.«

»Nicht, wenn du dich aufrecht hältst wie ein richtiger Mann. Und wenn es rutscht, dann ziehst du es eben wieder zurecht.« Sie drehte die Brosche zwischen den Fingern. »Ein lästiges Besitzstück weniger, auf das du ein Auge haben musst.« Sie tat so, als wolle sie die Brosche durch die Schießscharte werfen, doch Dylan riss sie ihr aus der Hand und ließ sie in seine Tasche gleiten.

»Danke für die Modetipps.« Er wandte sich ab und stieg die Stufen hinunter. Obwohl er sich wünschte, Sinann würde ihn augenblicklich nach Hause zurückschicken, fragte er sich zugleich, ob wohl sein Frühstück inzwischen kalt geworden war.

Indem er dem Widerhall der Stimmen nachging, fand er die Halle wieder, in der er letzte Nacht das Bewusstsein wiedererlangt hatte, und betrat sie durch die dem Kamin gegenüberliegende Tür. Der schwarze Bordercollie erhob sich bei seinem Anblick von seinem Platz am Feuer und trottete auf ihn zu. Dylan bückte sich, um ihn hinter den Ohren zu kraulen, dann ging er in die Halle hinein. Sinann folgte ihm wie eine anhängliche Biene, und auch der Collie heftete sich an seine Fersen.

In dem Raum waren inzwischen lange Holztische nebst Bänken und Stühlen aufgestellt worden. Ein paar kleine Kinder spielten lautstark kreischend Fangen, während drei Frauen erfolglos versuchten, sie zur Ruhe zu bringen. Ein Mann war über dem Tisch zusammengesackt und schnarchte friedlich vor sich hin; ein paar andere saßen daneben und aßen etwas aus hölzernen Schüsseln; zwei weitere Männer lagen, in ihre Plaids gewickelt, schlafend am Boden, einer in einer Ecke, der andere unter einer Bank. Schließlich gelang es den Frauen, die lärmenden Kinder unter lautstark gezischten gälischen Ermahnungen aus dem Raum zu scheuchen.

Alasdair Mathesons Leichnam lag noch immer auf dem Tisch an der Längsseite der Wand, war inzwischen jedoch in ein weißes Tuch gehüllt worden. Nach der nächtlichen Totenwache achtete kaum noch jemand auf ihn, dennoch herrschte beim Essen bedrücktes Schweigen.

Plötzlich zerriss ein gellendes Geschrei die Stille. Dylan fuhr herum und erblickte einen jungen Mann, der wie ein Wahnsinniger auf und ab hüpfte und dabei auf ihn zeigte. *»Ha shee!«*, kreischte er in höchster Aufregung. *»Ha shee! Ha shee!«* Er trug keinen Kilt, nur ein schmutziges langes Hemd und abgetretene Schuhe. Sein Gesicht wurde von wirren, fettigen Haaren fast völlig verdeckt, doch der Flaumbart und die hohe Stimme verrieten, dass er noch sehr jung war. Eine der Frauen erhob sich vom Tisch, um ihn zu beruhigen.

»Was ist mit ihm?«, flüsterte Dylan Sinann zu.

Die Fee landete auf dem Boden, und Dylan bemerkte, dass sie sich hinter seinem Rücken versteckte, um von dem tobenden jungen Mann nicht entdeckt zu werden. »Achte nicht auf ihn. Er ist schwachsinnig.«

»Er kann dich sehen, oder?«

»Aye, und verflucht soll er dafür sein.« Wutschäumend beobachtete Sinann, wie der Unruhestifter genötigt wurde, Platz zu nehmen und den Mund zu halten. Schließlich hörte er auf zu schreien, starrte aber die Fee nach wie vor unverwandt an.

Dylan fiel auf, dass die Frau, die den Burschen beschwichtigt hatte, dieselbe war, die ihm in der vergangenen Nacht den schmerzlindernen Trank gebracht hatte – Iains junge Gemahlin. Rasch wandte er den Blick ab, um nicht erneut dabei ertappt zu werden, wie er sie anstarrte. Trotzdem freute er sich unverhältnismäßig, sie wieder zu sehen, und riskierte immer wieder einen verstohlenen Seitenblick. Dann drehte er sich zu Sinann um. »Wieso kann der Junge dich sehen?«

»Ich habe es dir doch gesagt. Er ist schwachsinnig. Nicht ganz richtig im Kopf.«

»Ach so. Geistig behindert.«

Die Fee schnaubte. »Du hast eine Art, Tatsachen zu beschönigen, die jedem Engländer zur Ehre gereichen würde, mein Freund.« Wieder musterte sie den jungen Mann finster. »Alle anderen kann ich täuschen, aber über ihn und seinesgleichen habe ich keine Macht.«

Der Schwachsinnige murmelte immer noch »*Ha shee, ha shee*« vor sich hin.

»Was sagt er eigentlich?«

Sinann seufzte. »*Tha i a'Sidhe.* Er erzählt allen, dass ich hier bin.« Dann zischte sie dem Jungen zu: »Still jetzt, Ranald!« Doch ihre Worte schienen ihn nur noch mehr aufzuregen.

»Offenbar schenkt ihm niemand Glauben.«

»O doch.«

»Die Leute hier glauben allen Ernstes an Feen?«

»Du nicht?« Sinann machte eine allumfassende Handbewegung. »Jeder hier im Raum weiß, dass ich hier bin, aber selbst wenn ich zulassen würde, dass sie mich sehen, würden sie es nie öffentlich zugeben, weil sie nicht der Hexerei bezichtigt werden wollen. Du solltest dich auch etwas mehr vorsehen. Setz dich jetzt und iss. Du kehrst heute nicht nach Hause zurück, und du wirst deine Kräfte noch brauchen.«

Dylan runzelte die Stirn, ging aber gehorsam durch die Halle und ließ sich auf einem leeren Stuhl nieder. Der Hund folgte ihm. Sarah kam von der Feuerstelle herüber und reichte ihm eine hölzerne Schüssel und einen Löffel. Dylan dankte ihr, und sie zog sich leise zurück. Die Schale enthielt eine graue, dampfende Pampe. Dylan probierte misstrauisch und stellte fest, dass man ihm Haferbrei vorgesetzt hatte. Igitt. Der dicke, klebrige Brei war ganz ohne Zucker oder Butter, lediglich mit etwas Milch zubereitet und schmeckte recht gut, wenn auch etwas fad, und er wirkte ungemein sättigend.

Sinann nahm auf der Bank neben ihm Platz und bemerkte: »Sie ist sehr hübsch, nicht wahr?«

Dylan zwang sich, Sarah nicht hinterherzuschauen, und starrte stattdessen in seine Schüssel. »Kümmere dich um deine eigenen Angelegenheiten, Tinkerbell. Ich bin nicht zu haben, und wenn du mich zehn Jahre lang hier behältst. Also schick mich lieber nach Hause zurück. Je eher, desto besser.«

»Wieso bist du dir so sicher, dass ich dich überhaupt nach Hause schicken *kann*?«

Dylan war schon im Begriff, sich umzudrehen und sie böse anzufunkeln, besann sich aber und widmete sich wieder seinem Haferbrei. »Was soll das heißen? Erzähl mir bloß nicht, dass du mich gar nicht mehr zurückschicken kannst!«

»Das habe ich ja auch gar nicht behauptet. Ich wollte dich nur warnen, nicht allzu sehr auf meine Macht zu bauen. Außerdem kommt es doch wohl hauptsächlich darauf an, ob ich dich zurückschicken will.«

Dylan starrte in seine Schüssel und bemühte sich, seine aufkeimende Panik zu unterdrücken. Sie hatte kein Recht, ihn hier zu behalten, sie musste ihn einfach nach Hause schicken. Wenn er hier bleiben musste, konnte er sich gleich begraben lassen.

Vom Eingang her drang eine bekannte Stimme an sein Ohr. Dylan drehte sich um und sah, wie Malcolm einen Finger an die Lippen legte, um Ranald zum Schweigen zu bringen, ehe er sich Dylan gegenüber niederließ. Er spähte unter den Tisch und lächelte. »Wie ich sehe, hat Sigurd dich in sein Herz geschlossen.«

Dylan blickte auf den Hund hinab, der es sich zu seinen Füßen bequem gemacht hatte. »Sigurd heißt er? Ein ungewöhnlicher Name für einen schottischen Hund.«

Malcolm lachte. »Sigurd der Mächtige, der ehemalige Earl of Orkney, würde das bestimmt nicht gern hören. Und wenn Alasdair dem Hund einen echt schottischen Namen gegeben hätte, hätte er ihn nie rufen können, ohne dass sich ein halbes Dutzend Verwandter angesprochen gefühlt hätte.« Sein Lächeln wurde breiter, als er Dylan ansah. »Hast du gut geschlafen, mein Junge?«

Dylan nickte.

»Schmeckt dir der Haferbrei?« Eine der Frauen hatte inzwischen auch vor Malcolm eine Schüssel hingesetzt, über die dieser sich jetzt hermachte.

»Ganz gut, danke.«

Malcolm musterte ihn einen Moment forschend, dann sagte er: »Ich habe noch mal über all das nachgedacht, was du uns gestern Abend erzählt hast. Sieht so aus, als wärst du am Ziel deiner Reise angelangt, nicht wahr? Du hast gesagt, du wärst von dem Schiff geflüchtet und hierher gekommen. Warum bist du nicht nach Virginia zurückgegangen?«

Dylan suchte rasch nach einer glaubhaften Ausrede. Da ihm keine einfiel, rührte er in dem Breirest in seiner Schüssel herum, um Zeit zu gewinnen. Schließlich sagte er: »Wie ich schon sagte – ich bin von dem Schiff geflohen und musste zusehen, dass ich aus der Hafengegend verschwinde. Also kam ich hierher, da ich hier Verwandte habe.«

Eine lange Pause trat ein. Endlich meinte Malcolm bedächtig: »Sag mir eines – hast du überhaupt damit gerechnet, deine männliche Verwandtschaft hier vorzufinden?«

Dylan hob die Brauen. War das Geschlecht seiner Namensvettern irgendwie von Bedeutung? »Nein. Ich hatte gar nicht erwartet, überhaupt so weit zu kommen. Und ich habe nur einen einzigen Wunsch – wieder nach Hause zurückkehren zu können. Ich würde am liebsten noch heute aufbrechen.« Er warf Sinann einen viel sagenden Blick zu.

Malcolm dachte einen Moment darüber nach, dann entspannte er sich ein wenig, ehe er fortfuhr: »Die Überfahrt in die Kolonien ist teuer. Und wenn du nicht durchtrieben genug bist, Ihre Majestät so weit zu verstimmen, dass man dich deportieren lässt, aber nicht arg genug, um dafür gehängt oder ausgepeitscht zu werden, dann wirst du wohl Geld brauchen.«

Dylan horchte auf. Er würde in der Tat Geld benötigen, egal, wo er hinging, und wenn Sinann sich weigerte, ihn nach Hause zu schicken, hing er im 18. Jahrhundert fest, und dort konnte er ohne Geld in ernsthafte Schwierigkeiten geraten. »Weißt du denn Arbeit für mich?«

Malcolm lachte. »Arbeit gibt es hier immer, aber gerade jetzt mehr denn je. Wir bringen dieses Jahr eine späte Ernte ein, und wenn wir nicht vor Einbruch der Kälte damit fertig werden, verlieren wir einen großen Teil davon. Was hältst du davon, uns zu helfen? Unterkunft und Essen sind frei, und wenn du sparsam mit deinem Verdienst umgehst, kannst du genug zurücklegen, um davon die Passage in die Kolonien zu bezahlen. Wir haben zwar einige Gefolgsleute im Tal, die uns bei der Ernte zur Hand gehen, wenn die Umstände es erfordern aber nun, da Alasdair tot ist, fehlt uns ein Mann. Uns steht ein Wettrennen mit dem Wetter bevor. Was sagst du zu meinem Angebot?«

Dylan warf Sinann einen auffordernden Blick zu. Noch immer hoffte er, sie würde ihn mit einem Fingerschnippen wieder in das Tennessee des 21. Jahrhunderts versetzen, doch die Fee wandte sich von ihm ab und reagierte nicht. Also richtete Dylan seine Aufmerksamkeit wieder auf Malcolm und nickte bedächtig, wenn auch nicht übermäßig begeistert. »Ich bin einverstanden.«

Auch Malcolm nickte, dann sagte er: »Heute wird wegen Alasdairs Beerdigung nicht gearbeitet, außerdem ist Sonntag. Aber morgen früh fängst du auf den Feldern an.« Er griff in seine Tasche, holte einen länglichen Gegenstand heraus und schob ihn über den Tisch in Dylans Richtung. »Und hier, nimm das. Ich leihe es dir, ich möchte dich nämlich nicht eines Tages mit durchgeschnittener Kehle im Dreck finden.« Er zog die Hand weg: Ein kleines Messer in einer Stahlscheide kam zum Vorschein. »Dieser *sgian dubh* hat mir schon mehr als einmal das Leben gerettet.«

»Hier?« Dylan sah ihn verwirrt an, nahm aber das Messer an sich und schob es in seine rechte Gamasche.

Wieder musste Malcolm lachen. »Nein, nicht hier. Ich bin hier geboren, du nicht. Einige von uns werden dich sicherlich als Clanmitglied akzeptieren und dich mit offenen Armen aufnehmen, andere werden dich von vornherein ablehnen. Und dann gibt es noch einige, die dich zwar als ihren Verwandten bezeichnen werden, dich aber trotzdem gerne tot sehen würden – oder gerade deshalb. Also sei auf der Hut.«

Dylan hörte nur mit halbem Ohr zu. Gerne hätte er Sinann weiter bestürmt, ihn von diesem Ort fortzubringen, hielt es aber in Malcolms Gegenwart für angezeigt, den Mund zu halten. Nervös nestelte er an dem Dolch in seiner Gamasche herum und hoffte, dass er ihn nie würde benutzen müssen.

Das später am Tag stattfindende Begräbnis erweckte zwiespältige Gefühle in ihm. Da er Alasdair nicht gekannt hatte, empfand er seinen Tod nicht als Verlust, aber er war mitfühlend genug, um den Schmerz der Familie und der Freunde des Mannes zu teilen. Viele der Frauen jammerten denn auch so herzerweichend, als sei jede von ihnen die Witwe des Verstorbenen, wohingegen Sarah nur leise in ihr Taschentuch schluchzte. Alasdairs Leichnam wurde auf einer Bahre von der Burg zu seiner letzten Ruhestätte getragen. Der Leichenzug überquerte die schmale Zugbrücke und bewegte sich dann auf die kleine Ansammlung von Hütten unten im Tal zu. Schwermütige Dudelsackmusik erfüllte die Luft und wider Willen fühlte Dylan sich davon seltsam gerührt.

Er nutzte die Gelegenheit, sich ein Bild von seiner Umgebung zu machen. Die Burg nahm den größten Teil der kleinen Insel ein, auf der sie lag. Die Mauer, die er heute Morgen von der Brustwehr aus gesehen hatte, musste einst am Ufer des Sees entlanggeführt haben. Inzwischen war sie fast vollständig zerfallen; das Wasser plätscherte leise gegen die mittelalterlichen Gesteinsreste, trotzdem nahm Dylan an, dass auch heute noch kaum ein feindliches Boot ohne größere Schwierigkeiten dort anlegen konnte. Auch der Wall, der den äußeren Burghof umgab, war im Laufe der Jahre stark baufällig geworden.

Der See lag am Ende eines von Ost nach West verlaufenden Tales. Im Norden stieg das Land zu einer niedrigen, bewaldeten Hügellandschaft an, hinter der sich die schroffen Gipfel hoher Berge erhoben. Hinter einem der Hügel entsprang ein kleiner Fluss und schlängelte sich zwischen niedrigen Mauern hindurch der Länge nach durch das Tal bis hin zum See. Die Waldstücke lagen fast ausschließlich auf den Hügeln und zwischen den höheren Bergen; das Grün der Blätter war bereits dem herbstlichen Gelb und Braun gewichen. Die Gegend im Süden wurde vornehmlich von spärlich bewachsenen Felshängen beherrscht, auf denen nur Buschwerk und hier und da ein kleiner, verkrüppelt wirkender Baum gediehen.

Das Dorf Ciorram setzte sich aus einigen wenigen unweit der Zugbrücke errichteten Katen zusammen. Eine war aus Torf erbaut und ganz von Moos und Gräsern überwuchert, die anderen bestanden aus grauem Stein. Alle waren sie jedoch mit Stroh gedeckt. Entlang einer Steinmauer reihten sich merkwürdige Erhebungen, die Dylan für Heumieten hielt. Bei näherer Betrachtung stellte er fest, dass sie mit Stroh abgedeckt waren. Seltsame Heumieten. Was, zum Teufel, konnte das sein?

Schmale Felder zogen sich durch das Tal und an den sanft geneigten Hügeln im Norden empor, so hoch das Land noch eben bearbeitet werden konnte. Einige lagen brach, auf anderen standen windschiefe Garben, die aus der Entfernung wie winzige indianische Tipis aussahen. Nur auf den talwärts gelegenen Feldern stand noch sanft im Wind wehendes Korn und wartete darauf, eingebracht zu werden. Am Fuß des Hügels drängten sich noch weitere Häuser, und von überall her kamen Menschen herbeigeeilt, um sich der Prozession anzuschließen. Die Frauen scharten sich um Sarah, die Männer wanderten schweigend hinter dem aufgebahrten Leichnam her, während die Dudelsäcke unaufhörlich alle Bewohner des Tales aufforderten, an der Totenfeier für den verstorbenen Alasdair Matheson teilzunehmen. Schließlich versammelte sich der gesamte Clan Matheson auf einem kleinen Friedhof am Fuße der Granitfelsen, dort, wo das östliche Ende des Tales eine Biegung gen Norden beschrieb.

Die Menge blieb stehen, während die Träger dreimal im Uhrzeigersinn um eine bestimmte Stelle herumschritten, ehe sie den Leichnam behutsam absetzten. Dylan blickte sich um und wunderte sich, wieso noch kein Grab ausgehoben worden war, obwohl mehrere Schaufeln an der Wand der Kirche bereitstanden. Nur wenige Gräber wiesen Kreuze oder Grabsteine auf, dennoch war klar ersichtlich, dass gerade im Lauf der letzten Jahre hier unverhältnismäßig viele Menschen zur letzten Ruhe gebettet worden waren. Es gab Grabstätten jeder Größe, einige waren Mitleid erregend klein, andere breit genug für eine ganze Familie, sie alle jedoch bestanden lediglich aus festgestampfter Erde oder waren mit Gras bewachsen. Unweit der für Alasdair bestimmten Stelle entdeckte Dylan ein ganz frisches Grab; es sah aus, als sei es erst nach dem letzten stärkeren Regen angelegt worden.

Die Kirche war klein, aber überraschend gut ausgestattet, sogar in Dylans an die architektonischen Finessen des 20. Jahrhunderts gewöhnten Augen. Das spitz zulaufende Dach war mit üppigem Schnitzwerk verziert, über der Tür prangten prächtige holzgeschnitzte Symbole, und die Vorderfront des Gebäudes wurde von einem runden, kunstvoll gearbeiteten bleigefassten Buntglasfenster beherrscht. Dylan hatte keine Ahnung, wann die Kirche erbaut worden sein mochte, aber sie wirkte sogar für dieses Jahrhundert alt und verwittert. Nichtsdestoweniger war sie das am besten in Stand gehaltene Gebäude im ganzen Tal, auch die Burg konnte da nicht mithalten.

Die Gemeinde gedachte Alasdair Mathesons, des jüngsten Opfers der immer noch andauernden Kontroversen mit den Engländern, mit einer langen, von Dudelsackklängen und dem lauten Wehklagen der Frauen begleiteten lateinischen Predigt, die von einem großen, knochigen Priester in schwarzer Soutane und einer weißen, mit Goldfäden durchwirkten Stola gehalten wurde. Dylan hielt sich respektvoll an der Mauer am Ende des Friedhofs, etwas abseits der Männer des Matheson-Clans, die der Rede mit versteinerten Mienen lauschten, und bemühte sich, sich nicht von der allgemeinen Trauer anstecken zu lassen. Er wagte nicht, zu Sarah und ihren drei kleinen Jungen hinüberzublicken, weil er fürchtete, sonst seine so mühsam aufrechterhaltene Selbstbeherrschung zu verlieren. Der älteste Junge war noch keine fünf Jahre alt, und der Kleinste konnte kaum laufen. Sie waren viel zu jung, um ihren Vater auf diese Weise zu verlieren.

Plötzlich tauchte Sinann aus dem Nichts auf und blieb ein Stück über dem Boden in der Luft schweben, um ihm in die Augen sehen zu können. »Furchtbar, nicht wahr?«

Dylan senkte den Kopf und erwiderte nichts darauf.

Sie landete neben ihm und fuhr mit tränenerstickter Stimme fort: »Drei unschuldige Kinder haben ihren Vater verloren, nur weil so ein Lowlandschwein ein Auge auf ihr Land geworfen hatte und es mit Unterstützung der englischen Krone an sich reißen wollte. Die Engländer bringen uns um, mein Freund. Manchmal gleich scharenweise, manchmal einzeln, einen nach dem anderen. Wenn es nach ihnen ginge, würden die Schotten vom Angesicht der Erde ausgelöscht, und niemand würde je wieder etwas von ihnen hören und sehen. Du kannst verhindern, dass es so weit kommt.«

Wieder gab Dylan keine Antwort, sondern kniff nur die Augen zusammen.

Sinann flatterte auf und blickte sich um. »Siehst du die beiden da drüben? Den Lord und die Lady?«

Dylan blinzelte durch die Wimpern, ohne den Kopf zu heben. Nicht weit von ihm entfernt stand Iain Matheson und unterhielt sich flüsternd mit einer Frau, die Dylan noch nie gesehen hatte. Sie war hoch gewachsen, hatte edle Züge und strahlte eine majestätische Würde aus, und sie stand Iain im Alter näher als die Blondine, die er bislang für die Gemahlin des Lairds gehalten hatte. Er schielte zu Sinann hinüber, dann zu der Frauenschar, in deren Mitte er die hübsche blonde Frau von voriger Nacht entdeckte; auch sie schien aufrichtig um Alasdair Matheson zu trauern.

Sinann fuhr fort: »Iain Matheson steht unter dem Verdacht, mit den Jakobiten zu sympathisieren. Deswegen befürwortet und unterstützt die Krone jeden Versuch, seine Ländereien zu konfiszieren. Sie können ihm aber nichts nachweisen, sonst hätten sie ihn schon längst aufgeknüpft und ganz Glen Ciorram dem Erdboden gleichgemacht.«

Endlich nahm Dylan ihre Anwesenheit zur Kenntnis. So leise wie möglich flüsterte er, wobei er sich den Anschein gab, in Gebete vertieft zu sein: »Ich dachte, Alasdair hätte das Land gehört, für das er gestorben ist.«

Sinann zuckte mit den Achseln. »Es stimmt, dass viele Männer jetzt ihr eigenes Stück Land bewirtschaften. Aber

Alasdair war ein Matheson, ein treuer Gefolgsmann seines Lairds Iain Mór, und wenn man ihm sein Land nimmt, dann ist es so, als würde man Iain selbst ein Stück Land rauben. Jeder Mann hier hätte für diesen Grund und Boden gekämpft und wäre dafür gestorben, denn jeder profitiert von dem Wohlstand des anderen. Wird einem Mitglied des Clans Böses getan, so leiden alle. Wird einer von ihnen ermordet, dann trauern alle so um ihn, als wäre es ihr eigener Bruder gewesen. Du solltest das doch verstehen, schließlich bist du selbst ein Matheson.«

Dylan dachte an seine Verwandtschaft daheim in den Staaten, die auch heute noch diese Art von übersteigertem Familiensinn pflegte, der früher zu Blutfehden geführt hatte und sich heute in hässlichen Kleinkriegen äußerte. Er sagte nichts dazu.

Sinann, die sich von seiner abweisenden Miene nicht beeindrucken ließ, fuhr ungerührt fort: »Selbst du wirst doch wissen, was damals in Glencoe geschah?«

Achselzuckend nickte er. Von dem Massaker in Glencoe hatte er in der Tat schon gehört, kannte jedoch die näheren Umstände nicht.

Die Fee klärte ihn bereitwillig auf. »Ungefähr vor zwanzig Jahren entsandte der verräterische Hurensohn John Dalrymple, der unter William III. als schottischer Staatssekretär diente, eine Truppe von Anhängern des Königs, die sich aus ebenso verräterischen Campbells zusammensetzte, zu den MacDonalds von Glencoe. Zwei Wochen lang nahmen sie deren Gastfreundschaft in Anspruch, mitten im tiefsten Winter, als die Vorräte allmählich zur Neige gingen. Obwohl die MacDonalds bei der Krone schlecht angeschrieben waren, hatte ihr Laird vor kurzem dem König den Treueeid geleistet, und der Clan betrachtete die Ankunft der Soldaten als versöhnliche Geste. Doch dann erhoben sich diese eines Tages von ihren Lagerstätten, griffen ihre vollkommen überrumpelten Gastgeber an und schlachteten sie erbarmungslos ab – als Warnung für die anderen Clans, die von den Engländern als Gesetzlose bezeichnet wurden. Männer, Frauen und Kinder wurden niedergemetzelt wie die Schafe. Und da wagen die Engländer es, uns Barbaren zu nennen! Sie werden nicht ruhen, bis sie uns alle ausgelöscht haben, denn für sie sind wir keine Menschen.«

Dylan schielte aus den Augenwinkeln zu Sinann hinüber und erschrak, als er die nackte Wut in ihrem Gesicht sah. Ihre Wangen leuchteten hochrot, ihre Augen glänzten wie im Fieber. Er wusste nicht, was er sagen sollte. Sogar wenn er eine Begründung dafür gefunden hätte, dass er während einer Beerdigung mit sich selbst redete, wären ihm keine tröstlichen Worte eingefallen, denn bei dem Massaker hatte es sich zweifellos um eine verabscheuungswürdige Tat gehandelt. Aber was sollte er nun unternehmen? Er konnte weitere Blutbäder nicht verhindern, er war nur ein einzelner Mann.

Also schwieg er und blickte erneut zu der blonden jungen Frau hinüber. Ihre Schönheit faszinierte ihn, obwohl ihre Augen und Nase vom Weinen gerötet waren. Wenn sie nicht Iains Frau war, wer dann? Wohl wissend, dass die uneingeschränkte Aufmerksamkeit des Clans dem Leichnam galt, betrachtete Dylan sie lange und überlegte, wer sie wohl war und wie er sich ihr nähern konnte.

Da er nun zumindest nach außen hin als Clanangehöriger und vor allem als zusätzliche Arbeitskraft akzeptiert worden war, hatte man Dylan ein Lager in einer barrackenähnlichen Unterkunft über den Ställen zugewiesen, in der außer ihm noch neun andere Männer untergebracht waren. Sie schliefen auf übereinander befestigten Pritschen, die bis zur Decke reichten. Der Raum war feucht, hatte keine Fenster – die einzige Lichtquelle waren ein paar Kerzen auf dem Tisch –, und durch die Ritzen im Holzfußboden drang der Gestank von Pferdemist herauf.

Die Dylan zugeteilte Pritsche wies am Kopfteil seltsame Einkerbungen auf. Sie ergaben ein bestimmtes Zahlenmuster, das er nicht verstand. Auch kleine Symbole waren in das Holz eingeschnitzt, und daneben prangte ein Datum: 1645. Dylan musterte es flüchtig, dann streifte er Schuhe und Gamaschen ab, verstaute alles zusammen mit seinem *sporran* am Fußende der Pritsche und streckte sich, in sein Plaid gewickelt, auf der Strohmatratze aus. Malcolms Messer behielt er in der Hand. Seufzend schloss er die Augen und versuchte, die beißende Kälte zu ignorieren.

Die Sonne war noch nicht aufgegangen, als er rüde geweckt und auf Englisch aufgefordert wurde, seinen faulen Arsch aus dem Bett zu bewegen und sein Frühstück zu essen, solange es noch warm war. Als er sich erheben wollte, stellte er fest, dass er bis auf die Knochen durchgefroren war. Sein ganzer Körper schmerzte, und es kostete ihn eine nahezu übermenschliche Anstrengung, sich aufzurichten. Am ganzen Leibe zitternd, machte er sich mit klammen Fingern daran, seinen Kilt so um sich zu drapieren, wie Sinann es ihm gezeigt hatte, und seinen Gürtel zu schließen. Sein Hemd trug er bereits seit drei Tagen; es klebte ihm auf der Haut, aber sich in dieser Eiseskälte zu waschen erschien ihm undenkbar, und er bezweifelte, dass er hier irgendwo ein heißes Bad nehmen konnte. Also musste er sich damit abfinden, genauso zu stinken wie alle anderen auch. Der Sprung von seiner Pritsche auf den mit Stroh ausgelegten Holzfußboden erforderte einigen Mut, und beinahe wäre er bei der Landung ausgerutscht und der Länge nach hingeschlagen. Stöhnend versuchte er, sein Zähneklappern zu unterdrücken, als er sich mangels Kamm mit den Fingern durchs Haar fuhr.

In der großen Halle war es angenehm warm, und der heiße Haferbrei, der ihm zum Frühstück gereicht wurde, belebte ihn ein wenig. Nachdem er seine Schüssel geleert hatte, fühlte er sich wieder halbwegs wie ein Mensch, und auch das Zittern hatte aufgehört. Der Himmel färbte sich über den Gipfeln rötlich, als sich die Männer und Frauen aus der Burg auf den Weg zu einem kleinen, schmalen Feld machten, das am anderen Ende des Dorfes zwischen zwei Hügeln lag.

Dylan lernte rasch, wie er eine Sichel handhaben musste. Das primitive Werkzeug mit der gebogenen Klinge erinnerte ihn an einen kleinen Krummsäbel, nur war diese

Klinge mit Zähnen versehen und wurde statt gegen einen lebendigen, beweglichen Gegner gegen leblose Pflanzen eingesetzt. Bei dem zu erntenden Getreide handelte es sich um Hafer, den er und die anderen Männer mit Sicheln ummähten und auf dem Feld liegen ließen. Die Frauen und Kinder lasen die Ähren dann auf, banden sie zu Garben und schichteten diese zu großen Haufen auf. Danach wurden sie auf hölzerne, von kleinen, struppigen Pferden gezogene Karren verladen. Dylan verfolgte das Geschehen neugierig und stellte fest, dass das, was er zunächst für Heumieten gehalten hatte, in Wirklichkeit zum Trocknen aufgestapelte und zum Schutz gegen Regen mit Stroh abgedeckte Hafergarben waren.

Aus dem Tonfall der sich leise unterhaltenden Männer entnahm er, dass diese mit ihrer Arbeit nicht sonderlich zufrieden waren. Sie hackten lustlos auf die Halme ein und schienen sich absichtlich ungeschickt anzustellen. Doch Dylan enthielt sich jeglicher Bemerkung und konzentrierte sich nur auf seine Arbeit. Es störte ihn nicht im Geringsten, dass diese Tätigkeit eigentlich unter seinem Niveau war. Ein Job war ein Job, und solange er gutes Geld verdiente, gedachte er jede Art von Arbeit zu verrichten, die ihm angeboten wurde; in seiner Lage konnte er es sich nicht leisten, wählerisch zu sein.

Schon bald wünschte er sich, er hätte Gelegenheit gehabt, sich ein bisschen warm zu machen und seine Muskeln zu lockern, ehe er mit dieser eintönigen, kräftezehrenden Arbeit begann.

Die Sonne stieg höher, und es wurde nahezu warm. Schweiß trat auf die Gesichter der Männer und durchtränkte ihre Hemden. Dylan wischte sich bald ebenso oft mit dem Ärmel über die Stirn, wie er die Sichel schwang. Die anderen banden sich irgendwelche Lappen um den Kopf, aber Dylan besaß nur das, was er am Leibe trug, und hatte keine Lust, sein einziges Hemd in Streifen zu reißen. Immer wieder machte eine Frau mit einem hölzernen Wassereimer die Runde und gab den Schnittern zu trinken.

Ranald, der zurückgebliebene Junge, tobte bei den Kindern herum, die die Karren beluden, und quittierte alles, was er sah, mit entzücktem Gequietsche. Der Lärm, den er veranstaltete, zerrte an Dylans Nerven, und schließlich wünschte er sich nichts sehnlicher, als dass der Junge zur Burg zurückgebracht würde. Aber sein Wunsch ging nicht in Erfüllung.

Gegen Mittag schmerzte Dylans Schulter, und sein Rücken fühlte sich an, als würde er jeden Moment entzweibrechen. Als die Sonne senkrecht am Himmel stand, kamen einige mit Körben beladene ältere Frauen auf das Feld und verteilten aufgeschnittene, mit Fleisch und Käse gefüllte Bannocks unter den Männern. Diese Bannocks waren dreieckig, nicht rund, hatten eine knusprigere Kruste und waren stärker durchgebacken als die, die er bislang auf schottischen Volksfesten gekostet hatte. Die harte Arbeit hatte ihn so hungrig gemacht, dass er zudem noch meinte, sie würden auch besser schmecken, trotz der angebrannten Stellen.

Nach dem Essen ruhten sich die Männer und Frauen ein wenig aus und unterhielten sich angeregt auf Gälisch. Niemand schenkte Dylan Beachtung, was diesem gerade recht war. Er hoffte immer noch, die Fee würde auftauchen, ihren Irrtum zugeben, sich bei ihm entschuldigen und ihn nach Hause schicken. Doch sie kam nicht, und so verzehrte er sein Mittagsbrot allein für sich.

Danach blickte er über das hinter ihm liegende abgemähte Feld hinweg, erhob sich dann und schlenderte zu einem freien Fleckchen hinüber, um dort einige Aufwärmübungen zu machen. Danach ging er zu seinem üblichen Trainingsprogramm über. *Abblocken, Vorstoß, Abblocken, Schritt zurück.* Die altvertrauten Bewegungsabläufe empfand er als seltsam tröstlich; sie brachten ihm wieder in Erinnerung, wer er war.

Nachdem er sein gesamtes Programm abgespult hatte, verbeugte er sich ins Leere, dann blickte er sich um und stellte fest, dass die Unterhaltung verstummt war und alle Augen auf ihm ruhten. Artair brüllte ihm zu: »Hast du jetzt völlig den Verstand verloren?«

Dylan wusste, dass es unklug war, darauf einzugehen, doch er brachte es nicht fertig, den Mund zu halten. »Die Bewegung tut mir gut. Es wirkt entspannend, weißt du?«

Ein breites Grinsen trat auf Artairs Gesicht. »Wenn du anstrengende Arbeit entspannend findest, dann bist du ja bei uns richtig.«

Die anderen lachten, Dylan verneigte sich spöttisch, um Artair zu ärgern, und wandte sich dann ab, um nach seiner Sichel zu suchen. Er hatte nichts mehr zu sagen und war bereit, mit seiner Arbeit fortzufahren, auch wenn die anderen noch keine Anstalten dazu machten.

An der Stelle, wo er die Sichel zurückgelassen hatte, lag jetzt ein Stück weißes Leinen; eines der Tücher, mit denen die Körbe zugedeckt gewesen waren, in denen die Frauen die Bannocks gebracht hatten. Irgendjemand musste es ihm hingelegt haben. Er blickte sich suchend um, konnte aber den oder die Betreffende nirgendwo entdecken. Die anderen Männer hatten derweilen schon wieder mit der Arbeit begonnen, und die Frauen waren zur Burg zurückgegangen.

Achselzuckend beschloss Dylan, von dem Geschenk Gebrauch zu machen. Er riss einen Streifen von dem Tuch ab, faltete ihn der Länge nach und band ihn sich um die Stirn, den Rest des Tuches stopfte er in seinen Gürtel und ging wieder an seine Arbeit.

Die Sonne ging schon unter, als Sinann endlich auftauchte und sich mit verschränkten Armen vor ihm aufbaute. »Wirst du uns nun helfen oder nicht?«

# 5.

Dylan hielt die Augen auf die Sichel gerichtet und fuhr fort, Haferähren umzumähen. »Leck mich, Tinkerbell.«

Sie lachte. »Ein weiser Mann überlegt sich gut, worum er bittet.«

Er blinzelte zwischen zwei Sichelschwüngen zu ihr hinüber, sagte aber nichts.

»Diese Sarah scheint dich ja ins Herz geschlossen zu haben. Vielleicht kann sie dich ein wenig aufheitern.«

»Hör auf damit, Tink.« Allmählich kam er sich vor wie in einem schlechten Film. »Das ist nun wirklich das Letzte, wonach mir der Sinn steht. Ich bin müde, hungrig und durstig, und ich möchte endlich wieder nach Hause. Ich vermisse mein Bett, meinen Fernseher, meinen Kühlschrank, mein ...«

Weiter kam er nicht. Einer der Männer – Dylan hatte gehört, dass er Robin gerufen wurde – klopfte ihm auf die Schulter und machte ihn darauf aufmerksam, dass für heute Feierabend war. Die Männer hatten ihre Sicheln bereits in einen der Karren gelegt und halfen jetzt den Kindern, die letzten Ähren aufzulesen. Dylan tat desgleichen, und als kein einziger übersehener Halm mehr auf dem Feld lag, folgte er den anderen zurück ins Dorf. Sinann lief hinter ihm her und flog ab und an auch einmal ein Stückchen, wenn sie mit Dylans weit ausgreifenden Schritten nicht mithalten konnte.

»Der große Cuchulain hat sich bestimmt nicht so angestellt, wenn er mal eine Nacht nicht in seinem Bett schlafen konnte.«

»Falls es dir noch nicht aufgefallen ist – ich bin weder ein Ire, noch bin ich ein Held. Ich habe auch nicht die Absicht, für irgendjemanden den Wachhund zu spielen oder irgendwelche übermenschlichen Heldentaten zu vollbringen.«

»Demnach hast du schon einmal von Cuchulain gehört?«

Er nickte, hielt aber nach wie vor die Augen auf den Boden gerichtet. »Er hat einen Hund getötet, der einem Mann namens Culain gehörte. Um den angerichteten Schaden wieder gutzumachen, hat er für eine Weile den Platz des Tieres eingenommen. Deswegen wurde er Cuchulain genannt. *Culains Hund.* Er hat sozusagen einen menschlichen Wachhund gespielt.«

»Ausgezeichnet. Es freut mich, dass du wenigstens mit den alten Geschichten vertraut bist, wenn du schon kein Gälisch sprichst.«

»Alte Sagen und Legenden sind mein Hobby, und glaub mir, es ist gar nicht so einfach, sie zusammenzutragen. Über schottische und irische Volkshelden gibt es nicht so viel Material wie über Robin Hood oder König Artus.«

»Und was weißt du sonst noch über Cuchulain?«

»Dass er ein grausamer Mensch war, der die Leute zu hunderten umbrachte, bis er schließlich selbst im Kampf getötet wurde. Doch ehe er starb, band er sich noch an einem Felsen fest, damit sein Leichnam aufrecht stehen blieb.«

»Natürlich musste er seine Feinde töten, er hat ja schließlich nur sein Volk verteidigt. Aber er stand immer zu seinem Wort und tat stets das, was er für richtig hielt, auch wenn er sich dadurch selbst in Gefahr brachte. Und seine Frau liebte ihn so sehr, dass sie sich, als er beerdigt wurde, auf sein Grab warf und starb. Er war ein großer Mann.«

Dylan lächelte schief. »O ja, scheint ein echt toller Typ gewesen zu sein.«

Er hatte erwartet, dass die Männer, die in der Burg lebten, auch dorthin zurückkehren würden, aber stattdessen steuerten sie auf ein riesiges Feuer im Zentrum des Dorfes zu. Ein paar Frauen, die Dylan schon in der Burg gesehen hatte, eilten geschäftig umher, bereiteten das Essen zu und boten den heimkehrenden Männern Erfrischungen an. Kinder rannten kreischend und quiekend umher. Dylan konnte nicht feststellen, zu wem sie gehörten, es sah so aus, als würden sich alle Erwachsenen gleichermaßen um alle Kinder kümmern.

Die Männer wuschen sich in hölzernen Eimern, die auf über Schemel gelegte Bretter gestellt worden waren. Dylan gesellte sich zu ihnen, rollte seine Ärmel hoch und spülte sich Schweiß und Schmutz von Armen, Gesicht und Händen. Da es keine Handtücher gab, musste er sich an seinem Hemd abtrocknen. Die Bartstoppeln in seinem Gesicht begannen zu jucken, und er wünschte sich, irgendwo eine Rasierklinge auftreiben zu können. Jemand drückte ihm einen Becher in die Hand, er schnupperte misstrauisch daran und probierte dann einen Schluck. Bier. Nein … er trank noch einmal. Kein Bier, sondern … Ale? Das Getränk schmeckte vollmundiger und weicher als Bier und ließ sich schneller trinken, weil es nicht so viel Kohlensäure enthielt. Dylan blinzelte in den Becher. Wenn das tatsächlich echtes Ale war, dann konnte er sich daran gewöhnen. Das Bier, das er kannte, schmeckte im Vergleich dazu bitter und wässrig.

Schlagartig überkam ihn eine abgrundtiefe Erschöpfung. Er fragte sich, wo die anderen ihre Energie hernahmen. Die Bewohner von Glen Ciorram bereiteten sich anscheinend auf ein Festessen vor. Fleisch brutzelte über dem Feuer, frische, noch warme Brotlaibe wurden herumgereicht, und jeder Mann schien bestrebt zu sein, vor dem Essen so viel Ale wie nur möglich hinunterzustürzen. Zwar herrschte nicht gerade Festtagsstimmung, aber Dylan begriff, dass jetzt die Zeit der Muße gekommen war und jeder den verdienten Feierabend genießen wollte. Als die Sonne unterging und die abendliche Kälte hereinbrach, rückten die Männer näher ans Feuer und zogen ihre Plaids und Mäntel enger um sich. Dylan fand ein Plätzchen zwischen einer alten Frau, die auf einem Schemel saß, und einigen Männern, die sich einen Baumstamm teilten. Mit untergeschlagenen Beinen ließ er sich auf der Erde nieder und fühlte sich in seine Pfadfinderzeit zurückversetzt.

Holzplatten mit Fleisch und Brot machten die Runde. Die Männer aßen mit den Händen und spülten die Bissen mit Ale hinunter, während sie sich leise miteinander unterhielten. Dylan war zu hungrig, um sich wegen des fehlenden Bestecks Gedanken zu machen, und benutzte gleichfalls seine Finger. Ein paar barfüßige, in Miniaturkilts gekleidete Kinder starrten ihn unverwandt an, bis er eine Grimasse schnitt, woraufhin sie kichernd davonliefen; trotz seiner Müdigkeit musste er unwillkürlich lächeln.

Er wandte sich an die gleichfalls mit gekreuzten Beinen neben ihm sitzende Fee. »Du heißt also Sinann Eire. Das bedeutet doch ›aus Irland stammend‹, nicht wahr?« Er biss in sein Fleischstück, das überraschend zart war. Zweimal musste er hinschauen, um sich zu vergewissern, dass es sich wirklich um Rindfleisch und nicht etwa um Geflügel handelte.

»Aye«, erwiderte sie.

Er schluckte den Happen zu hastig hinunter und musste husten. »Aber wir sind hier nicht in Irland. Wieso bezeichnest du diese Leute dann als dein Volk?« Er trank einen Schluck Ale und biss erneut in sein Fleisch.

Sinann hob herausfordernd das Kinn. »Zwischen den Iren und den Hochlandschotten besteht gar kein so großer Unterschied, musst du wissen. Wir sprechen beinahe dieselbe Sprache, und der Nordkanal ist nicht so breit, dass man ihn nicht bequem überqueren könnte. In den alten Tagen, noch vor der Herrschaft Kenneth MacAlpines, des ersten schottischen Königs, war es Sitte, dass irische Familien ihre Söhne in Alba erziehen ließen und die Schotten diese Ehre mit Gleichem vergolten.«

Dylan nickte. »Ja, ich weiß. Und wieso bist du nicht mehr in Irland?«

»Sie halten mich dort für tot. Und sie haben einen Fluss nach mir benannt.«

»Den Shannon.«

»Aye. Du bist nicht ganz so dumm, wie du aussiehst, mein Freund.«

Dylan seufzte. »Entschuldige bitte meine Neugier ...«

Einer der in seiner Nähe sitzenden Männer warf ihm einen verwunderten Blick zu, also senkte er den Kopf, dämpfte seine Stimme und starrte in seinen Alebecher, als er fortfuhr: »Aber was tust du hier in Schottland?«

Sie holte tief Luft. »Ich werde dir erzählen, wie alles gekommen ist, und glaub mir, ich sage die Wahrheit. Einst ließen irische Druiden im Herzen der Grünen Insel eine kristallklare Quelle entspringen. Drum herum pflanzten sie sieben Bäume, deren Früchte all das Wissen der *Tuatha de Danann* enthielten. Haselnüsse waren es, große, dicke Haselnüsse.«

»Haselnüsse?«

»Ich liebe Haselnüsse.«

»Du liebst aber auch die Macht, stimmt's?«

Sie verzog unwillig den Mund, setzte dann aber ihre Geschichte fort. »Nun, langer Rede kurzer Sinn … ich pflückte eine dieser Nüsse und …«

»Und das hättest du nicht tun dürfen.«

»Woher sollte ich wissen, dass es verboten war?«

»Baum der Erkenntnis, verbotene Früchte … kommt mir bekannt vor.«

Sinann runzelte die Stirn und gab einen abfälligen Laut von sich. »Jedenfalls schwoll die Quelle daraufhin zu einer mächtigen Flutwelle an, die mich fortspülte. Das Wasser dieser Quelle bildete einen großen Fluss, der auch heute noch ins Meer mündet.«

»Und so hat man angenommen, du seist ertrunken.«

Die Fee lachte. »Genau. Ich, die Enkelin des Meeresgottes Lir – und ertrinken! Nein, ich verwandelte mich in einen Lachs und schwamm gen Norden, bis ich Alba erreichte, das ihr Schottland nennt. Ich schwamm den Sound of Sleat entlang bis zum Loch Alsh. Dort ging ich an Land und habe seitdem unter den Mathesons gelebt. Wie ich schon sagte, die Schotten haben mit den Iren viel gemeinsam, es ist nur der Tieflandabschaum, der …«

»Also hältst du dir die Mathesons sozusagen als Schoßhündchen?«, unterbrach Dylan.

Sinann runzelte die Stirn; ihre leicht schräg stehenden

Augen verengten sich zu schmalen Schlitzen. »Ganz und gar nicht. Aber das geht wohl über dein Begriffsvermögen, du bist ja ein Fremder hier. Ich schlage vor, du nimmst das, was du nicht verstehst, einfach hin, ohne dumme Fragen zu stellen.«

Dylan grunzte nur und verfiel in Schweigen, während er den Rest seiner Mahlzeit verzehrte.

Nach einer Weile sprach Sinann weiter, als wenn nichts gewesen wäre. »Es war ein MacMhathain, der mich in seinem Netz gefangen hat.«

»Ach, wir sind also immer noch bei der Flucht-nach-Alba-Geschichte?«

Sie ging auf die höhnische Bemerkung nicht ein. »Ich verfing mich in seinem Netz, und als er mich ins Boot zog, musste ich mich in mein ursprüngliches Selbst zurückverwandeln und hätte mich in dem Netz fast selbst erwürgt. Nun, du kannst dir den Schrecken vorstellen, den der arme Mann bekam, als er sah, was er da gefischt hatte. Er schnitt sofort das Netz auf, aber ich war bereits dem Tode nah. Flugs brachte er mich dann an Land und betete für mich. Es half, ich überlebte, und als ich wieder gesund war, gab ich ihm ein neues Netz und wachte fortan über ihn und seine Familie und später über seine Söhne und Enkel, und so kam ich mit diesem Zweig der MacMhathains nach Glen Ciorram, als sie vor den Wikingern fliehen mussten.«

»Du bist also schon eine ganze Weile hier?«

»Ich habe viele Generationen von Mathesons und davor von MacMhathains kommen und gehen sehen. Ich …«

Sie verstummte, als ein alter Mann eine Geschichte anstimmte. Die Unterhaltung am Feuer erstarb allmählich, bis alle gebannt lauschten. Der graubärtige Erzähler sprach Gälisch; seine Stimme klang so klar und kraftvoll, dass man ihm sein Alter kaum glauben mochte. Seine beweglichen Züge erzählten ihre eigene Geschichte, die Augen wurden dabei abwechselnd groß und wieder schmal, beim Grinsen entblößte er einige wenige schwärzliche Zahnstummel, und in seiner Stimme schwangen Freude und

Kummer mit gleicher Intensität mit. Er sprach in einem eigenartigen, fast an eine Melodie erinnernden Rhythmus.

Dylan flüsterte Sinann zu: »Wovon redet er?«

Sie schniefte leise und erwiderte in den leeren Raum hinein: »Nanu, will da jemand etwas von mir?«

Als er nicht reagierte, ließ sie sich doch zu einer Erklärung herab, da sie außer Stande war, ihr Wissen für sich zu behalten. »Er erzählt, wie die Burg zu ihrem Namen gekommen ist.«

»Wissen das nicht alle schon längst?«

»Die Erwachsenen schon, aber sie werden nie müde, es noch einmal zu hören. Und für die Kinder ist es neu. Es macht doppelten Spaß, eine Geschichte zu erzählen, wenn die Zuhörer sie noch nicht kennen.«

»Und woher hat die Burg nun ihren Namen?«

Sinann räusperte sich. »Das ist schnell erzählt. Früher lebte in dieser Burg ein Laird namens Cormac Matheson. Er besaß einen riesigen weißen Hund; so groß, dass er den Beinknochen einer Kuh zwischen seinen Kiefern zermalmen konnte, aber zugleich so sanft, dass sich kein Lamm vor ihm fürchtete, wenn er es in seinem Maul davontrug. Dieser Hund folgte dem Laird auf Schritt und Tritt, und niemand wagte, Hand an Cormac zu legen, wenn das Tier in der Nähe war, denn es war seinem Herrn bedingungslos ergeben und hätte nie zugelassen, dass jemand diesem etwas antut. Der Laird war ein weiser und gerechter Mann. Leider hatte er das Unglück, sich in ein Mädchen aus dem benachbarten Clan MacDonell zu verlieben. Doch ihr Vater wollte sie keinem Matheson zur Frau geben, weil zwischen den beiden Clans eine jahrhundertealte Feindschaft bestand. Cormac musste seine Braut entführen, und die beiden wurden am Tag darauf in der Burg getraut.

Als die MacDonells kamen, um das Mädchen zurückzufordern, trat der Laird ihnen mit seinen bis an die Zähne bewaffneten Männern hier, an dieser Stelle, entgegen.« Sinann zeigte auf den Boden, und automatisch blickte auch Dylan nach unten, als ob es dort etwas zu sehen gäbe. Er sah nur Gras. Die Fee fuhr fort: »Cormac flehte seinen

Schwiegervater an, die junge Frau bei ihm zu lassen, aber MacDonell ließ sich nicht erweichen. Es kam zum Kampf; die beiden Parteien drangen mit Schwertern, Dolchen und Tartschen aufeinander ein. Die wütenden MacDonells fügten den Männern von Glen Ciorram, die gar nicht hatten kämpfen wollen, entsetzliche Verluste zu. Jeder Mann im kampffähigen Alter fiel, und wäre nicht Cormacs jüngerer Bruder zu dieser Zeit zufällig nicht im Tal gewesen, so hätte der Laird keinen Nachfolger mehr gehabt, und die Mathesons von Glen Ciorram wären an jenem Tag für immer ausgelöscht geworden.

Auch der weiße Hund beteiligte sich an dem Kampf und bewies ebenso viel Mut wie die Männer. Doch als die Schlacht vorüber war und die Mathesons besiegt waren, fand man ihn mit durchschnittener Kehle neben Cormacs Leichnam liegen. MacDonell forderte seine Tochter zurück und führte seine Männer heimwärts.«

Dylan trank einen Schluck Ale und flüsterte dann: »Also hat Cormacs jüngerer Bruder die Burg nach dem tapferen Hund benannt?«

»Die Geschichte ist noch nicht zu Ende, sei doch nicht so ungeduldig. Weißt du, die Mathesons kamen nämlich nie in ihrer Heimat an. Sie schlugen hier ganz in der Nähe ihr Nachtlager auf. Niemand weiß genau, was geschehen ist, aber in jener Nacht wurden sie von einem Tier angegriffen, das jedem MacDonell – auch Cormacs Braut – die Kehle durchbiss. Man sagt, es sei der weiße Hund gewesen, und bis zum heutigen Tag kann man ihn manchmal mit bluttriefendem Maul vor den Toren der Burg sitzen und Wache halten sehen. Der junge Laird konnte der Burg gar keinen anderen Namen geben, verstehst du? Und seit diesem Tag heißt sie bei den Leuten in dieser Gegend ›Haus des Weißen Hundes‹.«

Dylan erschauerte. »Glaubst du denn, dass an dieser Geschichte etwas Wahres dran ist?«

Sie sah ihn schief an. »Du willst doch nicht etwa behaupten, dass ein Blutsverwandter von dir lügt, oder?«

»Es ist doch bloß eine alte Gruselgeschichte …«

»Jede Geschichte enthält ein Fünkchen Wahrheit, mein Freund.«

Dylan wurde auf einmal sehr nachdenklich. Als die Unterhaltung am Feuer leiser wurde, wandte er sich an den Barden. »Sir!« Augenblicklich trat tiefe Stille ein, und Dylan beschlich das unbehagliche Gefühl, dass sein Englisch hier nicht gerade gern gehört wurde. Trotzdem fragte er weiter: »Kennt Ihr die Geschichte des Roderick Matheson?«

Ein koboldhaftes Lächeln trat auf das Gesicht des Alten. »*Och, tha!* Natürlich kenne ich diese Geschichte. Ich war damals noch ein junger Bursche. Aber viel zu erzählen gibt es da eigentlich nicht.«

»Wollt Ihr mir sagen, was mit ihm geschehen ist?«

»Mit Vergnügen.« Als der Alte sich anschickte, die Geschichte auf Englisch wiederzugeben, erhob sich hier und da unter den Zuhörern gälisches Gemurmel. Zuerst ärgerte sich Dylan über diese Unhöflichkeit, doch dann begriff er, dass einige Leute denen, deren Englisch nicht so gut war, lediglich die Worte des Alten übersetzten.

»All dies trug sich im Jahre des Herrn 1666 zu, als Charles II. aus dem Hause Stuart wieder auf dem Thron saß«, begann der Erzähler. »Roderick Matheson, der damals achtzehn Jahre zählte, verließ sein Elternhaus *Tigh a' Mhadhaig Bhàin* und zog in die Welt hinaus. Es war das erste Mal, dass er die Viehtreiber nach Edinburgh begleiten durfte. Seine Mutter, die liebreizende Sila NicAngus, weinte bitterlich und sagte, er sei noch viel zu jung für diese Reise. Doch sein Vater, der mächtige Fearghas Matheson, gestattete seinem jüngsten Kind dennoch, mit den Treibern zu gehen, weil er selbst mit kaum sechzehn Jahren einen *creach,* einen Viehtrieb, mitgemacht hatte. Also sagte der Junge seiner Mutter und seinem Vater Lebewohl und schloss sich den Viehtreibern an.« Der Graubart ließ die Schultern hängen. »Und danach hat ihn weder seine Familie noch sonst jemand lebend wieder gesehen.«

Dylan wartete darauf, dass der Barde weitersprach. Es dauerte einen Moment, bis er begriff, dass die Geschichte zu Ende war. »Ist das alles? Mehr wisst Ihr nicht?«

»Der Bursche ist nie aus Edinburgh zurückgekehrt. Niemand weiß, was ihm zugestoßen ist, obwohl seine Familie jahrelang nach ihm gesucht und sogar die Behörden um Hilfe gebeten hat. Aber vergebens, Roderick Matheson schien vom Angesicht der Erde verschwunden zu sein.«

Kein Wunder, dass alle hier so überrascht gewesen waren, als er diesen Namen erwähnt hatte! Dylan zuckte mit den Achseln. »Himmel, da weiß ja sogar ich noch mehr als dies.« In dieser Sekunde bemerkte er, dass alle Augen erwartungsvoll auf ihn gerichtet waren und jeder begierig darauf zu warten schien, was er zu sagen hatte. Er zögerte, dann räusperte er sich verlegen.

»Nun, wie gesagt, man schrieb das Jahr des Herrn 1666 …« Er hustete und blickte in die Runde, dann fuhr er mit der Geschichte fort, die er vor zehn Jahren von seinem Großvater gehört hatte. »Er … äh, Roderick Matheson, war ein junger Mann und unternahm seine erste Reise nach Edinburgh. Während er sich in dieser Stadt aufhielt, gab es dort eine Demonstra… äh, einen Aufstand, eine Art Rebellion. Einige Covenanter, die 1660 nach der Restauration ihre Macht weit gehend verloren hatten, protestierten gegen die Wiedereinführung der Episkopalkirche. Roderick in seiner jugendlichen Neugier wollte herausfinden, was die Menschenmengen zu bedeuten hatten. Irgendwie wurde er in einen Kampf verwickelt, den sein Gegner nicht überlebte. Roderick wurde verhaftet, ins Gefängnis geworfen und später wegen Mordes verurteilt. Man verbannte ihn auf Lebenszeit nach Virginia, wo er sieben Jahre Frondienst auf einer Plantage zu leisten hatte. In den Kolonien lernte er seine zukünftige Frau kennen, und nachdem er seine sieben Jahre abgearbeitet hatte, erwarb er ein Stück Land und ließ sich mit seiner Frau dort nieder.«

»Und warum hat er nie geschrieben, wenn er noch am Leben war?« Iain schien es als persönliche Beleidigung aufzufassen, dass Roderick nie mit seiner Familie Verbindung aufgenommen hatte, obwohl er zu jung war, um den Mann überhaupt gekannt zu haben.

Dylan zuckte mit den Achseln. »Ich weiß es nicht, ich habe nie gefragt. Vielleicht wollte er nicht, dass seine Eltern von seiner Tat erfuhren. Jedenfalls bin ich der lebende Beweis dafür, dass Roderick nach 1666 noch am Leben war.« Was sogar den Tatsachen entsprach. Zwar war er nicht Rodericks Sohn, aber ein direkter Nachfahre von ihm, und wenn Roderick in Edinburgh gestorben wäre, gäbe es ihn heute nicht.

»Lebt er denn noch?« Das kam von Malcolm, der seinem Alter nach zu urteilen damals ein vielleicht zehnjähriger Junge gewesen sein musste.

Dylan überschlug die Daten schnell im Kopf und rechnete aus, dass Roderick 1713 fünfundsechzig Jahre alt gewesen sein musste. Er entschied sich für die wahrscheinlichste Möglichkeit und schüttelte den Kopf. »Nein, er starb vor einigen Jahren.«

»Hast du noch Brüder oder Schwestern?«

Wieder schüttelte Dylan den Kopf. Er hatte keine Geschwister und auch keine Ahnung, wie viele Kinder Roderick gezeugt hatte. Er wusste nur, dass zumindest ein Sohn da gewesen sein musste, der den Namen weitergegeben hatte und der zurzeit irgendwo südlich der Mason-Dixon-Linie lebte.

Malcolm sah so aus, als wollte er noch weitere Fragen stellen, aber er kam nicht mehr dazu, weil die Hunde plötzlich wie wild zu bellen anfingen und jeder sich umdrehte, um zu sehen, was die Tiere so aufregte. Was sie da zu sehen bekamen, veranlasste die Männer, sich mit grimmiger Miene zu erheben. Die Frauen griffen sich die Kinder, die große ängstliche Augen machten, und wichen ein Stück vom Feuer zurück.

Auch Dylan sprang auf und drehte sich um. Sein Herz begann zu hämmern, als er eine Gruppe Rotröcke in den Feuerschein reiten sah. Obgleich er nicht allzu viel über diese Gegend und dieses Jahrhundert wusste, erinnerte er sich doch daran, dass es noch gut hundert Jahre dauern würde, bis die Anwesenheit englischer Soldaten keine tödliche Gefahr mehr darstellte. Gemeinsam mit den anderen

Mathesons wartete er ab, was der Captain zu sagen hatte. Iain Mór trat vor.

»Guten Abend«, grüßte der Offizier kühl und hochmütig. Iain gab keine Antwort. Einige der Männer begannen auf Gälisch miteinander zu flüstern, doch der Laird rief sie sofort – gleichfalls auf Gälisch – scharf zur Ruhe. Der englische Offizier mit dem blonden Zopf fuhr mit einer Stimme, die von guter Herkunft und Bildung zeugte, in der aber nicht ein Hauch von Gefühl mitschwang, fort: »Ich wollte Euch mein Beileid zum Tode Eures Vetters ausdrücken.«

Endlich geruhte Iain, etwas zu erwidern. »Ich bin überzeugt, dass Euch dieser Zwischenfall das Herz gebrochen hat. Kann ich sonst noch etwas für Euch tun? Ich bedauere es aufrichtig, dass Ihr nicht zum Essen bleiben könnt, Captain Bedford.«

Dylan schrak zusammen, als er den Namen hörte, ließ sich aber nichts anmerken.

Der Captain ließ den Blick über die Reste der Mahlzeit gleiten und verzog angewidert das Gesicht. »Ja, ich bin untröstlich. Eines noch, Matheson«, er nickte in Richtung seiner gut bewaffneten Männer hinüber, »Ihr solltet vielleicht den Verkehr mit einigen Eurer Nachbarn einstellen. Wenn es noch mehr Ärger gibt oder mir neue Gerüchte über Verschwörungen und Handel mit gestohlenen Gütern zu Ohren kommen, dann sehe ich mich gezwungen, zu drastischeren Strafmaßnahmen als der Konfiskation von Land zu greifen. Es ist Eure Pflicht, Euch den Gesetzen der Königin und des Staatsrates zu unterwerfen, und ich rate Euch gut, Euch in Zukunft daran zu halten. Ich gedenke, hier für Ruhe und Frieden zu sorgen, Matheson!« Hier und da ertönte spöttisches Gelächter, und der Captain biss die Zähne zusammen. »Merkt Euch eines! Ihre Majestät wünscht Frieden, aber ständige Gesetzesübertretungen wird sie nicht dulden.«

Iain gab wieder keine Antwort. Eine Weile lang starrten die beiden Männer einander schweigend an, dann seufzte Bedford und gab den Befehl zum Aufbruch.

Sowie die Rotröcke außer Hörweite waren, ließen sich die Schotten wieder am Feuer nieder und machten ihrem Unmut auf Gälisch Luft. Dylan stellte überrascht fest, dass auch er einen tiefen Groll verspürte. Er blickte in die Richtung, die die Soldaten eingeschlagen hatten, und begriff mit einem Mal, was es bedeutete, in einem von fremden Truppen besetzten Land zu leben. Langsam verstand er, wie schnell und wie tief die Unterdrückten ihre Unterdrücker hassen konnten.

# 6.

Wochenlang schuftete Dylan auf Iain Mathesons Feldern; er hasste das kärgliche Essen, die allgegenwärtige Kälte und die eintönige Arbeit, am meisten aber hasste er die verdammte Fee. Wie sehr er auch betteln mochte, Sinann weigerte sich beharrlich, ihn nach Hause zu schicken. Wieder und wieder erklärte er ihr, dass nichts und niemand die Schotten vor der Unterdrückung durch die Engländer retten könne und ein einzelner Mann schon gar nicht im Stande sei, den Lauf der Geschichte zu ändern. Aber sie wollte ihm einfach nicht glauben, demzufolge konnte er nur warten, bis sie endlich zur Einsicht gelangte. In der Zwischenzeit brauchte er Geld, Nahrung und ein Dach über dem Kopf, also tat er seine Arbeit und hortete die Münzen, die Malcolm ihm an den Zahltagen überreichte.

Er hatte keine Ahnung, wie viel er verdiente, und selbst wenn dem so gewesen wäre, hätte er nicht gewusst, was die Dinge des täglichen Bedarfs kosteten. Die Silberstückchen sahen gar nicht aus wie richtiges Geld; sie waren klein und unregelmäßig geformt, einige trugen auf der einen Seite einen Königinnenkopf und auf der anderen eine 3, über der eine Krone schwebte. Sie erinnerten Dylan an die Ziermünzen, die manche Frauen an ihren Amulettarmbändern trugen, und er wusste nur, dass jede das Dreifache eines bestimmten Wertes zählte. Die Königin hielt er für die gegenwärtig auf dem Thron sitzende Anne. Die Münzen, auf deren Rückseite eine 1 prangte, zeigten auf der anderen Seite einen Männerkopf. Dylan konnte nur raten, um welchen König es sich handelte. Charles? William? James konnte es nicht sein, und die beiden Georges kamen erst später. Er bewahrte die Münzen in seinem *sporran* auf, und damit sie nicht verräterisch klimperten, hatte er sie in den Rest des weißen Leinentüchleins gewickelt.

Er wurde aber nicht nur in Münzen, sondern auch in Naturalien entlohnt. So erhielt er ein neues Hemd aus ungebleichtem Leinen und einen eigenen *sgian dubh,* den er in einer Scheide an seinem linken Oberarm trug. Auch mit der Scheide war er für seine Arbeit bezahlt worden. Der schwarze Eisendolch war klein, maß nur acht oder neun Zoll, wovon drei auf die Klinge entfielen, aber diese war zweischneidig geschliffen und sehr scharf. Am Ende des Heftes befand sich ein schmales Stichblatt, sehr ungewöhnlich für einen schottischen Dolch, und er fragte sich insgeheim, warum der Messerschmied es für nötig gehalten hatte, eine so kurze Klinge mit einem Stichblatt zu versehen. Vielleicht hatte gerade dieser Schönheitsfehler dazu geführt, dass die Waffe als Zahlungsmittel in Umlauf gelangt war. Dafür war der Griff aus Hirschhorn gefertigt und hatte tiefe Kerben, die eine sichere Handhabung ermöglichten. Viele Dolche, die er in der letzten Zeit gesehen hatte, bestanden lediglich aus einer spitz zugeschliffenen Eisenstange und einem primitiven Holzgriff.

Malcolm sagte, als er Dylan die Waffe reichte: »Vielleicht interessiert es dich, dass dieser Dolch eine Geschichte hat.«

Dylan grinste. »Alles und jedes hier hat eine Geschichte. Man kommt ja ganz durcheinander damit.«

Malcolm musste lächeln. »Nun, dieser Klinge haftet ein zweifelhafter Ruf an. Die Geschichte ist aber ein bisschen kompliziert. Ich sage dir nur so viel … wenn du Captain Bedford jemals ohne Hose zu sehen bekämst …« Dylan rümpfte angeekelt die Nase, woraufhin Malcolm in schallendes Gelächter ausbrach. »Aye, diesen Anblick möchte ich mir auch lieber ersparen. Aber wenn du ihn so sehen würdest, würdest du oberhalb seines Knies eine Narbe entdecken, die genauso breit ist wie diese Klinge hier. Iains Vater hat sie ihm vor einigen Jahren beigebracht.«

»Tatsächlich?« Dylan untersuchte die Klinge so genau, als würde noch englisches Blut daran kleben, konnte aber nichts Ungewöhnliches feststellen.

»Tatsächlich.« Malcolm kicherte leise.

Dylan nahm die Waffe bereitwillig als Lohn für ein paar Tage Arbeit entgegen und gab Malcolm sein Messer wieder.

Die Ernte wurde zu einem erbitterten Wettlauf gegen die Kälte, denn mit jedem Tag roch die Luft stärker nach Schnee. Jetzt schwitzte niemand mehr bei der Arbeit; im Gegenteil, die Männer wickelten ihre Plaids enger um sich, um sich vor dem beißenden Wind zu schützen. Dylan gewöhnte sich an, seine beiden Hemden übereinander zu tragen. Zottige schwarze Viehherden wurden von den höher gelegenen Weiden ins Tal getrieben, um den Winter über in denselben Torfhütten eingestellt zu werden, in denen auch die Dorfbewohner hausten. Der innere Burghof wimmelte von Ziegen, Schafen und Schweinen, deren scharfe Ausdünstungen sich mit dem Geruch der in den Burgstallungen untergebrachten Pferde vermischten. Weitere Männer waren zusammen mit dem Vieh von den *shielings* genannten Weiden ins Tal gekommen, und die Gänge und Hallen der Burg vermochten die vielen Menschen bald kaum noch zu fassen. Eine Art Festtagsstimmung lag in der Luft, so wie zu Hause vor den Weihnachtstagen, obwohl man erst Ende Oktober schrieb.

Eine Reihe von Sonntagen verstrich – willkommene Ruhepausen von der harten Wochenarbeit. Sinann hatte sich seit einigen Tagen nicht mehr blicken lassen, und Dylan fragte sich allmählich, wo sie wohl abgeblieben sein mochte. Zwar fand er es recht angenehm, nicht ständig von ihrer spitzen Zunge geplagt zu werden, doch falls sie zu dem Schluss gekommen war, dass er »ihre Leute« doch nicht retten konnte, dann könnte sie genauso gut nachgeben und ihn endlich nach Hause schicken, dachte er.

Ständig hielt er nach der hübschen blonden Frau Ausschau, bei der es sich, wie er inzwischen erfahren hatte, um Iains Tochter Caitrionagh handelte. Er hatte bislang noch keine Gelegenheit gehabt, sich mit ihr zu unterhalten, hätte es vermutlich auch gar nicht gewagt. Nur zu gut erinnerte er sich an Iain Mórs Reaktion, als er Caitrionagh in jener ersten Nacht hinterhergeschaut hatte. Wenn er sie ansprach, würde der Laird ihm vermutlich den Hals umdrehen. Doch abends, wenn sich der Clan in der großen Halle versammelte, war sie oft dabei, und er riskierte so manchen verstohlenen Blick. Diese abendlichen Zusammenkünfte waren sehr beliebt; die Männer und Frauen des Tales saßen eng zusammengedrängt auf Stühlen, Bänken und manchmal sogar auf den Tischen und besprachen die Ereignisse des Tages. Oft gab es dann auch Musik und Tanz, vor allem, wenn die Jugendlichen dabei waren, und nicht selten hockten ein paar Männer vor dem Kamin, wo sie, in hitzige Debatten verstrickt, die Köpfe zusammensteckten und sich durch nichts und niemanden stören ließen.

Eines Morgens fand sich der gesamte Clan vollzählig in der großen Halle ein. Eine fast greifbare Spannung lag in der Luft, die sich noch verstärkte, als mehrere Leute vor den Laird geführt wurden; keiner von ihnen schien sich sehr wohl in seiner Haut zu fühlen. Dylan lehnte neben dem Tor zum Burghof an der Wand, hier stand er niemandem im Weg und konnte trotzdem alles überblicken. Verwirrt murmelte er ins Nichts, als ob die abwesende Fee ihn hören könnte: »Herrje, Tink, was hat das alles zu bedeuten?«

Er hatte die Worte kaum ausgesprochen, als sich Sinann auch schon vor ihm aufbaute; ein breites Lächeln lag auf ihrem Gesicht.

Er zwinkerte. »Tink. Wie lange bist du denn schon hier?«

»Wer sagt denn, dass ich je weg war? Ich habe dich die ganze Zeit beobachtet. Du hast dich wirklich zu einem recht brauchbaren Schnitter entwickelt, und mit der Sichel gehst du um, als hättest du nie etwas anderes getan. Ich muss dich loben, mein Freund.«

Dylan verzog das Gesicht. »Ich brauche einen Dolmetscher. Was geht hier eigentlich vor?«

»Heute ist Gerichtstag.«

Das erklärte die angespannte Atmosphäre im Raum; dennoch ließ sich die Situation nicht im Geringsten mit den formellen Gerichtsverhandlungen vergleichen, die Dylan von zu Hause her kannte. Iain saß in einem knarrenden Holzstuhl vor dem Küchenfeuer am Ende der Halle, Malcolm stand hinter ihm, und die jeweiligen Parteien trugen ihm ihre Anliegen vor. Sinann klärte Dylan darüber auf, dass der Mann in dem zerschlissenen, ausgebleichten Kilt und dem gelben Hemd, der gerade vor Iain stand, Colin Matheson hieß. Er wurde beschuldigt, Gras gestohlen zu haben.

Iain fasste den Übeltäter grimmig ins Auge, ohne weiter auf das Gezeter des Anklägers einzugehen. »Colin, ich habe dir doch ausdrücklich befohlen, das fragliche Stück Land abzugeben. Es gehört nicht mehr zu deiner Pacht.« Sinann übersetzte, während der Laird sprach.

Colin machte ein verdrossenes Gesicht. Sonderlich angetan schien er von dem Gedanken, einen Teil seines Landes abtreten zu müssen, nicht zu sein. »Ohne dieses Stück Land bleibt mir aber nicht genug zum Leben!«

»Und warum nicht? Deine Pacht ist entsprechend herabgesetzt worden. Du hast ebenso viel und ebenso gutes Land zur Verfügung wie jeder andere Mann in deiner Situation.«

»Aber Iain …«

»Widersprich mir nicht, Mann! Du hast gehört, was ich dir gesagt habe. Und du wirst für jeden Tag, an dem du die fraglichen Weiden widerrechtlich genutzt hast, einen schottischen Schilling Strafe zahlen. Falls du das Geld nicht hast, zahlst du in Naturalien. Solltest du dein Vieh noch einmal auf fremdem Land weiden lassen, verbringst du ein paar Wochen im Gefängnis. Hast du mich verstanden?«

Colin zögerte lange und rang sichtlich mit sich, ehe er knurrte: »Aye.«

Als Sinann Dylan die Worte des Lairds übersetzt hatte, fragte dieser ungläubig: »Verstehe ich das richtig? Er hat sozusagen Gras gestohlen?«

»Gras ernährt das Vieh, und das Vieh ernährt die Menschen. Die Mathesons leben von dem, was das Land ihnen schenkt, doch ihre Ländereien werden von Jahr zu Jahr kleiner. Die Engländer und die Whigs nehmen uns so viel davon weg, wie sie nur können. Das Vieh bekommt im Winter nicht mehr genug Futter, daher kann es von ein paar Grashalmen abhängen, ob eine Kuh eingeht oder den nächsten Frühling erlebt. Sterben zu viele Kühe, dann hat eine werdende Mutter vielleicht nicht genug zu essen, und dann ist die Gefahr groß, dass sie ein totes oder ein kränkliches Kind zur Welt bringt. Du siehst, Colin Matheson hat ein schweres Verbrechen begangen.«

Dylan konnte ihr da nur zustimmen.

Der nächste Fall betraf eine noch sehr junge Frau, die scheinbar schwanger war, obwohl sich das aufgrund des weiten, sackartigen Kleides, das sie trug, nicht mit Bestimmtheit sagen ließ. Der Mann, der neben ihr stand und sie am Ellbogen gepackt hielt, war offenbar ihr Vater. Er schien vor Wut zu schäumen. Dylans Verdacht bestätigte sich, als Sinann ihm erklärte, dass das Mädchen, Iseabail Wilkie, der Hurerei bezichtigt wurde. Ihr Vater Myles Wilkie schüttelte sie und sprach erregt auf sie ein; er versuchte wohl, sie dazu zu bringen, den Vater des Kindes zu nennen, doch sie starrte nur zu Boden und schwieg beharrlich, obwohl ihr die Tränen über die Wangen strömten.

»Dabei weiß jeder, wer der Vater ist«, sagte Sinann leise. Dylan sah sie erstaunt an. »Es ist Marsailis Mann, Seóras Roy Matheson.« Sie deutete auf einen mageren, schweigsamen Mann mit dunklem Haar, der, umgeben von drei Kindern, am anderen Ende der Halle an der Wand lehnte. Auch er blickte zu Boden; sein Gesicht war totenblass.

Iain stellte den Wilkies einige Fragen, und Dylan bat Sinann, sie ihm zu übersetzen.

»Er will wissen, ob das Mädchen irgendwo Verwandte hat, die es aufnehmen würden«, sagte die Fee. Iseabail begann zu schluchzen; sie zitterte am ganzen Leibe. »Er wird sie verbannen«, fuhr Sinann fort.

Dylan runzelte die Stirn, worauf Sinann mit mühsam beherrschter Ungeduld erklärte: »Der Laird kann Unzucht hier im Tal nicht dulden. Wenn er zulassen würde, dass die Frauen mit ihren illegitimen Kindern hier bleiben, dann gäbe es bald mehr Bastarde als ehelich geborene Kinder, denn es ist entschieden einfacher, ein Kind zu zeugen, als es zu ernähren. Außerdem bin ich der Meinung, dass jeder Mann, der nicht für seine uneheliche Brut sorgen kann oder will, gleichfalls davongejagt werden sollte. Solche Kinder würden, wenn man sie hier ließe, dem gesamten Clan zur Last fallen. Der Laird muss in diesem Punkt hart bleiben, sonst würde er den Respekt all jener Männer verlieren, die sich abrackern, um ihre Familie durchzubringen.«

Dylan blickte Seóras in das bleiche Gesicht und fragte sich, wie ein Mann, der auch nur einen Funken Ehre im Leib hatte, es fertig brachte, ruhig sitzen zu bleiben und zuzulassen, dass Iseabail aus Glen Ciorram verbannt wurde. Als der Laird seine Entscheidung verkündete, sah er Sinann fragend an. »Sie wird zu Verwandten nach Inverness gehen«, erklärte diese.

»Und wenn sie keine Verwandten in Inverness hätte?«

Sinann zuckte mit den Achseln. »Dann müsste sie irgendwo anders untergebracht werden; in Glasgow oder Aberdeen vielleicht. Wohin sie letztendlich abgeschoben wird, spielt keine Rolle. Hier zählt nur, dass sie mit einem Kind ohne Vater nicht im Tal bleiben kann.«

Dylan warf dem vermeintlichen Vater einen finsteren Blick zu. Seóras wirkte nicht sonderlich erleichtert darüber, dass er noch einmal davongekommen war. Sein Gesicht verriet nicht, was in ihm vorging.

An diesem Abend fand im Dorf ein Fest statt, es wurde gesungen, getanzt und gelacht, doch Dylan nahm nicht daran teil. Er lag auf seiner Pritsche und versuchte zu schlafen, wurde aber von den Dudelsackklängen, die zu ihm herüberdrangen, daran gehindert. Ihm war kalt, er fühlte sich schmutzig und elend und wünschte sich mehr denn je, diesen unwirtlichen Ort verlassen und nach Hause zurückkehren zu können.

In der fünften Woche seines unfreiwilligen Aufenthalts in Schottland war die Ernte eingebracht und das Vieh auf die abgemähten Felder getrieben worden, um die Getreidestoppeln abzufressen. Dylan bekam eine andere Arbeit zugeteilt: Er sollte in einem Moor oberhalb des Sees beim Stechen von Torfsoden helfen.

Er arbeitete mit einem Mann namens Robin zusammen; dieser benutzte eine Art Hacke mit L-förmiger Klinge, um ungefähr ziegelsteingroße Torfstücke aus dem Boden zu stechen. Dylan stapelte sie dann in große Körbe, die von kleinen, zottigen, *garrons* genannten Pferdchen getragen wurden. Dylan fand, dass die Tiere große Ähnlichkeit mit Shetlandponys hatten. Die Arbeit ging schweigend vonstatten, da Robins Englisch genauso zu wünschen übrig ließ wie Dylans Gälisch, dennoch kamen die beiden Männer gut miteinander aus. Jeder erledigte seine Aufgaben rasch und geschickt, und obgleich sie jeden Abend auf dem Heimweg zur Burg, wo sie die Torfziegel zum Trocknen auslegten, versuchten, sich mühsam miteinander zu unterhalten, erfuhr Dylan nur wenig über Robin. Sein Nachname lautete Innis, und er war ein entfernter Vetter mütterlicherseits von Iain; abgesehen von dem kastanienbraunen Haar und der schlanken Gestalt ähnelte er jedoch mehr den Mathesons, er hatte auch dieselben blauen Augen wie fast jedermann sonst hier.

Auf dem Hügel oberhalb des Torfmoors waren einige Frauen damit beschäftigt, Getreide in die Luft zu werfen, damit der Wind die Spreu davontragen konnte. Dylan verrenkte sich den Hals, um zu sehen, ob die junge Blondine unter ihnen war, hatte aber kein Glück.

Wieder kam ein Sonntag heran, die Männer ruhten sich aus, gingen jedoch nicht zur Kirche, da der Gemeindepriester das Tal nur alle paar Wochen besuchte. Obwohl die Luft immer noch kalt war, hatten die schwachen Sonnenstrahlen die meisten Leute ins Freie gelockt. In der Nähe des Seeufers spielte eine Horde von Jungen mit einem braunen Lederball Fußball; einige trugen Kilts, andere nur lange Hemden. Ranald rannte am Feldrand auf und ab und feuerte die Spieler kreischend an. Dylan beobachtete sie eine Weile, wobei wehmütige Erinnerungen an seine eigene Zeit auf dem Fußballfeld in ihm aufstiegen. Dann ging er zur Südseite der Burg hinüber, um den spärlichen Sonnenschein auszukosten; hier speicherten die Steine die meiste Wärme.

Die grünen, braunen und grauen Gipfel der Berge spiegelten sich im silbernen Wasser des Sees wider, der, wie er inzwischen wusste, Loch Sgàthan hieß. Dylan lehnte sich gegen die Mauer und seufzte, als sich seine schmerzenden Muskeln ein wenig lockerten. Noch nie zuvor hatte er an einem so entsetzlich kalten Ort gelebt wie diesem, und daher empfand er sogar die schüchterne Wärme, die die Steine hinter ihm ausstrahlten, als überaus angenehm. Eine Weile döste er träge vor sich hin und genoss es, sich endlich wieder wie ein Mensch und nicht wie ein Eisklotz zu fühlen. Die anderen Männer hielten sich in der Burg oder in ihren Unterkünften auf, wo sie sich mit Schach oder Backgammon die Zeit vertrieben. Obwohl Dylan gerne und gut Backgammon spielte, zog er es vor, den Sonnenschein auszunutzen, statt seine Kameraden zu einem kleinen Spielchen aufzufordern; wahrscheinlich würde er ohnehin nur Scherereien bekommen.

Er musste wohl eingenickt sein, denn er wurde von einem leisen Gesang in der Ferne geweckt. Frauenstimmen wehten zu ihm herüber, vom See her, wie er annahm. Er hielt sich eine Hand über die Augen und blinzelte zu der Weide hinüber, deren Zweige bis ins Wasser hingen. Tatsächlich entdeckte er eine Gruppe von Frauen in hellen Kleidern und gelben oder roten Blusen, die Wäschestücke in großen, hölzernen Zubern einweichten und sie dann mit den Füßen durchstampften; es sah aus, als würden sie Wein keltern. Diese Methode erschien Dylan weitaus kräftesparender und angenehmer als das mühsame Gerubbel auf einem Waschbrett.

Er stand auf und schlenderte zu den Frauen hinüber, um ihnen eine Weile zuzuhören. Die Art des Gesangs faszinierte ihn; eine Frau schien immer eine Strophe vorzusingen, worauf die anderen im Chor antworteten. Die Melodie des Liedes erinnerte ihn an einen seiner Lieblingsoldies zu Hause, einen Rock-'n'-Roll-Song mit dem Titel *Doo Wah Diddy*. Mit einem Mal wurde ihm leichter ums Herz, und er begann, leise vor sich hin zu summen; tatsächlich waren Rhythmus und Melodie dieses Songs und des Gesangs der Frauen nahezu identisch. Dylan ließ sich mitreißen, vollführte ein paar unbeholfene Tanzschritte, schlenkerte mit den Armen und warf sein Haar zurück, während er aus vollem Halse mitsang. Dann drehte er eine kleine Pirouette – und stand plötzlich der Tochter des Lairds gegenüber.

Ihre Augen funkelten belustigt, und als er sich verlegen abwandte, konnte sie nicht mehr an sich halten, prustete los, schlug jedoch sofort eine Hand vor den Mund, sodass ihr Gelächter eher wie ein Schnauben klang. Dylans Wangen brannten, am liebsten wäre er davongelaufen, doch seine Beine gehorchten ihm auf einmal nicht mehr. Stattdessen drehte er sich langsam, wie von unsichtbaren Fäden gezogen, zu ihr um, um sie anzusehen. Da sonst niemand in der Nähe war, wollte er sich ihr Gesicht ganz deutlich einprägen, um es sich später, wenn sie wie gewohnt von männlichen Verwandten umgeben war und er keinen Blick riskieren durfte, wieder ins Gedächtnis rufen zu können.

Sie ging um ihn herum zum Wasser hinunter. Zögernd folgte er ihr, dann fragte er: »Geht Ihr auch zum Waschplatz?«

»Wohl kaum.« Sie breitete die Arme aus, um ihm zu zeigen, dass sie keine Wäsche bei sich hatte, dann hielt sie ihm ein kleines Küchenmesser hin. »Ich will zu der Weide dort. Diesen Winter werde ich eine große Menge Rinde brauchen.«

»Weidenrinde? Wofür denn?«

»Der Tee, den ich Euch für Euren Kopf gegeben habe, war daraus gebraut. Die Rinde lindert Schmerzen.«

Dylan tastete seine inzwischen verheilte Schädeldecke ab. »Verstehe. Dann sammelt nur so viel davon, wie Ihr braucht. Lasst Euch von mir nicht aufhalten.« Doch als sie sich zum Gehen wandte, hielt er sie zurück. »Ich bin übrigens Dylan Matheson.«

Ein Lächeln spielte um ihre Lippen. »Ich weiß.«

Er sprach rasch weiter, um zu verhindern, dass sie weiterging. »Es tut mir Leid, ich bin zwar schon seit einiger Zeit hier, aber ich kenne Euren Namen immer noch nicht.« Das war zwar eine Lüge, aber etwas Besseres fiel ihm auf die Schnelle nicht ein.

Ihr Lächeln glich jetzt mehr einem Grinsen. Einen Moment lang fürchtete er, sie würde ihn einfach stehen lassen und ihrer Wege gehen, doch sie sagte nur: »Mein Name ist Caitrionagh Matheson. Oder Caitrionagh NicIain, wenn Ihr so wollt. Iain Mór ist mein Vater; demnach seid Ihr mein Vetter.«

Dylan blickte sich viel sagend um. »Gibt es hier jemanden im Umkreis von einer Meile, der *nicht* zu Euren Vettern zählt?«

Sie nickte ernsthaft, obwohl er die Frage als Scherz gemeint hatte. »Sicher. Meine Eltern und meine Onkel.«

Verlegenes Schweigen machte sich breit. Dylan zermarterte sich den Kopf, doch ihm fiel keine geistreiche Bemerkung ein. Ihre Augen schlugen ihn in ihren Bann. Sie waren riesig und von einem so tiefen Blau, wie er es noch nie zuvor gesehen hatte. Ihre Haut schimmerte so blass wie das Mondlicht, nur auf ihren Wangen lag ein rosiger Hauch. Es sah aus, als glühe sie von innen heraus. Als sie Anstalten machte, zu der Weide hinunterzugehen, platzte er, ohne zu überlegen, heraus: »Wieso arbeiten diese Frauen am Sonntag?«

Diesmal wirkte ihr Lächeln ein wenig nachsichtig. »Wann sonst bekommen sie wohl die Hemden der Männer in die Finger?« Dann streckte sie die Hand aus und zupfte ihn am Ärmel. »Eures könnte auch eine Wäsche vertragen.«

*Wem sagte sie das?* Achselzuckend hielt er sich den Stoff ein Stückchen vom Körper weg. Inzwischen klebte ihm auch das neue Hemd auf der Haut, und beide Kleidungsstücke starrten vor Schmutz und wiesen große Schweißränder auf. »Ich weiß leider nicht, wie ich es sauber bekommen soll.«

»Das verlangt auch niemand von Euch. Also kommt, zieht Euer Hemd aus, ich werde es zu Seonag bringen, die auch für meinen Vater wäscht.« Auffordernd hielt sie ihm die Hand hin.

Dylan zögerte. Da es ihn unverhofft in ein Jahrhundert verschlagen hatte, das er nur aus Büchern kannte, war er nicht sicher, welche Folgen es für ihn haben könnte, wenn er sich vor der Tochter des Lairds bis zur Hüfte entkleidete. Todesstrafe im schlimmsten, weitere Prügel im besten Fall? Doch sie bedeutete ihm schon mit einer ungeduldigen Handbewegung voranzumachen. Vielleicht war so etwas hier ja üblich. Also ließ er sein Plaid von der Schulter gleiten und streifte die beiden Hemden ab, die er übereinander trug.

Vor Kälte fröstelnd, reichte er ihr die Kleidungsstücke; als sie das Leinenbündel entgegennahm, trafen sich ihre Blicke, und ihm lief ein Schauer über den Rücken. Einen langen Moment sahen sie sich tief in die Augen, dann blinzelte sie und lächelte; und damit war der Zauber gebrochen. Dylan zog sich das Plaid wieder über die Schulter und schob es durch seinen Gürtel.

»Seonag wird sie Euch heute Abend zurückbringen.«

»Wie kann sie denn meine Hemden von denen Eures Vaters unterscheiden?«

Caitrionagh lachte. »Eure sind die, die nicht wie die Segel eines Schiffes aussehen.«

Dylan grinste und blickte ihr nach, bis sie außer Sicht war.

Plötzlich erklang Sinanns Stimme neben ihm. »Ein hübsches Ding, in der Tat, aber sie ist nicht für dich bestimmt.«

»Du schon wieder!« Dylan fuhr herum und stellte fest, dass auch die Fee Caitrionagh hinterherschaute.

Sinann grinste. »Ich kann dir deine Gedanken vom Gesicht ablesen, mein Freund. Du hast eine zu lebhafte Fantasie. Zeit, dass dir jemand beibringt, mit dem Kopf zu denken und nicht mit dem Unterleib.«

Dylan seufzte. »Was soll denn das schon wieder heißen?«

»Komm mit.« Sie winkte ihm zu, doch Dylan rührte sich nicht vom Fleck. Sinnan flatterte auf und schwirrte ärgerlich um ihn herum. »Komm mit, habe ich gesagt. Wir müssen die Zeit nutzen, die uns noch bleibt.« Als er immer noch keine Anstalten machte, ihr zu folgen, sondern sie nur finster anstarrte, drohte sie: »Setz dich in Bewegung, Freundchen, oder ich hexe dir ein paar dicke Warzen an deine hübsche Nase!«

Das wirkte. Dylan folgte ihr über die Zugbrücke in Richtung des Dorfes. »Wohin gehen wir denn?«

»Zu einem geheimen Ort. Niemand kommt je dorthin. Die Menschen hier glauben, dass der Platz verwunschen ist.« Sie warf ihm einen listigen Blick zu. »Wir kleinen Leute halten uns oft dort auf, musst du wissen.«

Er kicherte. »Das glaube ich dir unbesehen.«

Für Dylans Verhältnisse mussten sie eine ziemlich lange Strecke zurücklegen. Seit er kurz nach seinem sechzehnten Lebensjahr den Führerschein gemacht hatte, war er nicht mehr viel zu Fuß gegangen. Am anderen Ende des Dorfes angelangt, verließ Sinann den breiten Weg und folgte dem Fluss bis zur Nordseite des Tals, dann schlug sie einen Bogen um den mit weißen Birken und mächtigen alten Eichen bewachsenen Hügel herum und führte Dylan schließlich einen von Bäumen und Büschen gesäumten schmalen Pass empor. Kiefern mit knorrigen Stämmen und weit ausladenden Ästen warfen ihre Schatten auf den über Felsgestein und unter bizarr geformten Wurzeln hinwegsprudelnden Fluss.

Einige Baumstämme waren mit Schwämmchen überwuchert; große Kolonien riesiger brauner Pilze, die an tanzende Frauen mit schwingenden Röcken erinnerten, wuchsen zu ihren Füßen im Gras. Schilfrohr ragte aus dem Wasser und neigte sich mit der Strömung, sodass der Eindruck entstand, die ganze Uferregion sei von einem weichen Pelz bedeckt. Überall im Wald blühten gelbe Blumen, obwohl es schon spät im Herbst war. Dylan betrachtete sie erstaunt. Daheim in Tennessee standen die Blumen nur im Frühjahr und Frühsommer in voller Blüte, im Herbst dagegen sorgten die abgestorbenen Blätter der Bäume für eine herrliche Farbenpracht. Auch tiefer im Unterholz leuchteten kleine violette Blüten, die sich aber an den Rändern bereits braun verfärbten.

Schließlich gelangten sie in ein kleines, schmales, von schroffen Granitfelsen eingeschlossenes Tal; dort stand inmitten einer grünen Wiese eine seltsame Ruine.

Die steinernen, mit teils dunklem, teils smaragdgrün schimmerndem Moos bewachsenen Mauern schienen mit dem Boden zu verschmelzen wie eine vom Regen fast gänzlich weggespülte graugrüne Sandburg. Wind und Wetter hatten das wahrscheinlich viele hundert Jahre alte Gemäuer bis auf die Grundmauern zerfallen lassen. Dort, wo einst die Tür gewesen sein musste, gab es nur noch eine hohe, schmale Lücke in den Steinen. Sinann glitt hindurch und bedeutete Dylan, ihr zu folgen.

»Wo sind wir? Und was ist das für eine Ruine?«

»Es sind die Überreste eines *broch,* eines Rundturmes. Niemand weiß, wie alt er ist, selbst ich nicht. Aber wenn du fliegen könntest, so wie ich … nun, schau einmal selbst.«

Sie deutete auf seine Füße und erhob sich in die Luft. Dylan spürte, wie irgendetwas seine Knöchel packte und ihn hochhob. Er spreizte instinktiv nach Seemannsart die Beine, um das Gleichgewicht halten zu können, da er beinahe der Länge nach hingeschlagen wäre, und es gelang ihm, aufrecht, wenn auch leicht schwankend, stehen zu bleiben. Langsam wurde er höher und immer höher gehoben. Das Herz schlug ihm bis zum Hals, als er nach unten blickte. Er befand sich bereits in Schwindel erregender Höhe über dem Erdboden. »Tink«, warnte er mit zittriger Stimme, »hör sofort auf mit dem Unsinn.«

»*Och,* das ist ganz harmlos. Sieh dich nur um, dann kannst du deine Frage selbst beantworten. Du schwebst jetzt ungefähr dort, wo früher das Dach des Turmes war.«

Dylan straffte sich und sah sich neugierig nach allen Seiten um. Sinann erklärte: »Ehe dieser *broch* langsam in sich zusammenfiel, konnte man von seiner Spitze aus über die Bäume hinweg und über den gesamten Ostteil des Tales blicken. Dies ist der einzige Zugang über Land zu der Burg deines Lairds.«

Jetzt endlich begriff Dylan. »Das hier war also früher ein Wachturm, wo man Posten stationiert und jeden abgefangen hat, der sich auf dem Weg durch dieses Tal dem Dorf näherte. Die Abkürzung, die wir genommen haben, haben die Boten benutzt, um die Leute in der Burg vor einem Angriff zu warnen.«

»Aye. Du bist gar nicht so dumm, wie du aussiehst.« Dylan verzog unwillig das Gesicht und musterte sie aus schmalen Augen. »Nur ist dieser Turm ein gutes Stück älter als die Burg; einst war er das einzige Gebäude hier in der Gegend. Von hier führte auch ein Pfad hinunter zu den Booten am Ufer des Sees, aber das war vor meiner Zeit.«

In der Mitte des Tales lag ein langes, niedriges, von Feldern umgebenes Steinhaus. »Was ist denn das?«, wollte Dylan wissen.

»Das sind die Unterkünfte, die die *Sassunaich* für ihre rot berockten Bastarde gebaut haben. Wenigstens waren sie klug genug, darauf zu achten, dass die Barracken von der Burg aus nicht gesehen werden können. Hier sitzen sie nahe genug am Dorf, dass man sich ihrer Gegenwart stets bewusst ist, aber sie befinden sich nicht in unmittelbarer Reichweite, falls die Dorfbewohner einmal auf die Idee kommen sollten, den Soldaten ihre zahlenmäßige Unterlegenheit vor Augen zu führen.« Dann seufzte sie leise. »Übrigens wissen die Engländer ebenso gut wie die Erbauer dieses Turmes, dass dies der schnellste Weg über Land nach Glen Ciorram ist.«

Dylan starrte so eindringlich auf die Barracken, als könnte er sie fortzaubern, dann bat er: »Lass mich jetzt endlich wieder runter.« Sinann kicherte boshaft, ließ ihn abrupt fallen und fing ihn erst kurz über dem Boden ab, um ihn sanft abzusetzen.

Sowie er sich von seinem Schrecken erholt hatte, betrachtete Dylan das verfallene Bauwerk genauer. Eine abbröckelnde Steintreppe erhob sich innerhalb der runden Mauern spiralförmig nach oben und endete an einem Fenster. Direkt davor wuchs eine riesige Eiche, deren Äste in das Innere des Turmes hineinragten und so sowohl drinnen wie auch draußen Schatten spendeten. Die ehemalige Feuerstelle, nichts weiter als eine flache, mit Steinen umrandete Grube von der Größe eines Autoreifens, lag genau in der Mitte des Turminneren und war zum Teil mit Gras überwuchert. Dylan nahm an, dass der Rauch durch ein Loch in der Decke abgezogen war. Überall lagen Stücke des in sich zusammengefallenen Mauerwerks herum. Dylan ließ sich auf einem großen Steinbrocken nieder, der mit Moos und Flechten bewachsen war. In dem Gras zu seinen Füßen sprossen lauter kleine schwarze Pilze.

Dann wandte er sich an Sinann, die auf dem Boden kauerte. »Wozu brauchst du mich eigentlich, wenn du doch über magische Kräfte verfügst?«

Er sah, wie sich ihr Gesicht verfinsterte,und wusste sofort, dass er das Falsche gesagt hatte. Zuerst dachte er, sie würde ihm keine Antwort geben, doch schließlich sagte sie bitter: »Es gab einmal eine Zeit, da hätte ich dich nicht gebraucht. Und glaub mir, ich wünschte, dem wäre noch so, denn ich glaube nicht, dass du mir eine große Hilfe sein wirst.« Wieder schwieg sie eine Weile, dann forderte sie ihn auf: »Sieh einmal genau her.«

Sie winkte mit der Hand, und ein Ziegenbock tauchte in der Mitte des Tales auf. Er blickte sich um, meckerte, kam zögernd näher und meckerte erneut. Dylan zuckte mit den Achseln. »Und? Das ist nur ein ganz gewöhnlicher Ziegenbock.« Er hielt dem Tier die Hand hin, um es daran schnuppern zu lassen, zog sie aber sofort zurück, als es vorsichtig daran zu knabbern begann.

»Jetzt sieh zu, wie ich das rückgängig mache, was ich soeben getan habe.« Auf eine weitere Handbewegung hin brach der Bock auf dem Gras zusammen. Erst dachte Dylan, das Tier sei gestolpert und gestürzt, aber als er genauer hinsah, erkannte er, dass ein verwesender, von Fliegen umschwirrter Kadaver vor ihm lag. Er sprang auf, wich ein Stück zurück und hielt sich eine Hand vor Mund und Nase, um den entsetzlichen Gestank zu mildern. Sinann nickte ihm zu. »Siehst du? Nichts kann je wieder so werden, wie es einmal war. Nichts kann wieder vollständig rückgängig gemacht werden. Diese Macht ist mir abhanden gekommen.«

Dylans Magen krampfte sich zusammen, als er die volle Bedeutung ihrer Worte erkannte. »Du kannst mich also gar nicht mehr nach Hause schicken!«

Sinann flatterte auf und landete auf einem Steinblock, von dem aus sie ihm in die Augen blicken konnte. »Es wird Zeit, dass du ein paar Dinge lernst, mein Freund.« Ein weiteres Winken verwandelte den Kadaver in ein ausgebleichtes Gerippe, und nach einer letzten Handbewegung war es verschwunden.

Dylan war nicht in der Stimmung für ihre Tricks. »Was denn zum Beispiel?«

»Zuallererst musst du Gälisch lernen. Du wirst nie ein richtiges Clanmitglied werden, wenn du die Sprache deines Volkes nicht beherrschst. Und dann solltest du dich mit den Alten Zünften befassen. So gewinnst du die Macht, die du brauchst, um …«

»Warte mal eine Sekunde. Sprichst du von Zauberei? Von Hexenkünsten?«

»Aye. Wenn du weißt, welche Kräfte in all den Dingen stecken, von denen du umgeben bist, dann kann kein Mensch mehr …«

»O nein.« Dylan hob abwehrend die Hand. »Kommt nicht infrage. Damit will ich nichts zu tun haben.« Er trat ein paar Schritte zurück.

Sie flatterte die Stufen hoch und blickte nun auf ihn herab. »Und warum nicht, wenn ich fragen darf?«

Er drehte sich um und sah sie an. »Ich glaube nicht an Zauberei und übernatürliche Kräfte.«

»Du sollst nicht daran glauben, du sollst lernen, wie man sich gewisse Dinge zu Nutze macht.«

»Nein.«

»Wenn du meine Leute retten willst …«

Jetzt fing sie schon wieder mit diesem leidigen Thema an! »Kapier's doch endlich, Tink! Ich werde niemanden retten. Die Schotten sind nicht zu retten. Die Geschichte belegt, dass sie von den Engländern besiegt und ihre Unabhängigkeit nie wiedererlangen werden. Weder du noch ich, noch sonst wer können irgendetwas daran ändern. Du hast mich für nichts und wieder nichts aus meiner Zeit … nein, aus meinem *Leben* herausgerissen!«

Er wandte sich ab und wollte das kleine Tal verlassen, doch sie bemerkte drohend: »Würde es dir wirklich gefallen, mit lauter dicken schwarzen Warzen im Gesicht herumzulaufen?«

Dylan blieb wie angewurzelt stehen. Sie funkelte ihn böse an, und er starrte ebenso finster zurück. Er wollte nach Hause, aber vorher wollte er ihr den Hals umdrehen, weil sie ihn hierher verschleppt hatte. Eine Weile duellierten sie sich wortlos mit Blicken.

Endlich fragte er müde: »Was ist nur los mit dir? Warum kannst du dem Schicksal nicht einfach seinen Lauf lassen?«

Sinann schlug die Augen nieder, dann ließ sie den Blick über die verfallenen Mauern wandern. Nach einer Weile sagte sie mit weicher Stimme: »Donnchadh pflegte oft hierher zu kommen.« Ihre Augen umwölkten sich, und Dylan stellte erstaunt fest, dass ihr Tränen über die Wangen liefen. »Er liebte dieses Fleckchen Erde. Es war so friedlich hier, so weit weg von den Engländern und den diebischen MacDonells. Er hasste die Engländer aus tiefster Seele, nie hat ein Highländer die Rotröcke erbitterter und tapferer bekämpft als er, und als er starb …« Ihre Stimme brach, sie schwieg einen Moment, und als sie sich wieder gefasst hatte, fuhr sie leise fort: »Er starb mit meinem Namen auf den Lippen.«

»War Donnchadh ein Elf?«

Sie schüttelte den Kopf und starrte zu Boden. »Er war ein Matheson, Iains Vater. Aber er liebte mich, und ich liebte ihn. Mehr als irgendetwas sonst in meinem langen, wertlosen Leben.«

»Dann sind Iain und seine Brüder also …«

Ihr Kopf flog hoch; ihre Augen flammten zornig auf. »Wage es nicht, sein Andenken mit deinen schmutzigen Gedanken zu besudeln!« Sie richtete sich kerzengerade auf, stemmte die Hände in die Hüften und funkelte Dylan böse an. »Die Liebe des Körpers und die des Geistes sind zwei ganz verschiedene Dinge und sollten nicht unbedacht einander gleichgesetzt werden.«

Dylan trat einen Schritt zurück. Er hätte nie gedacht, dass sie so heftig werden könnte. »Tut mir Leid, es war nicht so gemeint.«

Doch so leicht war sie nicht zu beruhigen. Eine Weile brummte sie verärgert vor sich hin und beschwor finsterste Verwünschungen auf die Häupter perverser Sterblicher herab, ehe sie sich wieder auf ihrem Stein niederließ und mit ihrer Geschichte fortfuhr. »Donnchadh vermählte sich zwei Mal. Seine erste Frau gebar ihm Iain, starb aber kurz darauf. Er heiratete erneut. Viele Kinder aus dieser Ehe starben kurz nach ihrer Geburt, nur Coll und Artair überlebten. Aber ich habe ihn über alles geliebt; mehr als irgendein Sterblicher, noch nicht einmal Donnchadh selbst, je verstehen kann. Ich liebte ihn, wie nur eine Fee zu lieben vermag, und so betrauere ich ihn jetzt auch. Nur er hat mein unnützes Leben lebenswert gemacht.«

»Wie ist er denn gestorben?«

Die Fee schloss einen Moment lang die Augen. »Donnchadh war ein Mann, der von seinen Leuten zugleich geliebt und gefürchtet wurde, so wie sein Sohn Iain heute. Er sorgte für seinen Clan, behandelte die Menschen gut und bewahrte sie vor Unheil. Eines Tages kam er zu diesem *broch* und bat um Hilfe, da zeigte ich mich ihm zum ersten Mal. Zwei Jahre nacheinander hatte eine große Dürre fast die gesamte Ernte vernichtet, und die Bewohner des Tals begannen langsam zu verhungern. In seiner Verzweiflung kam Donnchadh zu diesem Turm. Er hoffte, dort Hilfe zu finden.«

»Und er fand dich.« Ein Hauch von Sarkasmus schwang in Dylans Stimme mit. Sinann runzelte missbilligend die Stirn.

»Seit vielen Jahrhunderten, seit die Priester mit ihren Kirchen und ihrer Verachtung für die Kräfte der Natur immer mehr an Einfluss gewonnen hatten, hatte mich niemand mehr um Hilfe gebeten. Daher war ich sehr überrascht, als der junge Laird kam und sich an die *Sidhe* wandte. Er war ein hübscher Bursche, so groß und kräftig wie du. Sein Haar glänzte wie poliertes Kupfer, seine Augen leuchteten so blau wie der See und gaben ebenso wenig Geheimnisse preis. Er war ein kluger Mann mit einem außergewöhnlichen Gespür für die wahre Natur mancher Dinge, das er aber leider nicht an seine Söhne weitergegeben hat. Er wusste, dass ich hier war, und er kam zu mir, weil seine Leute ohne meine Hilfe gestorben wären.«

»Und? Hast du ihm geholfen?«

»Selbstverständlich. Ich ließ es regnen.«

Dylan kicherte und stupste die Pilze vor ihm mit der Spitze seines Schuhs an. »Du hast es in Schottland regnen lassen? Wie viele Menschen sind denn ertrunken?«

Sie musterte ihn vorwurfsvoll. »Niemand, du Dummkopf. In diesem Jahr gab es eine gute Ernte, und der Clan gelangte wieder zu Wohlstand. Und das alles hatten die Menschen ihrem Laird zu verdanken, der weise genug war, dort um Hilfe zu ersuchen, wo er sie bekommen konnte.«

»Und wie starb er?«

Wieder verdüsterte sich ihr Gesicht. »Dieser rot berockte Bastard hat ihn auf dem Gewissen; der, der immer so steif auf seinem Pferd hockt, als hätte er einen Ladestock verschluckt, und die Nase gar nicht hoch genug tragen kann. Bedford heißt er. Damals war er noch Lieutenant und hatte gerade das Kommando der hier stationierten Dragonerkompanie übernommen. Die Soldaten hatten die Rinder beschlagnahmt, die der Clan von den nördlichen Weiden ins Tal getrieben hatte, weil sie geschlachtet und ihr Fleisch für den Winter eingesalzen werden sollte. Die Engländer beanspruchten die Hälfte aller Herden für sich – um damit zwanzig Männer durch den Winter zu bringen. Sie fressen wie die Schweine, die Rotröcke, von dem, was ein einziger Soldat pro Tag verspeist, könnten drei kräftige Schotten satt werden.«

»Haben sie denn für das beschlagnahmte Vieh nicht bezahlt?«

»Doch, aber hungernde Menschen können keine Schillinge essen. Sie brauchen Nahrung.«

»Und Donnchadh starb, weil er ...«

»Er starb, weil er sich sein Eigentum zurückholen wollte. Er und seine Söhne überfielen die Garnison, um das Vieh Richtung Norden fortzutreiben.«

»Nicht zur Burg zurück?«

»Natürlich nicht. Donnchadh wusste, was er tat. Er wollte das Vieh nach Ross-Shire schaffen und dort gegen weniger auffällige Vorräte eintauschen.«

»Er wollte? Demnach ist es ihm nicht gelungen?«

»Nein. Bedford wartete schon mit fünf Männern auf ihn. Er ließ die Mathesons das Vieh von der Weide treiben und eröffnete dann das Feuer. Donnchadh wurde sofort niedergestreckt und lag lange Zeit todkrank darnieder. Als ich davon hörte, flog ich sofort zu ihm. Iain und Coll waren unerkannt entkommen, aber ohne das Vieh und ohne die Leichen derer, die im Kampf umgekommen waren. Artair war erst vor kurzem aus dem Norden zurückgekommen, ich glaube nicht, dass er an dem Raubzug teilgenommen hatte.«

Dylan senkte die Stimme. »Donnchadh ist also nicht sofort an seiner Verwundung gestorben. Warum hast du ihn nicht geheilt? Reichte deine Macht dazu nicht aus?«

Sie verzog kummervoll das Gesicht. »Nein, es gelang mir nicht, ihn zu retten. Ich hätte alles dafür gegeben, seine Wunde heilen zu können, denn dann wäre er heute noch am Leben. Aber sogar als ich noch auf der Höhe meiner Macht war, hätte meine Kraft nicht ausgereicht, um einen todwunden Mann gesund zu machen, und wenn ich mich noch so sehr bemüht hätte. Als er im Sterben lag, rief er nach mir. Der englische Lieutenant machte sich über ihn lustig, er verspottete ihn als einen abergläubischen Barbaren. Ich versuchte, ihn mit einem Blitz zu erschlagen, erreichte aber nur, dass ihm alle Knöpfe von seinem Rock sprangen.«

Dylan verbiss sich ein Lachen, als er sich die Szene bildlich vorstellte. Auch um Sinanns Mundwinkel zuckte es verräterisch. »Aye, es war schon ein herrlicher Anblick. Und das Spiel hielt noch ein paar Tage an, er brauchte Nadel und Faden erst gar nicht aus der Hand zu legen.« Sie wurde wieder ernst. »Aber er hätte den Tod verdient gehabt. Der Clan musste in jenem Winter Hunger leiden, nur damit sich die englischen Schweine satt fressen konnten. Viele Kinder starben. Donnchadh wurde getötet, weil er sich zurückholen wollte, was von Rechts wegen ihm gehörte, und deshalb soll Bedford eines langsamen und qualvollen Todes sterben, er und jeder andere *Sassunach*, der über ein Land herrschen will, das nicht das seine ist.«

»Also deswegen hasst du die Engländer so sehr. Weil sie Donnchadh umgebracht haben.«

Wieder loderten ihre Augen zornig auf. »Ein echter Schotte braucht keinen Grund, um die Rotröcke zu hassen. Für sie sind unsere Leute geringer als Ungeziefer. Wir leben auf dem Land, das sie gerne an sich reißen würden, deshalb tun sie alles, um uns zu vertreiben oder zu vernichten. Sie haben hilflose Kinder abgeschlachtet und junge Frauen geraubt. Die Männer, die sie nicht töten, schicken sie über den Ozean in die Kolonien.« Sie kann ja nicht wissen, dass fünfzig Jahre später viele freiwillig auswandern werden, dachte Dylan bei sich. Sinann wütete weiter: »Verstehst du, dass wir die Engländer bekämpfen müssen, wo wir nur können? Tun wir das nicht, werden sie uns endgültig unterjochen.«

»Aber du führst auch noch einen persönlichen Rachefeldzug gegen Bedford, nicht wahr?«

Sie seufzte. »Aye, zwischen uns herrscht Krieg.« Und als ob damit alles gesagt wäre, sah sie ihn an und sagte: »So, und nun wollen wir uns wichtigeren Dingen zuwenden.«

»O nein. Keine Zauberkunststückchen. Ich habe keine Lust, deinetwegen auf dem Scheiterhaufen zu enden, vielen Dank.« Zu Beginn des Jahrhunderts hatten die Hexenjagden merklich nachgelassen, aber Dylan wusste, dass noch einige Jahre lang Hinrichtungen durchgeführt werden würden, und er hatte keine Lust, zu den letzten Opfern zu gehören. »Abgesehen davon glaube ich nicht an Zauberei.«

»Du glaubst doch an mich.«

»Notgedrungen. Ich weiß zum Beispiel, dass du eine furchtbare Nervensäge bist.«

Ihre Augen wurden schmal. »Es liegt an deinem Glauben, nicht wahr? Du hältst mich wohl für einen Spross des Teufels?«

Dylan dachte einen Moment lang darüber nach. »Nein, ich glaube schon, dass du wirklich die bist, die du zu sein vorgibst.«

»Und bist du der Meinung, dass angebliche Hexen den Tod auf dem Scheiterhaufen verdient haben?«

Die Frage war leicht zu beantworten. »Nein.«

»Letzten Sonntag hast du die Messe besucht und dich bekreuzigt. Meinst du, man sollte dich bestrafen, weil du ein gläubiger Katholik bist?«

Noch einfacher. Dylan lachte nervös auf. »Ganz bestimmt nicht.«

»Und warum weigerst du dich dann …«

»Nein. Ich sagte, ich will mit Zauberei nichts zu tun haben, und dabei bleibt es.«

»Aber …«

»Nein!«

Sie funkelte ihn böse an und gab dann so plötzlich nach, dass Dylan argwöhnisch wurde. Er nahm ihr nicht ab, dass in dieser Angelegenheit das letzte Wort gesprochen war. »Nun gut. Aber du hast doch sicherlich keine moralischen Bedenken, die Sprache deiner Vorfahren zu lernen, oder? Wir wollen einmal sehen, wie viel Gälisch du inzwischen aufgeschnappt hast.«

»Überhaupt nichts.«

»Du hast mehr gelernt, als du ahnst, mein Freund. Was heißt zum Beispiel *tigh*?«

Dylan forschte in seinem Gedächnis. Hatte nicht Sinann die Burg so genannt? »Haus.«

*»Tha mi a'dol dhan tigh.«*

Er runzelte die Stirn, während er angestrengt überlegte. Er hatte diese Worte schon öfter gehört. *A'dol* … gehen. Haus. »Ich gehe zu dem Haus.«

»Aye. Sehr gut. *Glè mhath!*«

»Ich sehe wirklich nicht ein, warum ich dieses Kauderwelsch lernen soll. Fast jeder in der Burg spricht Englisch.«

Sinann sah aus, als läge ihr eine bösartige Bemerkung auf der Zunge, aber sie beherrschte sich und sagte nur ruhig: »Überleg doch einmal, wie sich deine Angebetete freuen wird, wenn du dich mit ihr in ihrer Muttersprache unterhalten kannst.«

Das warf natürlich ein ganz neues Licht auf die Angelegenheit. Dylan setzte sich ins Gras und hörte aufmerksam zu, wie Sinann die gälischen Begriffe übersetzte, die er den ganzen Monat über dauernd gehört hatte. Je länger dieser Unterricht dauerte, desto stärker begann die Sprache Dylan zu faszinieren. Bald begriff er nicht mehr, warum er nie zuvor die Geduld aufgebracht hatte, sich mit ihr zu beschäftigen.

Verblüfft stellte er fest, dass das Gälische in mancher Hinsicht gewisse Ähnlichkeit mit dem in Tennessee gesprochenen Dialekt hatte, was ihm das Lernen erleichterte. Teilweise kam es ihm so vor, als erinnere er sich an etwas, was tief in seinem Gedächnis ruhte und nur darauf wartete, wieder zum Leben erweckt zu werden.

Die Sonne ging schon unter, als Dylan endlich beschloss, zur Burg zurückzukehren. Fröstelnd schlang er sich das Plaid um die nackten Schultern und ließ sich von Sinann den Weg weisen. Sein Kopf schwirrte vor all den gälischen Worten, und er wurde von widersprüchlichen Gefühlen geplagt. Es behagte ihm nicht, zugeben zu müssen, dass ihm diese Zeit und dieses Land nicht ganz so fremd waren, wie er zunächst gedacht hatte.

Der Mond stand bereits am Himmel, als er zu seiner Unterkunft zurückkam. Seine Hemden lagen frisch gewaschen auf seiner Pritsche. Zähneklappernd zog er beide an und wollte sich gerade auf seinem Lager ausstrecken, als Malcolm den langen, düsteren Raum betrat.

*»A Dhilein.«* Jetzt wusste er auch, dass dies die gälische Anredeform seines Namens war.

Ohne zu zögern, erwiderte er: *»A Chaluim.«*

Malcolm kicherte, dann sagte er auf Englisch: »Pack deine Sachen zusammen. Du sollst uns begleiten.«

»Wie bitte? Euch begleiten? Wen denn, und wohin?«

»Das wirst du unterwegs schon herausfinden. Also mach dich fertig.«

»Ich bin fertig.«

»Aber du wirst deinen *sgian dubh* brauchen.«

Dylan tastete nach dem unter seinen Arm geschnallten Messer. Das, die Tasche an seinem Gürtel und die Kleider, die er am Leibe trug, war alles, was er besaß. »Dann lass uns gehen.«

# 7.

Malcolm gab ihm mit gedämpfter Stimme die notwendigen Erklärungen, als sie die Holztreppe zum inneren Burghof hinabstiegen. »Gerade ist ein Bote aus Killilan eingetroffen. Er hat berichtet, dass Deirdre MacKenzie, die Schwägerin unseres Lairds, kurz vor der Niederkunft steht. Es soll nicht gut aussehen.« Niederkunft? Dylan suchte in seinem Wortschatz nach diesem veralteten Begriff, konnte aber im Moment nichts damit anfangen. Malcolm fuhr fort: »Sie möchte ihre Schwester und ihre Nichte sehen. Wir werden die beiden Frauen zu ihr bringen.« Dylan schloss daraus, dass Mrs. MacKenzie krank war.

Im inneren Burghof standen fertig gesattelte und aufgezäumte Pferde bereit; Caitrionagh und ihre Mutter Una warteten schon. Caitrionaghs Anblick verschlug Dylan fast den Atem. Sie saß sehr gerade auf ihrem Pferd, zog einen Umhang fest um sich, und in ihren Augen stand deutlich die Angst um ihre Tante geschrieben.

Von irgendwoher kam Sarah herbeigeeilt und ergriff seine Hände. »Sei vorsichtig«, bat sie eindringlich.

Überrascht stammelte Dylan, er werde Augen und Ohren offen halten. Sarah lächelte ihn an und drückte noch einmal seine Hände, dann trat sie zur Seite, um ihn vorbeizulassen.

Er warf ihr einen forschenden Blick zu. Ihre Augen leuchteten; eine Gefühlswallung loderte darin, die er nicht verstand und die ihm ganz und gar nicht gefiel. Hatte Sinann, was sie betraf, Recht gehabt? Unwillig schüttelte er den Gedanken ab, Sarah könne in ihn verliebt sein. Er erschien ihm zu … beängstigend.

Malcolm schwang sich auf sein Pferd und überließ es Dylan, mit einem Tier fertig zu werden, von dem er sicher war, dass es ihn bei der erstbesten Gelegenheit umbringen würde. Das riesige Ungeheuer begann sofort nervös zu tänzeln, als Dylan sich ihm näherte. Dieser hatte noch nie zuvor auf einem Pferd gesessen, wenn man einmal von dem Pony absah, auf dem seine Mutter ihn fotografiert hatte, als er noch sehr klein gewesen war. Dieses Pferd jedenfalls schnaubte bedrohlich und legte die Ohren an. Dylan biss die Zähne zusammen, ihm blieb wohl keine andere Wahl, als sich todesmutig in sein Verderben zu stürzen. Caitrionagh beobachtete ihn, also durfte er sich nicht wie ein Feigling benehmen. Er nahm all seinen Mut zusammen, griff nach den Zügeln, klammerte sich am Sattelknauf fest und schaffte es tatsächlich, einen Fuß in den Steigbügel zu schieben und sich unbeholfen in den Sattel zu hieven.

Das Pferd machte Anstalten zu bocken, doch Dylan drückte ihm beide Knie in den Leib, woraufhin es sich wieder beruhigte. Es trug ein paar lederne Satteltaschen, die wahrscheinlich Proviant enthielten; anscheinend würden sie eine ganze Weile fortbleiben. Malcolm trieb sein Pferd vorwärts und setzte sich an die Spitze der kleinen Gruppe, Una und Caitrionagh folgten ihm, und Dylan bildete die Nachhut. Langsam ritten sie zwischen den Torhäusern hindurch und dann über die Zugbrücke. Dylan hoffte, dass sein Pferd mit etwas Glück einfach den anderen folgen würde.

Auf der Zugbrücke drehte er sich noch einmal nach der Burg um; Sarah stand im Torbogen und winkte ihm nach. Dylan blieb nichts anderes übrig, als das Winken zu erwidern, er ahnte allerdings, dass er damit einen großen Fehler gemacht hatte.

Zuerst kamen sie nur langsam voran. Die beißende Kälte erschwerte das Atmen, und wenn sie durch ein Waldstück kamen, konnten sie oft nicht die Hand vor Augen sehen. Zwar war der Mond hinter den Berggipfeln aufgegangen, wurde aber häufig von den mächtigen Kiefern verdeckt.

War es hell genug, dann bemerkte Dylan, dass Caitrionagh sich öfter umschaute, als es für jemanden, der die

Gegend gut kannte, nötig gewesen wäre. Jedes Mal drehte sie sich dabei auch zu ihm um, sagte aber kein Wort, sondern sah ihn nur an. Er wusste nicht, was er davon halten sollte, und der Pfad war zu schmal und uneben, um Seite an Seite mit ihr zu reiten und sich mit ihr zu unterhalten. Also lächelte er sie stets nur unsicher an, wusste allerdings nicht, ob sie das in dem schwachen Licht überhaupt wahrnehmen konnte.

Sein Pferd hatte die Angewohnheit, ständig den Kopf hochzuwerfen und dabei heftig zu schnaufen. Dylan kam es so vor, als würde ein gewaltiger Ballon zwischen seinen Knien aufgeblasen. Zuerst dachte er, dass er das Tier vielleicht zu stark in die Zange nahm, aber sobald er den Schenkeldruck lockerte, tänzelte das Biest zur Seite und warf erneut den Kopf hoch. Ließ Dylans Konzentration einmal nach, so blieb es hinter den anderen zurück oder versuchte, seitlich auszubrechen. Dylan fürchtete ernsthaft, abgeworfen oder an irgendeinem Ast oder Felsbrocken abgestreift zu werden, wenn er dem Tier die Zügel zu locker ließ. Doch im Laufe der Nacht verlor es allmählich die Lust an diesen Spielchen. Dylan hoffte, dass es gemerkt hatte, wer hier der Boss war, denn er wurde selbst langsam müde. Außerdem fror er jämmerlich und hätte gerne sein Plaid enger um sich geschlungen, doch er wagte es nicht, die Zügel loszulassen.

Der Weg stieg an, fiel wieder ab und schlängelte sich um zahllose Biegungen; Dylan hatte jegliches Zeitgefühl verloren. Er lenkte sich ab, indem er auf Gälisch die Zahlen hersagte, die Sinann ihm beigebracht hatte. Bis neununddreißig waren sie schon gekommen.

Malcolm schien jedenfalls genau zu wissen, wo sie sich gerade befanden, und nach einigen Stunden ließ er die Gruppe halten. Sie hatten eine kleine, von knorrigen Kiefern umgebene Lichtung erreicht, wo allem Anschein nach schon viele Reisende gelagert hatten. An den Ascheresten in einer flachen, mit Steinen umrandeten Grube konnte sogar Dylan erkennen, wann zuletzt jemand hier gewesen war, nämlich nach dem letzten Regen, was in dieser Gegend eine Zeitspanne von einem oder zwei Tagen bedeutete. Malcolm stieg ab und steckte einen Finger in die Asche.

»Kalt. Letzte Nacht haben hier Leute gelagert.«

»Glaubst du, sie kommen zurück?«

Malcolm hielt nach anderen Spuren ihrer Vorgänger Ausschau, dann sagte er: »Warum sollten sie? Hier schlagen viele ihr Nachtlager auf, aber keiner lässt sich an diesem Ort auf Dauer häuslich nieder.«

Er ging zu Caitrionagh und ihrer Mutter, um ihnen beim Absitzen behilflich zu sein. Dylan nahm den Pferden derweilen die Satteltaschen ab und legte sie auf den Boden. Malcolm sah zu ihm hinüber. »Bring die Pferde dort drüben hin, da sind sie außer Sichtweite, und leg ihnen Fußfesseln an. Riemen findest du in meiner Tasche. Dann nimm ihnen Sattel und Zaumzeug ab und leg alles dort auf den Felsen, damit sie nicht darauf herumtrampeln können.« Aus diesen ausführlichen Anweisungen schloss Dylan, dass man ihm seine mangelnde Erfahrung im Umgang mit Pferden anmerkte. Malcolm fuhr fort: »Dann hol uns Feuerholz. So trocken wie möglich.«

Dylan beeilte sich, dem Befehl Folge zu leisten. Er spürte, wie Caitrionaghs Blicke ihm folgten, bis er die Lichtung verlassen hatte. Die Pferde ließen sich zu seiner großen Erleichterung widerstandslos Fußriemen anlegen, trotzdem war es ihm inmitten mächtiger Hufe und hin und her zischender Schweife nicht ganz geheuer. Es gelang ihm ebenfalls problemlos, ihnen Zaumzeug und Sättel abzunehmen. Allerdings war er überzeugt, dass sie ihm am nächsten Morgen, wenn sie wieder gesattelt werden sollten, weitaus größere Schwierigkeiten bereiten würden.

Trockenes Holz dagegen ließ sich nicht so leicht auftreiben, da viele Reisende hier Rast machten. Er brauchte eine ganze Weile, bis er Stücke gefunden hatte, die nicht allzu feucht waren und auch die richtige Größe hatten; schwer beladen kehrte er damit zu der Lichtung zurück.

Schweigend verzehrten sie ein karges Mahl aus Bannocks und Käse, dann legten sie sich, die Füße zum Feuer gerichtet, nebeneinander zum Schlafen nieder. Die Frauen wickelten sich in ihre Umhänge, die Männer in ihre Plaids. Malcolm und Una lagen in der Mitte, Dylan und Caitrionagh außen.

Seit es ihn in dieses Jahrhundert verschlagen hatte, war dies die erste Nacht, in der er nicht vor Kälte schlotterte. Er wusste allerdings nicht, ob das am Feuer lag, ob er sich allmählich an das raue Klima gewöhnte oder ob Caitrionaghs Nähe die Kälte vertrieb. Als er sich ausmalte, wie es wohl wäre, mit ihr zusammen im Bett zu liegen, wurde ihm sogar noch wärmer. Das Feuer brannte langsam herab, und er glitt in den Schlaf hinüber.

Eine merkwürdige innere Unruhe weckte ihn wieder; eine böse Vorahnung, die er nicht näher definieren konnte. Das Feuer glühte noch schwach und spendete angenehme Wärme, aber kaum noch Licht. Dafür verfärbte sich der Himmel am Horizont allmählich heller. Dylan blieb still liegen und lauschte. Nichts.

Seltsam. Er schloss die Augen wieder, konnte jedoch nicht mehr einschlafen. Irgendetwas stimmte hier nicht. Eines der Pferde schnaubte und stampfte mit den Hufen, und das brachte ihn endgültig zu der Überzeugung, dass dort draußen Gefahr lauerte. Er streckte die Hand aus und berührte Malcolm am Ellbogen. Der ältere Mann erwachte sofort, gab aber keinen Laut von sich. Beide lauschten angespannt ins Dunkel. Noch immer nichts. Aber Dylan merkte, dass auch Malcolm die nahende Gefahr spürte. Er löste seinen Gürtel, um seinen Kilt notfalls rasch abstreifen zu können. Dylan tat es ihm nach.

Dann hörten sie es: ein leises, kaum vernehmliches Rascheln im Wald. Sie hatten es mit mindestens zwei Gegnern zu tun, einem an jeder Seite der Lichtung. Malcolm blickte sich suchend um. Seine Hand schloss sich um den Griff seines Schwertes, und sein Blick heftete sich auf die Bäume, die ihm an nächsten standen. Dylan sah in die andere Richtung, griff nach seinem Dolch, der ihm plötzlich klein und nutzlos erschien, und bereitete sich auf einen möglichen Angriff vor. Der Himmel hatte inzwischen eine zartrosa

Färbung angenommen, und die Bäume waren jetzt deutlich zu erkennen. Aber nichts geschah.

Plötzlich ertönte ein markerschütternder Schrei. Dylan gefror das Blut in den Adern. Drei Männer stürmten auf das Lager zu. Die Pferde begannen sich aufzubäumen und schrill zu wiehern. Malcolm reagierte blitzschnell, streckte einen der Gegner nieder und griff sofort den nächsten an. Dylan schleuderte seinen Kilt von sich, rannte auf den dritten Mann zu und drang schreiend und mit den Armen fuchtelnd auf ihn ein, dann wich er dem Breitschwert seines Widersachers geschickt aus, und die Klinge prallte klirrend gegen einen Felsbrocken zu seinen Füßen.

Jetzt galt es, sich den Kerl vom Leibe zu halten, bis Malcolm ihm zu Hilfe kommen konnte. In dem schwachen Licht nahm er seinen Angreifer nur als violetten Schatten wahr. Es war schwer, mögliche Attacken vorherzusehen, was zum Glück für beide Parteien galt. Auch sein Gegner konnte ihn nur verschwommen erkennen.

Mit seinem kleinen Dolch konnte Dylan kaum etwas gegen ein Breitschwert ausrichten, doch der Angreifer handhabte die Waffe so plump wie eine Keule, und hier lag Dylans einziger Vorteil. Die Hiebe wurden so ungeschickt geführt, dass er ihnen leicht ausweichen konnte. Seine Fechtkünste nützten ihm hier nichts, da er kein Schwert besaß, also verhielt er sich, als sei er unbewaffnet, und nutzte seine Erfahrung im Kung-Fu, um der langen Klinge immer wieder zu entgehen und den Gegner in die Irre zu führen. Er setzte seinen Dolch nur dann ein, wenn es unbedingt nötig war, und führte schnelle, kurze Stöße gegen seinen Angreifer.

Diesem ging allmählich auf, dass Dylan nicht still stehen bleiben und sich abschlachten lassen würde. Seine Angriffe kamen schneller und härter; Dylans Arm begann zu erlahmen, als er einen Hieb nach dem anderen parierte. Mehrmals ritzte ihm die gegnerische Klinge die Fingerknöchel auf. Dylan umkreiste den Angreifer lauernd; hoffte, ihn dadurch zu verwirren, doch der Mann fiel nicht auf diese Finten herein. Aus den Augenwinkeln heraus bemerkte Dylan, dass Caitrionagh etwas vom Boden aufhob, das wie ein großer Stein aussah. Eine eisige Hand schloss sich um sein Herz. Wollte sie ihm etwa zu Hilfe kommen? Wenn dem so war – wie leicht konnte sie von einer der durch die Luft pfeifenden Klingen verletzt werden! Rasch sprang er ein paar Schritte zurück und lockte seinen Gegner von Caitrionagh weg, bis keine Gefahr mehr bestand, dass sie in den Kampf eingriff. Verstohlen schielte er erst nach rechts, dann nach links. Wo, zum Teufel, war Malcolm? Er konnte ihn nirgendwo entdecken, und er wagte nicht, den Blick von seinem Angreifer abzuwenden.

Schließlich beschloss er voller Verzweiflung, dem Kampf ein Ende zu machen. Er täuschte einen Angriff vor, sprang sofort zurück, täuschte erneut und sprang wieder zurück. Der dritte Angriff jedoch war keine Finte mehr, jetzt stieß er vor, statt zurückzuweichen. Sein Gegner ließ sich überrumpeln, und Dylans Dolch bohrte sich tief in seine Kehle.

Ein Blutschwall spritzte aus der Wunde, und Dylan taumelte zurück. Der andere Mann stieß einen gurgelnden Schrei aus und brach zusammen. Ein feiner, nach Eisen stinkender Sprühregen ergoss sich über Dylan; er zwinkerte, um wieder klar sehen zu können, und wischte sich mit seinen blutverklebten Händen über das Gesicht. Dann trat er ein paar Schritte zurück und wollte sich abwenden, stellte jedoch fest, dass er den Blick nicht von seinem sterbenden Gegner lösen konnte. Der Mann wand und krümmte sich wie ein Wurm, gab erstickte, keuchende Laute von sich und presste die Hand gegen die Kehle, um den aus der Wunde quellenden Blutstrom aufzuhalten. Er sah aus, als würde er sich langsam selbst erdrosseln. Die Augen quollen ihm aus den Höhlen, und sein panikerfüllter Blick blieb auf Dylan haften. Dieser starrte wie gebannt auf das makabre Schauspiel, bis die grässlichen Geräusche endlich verstummten und der Mann reglos am Boden liegen blieb.

Der Anblick des Leichnams brachte Dylan schlagartig zu Bewusstsein, dass er gerade einen Menschen getötet hatte; Übelkeit stieg in ihm auf. Er blickte zu Malcolm hinüber, dessen Gegner Hals über Kopf die Flucht ergriffen hatte, nachdem er seinen Kameraden hatte fallen sehen. Auch der erste Angreifer war verwundet geflohen, nur der Tote lag noch starr und stumm da, wo er gestorben war. Malcolm blickte erst ihn, dann Dylan an. Dieser rechnete mit Vorwürfen, doch stattdessen hörte er aufrichtige Bewunderung aus der Stimme des älteren Mannes heraus.

»Du bist mit einem *sgian dubh* gegen ein Breitschwert angetreten? Du hattest wirklich mehr Glück als Verstand, und Gott allein weiß, warum du noch am Leben bist. So einen Kampf habe ich noch nie gesehen.«

Dylan hustete, weil er fürchtete, seine Stimme würde versagen. »Ich habe ihn umgebracht.« Er wischte sich mit dem Ärmel über die Stirn; der Stoff verfärbte sich rot.

»Der Kerl ist allerdings tot. Möge seine Seele in der Hölle schmoren! Er hat nur bekommen, was er verdient hat.« Malcolm wartete auf Zustimmung. Als diese ausblieb, sagte er mit einem Anflug von Missbilligung: »Oder bist du da vielleicht anderer Meinung?« Er nickte zu den beiden Frauen hinüber, die sie mit großen Augen anstarrten, und schien plötzlich zu begreifen, was in Dylan vorging. Er packte den Toten am Haar und zog seinen Kopf hoch. »Das ist Seamus MacDonell, ein Outlaw; wegen Mordes an seiner schwangeren Schwester zum Tode verurteilt.«

Dylans Gesichtsausdruck musste seinen Abscheu widergespiegelt haben, denn Malcolm zuckte mit den Achseln und fuhr so gleichmütig fort, als sei Schwestermord in schottischen Clans an der Tagesordnung: »Sie war weder verheiratet noch einem Mann versprochen, und niemand zweifelte daran, dass es sein Kind war, das sie trug. Auf jeden Fall wurde er schuldig gesprochen und verurteilt. Auf dem Weg nach Glasgow, wo er hingerichtet werden sollte, gelang ihm die Flucht. Seitdem lebte er als Vogelfreier hier in den Bergen. Jetzt ist der Gerechtigkeit Genüge getan.«

Als Dylan nichts darauf erwiderte, sah Malcolm ihn streng an, ehe er den Kopf des Leichnams fallen ließ. »Dieser Mann war ein Outlaw, ein Mörder, der dich um deines Pferdes und deiner Habseligkeiten willen kaltblütig umgebracht hätte. Er gehörte nicht mehr zur menschlichen Gesellschaft, und er hat entschieden zu lange auf dieser Welt sein Unwesen getrieben, findest du nicht?«

Dylan straffte sich und schob das Kinn vor. »Doch, so gesehen hast du Recht.« Trotzdem vermochte er den Blick nicht von dem Toten abzuwenden. Der kupferartige Blutgeruch verschlug ihm beinahe den Atem, und er spürte, wie sich ihm der Magen umzudrehen drohte. Rasch drehte er sich um, schluckte hart und wischte seinen Dolch an seinem ohnehin schon blutverschmierten Hemd ab.

Malcolm griff nach dem Schwert, das dem Outlaw entglitten war, und säuberte es an dessen Plaid, dann hielt er Dylan die Waffe hin. »Du hast dir dieses Schwert redlich verdient, mein Sohn. Benutze es mit demselben Geschick, mit dem du deinen Dolch gebrauchst, dann hast du vor keinem Menschen etwas zu fürchten.«

Langsam, wie in einem Traum gefangen nahm Dylan das Schwert entgegen. Es war ein schon ziemlich altes zweischneidiges Breitschwert mit einem herzförmigen, aus durchbrochenem Stahl gefertigten Korbgriff. Dylan ließ es durch die Luft wirbeln, vollführte einen seitlichen Ausfall und fand, dass die Waffe gut ausbalanciert war; an ein Schwert wie dieses konnte er sich gewöhnen. Ein bitteres Lächeln spielte um seinen Mund, als er daran dachte, dass er vor noch gar nicht allzu langer Zeit seine unsterbliche Seele für ein echtes Breitschwert aus dem siebzehnten Jahrhundert verkauft hätte. Dann blickte er auf den Toten hinab. Ein Menschenleben war dieses Schwert allerdings nicht wert.

Malcolm legte auf einmal eine auffallende Eile an den Tag. Er streifte seinen Kilt über, ohne sich die Mühe zu machen, ihn in Falten zu legen, schlang sich sein Wehrgehänge über die Brust und schob sein Schwert in die Scheide an seiner Seite. Dann stieß er mit dem Fuß etwas Erde über die glimmende Holzkohle, ehe er auf das Wehrgehänge des Toten deutete. »Nimm ihm das ab – und alles, was sich sonst noch gebrauchen lässt –, und dann hol die Pferde. Die Sonne ist schon fast aufgegangen, und wir verschwinden lieber von hier, ehe noch jemand Lust bekommt, nähere Bekanntschaft mit deinem kleinen Dolch zu machen.«

Dylan gehorchte und schob sein neues Schwert in die Scheide. Die abgewetzte Tasche an MacDonells Gürtel enthielt lediglich einen Holzbecher und einen kleinen Lederbeutel, in dem zwei Pence steckten. Er verstaute die Münzen in seinem eigenen *sporran* und ließ Becher und Beutel zurück, dann wandte er sich an Malcolm. »Nehmen wir den Leichnam mit?«

Malcolm überlegte einen Moment. »Die Einzigen, die vielleicht ein Interesse daran haben, ihn zu begraben, sind seine räuberischen Freunde. Wir überlassen ihnen die Leiche. Wenn wir in Killilan angekommen sind, können wir einen Boten mit der Nachricht von Seamus' Tod zum Laird der MacDonells schicken.«

Dylan nickte, er war froh, dass er den Leichnam nicht noch einmal berühren musste. Er ging zu den Pferden und beäugte sein Reittier misstrauisch, doch es schien zu spüren, dass er nicht in Stimmung für irgendwelche Sperenzchen war, und ließ sich widerstandslos satteln.

Die Reiter setzten ihren Weg fort. Als sie aus den bewaldeten Hügeln hinaus ins offene Land kamen und der Weg breiter wurde, ließ Caitrionagh sich neben Dylan zurückfallen. »Gebt mir Eure Hand«, befahl sie.

»Hmm?« Dylan reagierte nicht gleich. Er war erschöpft, halb benommen und hatte keine Lust, sich auf eine Unterhaltung einzulassen.

»Gebt mir Eure Hand. Die verletzte.«

Dylan blickte auf seine rechte Hand und bemerkte erst jetzt, dass sie heftig pochte. Der schmale Schutzbogen am Griff seines Dolches hatte zwar die Wucht der Schwerthiebe abgefangen und verhindert, dass ihm die Finger abgetrennt worden waren, trotzdem hatte er drei tiefe, hässliche Schnittwunden davongetragen. Die Schmerzen hatte er verdrängt, die Wunden bluteten auch nicht mehr, doch nun begann seine Hand allmählich steif zu werden.

»So tut doch endlich, was ich Euch sage«, forderte sie ihn ungeduldig auf, während sie Wasser aus einem kleinen

Schlauch auf ein Taschentuch goss. Er gehorchte, und sie wickelte das nasse Tuch um seine Knöchel. »Es wird gleich wieder anfangen zu bluten, aber danach kann ich die Hand ordentlich verbinden, und die Wunden werden gut verheilen.« Sie sah ihn mit ihren unergründlichen Augen fest an. Es war ein Blick, der bis auf den Grund von Dylans Seele drang, und ihr schien zu gefallen, was sie dort sah. Der Knoten in seinem Inneren löste sich langsam, und in diesem Moment schwor er sich, notfalls noch hundert Männer zu töten, um sie zu beschützen. Und er würde es mit Freuden tun.

Halb verwirrt, halb verlegen dankte er ihr auf Gälisch. Als sie ihn sich ihrer Muttersprache bedienen hörte, lächelte sie.

Die Sonne stand hoch oben am Himmel, als sie in Killilan eintrafen. Von allen Seiten strömten Dorfbewohner zu dem kleinen Torfhaus, vor dem sie Halt gemacht hatten, begrüßten Malcolm, Una und Caitrionagh mit überschwänglicher Freude und musterten Dylan neugierig. Die Unterhaltung wurde auf Gälisch geführt, doch Dylan hörte den Namen Deirdre und die Worte *paisd* und *glé mhath* heraus. Das altmodische Wort »Niederkunft«, das Malcolm benutzt hatte, ergab plötzlich einen Sinn. Deirdre hatte gerade ein Kind bekommen, und die fröhlichen Gesichter um ihn herum besagten, dass Mutter und Kind wohlauf waren.

Eine Horde schnatternder Frauen geleitete Una und Caitrionagh ins Haus, während Malcolm und Dylan abstiegen und mit drei anderen Männern draußen warteten; ein ungefähr zehnjähriger Junge führte ihre Pferde davon, um sie zu füttern und zu tränken. Malcolm und Dylan wurden aufgefordert, sich an einem Wassereimer den Schmutz und das Blut abzuwaschen. Nachdem sie sich Gesichter und Hände notdürftig gesäubert hatten, stellte Malcolm Dylan die fremden Männer vor.

Dylan fiel es nicht schwer, sie zuzuordnen. Der leicht schielende Alexander MacKenzie, der aussah, als habe er eine Woche lang kein Auge zugetan, war offensichtlich der Vater des Neugeborenen. William MacKenzie sah Alexander so ähnlich und stand ihm im Alter so nahe, dass er nur sein Bruder sein konnte. Der ältere Mann, der gleichfalls Alexander hieß, aber den Nachnamen Sutherland trug, war Una und Caitrionagh wie aus dem Gesicht geschnitten und musste demnach der Vater von Una und Deirdre und somit Caitrionaghs Großvater sein. Die Männer ließen sich draußen vor der Hütte nieder, drei auf Stühlen, einer auf einem umgedrehten Eimer, einer auf einem Torfballen, und der jüngere Alexander, den alle nur *Ailig Og* nannten, reichte einen irdenen Krug herum.

Der sonst so wortkarge Malcolm bestritt den größten Teil der Unterhaltung. Dylan lauschte konzentriert dem gälischen Redefluss, verstand hier und da ein Wort und begriff, dass Malcolm von dem morgendlichen Überfall erzählte. Im Laufe der Geschichte warfen ihm die drei Männer immer wieder verstohlene Blicke zu, in denen zunächst leise Zweifel, später aber beifällige Bewunderung lag. Als der Krug bei ihm anlangte, wurde er aufgefordert, einen tüchtigen Schluck zu nehmen.

Dylan schnupperte an dem Gebräu und grinste dann breit. Er hatte schon einmal Schnaps Marke Hausbrand probiert, als er Cousins in den Bergen Kentuckys besucht hatte. Dort war es noch üblich, dass jede Familie ihren eigenen Schnaps im Keller destillierte. Aber dies hier war kein Maisschnaps; Mais wurde in dieser Gegend gar nicht angebaut. Vermutlich bestand die Grundlage aus Gerste oder Hafer, aber es handelte sich ganz eindeutig um selbst gebrannten Whisky. Dylan probierte vorsichtig. Das starke Getränk hinterließ eine feurige Spur bis hinunter in seinen Magen, er verschluckte sich und musste husten, tat aber so, als würde er sich lediglich räuspern. Der hochprozentige Alkohol auf nüchternen Magen stieg ihm sofort zu Kopf und vertrieb die entsetzlichen Bilder, die ihn während des gesamten Rittes geplagt hatten; gerne hätte er jetzt etwas zu essen und ein Bett gehabt, aber für den Moment musste wohl der Whisky ausreichen.

Una kam mit einem runden Bannock, das ungefähr die Größe einer Langspielplatte und in der Mitte ein kleines

Loch hatte, aus dem Haus. Sie befestigte das Haferbrot mit einem dünnen Eisenstab oberhalb der Tür an der Torfwand und ging wieder hinein. Dylan verfolgte den Vorgang so ungläubig, dass Malcolm sich zu einer Erklärung genötigt sah. »Das soll die Feen vom Haus fern halten, damit sie das Neugeborene nicht rauben und stattdessen einen Wechselbalg dalassen.«

Dylan nickte. Nun, da er selbst gezwungen war, an die Existenz von Feen zu glauben, hielt er diese Vorsichtsmaßnahme für durchaus verständlich.

Caitrionagh kam mit einem in Streifen geschnittenen Leinentuch zu ihm, um seine Hand zu verbinden; inzwischen war die Schwellung etwas zurückgegangen, und die Wunden schmerzten nicht mehr so stark. Als sie fertig war und ins Haus zurückging, sah er ihr versonnen nach und seufzte leise. Die Männer verstummten augenblicklich; die beiden MacKenzies und Sutherland blickten ihn durchdringend an, doch meinte er, einen Hauch von Verständnis in Malcolms Augen aufblitzen zu sehen. Rasch schlug er die Augen nieder und schalt sich einen Narren, weil er nicht auf der Hut gewesen war.

Essen wurde gebracht: geröstetes, in Scheiben geschnittenes Haggis auf hölzernen Platten. Dylan war so hungrig, dass er seinen Ekel vergaß. Er probierte und entschied, dass Haggis durchaus genießbar war, wenn man sich nicht daran störte, dass man Teile eines Schafes verspeiste, die manch einer nicht einmal an seinen Hund verfüttert hätte. Aber es war schmackhaft gewürzt, heiß und sättigend und ließ sich gut mit Whisky hinunterspülen.

Die Männer aßen, unterhielten sich, tranken mehr Whisky und unterhielten sich weiter. Die Sonne versank hinter den Bergen, weitere Platten mit Brot und Fleisch wurden gebracht, und noch immer fanden die Männer kein Ende. Dylan, schläfrig und leicht betrunken, gab seine Versuche auf, der gälischen Unterhaltung folgen zu wollen, lehnte sich mit dem Rücken gegen die Hauswand und döste ein. Gelegentlich schrak er hoch, doch dann drückte ihm immer jemand den Whiskykrug in die Hand, er trank noch einen Schluck, und irgendwann fielen ihm endgültig die Augen zu.

Er hatte keine Ahnung, wann er wieder aufwachte, er wusste nur, dass es dunkel, sehr kalt und er ganz allein war. Er lag mit dem Gesicht nach unten auf dem Gras neben dem Haus, folglich musste er von seinem Stuhl gerutscht sein, ohne es zu merken; in seinem Haar klebten lauter Torfstückchen. Zuerst versuchte er, sein Plaid enger um sich zu wickeln und weiterzuschlafen, doch dazu war es zu kalt. Also rappelte er sich hoch, obwohl er sich kaum aufrecht halten konnte, und torkelte ins Haus, wo er die anderen Männer auf dem Boden verstreut vorfand. Das Feuer war heruntergebrannt, spendete aber noch genug Licht, dass er sich ein freies Plätzchen suchen konnte. Er rollte sich auf dem Boden zusammen, wickelte sich in sein Plaid und schlief augenblicklich wieder ein.

Am nächsten Morgen wurde er unsanft durch einen Tritt in seine Kehrseite und Malcolms Stimme geweckt, die ihn auf Englisch aufforderte, wenigstens nicht allen im Weg herumzuliegen, wenn er schon den ganzen Tag verschlafen wolle.

Dylan setzte sich auf und fuhr sich mit den Fingern durchs Haar. Sein Kopf hämmerte, er hatte einen pelzigen Geschmack im Mund, und ihm war so übel, dass er die Schüssel Haferbrei, die eine Frau ihm reichte, am liebsten beiseite gestellt hätte. Doch wenn er inzwischen eins gelernt hatte, dann das: Bekam man etwas zu essen angeboten, dann aß man auch. Während der ersten Woche, die er in einem Jahrhundert verbracht hatte, wo man nicht zu jeder beliebigen Tages- und Nachtzeit den Kühlschrank plündern konnte, hatte ihm ständig der Magen geknurrt; außerdem hatte er nach Zucker und Koffein geradezu gelechzt. Diese Gier war inzwischen verflogen, und er hatte sich angewöhnt, sich den Bauch voll zu schlagen, wann immer er Gelegenheit dazu bekam. Also zwang er sich, den Haferbrei in sich hineinzulöffeln und auch bei sich zu behalten. Als er die Schüssel geleert hatte, fühlte er sich besser, und er beschloss, jetzt eine Latrine ausfindig zu machen.

Suchend blickte er sich um und fragte sich, wie das stille Örtchen hier wohl aussehen mochte. Das Haus bestand nur aus einem einzigen Raum mit mehreren Trennwänden, die nicht bis zur Decke reichten. Holzbalken trennten die Ecke ab, in der das Vieh seinen Platz hatte, und eine Art geflochtener Wandschirm stand vor den Schlaflagern der Frauen, die dahinter miteinander flüsterten. Die fünf Männer hatten samt und sonders auf dem schmutzigen Boden geschlafen, rund um die Feuerstelle herum, die nichts anderes war als eine kleine, unter einem Loch im Strohdach ausgehobene Grube. Die kleinen, schmalen Fensterchen ließen kaum Licht in diese düstere, modrig riechende Hütte.

Dylan, der noch immer mit seinem Kater kämpfte, spähte angestrengt in eine dunkle Ecke und sah Ailig Og mit hochgezogenem Hemd, dessen Zipfel zwischen seinen Knien baumelten, auf einem durch einen niedrigen Schemel erhöhten Holzeimer hocken; hastig wandte er den Blick ab. O nein, so weit war er noch nicht. Er raffte sich hoch, zupfte seinen Kilt zurecht und ging ins Freie, um einen Platz zu finden, wo er unbeobachtet seine Notdurft verrichten konnte.

Als er sich bückte, um durch die niedrige Tür zu treten, erklang von oben ein silberhelles Stimmchen. »Da bist du ja!«

Dylan drehte sich um und war nicht sonderlich überrascht, Sinann auf dem Strohdach kauern und an einem Stück Bannock knabbern zu sehen, das sie von dem Laib über der Tür abgebrochen hatte. »Hier bin ich«, stimmte er zu, sah sich suchend um und wünschte, es gäbe in Schottland wenigstens Plumpsklos. Dann wunderte er sich über sich selbst, weil er an Plumpsklos dachte statt an richtige Toiletten; von einer weiß gekachelten Toilette mit Wasserspülung und weichem Papier wagte er kaum noch zu träumen. Er schlenderte einen kleinen Abhang hinunter, wo ihn ein paar Bäume und dichtes Unterholz vor etwaigen Blicken schützen würden.

»Ich habe dich gestern Morgen überall gesucht.« Sinann flatterte aufgeregt hinter ihm her.

»Jetzt hast du mich ja gefunden. Was willst du?«

Ohne auf seine Frage einzugehen, schimpfte sie weiter: »Ich wüsste gerne einmal, was du dir dabei gedacht hast, einfach so zu verschwinden. Überall habe ich nach dir Ausschau gehalten und musste schließlich sogar Ranald fragen, so verzweifelt war ich.«

Dylan blieb stehen und sah sie finster an. »Was hast du denn geglaubt, wo ich sein könnte? Wieder zu Hause vielleicht?« Er spähte zwischen den weißen Birkenstämmen hindurch zum Haus hinüber und befand, dass zwischen ihm und dessen Bewohnern jetzt genug Bäume lagen.

Sinann runzelte nur die Stirn. »Ausgerechnet mit Ranald musste ich reden! Alles nur deinetwegen!«

»Reg dich ab, Tink. Ich gehe nirgendwohin, wie denn auch? Ich …«

Sinann unterbrach ihn, indem sie seine rechte Hand packte. »Wer hat das getan?«, japste sie.

Dylan musterte seine Hand. Zwar sickerte noch ein wenig rötliche Flüssigkeit durch die Verbände, aber allzu schlimm sah das Ganze nicht mehr aus.

Er zog die Hand weg. »Es gab einen Kampf. Drei Männer haben uns überfallen, und ich habe einen von ihnen getötet.«

»*Du?* Du hast einen Mann getötet? Du wolltest deine Familie beschützen, nicht wahr?«

Dylan nickte.

Sinann strahlte ihn an. Sie sah aus, als würde sie vor Stolz fast platzen. »Das hast du gut gemacht. Ich wusste doch, dass du es in dir hast.« Dylan runzelte die Stirn. Er selbst hegte in diesem Punkt einige Zweifel. Die Fee fragte voller Begeisterung weiter: »War es ein Engländer? Bitte sag mir, dass du einen Engländer getötet hast!«

Seufzend drehte Dylan sich um und hob seinen Kilt, ohne ihre Frage zu beantworten. »Du tauchst immer gerade dann auf, wenn ich nicht richtig angezogen bin. Warum eigentlich?«

»*Och*, Freundchen, glaub mir, wenn ich dein bestes

Stück sehen wollte, dann könnte ich mir jederzeit Gelegenheit dazu verschaffen.«

Dylan grinste. »Das fürchte ich leider auch.«

Sinanns Augen wurden schmal, und sie murmelte etwas in einer Sprache, die Dylan nicht verstand; Gälisch war es jedenfalls nicht. Dann winkte sie mit der Hand, und seine Gürtelschnalle sprang auf.

Als er hastig danach griff, um zu verhindern, dass sein Kilt zu Boden fiel, glitt ihm das Plaid von den Schultern. Zwar bekam er es gerade noch zu fassen, aber dafür schlüpften die Knöpfe an seinem Hemd einer nach dem anderen von selbst durch ihre Löcher. Es gelang ihm, den Gürtel wieder um den Kilt zu schnallen, doch als er danach sein Hemd zuknöpfen wollte, löste sich der Gürtel erneut und fiel auf die Erde.

Mittlerweile bog Sinann sich vor Lachen. Der gesamte *feileadh mór* folgte dem Gürtel nach, und Dylan blieb nur noch, sein Hemd, das ihm von den Schultern zu rutschen drohte, verzweifelt festzuhalten. Ihm war, als würde jemand von hinten mit aller Kraft daran zerren.

»Schon gut, du hast gewonnen! Schluss damit, mir ist kalt.«

Augenblicklich hörte das Gezerre auf, und er konnte sein Hemd ungestört zuknöpfen.

Er bedachte Sinann mit einem Unheil verkündenden Blick, ehe er sich an die umständliche Aufgabe machte, den *feileadh mór* wieder anzulegen. »Wieso machst du das nicht mit der gesamten englischen Armee auch so und verhilfst auf diese Weise deinen heiß geliebten Schotten zu ein paar Siegen?«

Ein zorniger Funke begann in ihren Augen zu tanzen. »Glaub mir, wenn ich die Macht dazu hätte, würde jeder *Sassunach* nördlich der Grenze ohne einen Faden am Leib herumlaufen. Aber leider kann ich solche Dinge nicht bewerkstelligen. Schade eigentlich, es wäre bestimmt äußerst unterhaltsam.«

»Ich dachte immer, die Frauen in diesem Jahrhundert wären fromm, keusch und bescheiden?«

Die Fee lachte. »Frauen sind Frauen; egal, welches Jahrhundert wir schreiben. Ich habe lange genug gelebt, um das bestätigen zu können.«

Dylan zog sich seinen Kilt um die Hüften und stand auf. »Hat Sarah mich deswegen mit den Augen fast aufgefressen, als ich Ciorram verließ?«

Eine lange, unbehagliche Pause entstand. Dylan wartete geduldig auf eine Antwort. Schließlich sagte Sinann: »Hat sie das denn?«

»Allerdings. Ich fand das ziemlich merkwürdig.« Er zupfte sein Plaid zurecht und zog es durch den Gürtel. »Vor einem Monat hat sie sich noch wegen ihres Mannes die Augen ausgeweint, und jetzt sieht sie mich an wie ein liebeskrankes Hündchen. Du weißt nicht zufällig mehr darüber?«

Wieder zögerte Sinann. »Nein, wie sollte ich?«

Dylan überlegte, ob er noch weiter nachbohren sollte, unterließ es aber und zuckte mit den Achseln. »Weiß nicht. Mir kommt das alles nur ziemlich komisch vor.« Er rückte seinen Gürtel zurecht und kehrte zum Haus der MacKenzies zurück, ohne sich darum zu kümmern, ob Sinann ihm folgte oder nicht.

Eine Woche blieben sie in Killilan. Una und Caitrionagh verbrachten ihre Zeit zumeist mit Deirdre, während die Männer sich draußen nützlich machten. Sie schichteten die getrockneten Torfblöcke zu großen Stapeln auf, reparierten Werkzeuge und Hausgerät und saßen des Abends am Feuer und unterhielten sich. Die Frauen hielten an Deirdres Wochenbett Wache, nur einmal führten sie das Neugeborene kurz vor, damit die Männer es bewundern konnten. Una brachte den in eine Wolldecke gehüllten und in ein winziges Leinenhemdchen gekleideten Jungen zu Ailig Og, der ihn unsicher entgegennahm.

Die Männer scharten sich um den frisch gebackenen Vater, der sein Söhnchen so vorsichtig in den Armen hielt, als fürchte er, es könne ihm entgleiten und zu Boden fallen.

William machte einen Witz, den Dylan nicht verstand. Sinann, die neugierig herbeigeflattert kam, erklärte, er hätte gesagt, es sei ein großes Pech, dass der Kleine genauso aussähe wie sein Vater. Dylan kicherte, und alle anderen sahen ihn erstaunt an, weil er so schwer von Begriff war.

Der Kleine war ein richtiges Wunder, die perfekte Miniaturausgabe eines vollständigen Menschen. Dylan hatte bislang noch kein Neugeborenes gesehen und hätte es nie für möglich gehalten, dass ein so zartes Geschöpf überhaupt lebensfähig war. Aber es schien sich ausgesprochen wohl zu fühlen, atmete, krähte und verzog das Gesichtchen. Dylan fand den Kleinen faszinierend, wie ein Kunstwerk, das sich ständig verändert. Er hatte Kinder schon immer gemocht, was in seinem Beruf ein großer Vorteil war. Es gefiel ihm, wie sie alles begierig in sich aufnahmen, was er ihnen beibringen wollte, das machte für ihn den Beruf des Lehrers erst interessant.

Doch er nahm erst Kinder ab vier Jahren in seine Kurse auf, deshalb war dieser Winzling hier für ihn etwas ganz Neues.

Schon nach kurzer Zeit nahm Una Ailig Og das Kind fort und brachte es zur Mutter zurück, und die Männer setzten ihre Gespräche fort.

Dylan hatte noch nie erlebt, dass Menschen, die tagsüber so schweigsam ihrer Arbeit nachgingen, es fertig brachten, abends, nach Feierabend, fast pausenlos miteinander zu reden. Er hatte schon gelernt, dass diese abendlichen, oft mit Klatsch und Tratsch, Musik und Abenteuergeschichten verbundenen Zusammenkünfte *céilidh* genannt wurden. Auch hier fand jeden Abend ein solcher *céilidh* statt. Die Männer saßen auf Schemeln vor dem Feuer, ließen die Alekrüge kreisen und sprachen über Gott und die Welt, während die Flammen bisweilen unheimliche Schatten auf die Wände warfen.

Sinann hielt sich stets an Dylans Seite, um ihm als Übersetzerin dienen zu können. Nur Malcolm sprach genug Englisch, um sich mit Dylan verständigen zu können, also wurde die Unterhaltung ausschließlich auf Gälisch geführt. Doch schon bald gebot Dylan der Fee mit erhobener Hand Schweigen und versuchte, sich selbst auf Gälisch verständlich zu machen. Anfangs ging es nur stockend, aber Malcolm, William und die beiden Alexanders bewiesen viel Geduld und schienen sich über seine Bemühungen aufrichtig zu freuen. Sie sprachen etwas langsamer als sonst, und wenn Dylan ein gälisches Wort wiederholte, klärte ihn Malcolm über die englische Bedeutung auf. Noch immer verstand Dylan längst nicht alles, konnte aber der Unterhaltung wenigstens in groben Zügen folgen, ohne Kopfschmerzen zu bekommen.

An einem Abend wurde über Politik gesprochen. Diesmal wirkten die Gesichter der Männer in der raucherfüllten Luft und dem schwachen Licht auffallend ernst. William, der sich eine kleine Pfeife stopfte, verteidigte die gegenwärtige Königin mit dem Argument, sie sei schließlich die leibliche Tochter James II. Dies rief bei Ailig Og und seinem Schwiegervater nur ein verächtliches Schnauben hervor. Beide erklärten übereinstimmend, dass Annes Halbbruder einen stärkeren Anspruch auf den Thron habe, immerhin sei er ein Mann und der leibliche Sohn von James II. William schüttelte nur den Kopf, hielt einen Kiefernspan ins Feuer, zündete damit seine Pfeife an und trat den Span wieder aus, sobald der Tabak brannte.

Dylan schloss aus der ganzen Diskussion, dass wieder einmal die Religionsfrage der wahre Grund für alle Streitigkeiten war. Anne war auf den Thron gekommen, nachdem ihre Schwester Mary II. und ihr Schwager William III. kinderlos gestorben waren. Dylan nahm an, dass nach der erzwungenen Abdankung von James II. Anne nur deshalb Königin geworden war – im Widerspruch zu allen Regeln der Thronfolge –, weil sie Protestantin war, ihr Bruder James dagegen wie sein entthronter Vater überzeugter Katholik, woraus er auch kein Hehl machte. Ihr Onkel Charles II. hatte sich öffentlich zum Protestantismus bekannt, war aber im Herzen Katholik geblieben, doch James weigerte sich, zu einem solchen Täuschungsmanöver Zuflucht zu nehmen. Das katholische Frankreich machte sich zwar lauthals für ihn stark, war aber durch zu viele Verträge an England gebunden, als dass es einen bewaffneten Aufstand unterstützt hätte, um ihn auf den Thron zu bringen.

Dann wurden Spekulationen darüber laut, wer wohl Anne auf den Thron folgen würde. Keines ihrer siebzehn Kinder war mehr am Leben.

»Sie hatte nur vierzehn Kinder«, behauptete Ailig Og.

»Nein, siebzehn«, beharrte William.

»Viele Kinder. Zu viele«, bemerkte Dylan.

Die anderen stimmten ihm zu und ließen das Thema fallen. Ailig Og schlug vor, James solle laut Regeln der Thronfolge zum König gekrönt werden, falls er Anne überlebte.

Dylan widersprach: »Nicht James nächster König. George von Hannover.«

Die anderen vier Männer verstummten und starrten ihn an. Hätte Dylan nicht genau gewusst, dass er Recht hatte, wäre er sich jetzt wohl wie ein Narr vorgekommen. Malcolm hakte nach: »George von Hannover?«

Dylan musste ins Englische verfallen, und Malcolm übersetzte. »Der Kurfürst von Hannover, Urenkel von James I. von England; Enkel seiner Tochter Elizabeth.«

Das rief schallendes Gelächter hervor, und sogar Malcolm musste lächeln. William erklärte die Idee für unsinnig, und Ailig Og tätschelte Malcolms offensichtlich übergeschnapptem Vetter aus den Kolonien herablassend den Kopf. Dylan zuckte nur mit den Achseln und sagte auf Gälisch: »Ihr werdet schon sehen.« Und zwar ziemlich bald.

Am Ende der Woche begleiteten Malcolm und Dylan Caitrionagh nach Ciorram zurück. Lady Matheson wollte noch bleiben, ihr Schwager würde sie später zurückbringen. Sie brachen schon früh am Morgen auf, um den Ritt an einem Tag zu schaffen.

Am frühen Abend trafen sie in *Tigh a'Mhadaidh Bhàin* ein. Das Abendessen war gerade vorbei, und der Clan versammelte sich in der Halle. Die drei Heimkehrer wurden begrüßt, bekamen rasch eine Mahlzeit vorgesetzt und mussten dann berichten, was es in Killilan Neues gab. Immer mehr Menschen aus dem Tal fanden sich ein; weitere

Kerzen und Fackeln wurden angezündet, als sich der Raum allmählich füllte. Dylan saß an einem Tisch, aß schweigend, lauschte dem gälischen Geplapper und entdeckte auf einmal Malcolm mit Iain Mór in einer dunklen Ecke; sie schienen in ein ernstes Gespräch vertieft zu sein. Als sie zu den anderen zurückkehrten, wunderte Dylan sich nicht sonderlich, als sich die Unterhaltung dem Kampf zuwandte, in dem er sein Schwert erbeutet hatte. Es hing jetzt zusammen mit den Schwertern der anderen Männer neben dem Tor der großen Halle.

Plötzlich richteten sich wie auf Kommando alle Augen auf ihn, und jemand forderte ihn auf, die ganze Geschichte zu erzählen. Die Dorfbewohner und alle Angehörigen des Matheson-Clans rückten näher an ihn heran, spitzten die Ohren und sahen ihn erwartungsvoll an; anscheinend war es jetzt an ihm, etwas zur abendlichen Unterhaltung beizutragen.

Dylan schüttelte abwehrend den Kopf. »Ich glaube nicht … ich kann doch nicht …« Ungeachtet seiner Proteste wuchtete sich Iain Mór von seinem Stuhl am Feuer hoch und verkündete, Dylan würde nun allen berichten, wie er das Leben der Frau und der Tochter des Lairds gerettet hatte; dann ließ er sich wieder auf seinen Platz sinken. Sein zufriedenes Lächeln besagte, dass er eine Weigerung Dylans für unmöglich hielt. Auch Caitrionagh lächelte, und Dylan meinte, leises Mitgefühl in ihrem Gesicht zu lesen.

Malcolm reichte ihm einen Krug Ale. »Erzähl es ruhig, es ist eine gute Geschichte.«

Dylan musste an Sinanns Worte über den Wert einer Geschichte denken. Er wusste, dass von seinen nächsten Worten sein Ruf und seine Stellung unter diesen Leuten abhing. Er konnte sich nicht drücken. Also trank er in großen Schlucken von seinem Ale, um Zeit zum Nachdenken zu gewinnen, dann räusperte er sich und begann, auf Englisch von seinem Erlebnis zu berichten. Malcolm übersetzte den anderen seine Worte. Während er sprach, durchlebte Dylan im Geiste noch einmal jenen furchtbaren Morgen und spürte, wie Angst und Ekel zurückkehrten. Seine Kehle schnürte sich zu, und er musste sich anstrengen, um zu verhindern, dass seine Stimme zitterte. Doch dann stellte er fest, dass er unbewusst die ganze Geschichte als ein grandioses Abenteuer darstellte, so, als sei es die einfachste Sache der Welt, einen mit einem Breitschwert bewaffneten Gegner mit einem kleinen Dolch zu besiegen. Die Kinder hörten mit großen Augen zu, Sarah beugte sich in dem Bemühen, jedes Wort zu verstehen, so weit vor, dass Dylan befürchtete, sie könne von ihrem Schemel fallen. Er erwähnte die Unmengen Blut, die geflossen waren, mit keinem Wort, sondern schloss seinen Bericht mit der Bemerkung ab, er habe den Mann schließlich niederstechen können. Weiter nichts.

Zustimmendes Gemurmel wurde laut, und Iain lobte ihn für seine Tapferkeit. Dylan rutschte unbehaglich auf seiner Bank hin und her, denn er legte keinen Wert darauf, als Held hingestellt zu werden, weil er einen Menschen umgebracht hatte, auch wenn dieser wegen eines furchtbaren Verbrechens zum Tode verurteilt gewesen war. Dann fuhr Iain fort: »Du hast meine Familie beschützt und dafür dein Leben gewagt, *a Dhilein,* und dich somit als mutiger Mann und echter Matheson erwiesen.« Er hielt einen Moment inne, wurde sichtlich nachdenklich und verkündete dann in dem gewichtigen Tonfall eines Mannes, der eine unumstößliche Entscheidung getroffen hatte: »Noch heute Abend wirst du in den Westturm der Burg umziehen und von nun an für die Sicherheit meiner Tochter verantwortlich sein.«

Einer der Zuhörer gab ein ersticktes Keuchen von sich. Dylan sah sich um, weil er annahm, dass es Sarah gewesen war, doch ihr Gesicht verriet nichts.

Iain sprach weiter. »Du hast bewiesen, dass du die Fähigkeiten dazu hast. Keinem anderen Mann würde ich lieber das anvertrauen, was mir auf dieser Welt das Kostbarste ist.« Artair knurrte ein einziges Wort, das Dylan nicht verstand, und flüsterte dann Coll etwas zu. Der sagte nichts darauf, sondern zog nur finster die dichten weißen Augenbrauen zusammen.

Dylan war zu verblüfft, um etwas zu erwidern, und wagte ohnehin nicht, sich seine Freude ob der Aussicht, sich jeden Tag – und jede Nacht – in Caitrionaghs Nähe aufhalten zu dürfen, zu offen anmerken zu lassen. Mühsam suchte er nach einer angemessenen Antwort.

Doch Caitrionagh sprang auf und sagte leise, aber vernehmlich auf Gälisch: »Vater! Nein!« Ihre Wangen leuchteten hochrot, und ihre Augen sprühten vor Zorn.

Die in der Halle versammelten Mathesons begannen wieder miteinander zu flüstern; sie wirkten deutlich überrascht. Anscheinend hatte jedermann angenommen, sie wäre hocherfreut, einen so mutigen und geschickten Kämpfer wie Dylan zum Leibwächter zu bekommen. Dylans Hoffnungen schwanden, aber er bemühte sich, eine unbeteiligte Miene zu wahren.

Iains Stimme klang hart, als er – wohl Dylan – zuliebe auf Englisch antwortete: »In diesem Punkt dulde ich keinen Widerspruch, Tochter!«

Caitrionagh erwiderte etwas auf Gälisch. Dylan nahm an, dass sie entweder Artair oder Coll als Leibwächter vorzog. Jeden anderen, nur nicht ihn, wie es aussah. Die zwei fraglichen Onkel grinsten selbstgefällig. Artair öffnete den Mund, um etwas zu sagen, doch Iain schnitt ihm das Wort ab.

»Auch von dir möchte ich nichts hören, kleiner Bruder.« Er erhob sich. »Und du hältst dich ebenfalls aus der Sache heraus, Vetter«, sagte er zu Malcolm, der überhaupt keine Anstalten gemacht hatte, das Wort zu ergreifen. Sein Gesicht lief dunkelrot an, als er sich wutentbrannt wieder an seine Tochter wandte. »Cait...

Doch sie rannte schon quer durch die Halle zur Tür hinaus. Dylan stützte die Ellbogen auf die Knie, starrte in sein Ale und fragte sich, womit er das verdient hatte. Bedrücktes Schweigen machte sich in der Halle breit, nur Iain brummte zornig vor sich hin. Dylan senkte den Kopf und tat so, als wäre ihm diese deutliche Zurückweisung vollkommen gleichgültig, doch insgeheim ärgerte er sich darüber. Aber er wollte keinesfalls den Eindruck erwecken, als wäre ihm die Meinung des Mädchens über ihn wichtig.

Er nahm einen großen Schluck Ale, legte sich im Geist einige Worte zurecht und bat dann den alten Geschichtenerzähler auf Gälisch, etwas aus alten Zeiten zum Besten zu geben. Das löste die Spannung und zauberte ein Lächeln auf viele Gesichter, denn jeder hier hörte gern eine neue Geschichte – oder eine alte, wenn sie nur fesselnd genug erzählt wurde. Der alte Mann begann, von einem Kampf gegen die Wikinger zu berichten, und Dylan vermied es geflissentlich, zu der Tür hinüberzublicken, durch die Caitrionagh hinausgestürmt war.

An diesem Abend nahm er sein Schwert von dem Gestell an der Wand neben dem Haupttor und begab sich in seine neue Unterkunft, die ungefähr auf halber Höhe des Westturms lag. Er stieg die gewundene Treppe hinauf und fand eine wie ein schiefes Dreieck geformte Nische vor, die allerdings – im Gegensatz zu den anderen Räumlichkeiten dieser Art, die er bislang gesehen hatte – recht aufwändig möbliert war. An der rechten Wand stand eine niedrige Pritsche, auf der gegenüberliegenden Seite befand sich ein gemauerter Kamin, daneben stand eine eiserne Kiste voll getrockneter Torfstückchen; daran lehnte ein eiserner Schürhaken. Jemand hatte bereits ein kleines Feuer angefacht, das angenehme Wärme verbreitete.

Auf der Pritsche lagen eine Strohmatratze, ein Laken und eine Decke, darunter stand eine eisenbeschlagene Holztruhe – groß genug, um sein Schwert und auch noch alle anderen Habseligkeiten, die er vielleicht in diesem Jahrhundert zusammentragen würde, aufnehmen zu können. Neben dem Bett gab es einen Tisch mit Sockelfuß, darauf stand eine Kerze in einem kupfernen Halter. Dylan entzündete sie am Feuer, stellte sie auf den Tisch zurück und starrte dann die schwere, geschnitzte Tür zu Caitrionaghs Schlafkammer, die ganz am Ende der langen Nische stand, nachdenklich an.

Schließlich setzte er sich seufzend auf die Pritsche und blickte sich in seinem neuen Reich um. Viel Privatsphäre gab es hier nicht, stellte er fest. Jeder, der die spiralförmige Treppe herauf- oder herunterkam, konnte die gesamte Nische überblicken, die weder Tür noch Vorhang hatte. Aber immerhin war dies hier besser als sein Lager in der Gemeinschaftsunterkunft der Männer, wo der Kamin ganz am Ende des langen Raumes lag und die Bettwäsche nur aus seinem eigenen Kilt bestand. Hier konnte er zumindest seine Besitztümer in einer Truhe verstauen, hatte ein Feuer ganz für sich und nannte sogar Laken und Decke sein Eigen.

Wieder schaute er zu der Tür hinüber. Direkt dahinter hielt sich Caitrionagh auf, die aus irgendeinem Grund wütend auf ihn war, und er hatte keine Ahnung, warum eigentlich.

Doch dann zuckte er mit den Achseln. Was ging ihn das an? Immerhin hatte er jetzt sozusagen einen festen Job, und er würde sich nach Kräften bemühen, ihn auch zu behalten. Er kniete sich auf den Boden, um die Truhe unter seinem Bett hervorzuziehen, und klappte den Deckel auf. Darin fand er einen stark beschädigten Rosenkranz aus schwarzen Perlen, an dem ein schwarzes Kreuz mit einer silbernen Christusfigur hing, ein paar Kerzen – aus echtem Bienenwachs, wie es schien – und ein Buch mit englischen Gedichten, dessen Ledereinband an den Ecken abblätterte. Dylan löste das Kreuz von den Überresten des Rosenkranzes und schob es in seinen *sporran.* Dann blätterte er neugierig in dem Buch, ehe er es neben den Kerzenleuchter auf den Tisch legte und an einer der Kerzen schnupperte, um sich davon zu überzeugen, dass sie tatsächlich aus Bienenwachs gezogen waren. Danach legte er Schwert und Tasche in die Truhe, schloss diese wieder und schob sie unter das Bett zurück.

Erneut wanderte sein Blick zu der Holztür hinüber. Dort, im Nebenraum, war sie, ganz in seiner Nähe, und es gelang ihm einfach nicht, sie aus seinen Gedanken zu verbannen; zögernd erhob er sich, klopfte an die Tür und rief leise: »Caitrionagh!« Er erhielt keine Antwort. Nach einer Weile klopfte er noch einmal. *»A Chaitrionagh!«*

Drinnen rührte sich immer noch nichts. Resigniert gab er auf, setzte sich wieder auf seine Pritsche, löste seine Gamaschen und ließ sie zu Boden gleiten, ehe er die Schuhe auszog. Den Kilt und das obere seiner Hemden hängte er an das Kopfbrett des Bettes, das andere Hemd behielt er an, streckte sich auf seinem Lager aus und zog die dunkle Wolldecke über sich. Die Matratze war dicker als die, auf der er bislang geschlafen hatte, und fast schon bequem zu nennen. Das warme Feuer, der lange Tag, das weiche Lager und nicht zuletzt die Mengen von Ale nach dem Essen zeigten Wirkung, die Augen fielen ihm zu, und kurz darauf schlief er ein.

Als die Tür hinter ihm leise knarrte, war er augenblicklich wieder hellwach. Er blieb regungslos liegen und lauschte ins Dunkel, konnte aber nichts hören. Schließlich knarrte die Tür erneut, dann wurde der Riegel von innen vorgeschoben. Danach herrschte tiefe Stille.

Dylan rollte sich zur Seite und beobachtete die tanzenden Schatten, die der Kerzenschein an die Wand malte. Eine Woge von Heimweh schlug über ihm zusammen, und einen Moment lang dachte er, sterben zu müssen, wenn er nicht bald in seine Heimat zurückkehren konnte, wo seine Familie und seine Freunde lebten, wo er die Regeln und Gesetze kannte und wusste, wo er hingehörte – und wo er sein ganzes Leben hätte verbringen können, ohne den Tod eines Menschen auf dem Gewissen zu haben.

Seufzend blies er die Kerze aus.

# 8.

Bei Tagesanbruch fand Dylan sich in der großen Halle ein, um sein Trainingsprogramm zu absolvieren, während die Dienstmägde der Burg das Frühstück vorbereiteten; doch die Arbeit am Herdfeuer ging nur langsam vonstatten, weil die Augen der Frauen mehr auf ihm als auf dem Haferbrei ruhten. Auch einige Kinder kamen neugierig näher, um ihm zuzusehen, bis er um ihrer Sicherheit willen kurz innehielt und sie wegscheuchte. Die Kinder wichen widerstrebend ein Stück zurück und schnatterten auf Gälisch miteinander.

Sie dachten wohl, er würde sie nicht verstehen; nun, sie konnten ja nicht ahnen, dass sein Wortschatz inzwischen erheblich angewachsen war. Während er sich wieder seinen Übungen widmete, schnappte er ein paar Bemerkungen auf, die verrieten, dass sie ihn für geistesgestört hielten, weil er Bewegungen vollführte, die weder zu einem Tanz noch zu einem rituellen Zeremoniell gehörten. Als sein Programm eine Pause vorschrieb, in der er sein Schwert zu senken und seinen imaginären Gegner finster zu mustern hatte, rief er ihnen in seinem gebrochenen Gälisch zu: »Ich lernen für Kampf!« Das brachte sie zum Schweigen, und er konnte mit seinen Übungen fortfahren.

Er konzentrierte sich darauf, sich an das Gewicht und die Ausbalancierung seines neuen Schwertes zu gewöhnen und es zu einem Teil seines Armes zu machen. Der vorige Besitzer war gestorben, weil er seine Waffe zu ungeschickt gehandhabt hatte. Dylan hatte nicht vor, denselben Fehler zu machen.

Wie gewöhnlich tauchte Sinann plötzlich aus dem Nichts auf. »Du bist also schon in den Turm umgezogen, wie ich sehe.« Dylan ignorierte sie. *Vorstoß, Ausfall, Vorstoß,*

*Schritt zurück, Schritt zurück, Ausfall* … Seine Schuhe verursachten schmatzende Geräusche auf dem Steinfußboden; Stroh und Binsen knirschten unter seinen Sohlen.

»Jetzt wirst du dich nachts wohl heimlich davonstehlen müssen, wenn dir sonntags keine Zeit bleibt, dich in die Geheimnisse der weißen Magie einweihen zu lassen.«

*Abblocken, gerader Stoß, Abblocken, Vorstoß, Abblocken.* »Kommt nicht infrage, Tink.«

»Du musst es tun!«

»Ich habe jetzt einen guten Job, und ich werde mich bestimmt nicht mir nichts, dir nichts nachts wegschleichen – schon gar nicht, um mich mit deiner *Magie* zu befassen.« Ein sarkastischer Tonfall schlich sich in seine Stimme und er verfiel in den lässigen Slang seiner Heimat. »Nee, Herzchen, du wirst dir einen anderen Trottel suchen müssen, der den Tommies was auf die Mütze gibt. Wenn du mich nicht nach Hause schicken willst, dann muss ich eben aus meinem Leben hier das Beste machen, und ich hab da auch schon einige Ideen.« Er schielte zur Tür hinüber, die zur Turmtreppe führte.

Sinann war seinem Blick gefolgt. »Du kannst sie nicht haben, *a Dhilein*. Sie ist für einen Mann mit Macht, Geld und Einfluss bestimmt. Sie soll Iain Mathesons Position innerhalb der Clans festigen. Ihr Vater würde nie zulassen, dass sie einen Matheson heiratet – und schon gar keinen, der arm wie eine Kirchenmaus ist.« Sie erhob sich in die Luft und flüsterte ihm ins Ohr: »Und vergiss nicht, dass sie dich gestern Abend vor dem versammelten Clan zurückgewiesen hat.«

Dylan scheuchte sie weg wie eine lästige Fliege und bedachte sie mit einem bitterbösen Blick. »Hör auf, mir nachzuspionieren, Tinkerbell.« Ärgerlich verstärkte er seine Anstrengungen. Sinann klang fast so wie seine Mutter! Als er sein Programm beendet hatte, lief ihm der Schweiß in Strömen übers Gesicht. Er schob sein Schwert in die Scheide zurück und verbeugte sich vor seinem unsichtbaren Gegner, dann steuerte er auf die Tür zum Turm zu; Sinann folgte ihm.

»Du brauchst gar kein so finsteres Gesicht zu ziehen. Ich habe Recht, und das weißt du.« Der Gang gabelte sich: Rechts lag eine Tür, die zum Nordturm führte, wo Malcolm wohnte und Iain sein Arbeitszimmer hatte. Dylan wandte sich nach links und eilte an den Dienstbotenunterkünften vorbei, wo die Küchenhilfen und andere Bedienstete auf engstem Raum zusammengepfercht lebten. Das steinerne Mauerwerk war kalt und feucht, ein modriger Geruch hing in der Luft. Am Ende des Ganges stieß er die Tür zum Westturm auf und stieg die Stufen empor. Sinann hielt sich dicht hinter ihm, immer noch murmelte sie unaufhörlich vor sich hin, dass er sich Caitrionagh aus dem Kopf schlagen müsse, sonst werde noch ein Unglück geschehen. Dylan hörte überhaupt nicht zu, er blendete ihre Stimme einfach aus, wie er es früher schon bei seiner Mutter gemacht hatte, wenn sie ihn mit Ermahnungen überhäufte.

In seinem Quartier angekommen, verstaute er sein Schwert in der Truhe und holte seine Tasche hervor. »Hey, Tink, ich hätte da mal eine Frage.« Er schob die Truhe an ihren Platz zurück und setzte sich auf die Pritsche.

Sinann ließ sich auf dem Kopfteil nieder und presste die Fersen gegen das Holz, um nicht das Gleichgewicht zu verlieren. »Und ich habe vielleicht eine Antwort darauf, nur müsste ich wissen, was du mich fragen willst.«

»Wie viel ist das hier zusammen wert?« Er knotete das Tuch auf, in dem er seine Silbermünzen aufbewahrte, und schüttete sie auf das Bett.

»Oje, er meint, er hätte mit der Arbeit auf den Feldern schon ein Vermögen verdient«, spottete Sinann.

Dylan hob die Augenbrauen und verzog leicht den Mund. »Ich bin zwar verrückt, aber nicht naiv. Wir haben Winter, und ich brauche einen Mantel. Deshalb möchte ich wissen, ob ich genug Geld habe, um mir einen zu kaufen.«

»Ein Wams würde es doch auch tun.«

Dylan schnitt eine Grimasse. »Ich hasse diese Dinger. Dort, wo ich herkomme, trägt man so etwas nicht, aber ich habe mal eins angezogen und konnte darin kaum atmen.

Und ich konnte mich nicht richtig bewegen, das hat mich am meisten gestört.«

»Dann dürfte dir das Wams entschieden zu eng gewesen sein.«

Er schüttelte den Kopf. »Ich mag diese Art Kleidung einfach nicht. Ein Mantel reicht mir vollkommen. Habe ich genug Geld dafür?«

Sinann beugte sich vor, um die Münzen eingehender zu mustern. »Ich würde sagen, das hängt davon ab, was für eine Art Mantel dir vorschwebt. Die Münzen mit dem Kopf der Königin sind drei Pence wert, die mit Williams Haupt einen Penny.« Dylan zuckte erschrocken zusammen. Sie sprach von Pennys? Anscheinend hatte sein Tageslohn nur vier Pence betragen, und so belief sich sein gesamtes Vermögen jetzt auf zweiundfünfzig Pence. Sinann fuhr fort: »Du besitzt also vier Shilling und vier Pence. Dafür kannst du dir entweder einen Mantel aus erstklassigem Tuch kaufen oder einen etwas einfacheren und einen neuen Kilt dazu.«

»Wirklich?« So gesehen schien ein Penny auf einmal gar nicht mehr so wenig Geld zu sein. Dylan rechnete rasch im Kopf nach und stellte fest: »Dann sind also zwölf Pence ein Shilling?«

Sinann nickte.

»Wie viele Shilling ergeben ein Pfund?«

Sie schnaubte unwillig. »Gibt es dort, wo du herkommst, etwa kein Geld?«

Dylan seufzte. »Wir haben eine andere Währung. Englisches Geld unterscheidet sich ja auch von französischem oder italienischem. Übrigens haben bei uns sogar die Engländer Vernunft angenommen und sich zum Dezimalsystem bekehren lassen. Und jetzt sag mir schon, wie viele Shilling auf ein Pfund gehen.«

»Auf ein schottisches oder auf ein englisches Pfund?«

»Das sind doch wohl englische Münzen, oder nicht?«

Sie seufzte. »Zwanzig Shilling.«

»Und wie viele Shilling sind dann ein schottisches Pfund?«

»Auch zwanzig.«

Dylan warf ihr einen strafenden Blick zu.

Die Fee zuckte mit den Achseln. »Aber ein schottischer Shilling ist nur so viel wert wie ein englischer Penny. Zweihundertvierzig schottische Shilling ergeben ein englisches Pfund. Ein schottisches Pfund ist einen Shilling acht Pence in englischem Geld wert.«

Dylan schwirrte der Kopf. Diese Umrechnerei würde sogar einen erfahrenen Banker in den Wahnsinn treiben, dachte er. Er winkte ab und nickte. »Okay, schon gut. Bleiben wir bei der englischen Währung, weil ich im Moment nur englische Münzen habe. Wie viel würde denn ein brauchbarer Mantel kosten?«

»Drei englische Shilling, wenn du einen aus gutem und warmem Stoff ohne überflüssige Verzierungen möchtest. Du kannst auch einen billigeren bekommen, aber es wäre hinausgeworfenes Geld, für den Winter einen dünnen Tuchmantel zu kaufen.«

»Und ein neuer Kilt?«

»Kostet so um die elf Pence, vielleicht ein bisschen mehr, vielleicht ein bisschen weniger. Am billigsten kommst du weg, wenn du Sarah bittest, dir einen anzufertigen.«

Dylan grinste. »Lieber nicht.«

»Und warum nicht?«

»Ich würde vielleicht Geld sparen, aber ich müsste anderweitig teuer dafür bezahlen …«

Sinann lachte. »So mancher Mann hätte gegen diese Art von Bezahlung gar nichts einzuwenden.«

Dylan beschloss, das leidige Thema sofort zu beenden. »Vergiss es. Ich werde im Dorf schon jemanden finden, der mir einen Kilt macht. Und einen Mantel.«

»Wie du willst.« Ihr Ton besagte klar und deutlich, dass sie mit seiner Entscheidung nicht einverstanden war.

Die Tür zu Caitrionaghs Kammer öffnete sich leise knarrend, und sie steckte den Kopf heraus. Ihre Augen waren vom Schlaf verquollen, trotzdem fand Dylan sie so hübsch wie nie zuvor. Er verstummte und starrte sie voller Bewunderung an. Sie rieb sich verwundert die Augen. »Ich dachte, ich hätte Stimmen gehört.«

Dylan warf Sinann einen flüchtigen Blick zu, sagte aber ganz ruhig: »Ich habe mich gerade laut gefragt, wo ich einen Mantel und vielleicht einen neuen Kilt kaufen kann.«

»Für einen Kilt muss man nur eine Bahn Stoff weben und zusammennähen. Jede Frau im Dorf könnte das für dich tun. Aber was den Mantel betrifft ... ich kenne da eine ausgezeichnete Schneiderin. Ich werde dich zu ihr bringen.«

Dylan wertete ihre Anrede als gutes Omen und dankte ihr lächelnd, ohne auf Sinanns missbilligende Miene zu achten. Die Fee zischte ihm böse zu: »Du verschwendest nur deine Zeit, du Narr!«

Caitrionagh zog sich in ihre Kammer zurück und schloss die Tür hinter sich. Augenblicklich wandte Dylan sich gereizt an Sinann: »Lass das mal meine Sorge sein! Schließlich ist es ja meine Zeit. Und wenn dir das nicht passt, dann schick mich halt endlich nach Hause!«

Sinann erwiderte nichts darauf, sondern schnippte nur mit den Fingern und verschwand.

Dylans Aufgabe bestand darin, Caitrionagh zu begleiten, wohin sie auch ging, und am nächsten Tag beabsichtigte sein Schützling, einer verarmten Familie im Dorf, wo die Mutter im Sterben lag, einen Korb mit Esswaren zu bringen. Dylan eskortierte sie zu den Toren der Burg hinaus und bemühte sich, sich seine Freude über den Ausflug nicht anmerken zu lassen.

In der Nacht war der erste Schnee gefallen. Wie eine dünne weiße Decke lag er über dem Land, nur hier und da ragten ein paar dunkle Steine oder vorwitzige Gräser heraus. Dylan schlang sich sein Plaid enger um die Schultern, er brauchte wirklich dringend einen warmen Mantel.

Caitrionagh trug ihren schweren wollenen Reiseumhang nebst Schal und schien in Gesprächslaune zu sein. »Marsaili war Artairs, Colls und meine Amme«, erzählte sie ihm munter. »Später hat sie dann einen Mann aus dem Dorf geheiratet.«

»Du meinst den Kerl, der dieses Mädchen geschwängert

und dann …« Dylan wurde blass und biss sich auf die Lippen. »Den Mann, der kurz nach Iseabail Wilkies Verbannung spurlos verschwunden ist?«, verbesserte er sich hastig. »Heißt er nicht Seóras Roy?«

Caitrionagh runzelte die Stirn.

»Genau den meine ich. Er ist seiner Hure nach Inverness gefolgt und hat Marsaili und die Kinder einfach ihrem Schicksal überlassen. Ihre Schwester arbeitet in der Burgküche, sie hilft, wo sie nur kann, aber eine Frau braucht ihren Ehemann und Kinder ihren Vater. Ein jämmerlicher Feigling ist er. Marsaili leidet unter einer Art Auszehrung. Manche Leute behaupten, sie sei besessen. Vater würde toben, wenn er wüsste, dass ich sie besuche.«

Dylan blieb wie angewurzelt stehen. Sie drehte sich verwundert zu ihm um. »Wenn das so ist, dann gehen wir nicht dorthin«, erklärte er bestimmt.

Sie lächelte nur süß. »O doch, das tun wir. Wie willst du mich denn daran hindern?«

Dylan nahm sie am Arm. »Nein. Wenn dein Vater nicht wünscht, dass du dorthin gehst …«

»*Seine* Familie droht ja nicht zu verhungern, nicht wahr?«

»Gut, dann lass mich den Korb zu ihr bringen.«

»Dylan …« Ihr Blick besagte deutlich, dass er etwas ausgesprochen Törichtes gesagt hatte. Er wusste, was sie meinte. Das Geschenk würde seine Bedeutung verlieren, wenn er es überbrachte.

Vorsichtig fragte er: »Warst du deshalb letzte Nacht so aufgeregt? Weil du gedacht hast, ich würde dir nicht erlauben, Marsaili zu besuchen?«

Sie sah ihn verwirrt an, dann hellte sich ihr Gesicht auf. »Nein, nein, das hatte ganz andere Gründe.« Der Wind wehte ihr das Ende ihres Schals ins Gesicht, und sie schob ihn zur Seite. »Vergiss es einfach, es war nicht weiter wichtig.« Mit diesen Worten drehte sie sich um und ging weiter. Dylan folgte ihr.

»Was für Gründe meinst du denn? Du hast ausgesehen, als würdest du vor Wut fast platzen. Was ist denn los mit dir?«

»Gar nichts.«

Dylan blieb ein Stück hinter ihr zurück und seufzte, dann beeilte er sich, sie wieder einzuholen. »Gut, wir gehen, aber achte darauf, im Haus dieser Frau nichts zu berühren. Und halte dich von ihr fern. Gib ihr nicht die Hand und lass sie nicht zu nah an dich herankommen. Wenn du mir das versprichst, kannst du sie besuchen.«

Sie sah ihn belustigt an. »Und wenn ich das nicht tue? Wirfst du mich dann wie ein großer, grober Wikinger über deine Schulter und schleppst mich zur Burg zurück?«

Dylan betrachtete ihr weißblondes Haar und fragte sich, wie viele ihrer Vorfahren wohl Wikinger gewesen sein und genau das getan haben mochten. »Gut möglich.« Vergeblich bemühte er sich, das Lächeln zu unterdrücken, das um seine Lippen spielte.

Caitrionagh grinste breit, sagte jedoch nichts mehr, sondern setzte unbeirrt ihren Weg fort. Dylan schüttelte den Kopf, kicherte in sich hinein und hielt sich an ihrer Seite.

Die Torfhütte, in der Marsaili lebte, lag am Ende des Tals direkt am steilen Südhang; einer Gegend, die zu dieser Jahreszeit besonders unwirtlich und abweisend wirkte, sogar wenn einmal die Sonne schien. Zwei Mädchen sowie ein kleiner Junge standen vor der Tür. Das ältere Mädchen hatte den erschöpften ausgelaugten Gesichtsausdruck eines Kindes, dem viel zu früh die Pflichten eines Erwachsenen aufgebürdet worden waren. Dylan hatte im Laufe der Jahre schon viele solcher Kinder gesehen. Sie nahmen bei ihm Kung-Fu-Unterricht, um sich gegen Erwachsene oder ältere Kinder zur Wehr setzen zu können.

Er blieb in der Tür stehen, von wo aus er Caitrionagh im Auge behalten konnte, und unterhielt sich mit der Vorstellung, sie gegen von einem rivalisierenden Clan angeheuerte Mafiakiller verteidigen zu müssen.

Marsaili saß in einem hochlehnigen Stuhl vor dem Feuer; eine karierte Decke bedeckte ihre Beine. Sogar in dem schwachen Licht konnte Dylan erkennen, dass ihre Gesichtshaut grau und trocken und ihre Lippen bläulich verfärbt waren. Da die Frau nicht hustete, hoffte er, dass sie vielleicht doch nicht – wie er zunächst angenommen hatte – an Tuberkulose litt, aber er war kein Arzt und kannte tödliche Krankheiten nur aus dem Fernsehen. Er konnte nur raten, woran Marsaili langsam starb. Vermutlich an Krebs, dachte er. Hoffentlich nicht an etwas Ansteckendem.

Als er sie genauer betrachtete, stellte er fest, wie stark ihr Gesicht schon von Schmerzen gezeichnet war. Tiefes Mitleid überkam ihn. In seiner Heimat linderte man die Qualen todkranker Menschen mit Morphium. Hier gab es nur Whisky oder Weidenrindentee. Er blickte sich um und entdeckte tatsächlich einen Steinkrug auf einem niedrigen Tisch. Also versorgte irgendjemand sie wenigstens mit Whisky.

Caitrionagh sprach mit sanfter Stimme auf Marsaili ein, was diese zu beruhigen schien. Dylan mischte sich in ihre Unterhaltung nicht ein, sondern beobachtete Caitrionagh nur unauffällig. In ihren Augen las er Kummer und aufrichtiges Mitleid, und er begriff, dass sie sich nicht aus Pflichtgefühl, sondern aus echter Zuneigung um die Kranke kümmerte. Obwohl sie sich während des Besuchs so heiter und unbeschwert wie möglich gab, verrieten die feinen Fältchen, die sich allmählich in ihr Gesicht gruben, ihre innere Anspannung. Sie litt darunter, ihre Freundin sterben zu sehen, ohne ihr helfen zu können; der Besuch dauerte bis zum späten Nachmittag.

Nachdem sie sich verabschiedet hatte, trat Caitrionagh aus dem Haus, blieb einen Moment stehen, starrte zu den Bergen hinüber, die das Tal einschlossen, und holte ein paarmal tief Atem. Sie sah aus, als wollte sie am liebsten in Tränen ausbrechen, doch sie riss sich zusammen und wandte sich an Dylan. »Komm, wir wollen uns um deinen Mantel kümmern, ehe dein dünnes Kolonistenblut einfriert und wir dich vor dem Feuer wieder auftauen müssen.« Sie kicherte über ihren eigenen Witz, aber er war nicht sicher, ob ihre Bemerkung nicht ein Fünkchen Wahrheit enthielt.

Sie führte Dylan zu einem Haus in der Nähe der Burg und fragte die Schneiderin nach dem Preis für einen Mantel und einen Kilt. Der vordere Bereich des Hauses war wie ein Geschäft eingerichtet – naturbelassene und gelb eingefärbte Woll- und Leinenstoffballen stapelten sich an den Wänden, und große Bögen groben braunen Papiers lagen auf dem Boden. Neben einem großen Holzstuhl standen Kisten mit Rohwolle und Knäueln ungefärbten Garns. Auf dem Stuhl lag ein dickes Kissen; das erste, das er in diesem Land zu Gesicht bekam.

Die Schneiderin, die ihm Caitrionagh als Nana Pettigrew vorstellte, war klein, untersetzt und der fröhlichste Mensch, der ihm in Schottland bisher begegnet war. Sie schnatterte so schnell auf Gälisch auf ihn ein, dass er kein Wort verstand und demzufolge auch keine Antwort gab, was sie aber nicht zu stören schien. Sie musterte ihn von Kopf bis Fuß und bedeutete ihm dann, sich umzudrehen, damit sie Maß nehmen konnte. Dazu benutzte sie einen mit Knoten versehenen Strick, und als sie fertig war, verkündete sie auf Englisch, als habe sie die ganze Zeit gewusst, dass er ihrem Gälisch nicht folgen konnte: »Vier Shilling drei Pence für den Mantel und einen Shilling zwei Pence für den Kilt.« Sie sprach so schnell und mit einem so ausgeprägten Akzent, dass er auch ihr Englisch kaum verstand.

Er zählte die Summen rasch zusammen und erbleichte: fünf Shilling und fünf Pence. So viel Geld besaß er nicht.

Caitrionagh sah seine Bedenken und sagte: »Er ist kein Prinz und braucht keine aufwändige Kleidung. Außerdem kann er nur drei Shilling ausgeben.« Dylan wollte Einwände erheben, doch sie warf ihm einen warnenden Blick zu, also schwieg er lieber. »Drei Shilling für beides zusammen, oder wir gehen zu einer anderen Näherin.«

Nana Pettigrew blieb unvermindert freundlich. »Wie Ihr wollt.«

Caitrionagh nahm Dylan am Arm und machte Anstalten, das Haus zu verlassen, doch die Frau hielt sie zurück. »Na schön, drei Shilling acht. Ich kann die Sachen in vier Tagen fertig haben.« Vier Tage? Dauerte es so lange, einen Mantel zu nähen? Nana lächelte immer noch.

»Drei Shilling vier«, sagte Caitrionagh.

Die Frau überlegte eine Weile. »Nun gut, um Eures Vaters willen. Die Hälfte jetzt, den Rest, wenn Ihr die Sachen abholt.« Dylan zog das Tuch mit seinem Geld hervor und zählte zwanzig Pence ab. Er hatte immer noch Mühe, den Wert der Münzen zu bestimmen. Noch nie hatte er lediglich vierzig Pence für Kleidung ausgegeben. Aber in Arbeitstagen gerechnet hatte er soeben mit fünf Tagen seines Lebens für einen Mantel und einen Kilt bezahlt und war dieselbe Summe noch einmal schuldig. So gesehen kamen ihn seine neuen Sachen verdammt teuer zu stehen.

Das Tageslicht wurde bereits schwächer, als sie die Zugbrücke überquerten und die Insel betraten, auf der *Tigh a 'Mhadaidh Bhàin* erbaut worden war. Doch statt direkt durch das Tor zu gehen schlug Caitrionagh den Weg zum Seeufer ein, wo die große Weide stand.

»Wo willst du denn hin?«, fragte Dylan auf Gälisch.

»Nur zu dem Baum hinunter.«

»Bei der Eiseskälte?«

»Es ist höchstens ein bisschen frisch. Komm mit.« Sie rannte die Böschung hinunter, und er folgte ihr seufzend. Der Baum hatte jetzt all seine Blätter verloren; die nackten Äste hingen trübselig bis auf den Boden hinunter. Caitrionagh teilte sie mit den Händen und schlüpfte hindurch, Dylan tat es ihr nach; das gefrorene Erdreich knirschte unter ihren Füßen. Dann hüpfte sie auf die Überreste der äußeren Burgmauer, von der nur ein wenige Fuß breiter niedriger Geröllstreifen übrig geblieben war, der sich am Rand der Insel entlangzog.

»Was ist eigentlich mit dieser Mauer geschehen?«, fragte er teils aus Neugier, teils, um ein Gespräch anzuknüpfen.

Caitrionagh balancierte über die Steine, und er folgte ihr. »Du hast doch selber gesehen, dass einige der Häuser im Dorf aus Stein gebaut sind«, erklärte sie. »Als diese Burg das letzte Mal angegriffen wurde, schlugen die Feinde eine Bresche in die Mauer. Siehst du, dort drüben bei der Zugbrücke haben sie Feuer gelegt, um das ganze Bauwerk zum Einsturz zu bringen. Trotzdem wurde der Angriff zurückgeschlagen, und meine … *unsere* Matheson-

Vorfahren hielten die Burg. Die MacDonells gaben sich schließlich geschlagen und zogen ab. Die Mathesons befanden, dass der strategische Wert dieser Festung die Kosten für den Wiederaufbau nicht aufwog, und benutzten sie seither nur noch als Wohnhaus. Die Steine der äußeren Burgmauer wurden für andere Zwecke verwendet, und der äußere Burghof dient jetzt als Weide für die Schafe.«

Dylan blickte sich um, als würde ihn all das brennend interessieren. »Ich verstehe.« Er musste Caitrionagh im Auge behalten, falls sie ausrutschte und in das eisige Wasser fiel. Aber da er nicht allzu aufdringlich erscheinen wollte, hob er ein paar flache Steine vom Boden auf, um sie über das Wasser hüpfen zu lassen.

»Oh!«, rief Caitrionagh plötzlich und nahm ihm einen Stein aus der Hand. »Sieh nur!« Sie hielt ihm den Stein hin. Er sah aus wie ein Doughnut. »Ein Götterstein.«

»Ein was?«

»So nennt man die Steine mit einem Loch in der Mitte. Sie haben magische Kräfte.«

Alles, nur das nicht! »Wirklich?«

»Aber ja. Schau durch das Loch, dann kannst du sehen, ob Feen in der Nähe sind.«

Mit einem Mal war sein Interesse geweckt. »Tatsächlich?« Er hielt den Stein wie ein Monokel ans Auge und blickte sich um. Natürlich, da saß Sinann in der Weide hinter ihm auf einer Astgabel. Er winkte ihr zu, und sie streckte ihm die Zunge heraus.

Caitrionagh kicherte. »Was machst du denn da?« Dann legte sie ihm plötzlich eine Hand auf die Brust. Er blieb still stehen; der Götterstein war vergessen. Sie sah ihm tief in die Augen, bis er meinte, das Blut in seinen Ohren rauschen zu hören, murmelte: »Ich muss mir kurz etwas ausborgen« und knöpfte sein Hemd auf. Dylan hielt den Atem an. Ihre Hand glitt unter den rauen Stoff, ihre Finger tasteten suchend über seine Haut.

Dann bekam sie seinen Dolch zu fassen und zog ihn aus der Scheide, die er unter dem Arm trug. »Hey, was soll das?«, protestierte er enttäuscht, als er sah, wie sie einen dünnen Zweig abschnitt, ihn in zwei fingerlange Stücke zerteilte und ihm das Messer zurückgab. Ein Stück steckte sie sich in den Mund, das andere reichte sie ihm.

Sinanns Stimme erklang über seinem Kopf aus dem Geäst. »Sie spielt mit dir, mein Freund.«

Dylan achtete nicht auf sie, verstaute den Stein in seiner Tasche, nahm sein Zweigstück und schob es sich ebenfalls in den Mund. »Ein Zahnstocher. Gute Idee.« Er kaute auf einem Ende herum. »Ich dachte schon, ich müsste mir die Zähne mit meinem Dolch säubern.«

Caitrionagh lachte und schlug vor, dass sie sich auf den Rückweg machen sollten.

Dylan drehte sich noch einmal nach der Weide um. Wenn Sinann noch da war, würde er den Stein brauchen, um sie sehen zu können. Er wandte sich an Caitrionagh. »Verrate mir doch endlich, was letzte Nacht mit dir los war.«

Sie nahm den Zweig aus dem Mund und dachte einen Moment nach, dann sagte sie: »Du solltest dir deswegen wirklich keine Gedanken machen.«

»Also hattest du deine Worte gar nicht so gemeint?«

»Nein.« Ein leises Lächeln spielte um ihre Lippen. »Aber das braucht in der Burg niemand zu wissen, sonst werden wir auf Schritt und Tritt beobachtet. Mir ist es lieber, wenn alle denken, ich würde jede Nacht meine Tür vor dir verriegeln und nur dann mit dir sprechen, wenn es sich gar nicht vermeiden lässt.«

Dylan nickte gleichmütig, innerlich aber jubelte er. »Darf ich dann davon ausgehen, dass du deine Tür nicht vor mir verriegeln wirst?«

Sie drehte sich um und tippte ihm mit dem Zweigrest leicht auf den Arm. »Ich habe gesagt, du sollst dir keine Gedanken machen. Ich möchte nur die neugierigen Blicke in eine andere Richtung lenken, das ist alles.«

Wieder nickte Dylan. Er tat so, als würde er ihr glauben, aber er hatte gesehen, dass ihr das Blut in die Wangen gestiegen war, und das verriet ihm alles, was sie nicht laut zugeben wollte.

Kurz nachdem Dylan seinen schwarzen Wollmantel und einen rostrot und schwarz gemusterten Kilt erhalten hatte, setzte eine eisige Kälte ein, und er war heilfroh über die wärmere Kleidung. Die Bewohner von Ciorram blieben nun in ihren Häusern und kamen nur zur Burg, wenn es unbedingt nötig war. Abgesehen von gelegentlichen Besuchen bei Marsaili, die sie immer noch mit Lebensmitteln versorgte, setzte auch Caitrionagh keinen Fuß vor die Tore der Burg.

Während der Abwesenheit ihrer Mutter verbrachte sie ihre Tage damit, die Dienstboten zur Arbeit anzuhalten. Jeden Tag fand sie außerdem noch etwas Zeit für ihre Näharbeiten. Dylan hielt sich immer in ihrer Nähe auf, manchmal saß er in einem Stuhl vor der Kammer, in der die Frauen webten, spannen und nähten, manchmal auf den Stufen der Küchentreppe, die zu den Viehverschlägen unten im Burghof führten.

Sigurd, der Collie, leistete ihm meistens Gesellschaft. Dylan brachte dem Hund bei, einen Hirschknochen zu apportieren, den er eines Morgens aus einem Suppentopf stibitzt hatte. Siggy, wie er ihn mittlerweile nannte, konnte von diesem Spielchen nie genug bekommen, und wenn Dylans Arm lahm wurde, ließ sich der Hund an seiner Seite nieder und nagte zufrieden an dem Knochen herum.

Um die Weihnachtszeit herum fand Dylan, dass er mit seinem neuen Job das große Los gezogen hatte, er durfte nämlich von allen Gerichten probieren, die für das Fest vorbereitet wurden. Caitrionagh machte es anscheinend Spaß, ihn zu mästen, und er holte einiges von dem Gewicht, das er im Herbst verloren hatte, wieder auf. Nur eines vermisste er: Seit seiner Ankunft in Schottland hatte er nichts Süßes mehr zwischen die Zähne bekommen. Er nahm an, dass das Zuckerrohr, mit dem die südlichen Kolonien Amerikas regen Handel trieben, noch nicht den Weg bis hierher gefunden hatte. Zum Glück war die schlimmste Gier nach Süßem inzwischen verflogen.

An einem frostigen Dezembertag saß Dylan wieder auf der Küchentreppe. Siggy hatte sich zu seinen Füßen ausgestreckt; Cait überwachte die Küchenmägde. Ihre Arme waren bis zum Ellbogen mit Hafermehl bestäubt, da sie nicht nur darauf achtete, dass die Arbeit zügig vonstatten ging, sondern auch oft genug selbst mit Hand anlegte. Dylan beobachtete sie. Sie glich ihrem Vater: dazu geboren, Anweisungen zu geben, keinen Widerspruch duldend. Aber sie hatte dabei eine freundliche Art, mit den Leuten umzugehen, die Iain Mór fehlte. Dylan verfolgte jede ihrer Bewegungen voller Bewunderung.

Nach einer Weile brachte sie ihm ein Bannock, das mit einer Art rosafarbenem Hüttenkäse bestrichen war.

Dylan betrachtete es zweifelnd. »Was ist das denn?«

Sie lächelte. »Hast du noch nie *crannachan* gegessen?«

Er schüttelte den Kopf. »Da, wo ich herkomme, schmiert man sich Erdnussbutter oder Erdbeermarmelade aufs Brot.« Zwar wusste er nicht genau, ob Erdnussbutter überhaupt schon erfunden war, nahm aber an, dass eine kleine Entgleisung nicht auffallen würde.

Er irrte sich, denn Caitrionagh runzelte die Stirn. »Butter aus Erde und Nüssen? Das soll schmecken?« Sie zuckte mit den Achseln. »Probier mal dies hier.«

Dylan biss in das Bannock und verdrehte verzückt die Augen. Seine alte Vorliebe für Süßes erwachte schlagartig wieder zum Leben. »Himmel, das Zeug ist ja großartig!« Crannachan bestand anscheinend aus dick geschlagener, mit geröstetem Hafermehl und eingekochten Himbeeren vermischter Schlagsahne auf einem dick mit Butter bestrichenen Haferkuchen – absolut das Beste, was er seit seiner Ankunft hier gegessen hatte! Cait lächelte zufrieden, wischte sich Hafermehl von den Händen und widmete sich wieder ihrer Arbeit. Dylan sah ihr nach. Der sanfte Schwung ihrer Hüften unter dem wollenen Überkleid lenkte ihn vorübergehend von seinem Leckerbissen ab. Sie drehte sich um, und ihr Lächeln wurde breiter, als sie seinen Gesichtsausdruck sah. Das brachte ihn wieder zu sich. Er schluckte runter, was er im Mund hatte, und biss erneut in sein Bannock.

Siggy, der ihn nicht aus den Augen gelassen hatte, begann zu winseln und um seinen Anteil zu betteln. Dylan grinste den Hund an. »O nein. Das ist meins.« Genüsslich biss er wieder in die süße Köstlichkeit. »Alles meins.« Schließlich brachte er es aber doch nicht übers Herz, das letzte Stück selber zu essen, und hielt es dem Hund hin. Siggy verschlang den Bissen, überzeugte sich mit einem Blick, dass nichts mehr da war, und streckte sich wieder zu Dylans Füßen aus. Dylan hätte selbst nichts gegen einen Nachschlag gehabt, begnügte sich aber damit, Caitrionagh bei der Arbeit zuzusehen.

Da der Zweig der Mathesons, dem er jetzt angehörte, streng katholisch war, blieb Dylan keine andere Wahl, als an den Gottesdiensten teilzunehmen, die der Gemeindepriester abhielt, wenn er einmal im Monat – und nicht unbedingt sonntags – nach Ciorram kam. Obwohl ihm die Regeln des Katholizismus weit gehend fremd waren und seine Mutter als Ex-Hippie, Ex-Jesusfreak und als praktizierende Methodistin entsetzt gewesen wäre, besuchte er stets pflichtbewusst die Messe. Er sah dies als Gelegenheit an, mehr über Caitrionagh, ihr Leben und ihren Glauben zu erfahren. Da der Methodismus überdies erst in einem halben Jahrhundert ins Leben gerufen werden würde, lief er keine Gefahr, hier auf Anhänger dieser Glaubensrichtung zu stoßen. Er wusste, dass zu der Zeit, in der er jetzt lebte, in Schottland heftige Konflikte zwischen Presbyterianern, Episkopalisten und Katholiken schwelten, und er hatte nicht vor, sich da mit hineinziehen zu lassen.

Schließlich ging er sogar so weit, eine feste Leinenkordel zu erstehen, an der er das Ebenholzkruzifix mit der silbernen Christusfigur befestigte, das er in der Truhe gefunden hatte. Mit der Zeit gewöhnte er sich so daran, dass er die Kette auch nachts nicht mehr ablegte.

Seit er zu Caits Leibwächter ernannt worden war, verdiente er mehr als doppelt so viel wie früher, neun Pence pro Tag, und er bestand darauf, in Münzen bezahlt zu werden. Zu Weihnachten verteilte er einige Geschenke und empfing selbst auch welche. Von Iain erhielt er einen schön gearbeiteten Dolch mit einer dreieckig geschliffenen Klinge und einem ziselierten Silbergriff, den er in einer Stahlscheide unter seiner rechten Gamasche trug. Caitrionagh gab ihm ein neues Hemd aus gebleichtem Leinen, das sie eigenhändig kunstvoll bestickt hatte und das er nur sonntags zu tragen gedachte. Sarah schenkte ihm Schreibpapier und Tinte, was er vorerst in seiner Truhe verstaute, und hoffte, dass niemand ihn fragen würde, warum er nicht nach Hause schrieb. Er konnte ja schlecht antworten, dass er nicht wusste, an wen er die Briefe adressieren sollte. Außerdem gefiel ihm die Idee, mit Sarah Geschenke auszutauschen, nicht sonderlich.

Da er nun etwas mehr als ein Pfund Sterling pro Monat verdiente und abgesehen von einem Penny wöchentlich für Seonag, die seine Wäsche wusch, und einen für Gracie, damit sie ihm jeden Abend einen Eimer heißes Wasser brachte, keine Ausgaben hatte, befanden sich Mitte Januar schon zwei englische Pfund und ein paar Shilling in Silbermünzen in seiner Truhe.

Nach Neujahr verschlechterte sich das Wetter, und die Dunkelheit schien kein Ende nehmen zu wollen. Nun drang fast kein Lichtstrahl mehr durch die wenigen Fenster der Burg, so tief hingen die schweren grauen Wolken über dem Land. Kaum jemand wagte sich noch ins Freie, Erkältungskrankheiten waren an der Tagesordnung, und Dylan fiel auf, dass sich auch die Verpflegung änderte. Es gab nichts Frisches mehr, das Fleisch war entweder gesalzen oder geräuchert, der Haferbrei schmeckte muffig, und sogar das frisch gebackene Brot kam ihm hart und fade vor. Er begann, nach Wanzen Ausschau zu halten, fand aber nie eine und hoffte, dies bedeutete, dass es hier wirklich keine gab.

Die späten Abende bildeten den einzigen Lichtblick dieser freudlosen Tage. Nach dem *céilidh* – falls denn einer abgehalten wurde –, wenn in der Burg Ruhe herrschte und niemand mehr die Treppe des Westturms benutzte, legte er sich, nur mit seinem Hemd bekleidet, bäuchlings auf seine Pritsche, schlug seinen Gedichtband auf, stützte das Kinn auf die Matratze und tat so, als würde er lesen. In Wirklichkeit starrte er aber die Worte nur an, ohne sie richtig wahrzunehmen, weil er nur darauf wartete, dass sich die Tür zu der Kammer einen Spalt öffnete und Cait mit dem Rücken zu dem steinernen Eingang auf dem Boden Platz nahm, um sich mit ihm zu unterhalten. Er blieb während dieser Gespräche die ganze Zeit auf seinem Lager liegen, und sie öffnete die Tür stets gerade so weit, dass sie sie unauffällig wieder schließen konnte, falls jemand kommen sollte. Von seinem Platz aus konnte Dylan jeden rechtzeitig sehen, der von unten hochkam, und ihn laut begrüßen, um Cait zu warnen. Kam jemand von oben herunter, so sah Cait seine Füße, ehe er nahe genug war, um zu bemerken, dass die Tür einen Spaltbreit offen stand. So war dafür Sorge getragen, dass jeder, der zufällig vorbeikam, eine geschlossene Tür vorfinden und Dylan bei Kerzenschein lesen sehen würde – allein.

Manchmal las er ihr einige Gedichte vor, manchmal sie ihm. Ihre Stimme klang ruhig und weich, ihr Haar schimmerte in dem flackernden Schein der Kerze, und er hörte gebannt zu, wenn sie las, ihm von ihren Träumen und Hoffnungen erzählte und ihm manchmal auch Fragen über Amerika stellte.

»Wie sind die roten Wilden denn wirklich? Ich habe gehört, es sollen grausame, blutrünstige Krieger sein«, sagte sie eines Nachts Anfang Februar. Dabei schlang sie die Arme um die Knie, stützte ihr Kinn darauf und sah ihn aus großen Augen an. Anscheinend war sie nicht sicher, ob sie all die grässlichen Einzelheiten auch wirklich hören wollte.

Die Frage stellte Dylan vor eine schwierige Entscheidung. In seiner eigenen Zeit verhielten sich die Indianer ruhig und friedfertig, aber er wusste, dass gerade jetzt, wo Cait und er sicher in der Burg saßen, überall in den Kolonien erbitterte Gefechte zwischen Weißen und Roten stattfanden und die Siedler in ständiger Angst vor dem nächsten Überfall lebten.

Andererseits lag die Zeit nicht mehr fern, wo sich seine weißen mit seinen indianischen Vorfahren vermischt hatten. Er wusste zwar nicht, unter welchen Umständen dies geschehen war, nahm aber an, dass die Vereinigung auf freiwilliger Basis zu Stande gekommen war. Eine Vergewaltigung wäre niemals in die Familienchronik aufgenommen worden, die seine Mutter viele Jahrzehnte später gefunden hatte.

So antwortete er auf Caits Frage ausweichend: »Sie stellen nur für die Leute eine Gefahr dar, die außerhalb der großen Städte leben. Die Indianer lieben die Weißen nicht sonderlich.« Aus gutem Grund.

»Aber du hast nie einen von ihnen getötet, oder?«

»Das musste ich zum Glück nie.« Auch das stimmte.

»Vermisst du Amerika manchmal?«

Das tat er, aber sie würde ihn nicht verstehen, wenn er ihr erzählte, was er am meisten vermisste. Wie konnte er ihr erklären, wie sehr ihm sein Fernseher fehlte oder dass er nachts von Toffees mit Zimtgeschmack träumte? Oder dass er häufig Appetit auf eine Portion Pommes frites hatte? Die Schotten dieses Jahrhunderts wussten ja offensichtlich noch nicht einmal, was eine Kartoffel war. Er seufzte, dann fragte er sie: »Hast du dir schon einmal vorgestellt, wie es wäre, wenn du fliegen könntest?«

Sie kicherte leise. »Fliegen? Wie ein Vogel?«

»Wie ein Vogel, so schnell und so hoch, dass du an einem Tag die halbe Welt umrunden könntest. Würde dir das gefallen?«

Ihre Augen glitzerten vor Aufregung. »Die halbe Welt? Ich war noch nie in England, und ich würde furchtbar gerne einmal dorthin reisen.«

»Wenn du fliegen könntest, wärst du in ...«, er schätzte die Flugzeit kurz ab, »... in ungefähr einer Stunde dort.«

»Das wäre herrlich!« Ehrliche Begeisterung schwang in ihrer Stimme mit. »Du solltest öfter Geschichten erzählen, du hast ...«

»Nur Jauche im Hirn, ich weiß.«

Caitrionagh lachte so laut, dass er warnend einen Finger an die Lippen legte. Dann sagte er: »Was wäre, wenn es eine Maschine gäbe, in die du hineinsprechen könntest, und jemand, der sich an einem ganz anderen Ort befindet, würde dich hören?«

Sie dachte einen Moment lang nach. »Meine Mutter zum Beispiel?«

Das versetzte ihm einen Stich. Ihm war noch nie aufgefallen, wie sehr sie ihre Mutter, die noch immer in Killilan weilte, vermisste. »Ja, auch deine Mutter. Du könntest das Tele... diese Maschine jederzeit benutzen, um mit ihr zu reden. Und sie könnte dir antworten.«

Cait zog ihre Decke enger um sich. »Könntest du auch mit deiner Mutter in Amerika sprechen?«

Dylan wurde das Herz schwer. Wusste seine Mutter überhaupt, dass er fort war? Oder vielmehr – würde sie es in 286 Jahren wissen? Würde Sinann ihn je in seine eigene Zeit zurückschicken, oder würde er schon längst zu Staub zerfallen sein, wenn Mom seine Abwesenheit bemerkte?

»Du vermisst deine Familie doch sicher sehr«, sagte Cait leise.

»Ja.«

Sie erhob sich, kam zu ihm herüber und setzte sich neben ihn auf die Pritsche. Dylan richtete sich auf; es flößte ihm ein gewisses Unbehagen ein, so eng neben ihr zu sitzen, aber er wollte sie auch nicht wieder fortschicken. Die Nische vermittelte ihnen ein trügerisches Gefühl von Privatsphäre, besonders des Nachts, und er wusste, dass sie leichtsinnig handelten. Sie nahm seine Hand und sagte leise genug, um nicht auf der Treppe gehört zu werden: »Ich hoffe, du hast bei uns ein neues Zuhause gefunden.« Dann küsste sie seine Fingerknöchel, auf denen die drei schmalen Narben noch rötlich schimmerten.

Einen Moment lang hörte die Welt auf, sich zu drehen; er fühlte sich losgelöst von Zeit und Raum; an einen Ort versetzt, von dem es kein Zurück mehr gab. Endlich beugte er sich langsam vor und berührte ihre Lippen leicht mit den seinen; mit angehaltenem Atem, voller Angst, sie könnte vor ihm zurückweichen.

Sie tat es nicht. Stattdessen grub sie ihre Finger in sein Haar und presste ihn an sich. Ihre Lippen öffneten sich unter den seinen, und er trank wie ein Verdurstender von ihr, hätte sie am liebsten in sich aufgesogen … sie zu einem Teil seiner selbst gemacht.

Endlich kam er wieder zur Besinnung, gab sie widerstrebend frei und stand auf, obwohl er nicht sicher war, ob seine Beine ihn tragen würden. Er räusperte sich und blickte zu Boden, denn es fiel ihm nicht leicht, ihr zu sagen, was er nun sagen musste. »Du solltest jetzt lieber in deine Kammer zurückgehen. Allein.«

Sie schwieg eine Weile, dann stimmte sie zu. »Aye, es ist wohl besser so. Falls Artair oder Coll auf die Idee kommen sollten, einen kleinen nächtlichen Spaziergang zu unternehmen, würde es ihnen gar nicht gefallen, dich nicht in deinem Bett und mich nicht in meiner Kammer vorzufinden.«

Er betrachtete sie eindringlich, als sie sich erhob. In ihren Augen las er dieselben tiefen, alles andere auslöschenden Gefühle, die auch ihn durchströmten. Heiser wünschte er ihr eine gute Nacht, küsste sie noch einmal und sah ihr nach, als sie in ihrer Kammer verschwand und die Tür hinter sich schloss.

Dann ließ er sich seufzend rücklings auf seine Pritsche fallen, starrte auf die tanzenden Schatten an der Decke, bis die Kerze erlosch, und blieb noch lange schlaflos im Dunkeln liegen.

Der Winter hielt das Land auch weiterhin in seinem eisigen Griff. Dylan lieh sich von Robin Innis Bogen und Pfeile, und an den Tagen, an denen Cait ihn entbehren konnte, ging er zu dem Eichenwäldchen am Fuß des Nordhangs und übte sich im Umgang mit dieser Waffe. Da im Hochland zumeist Pfeil und Bogen, Dolche oder Schwerter statt Flinten zur Jagd benutzt wurden, musste er sich zumindest Grundkenntnisse im Bogenschießen aneignen. Er hoffte nur, dass er sich nicht blamieren würde, wenn er in der Gegenwart anderer sein Geschick unter Beweis stellen musste. Es dauerte lange, bis er sich zu einem verhältnismäßig sicheren Schützen gemausert hatte, trug ihm einen vom Spannen der Sehne zerschlissenen Mantelärmel ein und kostete ihn viel Zeit, weil er die verschossenen Pfeile im Schnee nur schwer wiederfand.

Im Laufe dieser kalten Wochen gab es Höhen und Tiefen im Leben des Clans. Einem der Pächter wurde eine Tochter geboren, die jedoch nach wenigen Tagen starb. Dies rief hitzige Diskussionen im Dorf hervor, denn das Neugeborene hätte von der Hebamme getauft werden müssen, weil kein Priester verfügbar gewesen war. Jeder Einwohner von Ciorram vertrat seine eigene Meinung darüber, ob das Kind trotzdem in den Himmel gekommen war, und so kam es oft zu lautstarken Auseinandersetzungen unter den im Schnee gefangenen Mathesons. Dylan fand es sinnlos, sich über eine Frage zu streiten, die ohnehin niemand beantworten konnte, und weigerte sich, dazu Stellung zu nehmen. Dann sah er eines Abends die trauernden Eltern in der großen Halle und hoffte um ihretwillen, dass ihr kleines Mädchen jetzt doch im Himmel war.

Ein schweres Fieber suchte Burg und Dorf heim und raffte Marsailis jüngere Tochter, Sarahs kleinen Sohn und Nana Pettigrews alte Mutter dahin. Das Wetter wurde noch schlechter, und eine bedrückte Stimmung legte sich über die Bewohner des Tals. Sarahs tragischer Verlust bewog Sinann, ihre Anstrengungen, Dylan für die Witwe zu begeistern, noch zu verstärken.

»Sie braucht dich jetzt, mein Freund.«

Dylan war in der menschenleeren Halle mit seinem Trainingsprogramm beschäftigt. Die Sonne war noch nicht aufgegangen, das Feuer noch nicht angefacht, und die Fackeln an den Wänden trugen nicht dazu bei, die beißende Kälte zu lindern. Sein Atem bildete kleine Wölkchen in der eisigen Luft. Jetzt, im tiefsten Winter, kam er bei seinen Übungen nicht nur nicht mehr ins Schwitzen, sondern musste sogar noch froh sein, wenn er dabei nicht zitterte wie Espenlaub. Er erwiderte: »Sie braucht jemanden, der sie liebt, sonst nichts.«

»Und du findest sie wohl so abstoßend, dass du ihre bloße Gegenwart kaum ertragen kannst, wie?«

»Unsinn. Ich mag sie. Sie ist eine gute Frau, und ihre

Kinder …« Er brach ab, schloss die Augen und blieb einen Moment still stehen, als er an den Zweijährigen dachte, der am Fieber gestorben war. »Ihre Söhne sind prächtige Jungen. Aber …« Er verstummte, als sich die Turmtür knarrend öffnete und eine Frau die Halle betrat. Dylan konnte sie in der Dunkelheit nicht erkennen, doch als sie näher kam, sah er, dass es Sarah war. Wenn man vom Teufel spricht, dachte er.

»Lass dich von mir nicht stören«, bat sie und zog sich hastig in den Schatten zurück.

»Ich bin sowieso fast fertig.«

»Noch lange nicht, du Lügner«, tadelte Sinann.

Dylan warf ihr einen vernichtenden Blick zu.

Sarah fuhr schüchtern fort: »Ich sehe dir gerne zu. Das ist ein hübscher Tanz, den du da einstudierst.«

Da er nicht wusste, was er darauf antworten sollte, beschloss er, das Thema zu wechseln. »Wie geht es dir heute, Sarah?«

Seufzend hob sie die Schultern. »Ich muss Tag und Nacht an meinen toten Jungen denken. Es gibt nichts Schlimmeres auf der Welt, als ein Kind zu verlieren.«

»Ich kann mir nur schwer vorstellen, was du durchmachst.«

»Versuch es erst gar nicht. Zu viele von uns müssen schon mit diesem Schmerz leben. Viel zu viele.«

Eine lange Pause trat ein. Dylan hielt es für angebracht, sich zu verabschieden, ehe jemand kam und ihn allein mit Sarah in der Halle vorfand. Er schob sein Schwert in die Scheide, verbeugte sich und zog einen unsichtbaren Hut. »Ich empfehle mich, Madame, und wünsche Euch noch einen schönen Tag.«

Sie kicherte, als er zur Tür ging, und Sinnan zischte ihm zu: »Du bist doch ein jämmerlicher Feigling!«

Er hatte keine Ahnung, was die verdammte Fee eigentlich von ihm wollte.

Die Todesfälle in jenem Winter, die unwirtliche Landschaft und die allgegenwärtige Kälte, die kein Feuer mehr zu vertreiben schien, schlugen Dylan allmählich aufs Gemüt, und er fragte sich, ob die Sonne je wieder zum Vorschein kommen würde. Jetzt verstand er, wieso die Menschen früher an Vampire, Werwölfe, Eisfeen, Riesen und Drachen geglaubt hatten. Die Winter in diesem Land waren lang und streng und brachten Hunger, Kälte und Krankheiten mit sich. Auf rationaler Ebene wusste Dylan natürlich, dass es außerhalb der Burg nur Schnee und Berge gab, trotzdem war er manchmal bereit zu glauben, dass dort in der eisigen Dunkelheit tatsächlich Monster lauerten.

So war er nicht sonderlich überrascht, als ihm an einem Tag im März, als er von seinen Schießübungen zurückkam, ein echtes Monster in Gestalt des englischen Captains hoch zu Ross begegnete. Dylan stand an dem Fluss, dessen Lauf er über vereiste Felsen und Wurzeln hinweg hinunter ins Tal folgen wollte. Doch Captain Bedford verstellte ihm den Weg und begrüßte ihn mit einem breiten, falschen Lächeln und einem betont freundlichen »Guten Tag«. Er machte einen wohlgenährten, gesunden Eindruck, was Dylan zusätzlich verdross.

Er erwiderte den Gruß nicht, sondern starrte den Offizier nur finster an und überlegte, ob er sich wohl an ihm vorbeidrängeln konnte, ohne sofort erschossen zu werden, oder ob er lieber in die entgegengesetzte Richtung flüchten sollte. Schließlich entschied er sich gegen beide Möglichkeiten und wartete ab, was Bedford von ihm wollte.

»Ihr seid der neue Matheson, wie ich hörte«, begann der *Sassunach.* »Der aus den Kolonien.«

Dylan schwieg noch immer. Von irgendwoher hatte Bedford Informationen über ihn erhalten, und er hätte nur zu gern gewusst, von wo.

Nachdem er eine Zeit lang vergebens auf eine Antwort gewartet hatte, fuhr der Offizier fort: »Ich kann mir gut vorstellen, was für einen Empfang Euch Eure … *Clansleute* bereitet haben. Ein weiterer Mund, den es zu füttern gilt, ein weiterer Mann mit eigener Meinung, ein weiterer Bewerber um ihre Frauen. Sehr herzlich dürften sie Euch nicht aufgenommen haben.«

»Eure Sorge rührt mich, aber ich komme mit meinen Verwandten ganz gut zurecht«, erwiderte Dylan voller Spott.

Bedford lehnte sich zurück und sog zischend die Luft durch die Zähne. Sein Pferd scharrte unruhig mit den Hufen. »Das mag ja sein, aber erwartet Ihr denn nicht mehr vom Leben, als hier in dieser kargen Gegend ein kümmerliches Dasein zu fristen? Ihr scheint mir etwas vernünftiger zu sein als Eure Vettern, die nur danach trachten, die rechtmäßige Königin zu stürzen. Ihr habt in einem anderen Land gelebt; Euch hat man nicht von Kindesbeinen an lauter Lügen eingehämmert. Ihr müsst doch wissen, dass ein Aufstand keine Aussicht auf Erfolg hat.«

Das wusste Dylan nur zu gut, ohne Zweifel besser als der ehrenwerte Captain selbst, aber der hochnäsige Laffe ging ihm auf die Nerven. »Was wollt Ihr eigentlich von mir, Captain Bedford?«

»Informationen«, entgegnete Bedford schlicht.

»Ich habe keine Informationen, schon gar nicht für Euch.« Dylan begriff, dass Bedford ihn aufgrund seiner Herkunft als schwächstes Glied im Matheson-Clan einstufte, und das ärgerte ihn. Er hob das Kinn. Zeit, diesem Fatzke das Gegenteil zu beweisen.

»Es soll auch Euer Schaden nicht sein«, lockte dieser.

»Behaltet Euer schmutziges Geld und nehmt lieber Eure Schindmähre zur Seite, damit ich vorbei kann.«

Bedford presste die Lippen zu einem schmalen, blutleeren Strich zusammen. »Ihr solltet meinen Vorschlag nicht so voreilig ablehnen. Wenn es bekannt würde, dass Ihr mir Informationen zugespielt habt …«

»Niemand würde Euch glauben.« Dylan neigte spöttisch den Kopf. Dieses Katz-und-Maus-Spiel widerte ihn an. »Im Gegensatz zu Euch, Captain, habe ich mir nämlich das Vertrauen dieser Leute verdient. Sie schenken es einem Menschen nicht leicht, aber sie entziehen es ihm auch nicht so schnell wieder. Ihr als Engländer werdet dagegen nie verstehen, was es heißt, Mitglied eines Clans zu sein.«

Bedford schwieg lange Zeit, dann sagte er: »Nun gut.

Zieht mit Euren Vettern am selben Strang, aber wundert Euch nicht, wenn Ihr eines Morgens mit einem Messer zwischen den Rippen aufwacht. Dann werdet Ihr bereuen, dass Ihr je geglaubt hat, diesen Menschen läge etwas an Euch.« Er lenkte sein Pferd zur Seite, um Dylan vorbeizulassen, dann rief er ihm nach: »Die Clans werden sich nicht mehr lange halten können. Denkt an meine Worte!«

Dylan wusste, dass Bedford die Wahrheit sprach, aber das war hier nicht von Bedeutung. Er brachte es einfach nicht fertig, die Menschen zu hintergehen, die er allmählich als seine Familie zu betrachten begann.

# 9.

Allein die heimlichen Küsse, die er und Cait bei jeder sich bietenden Gelegenheit tauschten, halfen Dylan, die dunklen Monate zu überstehen. Bei den abendlichen Versammlungen wurde oft von Begnadigung und Entschädigungszahlungen für bestimmte Jakobiten gesprochen, denn Königin Anne suchte Frieden mit den Clans zu schließen. Die Gräuel der Schlacht von Killiecrankie und des Massakers von Glencoe vor fünfundzwanzig Jahren sollten mit der Zeit in Vergessenheit geraten.

Dylans Ersparnisse wuchsen stetig, und er vermehrte sie noch, indem er Löcher in die Eisdecke des Sees hackte, dort angelte und die Fische an die Burgküche verkaufte. Gelegentlich fing er auch einen Aal, den aber niemand haben wollte. Also nahm er die Aale selber aus, säuberte sie und briet sie dann auf einem Rost über dem Feuer in seinem Kamin. Er überredete Cait, davon zu probieren, und der Aal mundete ihr, alle anderen Bewohner der Burg nannten ihn jedoch einen Narren.

Schon bald hatte er so viele der kleinen Silbermünzen in seiner Truhe gehortet, dass er Malcolm bitten musste, sie in größere Geldstücke umzutauschen. Pennys wurden zu Shillingen, diese wechselte er später in Goldguineen um, die auf der Vorderseite das Bildnis Königin Annes und auf der Rückseite vier eingeprägte Schilde trugen. Eine Guinee war einundzwanzig Shilling wert. Dylan, der noch nie zuvor eine Goldmünze gesehen hatte, begann sich als wohlhabender Mann zu fühlen. In typisch amerikanischer Manier – typisch sogar für die Amerikaner dieses Jahrhunderts – dachte er daran, Besitztümer anzuhäufen. Vielleicht konnte er dann Cait bitten, ihn zu heiraten.

Er wunderte sich über sich selbst. Der Gedanke an Heirat war ihm noch nie zuvor gekommen, und als Cody ihn kurz vor ihrer eigenen Hochzeit mit Raymond einmal darauf angesprochen hatte, hatte er nur lachend abgewinkt. Doch jetzt ließ ihn dieser Gedanke nicht mehr los, und seine Gedanken kreisten den ganzen Tag lang um Cait; des Nachts träumte er nur noch davon, endlich die schwere Holztür aufstoßen zu können, die sie voneinander trennte.

Die Nächte waren kalt und lang, und die späten Abendstunden verlangten Dylan in zunehmendem Maße mehr Selbstbeherrschung ab. Belanglose Gespräche zwischen ihm und Cait wurden immer unbefriedigender, und er ging dazu über, ihr immer öfter aus dem englischen Gedichtband vorzulesen. Sie saß dann, in ihre Decke gewickelt, im Türrahmen, und er lag bäuchlings auf seiner Pritsche, das aufgeschlagene Buch auf dem Boden, die Kerze daneben, das Kinn auf die Matratze gestützt. Mit gedämpfter Stimme, die auf der Treppe nicht gehört werden konnte, las er ein Liebesgedicht vor, in dem der Poet versicherte, nur für seine Liebe zu leben und auch für sie sterben zu wollen. Dieses Gedicht hatte er ihr schon häufiger vorgelesen, und jedes Mal hatte es ihn stärker bewegt, aber heute deklamierte er die Worte mit mehr Inbrunst als je zuvor.

Als er zu Cait hinüberschaute, sah er überrascht, dass ihre Augen in Tränen schwammen. Den Kopf hatte sie gegen den Türrahmen gelehnt, und sie wiederholte leise die letzte Zeile, doch ihre Stimme versagte, und sie schluckte hart.

»Was hast du denn?«

Cait schüttelte den Kopf. »Nichts. Ich bin eine dumme Gans, ich weiß, aber mein Herz ist so voll, dass es überfließt.«

Dylan stützte das Kinn wieder auf die Bettkante und betrachtete sie. Noch nie hatte ihn eine Frau so angeblickt wie Cait jetzt. In den Augen seiner früheren Freundinnen hatte er Freundschaft, Verlangen und manchmal auch echte Zuneigung gelesen, und dann war da auch noch Sarahs flehender Dackelblick gewesen, aber noch nie zuvor hatte er eine solche bedingungslose Hingabe gesehen wie jetzt in

Caits Gesicht. Er wollte etwas sagen, fand aber nicht die Worte, um ihr klar zu machen, dass er ebenso empfand.

Als Cait zu Bett gegangen war, fragte Dylan Sinann, ob er ihr einen Verlobungsring schenken sollte.

»Einen was?« Die Fee hockte am Fußende seines Bettes und hatte seine schläfrig dahingemurmelte Frage anscheinend nicht verstanden.

»Einen Verlobungsring. Man schenkt ihn der Frau, die man heiraten will.«

»Ach so, so etwas wie das Unterpfand eines Eheversprechens. Ja und nein, würde ich in diesem Fall sagen.« Dylan runzelte die Stirn, woraufhin sie hastig erklärte: »Diese Sitte gibt es hier zwar auch, aber du solltest ihr trotzdem keinen Ring schenken. Sie ist nicht für dich bestimmt.«

»Nehmen wir einmal an, du irrst dich.«

»Ich irre mich nicht.«

»Nehmen wir es nur einmal an.« Er stützte sich auf die Ellbogen, und seine Stimme klang hart, als er fortfuhr: »Nehmen wir an, sie willigt ein, mich zu heiraten. Dann brauche ich einen Ring. Eigentlich zwei, einen für die Verlobung und einen für die Hochzeit.«

»*Och,* ich denke, ein Ring reicht völlig aus. In vieler Hinsicht ist ein Eheversprechen ebenso bindend wie die Zeremonie selbst. Wenn du teuren Schmuck verschenkst, wird man dich für einen Verschwender halten, und das vollkommen zu Recht, finde ich.«

»Dort, wo ich herkomme, schenkt man der Frau zwei Ringe. Einer davon sollte mit Diamanten besetzt sein – nun, zumindest mit einem Diamanten.«

»Wie kann ein reicher Mann wie du es nur ertragen, hier unter Bettlern zu leben?«

Er sah sie böse an, ging aber nicht auf ihre Stichelei ein, sondern fragte nur: »Wo bekomme ich hier einen Ring her?«

»Nirgendwoher. Noch nicht einmal Lady Matheson dürfte einfach so einen erübrigen können. Aber wende dich doch an den Dorfschmied. Wenn du etwas Silber auftreiben kannst …«

»Gold. Der Ring muss aus Gold sein.«

»Du bist verrückt.«

»Wo ich herkomme …«

»Wo du herkommst, da sind die Straßen wohl mit Gold gepflastert, was?«

»Was ist denn mit meinen Münzen? Ich besitze inzwischen mehrere Goldstücke. Aus einem davon könnte ich doch einen Ring anfertigen lassen.«

Sinanns Augen wurden groß. »Du willst eine ganze englische Guinee ausgeben? Und dazu käme ja auch noch der Arbeitslohn!«

»Es muss ja kein schwerer, protziger Ring werden. Der Schmied kann das restliche Gold als Bezahlung für seine Arbeit behalten.«

»Er wird dir einen Ring aus Eisen andrehen.«

Dylan gab das unwillige Schnauben von sich, das er kürzlich den anderen Männern abgelauscht hatte. »Das wird er nicht tun. Nicht, wenn ihm sein Leben lieb ist.«

»Also gut, du Narr, verschwende du nur dein Gold an sie. Aber ich kann dir jetzt schon sagen, dass die Sache ein böses Ende nehmen wird. Diese Frau ist nicht für dich bestimmt, du wirst schon sehen.«

»Wart's nur ab.« Dylan lächelte und streckte sich auf seiner Matratze aus.

Am nächsten Tag sprach er mit dem Dorfschmied. Tormod Matheson gehörte zu Iains Pächtern und führte als Teil seiner Pachtzahlungen Schmiedearbeiten in der Burg aus, wenn welche anfielen. Das kam allerdings relativ selten vor, da fast alles dort aus Holz, Stroh, Stein und Tierhäuten gefertigt war. So stellte Tormod hauptsächlich Waffen her; leider reichte sein Geschick dabei nur für grob geschmiedete Dolche und Schwerter aus.

Trotzdem händigte ihm Dylan eine seiner Guineen aus, wies Tormod an, daraus einen Ehering zu fertigen, und bot ihm das restliche Gold als Lohn für seine Arbeit an. Dann versicherte er dem Schmied noch, dass er ihm das Leben zur Hölle machen würde, falls er mit dem Ring nicht zufrieden sein sollte. Drei Tage später brachte Tormods jüngster Sohn den in ein Stück schmutziges Leinen gewickelten fertigen Ring in die Burg.

Dylan zog sich auf einen Abtritt zurück, um das kleine Päckchen in Ruhe zu öffnen, und hielt den schmalen Goldreif ins Licht. Er war schlicht gearbeitet, ohne überflüssige Verzierungen, ohne Gravur, und die Oberfläche war grob gehämmert, nichtsdestoweniger schien von dem schimmernden Gold eine gewisse Kraft auszugehen. Der Ring war das greifbare Symbol eines Versprechens, und Dylan wurde leicht ums Herz, als er ihn wieder in den Lappen wickelte und in seine Tasche gleiten ließ.

Später am Tag drückte ihm Cait in der Küche einen Eimer in die Hand und teilte ihm mit, dass sie zum Brunnen auf der anderen Seite des Burghofs gehen müsse. Auf dem Weg dorthin sprach sie kein Wort, und auch er trug eine undurchdringliche Miene zur Schau. Draußen beim Brunnen war es zwar kalt, aber wenigstens windgeschützt, und wenn sie beide miteinander allein waren, rann ihnen das Blut ohnehin heißer durch die Adern. Der Brunnen lag in einer Ecke des Burghofes, zwischen dem Westturm und den Unterkünften derjenigen Burgbewohner, die nicht zur Familie gehörten. Man erreichte ihn nur durch einen schmalen Gang; kein Fenster ging auf ihn hinaus, und demzufolge war dies der einzige Platz in der ganzen Burg, wo sie ungestört ein wenig Zeit miteinander verbringen konnten. Zu lange durften sie allerdings nicht ausbleiben, sonst würde ihre Abwesenheit Verdacht erregen.

Hinter dem Brunnen drehte Cait sich zu ihm um, öffnete seinen Mantel und schmiegte sich an ihn. Er küsste sie lange, und als er sie wieder freigab, flüsterte sie nahezu unhörbar auf Gälisch: »Liebst du mich?«

»Über alles«, erwiderte er leise. Er verstand nicht, wieso sie überhaupt fragen musste.

Sie trat einen Schritt zurück und sah ihm ernst in die Augen. »Wirst du mit meinem Vater sprechen?«

Er wollte ihr gerade versichern, dass er seine Liebe zu ihr am liebsten in die ganze Welt hinausposaunen würde, als er begriff, was sie mit ihrer Frage wirklich meinte. Sein

Herz begann schneller zu schlagen. Für sie und jede andere Frau dieser Zeit bedeutete das Wort ›Liebe‹ viel mehr als eine lose Beziehung. Wenn sie ihn liebte, würde die Frage, ob er ihre Liebe erwiderte, ihre Zukunft entscheidend beeinflussen. Ob zum Guten oder zum Schlechten, das hing in diesem Fall allein von ihm ab. Wenn er ihrem Vater gestand, was er für Cait empfand, hieß das, dass er zugleich um ihre Hand anhalten musste. Dieses Gespräch mit Iain wollte gut durchdacht sein, er würde danach keinen Rückzieher mehr machen können. Entschlossen sagte er: »Ja. Ich möchte dich heiraten.«

Ihr Gesicht rötete sich vor Freude. »Also willst du nicht mehr nach Amerika zurückgehen?«

Flüchtig stellte er sich vor, wie sie sich wohl in seinem Jahrhundert zurechtfinden würde. Fast hätte er dabei laut aufgelacht, bezwang sich aber und schüttelte stattdessen den Kopf. »Ich würde nie von dir verlangen, deine Familie hier zurückzulassen.«

Wieder küsste sie ihn, dann kuschelte sie sich zufrieden in seine Arme. Er drückte sie an sich und dachte an das, was vor ihm lag. Schon vor Monaten hatte er die Hoffnung aufgegeben, je wieder in seine eigene Zeit zurückkehren zu können, nun musste er auch aufhören, sich ständig nach seiner alten Heimat zurückzusehnen. Seine Zukunft lag hier, bei Cait, und sie schien ihm mit einem Mal verheißungsvoller als je zuvor in seinem Leben.

Cait schlüpfte unter seinem Mantel hervor, griff nach dem Eimer und füllte ihn mit Wasser. Dylan griff nach seinem *sporran*. »Cait, ich habe hier …«

»Wir müssen gehen, wir sind schon viel zu lange ausgeblieben.«

Sie hatte Recht. Wenn sie sich nicht bald wieder in der Küche einfanden, würde es Gerede geben. Sie konnten ja später noch miteinander reden, in der Nische, wenn in der Burg Stille herrschte.

In dieser Nacht führten sie ein langes Gespräch. Cait kauerte auf ihrem üblichen Platz auf dem Boden direkt hinter der Tür, er saß auf seiner Pritsche und hörte ihr zu. Sie meinte, ihr Vater würde Dylan vielleicht ein Stück von seinem Land verpachten, und wenn er das nicht von sich aus anböte, könne sie ihn sicherlich dazu überreden. Sie würden sich ein Haus bauen, Hafer und Roggen anbauen, Schafe und Rinder halten und viele, viele Kinder bekommen. Caits Augen leuchteten im Kerzenschein, während sie Zukunftspläne schmiedete. Er hielt den Ring in der Hand und rieb mit der Spitze seines Mittelfingers unaufhörlich darüber, während er darauf wartete, dass sie ihn auch einmal zu Wort kommen ließ. Schließlich musste auch sie einmal Luft holen, und er erhob sich. »Cait, komm bitte zu mir herüber.« Er hielt ihr seine Hand hin.

Sie zwinkerte verwirrt, stand dann aber auf und schlang sich die Decke enger um die Schultern. »Was ist?«

»Komm kurz zu mir und setz dich.« Sie gehorchte, reichte ihm ihre Hand und ließ sich auf der Bettkante nieder. Ein verwundertes Lächeln trat auf ihr Gesicht, als er vor ihr auf ein Knie sank und sagte: »Ich weiß nicht, wie man sich bei euch in einem solchen Fall verhält, aber bei uns gibt es gewisse Sitten … dort, wo ich herkomme, würden wir jetzt bei Kerzenschein an einem gedeckten Tisch sitzen, mit leiser Musik im Hintergrund und Rosen …« Er blickte sich um. »Na ja, Kerzenlicht haben wir ja wenigstens.« Sie sah ihn immer noch verwundert an, aber das leise Lächeln, das um ihre Mundwinkel spielte, verriet ihm, dass sie schon ahnte, worauf er hinauswollte. Er zuckte mit den Achseln und öffnete die Hand mit dem Ring. »Sag, dass du mich heiraten wirst.«

Sie lächelte. »Ich …« Doch als sie den Ring sah, verschlug es ihr die Sprache. Lange Zeit starrte sie ihn mit offenem Mund an, und Dylan hatte Mühe, sich das Lachen zu verbeißen. »Wo hast du den denn her?«

»Ich habe ihn eigens für dich anfertigen lassen. Wirst du ihn tragen?«

Cait steckte sich den Ring an den Finger. Er saß ein bisschen locker, aber so würde sie ihn noch bis ins hohe Alter tragen können, auch wenn ihre Hände dicker wurden. Wenn es nach ihm ginge, würde sie ihn nie wieder ablegen.

Er beugte sich vor, um ihre Handfläche zu küssen, dann presste er seine Wange dagegen. Sie strich ihm sanft über das Haar und das Gesicht. Die Berührung jagte ihm einen wohligen Schauer über den Rücken, und in diesem Moment wünschte er nur, für immer und ewig hier bei ihr bleiben zu können. Doch nach einiger Zeit beugte sie sich zu ihm hinunter und flüsterte ihm ins Ohr: »Bleib heute Nacht bei mir, Dylan. Komm zu mir in mein Bett.«

Dylan richtete sich auf. Nichts hätte er lieber getan, als mit ihr zu gehen, aber er wusste auch um die Gefahr, der er sich – und sie – damit aussetzen würde. So zwang er sich, abwehrend den Kopf zu schütteln. »Nein, das ist keine gute Idee. Viel zu riskant.« Sie hatten in der Tat schon zu viel Zeit allein miteinander an einem Ort verbracht, wo sie nur allzu leicht ertappt werden konnten. Sie erhob Einwände, aber er stand auf und zog sie mit sich. Nach einigen weiteren leidenschaftlichen Küssen, die ihm seinen Entschluss nicht gerade leichter machten, brachte er sie in ihre Kammer zurück. Sie fügte sich nur widerstrebend. Seufzend schloss er die Tür hinter ihr, kleidete sich aus und kroch allein in sein Bett.

Er war schon halb eingeschlafen, als er spürte, dass jemand in der Nähe war. Das nahezu unhörbare Geräusch nackter Füße auf dem Holzfußboden brachte ihn vollends zu sich, er packte den silbernen Dolch, der unter seinem Kopfkissen lag, und spähte in die Dunkelheit. Ein schwarzer Schatten näherte sich Caits Tür. Mit einem Satz sprang Dylan von seiner Pritsche und stieß den Eindringling mit dem Kopf gegen das harte Holz, dann packte er ihn am Hemd, zerrte ihn zu sich herum und setzte ihm die Spitze seines Dolches an die Kehle. Gerade als er zustechen wollte, erkannte er jedoch Artairs Stimme, die um Gnade winselte.

Im selben Moment hörte er hinter sich ein Geräusch. Dylan drückte Artair mit der linken Hand die Kehle zu und fuhr herum, um sich den zweiten Mann mit dem Dolch vom Leibe zu halten. Es war Coll. Beim Anblick der Klinge wich er erschrocken zurück.

»Was habt ihr zwei hier zu suchen?«, wollte Dylan wissen.

Keiner gab ihm Antwort. Dylan verstärkte seinen Griff um Artairs Hals, woraufhin dieser krächzte: »Lass mich doch los, du elender Hund!« und sich wild hin- und herwand.

»Was tut ihr hier? Raus mit der Sprache, oder ich steche zu!«

Coll knurrte: »Wir wollten uns nur mit eigenen Augen davon überzeugen, dass alles in Ordnung ist.«

Dylan drehte sich zu ihm um, konnte aber sein Gesicht im Dunkeln nur unscharf erkennen. »Was sollte denn nicht in Ordnung sein?«

»Wir wollten nur sichergehen, dass unser glattzüngiger Vetter aus den Kolonien nicht versucht, Vorteile aus seiner neuen Position zu ziehen.«

»Was soll denn das heißen?« Dylan lockerte seinen Griff ein wenig, er wollte Artair ja nicht umbringen.

»Na, was wohl?«, keuchte Artair, sobald er wieder Luft bekam. Er betastete seinen schmerzenden Hals, versuchte, Dylans Hand abzuschütteln, und knirschte wütend mit den Zähnen, als ihm das nicht gelang. »Sei froh, dass wir dich nicht bei einem Schäferstündchen mit ihr ertappt haben.«

Dylan blinzelte verwirrt, als er das altmodische Wort hörte, begriff aber dessen Bedeutung nur zu gut und stieß Artair erneut mit dem Kopf gegen die Wand. Caits jüngster Onkel stöhnte auf. »Nimm das sofort zurück«, verlangte Dylan. »Sie gehört nicht zu dieser Sorte Frau, das weißt du genau. Iain Mór würde dir den Hals umdrehen, wenn er wüsste, wie du von seiner Tochter sprichst.«

»Und du wirst natürlich sofort zu ihm rennen und ihm alles brühwarm erzählen«, grollte Artair.

»Nein, ich bringe dich lieber eigenhändig um, wenn ich eine solche Bemerkung noch einmal höre. Und jetzt raus hier.« Er riss Artair an seinem Hemd zurück und gab ihm einen Stoß, sodass er gegen Coll prallte. »Verschwindet, alle beide. Lasst Cait in Ruhe, oder ich muss mich ernsthaft fragen, welche Absichten ihr in Bezug auf eure Nichte hegt.«

Die beiden Männer trotteten mürrisch zu ihren Kammern zurück, aber Dylan wusste, dass er sich zwei unversöhnliche Feinde geschaffen hatte.

Er setzte sich auf seine Pritsche und dachte nach. Artair und Coll ahnten, dass etwas nicht stimmte, und es war nur noch eine Frage der Zeit, bis die Wahrheit ans Licht kommen würde. Tormod war gewarnt worden, kein Wort über den Ring zu verlieren, und hatte vermutlich ohnehin keine Ahnung, für wen das Schmuckstück bestimmt gewesen war, aber irgendjemand hatte hier eins und eins zusammengezählt. Artair und Coll hatten damit gerechnet, Dylan und Cait heute Abend in einer verfänglichen Situation vorzufinden. Und jetzt fragte Dylan sich, wie er die beiden von der einmal aufgenommenen Fährte wieder abbringen konnte. Wenn Iain zu früh und vor allem aus dem Mund der falschen Leute von der Verlobung erfuhr, könnte er Dylan durchaus die Erlaubnis verweigern, Cait zu heiraten. Er musste jetzt rasch handeln, musste in Erfahrung bringen, wie man es anstellte, Land zu kaufen und einen Hof zu bewirtschaften, schließlich wollte er ein Heim für sich und Cait schaffen.

Fortan ließ ihn der Gedanke an ein eigenes Gehöft nicht mehr los, und er nutzte jede Gelegenheit, um Malcolm darüber auszufragen. Dieser schien sich darüber zu amüsieren, dass der junge Mann aus den Kolonien so wenig über Ackerbau und Viehzucht wusste, gab aber bereitwillig Auskunft. Viele Abende verbrachten sie gemeinsam im Stall, wo sie auf wackeligen Schemeln hockten und die Köpfe zusammensteckten, während der Rest des Clans sich in der großen Halle versammelte.

Manchmal stellte auch Malcolm Dylan einige Fragen. »Sag mir, Dylan, gibt es in den Kolonien auch Viehraub im großen Stil?«

Dylan runzelte die Stirn, weil er nicht sofort begriff, was Malcolm meinte. Dann fiel ihm ein, dass es früher auch in Amerika eine Zeit lang gang und gäbe gewesen war, Rinder gleich herdenweise zu stehlen. »Manchmal«, sagte er. »Aber wenn die Diebe erwischt werden, hängt man sie auf.«

Malcolm lachte. »Aye, hier enden sie auch am Galgen, aber nur, wenn sie von Leuten geschnappt werden, die in Edinburgh über großen Einfluss verfügen. Alle anderen betrachten es als eine Art Sport. Wir stehlen Vieh von den MacDonells, die MacDonells stehlen von uns, die MacLeods wieder von den MacDonells und wir von den MacLeods. Am Ende stehen wir alle ungefähr gleich da. Das ist weniger mühsam als das Eintreiben von Steuern, und wir können die Bedürftigen leichter mit Nahrung versorgen.«

»Ihr betrachtet das als eine Art Sozialfürsorge«, sagte Dylan auf Englisch, wohl wissend, dass Malcolm den Begriff nicht verstehen konnte.

Dieser dachte einen Augenblick lang darüber nach, dann nickte er. »Aye. Gut ausgedrückt.«

»Aber ihr könnt bei euren Raubzügen getötet werden.«

»Du kannst auch beim Graben eines Brunnens ums Leben kommen, aber das hält die Leute nicht davon ab, welche zu graben. Viehraub ist ein alter Brauch, es gibt dabei strenge Regeln, die jeder kennt und befolgt. Du nimmst nur Vieh mit, sonst nichts, denn alles andere wäre Diebstahl. Wirst du mit der gestohlenen Herde erwischt, musst du Schadensersatz leisten. Widerspruch ist in diesem Fall zwecklos. Wird die fremde Herde auf deinen Weiden entdeckt und du kannst nicht nachweisen, von wo du sie hergetrieben hast, ist gleichfalls eine Wiedergutmachung fällig. Und du darfst nie mehr nehmen, als der Eigentümer verschmerzen kann.«

»Das würde dem Sinn und Zweck dieser Sitte widersprechen.«

Ein breites Grinsen trat auf Malcolms Gesicht. »Für einen Burschen aus den Kolonien bist du gar nicht so dumm.«

Dylan lachte, holte tief Atem und sog den staubigen Geruch nach altem Stroh und Pferdemist ein. Kaum zu glauben, dass er, der ein Diplom der Vanderbilt University sein Eigen nannte, hier in diesem Stall saß und über Viehdiebstahl fachsimpelte, als wäre es ein Kavaliersdelikt. Allmählich kam er zu dem Schluss, dass er vielleicht lieber Geschichte als Hauptfach hätte wählen sollen, oder Zoologie, denn er verstand überhaupt nichts von Tieren, er hatte ja in seinem Leben noch nicht einmal einen Hund besessen.

Zweifelnd blickte er auf den zu seinen Füßen dösenden Sigurd hinab. Nun ja, zumindest bis jetzt nicht.

Dann wandte er sich wieder an Malcolm. »Wieso hast du eigentlich nie geheiratet, Malcolm?« Als ein Schatten über das Gesicht des älteren Mannes huschte, verbesserte er sich rasch: »Du warst einmal verheiratet, nicht wahr?«

Malcolm seufzte. »Aye, mit einem Mädchen aus dem Frazer-Clan, mit feurigen Augen und einem Körper, in dem ein Mann sich verlieren konnte.«

Dylan unterdrückte ein Grinsen. »Und hast du das getan?«

Nun musste auch Malcolm lächeln. »O ja, in der Tat, und es gab Zeiten, da dachte ich, ich würde nie mehr zurückfinden.« Als Dylan in schallendes Gelächter ausbrach, fuhr Malcolm mit weicher Stimme fort: »Sie gebar mir viele Kinder, aber nur drei überlebten das erste Jahr.«

Dylan wurde das Herz schwer, als ihm klar wurde, dass keines dieser drei Kinder mehr am Leben war. Er nahm an, Malcolm werde das traurige Thema nicht weiter verfolgen, aber in dessen Augen war ein träumerischer Ausdruck getreten, und er sprach langsam weiter, wobei er seine Worte so vorsichtig wählte, als müsse er sich den Weg durch ein Minenfeld bahnen.

»Meine Tochter war ein lebhaftes, fröhliches Mädchen, ein richtiges Plappermäulchen, dessen Mund nie stillstand. Sie war vier Jahre alt, als sie von einem Pferd gegen den Kopf getreten wurde. Es war ein Unfall, ein unglücklicher Zufall, dass das Tier gerade ausschlug, als sie hinter ihm stand.

Der Kummer über den Tod unserer Tochter brachte meine Frau fast um. Sie war danach nie wieder so wie früher, und als im darauf folgenden Jahr eine Typhusepidemie ausbrach, erlag auch sie dieser Krankheit. Ich hatte meine beiden Söhne rechtzeitig in die Burg geschickt, um sie vor der Ansteckung zu bewahren, und nachdem ich ihre Mutter begraben hatte, verpachtete ich mein Land und kam ebenfalls hierher.

Als mein jüngerer Sohn alt genug war, schickte ich ihn auf die Weiden, um das Vieh zu hüten, und dort wurde er eines Nachts von MacDonells, die unsere Rinder stehlen wollten, im Schlaf ermordet.« Malcolms Stimme schwankte, aber er erzählte die Geschichte zu Ende. »Und vor einigen Jahren starb mein ältester Sohn bei einem Überfall auf die Dragoner unten im Tal.«

Aus einem Impuls heraus fragte Dylan: »Bei demselben Überfall, bei dem auch Iains Vater ums Leben kam?«

Malcolm nickte, blickte zu Boden und schwieg lange, dann sah er Dylan an. »Donnchadh war sowohl mein Onkel als auch mein Laird, und sein Tod hat mich schwer getroffen. Aber glaub mir, es gibt nichts Schlimmeres auf der Welt, als den blutüberströmten Leichnam deines Kindes in den Armen zu halten. Ich habe es dreimal durchgemacht, und mein einziger Trost ist, dass mir dies nicht noch einmal widerfahren kann.«

Es dauerte eine Weile, bis Dylan seine Stimme wiederfand. Schließlich fragte er: »Du hast also nie wieder geheiratet?«

Malcolm schüttelte den Kopf. »Ich hätte keine andere Frau mehr lieben können. Manche Männer sind so geschaffen, in ihrem Herzen gibt es nur Platz für eine einzige Frau.« Mit schief gelegtem Kopf blickte er Dylan forschend an. »Aber ich glaube, das weißt du selbst.«

Dylan zögerte mit der Antwort. Er war sich nicht sicher, wie viel Malcolm wusste oder vermutete. Doch dann nickte er. »O ja, das weiß ich.«

Nun, da Cait seinen Ring angenommen hatte, gab Sinann ihre Versuche auf, ihm die Heirat ausreden zu wollen. Stattdessen gab sie ihm Ratschläge, was er hinsichtlich eines eigenen Stück Landes unternehmen sollte. Sie sprachen jetzt ausschließlich Gälisch miteinander, da Dylan seine Sprachkenntnisse möglichst schnell verbessern wollte.

»Also hast du deine unsinnige Idee, unbedingt wieder nach Hause zu wollen, endlich aufgegeben?« Die Fee hockte auf dem Kopfteil seiner Pritsche. Dylan ließ sich rücklings auf die Strohmatratze fallen, legte die Füße auf sein Kopfkissen und verschränkte die Hände hinter dem Kopf. Es wurde gerade erst hell, Cait schlief noch, und er hatte beschlossen, auf sein morgendliches Training zu verzichten, um Sinann einige Fragen zu stellen.

Er steckte sich einen Weidenzweig in den Mund und warf ihr einen bitterbösen Blick zu. »Ich werde dir nie verzeihen, dass du mich hierher verschleppt hast. Ich gehöre nicht in diese Zeit und werde mich hier nie wohl fühlen. Aber ich liebe Cait, das ist das Einzige, was mich mit meinem Schicksal versöhnt. Ich werde versuchen, mit ihr glücklich zu werden.«

»Das heißt, dass du sie in Sicherheit wissen willst?«

»Natürlich.«

»Dann wirst du doch bestimmt alles tun, um die *Sassunaich* loszuwerden?«

Dylan schnaubte gereizt und beförderte den Zweig mit der Zunge in den anderen Mundwinkel. »Du weißt, dass ich das nicht kann. Königin Anne wird in wenigen Monaten sterben, und dann sind die Jakobiten Freiwild.«

»Freiwild?«

Dylan nahm den Zweig aus dem Mund und betrachtete ihn. »Nun, äh … man wird verstärkt Jagd auf sie machen.« Er schob sich den Zweig wieder zwischen die Zähne.

»Ach so.«

Dylan fuhr fort: »Und deshalb muss ich Cait aus dem Haus ihres Vaters fortbringen, es ist dort zu gefährlich für sie.«

Sinann sprang erregt auf. Sie sah aus, als wolle sie ihm gleich die Augen auskratzen. »Du weißt also, was mit Iain Mór geschehen wird?«

Er schüttelte den Kopf. »Iains genaues Schicksal kenne ich nicht. Aber er ist ein Jakobit, und die Krone und der Staatsrat verdächtigen ihn bereits. Bis zum dauerhaften Frieden zwischen England und Schottland dauert es noch dreißig Jahre. Außerdem möchte ich kein Land von ihm pachten, sondern welches kaufen. Wenn ich am Leben bleiben will, darf ich keinerlei Verbindung zu irgendwelchen Jakobiten haben. Das ist der einzige Weg, Cait zu retten.«

»Feigling.«

»Nein, Realist.«

Sinann setzte sich wieder. »Du musst gegen die Engländer in den Krieg ziehen, wie der große Cuchulain, der gegen Menschen und Monster gekämpft hat und den sein Volk als Helden verehrte.«

»Cuchulain ist ein Mythos.«

»So wie ich?«

Seufzend beförderte Dylan den Zweig wieder in seinen Mundwinkel. »Wo du Recht hast, hast du Recht, Tink.«

»Du glaubst, du weißt alles, was es zu wissen gibt, nicht wahr, mein Freund? Du glaubst, deine Bibel liefert dir alle Antworten. Willst du deshalb nichts von der Magie wissen?«

Dylan schwieg einen Moment und unterdrückte seinen aufkeimenden Ärger. Dann fragte er: »Warum bist du eigentlich so wild entschlossen, mir diesen Kram beizubringen?«

»Weil du die Magie gegen die Engländer einsetzen kannst. Und gegen Bedford. Nur so kannst du sie besiegen.«

»Wieso bist du denn so sicher, dass ich überhaupt fähig bin, etwas darüber zu lernen? Ich habe nämlich keine magischen Kräfte, falls du das noch nicht gemerkt haben solltest.«

»O doch, die hast du, du weißt es nur nicht. In allen Dingen stecken gewisse Kräfte, in jedem Stein, jeder Pflanze, jedem Tier. Und in jedem Menschen.« Ihr Tonfall ließ ihn aufhorchen. Sie war weder sarkastisch noch verärgert, und das machte ihn stutzig, weil es so selten vorkam. Sie dachte einen Augenblick nach, dann sagte sie: »Verrate mir eins, mein Freund – glaubst du an Wunder?«

Das war eine heikle Frage. Dylan nahm den Zweig aus dem Mund und betrachtete ihn nachdenklich, dann erwiderte er: »Das schon. Aber ich glaube nicht, dass man sie herbeiführen kann.«

»Und ich sage dir, man kann es. Ich weiß es, denn ich habe schon viele gesehen, die es geschafft haben, und das waren auch Christen und ganz gewöhnliche Sterbliche wie du.«

»Heilige.«

Sinann schüttelte den Kopf. »Keine Heiligen. Menschen, die ebenso reinen Herzens waren wie du.« Er warf ihr einen finsteren Blick zu, weil er vermutete, dass sie sich über ihn lustig machte, aber ihre Miene war ernst. »Die entscheidende Frage ist nur, ob du es versuchen willst. Du brauchst keine Angst zu haben, dein Jahwe würde nicht zulassen, dass dir etwas geschieht. Denkst du, er würde dir solche Gaben schenken und dann von dir erwarten, dass du sie nicht nutzt?«

»Ich habe auch die Macht zu morden und tue es nicht, weil es schlecht ist.«

»Du hast die Macht zu töten. Diese Macht kannst du zum Guten wie zum Bösen nutzen. Du hast einen Mann getötet, aber du bist deshalb nicht böse. Du hast deine Macht nur genutzt, um etwas Böses von dir abzuwenden.« Ihre Stimme wurde leiser. »Und um zu verhindern, dass deiner geliebten Cait ein noch viel größeres Unheil zustößt. Dasselbe gilt für jedes Geschöpf auf Erden, das über gewisse Kräfte verfügt, auch für mich. Das Böse besteht nicht darin, seine Macht zu nutzen, sondern darin, sie zum *Bösen* zu nutzen. Und es gibt viele, die behaupten, das Wissen um diesen Unterschied mache einen Menschen erst menschlich.«

Dylan starrte Sinann an, ohne ihr eine Antwort zu geben. Er wollte ihr gerne glauben, ihre Worte ergaben durchaus einen Sinn, aber er wusste immer noch nicht, was er tun sollte.

Schließlich sagte sie: »Hör mir zu, mein Freund. Wir alle sind Bestandteile dieser Welt; jeder Mensch, jedes Tier, jede Pflanze. Du hast einmal gesagt, du wolltest nichts von den *Sidhe* hören, aber ich kann dir sagen, wo du über sie lesen kannst. Hol dir Malcolms Bibel und schlag das erste Buch Mose, Kapitel sechs, Vers vier auf.«

Dylan öffnete schon den Mund, um ihr zu sagen, sie solle sich davonscheren, doch ehe er ein Wort herausbrachte, schnippte sie mit den Fingern und verschwand.

Am nächsten Morgen bat er Malcolm, einmal einen Blick in seine Bibel werfen zu dürfen, und erhielt zur Antwort, sie stünde im Nordturm auf dem Bücherregal. Dylan stieg die Stufen zu Malcolms Kammer hinauf und sah die Bücher durch, bis er auf eine abgenutzte alte Ausgabe des Lieblingsprojekts von Englands erstem Stuart-Herrscher stieß. Er schlug die Bibel an der betreffenden Stelle auf und las: *Zu der Zeit und auch später noch, als die Gottessöhne zu den Töchtern der Menschen eingingen und sie ihnen Kinder gebaren, wurden daraus die Riesen auf Erden. Das sind die Helden der Vorzeit, die hochberühmten.*

Dylan starrte den Text lange Zeit an, dann flüsterte er: »Ich werd' verrückt. Cuchulain und die *Sidhe.*«

Endlich hielt doch noch der Frühling Einzug in Ciorram. Der Schnee wurde im März zu kaltem Regen, im April dann zu etwas wärmerem Regen. Als Dylan eines Morgens durch das Loch des Abtritts spähte, sah er unten im Garten einen Mann, der die Erde umgrub und dann etwas vom Inhalt der Grube darauf verteilte. Trotz des feuchten Geruchs, der den Steinen entströmte, und dem beißenden Gestank des Düngers konnte er den Duft frisch umgegrabener Erde und neuen Wachstums wahrnehmen. Das Gras begann allmählich wieder zu grünen, und am Gartenzaun blühten die ersten weißen Rosen.

Überall in der Burg wurden Tore und Fensterläden aufgerissen, um frische Luft hereinzulassen. Das Vieh wurde aus den Ställen geholt. Die Tiere waren bis auf die Knochen abgemagert und konnten sich teilweise kaum noch auf den Beinen halten. Dylan half einigen Männern, sie fast mit Gewalt ins Freie zu stoßen und zu zerren, damit sie sich an dem frischen grünen Gras gütlich tun konnten; später dann sollten sie von einigen jungen Männern auf die höher gelegenen Weiden getrieben werden. Anfang des Monats kam sogar einen ganzen Tag lang die Sonne heraus und erweckte in Dylan vage Erinnerungen an Zeiten, da er noch nicht ständig vor Kälte geschlottert hatte. An diesem Tag wurde in der Burg kein Handschlag getan. Jedermann schien eine Entschuldigung vorbringen zu können, warum er dringend zu einem Haus im Dorf oder hinunter zum See gehen musste.

Auch Dylan stahl sich davon. Cait war zusammen mit anderen Frauen mit Weben beschäftigt, einer Arbeit, die, wie er wusste, den ganzen Tag in Anspruch nahm und bei der seine Anwesenheit weder erwünscht noch vonnöten war. Also nahm er ein frisch gewaschenes Hemd, einen sauberen Kilt und ein Stück Seife und wanderte zum Fluss hinter der Turmruine im benachbarten Tal hinüber. Dort kleidete er sich aus und tauchte zum ersten Mal seit sechs Monaten vollständig unter Wasser, dann seifte er sich von Kopf bis Fuß ein und schrubbte sich gründlich ab. Er genoss das Bad, obwohl das Wasser eiskalt war, setzte sich auf einen glatten Granitbrocken und ließ sich eine Weile vom Fluss umspülen.

Ein Lied, das er kürzlich gehört hatte, ging ihm nicht mehr aus dem Kopf, und er summte beim Waschen leise vor sich hin, bekam aber den gälischen Text nicht ganz zusammen. Irgendwas über Glasgow, das in Flammen stand, oder Aberdeen … so was in der Art jedenfalls. Es war himmlisch, sich endlich wieder ganz sauber zu fühlen, vor allem an den Stellen, die man nur schwer erreichen konnte, wenn man sich mit einem Eimer behelfen musste. Er beugte sich zurück, hielt den Kopf ins Wasser und seifte dann sein Haar ein.

Danach kam der Bart an die Reihe, der inzwischen eine beachtliche Länge erreicht hatte, sich aber in Farbe und Beschaffenheit von denen der anderen Mathesons unterschied. Dylans Bart war nicht dick und buschig, sondern schmiegte sich glatt und weich um sein Gesicht. Nachdem er ihn gesäubert hatte, nahm er seinen Dolch und stutzte seinen Schnurrbart, damit ihm die Haare beim Essen nicht mehr in den Mund hingen; dann spülte er sich den Mund und spie aus.

Nachdem er seine Wäsche beendet hatte, betrat er das Innere der Ruine und streckte sich dort nackt, wie er war, auf dem weichen Gras aus, um sich von der Sonne trocknen zu lassen. Das Erdreich roch frisch und würzig und strahlte eine angenehme Wärme aus. Müßig döste Dylan vor sich hin und fragte sich, ob das Leben in irgendeinem anderen Jahrhundert besser sein konnte als dies hier.

Sinanns Stimme riss ihn aus seinen Gedanken. »Was haben wir denn hier? Einen Sonnenanbeter. Bereitest du dich schon auf Beltane vor?«

Dylan rührte sich nicht, sondern brummte nur: »Stichel du nur, so viel du willst, Tink. Das kann mich heute gar nicht kratzen.«

Sie schnalzte unwillig mit der Zunge. »So macht es überhaupt keinen Spaß, dich zu ärgern.«

Dylan kicherte. »Wie traurig.« Er räkelte sich wie eine Katze und rollte sich dann auf die Seite, um weiterzuschlafen.

Doch Sinann gab keine Ruhe. »Hast du über mein Angebot nachgedacht? Willst du nicht doch die magischen Künste erlernen?«

Dylan rollte sich wieder auf den Rücken und setzte sich auf. Die Sonne hatte ihn benommen gemacht, und er brauchte einen Moment, um wieder zu sich zu kommen. Was auch immer man ihn zu glauben gelehrt hatte – Sinanns Existenz konnte er nicht leugnen. Zwar war er sicher, einige Antworten zu kennen, aber ganz bestimmt nicht alle, also sollte er sich vielleicht lieber doch nicht weigern, von Sinann zu lernen, sondern erst einmal herausfinden, was sie ihm beibringen konnte. Endlich sagte er: »Und du glaubst, es nutzt etwas, wenn ich auf deinen Vorschlag eingehe?«

»Aye, da bin ich ganz sicher.«

»Ich habe aber nicht vor, die *Sidhe* anzubeten.«

Die Fee schnaubte. »Das verlangt ja auch niemand von dir. Tu, was du für richtig hältst. Lern von mir, aber bete mich nicht an. Das überlasse ich anderen, die es nötiger haben.«

Seufzend gab Dylan sich geschlagen. »Also gut. Lass uns anfangen.«

Sinann sprang auf, begann zu kichern und führte einen kleinen Freudentanz auf, der Dylan verdächtig an einen Jig erinnerte. Er langte nach seinen Kleidern, doch sie wehrte ab. »Die brauchst du nicht. Du wolltest doch die Sonne auf deiner Haut spüren, also lass dich nicht davon abhalten.«

Er blickte zu seinem Kilt und dem Hemd und zuckte ergeben mit den Achseln. »Okay, Tink, dann weih mich mal in die Geheimnisse der *Sidhe* ein.«

»Zuerst benötigen wir ein Feuer.« Dylan stöhnte, doch sie befahl: »Hol den abgestorbenen Ast dort her und brich ihn in Stücke. Es muss kein großes Feuer sein.« Dylan gehorchte, schichtete die Aststücke in der steinernen Feuerstelle auf, und Sinann entzündete sie mit einem Fingerschnippen. Dylan hoffte, dass der Rauch nicht die Aufmerksamkeit der Soldaten unten in den Barracken erregte, war aber beruhigt, als er sah, dass der Wind die feinen Schwaden über die Mauern hinwegwehte. Außerdem lagen die Barracken entgegengesetzt zur Windrichtung, daher würden die Engländer das Feuer auch nicht riechen können.

»Gut, Novize, nun knie vor der Flamme nieder.«

Dylan tat, wie ihm geheißen, hockte sich auf die Fersen und holte tief Atem. Er begann, ein merkwürdiges Wohlbehagen zu empfinden. Sinann sagte: »Dieser Turm ist ein magischer Ort, musst du wissen. Ein großer Held starb hier. Sein Name war Fearghas MacMhathain. An einem schwarzen Tag, als die anderen Männer des Clans das Vieh auf die Weiden trieben, kämpfte er allein, nur mit einem Schwert in der Hand gegen hundert Angreifer aus Killilan unten im Tal. Ganz allein, ohne jede Hilfe, hielt er den Feind zurück.«

»Er ganz allein?«

Sinanns Augen wurden schmal. »Zweifelst du etwa an meinen Worten? Die Angreifer waren Wikinger; große, raue Männer, die Glen Ciorram ausplündern, die Frauen schänden und die Kinder als Sklaven verschleppen wollten. Aber Fearghas trat ihnen mit seinem mächtigen Schwert entgegen, und die Feinde sanken dahin wie Schilf im Wind.

Doch während des Kampfes wurde er selbst verwundet, achtete aber nicht auf die Verletzung, obgleich sie ihm große Schmerzen bereitete. Als die Schlacht vorüber war und er zwischen den Leichen der besiegten Feinde stand, spürte er, dass das Leben in ihm erlosch. So schleppte er sich mit letzter Kraft zu diesem Turm, wo er zusammenbrach und starb. Sein Blut tränkte die Erde, genau dort, wo du jetzt kniest. Als die *Sidhe* dies sahen …«

»Mit anderen Worten: Als du das sahst.«

Sinann runzelte die Stirn. »Aye, ich und einige andere. Die *Sidhe* sahen dies und beklagten den Verlust dieses so schmählich niedergestreckten großen Kriegers laut. Als der Leichnam von dem trauernden Clan unter Wehgeschrei davongetragen wurde, blieb dieser Blutfleck erhalten. Bis zum heutigen Tag ist er hier zu sehen.«

Dylan sprang mit einem Satz hoch. »Wie bitte?« Er untersuchte das Gras, in dem er soeben gekniet hatte. »Blut?« Vorsichtig berührte er mit dem Zeh den Abdruck seiner Knie.

»Schau genauer hin.«

Wieder kniete er nieder und teilte mit den Fingern das Gras. Die Spitzen der Halme leuchteten sattgrün, doch darunter zeigten sich dunkelbraune Streifen, die sich an den Wurzeln leuchtend rot verfärbten; die Erde darunter war gleichfalls rot. Dylan bohrte einen Finger hinein, holte einen kleinen Klumpen heraus und zerrieb ihn zwischen den Fingerspitzen. Die Krumen schimmerten so rot wie frisch vergossenes Blut. In Tennessee und Georgia hatte Dylan schon oft rote Tonerde gesehen, und dies war ganz eindeutig keine. Dies war mit Blut getränktes Erdreich.

Sinann fuhr mit ihrer Geschichte fort: »Seit diesem Tag ist der Turm nie wieder angegriffen worden.«

»Die Engländer waren nie hier?«

»Ich sagte, der Turm ist nie wieder angegriffen worden, nicht wahr?« Dylan konnte nicht umhin, ihr in diesem Punkt Recht zu geben. »Viele Jahrhunderte lang war dies ein heiliger Ort, bis die Priester kamen und die Menschen in ihre Kirchen lockten. Aber noch immer strahlt dieser Turm eine gewisse Macht aus, und ein Mann, der weiß, was er tut, kann sich diese Macht zu Nutze machen. Unter deinen Füßen befindet sich das Blut deiner Vorfahren, *a Dhilein,* und die Erde, von der du stammst. Es ist dein Erbe, auch wenn du nicht hier geboren bist.«

Dylan streifte sich die Erdkrumen von den Fingern und ließ sie zu Boden fallen. Ehrfurcht schwang in seiner Stimme mit, als er fragte: »Okay, wo fangen wir an?«

»Hol deinen silbernen Dolch. Wir beginnen damit, dass wir ihn weihen. Lege Klinge und Heft auf deine Hände und strecke sie vor.« Dylan gehorchte. »Und nun halte ihn in den Rauch des Feuers. Dabei stellst du dir vor, wie alles Unreine von diesem Rauch davongetragen wird. Die negative Energie all derer, die diese Waffe vor dir benutzt haben, löst sich in Luft auf.« Dylan schloss die Augen und konzentrierte sich. Er hatte sich intensiv genug mit östlichen Kampftechniken beschäftigt, um so einiges über negative Energie zu wissen, und es fiel ihm nicht schwer, sich vorzustellen, wie sein Dolch von allem Bösen gereinigt wurde. Und davon schien es eine Menge zu geben.

Schließlich sagte Sinann: »Nun nimm ihn in die rechte Hand und halte ihn hoch. Du bist doch Rechtshänder, oder?« Dylan nickte und hielt den Dolch in die Höhe. Sinann fuhr fort: »Lass die Sonne darauf scheinen. Spüre, wie ihre Strahlen dich durchdringen. Koste die Kraft aus, die die Sonne dir schenkt. Deswegen trifft es sich auch gut, dass du deine Kleider abgelegt hast.« Dylan holte tief Atem. Er meinte tatsächlich, die Sonne nicht nur auf seiner Haut, sondern auch in seinem Inneren zu fühlen. Der Dolch schimmerte im hellen Licht.

»Und jetzt«, wies ihn die Fee an, »hältst du ihn mit beiden Händen von dir weg, zwischen deinen Körper und die Sonne. Wenn du, ohne hinzuschauen, den Umriss des Dolches im Licht der Sonne vor Augen hast, dann spürst du, wie die Kraft der Sonne durch ihn zu dir und wieder zurück zur Sonne fließt.« Dylans Atem ging schwer. Seine Haut prickelte, er vibrierte geradezu vor Energie. Ihm war nach Lachen zu Mute, aber er bezwang sich und schnappte stattdessen nach Luft.

»Jetzt richte die Spitze des Dolches auf die Erde und blase kräftig auf den Griff. Drei Mal musst du dies tun, dann hältst du ihn in die Höhe und sagst laut: ›*A null e; a nall e; slainte.*‹« Dylan sprach die Worte nach. »Dies ist mein Dolch, meine Seele und meine Kraft. Möge er mir dienlich sein, und möge ihm die Kraft der Sonne verliehen werden. Ich taufe diesen Dolch …«

»Ich taufe diesen Dolch …« Verwirrt sah er zu der Fee auf. »Bitte? Ich soll ihm einen Namen geben?«

»Aye.«

Dylans Gedanken überschlugen sich. Noch nie zuvor hatte er einen leblosen Gegenstand mit einem Namen bedacht. Und aus irgendeinem unerfindlichen Grund fiel ihm nur der Name einer christlichen Heiligen ein, der aus dem keltischen Heidentum entlehnt war. »Brigid. Ich taufe diesen Dolch auf den Namen Brigid.«

Sinann lächelte. »Eine gute Wahl, mein Freund.« Sie deutete auf den Dolch. »Nun musst du ihn sieben Nächte lang unter dein Kopfkissen legen.«

»Das tue ich schon, seit ich ihn besitze.«

»Ausgezeichnet. Trage ihn immer bei dir. Lass ihn nie in andere Hände gelangen.«

Dylan hob Brigid, den Dolch, hoch und sah zu, wie sich das Sonnenlicht in ihm … ihr fing.

## 10.

Der April brachte wechselhaftes Wetter mit sich, und aufgrund eines plötzlichen Kälteeinbruchs hatte es gerade leicht zu schneien begonnen, als Dylan, der an der Tür zu den Viehpferchen stand, um frische Luft zu schnappen, eine Gruppe fremder Männer durch das Tor kommen und den Burghof überqueren sah. Robin Innis wies ihnen den Weg. Die Fremden waren ganz offensichtlich keine Mathesons, zumindest keine engen Verwandten des hiesigen Clans. Es waren hagere, schmutzige Männer, die aussahen, als hätten sie einen langen Weg hinter sich, und die so gelassen über den Hof schritten, als wären sie hier zu Hause.

Dylan lehnte sich gegen einen der Pfosten, die das Strohdach der Ställe trugen, und verschränkte die Arme vor der Brust. Seiner Meinung nach hätten die Männer Cowboyhüte, ausgeblichene Jeans, Lederstiefel und riesige Gürtelschnallen tragen müssen. Einer kaute auf einem Weidenzweig herum, an dessen Ende noch die Blätter hingen. Robin führte sie durch das Haupttor in die große Halle. Dylan wollte gerade zur Küche zurückgehen, wo Cait die Vorbereitungen für das Abendessen überwachte, als er vom Burghof her einen Pfiff hörte. Er drehte sich um und sah, dass Malcolm ihm zuwinkte.

Dylan zögerte und blickte sich nach der Küche um. Obwohl ihre Mutter inzwischen aus Killilan zurückgekehrt war und die Führung des Haushaltes wieder übernommen hatte, blieb für Cait noch genug zu tun. Im Moment war sie damit beschäftigt, Teig zu kneten; der scharfe Geruch nach heißem Fett und gekochtem Gemüse erfüllte die Luft. Dylan sah zu Malcolm hinüber, der ihm erneut zuwinkte. Diesmal kam Dylan der Aufforderung nach. Er schloss die Küchentür hinter sich, sprang über die niedrigen Gatter der Pferche, schlenderte über den Burghof und folgte Malcolm in die große Halle, wo die Besucher Platz genommen hatten und mit Ale bewirtet worden waren. Ehe er sich zu ihnen gesellte, schüttelte er sich Schnee aus dem Haar.

Iain kam durch die Turmtür herein und begrüßte die Männer mit Kopfnicken und herzlichem Händedrücken. Alle schienen einander zu kennen. Malcolm stellte Dylan vor und sagte auf Iains Stirnrunzeln hin: »Er wird uns begleiten.«

»Und was ist mit meiner Tochter?«

»Sie ist in der Burg sicher, und unser verlorener Sohn hier wird uns am Ende gar dick und träge, wenn wir ihn noch lange müßig auf seinem Hintern sitzen lassen.« Unterdrücktes Gekicher wurde laut, und selbst Dylan musste grinsen. Sein neuer Job brachte ihm einiges ein, und er genoss jede Minute mit Cait, aber er fand es unerträglich langweilig, den ganzen Tag untätig herumzustehen, wenn sie beschäftigt war.

Iain grunzte nur und wandte seine Aufmerksamkeit wieder den Besuchern zu, die, wie sich herausstellte, MacLeods aus dem Süden von Glen Ciorram waren. Sie waren zu zehnt; ihr Anführer, ein hoch gewachsener, wortkarger Mann, wurde Donnchadh an Sealgair genannt, Duncan der Jäger. Alle MacLeods waren auffallend blass und hatten grüne oder braune Augen. Ihre Plaids wiesen die verschiedensten Farben, hauptsächlich jedoch ein leuchtendes Grün auf. Dylan, der inzwischen mehrere Monate in diesem Jahrhundert verbracht hatte, wusste, dass die Farben eines Tartans weniger mit der Clanzugehörigkeit des Trägers als viel mehr mit dem Geschmack der Frau, die ihn gewebt hatte, zusammenhing. Ähnliche Muster bedeuteten demnach wenig mehr als ähnliche Farbvorlieben der Weberinnen.

Malcolm und Dylan setzten sich zu der Gruppe; eine Zeit lang kam es Dylan so vor, als wäre er nur dazugebeten worden, um den neuesten Klatsch zu hören, doch er ahnte, dass es einen triftigen Grund für seine Anwesenheit geben musste. Also lauschte er geduldig den Neuigkeiten über

MacLeods, die Matheson-Mädchen geheiratet hatten, und über MacLeod-Frauen, die jetzt in Ciorram lebten. Die Besucher bekamen eine reichhaltige Mahlzeit vorgesetzt, danach diskutierte man über die augenblicklich herrschende Königin und über politische Fragen. Außerdem erfuhren die Mathesons von neuen Verhaftungen durch die Engländer, von erfolgreichen und weniger erfolgreichen Viehdieben und von weiteren Übergriffen der *Sassunaich* auf schottisches Eigentum.

Das Abendessen war schon lange vorüber, als endlich der wahre Grund für den Besuch der MacLeods zur Sprache kam. Sie und die Mathesons planten für den nächsten morgen einen *creach,* wie es schien. Dylan spitzte die Ohren, wusste er doch, dass er sich geehrt fühlen konnte, an diesem Unternehmen beteiligt zu werden. In bester alter Highlandtradition sollten einige Rinder des benachbarten Clans davongetrieben werden. Der Raubzug war dringend nötig, denn die Mathesons hatten in diesem Winter viele Tiere verloren. Iain erklärte: »Artair und Coll haben herausgefunden, dass die Weiden der MacDonells ein bisschen überfüllt sind. Sie werden uns sehr dankbar sein, wenn wir ihnen ein paar Tiere abnehmen.«

»Aber was fangen wir mit einer Herde knochiger, abgemagerter Kühe an?«, warf Dylan ein.

Malcolm grinste. »Wir treiben sie in das kleine Tal hinter dem See und lassen sie dort weiden, bis sie fett geworden sind, dann bringen wir sie nach Süden, nach Glenfinnan«, er nickte Donnchadh MacLeod zu, »und tauschen sie gegen die *spréidhe* ein, die die MacGregors von den Trossachs hochgebracht haben. Wir wollen ja nicht, dass die MacDonells ihre lieben Tierchen wieder erkennen, falls sie zufällig einmal vorbeikommen.«

Dylan verzog spöttisch die Lippen. »Eine Art Kuhwäsche, eh?«

Malcolm und die anderen brachen in schallendes Gelächter aus. »Du legst manchmal eine merkwürdige Wortwahl an den Tag!« Der ältere Mann schlug Dylan anerkennend auf den Rücken und wandte sich dann wieder den

MacLeods zu. Bis spät in die Nacht hinein saßen die Männer beisammen und besprachen alle Einzelheiten des geplanten Raubzuges.

Den nächsten Tag verschliefen sie zum größten Teil, und in der folgenden Nacht brachen die ausgewählten Viehdiebe, mit Schwertern und Dolchen bewaffnet, Richtung Nordosten auf. Dylan, Malcolm, Artair, Coll, Robin Innis, Marc Hewitt und vier weitere Mathesons wanderten schweigend neben den zehn MacLeods her. Dylans Sigurd und Iains weißer Collie Dileas begleiteten sie. Sie überquerten felsige Abhänge und schlugen Bogen um einige kleine Torfmoore; Malcolm hatte die Führung übernommen. Dylan passte genau auf, wo er hintrat, denn der Mond spendete nur schwaches Licht, und er war der Einzige, der die Gegend überhaupt nicht kannte. Vielleicht hing eines Tages sein Leben davon ab, dass er sich hier zurechtfand.

Ein Lagerfeuer hätte sie verraten, also aßen sie nur kalten Haferbrei. Je näher sie dem Gebiet der MacDonells kamen, desto vorsichtiger wurden sie. Es regnete ohne Unterlass, und Dylan fror des Nachts in seinen nassen Sachen jämmerlich. Am Tag wickelten sie sich in ihre Plaids und schliefen auf dem Heidekraut, das die Feuchtigkeit des Bodens kaum milderte. Nach dem zweiten Tag kam Dylan zu der Erkenntnis, dass man überall und unter jeden Bedingungen schlafen konnte, wenn man nur erschöpft genug war.

Am dritten Abend lagerten sie zwischen einigen Bäumen und warteten darauf, dass die Sonne unterging, ehe sie sich der ungefähr hundertköpfigen MacDonell-Herde näherten, die ein Kundschafter auf einer abgelegenen Weide vor ihnen entdeckt hatte. Während der Wanderung war nur wenig gesprochen worden, und auch jetzt döste Dylan schweigend vor sich hin, den Rücken an einen von der Sonne aufgeheizten Felsen gelehnt. Siggy hatte den Kopf in seinen Schoß gelegt.

Robin Innis, der ganz in der Nähe saß, bemerkte mit gedämpfter Stimme: »Sigurd hat dich ja wirklich ins Herz geschlossen, wie ich sehe.«

Artair grunzte. »Alasdairs Hund und seine Frau hat er ja schon. Würde mich nicht wundern, wenn er noch vor Jahresende auch sein Land an sich gerissen hätte.«

Die MacLeods hoben die Köpfe. Der Wortwechsel und der drohende Unterton in Artairs Stimme erweckten ihr Interesse.

Dylans Hand schloss sich um Brigids Griff, und er fuhr Artair an: »Nimm das sofort zurück, sonst …«

Malcolm mischte sich ein. »Schluss jetzt, alle beide! Verhaltet euch ruhig, sonst haben wir bald den ganzen MacDonell-Clan auf dem Hals!«

Dylan und Artair gehorchten widerstrebend, obgleich Dylan dem unverschämten Bengel mit Wonne die Kehle aufgeschlitzt hätte.

Die Männer schliefen, bis der Mond hoch am Himmel stand, dann brachen sie auf, um sich die MacDonell-Herde anzueignen. Der schwierigste Teil ihrer Aufgabe bestand darin, das Vieh davonzutreiben, ohne dass die Hirten etwas merkten. Marc, der die Lage ausgekundschaftet hatte, hatte berichtet, dass die Herde nur von drei halbwüchsigen Jungen bewacht wurde. Sie schliefen in einer winzigen, zwischen zwei steinigen Hügeln gelegenen Hütte. Donnchadh, zwei weitere MacLeods und Marc wurden ausgesandt, um sie zu überwältigen und zu fesseln.

Jetzt war es unerlässlich, sich so still wie möglich zu verhalten, damit die Tiere nicht in Panik gerieten. Sollte eine Blutfehde vermieden werden, mussten die Jungen unverletzt bleiben. Die MacDonells allerdings würden sicherlich versuchen, die Diebe zu töten, falls der Raubzug scheiterte oder die Herde später entdeckt wurde. Wenn die Dorfbewohner Verdacht schöpften, würde Blut fließen, und was später auch geschehen mochte, ein Teil davon würde unweigerlich Matheson-Blut sein. Behutsam und geschickt trieben die Mathesons und MacLeods mit Hilfe ihrer gut ausgebildeten Hunde das Vieh vorwärts und in nördlicher Richtung von der Weide herunter.

Mehrere Stunden lang legten sie bewusst eine falsche Fährte. Der Weg war sorgfältig gewählt worden; es galt, die

Häuser der MacDonells zu umgehen und einen Rückzug auf das Gebiet der Frasers vorzutäuschen. Dann führte Malcolm sie in ein höher gelegenes, felsiges Gelände. Eine Stunde später beschrieben sie einen weiten Kreis, der sie wieder in Richtung Süden führte. Es genügte nicht, mit der Beute sicher nach Hause zu gelangen, sie mussten auch etwaige Verfolger abschütteln, ehe sie Iain Mórs Ländereien erreichten. Wurde die Fährte bis in Matheson-Gebiet verfolgt, aber keine entdeckt, die wieder hinausführte, dann hatte Iain Schadensersatz zu leisten, selbst wenn die gestohlene Herde nicht wieder gefunden und identifiziert wurde. Außerdem musste im Verlauf der nächsten Tage dafür Sorge getragen werden, dass die Tiere genug Futter bekamen, damit sie den Marsch durchhielten. Oberstes Ziel war jetzt, das Gebiet der MacDonells so schnell wie möglich zu verlassen.

Die Gruppe kam zwar langsamer voran als auf dem Hinweg, legte dafür aber erst in sicherer Entfernung von den MacDonells die erste Rast ein. Malcolm hatte diesmal eine andere Route gewählt; über felsigen Untergrund, auf dem sie keine Spuren hinterließen, und durch Sumpfgelände, das sich schmatzend wieder hinter ihnen schloss.

An einer besonders schmalen Stelle klopfte Donnchadh einigen seiner Männer auf die Schulter; daraufhin lösten sich fünf MacLeods aus der Gruppe, erklommen einen steinigen Hang und verschwanden im Dunkel. Dylan wandte sich an Malcolm. »Was haben sie vor?«

»Sie vergewissern sich, dass wir nicht verfolgt werden«, erwiderte dieser.

Dylan nickte und setzte seinen Weg fort, doch schon bald spürte er, wie sein Nacken zu kribbeln begann. Er kannte dieses Gefühl; es bedeutete, dass etwas nicht stimmte, daher drehte er sich zu Sinann um, die auf dem neben ihm dahintrabenden Kalb hockte, und flüsterte ihr zu: »Hey, Tink, was geht da hinten vor?«

Ihre Stimme klang ruhig und gleichmütig. »Ich habe nicht die geringste Ahnung.«

»Soll ich mal nachsehen?«

»Richte du dich nur immer nach dem, was dein Instinkt dir rät.«

Dylan tippte Robin auf die Schulter und bedeutete ihm, ihn zu begleiten. Sinann flatterte hinter ihnen her, als sie den MacLeods rasch folgten. Schon lange, ehe sie überhaupt etwas sahen, hörten sie Waffengeklirr und stürmten mit gezogenen Schwertern auf die Kampfstätte zu. Als sie dort ankamen, waren die MacDonells bereits in die Flucht geschlagen worden, nur einer, ein halbwüchsiger Junge, lag rücklings auf dem Boden, und ein MacLeod beugte sich mit gezücktem Dolch über ihn, hielt ihn mit einer Hand fest und holte mit der anderen zum tödlichen Stoß aus.

»Nein!« Mit einem Satz stürzte sich Dylan auf den Mann und schlug dessen Hand beiseite. Der junge MacDonell befreite sich aus dem Griff seines Gegners, rappelte sich hoch und rannte davon.

Der MacLeod wirbelte herum und starrte Dylan mit wutverzerrtem Gesicht an, dann hob er seinen Dolch und ging auf ihn los. Dylan sprang zurück und parierte reflexartig den gegen seine Magengegend gerichteten Stoß.

»Hey!« Katzenhaft schnell versetzte er dem Mann mit dem Ellbogen einen Hieb, der ihn zurücktaumeln ließ, und setzte ihm sofort die Spitze seines Schwertes auf die Brust. Die anderen vier MacLeods zogen gleichfalls ihre Schwerter, doch jetzt griff Robin ein und stellte sich Rücken an Rücken zu Dylan. Dieser fauchte wütend: »Was ist eigentlich in euch gefahren? Das war doch noch ein halbes Kind!«

»Aus diesem Kind wird später einmal ein erwachsener MacDonell, und außerdem geht dich das überhaupt nichts an«, schnaubte der ältere MacLeod.

»Ihr habt es also auf einen Kampf angelegt?«

»Auf eine Revanche, wolltest du wohl sagen.«

Sinann griff ein. »Letztes Jahr haben die MacDonells die MacLeods überfallen und drei Männer getötet. Ich würde sagen, die Blutfehde ist bereits in vollem Gange.«

Dylan zuckte mit den Achseln. »Ihr habt Recht, was ihr tut, geht mich nichts an. Aber Iain Mór hat verboten, dass jemand getötet wird. Wenn ihr Blutrache wollt, bitte, aber haltet uns da heraus. Ich dulde nicht, dass die MacDonells wegen eines Mordes, den ihr begangen habt, *Tigh a'Mhadhaig Bhàin* angreifen.«

Der MacLeod bedachte ihn mit einem finsteren Blick. »Ich habe auch nicht erwartet, dass ein Fremder wie du uns versteht.«

»Das ist nicht mein Problem. Ich weiß nur, dass mein Laird jegliches Blutvergießen untersagt hat. Hör mir gut zu, MacLeod. Ich werde nicht zulassen, dass in meiner Gegenwart jemand getötet wird. Wenn du dich an halbwüchsigen Jungen vergreifen willst, komm später zurück.«

MacLeod funkelte ihn böse an, schob dann aber seinen Dolch in die Scheide zurück; auch die anderen senkten ihre Waffen. Langsam, ohne einander aus den Augen zu lassen, kehrten die Männer zu der Herde zurück.

Kurz vor Tagesanbruch gelangte die Gruppe zu einem Fluss, der aufgrund der Regenfälle weit mehr Wasser führte als noch vor einigen Tagen. Malcolm, Dylan und Donnchadh traten ans Ufer, um die Lage abzuschätzen. Sie waren unschlüssig, ob sie nicht lieber eine Pause einlegen sollten, ehe sie den Fluss überquerten.

»Die Männer und die Tiere sind fast am Ende ihrer Kräfte«, gab Malcolm zu bedenken.

Donnchadh erwiderte: »Aber wenn wir hier rasten, müssen wir ständig mit einem Angriff der MacDonells rechnen, besonders jetzt, wo dieser Bursche aus den Kolonien den Jungen laufen gelassen hat.« Er musterte Dylan aus schmalen Augen, doch dieser ging nicht auf die Bemerkung ein.

Malcolm blickte in das braune, gurgelnde Wasser. Ein nur um einen Fuß gestiegener Wasserstand konnte schon zur Folge haben, dass man nicht mehr sicher durchwaten konnte, sondern ständig um Halt kämpfen musste. Die Männer waren erschöpft, das Vieh nicht minder. Dylan blickte sich nach der Herde um: Die Tiere ließen samt und sonders kraftlos die Köpfe hängen, alle benötigten dringend Schlaf. Aber er wusste, dass sie diesen Fluss zwischen sich und die MacDonells bringen mussten, das erhöhte die

Chancen, die Verfolger abzuschütteln. Daher war er nicht überrascht, als Malcolm das Zeichen zum Weitermarschieren gab.

Die Rinder schnaubten angsterfüllt und ließen sich nur schwer dazu bewegen, in das Wasser zu gehen. Die Hunde mussten getragen werden; zwei Mathesons hatten sie sich über die Schultern gelegt. Das Wasser war eiskalt, die Strömung stark und der steinige Untergrund glitschig, sodass man nur schwer Fuß fassen konnte. Eine Kuh glitt aus und wurde unter entsetztem Muhen vom Wasser davongerissen. Als ein zweites Tier dasselbe Schicksal erlitt, versuchte Robin törichterweise, es zu fassen zu bekommen, und verlor ebenfalls das Gleichgewicht.

Ohne nachzudenken, packte Dylan Innis mit einer Hand am Kragen, kämpfte auf dem rutschigen Boden um Halt, griff dann mit beiden Händen zu und stemmte sich mit aller Kraft gegen den Sog des Wassers. Verzweifelt krallte er die Finger in Robins Hemd, doch er spürte, wie sie rasch klamm wurden. Der Stoff drohte ihm zu entgleiten. Dylan holte tief Luft, dann tauchte er unter, grub die Zehen in den Boden und zerrte Robin mit einem Ruck zu sich hin. Dieser bekam das zottige Fell einer Kuh zu fassen und klammerte sich daran fest. Dylan tauchte wieder auf, vergewisserte sich, dass Robin in Sicherheit war, hielt aber den erschöpften Mann vorsichtshalber am Arm fest, während sie sich weiter durch die Fluten kämpften.

Endlich erreichten sie das andere Ufer – tropfnass und am ganzen Leibe zitternd. Robin wandte sich an Dylan. »Danke«, sagte er schlicht.

Dylan nickte und beobachtete, wie die letzte Kuh an Land kletterte. »Zum Glück haben wir nur zwei Tiere verloren«, stellte er fest. Auch Robin nickte, und mehr gab es dazu nicht zu sagen.

Sie machten nur noch einmal Rast, um ein paar Stunden zu schlafen, und legten den Rest des Weges nach Glen Ciorram ohne Pause zurück. Da es mit einer so großen Viehherde keinen anderen Weg in das Tal gab, mussten sie in einiger Entfernung an den Unterkünften der englischen

Rotröcke vorbeimarschieren, und Dylan fragte sich laut, ob Captain Bedford ihnen wohl weiter Schwierigkeiten bereiten werde.

»Höchstwahrscheinlich«, erwiderte Malcolm. Der Gedanke daran schien ihn nicht sonderlich zu beunruhigen.

»Glaubst du, die MacDonells bitten ihn um Hilfe?«

Malcolm musste lachen. »Nein. Einige Lowlandclans würden das vielleicht tun, aber längst nicht alle, und es sieht den MacDonells nicht ähnlich, sich so zu erniedrigen. Vermutlich werden sie versuchen, sich ihr Vieh zurückzuholen oder unseres zu stehlen. Deswegen müssen wir uns beeilen und die Herde so gut verstecken, dass sie nicht gefunden werden kann. Am Tag nach Beltane treiben ein paar der jungen Männer die Tiere dann auf die Hochweiden, und im Juni oder Juli wickeln wir das Geschäft mit den MacGregors ab.«

Rasch durchquerten sie das Tal, vorbei an der Kirche, und als die Burg in Sicht kam, wandten sich Dylans Gedanken Cait zu. Augenblicklich schienen Erschöpfung, Hunger und Kälte von ihm abzufallen. Er kam sich vor, als würde er nach Hause kommen; ein Gefühl, das er schon lange Zeit nicht mehr verspürt hatte.

Sie trieben die Herde über Haferfelder und dann einen schmalen Pfad entlang, der sich hinter steilen Hügeln am südlichen Teil des Seeufers entlangwand. Dieser Weg wurde selten benutzt; er war mit Farnkraut überwuchert und von Birken und Eichen gesäumt. Der Plan sah vor, die Tiere in einem kleinen, zwischen den Hügeln gelegenen Tal zu verstecken. Dort würden sie die Nacht verbringen, und am nächsten Morgen sollte die Herde geteilt und die Hälfte davon auf Matheson-Weiden gebracht werden. Die andere Hälfte wollten die MacLeods südwärts treiben.

Der Pfad war so schmal, dass die Tiere hintereinander gehen mussten. Doch plötzlich brach eine Kuh aus und galoppierte einen Hohlweg hoch; Siggy schoss wie ein schwarzweißer Blitz hinterher. Malcolm drehte sich um und winkte Dylan zu, doch dieser hatte den Zwischenfall ebenfalls bemerkt und folgte den beiden Tieren den Hohlweg entlang, der umso enger wurde, je stärker er anstieg. Geschmolzener Schnee rann von den Weißen Gipfeln herunter, und er musste Acht geben, um auf dem feuchten Untergrund nicht auszugleiten.

Der Hund hatte die Kuh an einem Felsblock in die Enge getrieben und scheuchte sie jetzt denselben Weg zurück, den sie gekommen waren. Dylan musste ein Stück zur Seite weichen, um die Tiere vorbeizulassen. Dabei stieg ihm plötzlich ein entsetzlicher Gestank in die Nase.

Seit es ihn in dieses Jahrhundert verschlagen hatte, war er schon etlichen üblen Gerüchen ausgesetzt gewesen: verdorbenes Essen, menschliche Exkremente, eitrige Geschwüre, Winde und die Ausdünstungen ungewaschener Leiber gehörten hier zum täglichen Leben. Aber dieser Gestank ließ in seinem Kopf eine Alarmglocke schrillen. Irgendetwas – etwas Großes – war hier ganz in der Nähe gestorben. Dylan kletterte über einen Felsbrocken und hustete, als ihm der ekelhaft süßliche Gestank verwesenden Fleisches entgegenschlug.

Obwohl ihm sein Instinkt riet, möglichst rasch von hier zu verschwinden, stieg er, statt Siggy zurück zur Herde zu folgen, weiter den Hang empor, um festzustellen, was dort gestorben war. Vielleicht war es ein Hirsch, dessen Geweih er verkaufen konnte. Einige Männer im Dorf fertigten aus Hirschgeweihen, Hörnern und Hartholz Löffel und Messergriffe. Er zog Brigid aus der Scheide und kletterte in der Hoffnung, etwas Brauchbares zu finden, über einen weiteren Felsbrocken. Doch das, was er dahinter vorfand, ließ ihn zurücktaumeln. Er hustete würgend, um den öligen Gestank aus dem Mund zu bekommen. Einen Moment lang fürchtete er, sich übergeben zu müssen, und schloss die Augen, bis sich sein Magen wieder beruhigt hatte. Dann schlug er sie wieder auf und erblickte den zwischen zwei Granitblöcken eingeklemmten, aufgedunsenen, gespenstisch bleichen Leichnam von Marsailis Mann Seóras Roy.

# 11.

Das Gesicht war kaum wieder zu erkennen. Hätte Dylan nicht gewusst, dass Seóras vermisst wurde, hätte er den aufgeblähten Kadaver trotz des roten Bartes schwerlich mit dem verängstigten Mann in Verbindung gebracht, den er am Morgen des Allerheiligenfestes in der großen Halle gesehen hatte.

Noch etwas anderes fiel ihm auf: An der rechten Hand des Leichnams fehlten drei Finger, an der linken einer. Er hielt die Luft an, bückte sich, schob das zerschlissene Leinenhemd zur Seite und legte den von Maden wimmelnden Brustkorb frei. Seóras war seit November nicht mehr gesehen worden, war aber noch nicht bis zur Unkenntlichkeit verwest; zweifellos hatte die winterliche Kälte den Leichnam konserviert. Die Haut fehlte weit gehend, und das darunter liegende Fleisch war teilweise verrottet, trotzdem konnte Dylan feststellen, wie der Mann zu Tode gekommen war. Das Brustbein und mehrere Rippen waren zersplittert; dies und die Wunden an den Händen, die der Mann sich zugezogen hatte, als er sich zur Wehr setzte, verrieten Dylan, dass er im Kampf erstochen worden sein musste. Darüber hinaus war er vor seinem Tod wahrscheinlich entwaffnet worden.

Dylan kehrte zu den anderen zurück und berichtete ihnen von seinem Fund. Malcolm stieg den Hang hoch, untersuchte den Leichnam und kam zu demselben Schluss wie Dylan. Er schickte Dylan und die anderen Mathesons mit der Herde weiter zu dem ausgewählten Weideplatz und eilte mit den MacLeods auf schnellstem Wege zur Burg. Drei Männer trugen den in seinen eigenen Kilt gehüllten Leichnam vorsichtig zwischen sich, um zu verhindern, dass er zerfiel.

Sobald die Herde in Sicherheit war, kehrten auch die Mathesons zur Burg zurück. Dort war der Mord bereits in aller Munde, in der von Fackeln erleuchteten großen Halle herrschte helle Aufregung. Sämtliche Männer des Clans hatten sich versammelt und diskutierten darüber, was wohl geschehen sein mochte und was jetzt zu tun war. Die Frauen hielten sich im Hintergrund. Dylan hielt nach Cait Ausschau, konnte sie aber nirgends entdecken.

Den stinkenden Leichnam hatte man in ein Leichentuch gewickelt und in der Halle neben den Toren zum Burghof, die jetzt wegen des widerlichen Geruchs weit offen standen, auf einem Holztisch aufgebahrt; allerdings schenkte niemand dem Toten viel Beachtung. Iain Mór stand mit Malcolm, Artair und Coll draußen im Hof und war in ein hitziges Gespräch mit ein paar anderen Männern verstrickt, in dessen Mittelpunkt Myles Wilkie zu stehen schien. Er war der Vater der verbannten Iseabail, deren Kind Berichten zufolge Anfang Januar in Inverness zur Welt gekommen war; Myles starrte zu Boden und nagte an seiner Unterlippe.

Iain fragte ihn streng: »Kannst du mit gutem Gewissen behaupten, dass du ihn nicht töten wolltest?«

Wilkie gab keine Antwort und hob auch nicht den Kopf, aber seine Augen füllten sich mit Tränen.

»Schwörst du bei allem, was dir heilig ist, dass du es nicht getan hast?«

Atemlose Stille trat ein. Alle Männer warteten gespannt, was der Tatverdächtige von sich geben würde. Dieser hob endlich den Kopf, sah Iain in die Augen und sagte: »Er hat Schande über uns alle gebracht.«

Iain verschränkte die Arme vor der Brust. »Genau wie deine Tochter. Das Ganze war eine hässliche und vor allem überflüssige Angelegenheit, denn sie hätte vermieden werden können, hättest du als Vater mehr Verantwortungsgefühl bewiesen.«

Dylan senkte den Blick und fragte sich, was der Laird wohl sagen würde, wenn er wüsste, dass seine eigene Tochter heimlich mit ihrem Leibwächter verlobt war.

Wieder warteten alle gespannt auf eine Antwort von Wilkie, die aber nicht kam. Schließlich fragte Iain scharf: »Wünschst du eine ordentliche Gerichtsverhandlung, Myles? Der englische Captain würde sich sicher darüber freuen.« Dylan vermutete, dass dieses Angebot nur gemacht wurde, weil sich die Engländer ohnehin in der Nähe aufhielten. Iain war wütend genug, um den Übeltäter an Ort und Stelle mit eigener Hand hinzurichten.

Wilkie schüttelte den Kopf. »Nein, Iain. Bitte lass nicht zu, dass mein Besitz an die Krone fällt. Ich habe ohnehin nur das Nötigste zum Leben. Überantworte mich dem Urteil Gottes und sorge dafür, dass meine Frau ihr Heim behält.«

Iain nickte. »Gut. Dann wirst du hängen«, verkündete er so sachlich, als setze er voraus, dass Myles dem Urteil zustimmte. Dieser nickte bedächtig, und Dylan begriff, dass soeben eine Art Handel abgeschlossen worden war. Der Mann würde zwar sterben, aber da er seine Schuld nicht offiziell eingestanden hatte, würde sein Besitz nicht konfisziert werden, und seine Frau konnte hier im Tal weiterleben. Iain befahl einigen in der Nähe stehenden Männern: »Bringt ihn ins Torhaus und stellt einen Wachposten davor auf.« Zu Malcolm sagte er: »Schick einen Boten nach Inverness. Er soll den Henker holen.«

Myles Wilkie wurde zu den vergitterten Zellen im Torhaus geschafft. Die Männer verließen nach und nach die Halle, nur Dylan brauchte noch eine Weile, um das, was er soeben erlebt hatte, zu verarbeiten. Der Leichnam war erst vor wenigen Stunden entdeckt worden, und schon hatte man den Mörder gefunden und ohne langwierige Gerichtsverhandlung verurteilt. Dylan hegte keinen Zweifel daran, dass der Vater des verbannten Mädchens die Tat begangen hatte und seine Strafe widerstandslos hinnehmen würde.

Auf dem Weg zu seiner Kammer fragte er Sinann, die den Vorfall gleichfalls mit angesehen hatte: »Warum hat er den Mord denn nicht einfach geleugnet?«

Die Fee flatterte ein Stück zurück und sah ihn an, als ob

er etwas unglaublich Dummes gesagt hätte. »Sollte er lieber in der Hölle schmoren?«

»Wenn er der Täter ist, kommt er doch ohnehin in die Hölle.«

»Hätte er die Schuld bestritten, hätte er dadurch nur noch eine weitere Sünde auf sich geladen. So aber kann er seine Tat bereuen und sie durch seinen Tod sühnen. Dann vergibt dein Jahwe ihm vielleicht.«

Dylan streckte sich auf seiner Pritsche aus, konnte aber keinen Schlaf finden. Es fiel ihm, der er im zwanzigsten Jahrhundert aufgewachsen war, sehr schwer, sich diese Einstellung zu Eigen zu machen. Als er schließlich doch eindöste, suchten ihn Albträume heim, in denen es von Galgen und Erhängten nur so wimmelte.

Am nächsten Tag absolvierte er gerade sein morgendliches Training, als Captain Bedford so selbstherrlich, als gehöre ihm die ganze Burg, die Halle betrat und in Richtung des zum Nordturm führenden Ganges stolzierte. Zwei Dragoner folgten ihm und bezogen an der Tür Posten. Dylan, der sich rasch von seinem Schreck erholt hatte, stellte sich dem Rotrock mit erhobenem Schwert in den Weg.

»Wo wollt Ihr hin?«

Bedford blieb stehen und musterte ihn. Sein Gesichtsausdruck veränderte sich nicht, aber die Verachtung in seiner Stimme war nicht zu überhören. »Geht mir aus dem Weg.«

»Ich kann Euch nicht gestatten, dort hineinzugehen. Der Wachposten wird schon Ärger genug bekommen, weil er Euch nicht am Tor aufgehalten hat.«

»Macht Euch nicht lächerlich und lasst mich vorbei, ehe ich Euch einsperren lasse.« Ein böses Lächeln spielte um Bedfords Lippen, die Vorstellung schien ihm zu gefallen.

»Ich denke gar nicht daran.« Dylan wusste, dass seine amerikanische Auffassung von Privatsphäre nicht in diese Zeit und in dieses Land passte, aber er hatte trotzdem nicht vor, den Engländer nach Belieben in der Burg herumspazieren zu lassen.

Malcolm kam den Gang zum Nordturm entlang. Bei

Bedfords Anblick presste er die Lippen zusammen, wandte sich an Dylan und sagte: »Der Captain soll es sich am Feuer bequem machen, Dylan. Unser Laird wird gleich zu ihm kommen.«

Dylan schob sein Schwert in die Scheide zurück, dann deutete er mit dem Kinn zu dem wackeligen Lehnstuhl neben dem Kamin am anderen Ende des Raumes hinüber. Bedford zögerte einen Moment, dann nickte er knapp und nahm wortlos Platz.

Kurz darauf stürmte Iain Mór zur Tür hinein und bellte schon von weitem: »Was in Gottes Namen wollt Ihr denn nun schon wieder?«

Bedford erhob sich und wartete darauf, dass Iain näher kam. Der Laird baute sich mit verschränkten Armen und erhobenem Kinn vor dem Engländer auf. »Nun?« Der Kontrast zwischen den beiden Männern – einer stämmig, aber gut in Form, der andere schlank und drahtig und ebenfalls topfit – war verblüffend.

»Ihr habt einen Mann zum Tod durch den Strang verurteilt?«

»Das habe ich.« Der Unterton in Iains Stimme besagte klar und deutlich: *Na und?*

»Er ist nicht vor Gericht gestellt worden.«

»Er hat sich Gottes Richtspruch unterstellt.«

Überraschung malte sich auf Bedfords Gesicht ab. Seine nächsten Worte gaben den Dingen eine neue Wendung. »Die Strafe lautet in diesem Fall *peine forte et dure*, nicht Erhängen.«

Dylan hatte keine Ahnung, was damit gemeint war, doch Iain brachte augenblicklich Licht in das Dunkel. »Einen Mann mit Steinen zu überhäufen, bis er zu Tode gequetscht wird, ist ein englischer Brauch, den ich in meinem Tal nicht dulde. Ein schneller Tod am Galgen reicht vollkommen aus. Auch wenn Ihr mich verhaftet und nach Fort William schafft, wird der Gefangene hingerichtet. Und wenn Ihr nicht wollt, dass viele Eurer Männer bei dem Versuch, mich von hier fortzubringen, ihr Leben verlieren, dann solltet Ihr den Dingen ihren Lauf lassen, Captain Bedford. Aber natürlich verstehe ich, wie viel Wert Ihr darauf legt, dass ein Schotte auf englische Art und Weise stirbt.« Hass glomm in seinen Augen auf, und seine Wangen loderten hochrot. Er sprach mit dem Mann, der seinen Vater auf dem Gewissen hatte, und hätte den Captain wahrscheinlich auf der Stelle getötet, wenn er sicher gewesen wäre, ungeschoren davonzukommen. Dylan bemerkte, dass Iain unbewaffnet war. Er nahm an, dass der Laird seinen Dolch wohlweislich abgelegt hatte, da er wusste, wie leicht sein hitziges Temperament mit ihm durchging.

Bedford schwieg eine ganze Weile. Er schien mit sich zu ringen, doch schließlich seufzte er und sagte: »Nun gut, Matheson, vollstreckt Euer Urteil. Aber glaubt mir, der Tag wird kommen, da die Krone Eure zweifelhafte Gerichtshoheit nicht mehr anerkennt.«

»Wenn dieser Tag kommt, Captain, dann mögt Ihr mich vielleicht davon abhalten, Mörder zu hängen. Aber bis es so weit ist, bin ich der Laird dieses Tals, und ich allein bestimme, was hier zu geschehen hat.« Der Captain machte Anstalten, etwas darauf zu erwidern, aber Iain Mór ließ ihn nicht zu Wort kommen. »Und sollte es wirklich so kommen, wie Ihr sagt, Captain Bedford, dann werden die Engländer große Schwierigkeiten mit den Clansleuten bekommen. Meine Macht beruht nämlich einzig und allein darauf, dass ich in ihrem Sinne und zu ihrem Wohl handele.«

»Danke, ich habe Machiavellis Schriften selbst gelesen.«

»Das glaube ich Euch gern.«

Stille trat ein, während sich die beiden Männer mit geradezu greifbarem Hass anstarrten. Es war der *Sassunach*, der das Schweigen brach. »Nun gut. Hängt Euren Clansmann auf – solange Ihr noch Gelegenheit dazu habt.« Mit diesen Worten drehte er sich um und verließ die Halle.

Iain blieb eine Zeit lang regungslos an seinem Platz stehen und blickte ins Feuer. Malcolm und Dylan hüteten sich, ihn anzusprechen. Endlich meinte Iain: »Dylan, es ist gut, dass du die Leiche des armen Seóras Roy gefunden hast. Diese Angelegenheit wird den Captain ein paar Tage lang beschäftigen, und dann hat er keine Zeit, sich mit der Herde zu befassen, die wir gestern an den Unterkünften seiner Leute vorbeigetrieben haben.«

Malcolm lachte laut auf, und auch Dylan musste grinsen.

Die nächsten Tage verbrachten die Männer damit, die Schafe von ihrer Winterwolle zu befreien. Der Boden war noch zu kalt und zu feucht, um mit dem Pflügen zu beginnen, doch langsam erwachte das ganze Dorf jetzt aus seinem Winterschlaf.

Und dann wurde im Burghof ein hölzerner Galgen errichtet.

Eine Woche nach der Entdeckung von Seóras' Leichnam ritt ein Mann durch Ciorram, der ein großes Bündel hinter sich auf sein Pferd geschnallt hatte. Der Henker aus Inverness war eingetroffen. Dylan bemerkte, dass alle Leute verstummten, als er vorbeiritt. Der Henker blickte weder nach rechts noch nach links, bis er sein Pferd zügelte, abstieg, Marc Hewitt ansprach und verlangte, vor den Laird geführt zu werden. Der Galgen hatte tagelang einen dunklen Schatten über das Leben der Mathesons geworfen, und sogar Dylan verspürte bei der Aussicht, dass er bald verschwunden sein würde, eine gewisse Erleichterung.

Am nächsten Morgen versammelte sich der gesamte Clan kurz vor Tagesanbruch im Burghof, um der Hinrichtung beizuwohnen. Dylan hatte nicht daran teilnehmen wollen, wusste aber auch nicht, wie er seine Weigerung begründen sollte. Cait dagegen war entschlossen, hinzugehen, also begleitete er sie und schwor sich insgeheim, nicht hinzusehen, wohl wissend, dass er diesem Vorsatz nicht treu bleiben würde.

Der Galgen bestand lediglich aus einem in die Erde geschlagenen hohen hölzernen Pfahl mit einem Querbalken, unter dem eine Leiter lehnte. Der Strick war bereits letzte Nacht angebracht worden; seine Länge entsprach sowohl der Höhe des Galgens als auch der Größe des Mannes, der gehängt werden sollte. Er verlief durch ein Loch im Querbalken wieder nach unten und war an einem Pflock befestigt; am anderen Ende baumelte eine Schlinge. Die Mathesons scharten sich um die grausige Konstruktion, zum Schutz gegen die morgendliche Kälte hatten sie sich in Plaids und Umhänge gehüllt. Alle wirkten sichtlich angespannt, und manch einer schien vor Kummer über den bevorstehenden Tod seines Nachbarn und Freundes den Tränen nahe zu sein. Dylan bemerkte voller Abscheu, dass sich unter den Zuschauern auch zahlreiche Kinder befanden. Der einzige Matheson, der fehlte, schien Ranald zu sein, und darüber war Dylan nicht traurig.

Als sich der Himmel zartblau färbte, teilte sich die Menge, um den mit einer Kapuze maskierten Henker und seinem Opfer den Weg freizugeben. Der Verurteilte war totenblass, wirkte aber ansonsten ruhig und gefasst. Er stieg die wackelige Leiter empor, bis sich sein Kopf oberhalb der Schlinge befand. Der Henker folgte ihm, um Wilkie die Hände zu fesseln, dann stieg er ein paar Sprossen höher und legte ihm die Schlinge um den Hals. Die Leiter erzitterte unter dem Gewicht der beiden Männer. Der Henker zog die Schlinge fest und kletterte dann wieder herunter. Wilkie blickte zu der Stelle hoch, wo die Leiter an dem Pfahl lehnte, und begann, auf seiner Sprosse leicht auf- und abzufedern, bis die Leiter gefährlich ins Schwanken geriet.

Iain Mór trat vor und fragte mit weithin hallender Stimme: »Hast du noch etwas zu sagen, Mann?«

Der Verurteilte sah zu dem Henker hinüber, der sich bereithielt, um ihm die Leiter unter den Füßen wegzuziehen. »Nein«, erwiderte er fest, sprang in die Höhe und versetzte der Leiter einen kräftigen Tritt. Sie fiel zu Boden und er stürzte mit ihr in die Tiefe. Kurz bevor seine Füße den Boden berührten, war das Ende des Seiles erreicht; sein Genick brach mit einem deutlich vernehmbaren Knacken. Die Zuschauer hielten den Atem an, während er sich langsam mehrfach um die eigene Achse drehte. Dann berührte die Spitze seines Schuhs den Boden, und der Leichnam kam zur Ruhe.

Dylan wandte den Blick erst ab, als er Urin an Wilkies

Bein herabrinnen sah; eine dunkle Pfütze bildete sich unter ihm im Staub.

Cait flüsterte ihm zu: »Hast du noch nie gesehen, wie jemand gehängt wird?«

Er schüttelte wortlos den Kopf.

»Lassen sie dort, wo du herkommst, Mörder tatsächlich am Leben?«

»Manchmal schon.«

Als sie ihn daraufhin entgeistert ansah, kam er zu der Erkenntnis, dass es in diesem Jahrhundert Dinge gab, die er wohl nie begreifen würde.

## 12.

Sobald der Leichnam abgenommen und begraben, der Henker bezahlt und der Galgen abgebaut worden war, nahmen die Bewohner von Glen Ciorram für ein paar Tage ihr normales Leben wieder auf, dann kehrte Festtagsstimmung im Tal ein. In der Burgküche wurden Vorbereitungen für eine Feier getroffen, die, wie Dylan vermutete, am ersten Mai, also in zwei Tagen stattfinden sollte. Einige bezeichneten es als Maifest, andere nannten es Beltane, das gesamte Tal war in heller Aufregung. Auch Cait strahlte eine fiebrige Erregung aus; sie warf ihm immer häufiger lange Blicke zu und schien sich nicht darum zu scheren, ob jemand dies bemerkte. Auch fand sie ständig Vorwände, um ihn zu berühren; sie legte ihm eine Hand auf den Arm oder streifte mit der Schulter seine Brust. All dies blieb nicht ohne Wirkung auf Dylan, und am liebsten wäre er herumgegangen und hätte lauthals herausposaunt, dass sie seine Frau werden würde.

Das Fest wurde in dem kleinen Kiefernwäldchen auf dem Kamm des nördlich des Dorfes gelegenen Hügels abgehalten; bei Sonnenuntergang entfachte man dort ein riesiges Feuer. Alle Bewohner des Tales fanden sich nach und nach dort ein, sogar die Krüppel und die Kranken, die zum Teil von ihren Verwandten meilenweit getragen wurden, damit sie an den Festlichkeiten teilnehmen konnten; zusammengekauert saßen sie auf eigens herbeigeschafften Stühlen und Schemeln und verfolgten das bunte Treiben. Die wehmütigen Klänge der Dudelsäcke erfüllten die Luft, untermalt von dumpfem, rhythmischem Trommelgedröhn, das an den heidnischen Ursprung dieses Festes erinnerte. Dylan spürte, wie ihm ein Schauer über den Rücken lief.

Ranald tobte wie immer lärmend und kreischend umher, doch an diesem Abend schien sich niemand daran zu stören, denn sein Geschnatter passte zur allgemeinen Stimmung. Überall wimmelte es von Kindern, die jedermann vor die Füße gerieten und dabei vor Lachen quiekten. Dylan fiel es noch immer schwer, die vielen Kinder ihren entsprechenden Familien zuzuordnen, obwohl er inzwischen jeden erwachsenen Bewohner des Tals beim Vornamen kannte.

Ihm quoll das Herz vor Freude über, als er begriff, dass er genau diese Atmosphäre immer gesucht und bei den Highland Games in Tennessee nie gefunden hatte. Er und seine Freunde hatten immer nur an der Oberfläche der alten Traditionen gekratzt und nie verstanden, woher sie rührten und weshalb sie überhaupt existierten. Aber nun lebte er unter Menschen, die mit Festen wie diesem ihr Gemeinschaftsgefühl stärken wollten. Und während er den tanzenden und singenden Clanmitgliedern zusah, spürte er auf einmal einen tiefen Frieden in sich aufsteigen. Er verstand jetzt die Bedeutung des Erbes, das ihm seine Vorfahren hinterlassen hatten. Seine lebenslange Suche war zu Ende.

Unter einer hohen Eiche stellten sich einige Männer in einer Reihe auf, unter ihnen Malcolm, der Dylan bedeutete, sich dazuzugesellen. Dylan hob abwehrend eine Hand, woraufhin Malcolm ihm noch einmal zuwinkte. Als Dylan immer noch keine Anstalten machte, der Aufforderung Folge zu leisten, ging Malcolm zu ihm hinüber, packte ihn am Arm und zog ihn mit sich. Die anderen Männer begannen zu tanzen, und Malcolm und Dylan taten es ihnen nach. Alle waren von dem reichlich fließenden Ale und dem Whisky schon so berauscht, dass sie sich nicht gerade anmutig bewegten. Dylan hielt den Blick auf Malcolms Füße gerichtet und hoffte, niemand würde bemerken, dass er immer eine Spur langsamer reagierte als die anderen. Die Dudelsackklänge drangen ihm bis ins Mark und ließen sein Herz schneller schlagen. Da der Tanz einem appalachischen Holzschuhtanz ähnelte, den er als Junge einmal von einer Tante gelernt hatte, begriff er schnell, worauf es ankam, und begann, Spaß an der Sache zu finden. Als er einen erstaunten Blick von Cait auffing, musste er laut auflachen, und seine Füße wurden ein bisschen leichter.

Nachdem das Feuer heruntergebrannt war, fingen einige Leute an, darüber hinwegzuspringen; Pärchen, die einander bei den Händen hielten, und auch einige Frauen. Dylan hatte von diesem Brauch schon gehört und wusste, dass er ursprünglich Teil eines heidnischen Fruchtbarkeitsrituals gewesen war. Als Cait sich jedoch anschickte, den Sprung zu wagen, fuhr ihm der Schreck in die Glieder; verstohlen blickte er sich um und sah, dass sich auf vielen anderen Gesichtern ebenfalls Erstaunen abmalte. Zum Glück schaute niemand in seine Richtung, denn es war offensichtlich, dass Iain Mór nicht sehr erfreut darüber wirkte, dass seine unverheiratete Tochter über das Feuer sprang.

Sie nahm Anlauf, sprang und landete leicht stolpernd, aber sicher auf der anderen Seite. Rasch schüttelte sie ein paar Holzkohlestückchen von ihrem Rock, trat sie aus und blickte sich mit einem strahlenden Lächeln um. Ihre Wangen glühten, und ihre Augen leuchteten vor Freude. Dylan hörte ein paar geflüsterte unmutige oder spöttische Bemerkungen, achtete aber nicht darauf. Cait war in einer solchen Hochstimmung, dass man ihr sicherlich ihr unüberlegtes Verhalten verzeihen würde. Und er selbst hätte sie am liebsten in die Arme genommen und sie vor aller Augen geküsst, damit das ganze Tal erfuhr, dass sie bald seine Frau sein würde.

Doch schon wurde er wieder in einen Kreis von Männern gezogen, die eine Art A-capella-Gesang anstimmten. Dieses spezielle Lied hatte er schon einmal während eines *céilidh* gehört, es aber selbst nie gesungen. Ihm begann der Kopf zu schwirren, denn die einzelnen Silben wurden so rasch heruntergehaspelt, dass sie kaum einen Sinn ergaben, und der Refrain bestand aus einem Gewirr ähnlich lautender Zeilen, die von Mal zu Mal leicht abgeändert wurden. Das ganze Lied wurde mit geradezu mathematischer Präzision abgespult und würde vermutlich wie die meisten derartigen Gesänge zu einem abrupten Ende kommen. Dylan konzentrierte sich darauf, einen Anhaltspunkt zu finden, an dem er sich orientieren konnte, und stimmte in den Gesang mit ein. Als das Ende kam, verstummte er genau zeitgleich mit den anderen Männern, die ihn überrascht ansahen und dann zu lachen begannen. Dylan grinste zufrieden. Sie hatten erwartet, dass er sich gründlich blamieren würde, aber er hatte es ihnen allen gezeigt. Malcolm klopfte ihm anerkennend auf den Rücken, und er zwinkerte dem älteren Mann vielsagend zu.

Danach wurde wieder getanzt, und diesmal beteiligte sich auch Cait daran. Dylan betrachtete sie verzückt: Nie war sie ihm schöner erschienen als jetzt, sie machte einen strahlend glücklichen Eindruck und tanzte mit einer solchen Anmut, dass Dylan den Blick kaum von ihr wenden konnte. Als der Tanz zu Ende war, trat sie wieder an die Seite ihres Vaters. Ihre Wangen glühten, und ihre Augen funkelten wie dunkelblaue Saphire.

Den Ring, den er ihr geschenkt hatte, konnte er nirgendwo entdecken, was ihn nicht weiter überraschte. Er fragte sich, wo sie ihn wohl versteckt hatte. Obgleich er wusste, warum sie es nicht wagen durfte, ihn in der Öffentlichkeit zu tragen, ärgerte er sich über die erzwungene Heimlichtuerei. Seit er erwachsen war, hatte er immer wieder Freundinnen gehabt und sich irgendwann von ihnen – oder sie sich von ihm – getrennt, aber all das war immer nur eine Sache zwischen ihm und der betreffenden Frau gewesen. Und obwohl seine Mutter ständig versucht hatte, sich in sein Liebesleben einzumischen, hatte er ihr stets entgegengehalten, dass es sie nichts anging, mit wem er schlief, und hatte getan, was er für richtig hielt.

Aber hier im Dorf hatte jeder eine feste Meinung über jedes Pärchen und äußerte sich auch freimütig darüber, und für die engste Familie zählten bei der Wahl eines Partners hauptsächlich die Vorteile, die diese Verbindung mit sich brachte, und weniger die Gefühle der Beteiligten. Das war etwas, was Dylan an diesem Jahrhundert am meisten störte, mehr noch als die unablässige Kälte und diese lästige Fee.

Das Fest war noch in vollem Gange, als er bemerkte, dass Iain, Artair und Coll sich verabschiedeten. Malcolm war schon vor einiger Zeit gegangen. Iain nahm Cait am Arm, um sie nach Hause zu bringen, doch sie schüttelte den Kopf und deutete auf Dylan. Offensichtlich bat sie ihren Vater um die Erlaubnis, noch bleiben zu dürfen. Iain überlegte einen Augenblick, dann nickte er und verließ zusammen mit Artair und Coll die Feier. Dabei wechselte er mit dem Geschick eines professionellen Politikers hier und da noch ein paar Worte mit den Dorfbewohnern.

Wenig später verschwand auch Cait. Dylan ahnte, wo er sie finden konnte. Unauffällig zog er sich zum Rand der Menge zurück, die gerade ein paar Tänzer mit rhythmischem Klatschen anfeuerte. Einige Minuten lang drückte er sich dort herum, um den Anschein zu erwecken, als wolle er sich unter die Dorfbewohner mischen, doch sobald er die anderen hinter sich gelassen hatte, lief er eilends auf die Felsen am Rande der Hügelkuppe zu. Im Schutz der Dunkelheit blieb er einen Moment stehen und betrachtete das erlöschende Feuer.

Vom Abhang hinter ihm drang eine Frauenstimme an sein Ohr, und er fuhr erschrocken herum. Dann stieß ein Mann einen erstickten Grunzlaut aus, die Frau kicherte, und Dylan wurde neugierig. Wer versteckte sich dort im Dunkeln? Er bückte sich und spähte ins Dickicht, dann erkannte er die Stimme von Seonag Matheson, die leise auf denjenigen einsprach, der sie zum Kichern gebracht hatte. Dylan lächelte. Es freute ihn, dass die sonst so stille Seonag an diesem Abend so fröhlich war. Für gewöhnlich machte sie einen traurigen, verlorenen Eindruck, und er hatte sie nur selten lächeln sehen.

Als der Mann mit heiserer Stimme ihren Namen nannte, erkannte Dylan, dass er gerade Marc Hewitt und Seonag beim Liebesspiel belauschte. Vorsichtig zog er sich zurück und huschte die Böschung hinunter zum Ufer des Flusses. Dabei musste er ein Kichern unterdrücken. Er hätte nie vermutet, dass gerade diese beiden ein Verhältnis miteinander hatten; aus ihrem Verhalten in der Öffentlichkeit ging das ganz gewiss nicht hervor.

Plötzlich raschelte es im Gebüsch vor ihm, und Caits Stimme flüsterte: *»A Dhilein!«* Er folgte dem Geräusch und fand sie unten am Fluss; Mondlicht glänzte auf den goldenen Haarsträhnen, die unter ihrer Haube hervorlugten. Sie raffte ihre Röcke, rannte auf ihn zu, warf sich in seine Arme und küsste ihn voller Leidenschaft. Er erwiderte ihre Küsse und presste sie an sich, bis sie leise zu stöhnen begann, sich von ihm löste, seine Hand nahm und ihn mit sich zog. »Komm. Hier entlang.« Sie sprang auf einen Stein, um den Fluss zu überqueren.

Doch Dylan zog sie in die entgegengesetzte Richtung. »Nein. Lieber hier entlang. Im Wald ist es ein bisschen zu voll.« Er wusste genau, wo er hinwollte, und sie folgte ihm, ohne zu zögern, hielt mit einer Hand ihre Röcke fest und umklammerte mit der anderen die seine. Zielstrebig führte er sie am Fluss entlang hügelaufwärts, half ihr über Felsbrocken und Wurzeln hinweg, bis sie das kleine Tal erreichten, wo die im Mondlicht silbrig schimmernde Turmruine stand.

Bei diesem Anblick wich Cait angsterfüllt zurück. »Nein. Das ist ein verwunschener Ort. Hier leben die Feen.« Ihre Stimme zitterte, und sie starrte mit weit aufgerissenen Augen zu dem alten Gemäuer hinüber.

»Ich weiß. Aber du brauchst dich nicht zu fürchten.« Er küsste sie und strich ihr beruhigend übers Haar. »Die Feen sind ganz umgängliche Zeitgenossen.« Er kicherte in sich hinein. »Meistens jedenfalls.«

Das brachte sie zum Lachen, und sie folgte ihm widerstandslos, hielt sich jedoch so eng hinter ihm, dass ihre Hüften sich berührten. Sie schien ihn als Schutzschild benutzen zu wollen, für den Fall, dass plötzlich eine Fee aus der Dunkelheit auftauchte und sich auf sie stürzte – was Dylan durchaus für möglich hielt, falls Sinann ihnen Ärger machen wollte. Er zog Cait durch die Lücke in der Mauer ins Innere des Turms, wo sie sich voll ehrfürchtigen Staunens umblickte. »Warst du noch nie hier?« Verstohlen spähte Dylan in alle Ecken und hoffte, Sinann würde wenigstens einmal etwas Taktgefühl beweisen und sich heute Abend nicht blicken lassen.

»Hier drinnen noch nie«, erwiderte sie leise. »Als Kind bin ich einmal auf den kleinen Hügel dort drüben gestiegen, habe mich unter den Bäumen versteckt und mir den Turm angeschaut. Aber näher habe ich mich nie herangewagt.« Wieder blickte sie sich forschend um, dann machte sie sich von Dylan los und betrachtete die Äste der Eiche, die durch das Fenster ragten. »Ich hatte immer viel zu große Angst vor den kleinen Leuten. Sie entführen dich in ihr Reich, wo eine Nacht so lang ist wie ein ganzes Leben, und wenn sie dich wieder gehen lassen, sind alle, die du einst gekannt hast, längst tot und zu Staub zerfallen. Ich könnte es nicht ertragen, meine Familie zu verlieren und die Zeit, die mir auf dieser Erde bestimmt ist, so zu vergeuden.«

Ihre Worte jagten ihm einen kalten Schauer über den Rücken. Er hustete, damit sich der Kloß in seiner Kehle löste, trat hinter sie und schlang ihr die Arme um die Taille, dann presste er seine Lippen gegen ihren Nacken und murmelte: »Bei mir bist du in Sicherheit. Solange ich lebe, werde ich nicht zulassen, dass dir etwas geschieht, das schwöre ich.« Er legte seine Hände auf ihren Bauch und drückte sich an sich. Wenn er sie nur bis in alle Ewigkeit so halten und vor aller Welt beschützen könnte!

Sie drehte sich zu ihm um und strich sacht über seine Brust. »Ich weiß.« Dylan ließ seine Hände an ihrem Körper emporgleiten, immer höher, bis er schließlich vorsichtig ihre Brüste umschloss. Ein Lächeln spielte um seine Lippen. In diesem Jahrhundert kannte man noch keine Büstenhalter; sie trug nur ein wollenes Überkleid und darunter ein Leinenhemd. Cait seufzte leise, und er küsste sie wieder; kostete es aus, dass er zum ersten Mal vollkommen ungestört mit ihr allein war. Hier würden keine aufgebrachten Onkel herumschnüffeln, um sie in flagranti zu ertappen. Cait griff nach seiner Hand und zog ihn mit sich hinab aufs Gras; dann machte sie sich an seinem Gürtel zu schaffen.

Doch jetzt war er es, der zögerte. Zwar hämmerte sein Herz wie wild, aber er zwang sich zur Ruhe und versuchte, trotz all des Whiskys einen klaren Kopf zu bewahren. Sanft legte er eine Hand über die ihre. Er hatte lange genug unter den Mathesons gelebt, um die Bedeutung dieses Augenblicks zu begreifen. Sie bot ihm das Wertvollste an, was sie besaß; etwas, das – hatte sie es erst einmal verschenkt – unwiederbringlich verloren war. »Bist du ganz sicher?«, fragte er heiser und betete dabei inbrünstig *Bitte sag ja*. Das Verlangen nach ihr loderte schon seit Monaten in ihm, aber er war auch bereit, noch länger zu warten, wenn er dadurch verhindern konnte, dass sie ihren Entschluss bereute. Schließlich würden sie bald heiraten, und dann hatte das Warten ohnehin ein Ende. Er streichelte mit einem Finger über ihren Arm und hoffte, dass sie ihn ebenso begehrte wie er sie.

Cait nahm seinen Kopf in beide Hände und küsste ihn. »Wir werden heiraten. Du wirst mein erster und einziger Mann sein. Wenn wir noch warten, schieben wir nur vor uns her, was unweigerlich geschehen muss.« Ihr Lächeln wurde breiter. »Und heute ist Beltane. Könnte es einen besseren Zeitpunkt geben?« Wieder tastete ihre Hand nach seinem Gürtel, und diesmal ließ er sie gewähren. Er wusste nicht, wie er ihre Argumente widerlegen sollte, auch verspürte er wenig Lust, darüber nachzudenken. Stattdessen streifte er sein Plaid von der Schulter und ließ Kilt und Gürtel zu Boden gleiten, während sie sich ihrer eigenen Kleider entledigte.

Ihr Körper schmiegte sich warm und weich an den seinen, und sie erschauerte unter seinen Berührungen. Er wollte sich Zeit lassen, wollte sie behutsam mit der Liebe vertraut machen, aber sein Verlangen war so groß, dass er sich kaum noch beherrschen konnte. Hastig streifte er Schuhe und Gamaschen ab, dann zog er sich das Hemd über den Kopf. Die Nachtluft umhüllte ihn wie ein weiter, kühler Umhang.

Cait streckte sich auf dem Gras aus und zog ihn über sich. Er war ihr erster Mann, und er schwor sich, dass es nach ihr keine weitere Frau mehr geben würde. Als er in sie eindrang, stöhnte sie leise auf, dann entspannte sie sich, während er sich langsam und vorsichtig in ihr bewegte. Eine nie gekannte Wonne durchströmte ihn, die Zeit verlor jegliche Bedeutung, nur der Augenblick zählte.

Hinterher hielt er sie lange in den Armen, sog den süßen Duft des Grases und ihrer Haut ein und lauschte ihren regelmäßigen Atemzügen. Dann zog er das Plaid über sie, und sie schliefen eng umschlungen ein.

Es dämmerte schon, als Dylan erwachte. Er zwinkerte ein paarmal, wie um sich zu vergewissern, dass die vergangene Nacht nicht nur ein Traum gewesen war, rieb über seine vor Kälte blau angelaufene Nasenspitze und stützte sich auf einen Ellbogen, um Cait zu betrachten. Sie schlief noch, unter dem Plaid eng an ihn gekuschelt. Er drückte seine Lippen auf ihr Haar, sie stöhnte leise, bewegte sich leicht und griff dann nach ihm. Ihre Hand glitt forschend über seinen Körper, und er reagierte sofort auf ihre Berührung. Wieder liebten sie sich, während sich der Himmel im Osten rötlich verfärbte und einen neuen Tag ankündigte.

Ehe die Sonne aufging, kleideten sie sich an und kehrten zur Burg zurück. Hand in Hand liefen sie zum Fluss hinunter, huschten lautlos an den niedrigen Steinmauern entlang, die die Grenzen zwischen den einzelnen Ländereien bildeten, und überquerten in der Hoffnung, unbemerkt in die Burg zu gelangen, die Zugbrücke. Dylan, der seinen *sporran* nicht bei sich trug, flüsterte dem Wachposten zu: »Ich gebe dir nachher einen Shilling, Robin.«

Innis, der von Holzspänen umgeben auf einem Stuhl saß und mit einer Schnitzarbeit beschäftigt war, erwiderte, ohne aufzublicken: »Du brauchst mich nicht zu bestechen. Bring sie hinein, aber beeil dich, ehe Seine Gnaden erwacht.« Er winkte Dylan mit seinem Messer zu und streifte Cait mit einem neugierigen Blick.

Dylan grinste. »Danke, mein Freund.« Er drängte Cait zum Weitergehen. Sie machten einen Bogen um die Halle, wo die Frühstücksvorbereitungen in vollem Gange waren, und stiegen stattdessen die Treppe des leeren Gefangenenturmes empor, von wo aus eine Tür hinaus auf die Brustwehr führte, der Burghof lag zu dieser frühen Stunde noch verlassen da. So schnell wie möglich hasteten sie zum Westturm hinüber und schlichen leise die Stufen hinab, vorbei an den Kammern von Caits Eltern und ihrer jungen Onkel bis hin zu Caits Schlafraum und Dylans Nische.

Dort saß Iain Mór auf Dylans Pritsche, hatte die Ellbogen auf die Knie gestützt und säuberte sich mit einem langen, scharfen Dolch die Fingernägel, ohne von den beiden Notiz zu nehmen. Dylan und Cait blieben wie angewurzelt stehen.

»Vater!«, flüsterte Cait entsetzt.

# 13.

Iain blickte nicht auf, sondern fuhr fort, Schmutz unter seinen Nägeln hervorzukratzen; seine weißen Augenbrauen zogen sich jedoch Unheil verkündend zusammen. Dylan schob kampfeslustig das Kinn vor, er wusste, was kommen würde, und war sicher, dass Caits Vater seine Tochter dabei aus dem Weg haben wollte. In diesem Punkt stimmte er mit ihm überein.

»Cait«, flüsterte er, »geh in deine Kammer.« Als sie den Kopf schüttelte und sich nicht von der Stelle rührte, nahm er sie am Ellbogen. »Vertrau mir«, sagte er leise. Sie sah ihm fragend ins Gesicht. »Vertrau mir«, wiederholte er, woraufhin sie widerstrebend gehorchte. Dylan schloss die Tür hinter ihr.

Er drehte sich gerade rechtzeitig um, um Iains Dolch auszuweichen, und duckte sich, sodass die Klinge neben seinem Kopf in der Tür stecken blieb. Während Iain seinen Dolch aus dem Holz riss, zog Dylan Brigid aus seiner Gamasche und sprang zurück, damit Iain ihn nicht in die Enge treiben konnte. »Ich liebe sie, Iain.«

»Was in diesem Fall überhaupt nichts zur Sache tut, Freundchen. Das unterscheidet dich nicht im Geringsten von einem Dutzend anderer Männer, die bedenkenlos das tun würden, was du getan hast.«

»Aber sie erwidert meine Liebe.« Dylan wich zur Treppe zurück. »Und das macht hier den Unterschied aus.

Iain folgte ihm. »Das gibt dir aber nicht das Recht, an ihrer Stelle oder an Stelle des Clans zu entscheiden, wen sie heiraten wird. Ich bin ihr Vater, die Entscheidung liegt allein bei mir.«

Dylan holte tief Atem und zwang sich zur Ruhe. Er musste jetzt fest an seinen Sieg glauben, oder der Kampf war von vornherein schon verloren. »Nein. Ich will sie heiraten, und ich werde sie auch heiraten.«

Iain stieß ein unartikuliertes Gebrüll aus und ging auf ihn los. Dylan wehrte den Angriff ab und wäre in seiner Eile, zurückzuweichen, beinahe die Treppe hinuntergestürzt. Vorsichtig tastete er sich jede einzelne dunkle Stufe hinab. Iain drang mit raschen, ziellosen Hieben auf ihn ein, die nicht viel Schaden anrichteten und wohl mehr dazu bestimmt waren, ihn in der Defensive zu halten. Dylan konnte sie mühelos parieren.

Am Fuße des Turms angelangt, mied er die Tür, die zum Gang hinter den Unterkünften derjenigen Haushaltsmitglieder führte, die nicht zur Familie gehörten. Er musste offenes Gelände erreichen, wo er sich ungehindert bewegen konnte. Iain durchschaute seine Absicht und versuchte daraufhin mit aller Gewalt, ihn an der Tür vorbeizudrängen, um ihn im untersten Raum des Turmes in die Enge treiben zu können.

Dylan setzte sich erbitttert zur Wehr. Zwar wollte er vermeiden, Iain anzugreifen und ihn vielleicht zu verwunden, aber er gedachte auch nicht, sich in eine ausweglose Lage hineinmanövrieren und eventuell sogar töten zu lassen. Also sprang er unvermutet einen Schritt zurück, sodass der wutschnaubende Iain einen Moment lang das Gleichgewicht verlor, dann stürmte er vorwärts, stieß den älteren Mann von der Tür weg und schlüpfte hindurch. Er rannte unter der Treppe zur Futterkammer hinweg in den Stall und von dort aus hinaus in den Burghof; Iain blieb ihm dicht auf den Fersen. Dylan lief weiter, bis er eine Stelle gefunden hatte, wo es ihm möglich war, sich zu verteidigen, ohne Iain zu verletzen. Dort drehte er sich um, um dem Gegner entgegenzutreten.

Iain hatte seine Chance, Dylan rasch und ohne Zeugen zu töten, verspielt, und diese Erkenntnis trieb ihm die Zornesröte ins Gesicht. »Du willst meine Tochter heiraten? Ausgerechnet du? Meinst du wirklich, ich würde sie einem Mann geben, der einen Schwur leistet und ihn bei der erstbesten Gelegenheit bedenkenlos bricht?« Er führte einen

Hieb gegen Dylans Gesicht, der jedoch ins Leere ging. »Und noch dazu einen, der keinen Penny besitzt?«

»Ich habe versprochen, sie zu beschützen, und dieses Versprechen habe ich gehalten. Und ich werde sie für den Rest meines Lebens beschützen. Ich schwöre bei allem, was mir heilig ist, dass ihr kein Leid geschehen wird. Sie braucht mich. Verstehst du denn nicht, dass sie mit keinem anderen Mann glücklich werden kann?«

Iains Augen quollen aus ihren Höhlen. Einen Moment sah es so aus, als würde ihm die Wut die Sprache verschlagen, doch dann schnaubte er: »Für wen hältst du dich eigentlich? Bildest du dir ein, du wärst der einzige Mann auf der Welt, der meine Cait glücklich machen kann?« Wieder zielte er mit seinem Dolch auf Dylans Gesicht. Dylan wich der herabpfeifenden Klinge aus und versuchte sich umzudrehen, weil ihn die aufgehende Sonne blendete, doch Iain hinderte ihn daran. Langsam bewegten sich die beiden Männer auf die Ställe zu. Iain vollführte eine Finte, wollte Dylan dazu zwingen, zurückzuweichen, doch dieser ließ sich nicht täuschen und hielt die Stellung.

Er wusste nicht, wie lange er es noch vermeiden konnte, Caits Vater zu verletzen. Nackte Mordlust loderte in Iains Augen. Er würde erst zufrieden sein, wenn Blut geflossen war. Dylan fasste einen Entschluss. Den nächsten Angriff wehrte er mit dem linken Unterarm statt mit dem Dolch ab, sodass Iains Klinge tief in sein Fleisch schnitt.

Um Iains Sieg vollkommen zu machen, stieß Dylan einen lauten Schrei aus. Es überraschte ihn selbst, wie stark die Wunde schmerzte. Brigid fiel klirrend zu Boden, als er mit der anderen Hand den verletzten Arm umklammerte. Er hoffte nur, dass die Klinge nicht den Knochen getroffen hatte. Wütend brüllte er Iain an: »Ja! Ich bin der einzige Mann, der sie glücklich machen kann!« Sein Arm brannte wie Feuer, und er fragte sich, ob er nicht gerade einen Fehler gemacht hatte, der ihn vielleicht das Leben kosten würde. Wenn er verblutete, war die Frage, wen Cait heiraten sollte, schon geklärt – in Iains Sinne.

Er presste den Handballen so fest wie möglich auf die

Wunde, dennoch rann Blut an seinem Arm herab und tropfte auf seinen Kilt. Er blickte Iain fest ihn die Augen und wiederholte mit zusammengebissenen Zähnen: »Ich bin der Einzige, mit dem Cait glücklich werden kann. Wenn ich mir dessen nicht absolut sicher wäre, würde ich mir sogar wünschen, dass sie einen anderen heiratet. Jeden anderen, solange sie nur glücklich mit ihm ist. Wir beide wollen doch nur ihr Bestes. Um ihretwillen solltest du unserer Heirat nicht im Wege stehen. Du bist ihr Vater, Iain. Du musst doch wollen, dass sie glücklich wird.«

Iains Zorn schien schlagartig zu verfliegen, er starrte auf Dylans Arm, dann wischte er seinen blutigen Dolch an seinem Kilt ab und schob ihn in die Scheide zurück. Wortlos wandte er sich ab, steuerte auf den Eingang der Halle zu und ließ Dylan allein mitten auf dem Burghof stehen.

Artair und Coll standen mit anderen Burgbewohnern, die von dem Kampf angelockt worden waren, neben den Toren der Halle, von wo aus sie das Geschehen schweigend verfolgt hatten. Dylan blickte Iain hinterher und sah, wie dessen Halbbrüder ihm in die große Halle folgten. Dann hob er Brigid auf, wischte den Dolch an seinem Kilt ab, schob ihn in seine Gamasche zurück und konzentrierte sich wieder darauf, die Blutung zu stillen.

Die Hand fest auf die Wunde gepresst, ging er auf demselben Weg, den er gekommen war, zum Westturm zurück. Dort kam ihm Cait schon mit gerafften Röcken entgegengeeilt. »Ich habe dir doch gesagt, du sollst in deiner Kammer bleiben«, tadelte er sie. Auf einmal fühlte er sich entsetzlich müde.

Sie blieb auf der Treppe stehen. Ein gefährlicher Unterton schwang in ihrer Stimme mit, als sie widersprach: »Das hast du nicht getan. Du sagtest nur, ich solle in mein Zimmer gehen. Dass ich die ganze Zeit dort bleiben sollte, davon war nie die Rede. Ich habe von der Brustwehr aus alles mit angesehen. Komm mit. Du bist verletzt.« Sie hatte ein Leinentuch mitgebracht, das sie fest um seinen Arm wickelte. Gemeinsam gingen sie zu ihrer Kammer zurück. Als er unschlüssig vor der Tür stehen blieb, zog sie das Tuch ein Stück zurück und stellte fest, dass die Wunde immer noch blutete. »Das muss genäht werden«, sagte sie leise.

»Ich weiß.« Dylan erschauerte. Wenn es hier doch nur irgendwelche schmerzstillenden Medikamente gäbe! Morphium, Demerol, Novocain, irgendetwas! Und wenn es nur Aspirin oder Ibuprofen wäre!

»Komm hier herein. Ich habe alles Notwendige hier.« Sie führte ihn in ihre Schlafkammer, die er noch nie zuvor betreten hatte. Dort standen ein aus schwerem Eichenholz gefertigtes Bett, ein Schrank und ein paar übereinander gestapelte Truhen. Der Raum war genauso geschnitten wie der von Malcolm, hatte aber statt richtiger Fenster nur mit hölzernen Läden versehene Schießscharten. Sie wohnte ziemlich weit unten im Turm, wo Glasfenster im Falle einer Belagerung eine Schwachstelle der Burg gewesen wären. Der Kamin befand sich neben der Tür, und er sah, dass der Abzug so konstruiert war, dass sowohl der Rauch aus seinem als auch aus ihrem Kamin dadurch entweichen konnte. Sie bedeutete ihm, auf einem hölzernen Schemel neben dem Feuer Platz zu nehmen, und wühlte in einer Truhe am Fuß ihres Bettes herum, bis sie auf ein kleines Kästchen stieß. Diesem entnahm sie eine Nadel und einen langen Leinenfaden, den sie im Mund anfeuchtete, zwirbelte und geschickt einfädelte.

Dylan hüstelte verlegen. »Hmm ... würdest du mir einen Gefallen tun? Könntest du die Nadel wohl auskochen, ehe du mich damit zusammenflickst?«

Sie kicherte leise, während sie den Faden am Ende verknotete. »Warum denn das?«

Er zuckte mit den Achseln. »Ich weiß, es klingt lächerlich, aber würdest du es trotzdem tun? Mir zuliebe?« Er setzte sein gewinnendstes Lächeln auf und hoffte, sie würde nicht zu viele Fragen stellen, die er nicht beantworten konnte.

Sie zögerte einen Moment, wie um sich zu vergewissern, dass er sie nicht auf den Arm nehmen wollte, dann holte sie einen dreibeinigen Kupfertopf vom Kaminsims und füllte ihn aus dem Krug, der auf dem kleinen Tisch am anderen Ende des Raumes stand. Dann warf sie Nadel und Faden hinein und setzte ihn aufs Feuer. »Ist das ein seltsamer amerikanischer Brauch? Irgendein religiöses Ritual?« Ihre Stimme klang neckend, aber als er sie ansah, begriff er, dass er um eine Erklärung nicht herumkommen würde.

Er untersuchte die Wunde kurz und drückte dann das Tuch wieder darauf. »Nein, das geschieht aus Gründen der Sauberkeit. Ich lege ebenso wenig Wert darauf, mit einer schmutzigen Nadel genäht zu werden ...«, er suchte einen Moment lang nach einen Vergleich, »... wie du darauf, Staub verspeisen zu müssen.« Als sie das Gesicht verzog, nickte er. »Genau. Es ist ungesund.«

»Es schmeckt nicht.«

Er grinste. »Es schmeckt dir nicht, weil es nicht gut für dich ist. Genauso wenig wie eine schmutzige Nadel gut für mich ist, und manchmal kann man die Schmutzteilchen gar nicht sehen.«

»Also ist es etwas Böses. Hier zu Lande betrachten wir alles, was zu klein ist, als dass wir es sehen können, als etwas Böses.«

»So ungefähr.« Dylan fand den Begriff in Verbindung mit Bakterien, Viren und Krankheitserregern durchaus angemessen. »Wird die Nadel nun ausgekocht, verringert sich das Risiko, dass ich davon krank werde.« Das Thema behagte ihm nicht, besonders, wenn er an seinen eigenen Arm dachte. »Also warten wir ab, bis das Wasser kocht, und hoffen, dass die Wunde inzwischen aufhört zu bluten.« Ein Blick unter den provisorischen Verband verriet ihm, dass die Blutung nachgelassen hatte, aber noch nicht völlig zum Stillstand gekommen war. Wieder drückte er die Hand darauf.

Cait ließ sich mit untergeschlagenen Beinen neben seinem Stuhl auf dem Boden nieder und legte das Kinn auf sein Knie. »Du hast gewonnen, weißt du das?«, sagte sie. »Vater hat dich weder getötet noch fortgejagt. Er wird uns heiraten lassen, sobald seine Wut verraucht ist.«

Dylan konnte nur hoffen, dass sie Recht behielt.

Sobald Nadel und Faden lange genug gekocht hatten,

goss sie das Wasser in ihre Waschschüssel und holte beides mit spitzen Fingern heraus. Die Nadel richtig zu sterilisieren stand außer Frage, aber Dylan hoffte, dass das Auskochen die Infektionsgefahr zumindest verringert hatte. Cait musste eine Weile auf die Nadel blasen, ehe sie sie anfassen konnte, dann griff sie nach seinem Arm.

Sie war nicht zimperlich. Die Stiche gingen tief, damit die Naht auch hielt. Dylan schloss die Augen, konzentrierte sich darauf, ruhig und gleichmäßig zu atmen, und ließ seine Gedanken wandern, bis er den Schmerz nicht mehr spürte. Der lange Schnitt erforderte ungefähr dreißig Stiche, die eine saubere, an seinem Unterarm entlang verlaufende Naht bildeten. Als sie fertig war und sich vorbeugte, um den Faden durchzubeißen, entspannte er sich, stöhnte dann aber laut auf, als der sengende Schmerz mit Macht zurückkehrte.

»Jetzt müssen wir das Ganze nur noch säubern.« Cait tauchte ein Tuch in ihre Waschschüssel und begann, das Blut von seinem Arm und seinen Händen abzuwischen. Sie ging mit äußerster Behutsamkeit zu Werke, und das warme Wasser linderte den Schmerz ein wenig. Er beugte sich zu ihr hinab, um ihr eine schimmernde Haarlocke aus dem Gesicht zu streichen, und als sie zu ihm aufblickte, küsste er sie sanft. Ein überwältigendes Glücksgefühl stieg in ihm auf. Bald würde sie seine Frau sein.

Von der Tür her drang Artairs angewiderte Stimme an sein Ohr. »Du kannst die Finger wohl gar nicht mehr von ihr lassen, was?« Dylan und Cait fuhren auseinander. Dylan biss sich auf die Lippe, er ärgerte sich, dass er sich wegen eines bloßen Kusses sofort schuldig fühlte. Artair lehnte mit vor der Brust verschränkten Armen und leicht zur Seite geneigtem Kopf im Türrahmen. »Wenn du dich wieder so weit in der Gewalt hast, dass du zumindest ein Mindestmaß an Anstand wahren kannst, wünscht der Laird dich zu sprechen.« Er straffte sich und verschwand so lautlos, wie er gekommen war.

Dylan kniff die Augen zusammen und seufzte. Nun war der Moment gekommen, vor dem ihm schon seit Monaten graute. Verglichen mit dem ihm bevorstehenden Gespräch mit Iain war der Messerkampf ein Kinderspiel gewesen.

Iain Mór unterhielt im ersten Stock des Nordturms eine Art Büro, wo er seine geschäftlichen Angelegenheiten abwickelte und die Unterlagen aufbewahrte, die die Verwaltung seiner Ländereien betrafen. Der Laird forderte ihn schroff auf einzutreten, und Dylan gehorchte, wobei er sich bemühte, so ruhig und unbeteiligt wie möglich zu wirken. Jetzt kamen ihm seine Studien über östliche Kampftechniken zugute. Er hatte sein zerrissenes, blutverschmiertes Hemd gegen das bestickte getauscht, das Cait ihm geschenkt hatte. Zum Zeichen seines guten Willens trug er keine Waffen.

Iain, der zu Dylans Entsetzen immer noch vor Zorn zu kochen schien, saß in einem großen, gepolsterten Stuhl über einen mit Papieren übersäten Tisch gebeugt und schien eingehend mit dem Abfassen eines Briefes beschäftigt zu sein; er nahm Dylans Gegenwart überhaupt nicht zur Kenntnis. Neben dem Tintenfass, in das er immer wieder seine Feder tauchte, stand eine mit unzähligen Schreibfedern gefüllte Schachtel. Einige Federn waren abgenutzt und tintenverschmiert, andere noch funkelnagelneu. An den Wänden zogen sich hohe Bücherregale entlang, darin stapelten sich ledergebundene dicke Bände und große, abgewetzte Kontobücher.

Aus den Augenwinkeln heraus sah Dylan, dass sich im Schatten etwas bewegte. Malcolm saß mit dem Rücken gegen die Wand gelehnt hinter dem Schreibtisch auf einem steinernen Sims. Dylan nahm keine Notiz von ihm und beschloss, erst einmal abzuwarten, wie sich die Dinge entwickelten. Er blickte sich neugierig um, während Iain sich weiter mit seinen Papieren befasste.

Er befand sich in dem bei weitem am luxuriösesten eingerichteten Raum, den er bislang in der Burg gesehen hatte. Ganz offensichtlich sollten die Besucher beeindruckt werden, mit denen Iain Geschäfte zu tätigen gedächte. Vor einer Vitrine mit Weinkrügen standen mehrere gepolsterte Stühle. Dylan nahm an, dass der Wein vom Kontinent stammte, vermutlich aus Frankreich. Dann fiel sein Blick auf ein Schwert, das hinter Iains Schreibtisch an der Wand hing, und er hielt unwillkürlich den Atem an.

Es war ein mächtiges Breitschwert mit silbern schimmerndem Heft und polierter Stahlklinge. Auf den ersten Blick ordnete er es dem frühen siebzehnten oder späten sechzehnten Jahrhundert zu. Es hatte jedoch nicht den damals üblichen Korbgriff, sondern sein Heft ähnelte eher dem eines Rapiers. Sehr ungewöhnlich, aber auch sehr schön. Genau so ein Meisterstück der Handwerkskunst hatte er sich immer für seine Sammlung gewünscht, und nun sah er es tatsächlich vor sich. Er musste sich geradezu zwingen, den Blick davon loszureißen, um sich weiter umzuschauen.

An einer Wand hing ein riesiger Gobelin, der eine Waldszene zeigte. Ein weißes Einhorn galoppierte inmitten dunkler, knorriger Bäume einher. Darauf saß ein Mann, der so groß und kräftig war, dass sich sein Reittier dagegen geradezu zwergenhaft ausnahm. Er hatte einen roten Bart, wehendes rotes Haar und entsprach ziemlich genau Sinanns Beschreibung von Donnchadh Matheson. In einer Hand hielt er ein Schwert, in der anderen eine weiße Rose. Sein Plaid flatterte hinter ihm her wie eine Hochlandfahne.

Doch Dylans Aufmerksamkeit wurde von der kleinen Gestalt gefesselt, die über dem Mann schwebte und die dieser unverwandt ansah. Es war eine Fee, deren weißes Gewand im Dunkeln schimmerte. Als er genauer hinsah, zuckte er vor Überraschung zusammen, denn bei der Fee handelte es sich um niemand anderen als um Sinann, daran bestand kein Zweifel; er konnte sogar ihre Gesichtszüge deutlich erkennen.

Dylan drehte sich zu Iain um und deutete auf den Mann auf dem Einhorn. »Das ist doch dein Vater, Donnchadh Matheson, nicht wahr?«

Iain konnte sein Erstaunen nicht verbergen, seine Augen wurden groß. »Wie kommst du denn darauf?«

Dylan zuckte mit den Achseln. Er hatte nicht vor, dem

Laird von Sinann zu erzählen. »Eine bloße Vermutung. Der Barde hat ihn und die weiße Fee einmal erwähnt.« Das war eine glatte Lüge, aber woher sollte Iain das wissen? »Wer hat diesen Gobelin angefertigt?«

Iain senkte den Kopf. »Er ist ein Geschenk der Feen. Am Tag, an dem mein Vater begraben wurde, tauchte er plötzlich dort an der Wand auf. Ich habe nicht gewagt, ihn abzunehmen.«

Dylan starrte Sinanns Bild an, und vor seinen Augen drehte sich die Figur um und winkte ihm zu. Er erschauerte und hatte Mühe, seine Stimme möglichst unbeteiligt klingen zu lassen, als er fragte: »Glaubst du an Feen?«

»Natürlich«, erwiderte Iain. »Sie haben mir doch den Gobelin gebracht.«

Dylan kicherte, als die Fee in dem Bild ihre ursprüngliche Position wieder einnahm. »Das ist ein Argument.«

Iain grunzte unwillig und legte seine Feder beiseite. Er verschränkte die Arme vor der Brust, lehnte sich zurück und kam auf den eigentlichen Grund dieser Unterredung zu sprechen. »Du willst also meine Tochter heiraten.« Geradeheraus, ohne großes Drumherumgerede. Dylan hatte schon gelernt, dass dies ein hervorstechender Charakterzug der Mathesons der Alten Welt war; einer, der dem Zweig der Familie, dem er selbst angehörte, vollständig verloren gegangen war. Alle Mathesons daheim in seiner eigenen Welt – und auch die Familie seiner Mutter – redeten stundenlang um den heißen Brei herum, statt direkt auf den Punkt zu kommen. Deshalb kam bei ihren Besprechungen wohl auch selten etwas heraus.

Er drehte sich um und erwiderte ebenso offen: »Ja.«

»Und wie willst du für sie sorgen?«

»Ich besitze genug Geld, um mir ein kleines Stück Land zu kaufen.« Ein sehr kleines, in einem felsigen Tal im Süden gelegenes Stückchen Land, um genau zu sein. Die Verhandlungen waren noch nicht abgeschlossen, und wenn sich Malcolm, der als sein Unterhändler auftrat, nicht sehr geschickt anstellte, würde er als Teil des Kaufpreises fünf Jahre lang auf den Feldern des MacLeod'schen Lairds arbeiten müssen. Aber das brauchte Iain jetzt noch nicht zu wissen.

Iain hob die Augenbrauen. »Ich sehe, ich habe dich entschieden zu gut bezahlt.«

»Ich gehe sparsam mit meinem Geld um und habe außer meinem abendlichen Eimer mit heißem Wasser keine kostspieligen Laster. Und ich weiß, wie ich meine Besitztümer vermehren kann. Deine Tochter wird nie Hunger leiden müssen.«

»Sie ist an ein Leben in Wohlstand gewöhnt.«

»Aber sie ist auch ein erwachsener Mensch, der weiß, wie vergänglich Wohlstand sein kann. Außerdem werden wir als Mitglieder dieses Clans die schlechten Zeiten, die vielleicht kommen, gemeinsam durchstehen.«

Eine Unheil verkündende Pause entstand. Iains Brauen zogen sich finster zusammen, und er beugte sich vor. »Der Gedanke, Landbesitzer zu werden, gefällt dir wohl sehr, wie? Du hältst es mit den englischen Gesetzen, die es wenigen Männern erlauben, viel Land zu besitzen, und die denen gegenüber, die es bearbeiten, keinerlei Verantwortung tragen. Diese Gesetze zerstören die Clans!«

»Du besitzt doch auch dein eigenes Land.«

»Nur nach englischen Gesetzen. Nach den Gesetzen unseres Clans verwalte ich in meiner Eigenschaft als Laird das Land lediglich zum Wohl meiner Leute. Sogar der ärmste meiner Pächter erhält im Winter zu essen, wenn der Clan noch Brot besitzt. Und all das würde sich schlagartig ändern, wenn es diesen elenden Tiefländern gelänge, mich zu entmachten. Sie würden bedenkenlos die Pächter, deren Familien schon zu Zeiten unseres ersten Königs Kenneth MacAlpine hier ansässig waren, von ihrem Land vertreiben, um sich ihre Taschen mit Gold und Silber füllen zu können, während rings um sie herum Menschen hungers sterben.«

Dylan nickte. Er verstand nur zu gut, was Iain meinte. Schon in wenigen Jahren würden hunderttausende dieser halb verhungerten Menschen nach Amerika fliehen und sich in den Appalachen niederlassen. Aber damit konnte er

Iain nicht kommen. Wie hätte er ihm erklären sollen, woher sein Wissen stammte? Also sagte er nur schlicht: »Ich habe nicht vor, mich vom Clan loszusagen.« Es wäre in der Tat töricht, ohne den Schutz von Caits Vater in den Bergen leben zu wollen. Der Hof, den er erwerben wollte, konnte jederzeit überfallen werden, und ein Mann allein war nicht im Stande, Übergriffe benachbarter Clans abzuwehren.

»Würdest du mir denn auch als Landbesitzer weiterhin die Treue halten?«

Dylan öffnete schon den Mund, um dies zu bejahen, besann sich dann aber. Was Iain wirklich wissen wollte, war, ob Dylan für ihn in den Krieg ziehen würde, falls es dazu kam. Und da er wusste, dass Iain ein Jakobit war, konnte er nicht mit gutem Gewissen schwören, für eine Sache zu kämpfen, die im Lauf der nächsten drei Jahrzehnte unzähligen Menschen den Tod bringen würde. Zögernd erwiderte er: »Meine Treue gilt vornehmlich Cait. Mein oberstes Ziel ist es, für ihre Sicherheit zu sorgen.«

»Unter meinem Schutz seid ihr beide in Sicherheit.«

Einen Moment lang herrschte Schweigen, während Dylan angestrengt überlegte, wie er sich aus dieser Zwickmühle herauswinden konnte, aber er sah keinen Ausweg. Wollte er Cait heiraten, so musste er sich Iain gegenüber verpflichten. Also nickte er entschlossen. »Aye, du hast Recht. Ich schwöre, dass ich dir auch als Landbesitzer die Treue halten werde.«

Iain lehnte sich in seinem Stuhl zurück. Er wirkte plötzlich so entspannt und zufrieden, als sei Dylans Schwur das eigentliche Ziel dieser Unterredung gewesen. Doch dann warf er Malcolm einen flüchtigen Blick zu und sagte: »Dir ist wohl klar, dass Coll der Erbe meines Titels und meiner Ländereien ist, da ich ja keine Söhne habe.«

Dylan nickte.

»Und wenn Coll ohne männliche Nachkommen sterben sollte, würde laut Geburtsrecht Artair der nächste Erbe.«

Wieder nickte Dylan. Er fragte sich, worauf Iain hinauswollte.

»Außerdem musst du bedenken, dass beide junge, verwegene Draufgänger sind und Artair zudem eine spitze Zunge hat. Daher besteht die Möglichkeit, dass keiner von ihnen lange genug lebt, um zu heiraten und legitime Erben zu bekommen.«

Dylan erwiderte nichts darauf. In seinem eigenen kulturellen Umfeld war es nicht üblich, damit zu rechnen, dass Menschen so jung starben. Er zuckte verwirrt mit den Achseln. »Und?«

»Das, mein Freund, bedeutet, dass du als Rodericks Sohn der nächste Anwärter auf den Titel des Lairds bist. Es wird gemunkelt, dieser Umstand wäre der eigentliche Grund dafür, dass du von den Kolonien hierher gekommen bist.«

Dylan lachte laut auf, als ihm einfiel, dass ihn Malcolm am Tag seiner Ankunft gefragt hatte, ob er erwartet hätte, so viele männliche Verwandte vorzufinden. Damals war er davon ausgegangen, dass seine Verwandtschaft mit Iain in Bezug auf die Erbfolge nicht zählte, weil er in Amerika geboren worden war. Erst jetzt ging ihm auf, dass er in diesem Jahrhundert tatsächlich als britischer Staatsbürger galt. Die Vereinigten Staaten existierten noch gar nicht! Virginia war eine britische Kolonie, und seit vor sieben Jahren der Vereinigungsvertrag mit Schottland unterzeichnet worden war, bestand zwischen schottischer und englischer Staatsbürgerschaft kein gesetzlicher Unterschied mehr. Deswegen war er sowohl laut englischem als auch laut Clansrecht ein ebenso legitimer Anwärter auf den Titel des Lairds, als ob er in Schottland geboren wäre.

Verblüfft blickte er Iain an. »Ich habe dir doch gesagt, dass ich gegen meinen Willen hierher verschleppt wurde. Nur wegen Cait möchte ich überhaupt bleiben.«

»Du kannst mir viel erzählen, mein Sohn.«

Dylan nagte nachdenklich auf seiner Unterlippe herum. Mit dieser Wendung des Gesprächs hatte er nicht gerechnet, und er wusste nicht recht, wie er sich jetzt verhalten sollte. Schließlich rollte er erst seinen linken Ärmel hoch und legte die frisch genähte dunkelrot angelaufene Wunde frei, dann streckte er Iain seinen gesunden rechten Arm hin. »Möchtest du das Spiel von eben wiederholen? Dann bedien dich«, fuhr er ihn an.

Augenblicklich erwachte Iains Zorn von neuem. »Vielleicht hätte ich dich doch besser töten sollen.«

Dylan ließ sein Plaid von der Schulter gleiten, knöpfte sein Hemd auf und entblößte seine mit dem schwarzsilbernen Kruzifix geschmückte Brust. »Tu dir keinen Zwang an. Wenn du mich loswerden willst, um zu verhindern, dass dein Titel an einen Amerikaner fällt, dann stoß mir nur dein Schwert in die Brust. Ich werde jedenfalls nicht aus freien Stücken auf Cait verzichten. Ich pfeife auf das Land und auf deinen Titel, aber Cait gebe ich auf keinen Fall auf. Da musst du mich schon umbringen.« Er verstummte einen Moment, weil ihm etwas klar wurde, dann fuhr er fort: »Aber das wirst du nicht tun, weil Cait dich dafür hassen würde.«

Iain zog die Brauen zusammen und biss sich auf die Lippe. »Sie würde darüber hinwegkommen.«

Dylan setzte auch weiterhin auf sein Vertrauen zu Cait. »Wenn du das glaubst, dann töte mich ruhig. Aber du kennst deine Tochter. Sie ist genauso starrköpfig wie du, und sie würde dich ein Leben lang hassen, wenn du mich umbringst.« Er stemmte die Hände in die Hüften und funkelte Caits Vater herausfordernd an. »Du weißt nämlich, dass sie mich liebt.«

Iain Mór fuhr herum, riss das Schwert mit dem silbernen Heft von der Wand, zog es blitzschnell aus der Scheide und setzte Dylan die Waffe an die Kehle. Doch der jüngere Mann wich nicht zurück und zuckte mit keiner Wimper, als die Spitze des Schwertes seine Haut ritzte. Iains Augen loderten vor Zorn, und er spie die nächsten Worte förmlich aus. »Du wagst es, so mit mir zu sprechen, obwohl das Blut meiner Tochter noch an deinem Schwanz klebt? Ich sollte dir hier und jetzt die Kehle durchschneiden!« Wutbebend, mit hochrot angelaufenem Gesicht blieb er vor Dylan stehen. Dieser sagte keinen Ton und rührte sich nicht von der Stelle. Wenn Iain seinen Tod wünschte, so würde er sterben, und das war dann das Ende. Aber der Tod war einem

Leben ohne Cait entschieden vorzuziehen. Eine fast greifbare Spannung lag in der Luft, während Iain mit sich rang.

Endlich ließ er das Schwert sinken und legte es vor sich auf den Tisch. Dann setzte er sich wieder auf seinen Stuhl, stützte die Ellbogen auf die Tischplatte und presste die Finger gegen die Lippen. Nach einer Weile lehnte er sich zurück und sah Dylan lange ins Gesicht, ehe er bedächtig sagte: »Wenn der Titel und das Land auf dich übergingen, würdest du dann so für das Wohl meiner Leute sorgen, wie ich es tue?«

Jetzt verstand Dylan überhaupt nichts mehr. »Wie meinst du das?«

»Ich kann meinen Besitz nicht Cait hinterlassen, sondern ich kann sie nur mit einer angemessenen Mitgift ausstatten. Der Titel des Lairds und der Großteil der Ländereien müssen an einen männlichen Erben fallen, aber Coll und Artair sind nicht meine Söhne. Deswegen ist es mir möglich, vor meinem Tod einen männlichen Nachfolger zu bestimmen, und der Clan wird sich höchstwahrscheinlich meinen Wünschen fügen – vorausgesetzt, meine Wahl fällt auf einen geeigneten Mann.«

»Du kannst Coll und Artair enterben?« Damit hatte Dylan nicht gerechnet.

Iain zuckte mit den Achseln. »Wenn sich keiner von ihnen als Laird bewährt, wird der Clan ihnen irgendwann die Gefolgschaft aufkündigen. Mehr gibt es dazu nicht zu sagen. Falls Coll den Titel erbt und sich als Schwächling erweist, wird Artair versuchen, ihn zu stürzen und selbst an die Macht zu gelangen. Das würde zu Unstimmigkeiten unter den Mathesons führen und schlimmstenfalls sogar einen Krieg innerhalb des Clans auslösen. Als Laird muss ich an die Zukunft all meiner Leute denken, nicht nur an die meiner Tochter. Das ist meine Pflicht, und daran solltest auch du dich schnell gewöhnen.«

»Was ist denn mit Malcolm? Er ist doch ebenso eng mit dir verwandt wie ich.« Enger noch, aber das wusste ja niemand.

»Malcolm ist ein Taggart und mit den Mathesons nur

durch die weibliche Linie verwandt. Der Clan würde ihn niemals akzeptieren.«

Jetzt endlich meldete sich auch Malcolm zu Wort. »Außerdem bin ich ein alter Mann. Aber du, Dylan, hast dein ganzes Leben noch vor dir.«

Eine lange Pause entstand, während Dylan das, was innerhalb weniger Minuten auf ihn eingestürmt war, zu verdauen versuchte. Schließlich meinte er bedächtig: »Wenn ich auf deinen Vorschlag eingehe, werden Coll und Artair versuchen, mich zu stürzen.«

»Aye, das werden sie allerdings«, stimmte Iain zu.

»Aber du bist stark genug, um dich gegen sie zur Wehr zu setzen«, warf Malcolm in einem Ton ein, der deutlich besagte, dass Dylan von selbst auf diesen Gedanken hätte kommen müssen. »Wenn du Cait heiratest und Iains rechte Hand wirst, dann wird man dich bald ganz selbstverständlich als seinen Nachfolger betrachten. Du bist im Stande, den Clan zusammenzuhalten, und nach deinem Tod wird der Titel auf deinen und Caits Sohn übergehen. Iains Enkel.«

»Glaubst du wirklich, der Clan würde einen Fremden als neuen Laird akzeptieren?«

Die Besorgnis, die in Iains Augen aufflackerte, verriet Dylan, dass hier tatsächlich der schwache Punkt des Plans lag. Aber der Laird erwiderte nur: »Noch bin ich nicht tot, junger Freund, und ich habe auch nicht vor, Ciorram in der nächsten Zeit zu verlassen. Im Laufe der Zeit wird der Clan dich als meinen Nachfolger annehmen, besonders, wenn ich klar zum Ausdruck bringe, dass dies mein Wunsch und Wille ist.«

Unwillkürlich blickte Dylan auf das Schwert mit dem silbernen Heft hinab, das vor ihm auf dem Tisch lag. Iain entging dies nicht, und er sagte: »Dieses Schwert stammt von meinem Urgroßvater. *Unserem* Urgroßvater. Es wurde von Clemens Horn für König James VI. von Schottland angefertigt, nachdem man ihn zu James I. von England gekrönt hatte. Der König schenkte es unserem Ahnen als Belohnung für treue Dienste, und seit hundert Jahren wurde es immer vom Vater an den Sohn weitergegeben. Ich aber habe keinen Sohn, deshalb möchte ich es in die Hände eines Mannes legen, der seiner würdig ist.«

Dylan vermochte den plötzlichen Sinneswandel des Lairds immer noch nicht zu fassen. »Heute Morgen wolltest du mich noch umbringen.«

Iains Zorn flammte von neuem auf. »Das würde ich immer noch gern, und ich werde es auch tun, wenn du mir irgendwelche Schwierigkeiten machst. Du hast mir etwas genommen, was mir sehr teuer ist, und wirst jetzt auch noch dafür belohnt. Glaub nur nicht, dass mir mein Entschluss leicht gefallen ist.« Er blickte zu Malcolm hinüber und fuhr dann etwas ruhiger fort: »Aber ich hatte Zeit, über alles nachzudenken und die verschiedenen Möglichkeiten abzuwägen, und inzwischen denke ich, dass deine Liebe zu Cait ein Geschenk Gottes sein könnte. Eine Entschädigung für die Söhne, die ich verloren habe, als sie noch Kinder waren, und eine Gelegenheit, die Macht an einen Mann weiterzugeben, der sie sich nicht von jenen entreißen lassen wird, die dem Clan Schaden zufügen würden.«

Dylan holte tief Atem, seine Gedanken überschlugen sich. Noch vor wenigen Minuten schien sein Tod eine beschlossene Sache zu sein, und nun bot sich ihm die Möglichkeit, Iain Mórs Titel und seine Ländereien zu erben. Doch als er eingehender über alles nachdachte, wurde ihm klar, dass sowohl Artair als auch Coll ihn eher töten würden, als sich Iains Wünschen zu fügen. Außerdem würde seine Verbindung mit Iain Mór die Aufmerksamkeit der Krone auf ihn lenken. Man würde annehmen, er habe sich den Jakobiten ebenfalls angeschlossen, und in eineinhalb Jahren stand der nächste, zum Scheitern verurteilte Aufstand bevor.

Wieder einmal war eine Falle um ihn herum zugeschnappt, und er wurde die dunkle Vorahnung nicht los, dass seine Tage gezählt waren.

## 14.

Die Unterredung war zu Ende. Dylan wurde angewiesen, seine Habseligkeiten in eine Kammer im Nordturm zu schaffen, da er von seinem Posten als Caits Leibwächter entbunden war. Er ging in seine eigene Kammer, um seine Truhe zu leeren, nahm aber als Erstes Caits Hände in die seinen und flüsterte ihr zu, was zwischen ihrem Vater und ihm besprochen worden war. »Er hat nicht nur unserer Hochzeit zugestimmt«, sagte er leise, ihre Hände zärtlich drückend, »sondern er denkt auch daran, mich zu seinem Erben zu machen.«

Zuerst malte sich schiere Verblüffung auf Caits Gesicht ab, dann jauchzte sie vor Freude auf und umarmte ihn. Dylan konnte ihre Begeisterung nicht ganz teilen. Sein Leben würde eine große Veränderung erfahren, von der er noch nicht wusste, was sie ihm bringen würde, aber das Einzige, was für ihn zählte – seine Beziehung zu Cait –, blieb davon unberührt. Sie liebte ihn ebenso innig wie er sie, und diese Liebe würde er sich von nichts und niemandem zerstören lassen. Auch Cait versicherte ihm dies wieder und wieder, während sie von der wundervollen Zukunft schwärmte, die vor ihnen lag.

Als sie sich so weit beruhigt hatte, dass er auch einmal zu Wort kam, sagte er: »Aber ich muss sofort in den Nordturm umziehen.« Er gab sie frei, und als er ihre Hand küsste, sah er, dass sie seinen Ring trug. Mit einem zufriedenen Lächeln wandte er sich ab und kniete sich auf den Boden, um die Truhe zu leeren.

Cait stemmte die Hände in die Hüften. »Natürlich musst du das. Es wäre keine gute Idee, dich auch weiterhin vor meiner Tür schlafen zu lassen. Schließlich könntest du versuchen, mich zu verführen.« Der Sarkasmus in ihrer Stimme brachte ihn zum Lachen. Die ganze lange Wartezeit war vermutlich ohnehin für die Katz gewesen. Das ganze Tal würde jetzt davon ausgehen, dass sie schon seit Monaten miteinander schliefen.

Achselzuckend breitete er seinen zweiten Kilt und seine sauberen Hemden auf der Pritsche aus, legte alles zusammen und verschnürte es zusammen mit dem Gedichtband zu einem Bündel. Dann schob er seinen *sgian dubh* in die Scheide an seinem Arm, steckte Brigid in seine Gamasche, schlang sich sein Wehrgehänge samt Schwert über die Brust, befestigte seine Tasche an seinem Gürtel, warf sich den Mantel über, klemmte sich das Bündel unter den Arm und beugte sich zu Cait hinunter, um sie zu küssen.

»Nun tu nicht so, als wäre dies ein Abschied für immer«, sagte sie lächelnd. »Ich begleite dich noch zu deiner neuen Unterkunft.«

Dylan schüttelte den Kopf. »Lieber nicht. Es wird ohnehin schon genug über uns geredet, also sollten wir den Leuten nicht noch mehr Anlass zum Tratschen geben. Wir sehen uns beim Abendessen.«

Sie runzelte die Stirn. »Aber Dylan …«

»Bitte tu, was ich sage, Liebling. Nur dies eine Mal. Wir sehen uns beim Essen.« Er küsste sie rasch und machte sich dann auf den Weg zum Nordturm.

Als er bei seinem neuen Quartier angelangt war, fand er Malcolm in der Nische vor seiner Tür vor. Er kauerte auf den Fersen auf dem Boden, den Rücken gegen die Wand gelehnt, und erhob sich gemächlich, als Dylan auf ihn zukam. »Meinen Glückwunsch, junger Freund.«

Dylan blieb stehen und musterte Malcolm einen Moment lang; er hatte aus den Ereignissen des Nachmittags bereits seine eigenen Schlüsse gezogen. Schließlich sagte er: »Ich danke dir, Malcolm. Aber warum hast du das getan?«

Der ältere Mann zuckte mit den Achseln und wandte den Blick ab. Er wollte offensichtlich aufrichtig sein, war aber auf der Hut. »Es ist bedauerlich, dass keiner der Söhne meines Vetters am Leben geblieben ist. Er hätte einen davon zu einem guten Laird erzogen, der den Clan in diesen schweren Zeiten, wo wir ständig mit Übergriffen des Lowlandabschaums rechnen müssen und von den Gesetzen der Engländer erdrückt werden, zusammengehalten hätte. Weder Artair noch Coll sind darauf vorbereitet worden, eine solche Verantwortung auf sich zu nehmen, sie sehen in der Übernahme des Titels nur die Möglichkeit, zu Wohlstand und Ansehen zu gelangen. Keiner von beiden begreift wirklich, was es bedeutet, Menschen zu leiten und zu schützen, wenn es nicht genug Land gibt, um sie alle zu ernähren.« Er verlagerte sein Gewicht auf ein Bein und spähte die Treppe hinunter, als fürchte er, belauscht zu werden. »Du dagegen besitzt alle notwendigen Fähigkeiten und Eigenschaften, um den Clan zu erhalten, und dir liegt das Wohl der Leute wirklich am Herzen. Außerdem bist du stark genug, dich zu behaupten. Du würdest dir von Artair oder Coll die Macht nicht wieder ohne weiteres entreißen lassen. Iain war all dies anfangs nicht bewusst, aber nun hat er es eingesehen. Nur das wollte ich erreichen.«

Dylan hatte noch eine weitere Frage. »Wieso hast du nie daran gezweifelt, dass ich Rodericks Sohn bin?«

Malcolm lächelte, als läge die Antwort auf der Hand. »Aus zwei Gründen. Erstens habe ich beobachtet, wie du mit Menschen umgehst, die unter dir stehen. Du behandelst sie mit Respekt, und du kriechst auch nicht vor Höherstehenden im Staub. Und ich *will* glauben, dass du Rodericks Sohn bist, denn der Matheson-Clan braucht einen starken Führer, wenn Iain und ich nicht mehr sind, und den hat er in dir und später in deinen Söhnen und Enkeln. Und zweitens«, er kicherte leise, »erkenne auch ich genau wie Sigurd einen Matheson, wenn ich einen sehe.« Er klopfte Dylan auf die Schulter und stieg die Treppe zu seiner eigenen Kammer empor. »Bis später.«

Dylan beschlich das unangenehme Gefühl, in eine Falle gelockt worden zu sein, doch nach eingehender Überlegung fand er die Wendung, die sein Leben nehmen würde, doch sehr verlockend.

Gemessen an dem Standard, an den er sich in der letzten Zeit gewöhnt hatte, war seine neue Unterkunft geradezu luxuriös. Endlich konnte er so etwas wie Privatsphäre genießen, denn die Kammer hatte eine Tür, die sich tatsächlich verriegeln ließ. Obwohl sie direkt unter Malcolms Raum lag, war sie nicht mit einem Glasfenster, sondern nur mit Schießscharten versehen, doch als er sich in eine hineinlehnte und das Gesicht gegen die schmale Öffnung presste, konnte er fast den gesamten See überblicken und sah auch noch die dahinter aufragenden Berge. Jemand hatte bereits ein Feuer im Kamin gemacht, um die Kälte aus dem großen Raum zu vertreiben. Dylan ließ sein Bündel auf das Bett fallen, das dem von Malcolm glich, aber zudem noch mit einem Rahmen für Bettvorhänge ausgestattet war. Vorhänge hingen jedoch nicht daran, und statt eines Schrankes gab es am Fuß des Bettes lediglich eine riesige Truhe.

Er öffnete sie, wobei er sich fragte, ob er jemals genug Sachen besitzen würde, um dieses Monstrum zu füllen. Sein Schwert und sein Wehrgehänge wanderten hinein, gefolgt von Mantel, Tasche, Gamaschen, Dolchen und Schuhen. Dann musterte er das einladend aussehende Bett, löste seinen Gürtel, streifte seinen Kilt ab und legte beides gleichfalls in die Truhe, ehe er den Deckel zuklappte; seufzend streckte er sich auf der Wolldecke aus und schlief augenblicklich ein. Eine lange, ereignisreiche Nacht und ein nicht weniger ereignisreicher Morgen lagen hinter ihm.

Sinanns drängende Stimme weckte ihn. »Dylan! Wach auf! Los, beeil dich! Steh auf! Steh endlich auf!«

Schlaftrunken sprang Dylan vom Bett und tastete nach Brigid. Sie war nicht an ihrem gewohnten Platz, und er konnte sich kaum daran erinnern, wo er sich im Augenblick befand. Verärgert drehte er sich einmal um die eigene Achse und knurrte: »Tinkerbell! Was willst du nun schon wieder?«

Sinann lachte. »Dich über deine eigenen Füße stolpern sehen. Du bist wirklich ein gehorsames Bürschchen.« Ihr melodisches Kichern reizte ihn bis aufs Blut.

Er musterte sie einen Moment lang und schnaubte abfällig, doch dann kramte er Brigid aus seiner Truhe hervor, ehe er sich bäuchlings aufs Bett fallen ließ und den Dolch unter das Kopfkissen schob, wo er hingehörte. »Ich nehme an, du bist gekommen, um deinen Sieg auszukosten.«

»Welchen Sieg? Ich bin hier, um dir etwas zu geben. Von welchem Sieg sprichst du überhaupt?«

Er drehte sich auf die Seite. »Du hast gewonnen, Triumph auf der ganzen Linie. Ich werde gegen die Engländer kämpfen. Vermutlich bin ich in eineinhalb Jahren tot, falls Artair oder Coll mich nicht vorher erwischen. Herzlichen Dank, Tink«, schloss er sarkastisch.

Sinann zerrte am Deckel seiner Truhe. »Ich bin nicht schadenfroh, mein Freund. Mir ist durchaus bewusst, in welch misslicher Lage du steckst.« Ihre Flügel flatterten heftig, als sie versuchte, die Truhe zu öffnen.

Dylan setzte sich auf dem Bett auf und kam ihr zu Hilfe. Wonach suchst du denn?«

Sie steckte den Kopf in die Truhe, förderte seinen *sporran* zu Tage, flatterte auf und ließ sich, die Tasche fest umklammernd, auf der Vorhangstange über seinem Bett nieder.

»Hey!«

»Ich bin nicht hinter deinem Geld her, du Schwachkopf. Wo ist die Brosche, die du getragen hast, als du hierher gekommen bist?«

»In der Tasche. Was willst du damit?«

Sie fand die Brosche, hielt sie hoch und ließ die Tasche achtlos auf die Matratze fallen. Die darin enthaltenen Münzen klimperten laut. Dylan stützte sich auf die Ellbogen und sah zu, wie sie die Brosche in beide Hände nahm und den Kopf senkte.

»Was, zum Teufel ...«

»Schscht.« Sinann hielt die Brosche in die Höhe und begann, leise vor sich hin zu murmeln. Nach einiger Zeit fing der Stahl in ihren Händen an zu glühen. Das Licht wurde immer heller, bis Dylan die Augen zusammenkneifen musste, um nicht geblendet zu werden. Nachdem es wieder erloschen war, nahm Sinann neben Dylan auf der Matratze Platz und streckte ihm die Brosche hin.

»Was hast du da gerade gemacht, Tink?« Dylan traute ihr nicht über den Weg, schon gar nicht, wenn es um Magie ging.

»Diese Brosche ist jetzt ein mächtiger Talisman. Sie bedeutet dir doch etwas, oder? Sie ist das Symbol deines Clans.«

Dylan nickte.

»Der Clan schützt dich. Niemand kann ohne die Unterstützung seiner Familie überleben.«

Wieder stimmte Dylan ihr zu. »Was hast du denn nun mit meiner Brosche angestellt?«

»Sie wird dich jetzt genauso beschützen, wie der Clan das tut. Wenn du sie trägst, können dich die, die dir Böses wollen, nicht sehen.«

Dylan nahm die Brosche wieder an sich. »Mich nicht sehen? Du meinst, sie macht mich unsichtbar?«

»Vollkommen unsichtbar – solange du dich nicht von der Stelle rührst.«

Er hatte schon geahnt, dass die Sache einen Haken hatte. »Unbemerkt Leute auszuspionieren fällt damit wohl flach, nehme ich an.«

»Allerdings. Mit der Brosche verhält es sich wie mit deinem Clan. Der Schutz wirkt nur, wenn du an Ort und Stelle bleibst.«

Dylan kicherte. »Aha, ein Wink mit dem Zaunpfahl. Aber beruhige dich, ich habe vor, noch geraume Zeit hier in der Gegend zu verbringen.«

Sinann lachte vor Freude laut auf und flatterte mit ausgebreiteten Armen in die Höhe. »O ja!«, rief sie ins Leere. »Du wirst den Mathesons zu einem großen Sieg über die Engländer verhelfen!«

Dylan grunzte, rollte sich auf den Bauch und vergrub das Gesicht in den Armen.

Beim Abendessen saß er neben Cait, und obwohl alle Anwesenden ihn anstarrten, gelang es ihm nicht, sein glückliches Grinsen zu unterdrücken, sosehr er sich auch bemühte. Caits sonniges Lächeln erwärmte sein Herz; er konnte den Blick einfach nicht von ihr wenden.

Zum *céilidh* an diesem Abend hatten sich die Mathesons nahezu vollständig eingefunden, und als Iain Mór sich erhob, um die Neuigkeit zu verkünden, schien jeder schon zu wissen, was kommen würde. Dylan saß breitbeinig auf einer Bank. Cait hatte es sich zwischen seinen Knien bequem gemacht und kuschelte sich in seine Arme. Ihr Kopf ruhte an seiner Schulter, die ineinander verschränkten Hände auf ihrem Bauch.

Iain stand neben dem Herd, seinen silbernen Weinkelch mit dem eingravierten Bild eines Bären in den Händen. Er räusperte sich vernehmlich und bat dann um Ruhe. Cait drückte Dylans Hand, doch er vermied es, sie anzusehen. Entweder verlief dieser Abend glimpflich, dann war alles in Ordnung, oder es würde gleich zu einer hässlichen Szene kommen. Über seinem Kopf schwirrte etwas Weißes, er blickte auf und sah in Sinanns lächelndes Gesicht. Die Fee schwebte wie ein Schutzengel über ihm und Cait.

»Es ist mir schon seit einiger Zeit bekannt«, hob Iain an, »dass meine Tochter und ein gewisser junger Mann mehr als nur freundschaftliche Gefühle füreinander hegen.« Alle Augen richteten sich auf das Paar, und Dylan musterte Iain verstohlen, als dieser fortfuhr: »Heute Abend betrachte ich mich als einen glücklichen Mann, denn ich kann der Wahl, die meine Tochter getroffen hat, nur von ganzem Herzen zustimmen.« Ein schiefes Lächeln huschte über sein Gesicht, und seine Stimme nahm einen verschwörerischen Klang an. »Aber wir alle wissen, dass Cait stets das tut, was sie will. Wahrscheinlich würde sie ihn auch heiraten, wenn er ein Bettler wäre.« Hier und da wurde Gelächter laut. »Und so habe ich die große Freude, die Verlobung meiner Tochter mit unserem in Virginia geborenen Clansmann zu verkünden, der trotz seiner Herkunft ein Schotte durch und durch ist – Dylan Robert Matheson!« Die beiden R im Namen Robert hatte er besonders stark gerollt. Dann drehte er sich zu Dylan und Cait um und hob seinen Kelch. *»Tha mo beannachd-sa* *agad.*« Mit diesem Segensspruch trank er einen großen Schluck Wein.

Erregtes Gemurmel erhob sich im Raum; einige der Anwesenden wirkten überrascht, einige erfreut, andere sichtlich unangenehm berührt. Dylan warf Artair und Coll einen verstohlenen Blick zu. Es überraschte ihn nicht, dass beide hochrot angelaufen waren und aufgeregt miteinander flüsterten.

Sarah sprang von ihrem Platz auf, rannte quer durch die Halle und verschwand in dem Gang, der zu den Türmen führte. Dylan sah ihr nach, dann blickte er fragend zu Sinann auf, doch die Fee schien Sarahs Flucht nicht bemerkt zu haben.

Iain bat erneut um Ruhe, und als sich die erste Aufregung gelegt hatte, sagte er: »Die Hochzeit wird am Sonntag in drei Wochen stattfinden, wenn der Gemeindepriester uns wieder mit seiner Gegenwart beehrt. Wenn niemand Einwände erhebt«, hier blickte er mit schmalen Augen flüchtig in Dylans Richtung, »werden die beiden dann hier in der Burg getraut werden, und Dylan wird den Platz meines rechtmäßigen Sohnes einnehmen.«

Ein leiser Fluch erklang aus der Ecke, wo Artair und Coll saßen.

Ohne darauf zu achten, fuhr Iain fort: »Dass du, Dylan, nicht länger über die Tugend meiner Tochter zu wachen brauchst, versteht sich wohl von selbst.« Wieder wurde Gelächter laut. »Stattdessen wirst du die Leitung der Wachpostentruppe übernehmen und von nun an für die Sicherheit der Burg verantwortlich sein.« Dylan übersetzte Iains Worte rasch in moderne Begriffe und kam zu dem Schluss, dass er sozusagen der Feldwebel der zum Schutz der Burg abgestellten Männer werden sollte – seinen neun ehemaligen Kameraden, mit denen er die Schlafbarracke geteilt hatte. Iain hob die linke Hand. »Und vielleicht findest du darüber hinaus noch etwas Zeit, um unseren Leuten deine merkwürdigen Kampftechniken beizubringen.«

Dylan grinste. Wieder einmal hatte das Schicksal ihm Kung-Fu-Schüler beschert.

In dieser Nacht wurde viel gesungen, und die meisten Lieder handelten von erfüllter oder enttäuschter Liebe. Sarahs ältester Sohn Eóin nahm Caits Platz auf Dylans Schoß ein und plapperte eifrig über seinen am Leben gebliebenen kleinen Bruder, der jetzt vier Jahre alt war. Dylan beteiligte sich auf Gälisch an der Unterhaltung und dachte voller Glück daran, dass Cait und er sicherlich eines Tages eigene Kinder haben würden. Ein ganzes Dutzend, wenn es nach ihm ging.

Am nächsten Morgen ließ Iain Dylan ausrichten, dass er sich zusammen mit Malcolm, Artair und Coll zu einer Jagd einfinden möge.

Dylan, der in seine Kammer gegangen war, um sein Schwert zu holen, sagte zu Sinann: »Ziemlich kurzfristig angesetzter Ausflug, findest du nicht? Mir wurde mitgeteilt, wir würden voraussichtlich einige Tage fortbleiben.« Vorräte waren bereits verteilt worden, und er hatte sich soeben erneut Robins Bogen und den Köcher mit Pfeilen ausgeliehen.

Sinann, die mit untergeschlagenen Beinen auf dem Bett saß, zuckte mit den Achseln. »Du hast das ganze Tal in helle Aufregung versetzt. Jeder Mann hier ist von deiner Heirat mit Cait indirekt betroffen, denn nun bist du derjenige, der dem Laird am nächsten steht. Iain Mór will wissen, wie du in deiner neuen Position mit seinen engsten Verwandten zurechtkommst. Es ist ein Test, mein Freund.«

Dylan seufzte. Verglichen mit dem, was ihm da bevorstand, war selbst der härteste Kung-Fu-Kampf ein Kinderspiel.

Der Schnee war weitgehend geschmolzen, doch die Luft war noch immer kalt und der Boden matschig. Die Jagdgesellschaft stieg in ein tiefer gelegenes Tal hinab, wo Wald und Unterholz dichter waren und wo eher die Möglichkeit bestand, auf Wild zu stoßen. Nachdem es am frühen Morgen heftig geregnet hatte, kam jetzt die Sonne heraus und trocknete die Kleidung der Männer. Gegen Mittag legten sie eine Pause ein, die Jäger ließen sich auf einem von der Sonne erwärmten Felsen nieder, und Iain verwickelte Malcolm in ein Gespräch, während sie einen Teil ihrer Vorräte verzehrten.

»Nächsten Monat treiben wir die *spréidhe* der MacDonells Richtung Süden, nach Glenfinnan. Ramsay hat sich bereit erklärt, sie von dort nach Edinburgh zu schaffen. Dort kann er sie an die Engländer verkaufen und von dem Erlös anderes Vieh erwerben und nach Norden treiben.«

Dylan blickte Sinann an, die das Gespräch aufmerksam verfolgte, doch die Fee zuckte lediglich mit den Achseln. Sie hatte auch keine Ahnung, wer Ramsay war.

»Kommt er hierher?«, fragte Malcolm.

Iain schüttelte den Kopf. »Nein. Und das ist auch gut so, wenn du mich fragst.«

»Du hast es ihm also noch nicht gesagt?«

»Ich sage es ihm, wenn ich den Zeitpunkt für richtig halte. Wenn es sich nicht mehr vermeiden lässt.«

»Wenn alles vorbei ist, meinst du.«

Dylan unterbrach sie, da sie sich keine Mühe machten, leise zu sprechen. Er fand, er sollte wissen, worum es ging, wenn sie sich schon in seiner Gegenwart unterhielten. »Wer ist dieser Ramsay?«

Iain setzte zu einer Antwort an, aber Artair warf rasch ein: »Hältst du das für klug, Iain?«

Der Laird funkelte seinen jüngeren Halbbruder finster an. »Hältst du es für richtig, dass ein Grünschnabel wie du sich ungefragt einmischt? Warte, bis dir Haare auf den Eiern wachsen, dann kannst du mir sagen, was du für klug hältst und was nicht.«

Artair verstummte.

Iain wandte sich an Dylan. »Connor Ramsay macht Geschäfte mit uns und übernimmt manchmal besondere Aufträge. Obwohl er sich der Öffentlichkeit als Whig präsentiert und Beziehungen zu einigen Mitgliedern des Staatsrates pflegt, unterstützt er insgeheim König James.«

Dylan runzelte die Stirn. »Ein bekennender Whig? Kannst du ihm wirklich trauen?«

Malcolm kicherte in sein Bannock und warf Iain einen viel sagenden Blick zu.

Iain zuckte mit den Achseln. »Bislang hat er uns noch nie betrogen, und wenn die Krone je von seinen geheimen Tätigkeiten erfährt, wird er als Verräter am Galgen enden.«

Artair schnaubte. »Und wenn er uns hintergeht, wird er als Verräter erschossen. Sollte ihn der falsche Mann dabei ertappen, blüht ihm vielleicht ein noch schlimmeres Schicksal.« Sein Tonfall ließ keinen Zweifel daran, wer dieser falsche Mann war.

Solche Worte riefen zustimmendes Gemurmel seitens der anderen Männer hervor, die, wie Dylan vermutete, alle nur allzu gern bereit wären, einem Verräter seine gerechte Strafe zukommen zu lassen.

Iain fuhr fort: »Er ist wohlhabend, und er hat Zugang zu Informationen, die für uns von großem Nutzen sind. Wir werden ihm vertrauen, bis er uns Anlass gibt, an seiner Loyalität zu zweifeln.« Er stand auf und mahnte zum Aufbruch.

Bei Einbruch der Dunkelheit gelangten sie zu einer in einem bewaldeten Tal gelegenen Ansammlung von Hütten. Diese Gegend gehörte noch zu Iains Herrschaftsgebiet, doch kannte Dylan keinen der Pächter hier. Die hier ansässigen Mathesons kamen nur äußerst selten nach Glen Ciorram, denn dazu mussten sie einen eintägigen Fußmarsch auf sich nehmen.

Die Gruppe übernachtete in einer von einer Familie mit sieben Kindern bewohnten Torfhütte. In Ciorram gab es noch größere Familien, und so war es für Dylan keine Überraschung, dass alle Kinder zusammen in einem Etagenbett schliefen. Die Männer bekamen Salzfleisch vorgesetzt und legten sich dann, in ihre Plaids gehüllt, auf dem schmutzigen Boden zum Schlafen nieder. Früh am nächsten Morgen drangen sie in den dichten Wald vor, wo schmale Pfade durch ein Dickicht aus Farn, riesigen Pilzen, Moosen, Birken, stacheligem Ginster und majestätischen Kiefern führten. Alles schien von Moos überwuchert zu sein. Bei den Pfadfindern hatte Dylan gelernt, Norden sei auf der Seite, wo Moos an den Bäumen wuchs, aber hier wuchs es überall. Er erschauerte bei der Vorstellung, sich in dieser dunklen, undurchdringlichen Wildnis zu verlaufen.

Jeder Jäger war mit Schwert, Dolch und Bogen bewaffnet, doch Iain, Coll und Artair trugen überdies noch Musketen bei sich, die Dylan an David Boones Kentucky Long Rifle erinnerten. Der Lauf dieser Waffen entsprach beinahe der Größe eines Mannes, und die Schafte wiesen kunstvolle Messingeinlegearbeit auf. Colls Muskete bestand aus Stahl, der Schaft war mit ineinander verschlungenen Kerben und Furchen verziert. Dylan, der mit Westernfilmen groß geworden war, in denen Waffen nur selten nachgeladen werden mussten, hielt diese Steinschlossgewehre, aus denen nur ein einziger Schuss abgegeben werden konnte, für ausgesprochen unpraktisch. Überdies musste sich der Schütze auch noch mit Pulverhorn, Kugelbeutel und Ladestock abschleppen. Daher war er es zufrieden, mit Pfeil und Bogen zu jagen, und er aß ohnehin lieber Rindfleisch als Wild.

Trotz des schwierigen Geländes bewegten sich die Jäger leise und geschickt und kamen rasch voran. Als Iain eine frische Fährte entdeckte, wies er Dylan und Malcolm an, an einer erhöhten Stelle Posten zu beziehen, wo sie den Wind gegen sich hatten. Er schlug sich mit den anderen beiden Männern in die Büsche, um die Beute zu umzingeln. Sie benötigten eine gute halbe Stunde dazu. Dylan und Malcolm warteten schweigend ab. Kein Wort fiel zwischen ihnen; beide Männer behielten nur wachsam ihre Umgebung im Auge.

Dann setzte weit hinten im Wald der Lärm ein. Schwerter klirrten, Äste und Unterholz wurden geknickt, laute Stimmen erfüllten die Luft. Ein Hase hoppelte angsterfüllt an ihnen vorbei, aber sie schenkten ihm keine Beachtung. Vögel flatterten in den Baumkronen auf, ein weiterer Hase lief vorbei, und Dylan fragte sich allmählich, ob das alles gewesen sein sollte, was seine Begleiter aufgescheucht hatten.

Doch dann hörte er, dass sich ein größeres Tier näherte.

Malcolm hob seinen Bogen, und Dylan tat es ihm nach, obwohl er die Beute noch gar nicht sehen konnte, der die anderen drei auf den Fersen waren. Aber dann brach eine kleine Ricke mit zottigem rotbraunem Fell aus dem Unterholz, und Dylan ließ seinen Pfeil von der Sehne schnellen.

Das Nächste, was er bewusst wahrnahm, war Sinanns Stimme, die ihn anflehte, doch endlich aufzuwachen. Er schien im leeren Raum zu schweben, und sein Kopf fühlte sich an, als wäre er in zwei Teile gespalten worden. Mehrmals versuchte er etwas zu sagen, brachte jedoch nur ein Stöhnen hervor. Er lag auf der Erde, neben ihm kniete Malcolm und presste ihm oberhalb des rechten Ohrs ein Tuch gegen den Kopf. Endlich fand er die Sprache wieder. »Wa… was ist denn passiert?«

»Du bist angeschossen worden. Die Kugel hat die Kopfhaut gestreift und die Spitze deines Ohrs mitgenommen. Du blutest zwar wie ein abgestochenes Schwein, aber du wirst es überleben. Du warst nur ein paar Sekunden bewusstlos.«

Dylan grunzte, setzte sich mühsam auf und nahm Malcolm das Tuch aus der Hand, um es selbst gegen die Wunde zu drücken. Dann sah er die Mathesons an, die schweigend, mit aschfahlen Gesichtern um ihn herumstanden. Sein Blick blieb an Artair hängen. »Wer …«

»Ich war das«, erwiderte Iain rasch. »Die verirrte Kugel stammt aus meiner Flinte. Tut mir Leid.«

Dylan erkannte eine Lüge, wenn ihm eine aufgetischt wurde, und Iain war überdies ein schlechter Lügner. Sinann bestätigte seine Vermutung. »Glaub ihm kein Wort. Artair hat versucht, dich umzubringen. Schnupper einmal am Lauf seiner Muskete. Na los, mach schon. Iain hat überhaupt keinen Schuss abgegeben.«

Dylan sah sie an und entschied sich, ihren Rat nicht zu befolgen. Er wusste, dass Artair der Schuldige war, aber er fragte sich, warum Iain sich schützend vor ihn stellte. Er fragte sich auch, ob Malcolm wusste, was wirklich geschehen war, oder ob er Iains Worten Glauben schenkte. Aber er hielt es für sinnlos und vielleicht sogar gefährlich, die

Sache weiterzuverfolgen. Mit seinem Brummschädel konnte er ohnehin nicht klar denken. Zum Zeichen, dass er die Entschuldigung annahm, nickte er langsam, dann fragte er nach der Ricke.

»Malcolm hat sie niedergestreckt, und Coll hat sie mit seinem Schwert getötet. Wir werden ein paar Tage hier bleiben, bis du dich …«

»Mir geht es gut. Ich kann den Rückweg sofort antreten.«

»Möchtest du nicht lieber …«

Dylan bemühte sich, seiner Stimme einen festen Klang zu verleihen, obwohl er seine eigenen Worte nur wie aus weiter Ferne hörte. »Ich möchte zur Burg zurück.«

»Nun gut«, gab Iain nach, »im Morgengrauen brechen wir auf.«

Dylan musterte den glücklosen Artair scharf und schwor sich, ihn in Zukunft im Auge zu behalten.

## 15.

Der Marsch zurück zur Burg fiel Dylan schwer. Die ganze Zeit musste er gegen seine Benommenheit ankämpfen: Er konzentrierte sich mit aller Kraft darauf, bei Bewusstsein zu bleiben und einen Fuß vor den anderen zu setzen, und als sie sich Ciorram näherten, ließ die Übelkeit allmählich nach. Dafür hatte ihn eine bleischwere Müdigkeit überkommen. Artair und Coll trugen die an einer Stange aufgehängte Ricke zwischen sich, und bei jeder sich bietenden Gelegenheit witzelte Artair darüber, dass aus der Gruppe nur er und sein Bruder in bester körperlicher Verfassung seien. Bei Sonnenuntergang hätte Dylan beiden mit Wonne den Hals umgedreht, und Iain befahl Artair, endlich den Mund zu halten, sonst werde er persönlich ihn ihm stopfen.

Ihre Ankunft in der Burg löste allgemeine Aufregung aus. Von überall her strömten Leute herbei, um die Beute zu bestaunen und Dylan über seine Verwundung auszufragen. Die Ricke wurde in die Küche geschafft, um dort gehäutet und zerlegt zu werden, Artair und Coll verschwanden eilig, und Malcolm folgte Iain in die große Halle, wo der Laird seinen Clansleuten vom Verlauf der Jagd berichtete. Dylan nahm die besorgten Fragen nach seinem Befinden nur am Rande wahr, denn er hielt in der Menge nach Cait Ausschau.

Plötzlich drang ein schriller Schrei an sein Ohr. Er drehte sich um und sah, wie Sarah sich mit weit aufgerissenen Augen einen Weg durch die Zuhörerschaft bahnte. »Dylan! O nein, Dylan!« Bei ihm angelangt, warf sie ihm die Arme um den Hals und begann zu schluchzen.

»Sarah ...« Behutsam machte er sich von ihr los und hielt ihre Hände fest, damit sie nicht erneut nach ihm greifen konnte. »Sarah, so beruhige dich doch.«

Ihr Schluchzen wurde nur noch lauter. »Du bist verwundet!«

»Halb so schlimm.« Am liebsten hätte er ihr gesagt, sie habe keinerlei Recht, sich dermaßen anzustellen, aber er wollte auch nicht zu hart zu ihr sein. Obwohl ihn ihr Gejammer in Verlegenheit brachte, rührte ihn ihre offensichtliche Sorge um ihn. Wieder hielt er nach Cait Ausschau. Er wollte Sarah so schnell wie möglich loswerden. »Wo ist Caitrionagh?«, fragte er.

»Ich bin hier.« Cait stand direkt hinter ihm. Dylan schob Sarah von sich, drehte sich um und nahm Cait in die Arme. Sie flüsterte in sein gesundes Ohr: »Bist du sicher, dass du nichts Besseres zu tun hast, als mich zu begrüßen?«

Im ersten Moment war er nicht sicher, ob die Bemerkung wirklich scherzhaft gemeint war, doch als sie schelmisch lächelte, atmete er auf. Er küsste sie lange, dann sagte er leise: »Beinahe wäre ich nicht mehr zu dir zurückgekommen. Ein Glück, dass dein Onkel ein so miserabler Schütze ist.«

»Mir wurde gesagt, mein Vater …«

»Nein, es war Artair.«

Sie schwieg eine Weile, dann sagte sie mit leiser, ängstlicher Stimme: »Wenn der es auf dich abgesehen hat, wird er nicht eher ruhen, bis einer von euch beiden tot ist.«

Dylan küsste sie und drückte ihre Hände. »Keine Angst, mir wird nichts geschehen.« Doch ihre Augen blickten noch immer voller Sorge.

Später am Abend, als er die Kerzen ausgeblasen hatte und im Dunkeln auf seinem Bett lag, dachte er über Sarah nach. Irgendetwas war da faul, und er nahm an, dass Sinann dahinter steckte. Leise rief er ins Dunkel: »Tink!«

Keine Antwort.

»Tinkerbell!«

Immer noch keine Reaktion.

»Ich weiß, dass du da bist.« Sie war ihm in die Kammer gefolgt, ehe sie verschwunden war, wie sie es immer tat, wenn er zu Bett ging. Er wusste nicht, ob sie die ganze Nacht lang bei ihm blieb, aber wenn er sich schlafen legte, war sie immer da.

Von der Vorhangstange her erklang ihre Stimme: »Was ist denn? »

»Was hast du mit Sarah gemacht?«

Eine lange Pause entstand. Gerade als Dylan seine Frage wiederholen wollte, erwiderte sie: »Sie hätte sich ohnehin in dich verliebt.«

Er seufzte. »Was hast du getan?«

»Es war nur ein ganz leichter Zauber.«

»Du hast sie mit einem Liebeszauber belegt?«

»Aber nur mit einem leichten.«

»Und warum, wenn ich fragen darf?«

»Du brauchtest einen Grund, um hier bleiben zu wollen. Ich konnte nicht zulassen, dass du ganz allein, ohne Familie, hier leben musst, und da dachte ich, Sarah mit ihren kleinen Jungen wäre genau die Richtige für dich. Ich konnte ja nicht ahnen, dass Ihre Hoheit Gefallen an dir finden würde.«

»Und als du festgestellt hast, dass Cait und ich uns lieben, da war es schon zu spät, wie? Da hattest du dein Vorhaben schon in die Tat umgesetzt.«

»Richtig«, gab sie zerknirscht zu. »Und du weißt ja, was geschieht, wenn ich etwas rückgängig machen will. Vielleicht wäre der Zauber dann auf dich zurückgefallen.«

Dylan fühlte sich plötzlich entsetzlich erschöpft. »Wird sich an ihrem Zustand je etwas ändern?« Er kam sich vor, als hätte er gerade einen jungen Hund überfahren.

»Ich weiß es nicht. Wenn sie genug Willenskraft aufbringt, kommt sie vielleicht darüber hinweg, aber ich glaube, es dürfte ihr schwer fallen, sich deinem Zauber zu entziehen.«

»*Deinem* Zauber, meinst du wohl.«

»Du bist es, den sie liebt.«

»Das hättest du nicht tun dürfen, es war grausam. Und nun muss ich irgendetwas tun, um ihr zu helfen.«

»Du könntest sie heiraten und nicht Ihre Hoheit. Dann würde vielleicht auch Artair von seinen Anschlägen auf dein Leben absehen.«

»Halt den Mund, Tink.« Dylan rollte sich auf die Seite, aber in dieser Nacht schlief er nicht gut.

In den nächsten Tagen fand er sich langsam in seine neue Aufgabe als Befehlshaber der Burgwache hinein. Da er in einer Welt aufgewachsen war, in der der Begriff ›Militär‹ gleichbedeutend mit Disziplin, Drill und Gehorsam war, musste er bewusst umdenken und sich in die Gedankenwelt eines schottischen Soldaten des 18. Jahrhunderts hineinversetzen. Diese Männer bildeten noch nicht die Elitetruppe des Hochlandes, die später der Stolz der englischen Armee werden sollte. Die neun seinem Kommando unterstellten Männer waren eigenwillig, aufsässig und von Natur aus gewaltbereit. Sie wirkten eher wie Straßenschläger denn wie Soldaten. Auf der anderen Seite stellten all diese Eigenschaften einen Vorteil dar, wenn sie mit unverbrüchlicher Loyalität, Tapferkeit und Pflichtbewusstsein einhergingen. Sie würden tun, was Dylan von ihnen verlangte, aber es war an ihm, ihnen zur richtigen Zeit auch die richtigen Befehle zu geben.

Es stand den Männern frei, am Kung-Fu-Unterricht teilzunehmen. Da sich die chinesische Lehre der Ruhe und der bewussten Kräfteeinteilung schlecht mit der draufgängerischen Art der Schotten dieser Zeit vertrug, hätte es ohnehin keinen Sinn gemacht, die Leute zum Training zu zwingen. An dem Morgen, an dem Dylan während seines morgendlichen Programmes mit dem Unterricht begann, fanden sich nur zwei seiner Männer, Robin Innis und Marc Hewitt, bei ihm ein. Beide waren Mitte zwanzig, intelligenter als die meisten anderen und stets bereit, ihren Horizont zu erweitern; außerdem mochte Dylan beide recht gern.

Um die Frauen, die in der großen Halle das Frühstück zubereiteten, nicht bei der Arbeit zu stören, wurde das morgendliche Training in den Burghof verlegt. Zwar liefen die Männer hier Gefahr, bis auf die Haut nass zu werden, aber Dylan hatte längst gelernt, dass man in Schottland so gut wie nichts getan bekam, wenn man sich vom Regen davon abhalten ließ.

Am zweiten Morgen gesellten sich ein paar Jungen zu Robin und Marc in den Burghof. Sarahs kleiner Sohn Eóin war dabei, ein älterer Junge namens Coinneach Matheson, der Sohn eines Pächters, und ein Teenager, der Dùghlas Matheson hieß und entweder Coinneachs Bruder oder sein Cousin ersten Grades war; Dylan wusste es nicht genau.

Da er niemanden bevorzugen wollte, wandte er sich an alle fünf Schüler zugleich, wie er es am Vortag auch mit den beiden Männern gemacht hatte. »Zuallererst müsst ihr begreifen, dass ihr ernsthaft bei der Sache bleiben müsst, wenn ihr diese Kampftechnik erlernen wollt. Ihr könnt sie nicht an einem Tag erlernen, und ihr könnt sie auch nicht erlernen, wenn ihr nur dann am Training teilnehmt, wenn ihr gerade Lust dazu habt.« Die Jungen und auch die beiden Männer nickten eifrig. Dylan fuhr fort: »Um diese Technik zu erlernen, müsst ihr zuerst alles vergessen, was ihr bereits über Kampfmethoden wisst. Das heißt nicht, dass ihr diese Methoden nie wieder anwenden sollt, wenn ihr dies hier lernt, müsst ihr ganz von vorne anfangen.« Wieder nickten alle. Ein leichter Wind kam auf, und Dylan war dankbar, dass sein Kopfverband ihm das Haar aus der Stirn hielt. Wie am Tag zuvor hatte sich inzwischen auch wieder eine Zuschauermenge im Hof versammelt. Dylan entdeckte Sarah unter ihnen; ein Ausdruck tiefen Kummers lag auf ihrem Gesicht. Er musste die Situation unbedingt so rasch wie möglich klären. Aber wie?

Er begann damit, seinen Schülern die Grundstellung zu zeigen: Füße schulterbreit auseinander, Knie leicht gebeugt, Schultern nach hinten, Arme entspannt baumeln lassen. »Seht ihr«, erklärte er, »so fällt es eurem Gegner schwerer, euch zu Boden zu stoßen. » Er ging auf Robin zu und versetzte ihm einen derben Stoß. Robin schwankte, blieb aber stehen. Dylan fuhr fort: »Seht ihn euch gut an. Er ist vollkommen entspannt. Und jetzt schaut hierher.« Er ging zu Marc und rempelte ihn gleichfalls an. Marc war gezwungen, einen Schritt nach hinten zu machen, um nicht das Gleichgewicht zu verlieren. Dylan dämpfte seine Stimme, sodass nur Marc ihn hören konnte. »Du bist zu steif, zu verkrampft, bleib ganz locker. Die Füße müssen in dieselbe Richtung zeigen.« Marc entspannte sich ein wenig. »Ja, so ist's richtig. Bleib so.« Erneut versetzte er Marc einen Stoß, und diesmal behauptete der junge Mann seine Stellung.

Dylan trat wieder vor die Reihe, da piepste plötzlich der kleine Eóin: »Das ist ungerecht! Mich hast du nicht geschubst!«

»Oh.« Die anderen kicherten, Dylan verbiss sich ein Grinsen, dann ging er zu Eóin hinüber und stieß ihn ganz sacht an. Der kleine Kerl hielt ihm tapfer stand und sah herausfordernd zu, wie Dylan der Form halber auch den beiden anderen Jungen einen Stoß gab.

Am dritten Tag nahm auch Artair am Unterricht teil. Dylan tastete bei seinem Anblick unwillkürlich nach seinem Kopfverband. Ihm schwante Ungutes, doch heute hielt Artair seine scharfe Zunge im Zaum. Er lernte die Bewegungen so schnell und bewies ein solches Geschick, dass Dylans Unbehagen sich noch verstärkte. Er traute diesem aalglatten Burschen einfach nicht über den Weg, trotzdem behandelte er ihn genauso wie seine anderen Schüler.

Im Laufe der nächsten zwei Wochen tat Artair sein Bestes, um sich bei Dylan einzuschmeicheln, doch dieser durchschaute seine Absichten sofort. Bislang hatte sich der Junge an seinen älteren Bruder gehalten, um im Rennen um den Titel des Lairds zu bleiben, wenn Iain Mór einmal tot und Malcolm gleichfalls aus dem Weg geräumt war. Artair würde wahrscheinlich nicht selber erben, aber seine Stellung als Colls rechte Hand würde ihm Macht und Ansehen bringen. Zudem konnte er in dieser Eigenschaft leichter einen Clansaufstand anzetteln, falls Coll sich als schwacher Führer erweisen sollte. Doch nun, da Dylan so unverhofft und kometenhaft in der Clanhierarchie aufgestiegen war, hielt Artair es offenbar für angezeigt, sich mit dem potenziellen Erben gut zu stellen. Sollten weitere Anschläge auf Dylans Leben verübt werden, würde dann auch kein Verdacht mehr auf ihn fallen. Und wenn Dylan tatsächlich einmal den Titel erbte, würde Artair alles tun, um auch sein Vertrauensmann zu werden.

Eine Woche vor der Hochzeit wurde mit den Vorbereitungen begonnen. Jedes Mal, wenn er Cait sah, strahlte sie geradezu vor Glück. Wenn sie einander beim Essen bei den Händen hielten und er verstohlene Küsse auf ihre Handfläche drückte, meinte er, es kaum noch erwarten zu können, bis sie endlich verheiratet waren. Er konnte sein Glück immer noch kaum fassen, und das Warten wurde für ihn zur süßen Qual.

Er lenkte sich mit seinem neuen Job ab und kümmerte sich um den Erwerb des Grundstückes, auf dem Cait und er leben wollten. Da ihm viel daran lag, Cait in seiner Nähe und Dylan im Auge zu behalten, hatte sich Iain Mór bereit erklärt, Dylan Land in dem kleinen Tal direkt neben Glen Ciorram zu verkaufen, ganz in der Nähe von Alasdairs ehemaligem Hof.

Dylan hatte Bedenken, Land zu erwerben, welches die Whigs bei der nächsten bevorstehenden Erweiterung ihres Territoriums zu konfiszieren versuchen würden, aber der Boden war besser als das Land der MacLeods, wegen dem er bereits in Verhandlungen stand. Außerdem lagen die Felder näher bei der Burg, und er würde keinen Arbeitsdienst leisten müssen. Nach der Hochzeit sollte der Kaufvertrag unterzeichnet werden.

Sobald Cait und er verheiratet waren, würden die Männer des Clans ihnen ein Haus bauen. Schon jetzt musste Dylan wie jeder andere Bräutigam auch damit beginnen, alles Notwendige zusammenzutragen: Holzlatten für das Dach, Firstbalken, Haushaltsgegenstände und einen kleinen Viehbestand. Caits Mitgift bestand aus ein paar Rindern und Schafen sowie dem Collie Sigurd. Sie mussten also nicht bei Null anfangen, aber trotzdem würden die ersten Jahre schwer werden. Am Tag nach seiner Hochzeit würde Dylan ein Landbesitzer sein, der eine Familie zu ernähren hatte, dann war er ebenso arm wie alle anderen auch. Er konnte es kaum erwarten.

Währenddessen schlich Sarah mit Trauermiene in der Burg umher, und schon bald wurde gemunkelt, Dylan habe gewisse Versprechen gemacht, die er nicht einzuhalten beabsichtige. So fing er sie eines Morgens nach dem Frühstück in der großen Halle ab, um die Angelegenheit ins Reine zu bringen. Immer noch gingen Leute ein und aus, und die meisten Frauen waren damit beschäftigt, die Tische abzuräumen.

»Auf ein Wort, Sarah!«

Sarah hielt einige schmutzige Schüsseln und Löffel in den Händen, blieb aber stehen, als er sie ansprach. Er wünschte, sie würde ihn ansehen, aber sie hielt den Blick auf den Boden gerichtet.

»Sarah, ich fürchte, zwischen uns ist es da zu einigen Missverständnissen gekommen.«

Sie öffnete den Mund, um etwas zu erwidern, brachte jedoch keinen Ton heraus. Dylan beobachtete geduldig, wie sie mit sich kämpfte, und wünschte sich insgeheim weit weg.

Vom Kamin her ertönte ein Quietschen, und ein lachendes Kleinkind huschte mit einem erbeuteten Messer in der Hand an ihnen vorbei.

»O nein, junger Mann!« Dylan bückte sich rasch, bekam den strampelnden Jungen zu fassen und entwaffnete ihn geschickt. Der Kleine kreischte jetzt vor Zorn aus Leibeskräften, doch Dylan hielt ihn fest und sah sich suchend um, denn irgendwem musste der kleine Kerl schließlich entwischt sein. Da eilte Seonag auch schon mit gerafften Röcken herbei, nahm ihm den brüllenden Jungen und das Messer ab und kehrte scheltend in die Küche zurück.

Dylan wandte seine Aufmerksamkeit erneut Sarah zu, die ihre Sprache endlich wieder fand. »Kein Missverständnis«, sagte sie leise. »Es ist nicht deine Schuld, sondern meine. Ich war dumm genug zu glauben, ein Mann wie du könnte Gefallen an einer Witwe mit drei … zwei kleinen Söhnen finden.«

Dylan unterdrückte ein Stöhnen, während er nach einer Antwort suchte und Sinann insgeheim verwünschte. Er konnte Sarah nicht in die Augen sehen und meinte schließlich betreten: »Es war einfach Pech, dass sich die Dinge nicht so entwickelt haben, wie du gehofft hast. Aber eins musst du mir glauben: Ich liebe dich, wie ich meine

Schwester lieben würde, wenn ich eine hätte, und ich achte dich als Frau und Mutter wirklich hoch. Deine Söhne sind prächtige Burschen, auf die du stolz sein kannst.« Er zwang sich, sie bei diesen Worten unverwandt anzusehen.

Endlich blickte sie auf und lächelte, doch der Schmerz in ihren Augen war noch nicht verflogen. Wieder machte sie Anstalten, etwas zu sagen, besann sich aber und schwieg lange. Endlich flüsterte sie: »Ich wünsche dir und Cait viel Glück und viele gesunde Kinder.«

»Danke.«

Sarah eilte hastig mit dem schmutzigen Geschirr davon, und er kam sich jetzt so vor, als hätte er den toten jungen Hund absichtlich noch einmal überrollt.

Am Sonntag fand er endlich Zeit, um sich mit Sinann am alten Turm zu treffen, wo die Fee ihn in den Künsten der Magie unterwies. Es war ein verregneter Maitag, doch Sinann versprach, dafür zu sorgen, dass er trocken blieb. Und sie hielt Wort, kein Tropfen drang in das Innere des Turms, alles rann draußen an den Mauern herab. Dylan tippte das blutrote Gras mit der Spitze seines Schuhs leicht an und fragte sich, ob wohl Blutstropfen darauf schimmerten, wenn es nass wurde.

»Okay, womit geht es heute weiter?« Bei früheren Sitzungen hatte sie ihn gelehrt, in der Asche eines Herdfeuers zu lesen und böse Vorzeichen zu erkennen; er wusste jetzt, dass es Unheil brachte, etwas entgegen dem Uhrzeigersinn zu umkreisen; dass eine Krähe baldigen Tod ankündigte und dass Gräber niemals an einem Sonntag ausgehoben wurden, weil das bedeutete, dass innerhalb der nächsten Woche ein weiteres gegraben werden musste. Sie hatte ihm auch beigebracht, wie er allein kraft seiner Gedanken gewisse Ereignisse herbeiführen konnte. Einiges davon fand sich in seinen östlichen Lehren wieder, anderes hielt er schlicht und ergreifend für puren Aberglauben der Art, der sich um schwarze Katzen, Leitern und umgeworfene Salzstreuer rankte. Trotzdem befolgte er Sinanns Anweisungen stets widerspruchslos.

»Heute lernst du, mit dem Wind zu reiten.«

Er lachte. »Okay. Wie denn, mit einem Besenstiel?«

»Mit deiner Seele. Komm schon, konzentrier dich.«

Aufgrund des kühlen Wetters hatte Dylan heute seinen Kilt anbehalten. Er stellte sich in die Mitte des Turminneren, das Gesicht gen Südosten gewandt, wo er die Morgensonne hinter den Wolken ahnen konnte. Mit geschlossenen Augen atmete er tief und gleichmäßig durch und spürte, wie die Kraft der Erde durch seine Füße herauf in seinen Körper drang.

Sobald er sich gesammelt hatte, sagte Sinann sanft: »Gut, mein Freund, und nun leg dich auf den Rücken.« Dylan gehorchte und blickte zu den Regentropfen empor, die über ihm wie von einem unsichtbaren Dach abperlten und an den Außenmauern herabliefen; das Schauspiel übte eine fast hypnotische Wirkung auf ihn aus.

»Und jetzt musst du dich entspannen, ganz bewusst deine Gedanken von allem Weltlichen lösen und dich in einen Dämmerzustand hinübergleiten lassen. Nur einschlafen darfst du nicht. Schließ die Augen.«

Wieder gehorchte er und spürte augenblicklich, wie er in eine Art Trance fiel. Wie aus weiter Ferne drang Sinanns Stimme an sein Ohr: »Ich glaube, hier muss ich ein wenig nachhelfen.« Dylan verspürte ein leichtes, nicht unangenehmes Prickeln am ganzen Körper. Er fühlte sich mit einem Mal so wohl, dass er gar nicht auf den Gedanken kam, sie zu fragen, was sie eigentlich mit ihm angestellt hatte. Sie fuhr fort: »Auf den Schwingen des Windes kannst du überallhin gelangen. Du kannst dich aus der Hülle deines Körpers befreien. Du kannst …«

Ihre Stimme wurde schwächer und schwächer, bis ihn ein dichter Nebel einzuhüllen begann und er die Besinnung verlor.

Wie durch Watte hörte er Caits Stimme: »Dylan? Dylan, wach auf.« Sie schüttelte ihn, bis er die Augen aufschlug. »Was tust du denn hier?«

Er musste eingeschlafen sein. *O nein.* Benommen blickte er sich um – Sinann war verschwunden. Cait blickte besorgt auf ihn hinab, sie war bis auf die Haut durchnässt, da sie durch den strömenden Regen gelaufen war. Unterwegs hatte sie ihre Haube verloren, und ihr Haar hing ihr offen ins Gesicht. Dylan richtete sich auf und küsste sie, ehe er gestand: »Ich bin hergekommen, um in Ruhe nachdenken zu können, aber stattdessen bin ich eingeschlafen.« Er holte den Götterstein aus seiner Tasche, spähte hindurch und sah Sinann auf dem Felsblock oberhalb seines Kopfes kauern. »Du bist eingeschlafen, du Narr«, tadelte sie ihn. »Habe ich dich nicht genau davor gewarnt?« Sie deutete auf Cait. »Sag ihr, sie soll verschwinden.«

»Hoffentlich hast du nicht darüber nachgedacht, ob du nicht einen großen Fehler machst«, sagte Cait. »Mit der Hochzeit, meine ich.« Zwar lächelte sie dabei, aber das leise Zittern in ihrer Stimme verriet ihm, dass ihr nicht nach Scherzen zu Mute war.

Er lachte nur und verstaute den Stein wieder in seiner Tasche, ohne Sinann einen weiteren Blick zu gönnen. »Der einzige Fehler, den ich gemacht habe, bestand darin, dass ich den Tag nicht mit dir verbracht habe.«

»Na schön«, erklang Sinanns Stimme. »Wenn du sie nicht wegschickst, muss ich sie eben auf meine Art loswerden.« Mit diesen Worten nickte sie einmal und ließ den Regen ungehindert in das Innere des Turmes strömen.

»Satansbraten«, murmelte Dylan böse. Er zog Cait zu sich ins Gras hinab und rollte sich über sie, als das Wasser auf sie hinabpladderte. Cait schrie leise auf. Sie zitterte am ganzen Leibe. Als der schlimmste Guss vorbei war, half er ihr auf. »Komm«, sagte er. »Lass uns zur Burg zurückgehen, da ist es warm und trocken.« Er warf Sinann einen Unheil verkündenden Blick zu, aber die Fee schnippte nur mit den Fingern und verschwand.

Dylan blickte auf die Stelle hinab, wo er eben noch gelegen hatte: Dort hatte sich eine dunkelrote Pfütze gebildet. Ein eisiger Schauer lief ihm über den Rücken.

Cait und er eilten am Fluss entlang heimwärts und gelangten bald ins Tal. Die Burg war nur noch als grauer, von dichten Regenschwaden eingehüllter Schatten zu erkennen, und der See schien mit den tief hängenden dicken Wolken zu verschmelzen. Caits Hand fühlte sich kalt und glitschig in der seinen an, und er musste sie fest umschließen, damit sie ihm nicht entglitt.

Plötzlich blieb sie stehen und stemmte die Fersen in den Boden, als er sie weiterziehen wollte. Als er sich zu ihr umdrehte, sah er, dass ihre Augen unnatürlich starr blickten und ihr Mund offen stand. Er folgte ihrem Blick, um zu sehen, was sie so erschreckt hatte.

Sie waren noch eine halbe Meile von der Burg entfernt, und trotz des strömenden Regens erkannte Dylan eine weiße Silhouette, die über die Zugbrücke trottete. Es war ein Hund.

Caits Finger krallten sich in seine Hand, und sie begann so heftig zu zittern, dass er es mit der Angst zu tun bekam.

*»Am madadh bàn«*, flüsterte sie entsetzt.

Dylan kniff die Augen zusammen. Der weiße Hund lief auf das Torhaus zu, umkreiste es dreimal und ließ sich dann an der steinernen Mauer nieder, als ob dies sein angestammter Platz sei. Es war ein mächtiges Tier, zottig und langbeinig, und hatte Ähnlichkeit mit einem Wolfshund, obwohl Dylan noch nie zuvor einen weißen Vertreter dieser Rasse gesehen hatte. Und es sah aus, als sei mit ihm nicht gut Kirschen essen.

Doch noch während er den Hund beobachtete, löste sich dieser vor seinen Augen langsam auf und war verschwunden. Dylan erschauerte. Seine Beine fühlten sich mit einem Mal bleischwer an; Cait schmiegte sich vor Angst bebend an ihn.

»Das ist ein böses Omen.« Sie begann zu weinen. »Dylan, ich weiß, es wird etwas Furchtbares geschehen.« Sie barg den Kopf an seiner Brust und schluchzte in sein nasses Hemd.

Obwohl er ebenso verstört war wie sie, versuchte er sie zu beruhigen. »Ganz ruhig. Es ist alles in Ordnung. Gar nichts wird passieren.« Er zwang sie, ihn anzusehen, und strich ihr ein paar nasse Haarsträhnen aus der Stirn. »Und selbst wenn – dann stehen wir es eben zusammen durch.

Wir werden mit allem fertig, wenn wir nur zusammen sind.«

Sie schluckte ein paarmal, dann nickte sie.

Er nahm ihre Hand. »Und jetzt komm. Lass uns hineingehen, ehe wir uns hier draußen den Tod holen. Das wäre dann allerdings furchtbar.«

Sie folgte ihm zögernd. Am Torhaus angelangt, machten beide einen großen Bogen um die Stelle, wo der Hund gesessen hatte.

Am nächsten Tag, dem Montag vor der Hochzeit, kam Artair nach dem Morgentraining zu Dylan und fragte ihn, ob er den Weg nach Killilan wisse. Dylan nickte. Im November hatten sie den Rückweg bei hellem Tageslicht zurückgelegt, und dann war er mit Malcolm und Robin noch einmal dort gewesen, um Caits Mutter abzuholen. Und im Lauf der letzten beiden Monate, seit der Schnee geschmolzen war, hatte er häufig Streifzüge in die nähere Umgebung unternommen, um sich mit dem Gelände vertraut zu machen. »Warum fragst du?«

»Marc sollte nach Killilan gehen, um Deirdre Sutherland nach Ciorram zur Hochzeit zu begleiten, da Ailig Og nicht daran teilnehmen kann. Aber er hat Fieber bekommen und kann die Reise nicht antreten. Iain Mór lässt fragen, ob du diese Aufgabe übernehmen kannst.«

Das Letzte, was Dylan wollte, war, Cait gerade jetzt allein zu lassen. »Ich? Er möchte, dass der Bräutigam selbst geht?«

Der alte überhebliche Tonfall schlich sich wieder in Artairs Stimme, und er verzog höhnisch das Gesicht. »Zu stolz, deine Verwandte persönlich zu deiner Hochzeit abzuholen, was? Oder liegt es daran, dass …« Er brach abrupt ab, zwinkerte ein paarmal und bemerkte dann: »Zumindest wäre es eine Geste guten Willens gegenüber deiner zukünftigen Schwiegermutter.«

Dylan nagte an seiner Unterlippe und ließ den Blick über den Burghof schweifen, während er nachdachte. Obwohl ihm Artairs herablassende Art missfiel, musste er ihm in einem Punkt Recht geben. Vielleicht würde es Iain und

Una wirklich versöhnlich stimmen, wenn er selbst Unas Schwester aus Killilan abholte und nach Ciorram brachte. Also nickte er zustimmend. »Gut, ich gehe.« Einen Tag für den Hin-, zwei für den Rückweg; Freitag würde er voraussichtlich wieder hier sein.

Am nächsten Tag rüstete er sich in seiner Kammer zum Aufbruch. Während er seinen *sgian dubh* an seinem Arm festschnallte und sich das Wehrgehänge mit seinem Schwert über die Brust schlang, rief er nach Sinann.

Die Fee erschien augenblicklich und ließ sich mit untergeschlagenen Beinen auf seinem Bett nieder.

»Tink, ich brauche deine Hilfe. Du musst auf Cait Acht geben, während ich fort bin.«

»Bin ich deine Magd, dass du mich hier herumkommandierst?«

»Ich meine es ernst. Es ist wirklich wichtig. Ich gehe nach Killilan und hole dort Deirdre MacKenzie zur Hochzeit ab. Da ich weder Artair noch Coll über den Weg traue, möchte ich, dass du ein Auge auf Cait hast, bis ich zurück bin.«

»Selbst wenn sie in Gefahr geraten sollte – was könnte ich schon tun?«

»Lass zu, dass auch andere dich sehen, und sag ihnen, dass Cait Hilfe braucht.«

»Das wird nicht viel nützen. Aufgrund der verdammten Hexenjagden ist es mir dieser Tage nahezu unmöglich, die Aufmerksamkeit eines Sterblichen auf mich zu lenken. Ich könnte schreien, bis ich blau anlaufe, und trotzdem würde niemand Notiz von mir nehmen.«

»Dann veranlasse Ranald, Lärm zu schlagen. Es gibt nichts, was er besser kann. Wenn sogar Ranald behauptet, dass Cait in Gefahr ist, wird Iain sicher etwas unternehmen.«

Sinann kräuselte unwillig die Lippen. »Ausgerechnet Ranald …«

Dylan hob eine Hand. »Tu es einfach, Tink. Ohne Theater. Sorg dafür, dass Cait in Sicherheit ist.«

Sinann seufzte ergeben und nickte. Dylan eilte in den

Burghof hinunter, wo Cait mit seinem gesattelten Pferd und einem in ein Tuch eingeschlagenem gefüllten Bannock auf ihn wartete. Er dankte ihr und stopfte den Leckerbissen in seine Tasche.

»Warum kann denn nicht einer der anderen Männer gehen?« Sie strich mit den Händen über seine Brust, und wieder wünschte er sich nichts sehnlicher, als bei ihr bleiben zu können.

Aber er hatte sein Wort gegeben. »Es geht hier immerhin um die Schwester deiner Mutter. Außerdem bin ich ja in ein paar Tagen wieder da, und dann kann uns nichts mehr trennen.« Er hielt ihre Hände fest, weil ihre Berührung ihn um den Verstand zu bringen drohte. Wenn sie noch lange so weitermachte, würde er nicht mehr im Stande sein, sein Pferd zu besteigen, geschweige denn, es zu lenken. Er küsste sie auf den Mund und flüsterte ihr ein Versprechen ins Ohr, das er in ihrer Hochzeitsnacht einzulösen gedachte, dann schwang er sich in den Sattel und brach nach Killilan auf.

Seit seinem ersten Ritt dorthin hatten sich seine Reitkünste erheblich verbessert, und er hatte sich an den Gedanken gewöhnt, ein tausend Pfund schweres Tier unter sich zu haben. In der Tat hatte er das Reiten so schnell gelernt, dass er sich manchmal fragte, ob er dieses Talent nicht auch von seinen Vorvätern ererbt hatte. Die Familie seiner Großmutter väterlicherseits hatte Anfang des 19. Jahrhunderts in der Nähe des Cumberland River eine Vollblutzucht unterhalten und ihre Pferde im Rennen oft gegen die von Andrew Jackson antreten lassen, doch im Lauf der nächsten hundertfünfzig Jahre war die alte Familientradition allmählich in Vergessenheit geraten. Während des Bürgerkriegs hatten die Yankees die Pferde für die Armee requiriert und dadurch die Farm fast in den Ruin getrieben. Später versuchte die Familie, sie wieder aufzubauen, doch zu Beginn des 20. Jahrhunderts wurden Pferderennen dann in Tennessee gesetzlich verboten, und die Farm ging endgültig Bankrott. Für Dylan aber war das Reiten – genau wie der Umgang mit dem Schwert – etwas, was er vor langer

Zeit gelernt und dann vergessen zu haben schien, bis er gezwungen war, sich wieder daran zu erinnern.

Er ritt in einem langsamen Trab den schmalen Pfad entlang, der ihn durch ein Waldgebiet Richtung Killilan führte. Hinter dem Wald würde er einen Felshang überqueren und dann durch eine Reihe kleiner, gewundener Täler nach Killilan hinunterreiten müssen. Zu Fuß hätte er einen kürzeren Weg nehmen können, der auch nicht mehr Zeit in Anspruch genommen hätte, aber auf dem Rückweg würde Unas Schwester ihn begleiten, der er einen Fußmarsch nicht zumuten konnte. Nur die Reichen besaßen in dieser Gegend Pferde, Kutschen gab es nicht, sie wären auch kaum von Nutzen gewesen, da ausgebaute Straßen nicht vorhanden waren. Dylan trieb sein Pferd zu einer schnelleren Gangart an, und am späten Morgen hatte er bereits eine beträchtliche Entfernung zwischen sich und die Burg gelegt. Er dachte nur daran, seinen Auftrag so rasch wie möglich auszuführen, damit er zu Cait zurückkehren konnte.

Mit dem Anblick eines rot berockten englischen Soldaten, der sich plötzlich aus dem Schatten der Bäume löste und eine Muskete auf ihn richtete, hatte er nicht im Entferntesten gerechnet. Weitere Rotröcke brachen aus dem Wald hervor; vier bewaffnete Männer, die ihm den Weg verstellten. Eine eisige Hand schloss sich um Dylans Herz, als er sie erkannte. Es waren Bedfords Dragoner.

# 16.

Dylan straffte sich und griff nach seinem Schwert; sein Pferd begann nervös zu tänzeln, die fremden Männer erschreckten es.

Eine Stimme hinter ihm warnte ihn auf Englisch: »Macht keine Dummheiten, Matheson!« Dylan drehte sich um und sah sich Captain Bedford hoch zu Ross gegenüber. Hinter ihm warteten drei weitere berittene und mit Gewehren bewaffnete Soldaten. Er hob eine Hand und drehte zum Zeichen, dass er keine Waffe darin hielt, die Handfläche nach außen. »Dylan Matheson«, stellte der Engländer in anklagendem Tonfall fest.

Dylan nickte. »Aye, der bin ich.« In seinem Kopf begannen sämtliche Alarmglocken zu schrillen, dennoch zwang er sich zur Ruhe. Er hatte ja nichts verbrochen. Sie würden ihn laufen lassen, da war er ganz sicher. Aber der Anblick der Gewehre mahnte ihn trotz allem zur Vorsicht.

Der blonde Offizier nickte einem seiner Männer zu, der auf Dylans Pferd zuging. Das Tier scheute, und der Offizier bellte: »Haltet Euer Pferd ruhig, sonst lasse ich es erschießen!« Dylan zog die Zügel fester an und zwang das Tier mit einem kräftigen Schenkeldruck, still stehen zu bleiben, während der Fußsoldat unter die Satteldecke griff.

»Hab es, Sir!«, krähte er triumphierend und zog irgendetwas darunter hervor.

Was, zum Teufel, hatte er da gefunden? Dylan wendete sein Pferd und sah, dass der Soldat ein paar Bögen Papier in der Hand hielt. Er erkannte sie sofort, sie gehörten zu dem Briefpapier, das Sarah ihm zu Weihnachten geschenkt und das er nie benutzt hatte. Die Briefe wurden dem Offizier ausgehändigt, der eines der Siegel erbrach und den Bogen überflog. Dann las er, mitten im Satz beginnend, einen Absatz laut vor: »… kämpfen wir für die Rückkehr unseres rechtmäßigen Königs James … Ihre Majestät ist unter Arrest zu stellen.« Er warf Dylan einen angewiderten Blick zu. »Elender Verräter! Nehmt ihn fest!«

Dylan wartete die Ausführung des Befehls erst gar nicht ab, sondern stieß seinem Pferd die Fersen in die Flanken, durchbrach die Reihe der Fußsoldaten und floh. Schüsse krachten, Kugeln pfiffen über seinen Kopf hinweg, und plötzlich wieherte sein Pferd einmal schrill auf und brach unter ihm zusammen. Dylan wurde abgeworfen, rollte sich über die Schulter ab, rappelte sich wieder hoch und schlug sich dann in die Büsche.

Zwischen Bäumen hindurch und quer durch das Unterholz rannte er auf eine Böschung zu und durchquerte dann einen flachen Bach. Während er mit langen Sätzen davonjagte, wühlte er fieberhaft in seiner Tasche herum. Endlich fand er, was er suchte. Mit zitternden Fingern befestigte er die Brosche an seinem Plaid, dann verbarg er sich hinter einer Eiche, lehnte sich gegen den Stamm und konzentrierte sich darauf, keinen Muskel zu rühren, ruhig und gleichmäßig durchzuatmen und kein Geräusch zu verursachen.

Die englischen Soldaten, die ihn verfolgten, kamen jetzt auch die Böschung heraufgestürmt, aber keiner bemerkte ihn. Als sie sich – oben angelangt – aus dem Schutz der Bäume lösten, begriffen sie, dass ihr Wild ihnen vorerst entkommen war, und schwärmten aus, um die Umgebung abzusuchen; einige kamen jedoch schon bald darauf zum Bach zurück. Dylan verhielt sich ganz still, lauschte ihren lautstarken Verwünschungen und betete, dass keiner von ihnen versehentlich gegen ihn prallte. Die Soldaten trampelten den hohen Farn nieder, spähten angestrengt in die dichten Baumkronen und stocherten mit ihren Bajonetten in den Büschen herum.

Nach einer Weile stieg auch der Captain von seinem Pferd und beteiligte sich an der Suche. Er blickte sich um wie ein Tier, das eine Witterung aufnimmt. Dabei stand er so nah bei Dylan, dass diesem der Seifenduft seiner frisch gewaschenen Uniform in die Nase stieg. Dann drehte er sich um, sodass Dylan ihm genau ins Gesicht sah. Bedfords blassblaue Augen schienen sich in die seinen zu bohren, und Dylan musste all seine Willenskraft aufbieten, um nicht Hals über Kopf die Flucht zu ergreifen. Doch er bezwang sich und blieb regungslos stehen, so wie Sinann es ihm geraten hatte.

Schließlich rief Bedford seine Männer zurück. Die Rotröcke brachen die Suche ab, machten kehrt und marschierten nach Ciorram zurück; somit war Dylan wohl vorerst in Sicherheit. Er ließ sich zu Boden sinken und legte den Kopf auf die Knie. Was nun? Wer hatte ihm das angetan? Artair? Oder Iain selbst? Der Laird hatte kein Hehl daraus gemacht, dass er für Cait eine vorteilhaftere Heirat ausgehandelt hatte und über die Aussicht, Dylan als Schwiegersohn zu bekommen, nicht allzu sehr erfreut war. War es ein Fehler gewesen, darauf zu vertrauen, dass Malcolm Iain umgestimmt hatte? Zudem hatte Malcolm ihn gewarnt, dass es einige gab, die seinen Tod wünschten, weil er in einem zu engen Verwandtschaftsverhältnis zu Iain stand, aber Dylan war so damit beschäftigt gewesen, sich im Clan zu behaupten, dass er diese Warnung in den Wind geschlagen hatte.

Entschlossen hob er den Kopf. Er musste unbedingt mit Cait sprechen. Also erhob er sich und trat den Rückweg zur Burg an, mied aber den Pfad, sondern schlug sich parallel dazu durch das Gebüsch. Ein Film über den Vietnamkrieg, den er einmal gesehen hatte, hatte ihn gelehrt, dass Soldaten aus Furcht vor einem Hinterhalt niemals die bereits vorhandenen Wege benutzten. Aufgrund dieses Fehlers war er selbst beinahe den englischen Soldaten in die Hände gefallen, also hielt er sich im Schutz des Waldes und wanderte langsam in Richtung der Burg.

Kurz vor Sonnenuntergang erreichte er Glen Ciorram. Von dem bewaldeten Hügel oberhalb des Dorfes aus, im Schatten eines Baumes verborgen, konnte er den Trupp englischer Soldaten sehen, die auf der Wiese vor dem Torhaus ein Lager aufgeschlagen, ein kleines Feuer angefacht und ein Zelt für ihren Captain aufgestellt hatten. Wie es aussah, beabsichtigten sie nicht, innerhalb der nächsten Zeit in ihre Baracken zurückzukehren, und ganz bestimmt nicht heute. Jetzt wusste er nicht mehr weiter. Wo sollte er hin? Wo war er in Sicherheit? Wie mochte es Cait gehen? Er wünschte, er wüsste, was innerhalb der steinernen Mauern vor sich ging.

Die Sonne versank allmählich am Horizont, und er konnte nicht hier stehen bleiben und die Engländer beobachten, bis sie ihn entdeckten. Also drehte er sich um und schlug den Weg zum alten Turm ein. Dort konnte er ausruhen und über seine nächsten Schritte nachdenken. Doch als er sich dem Turm näherte, sah er aus dem Inneren dünne Rauchwolken aufsteigen; irgendjemand hielt sich dort auf. Er zückte Brigid, schlich geduckt am Eingang vorbei auf die Eiche zu und kletterte über den Ast, der in das obere Fenster hineinwuchs, in den Turm hinein. Vorsichtig sprang er auf die verfallene Treppe und spähte nach unten, um zu sehen, wer der Eindringling war.

In der Mitte der steinernen Mauern saß Cait fröstelnd an einem kleinen Feuer und starrte in die Flammen. *»A Chait!«*, rief er leise, ehe er die bröckeligen Stufen hinuntereilte.

Sie blickte auf und schnappte nach Luft, dann sprang sie auf, raffte ihren Rock und rannte auf ihn zu, warf ihm die Arme um den Hals, schluchzte und redete dabei so schnell auf ihn ein, dass er kein Wort verstand; ihre Kleider waren durchnässt und eiskalt. Er küsste sie sanft, dann wischte er ihr die Tränen aus dem Gesicht.

»Schscht. Ganz ruhig. Nicht weinen.« Er nahm sein Wehrgehänge ab, ließ es zu Boden fallen, löste seinen Gürtel, streifte seinen *feileadh mór* ab und legte ihn ihr um die Schultern. »Du bist ja halb erfroren. Komm, zieh das nasse Kleid aus.« Ihre Zähne klapperten vernehmlich, als sie aus ihrem Überkleid schlüpfte, sich das leinene Unterhemd über den Kopf streifte und sich dann in den Kilt wickelte. Er hielt sie fest an sich gedrückt, bis sie sich wieder beruhigt hatte. Als das erste wilde Schluchzen verebbt war, führte er sie zum Feuer und setzte sich neben sie. »Bist du in Ordnung? Ist dir etwas geschehen?« Er dachte an die Engländer, und ein schrecklicher Verdacht stieg in ihm auf. Doch sie schüttelte den Kopf und schluckte heftig. »Sie wollen dich hängen. Wenn du in die Burg zurückkehrst, werden sie dich umbringen. Sie haben Briefe …«

»Ich habe sie nicht geschrieben.«

Sie nickte. »Ich weiß. Vater weiß es auch. Er … er …« Ihr Gesicht verzerrte sich vor Qual, und sie begann wieder zu schluchzen. »Sie haben Coll getötet.«

Trotz seiner Sorge um Cait und um sich selbst traf ihn diese Nachricht wie ein Schlag. »Coll? Wer denn? Und warum?«

»Die *Sassunaich* sind gekommen und haben die Burg durchsucht, aber sie konnten dich nicht finden. Sie sagten uns dann, was sie unter deinem Sattel gefunden hatten. Vater geriet außer sich vor Zorn. Er ahnte, was Artair und Coll getan hatten, denn er wusste, dass du dich nicht des Hochverrats schuldig gemacht haben konntest, wie sie behaupteten.« Sie blickte zu ihm auf. »Du bist der Einzige von uns, der je versucht hat, Vater von seinen Überzeugungen abzubringen. Daher wusste er, dass die Schriften, die bei dir gefunden wurden, dir von jemand anderem untergeschoben worden sein mussten. Und ich hatte gesehen, wie Coll dein Pferd sattelte. Als die Soldaten die Burg verlassen hatten, um vor dem Torhaus ihr Lager aufzuschlagen, befahl Vater, Coll in den Gefängnisturm zu sperren. Coll setzte sich zur Wehr. Er kämpfte und fiel.« Tränen rannen ihr über die Wangen, und sie begann zu zittern.

»Wer hat ihn getötet?«

»Robin Innis.«

»Gut.« Obwohl Dylan nicht so recht glauben mochte, dass Iain nichts mit der Sache zu tun hatte, war er froh, dass Coll nicht durch die Hand seines eigenen Bruders gestorben war. Er zog Cait an sich und ließ sie sich ausweinen. Als sie sich wieder erholt hatte, fragte er: »Wie ist es dir gelungen, aus der Burg herauszukommen, ohne dass dir jemand gefolgt ist?«

»Über die Strickleiter, die für den Fall, dass jemand

plötzlich fliehen muss, immer im Abort des Nordturmes liegt. Gracie hat sie hinter mir hochgezogen und lässt sie wieder herunter, wenn es ganz dunkel ist. Ich bin von der Insel herübergeschwommen.« Sie packte ihn am Hemd und sah ihm ernst in die Augen. »Sie warten schon auf dich. Du kannst nicht zurückgehen.« Ein Schluchzen erstickte ihre Stimme, sie räusperte sich, dann sagte sie nahezu unhörbar: »Nie mehr.«

Dylans Herz wurde schwer, mit einem Schlag lag seine ganze Zukunft in Scherben.

Cait legte ihm eine Hand auf die Brust. Ihre Stimme klang unendlich traurig, als sie flüsterte: »Dylan, wir können jetzt nicht mehr heiraten. Du bist ein Outlaw. Wenn sie dich finden, werden sie dich töten.«

Dylan wollte nicht glauben, dass seine ganze Welt so jäh zusammengestürzt sein sollte. »Ich habe nichts verbrochen.«

»Das tut nichts zur Sache. Sie werden dich töten, weil sie die Macht dazu haben, und es interessiert sie nicht im Geringsten, ob du etwas verbrochen hast oder nicht. Dem Captain kommt es jetzt einzig und allein darauf an, dass es nicht so *aussieht*, als wärst du ungeschoren davongekommen, denn du giltst jetzt als Staatsfeind. Und da du für schuldig befunden worden bist, musst du auch bestraft werden. Wenn du Bedford in die Hände fällst, wirst du hingerichtet oder ins Gefängnis geworfen. Ihm wäre es allerdings am liebsten, wenn du gar nicht erst lange genug leben würdest, um vor Gericht gestellt zu werden. Du kannst nicht hier bleiben, du musst nach Virginia zurückkehren.«

Mit einem Mal schien alles um ihn herum dunkel und leer zu werden, und Dylans Gedanken überschlugen sich. Er konnte nicht nach Hause zurückkehren, der Staat Tennessee existierte ja noch gar nicht. Wie ein Ertrinkender klammerte er sich an Cait, voller Angst, die Welt um ihn herum könne sich in nichts auflösen, wenn er sie losließ.

Sie löste sich sanft aus seinem Griff, öffnete dann den Kilt und zog ihn wieder an sich; ihre Wärme hüllte ihn ein. Als er sie küsste, hörte er, wie sie ihm leise zuflüsterte:

»Liebe mich.« Sie half ihm, sich das Hemd über den Kopf zu ziehen, und zog ihn mit sich ins Gras. Er schnürte seine Gamaschen auf, streifte das weiche Schafsfell ab, schleuderte seine Schuhe von sich und nahm Cait in die Arme; froh, sich an einen Ort flüchten zu können, wo kein Engländer ihn je finden würde.

Cait rollte sich über ihn, nahm seine Hände, drückte sie auf den Boden und bedeutete ihm, sie dort zu lassen. Leise fröstelnd lag er da und wartete ab, was sie vorhatte.

Den Kilt noch immer um die Schultern geschlungen, beugte sie sich vor, strich mit den Fingern zart über seine Brust, versuchte, das erstaunlich glatte, weiche Haar, das dort wuchs, zu zerzausen, und als das nicht gelang, begann sie vorsichtig seine Brustwarzen zu streicheln. Erschauernd griff er nach ihr, doch sie schob seine Hände zur Seite und fuhr mit ihrer Tätigkeit fort, bis sein Atem schwerer und schwerer ging.

»Noch nie zuvor habe ich einen Mann so berührt.« Ihre Stimme klang tief und heiser. Dylans Herz begann schneller zu schlagen, er selbst konnte sich auch nicht daran erinnern, je zuvor von einer Frau so berührt worden zu sein. Seine Freundinnen hatten es zumeist ihm überlassen, ihre Körper zu erforschen, und er hatte sich diesen Wünschen stets bereitwillig gefügt. Cait fuhr träumerisch fort: »Ich möchte alles von dir wissen, jeden Teil von dir kennen lernen, damit ich dich nie vergesse.«

Sie beschäftigte sich mit ihm wie mit einem neuen Spielzeug, zupfte ihn hier am Haar, kniff ihn dort in die Haut, brachte ihn zum Kichern, indem sie seine Achselhöhlen kitzelte, zwickte ihn in die Muskeln, streichelte ihn und erlaubte ihm bei alldem nur, still liegen zu bleiben und alles mit sich geschehen zu lassen. Schließlich begann sie Teile von ihm zu erkunden, deren Berührung ihm heiße Schauer über die Haut jagten, und als sie sich vorbeugte, ihn dort küsste und ihre Zungenspitze spielerisch über die weiche Haut gleiten ließ, stöhnte er auf, grub die Fersen in den weichen Boden und wühlte die Finger in ihre golden schimmernde Haarflut.

Cait richtete sich auf, spreizte die Beine und nahm ihn tief in sich auf. Er schlang die Arme um ihre Taille, presste sie an sich und wünschte sich nichts sehnlicher, als dass dieser Moment nie enden möge.

Ihr Liebesspiel war von einer bittersüßen Traurigkeit überschattet; sie spendeten einander gegenseitig Trost, um für eine Weile all den Kummer zu vergessen, den die Zukunft ihnen bringen würde. Hinterher zog er sein Plaid über sie beide, und sie schliefen ein.

Dylan erwachte mitten in der Nacht, zu einer Zeit, wo sich sogar die Geschöpfe der Dunkelheit in ihre Verstecke zurückgezogen hatten und die ganze Welt bis zum Morgengrauen in Schweigen versunken war. Cait hatte sich aus seinen Armen gelöst und lag auf der anderen Seite des Feuers. Als er sich regte, blickte sie auf und schenkte ihm ein schwaches Lächeln. Er sah zu, wie sie sich erhob und auf ihn zukam; eine vom Mondlicht beschienene goldene Göttin voll unbeschreiblicher Anmut. Sie schlüpfte zu ihm unter das Plaid und schmiegte sich eng an ihn. Leise murmelte er: »Ich werde die Sache ausfechten, Cait. Ich lasse mir nicht kampflos mein Leben zerstören.«

Cait gab keine Antwort, sondern rollte sich auf den Rücken und sah ihm ins Gesicht. Mit einem Finger zog sie den Schwung seiner Augenbrauen nach. Ein verträumter Ausdruck lag in ihren Augen, als sie flüsterte: »Ich liebe die Art, wie du die Brauen zusammenziehst, wenn du ärgerlich oder verwirrt bist.« Verdutzt schaute er sie an, und sie kicherte. »Ja, ganz genau so.«

Dylan grinste und rieb sich über die Augenbrauen.

Ihre Fingerspitze wanderte weiter über sein Gesicht. »Und deine Lippen.« Sie strich ihm sacht über die Unterlippe, und er musste lächeln.

Doch dann schob er ihre Hand beiseite. »Hör auf, dir mein Gesicht einzuprägen. Ich gehe nicht fort. Niemals. Ich werde noch am Tag deines Todes bei dir sein, ich schwöre es dir.« Er drückte einen Kuss auf ihr Haar, zog sie in seine Arme und schlief wieder ein.

Als er das nächste Mal erwachte, stand die Sonne schon

am Himmel. Cait hatte sich leise angekleidet und war verschwunden, und der Boden, auf dem er lag, fühlte sich kalt und hart an! Dylan fuhr rasch in seine Kleider und suchte dann in seiner Tasche nach dem Bannock, das er tags zuvor auf dem Weg nach Killilan hatte essen wollen, doch stattdessen trafen seine Finger auf ein feuchtes Blatt Papier. Er zog es heraus, um es sich näher anzusehen. Es war ein Brief, der in Caits Handschrift seinen Namen trug. Angesichts der Aussicht, ein paar persönliche Worte von ihr zu lesen, durchströmte ihn eine wohlige Wärme, die sich jedoch in pures Entsetzen verwandelte, als ihm ihr Ring aus dem zusammengefalteten Papier entgegenfiel.

»*A Dhilein,* mein Geliebter«, begann der Brief, »als ich dir erklärte, warum wir nicht heiraten können, habe ich dir nur einen der Gründe genannt. Du weißt ja, dass mein Vater schon Heiratspläne für mich geschmiedet hatte, lange ehe er von unserer Verlobung erfuhr. Nun, da feststeht, dass ich dich nicht heiraten kann, bringt Vater mich heute Morgen nach Edinburgh, wo ich die Frau von Connor Ramsay werden soll. Connor ist ein wohlhabender Kaufmann und lebt in der Stadt. Da Vater Mr. Ramsay nichts von unserer Verlobung erzählt hat, steht meiner Heirat mit ihm nichts im Weg. Bitte vergib mir, dass ich dir diese Neuigkeit auf diese Weise mitteile, aber ich hätte es nicht ertragen, dir dabei ins Gesicht zu sehen. Du sollst aber wissen, dass mein Herz und meine Seele auf ewig dir gehören, auch wenn ich den Namen eines anderen Mannes trage.«

Rasende Wut ergriff von Dylan Besitz. Am liebsten hätte er den Brief in Fetzen gerissen, aber er beherrschte sich, atmete einmal tief durch, faltete den Bogen dann sorgfältig zusammen und schob ihn wieder in seine Tasche. Danach verzehrte er seinen spärlichen Proviant und dachte dabei über seine Zukunft nach. Sie sah düster aus. Er wusste jetzt, was ihn erwartete, und war sich nicht sicher, ob er noch lange am Leben bleiben würde; nachdenklich musterte er den alten Turm und die überall verstreut liegenden losen Steine.

Schließlich ging er zu einem besonders großen Brocken

direkt unter den Zweigen der mächtigen Eiche hinüber, bückte sich und versuchte, ihn anzuheben. Ein sengender Schmerz schoss durch seinen Rücken, und einen Moment lang fürchtete er, es würde ihm nicht gelingen, sein Vorhaben auszuführen, aber dann schaffte er es doch, den Stein auf die Seite zu kippen. Große schwarze Käfer krabbelten, über die Störung verärgert, unmutig hin und her, aber Dylan achtete nicht auf sie. Er holte seinen Geldbeutel aus der Tasche, entnahm ihm die fünf Goldguineen und behielt nur ein Silberstück zurück. Nacheinander legte er die Münzen in die Kuhle im Erdreich, ließ nach kurzer Überlegung Caits Brief darauf fallen und schob den Stein an seinen ursprünglichen Platz zurück. Dann strich er über das niedergedrückte Gras, bis es aussah, als sei der Stein niemals von der Stelle bewegt worden.

Mit Hilfe des Göttersteins hielt er dann nach Sinann Ausschau, doch sie war nirgends zu sehen. Er musste unbedingt mit ihr sprechen, musste ihr von dem versteckten Geld erzählen, damit sie dafür sorgen konnte, dass Cait es erhielt, falls ihm etwas zustieß.

Schließlich knotete er die Kordel auf, an der sein Kruzifix hing, befestigte den Ring daran, verknotete sie wieder und ließ sie unter sein Hemd gleiten. Nachdem er sich sein Wehrgehänge über die Brust geschlungen hatte, ging er Cait hinterher.

Die englischen Soldaten lagerten immer noch vor der Burg. Vom Schutz der Bäume am Fuße des Hügels aus betrachtete Dylan Captain Bedford, der vor seinem Zelt stand und das Burgtor im Auge behielt. Weitere Rotröcke standen, die Musketen im Anschlag, ganz in seiner Nähe. Dylan schlich geduckt an einer Hauswand vorbei ins Tal hinein, sprang über ein paar niedrige Mauern und schlenderte dann so gelassen durch das Dorf, als ob nichts geschehen wäre. Die Männer, die auf den Feldern arbeiteten, bemerkten ihn natürlich, aber niemand richtete das Wort an ihn oder nahm seine Anwesenheit sonst irgendwie zur Kenntnis. Nur Marsailis Tochter, die gerade aus Nana Pettigrews Haus gelaufen kam, huschte zu ihm hinüber, zupfte ihn am Ärmel und flüsterte ihm zu, dass einer der Soldaten gerade die Näherin befragte. Dylan dankte ihr und machte, dass er fortkam.

Cait befand sich in der Burg, und für ihn gab es keinen anderen Weg, dort hineinzugelangen, als durch das Haupttor. Am letzten Haus vor der Zugbrücke blieb er stehen und verbarg sich hinter einer Gruppe Stechpalmen. Einfach so durch das Tor zu gehen käme einem Selbstmordversuch gleich. Sein Kopf hämmerte, und er biss sich so heftig auf die Lippe, dass sie zu bluten begann. Der Drang, Cait zu sehen, mit ihr zu sprechen, wurde unerträglich. Wenn er nur einen Weg fände, an den Soldaten vorbeizukommen!

Dann machte sein Herz einen Sprung. Die Tore der Burg öffneten sich langsam, und Malcolm, Iain und Cait ritten hindurch, gefolgt von Robin Innis. Die Gruppe machte einen bedrückten Eindruck, alle ließen die Durchsuchung und die kurze Befragung durch die Rotröcke mit stoischer Geduld über sich ergehen, ehe sie ihren Weg fortsetzten. Dylan huschte an einer Mauer entlang auf eine der Torfhütten zu und wartete dort ab.

Als die Pferde auf seiner Höhe waren, verließ er sein Versteck und ergriff Caits Hand. »Cait!«

Bei seinem Anblick spiegelte sich nacktes Entsetzen in ihrem Blick wider. Iain zügelte sein Pferd und befahl schneidend: »Nimm die Hände weg von ihr!«

»Cait, ich muss mit dir reden!«

»Ich sagte, lass sie in Ruhe!«

»Dylan …« Cait drückte flüchtig seine Hand, dann versuchte sie, sich loszumachen. »Dylan, ich liebe dich. Aber du musst fort, sonst werden sie dich töten. Bitte lass nicht zu, dass sie dich töten! Ich könnte es nicht ertragen.« Ihre Augen waren dunkel vor Kummer; die offenkundige Qual, die er darin las, schnitt ihm ins Herz.

Iain zog sein Schwert. Malcolm wollte ihn zurückhalten, doch Iain gab seinem Pferd die Sporen und ritt direkt auf Dylan zu.

»Cait, tu das nicht!« Er wusste nicht, was er eigentlich

von ihr erwartete, aber er konnte nicht tatenlos zusehen, wie sie aus seinem Leben verschwand.

Malcolm packte Iain am Arm, doch der Laird wollte sich nicht beruhigen lassen. Zornig knurrte er: »Jetzt ist es genug! Ich bringe ihn um!«

Caits Stimme wurde schrill vor Angst. »Dylan, bitte! Geh! Geh endlich!« Sie trieb ihr Pferd vorwärts und ließ Dylan einfach mitten auf der Straße stehen.

In diesem Augenblick trat ein Dragoner aus Nana Pettigrews Haus auf der anderen Seite der Straße. Es dauerte einen Moment, bis er begriff, was sich hier abspielte, doch dann riss er seine Muskete hoch, zielte auf Dylan und drückte ab.

Die Kugel streifte seine linke Wade. Dylan unterdrückte einen Schmerzensschrei, als sein Bein unter ihm wegknickte und ein sengender Feuerstoß durch seinen Körper schoss. Cait kreischte entsetzt auf. Der Schuss hatte die Aufmerksamkeit der Rotröcke bei der Zugbrücke auf ihn gelenkt, und im nächsten Moment pfiffen weitere Kugeln über seinen Kopf hinweg; Caits Pferd begann nervös zu tänzeln. Erschrocken bemerkte Dylan, dass sie sich genau in der Schusslinie befand. Während die Engländer nachluden, ging er hinter einem nahe gelegenen Haus in Deckung. Von dort aus konnte er beobachten, wie Iain, Malcolm und Robin Cait umringten und sie rasch in Sicherheit brachten. Noch immer gellten ihre Schreie in seinen Ohren, als er sich zur Flucht wandte.

Doch schon nach wenigen Schritten gab sein Bein erneut nach, und er fiel der Länge nach in den Staub. Seine Gamasche war blutdurchtränkt, sein Schuh gleichfalls völlig durchnässt. Mühsam richtete er sich auf und lief, das verletzte Bein nachziehend, quer über ein Feld auf Tormod Mathesons Haus zu, das am Fuß eines bewaldeten Hügels stand. Der Schmied, der sah, dass ihm die Rotröcke auf den Fersen waren, bedeutete ihm mit einer Handbewegung, rasch hereinzukommen und sich in Sicherheit zu bringen.

Doch Dylan schüttelte nur den Kopf und setzte seine Flucht fort. Selbst wenn es ihm gelang, unbemerkt in Tormods Hütte zu huschen, würde Bedford das Dorf durchsuchen lassen, und seine Männer würden ihn früher oder später doch entdecken. Dann würde jeder, der ihm Unterschlupf gewährte, ebenfalls verhaftet werden. Außerdem wollte ihn sein Bein nicht länger tragen. Mit zittrigen Fingern nestelte er an seinem *sporran* herum, schwankte und wäre beinahe zusammengebrochen, als sich die Welt um ihn herum zu drehen begann. Irgendwo … musste der Talisman sein, der ihn unsichtbar machte. Verzweifelt wühlte er in der Tasche herum. Ja, da war er! Doch als er sich umdrehte, sah er, dass die Soldaten ihn schon fast eingeholt hatten. Nackte Mordlust glühte in ihren Augen. Sie hatten ihn in die Enge getrieben; hatten ihm die letzte Möglichkeit genommen, sich aus seiner misslichen Lage zu befreien. Dylan verlagerte sein Gewicht auf das gesunde Bein, drehte sich zu seinen Verfolgern um und hob beide Hände; keuchend rang er nach Atem. Ihm wurde bereits schwarz vor Augen, als einer der Männer auf ihn zurannte und mit dem Kolben seiner Muskete ausholte, um ihm einen Schlag ins Gesicht zu versetzen; reflexartig wehrte Dylan den Hieb ab. Komm schon, schlag mich entweder nieder oder gib es auf, dachte er noch, ehe der wütende Dragoner erneut ausholte, ihn an der Schläfe traf und er endgültig das Bewusstsein verlor.

# 17.

Der Ritt nach Fort William im Süden des Landes nahm fünf Tage in Anspruch. Dylan war in Ketten gelegt worden: schwere, eiserne, durch drei dicke Eisenglieder miteinander verbundene Handschellen umschlossen seine Gelenke und erschwerten ihm das Reiten beträchtlich. Captain Bedford, der seinen Gefangenen kaum einmal aus den Augen ließ, wurde von drei Dragonern begleitet. Unter normalen Umständen wären sie schneller vorangekommen, aber die englischen Pferde waren an das felsige Gelände nicht gewöhnt und gerieten häufig aus dem Tritt. Zum Essen und zum Schlafen wurde Dylan mit einer Hand an einen der Soldaten gekettet, die andere Hand blieb frei. Vielleicht wäre ihm die Flucht gelungen, wenn er im Vollbesitz seiner körperlichen Kräfte gewesen wäre und seinen Kettengenossen hätte mit sich schleifen können, aber sein linkes Bein war angeschwollen und schmerzte so heftig, dass er kaum laufen konnte, geschweige denn einen längeren Marsch durchgehalten hätte.

In der ersten Nacht schaffte er es, mit der freien Hand die Gamasche von seiner Wade zu lösen und die Wunde zu untersuchen. Die Kugel hatte das Fleisch direkt unterhalb der Haut durchschlagen und war auf der anderen Seite wieder ausgetreten. Die Verletzung blutete nicht mehr, aber der Muskel war steif geworden und machte jede Bewegung zur Qual.

Er hatte panische Angst, sich auch noch eine Infektion zuzuziehen, aber da man ihm nicht erlaubte, die Wunde zu säubern, wusste er nicht, ob er die Gamasche anlassen sollte oder nicht. Schließlich kam er zu dem Schluss, dass er eine Infektion ohnehin nicht verhindern konnte, also legte er die Gamasche wieder an, drehte aber die blutige Seite nach außen, damit sie nicht mit der Wunde in Berührung kam.

Er erhielt dieselbe Verpflegung wie die Soldaten, nur fielen seine Rationen weitaus spärlicher aus. Am fünften Tag war ihm schwindelig vor Hunger, und jeder Schritt seines Pferdes jagte einen sengenden Schmerz durch sein Bein. So war er geradezu erleichtert, als sie ihr Ziel erreichten: das steinerne Fort, das den Engländern als Hauptquartier in Schottland diente.

Die kleine Garnison lag am Ufer eines schmalen Sees. Vor den Toren war ein kleines, aus Holzhäusern und Torfhütten bestehendes Dorf entstanden, dahinter ragten Granitberge auf. Dylan wurde durch einen steinernen Torbogen in den äußeren Hof und weiter durch ein schmales Tor auf den inneren Exerzierplatz geführt. Zu beiden Seiten erstreckten sich niedrige hölzerne Baracken, und direkt vor ihm befand sich ein größeres, stabileres Steingebäude.

Überall wimmelte es von Rotröcken, die Dylan in seinem halb benommenen Zustand an geschäftig herumwuselnde blutrote Küchenschaben erinnerten. Sein Blick trübte sich, und in seinem Kopf begann es zu hämmern. Wieder dachte er über eine mögliche Infektion nach, was zur Folge hatte, dass er sich nur noch elender fühlte.

Der blonde Captain sprang von seinem Pferd. Er schien bester Laune zu sein und gab Befehl, Dylan in eine Zelle zu bringen, während er selbst sich beim Befehlshaber des Forts melden ließ. Ein junger Soldat in einem viel zu großen roten Rock führte die Pferde zu den Ställen, derweil eilte Bedford auf das Gebäude an der Südseite des Platzes zu.

Dylan wurde aus dem Sattel gezerrt; wiederum gab sein linkes Bein unter ihm nach, und das rechte begann zu zittern, als er sein ganzes Gewicht darauf verlagerte. Einer seiner Wächter stützte ihn und schleifte ihn fast zu dem Haus hinüber, in dem Bedford verschwunden war. Dylan hielt es für ein Verwaltungsgebäude. Doch statt ihn zum Haupteingang zu bringen, zogen die Dragoner ihn um die Ecke und zu einer schmalen Lücke zwischen diesem und dem Nachbargebäude hinüber, wo steinerne Stufen zu den Verliesen hinunterführten. Die beiden Soldaten gingen ziemlich unsanft mit ihm um und sparten nicht mit abfälligen Bemerkungen über ›verdammte, stinkende, mordlustige, heidnische Schottenschweine‹.

In dem keilförmigen Spalt zwischen den Häusern stand ein kleiner, auf seine Deichsel gestützter zweirädriger Wagen, in dem etwas lag, was Dylan für ein Bündel Lumpen hielt. Aber bei näherem Hinsehen erkannte er, dass es sich um Leichen handelte, die teilweise noch mit vor Blut und Schmutz starrenden Leinenhemden bekleidet waren. Schwärme von Fliegen krabbelten über die gespenstisch bleichen, aufgedunsenen Gesichter. Dylan kam es so vor, als seien einige der Leichname grauenvoll verstümmelt worden. Er wollte den Blick abwenden, brachte es jedoch nicht fertig, sondern starrte das grässliche Bild wie gebannt an.

Am Fuß der Treppe, unterhalb der Armeediensträume, lag ein enges, feuchtes Kellergeschoss; hier war der Modergeruch des Sees noch stärker, und dazu kamen der Gestank menschlicher Exkremente und verrottenden Fleisches. Schwere eisenbeschlagene Holztüren säumten den kurzen, von zwei hölzernen Stützpfeilern getragenen Gang; der wachhabende Soldat schloss eine davon mit einem großen Schlüssel auf.

Die Zelle war klein und düster, Licht drang nur durch ein einziges vergittertes Fenster herein, das sich über die gesamte Länge des winzigen Raumes erstreckte. Der steinerne Fußboden war feucht und schmierig und mit einer langen Eisenstange versehen, an der mehrere Fußeisen befestigt waren. Die Dragoner ketteten Dylan mit beiden Füßen daran fest. Er humpelte auf dem rechten Bein vorwärts, so weit die Kette reichte, das linke wagte er nicht zu belasten. Der eine Dragoner, der mit einem grauenhaften Cockneyakzent sprach, beobachtete ihn grinsend und höhnte dann: »Dass du uns aber ja nicht wegläufst!«

»Das würde mir im Traum nicht einfallen, dann würde ich ja dein dummes Gesicht nicht mehr sehen.« Dylan streckte die Hand aus, um den Soldaten in die Wange zu kneifen, aber dieser schlug sie grob zur Seite.

»Verdammter Highlander!« Mit diesen Worten schlug er die Zellentür hinter sich zu, und im Raum wurde es noch dunkler.

Dylan rutschte an der Mauer hinunter und kauerte sich auf den kalten, von einem dünnen Schmutzfilm überzogenen Boden nieder. Endlich war er allein. Oder zumindest dachte er, er wäre allein, denn als seine Augen sich an die Dunkelheit gewöhnt hatten, entdeckte er an der gegenüberliegenden Wand eine zusammengesunkene Gestalt. Dylan beobachtete sie eine Weile. Der Schatten rührte sich nicht, noch waren Atemzüge zu vernehmen. Auch aus dem Geruch konnte er keinerlei Rückschlüsse ziehen, denn die ganze Zelle stank nach Urin, Fäkalien, Erbrochenem und altem Blut, dazu kam der dumpfe Modergeruch, den die feuchten Steine verströmten. Er hätte einem verwesenden, von Würmern zerfressenen Leichnam gegenübersitzen können, ohne es zu merken. Doch je länger er die Gestalt betrachtete, desto unwahrscheinlicher erschien es ihm, dass noch Leben in ihr war. Er kniff die Augen zusammen und wünschte, Sinann wäre bei ihm.

Kurz vor Sonnenuntergang kam ein Soldat in die Zelle und gab ihm eine Kelle voll Wasser, das er aus einem schmutzigen Holzeimer geschöpft hatte. Dylan trank gierig, war aber immer noch durstig, als der Rotrock ihm die Kelle entriss, sie wieder in den Eimer fallen ließ und die Zelle verließ. Dylan setzte sich wieder auf den Boden und wartete ab. Sobald es dunkel geworden war, kehrte im Fort Stille ein, und niemand kam mehr in die Nähe der Verliese. Am Morgen hatte er zuletzt etwas zu essen bekommen.

Allmählich verflog der erste Schock über seine Verhaftung, und er konnte wieder klar denken. Er begriff, dass Flucht vorerst nicht infrage kam. Keine Kavallerie würde ihm zu Hilfe eilen, und es war äußerst unwahrscheinlich, dass die Engländer ihren Irrtum einsehen und ihn freilassen würden. Wieder einmal war er abrupt, ohne eigenes

Verschulden aus seinem gewohnten Leben herausgerissen worden. Vielleicht war sein Leben ohnehin bald zu Ende.

Die Dragoner hatten ihm seine Waffen und seinen *sporran* abgenommen, das Kruzifix und Caits Ring unter seinem Hemd jedoch übersehen. Natürlich würden sie beides über kurz oder lang entdecken, und dann würde er weder Kreuz noch Ring je wieder sehen. Dylan tastete unter seinem Hemd nach der Kordel und zog sie sich über den Kopf. Mit klammen Fingern nestelte er an dem Knoten herum. Schließlich gelang es ihm, ihn aufzuziehen, er löste den Ring von der Kordel, verknotete sie wieder und schob das Kruzifix unter sein Hemd zurück.

Einen Moment lang betrachtete er den Ring, der im schwachen Licht schimmerte. Er würde nicht zulassen, dass das Schmuckstück den Engländern in die Hände fiel, Aber ihm wollte nur ein einziges sicheres Versteck einfallen. Er steckte den Ring in den Mund, um ihn anzufeuchten, dann beugte er sich vor, zog seinen Kilt hoch und schob ihn sich mit zusammengebissenen Zähnen in den After. Als er sich wieder aufrichtete, fühlte er sich ein wenig getröstet, denn nun hatte er wenigstens gute Aussichten, mit Caits Ring begraben zu werden. Er schlang sich sein Plaid um die Schultern, lehnte sich an die Wand und harrte der Dinge, die da kommen sollten.

Immer wieder döste er ein und schrak vor Kälte zitternd wieder hoch. Die Gestalt am anderen Ende des Raumes regte sich nicht, und Dylan kam zu dem Schluss, dass das, was dort lag – was auch immer es sein mochte –, eindeutig tot war – falls es überhaupt je gelebt hatte. Einmal, als er erwachte, drang bläuliches Licht zum Fenster herein, und er wusste, dass ein neuer Tag anbrach. Wieder nickte er ein, und als er das nächste Mal aufwachte, schmerzten seine Knochen von der Kälte des feuchten Bodens, und er konnte sich kaum rühren.

Kurz darauf betrat ein Soldat die Zelle und stellte ihm wortlos eine Schale mit dünnem Haferschleim hin. Dylan leerte sie gierig, ohne daran Anstoß zu nehmen, dass die Brühe wie Brackwasser schmeckte. Er war zu hungrig, um darauf zu achten, was er zu sich nahm. Der Soldat hatte ihn beim Essen allein gelassen, und als Dylan den letzten Tropfen aus der Schale geleckt hatte, stellte er sie auf den Boden und döste wieder ein. Schlaf war für ihn die einzige Möglichkeit, seine ausweglose Lage vorübergehend zu vergessen.

Der Tag verstrich mit quälender Langsamkeit. Noch einmal erhielt er Wasser, dann kämpfte er sich mühsam auf die Füße und humpelte so weit von seinem Sitzplatz fort, wie seine Ketten es zuließen, um seine Blase zu erleichtern. Den Darm zu entleeren stand nicht zur Debatte, er hatte seit dem Aufbruch aus Ciorram so gut wie keine Nahrung zu sich genommen. Dann verbrachte er eine weitere unruhige Nacht. Am nächsten Morgen bekam er wieder eine Schale mit Haferschleim. Dylan verachtete sich selbst dafür, dass er die Mahlzeit so dankbar entgegennahm, aber trotzdem konnte er es sich nicht erlauben, sie stolz zurückzuweisen. Nahrung hielt ihn am Leben, und er wollte am Leben bleiben, auch wenn er nicht so recht wusste, warum eigentlich.

Später an diesem Tag öffnete sich plötzlich die Zellentür, der Soldat mit dem grässlichen Akzent trat ein und befreite Dylan wortlos von seinen Fußfesseln. Er wartete erst gar nicht darauf, bis Dylan sich aufrappelte, sondern packte ihn grob am Kragen, zerrte ihn auf die Füße und drückte ihn einen Moment lang gegen die Wand, bis er halbwegs sicher auf den Beinen stand. Das linke wollte ihn noch nicht tragen, also humpelte er, von dem Soldaten gestützt, zur Tür hinaus.

Er wurde den Gang entlanggeführt, vorbei an weiteren Zellen, dann ging es durch eine Tür am Ende einer Halle, die zu einem langen, schmalen, fensterlosen Raum führte. Eine Reihe Kerzen in Wandleuchtern spendeten ein schwaches Licht. Immer noch schweigend zerrte der Soldat ihn zu einem dicken Holzpfahl in der Mitte des Raumes. In ungefähr sieben Fuß Höhe war daran ein Eisenring angebracht. Der Soldat drehte Dylan mit dem Gesicht zum Pfahl, sodass er auf die Tür blicken konnte, dann löste er seine Handfesseln, zwang ihn, die Arme um das Holz zu legen, zog die Kette durch den Eisenring und ließ die Handschellen wieder um Dylans Handgelenk zuschnappen. Dylan stand mit über den Kopf erhobenen Armen da, während der Rotrock noch einmal den Sitz der Fesseln überprüfte und dann den Raum verließ.

Dylans Herz hämmerte wie wild, verzweifelt kämpfte er seine aufsteigende Panik und das nagende Hungergefühl nieder, das ihn quälte. Jetzt galt es abzuwarten, auf der Hut zu sein und den ersten günstigen Moment zum Angriff zu nutzen.

Bald hatte er jegliches Zeitgefühl verloren. Seine Arme schmerzten, seine Beine zitterten von der Anstrengung, sich aufrecht zu halten, um nicht an den Handgelenken zu baumeln. Er hakte die Finger durch das mittlere Glied der Kette seiner Handschellen, sodass der Eisenring und seine Arme einen Teil seines Gewichtes trugen. Endlich öffnete sich die Tür, und zwei Rotröcke betraten den Raum: Bedford und der Wachposten mit dem Cockneyakzent. Anscheinend taten nicht viele Dragoner in den Verliesen Dienst; Dylan hatte stets dieselben beiden Wächter dort gesehen. Bedfords Begleiter trug ein längliches Bündel bei sich, das er auf dem Tisch neben der Tür ablegte, dann nahm er Haltung an und blieb stocksteif vor dem Tisch stehen.

Bedford wirkte entspannt und sichtlich mit sich zufrieden; seufzend blies er die Backen auf, während er seinen Gefangenen lange musterte. Entgegen aller Vernunft hoffte Dylan, dies möge alles bleiben, was er tat, aber natürlich wurde diese Hoffnung alsbald zunichte gemacht.

Bedford holte tief Atem, ehe er verkündete: »Zunächst möchte ich eines klarstellen: Ich weiß, dass Ihr unschuldig seid.«

Dylan kniff die Augen zusammen. Irgendwie beunruhigten ihn diese Worte weit mehr als alles, was der *Sassunach* sonst hätte sagen können. Wenn die Frage seiner Schuld oder Unschuld von Bedeutung wäre, wäre er nicht hier.

Der Offizier fuhr fort: »Ihr seid hierher gebracht worden, weil Ihr vieles wisst, was ich wissen will. Und Ihr werdet mir entweder alles sagen, was ich hören will, oder in diesem Raum sterben.« Er sprach mit dem selbstsicheren Tonfall eines Menschen, der gewohnt ist, dass seinen Befehlen unverzüglich Folge geleistet wird.

Dylan wollte etwas erwidern, wurde jedoch durch einen Hustenanfall daran gehindert. Mühsam stieß er hervor: »Ich weiß nichts. Null. Nada. Und selbst wenn ich etwas wüsste, wärt Ihr der Letzte, dem ich es verraten würde.«

Bedford schnalzte mit der Zunge. »Wie überaus unhöflich von Euch. Ich sehe, wir werden Euch bessere Manieren beibringen müssen.« Er nickte dem Wachposten zu, der daraufhin um den Pfahl herumging und sich hinter Dylan stellte.

Auf ein weiteres Nicken Bedfords hin löste er Dylans Gürtel, riss ihm *feileadh mór* vom Leib und warf beides hinter sich in die Ecke. Bedford warf ihm ein Messer zu, mit dem er Dylans Hemdrücken der Länge nach aufschlitzte, ihm das Kleidungsstück gleichfalls herunterriss und achtlos zu Boden fallen ließ; nun stand Dylan von den Knien aufwärts nackt vor seinen Peinigern.

Er presste sein Gesicht gegen das abgewetzte Eichenholz und konzentrierte sich darauf, jegliches bewusste Denken abzuschalten. Wenn er nicht darauf achtete, was sie seinem Körper antaten, dann konnten sie seine Seele nicht verletzen; trotzdem zitterte er vor Angst und vor Kälte am ganzen Leibe. Er hielt die Kette straff gespannt, damit sie nicht klirrte, und atmete tief und gleichmäßig durch.

Bedford umkreiste Dylan mit langsamen Schritten. »Wir alle wissen doch, dass Iain Matheson von Ciorram mit den Jakobiten sympathisiert. Ihr wisst es, ich weiß es, sogar die Hottentotten in Afrika wissen es. Wir haben ihn allein deshalb bislang noch nicht verhaftet und sein Land konfisziert, weil er sich weitgehend zurückgehalten und uns noch keine ernsthaften Schwierigkeiten gemacht hat.«

»Und weil der Spion, den Ihr in der Burg sitzen habt,

Euch noch nicht genügend Informationen geliefert hat«, fügte Dylan hinzu.

Bedford hüstelte und sprach weiter, ohne auf Dylans Bemerkung einzugehen, aber seine Stimme klang nun merklich schärfer. »Jedenfalls haben wir guten Grund zu der Annahme, dass Euer Laird zu einer Rebellengruppe gehört, die in den Highlands ein Nachrichten- und Versorgungsnetz aufgebaut hat. Ich will die Namen von Iain Mathesons Gesinnungsgenossen wissen. Ich will wissen, welche Decknamen sie benutzen, wenn sie ihre aufrührerischen Machenschaften planen, und ich will wissen, wer geheime Informationen an die Jakobiten weitergibt.«

Dylan hätte beinahe vor Überraschung nach Luft geschnappt, bezwang sich aber. Ramsay! Bedford sprach von Connor Ramsay. Voller Wonne malte Dylan sich aus, wie er Bedford alles über diesen Mann erzählte. Ramsay würde verhaftet und vielleicht sogar hingerichtet werden. Cait würde frei sein, und er auch. Schon öffnete er den Mund, um zu einer Antwort anzusetzen, doch dann dachte er an die möglichen Folgen seines Tuns.

Wenn er Ramsay des Verrats bezichtigte, würde er dadurch zugleich auch Iain Matheson, den Empfänger der Informationen, ans Messer liefern. Beide würden gehängt und ihr gesamter Besitz konfisziert werden. Cait würde alles verlieren: ihren Vater, ihr Heim und auch ihren Mann. Außerdem würden sämtliche Pächter aus Glen Ciorram vertrieben werden und ein Leben in bitterer Armut fristen müssen. Dylan konnte den Clan nicht diesem Schicksal ausliefern. Er holte tief Luft, dann sagte er: »Ich weiß nichts, absolut nichts.«

Bedford seufzte, schwieg einen Moment, als müsse er nachdenken, und meinte dann bedächtig: »Ich bin nicht sicher, ob Ihr begreift, in welcher Lage Ihr Euch befindet, Matheson. Seht Ihr, Ihr werdet nämlich nicht vor Gericht gestellt werden. Ihr werdet auch nicht gehängt. Im Grunde genommen seid Ihr gar nicht hier. Was die Bewohner dieses gottverlassenen Nestes betrifft, das Ihr als Eure Heimat betrachtet – für die seid Ihr auf dem Weg hierher an Wundbrand gestorben und irgendwo verscharrt worden, wo noch nicht einmal ein Stein Euer Grab markiert.

Ihr seht also, wir können Euch bis zum Jüngsten Tag hier behalten, ohne befürchten zu müssen, dass Eure Verwandten Gnadengesuche für Euch einreichen. Niemand wird Euer Schicksal öffentlich anprangern, wir haben also keinerlei Konsequenzen zu erwarten. Euer Leben liegt jetzt in meiner Hand.« Er kicherte böse. »Nicht, dass es noch besonders viel wert wäre ...«

Dylan erwiderte nichts darauf. Bedfords Spott hatte er nichts entgegenzusetzen, und überdies loderte in den Augen des Offiziers ein Hass auf, für den er keine Erklärung fand.

Der Captain fuhr fort: »Die meisten Männer in Eurer Situation würden mir mit Freuden alles erzählen, was sie wissen. Nur wenn Ihr redet, habt Ihr eine Chance, mit dem Leben davonzukommen. Außerdem ist es allgemein bekannt, dass die Schotten keine Skrupel haben, sich gegenseitig an ihre Feinde auszuliefern. Ihr seid und bleibt nun einmal eine Rotte von unzivilisierten Barbaren. Vielleicht interessiert es Euch, dass es Euer junger Verwandter gar nicht erwarten konnte, Euch im Gefängnis zu sehen. Kam höchstpersönlich zu mir und berichtete, Ihr würdet Geheimberichte nach Killilan schmuggeln. Leider handelt es sich bei diesen Briefen um bloße Hetzschriften, die zwar ausreichen, um Euch an den Galgen zu bringen, aus denen aber nicht die Namen der wirklich Schuldigen hervorgehen. Aber da ich ein Mann bin, der glückliche Gelegenheiten beim Schopf zu fassen versteht, habe ich Euch trotzdem verhaftet. Vielleicht seid Ihr mir ja doch noch nützlich.«

Dylan biss sich auf die Unterlippe und schwieg beharrlich.

Nach einer langen Pause, während der Bedford unsichtbare Staubkörner von seinem Uniformrock klopfte und Dylans Anwesenheit völlig vergessen zu haben schien, sagte der Offizier endlich: »Habt Ihr bemerkt, dass man mich befördert hat?«

Seufzend betrachtete Dylan den Rotrock genauer. Er kannte sich mit den Abzeichen der englischen Armee dieses Jahrhunderts nicht besonders aus, also musste er raten. »Zum Major?«

Ein breites Lächeln trat auf Bedfords Gesicht. »Ganz recht. Ich stand schon lange auf der Beförderungsliste, aber da man mich auf diesen Posten im Landesinneren abgeschoben hat, haben meine Vorgesetzten kaum Kenntnis von meinen Fähigkeiten genommen. Ich bin nicht annähernd so rasch befördert worden, wie ich es verdient hätte, aber das wird sich ändern. Vielleicht verhilft mir Eure Verhaftung dazu, an einen anderen Ort versetzt zu werden, dann sind meine Tage in dieser Wildnis gezählt. Ich würde Euch gerne meine Dankbarkeit dadurch ausdrücken, dass ich Euch die Möglichkeit gebe, Euren Kopf zu retten. Erzählt mir, was ich wissen will, dann lasse ich Euch frei und Ihr könnt zu Euren dreckigen Freunden zurückkehren. Überlegt es Euch gut. Das ist vermutlich das beste Angebot, was man Euch in den letzten Tagen gemacht hat.«

Dylan starrte ihn einen Moment lang an, dann sagte er mit unverhohlenem Spott in der Stimme: »Weißt du was, Chef? An deiner Guter-Cop-Böser-Cop-Masche musst du aber noch gewaltig arbeiten.«

Bedford konnte die Bemerkung natürlich nicht verstehen, aber er begriff, dass Dylan sich über ihn lustig machte. Seine joviale Art war wie weggewischt, mit abgehackten Bewegungen, die seine ohnmächtige Wut verrieten, drehte er sich zum Tisch um und knotete das Bündel auf, das darauf lag. Darin befanden sich Dylans Besitztümer: sein Schwert nebst Wehrgehänge, die Dolche und sein *sporran*.

Bedfords Stimme klang schneidend. »Hier ist mein letztes Angebot, Matheson. Liefert mir die Informationen, die ich haben will, und ich lasse Euch laufen. So einfach ist das. Packt endlich aus, dann erhaltet Ihr auch Eure Sachen zurück, sogar Eure Waffen. Und ich lege noch etwas drauf.« Jetzt klang er wie ein Showmaster, der seinem Kandidaten gerade einen besonders verlockenden Preis in Aussicht stellt. »Ihr bekommt dazu noch ein neues Hemd.« Er hielt ein gebleichtes weißes Leinenhemd mit Rüschen an Kragen und Ärmeln in die Höhe. »Ich würde sagen, das ist ein mehr als fairer Handel. Im Gegenzug müsst Ihr mir nur Informationen über einen Mann geben, den Ihr wohl kaum noch als Euren Vetter betrachten dürftet.«

Als Bedford ihm anbot, ihm seine Waffen zurückzugeben, erkannte Dylan, dass er in eine Falle gelockt werden sollte. Der Mann hatte nicht die Absicht, ihn jemals wieder laufen zu lassen, egal was er sagte oder tat. Es war undenkbar, dass er Dylan so ohne weiteres seine Waffen aushändigen würde. Sie waren nur der Köder, nach dem er schnappen sollte. Wortlos blickte er den Rotrock an. Er wusste, dass sein Schicksal besiegelt war.

Bedfords Stimme wurde eiskalt. »Ihr seid wohl noch nie ausgepeitscht worden, oder? Nein, ich sehe, das ist Euch bislang erspart geblieben.« Er deutete lässig auf Dylans nackten Rücken. »Vielleicht möchtet Ihr ein wenig darüber nachdenken, ehe Ihr mein Angebot zurückweist. Schon so mancher Mann ist unter der Peitsche gestorben, besonders wenn derjenige, der die Strafe vollzieht, sich nicht an lästige Vorschriften halten muss, die die Anzahl der Hiebe und die Pausen dazwischen regeln. Ich glaube doch kaum, dass Euch irgendwer in dieser verfallenen alten Burg so viel bedeutet, dass Ihr seinetwegen Euer Leben aufs Spiel setzen wollt.«

Dylan schloss die Augen und versuchte, jeglichen Gedanken an Ramsay, Cait und den toten Coll zu verdrängen. Stattdessen dachte er an Iain und an all die Menschen, die er im Laufe des vergangenen Winters kennen gelernt hatte – an Sarah und den kleinen Eóin, an Gracie, an Seonag, an Robin und Marc und an Malcolm, der ihm fast von Anfang an sein Vertrauen geschenkt hatte. Sie bildeten seinen Clan, und sein Tod würde sie vor Unheil bewahren. Er schlug die Augen wieder auf und starrte Bedford an wie ein besonders ekelhaftes Insekt, dann holte er einmal tief Atem. »*Faodaigh thu a'póg mo thóin!*«

Bedford lachte laut auf, konnte jedoch seinen Ärger

nicht verbergen. »Danke für Euer großzügiges Angebot! Einen wahrlich strammen Arsch bietet Ihr mir da an!« Er trat an den Pfahl heran und schob sein Gesicht ganz nah an Dylans heran. Sein Atem stank bestialisch. »Aber ich muss leider ablehnen. Sodomie zählt nicht zu meinen zahlreichen Lastern. Eher würde ich ein Schwein vögeln als einen Schotten gleich welchen Geschlechts anrühren. Dass meine Vorlieben ohnehin nicht in diese Richtung gehen, brauche ich wohl nicht zu erwähnen.« Er nickte dem Soldaten zu, schlenderte zu dem Tisch hinüber, lehnte sich dagegen und fuhr fort: »Da Ihr Euch so wenig kooperationsbereit zeigt, bleibt mir nichts anderes übrig, als Euren Widerstand mit Gewalt zu brechen. Denkt immer daran, dass Ihr das, was Euch gleich geschieht, allein Euch selbst zuzuschreiben habt.« Mit einer knappen Geste winkte er den Soldaten zu sich heran.

Tief fraß sich die Peitschenschnur in Dylans Rücken ein. Der sengende Schmerz entlockte ihm einen unterdrückten Aufschrei, seine Knie gaben unter ihm nach, und einen Augenblick lang hing er wie paralysiert vor Qual an den Handgelenken, ehe er wieder Boden unter die Füße bekam. Wiederholt nickte Bedford, die Peitsche pfiff durch die Luft, wieder verlor Dylan den Halt. Mit zitternden Armen zog er sich an dem Pfahl hoch, doch da traf ihn auch schon der dritte Hieb.

Bald wünschte er sich nichts sehnlicher, als das Bewusstsein zu verlieren. Jeder von geübten Händen ausgeführte Schlag traf einen bislang unversehrten Teil seines Rückens. Die Haut platzte auf, Blut durchtränkte die Peitschenschnur und bewirkte, dass sie sich tiefer und immer tiefer in sein Fleisch fraß. Schon bald hatte sich im Stroh zu seinen Füßen eine dunkle Pfütze gebildet, in der seine Füße immer wieder ausglitten. Die Schläge erfolgten in unregelmäßigen Abständen, jeder traf ihn vollkommen unvermutet und jagte neue Schmerzwellen durch seinen Körper, bis sich ein roter Schleier vor seine Augen senkte und er bereit war, den Tod als Erlöser willkommen zu heißen.

Mit fest zusammengekniffenen Augen versuchte er, den

Schmerz auszuschalten. Er konzentrierte all seine Gedanken auf Cait; auf ihre weiche Haut, ihre melodische Stimme und die Gefühle, die ihre Berührungen in ihm ausgelöst hatten. Sein Geist löste sich von seinem Körper, trieb fort von Fort William, den Rotröcken und der Peitsche, die erbarmungslos auf ihn niederzischte. Allmählich ließ der Schmerz nach.

Als Bedford zufrieden oder einfach nur der Sache überdrüssig geworden war, befahl er, eine Pause einzulegen, und verließ den Raum; sein Folterknecht blieb an der Tür stehen, die aufgerollte Peitsche in der Hand. Schlagartig wurde Dylan wieder in die Gegenwart katapultiert, und im selben Moment kehrte auch der Schmerz mit Macht zurück. Er schlang die Arme um den Pfahl, um seine Schultergelenke zu entlasten, und presste den Mund fest gegen das Holz, um zu verhindern, dass sich ihm auch nur ein einziger Laut entrang. Er fürchtete, den *Sassunaich* alles zu verraten, was sie wissen wollten, wenn er etwas sagte. Tränen traten ihm in die Augen, rollten über seine Wangen und brannten salzig in seinem Mund. Er achtete nicht darauf, er achtete auf gar nichts mehr. Die Loyalität gegenüber seinem Volk lag ihm im Blut, das wusste er, und daran konnte auch die Tatsache, dass er in Amerika geboren und aufgewachsen war, nichts ändern. Er würde lieber sterben, als Cait und ihre Familie an die Rotröcke zu verraten.

Die Zeit verstrich. Wasser wurde gebracht, der Wachposten abgelöst. Die Welt um Dylan wurde grau, und er fiel in einen schwerelosen Zustand zwischen Benommenheit und Schlaf. Zwar trugen ihn seine Beine jetzt wieder, doch er hielt noch immer den Pfahl umklammert, um seine inneren Organe zu schützen. Das Holz fühlte sich glatt und samtig an seinem Bauch an, blank poliert von den Leibern unzähliger anderer Opfer. Er fragte sich müßig, wie viele Männer hier wohl schon ihr Leben ausgehaucht haben mochten.

Eine eisige Kälte hatte sich in seinem Inneren ausgebreitet; seine Zähne klapperten unaufhörlich, ohne dass er etwas dagegen tun konnte. Das angetrocknete Blut auf seinen Gesäßbacken und Beinen rief einen quälenden Juckreiz hervor, auch wurden seine geschundenen Muskeln allmählich steif.

Und er wartete.

Ihm war, als habe er sein ganzes Leben an diesem Ort verbracht, als sei seine ganze Existenz auf diese Stunden der Qual zusammengeschrumpft. Hier und jetzt, das war die Ewigkeit. Aber wie lange befand er sich wirklich schon in diesem Raum? Verzweifelt zermarterte er sich den Kopf, um sich zu erinnern. Auf einmal erschien es ihm unendlich wichtig zu wissen, welches Datum man heute schrieb. Wenn ihm das Datum des heutigen Tages wieder einfiel, dann war das der Beweis, dass die Außenwelt noch existierte und er ein Teil von ihr war. Wenn er sich daran erinnern konnte, dann hatte er noch nicht den Verstand verloren.

Er begann zu rechnen. Der erste Mai, da war Beltane gewesen. Drei Wochen später hatte die Hochzeit stattfinden sollen, und am Dienstag vor der Hochzeit war er verhaftet worden. Das musste demnach der fünfzehnte Mai gewesen sein. Fünf Tage hatte der Ritt nach Fort William gedauert, das wusste er genau, weil er mitgezählt hatte, wie oft man ihm zu essen gegeben hatte. Also waren sie am zwanzigsten Mai im Fort angekommen, an dem Tag, an dem Cait und er hätten heiraten sollen. Schmerzlich berührt schloss er die Augen, verdrängte den Gedanken an das, was er verloren hatte, und rechnete weiter. Eine Nacht hatte er in der Zelle verbracht, dann einen ganzen Tag und noch eine Nacht, und dann war er in diesen Raum gebracht und ausgepeitscht worden. Am zweiundzwanzigsten Mai.

Er schnappte nach Luft, als sich dieses Datum in sein Hirn einzubrennen schien. Wie hatte er diesen Tag vergessen können? Der zweiundzwanzigste Mai war sein Geburtstag. Er war heute einunddreißig Jahre alt geworden!

Wieder zog er sich ganz in sich selbst zurück und wartete, die ganze lange kalte Nacht lang.

Als Bedford in Begleitung des Dragoners zurückkehrte, war Dylan bis auf die Knochen durchgefroren. Die Nachtwache wurde abgelöst, die Kerzen in den Wandhaltern, die schon lange heruntergebrannt waren, durch frische ersetzt. Bedford wandte sich an Dylan. »Nun, haben wir unsere Meinung geändert?«

Dylan dachte gar nicht daran, ihm eine Antwort zu geben.

Ein höhnischer Unterton schlich sich in die Stimme des Rotrocks. »Sollte es Euch am Ende gar die Sprache verschlagen haben?«

Dylan schwieg.

Bedford seufzte. »Nun gut.« Er flüsterte dem Soldaten einen Befehl zu. Dieser verließ den Raum und kehrte kurz darauf mit einer stark qualmenden Schüssel zurück, aus der zwei Eisenstäbe herausragten. »Dort hinüber«, wies ihn der Major an, und der Soldat setzte das seltsame Gerät gehorsam auf dem Boden ab. »Und jetzt dreht ihn um.«

Der Dragoner löste einen großen, klirrenden Schlüsselbund von seinem Gürtel und schloss eine der Handschellen auf. Dylans Rücken und Schultern waren so verkrampft, dass er kaum die Arme sinken lassen konnte. Doch schon wurde er unsanft gepackt, herumgedreht und mit dem Rücken gegen den Pfahl geschoben. Wieder wurden ihm die Arme über den Kopf gerissen und die Kette durch den Ring gezogen, dann rastete die Handschelle mit einem Knacken ein. Nun stand er mit dem Rücken zum Holz und hinter dem Kopf gefesselten Händen da; die Kette ließ ihm überhaupt keinen Spielraum mehr, und er hatte das Gefühl, als würden sich seine Schultergelenke gleich aus den Pfannen lösen. Dazu kam, dass seine Wunden wieder aufgeplatzt waren und warmes Blut an seinem Rücken herabfloss. Jedes Mal, wenn er sich bewegte, gab es ein schmatzendes Geräusch auf dem Holz.

Bedford kicherte humorlos. »Wenn Ihr über die Geschichte Eures so genannten Heimatlandes Bescheid wisst, Matheson, dann wird Euch gefallen, was wir mit Euch vorhaben. Als Euer König James I. – ich sage bewusst ›Euer König‹, denn er war nur König von Schottland – 1437 ermordet wurde, richtete man einen der an der Verschwörung gegen ihn Beteiligten auf eine ganz besonders erfinderische Weise hin. Eiserne Zangen wurden erhitzt, bis sie glühten, dann riss man ihm damit das Fleisch stückweise aus dem Leib. Zu guter Letzt setzte man ihm eine rot glühende Eisenkrone aufs Haupt. Ein passendes Ende für einen Mann, der seinen König verraten hat, findet Ihr nicht? Und Ihr werdet sein Schicksal teilen, denn Ihr seid gleichfalls ein Verräter an Eurer Königin. Also werdet Ihr sterben.«

Dylan zwinkerte verwirrt. Bis zu diesem Zeitpunkt hatte er keinen Gedanken an Königin Anne, an James oder an sonst wen, der gerade an der Macht war oder an die Macht gelangen wollte, verschwendet. Seine Gedanken kreisten einzig und allein darum, wie er die furchtbaren Schmerzen lindern konnte.

Der Dragoner brachte die Schale mit den glühenden Kohlen heran und stellte sie so ab, dass Dylan sie sehen konnte. Jetzt erkannte Dylan, dass es sich bei dem eisernen Ding, das darin steckte, um eine primitive Zange handelte. Das Blut begann in seinen Ohren zu rauschen, und wie aus weiter Ferne hörte er sich selbst stöhnen: »Nein, bitte nicht. Das nicht.« Nicht mehr lange, und er würde zu schreien beginnen und nie wieder aufhören. Krampfhaft rang er nach Luft. Der Geruch glühender Kohlen und heißen Eisens stieg ihm in die Nase und brachte ihm zu Bewusstsein, dass bald der Gestank seines eigenen verkohlten Fleisches den Raum erfüllen würde. »Nein«, flüsterte er wieder. »Nein ...«

»Also wollt Ihr endlich den Mund aufmachen?« Bedford kam mit gänzlich unbeteiligter Miene zu ihm herübergeschlendert, griff nach Dylans Kruzifix und riss es ihm mit einem Ruck vom Hals. Er musterte das Kreuz verächtlich, murmelte: »Verdammter Papist« und ließ es in seine Tasche gleiten.

Dylan presste die Lippen zusammen und schloss die Augen. Er hoffte nur, sein Körper würde inzwischen so geschwächt sein, dass er rasch die Besinnung verlor. Eine merkwürdige Benommenheit hatte von ihm Besitz ergriffen; ihm war, als würde er schweben, und sein Kopf summte wie ein Bienenstock. Wenn er doch nur seinen Körper verlassen könnte und nie mehr in ihn zurückkehren müsste. Wenn doch nur …

»Immer noch verstockt? Na schön. Behauptet nicht, ich hätte Euch nicht gewarnt.«

Tränen quollen unter Dylans Lidern hervor. Er musste all seine Willenskraft aufbieten, um nicht um Gnade zu winseln. Als er die Augen wieder aufschlug, stand der Soldat vor ihm, die rot glühende Zange in der behandschuhten Hand. In diesem Augenblick entschied Dylan, dass der Zeitpunkt zum Sterben gekommen war. Allerdings würde das schneller vonstatten gehen, als es seine beiden Peiniger geplant hatten.

Er hängte sich mit seinem vollen Gewicht an die Kette, zog die Beine an und versetzte dem Soldaten einen kräftigen Tritt in den Magen. Der Rotrock taumelte zurück und ließ die Zange fallen. Bedford lachte. »Das wird unser Freund hier noch bereuen, nicht wahr?« Doch als sich der Dragoner bückte, um sein Folterwerkzeug wieder aufzuheben, zog Dylan erneut das gesunde Bein bis zur Hüfte an. Obgleich er vor Schmerzen zu zittern begann, verharrte er in dieser Position, bis der Soldat sich wieder aufrichtete. Bedford warnte ihn noch in leicht spöttischem Ton: »Gebt Acht, diese Schotten sind unberechenbar!«, doch da traf Dylans Fuß den Rotrock bereits mitten ins Gesicht und trieb ihm das Nasenbein ins Gehirn. Der Mann torkelte rücklings gegen die Wand, sackte in sich zusammen und blieb reglos am Boden liegen; Mund und Kinn waren mit Blut überströmt.

»Gütiger Gott!« Bedford klang zutiefst erschrocken. Dylan hörte, wie er sein Schwert zog. Gleich war alles vorbei, in der nächsten Minute würde er sterben, daran bestand kein Zweifel.

Ein schriller Schrei über seinem Kopf ließ ihn aufblicken. »Tink!« Tatsächlich, da war Sinann, sie schwebte direkt über ihm. Noch ehe er begriff, was hier vor sich ging, winkte sie mit der Hand, und seine Fesseln schnappten auf.

Dylan fiel zu Boden, und Bedfords Angriff ging ins Leere. Dylan rollte sich zur Seite und trat nach dem Major. Bedford stolperte, fast wäre er gestürzt.

Die plötzliche Hoffnung auf Flucht verlieh Dylan ungeahnte Kräfte. Er rappelte sich auf, stürzte sich auf sein eigenes Schwert, das noch auf dem Tisch lag, und riss es aus der Scheide. Mit der Waffe in der Hand drehte er sich herum, um seinem Gegner entgegenzutreten. Der *Sassunach* hatte sich wieder gefangen und starrte ihn an, nackte Wut loderte in seinen Augen. Dylan sah sich um: In dem schmalen Raum hatte er nicht genügend Bewegungsfreiheit, zumal er unsicher auf einem Bein herumhumpeln musste; er konnte sich also lediglich auf sein Geschick beim Fechten verlassen. Bedford achtete darauf, dass sich der Holzpfahl stets zwischen ihnen befand. Er rechnete wohl damit, dass Dylan versuchen würde, die Tür zu erreichen. In diesem Fall könnte Bedford ihn draußen stellen und zugleich Alarm schlagen. Doch Dylan war zu erfahren, um in diese Falle zu tappen, er wusste, dass er den Major zum Schweigen bringen musste, ehe er zur Tür hinaus fliehen durfte.

Kurz nacheinander führte er mehrere schnelle Hiebe in Bedfords Richtung, aber außer ein wenig Schwertergeklirr erreichte er nichts damit. Ihm war klar, er musste verhindern, dass der Rotrock auf die andere Seite, zur Tür hinüber gelangte, genau wie Bedford vermeiden wollte, Dylan im direkten Kampf, ohne den Holzpfeiler als Deckung, begegnen zu müssen.

Sinann schwebte immer noch über seinen Kopf. »Töte ihn!« kreischte sie. »Töte diesen elenden Bastard!«

Ohne den Blick von Bedford zu wenden, erwiderte Dylan: »Ich hoffe doch sehr, dass du mit mir sprichst, Tink.«

Bedford runzelte verwirrt die Stirn.

»Töte das englische Schwein!«

Dylan biss die Zähne zusammen. »Genau das versuche ich ja!«

Als Bedford einsah, dass Dylan nicht vorhatte, Hals über Kopf die Flucht zu ergreifen, kam er hinter dem Pfahl hervor und griff an. Dylan parierte, geriet aber ins Taumeln, da er wesentlich schwächer war als sein Gegner. Einen entscheidenden Vorteil hatte er jedoch: Er fürchtete sich nicht davor, eventuell Verletzungen davonzutragen. Schlimmer, als sie ohnehin schon waren, konnten seine Schmerzen gar nicht mehr werden, und er wusste, er würde sterben, wenn es ihm nicht gelang, sich diesen Kerl ein für alle Mal vom Hals zu schaffen. Bedford seinerseits hoffte immer noch, Dylan werde sich zur Tür wenden, doch dieser griff ihn stattdessen unvermutet an.

Der vollkommen überrumpelte Bedford wollte zurückweichen, war aber nicht schnell genug. Schwerter klirrten, Dylan ripostierte, und es gelang ihm, den Gegner zu entwaffnen. Augenblicklich griff er wieder an und trieb Bedford sein Schwert tief in die Brust. Der Rotrock schrie laut auf, ehe er hustend und nach Atem ringend zusammenbrach.

Dylan verlor keine Zeit. Er nahm das Hemd vom Tisch, streifte es hastig über, hob dann seinen Kilt vom Boden auf, wickelte Brigid und seinen *sporran* darin ein und warf sich zu guter Letzt das Wehrgehänge über die Schulter. Dann nahm er dem toten Wächter den Schlüsselring ab. »Lass uns von hier verschwinden«, sagte er zu Sinann, drehte sich aber im selben Augenblick wieder um. »Nein, warte noch eine Minute.

»Wir sollten lieber gehen.«

»Warte.« Dylan ging zum Tisch hinüber. »Wo hat er es nur hingetan?«

»Was denn?« Panik schwang in Sinanns Stimme mit; Bedford wand sich noch immer gurgelnd und Blut spuckend auf dem Boden.

»Das Kreuz.« Dylan beugte sich zu dem sterbenden Engländer hinunter, klopfte dessen Mantel ab und durchsuchte die Taschen, bis er das Kruzifix fand. »Dreckiger Dieb!«

Bedford verstummte. Zwar atmete er noch, aber der Tod würde nicht mehr lange auf sich warten lassen.

»Lass uns endlich von hier verschwinden!«, schrie Sinann.

Dylan stopfte das Kruzifix schnell in sein Bündel, öffnete dann die Tür und vergewisserte sich, dass der von Kerzen erleuchtete Gang leer war. Er wollte schon loslaufen, besann sich dann aber, lehnte sich keuchend an die Wand und deutete auf die Tür. »Geh mal nachsehen, ob die Luft rein ist.«

»Ob was wie ist?«

»Sieh nach, ob da draußen irgendwer ist.«

»Ach so.« Sie hob die Hand, um mit den Fingern zu schnippen, hielt dann aber inne und fragte: »Hast du in Amerika zufällig zu einer Schmugglerbande gehört?«

»Nun geh schon.« Seine Kräfte schwanden schnell; der Adrenalinstoß, den ihm der Kampf versetzt hatte, würde nicht mehr lange vorhalten.

Sinann huschte davon und kehrte kurz darauf wieder zurück. »Die Luft ist rein.« Dylan schob die Tür auf, trat in den Gang hinaus, schloss die Tür wieder hinter sich und kroch die steinernen Stufen empor. Dieses Ende des Gebäudes bildete mit dem Nachbarhaus ein V. Durch eine Mauerritze konnte er den Exerzierplatz bis hin zur Fortmauer überblicken. Es war Morgen; überall wimmelte es von Soldaten. »Okay, Tink, und wie soll ich jetzt hier rauskommen?«

Sinann klatschte in die Hände. »Fliegenderweise natürlich, was dachtest du denn?« Sie winkte, und schon spürte er, wie sich seine Füße vom Boden lösten. Da er zu schwach war, um das Gleichgewicht zu halten, rollte er sich zu einem Ball zusammen und schlang die Arme um die Knie, während er durch die Luft und über die Mauer hinweg schwebte. Sein Herz setzte fast aus, als er einen Wachposten am Südende der Brustwehr entdeckte, keine zehn Meter von ihm entfernt. Doch die Aufmerksamkeit des Soldaten richtete sich allein auf den See. Am Fuß der Mauer setzte Sinann ihn wieder ab. Er rollte sich unter einen Ginsterbusch und ruhte sich dort im Schutz dichter gelber Blüten und dorniger Zweige einen Moment aus. Zwar verfingen sich die Stacheln in seinem Hemd und hinterließen dünne Kratzer auf seiner Haut, aber das erschien ihm belanglos im Vergleich zu dem Schicksal, dem er gerade entgangen war. Außerdem schmerzte sein Rücken immer noch so stark, dass er die Schrammen kaum spürte.

Als er die Augen wieder öffnete und sah, dass Sinann ihn besorgt musterte, sagte er mit zusammengebissenen Zähnen, aber so freundlich, wie es ihm möglich war: »Wo, zum Teufel, hast du die ganze Zeit gesteckt?«

»Du hast mir gesagt, ich solle ein Auge auf Cait haben. Du bist nach Killilan gegangen.«

»Ich war bei Cait. Sie kam in jener Nacht zu mir. Wo warst du?« Als ein schuldbewusster Ausdruck auf Sinanns Gesicht trat, warnte er: »Tinkerbell …«

»Nun, ich musste doch nachsehen, wo du abgeblieben bist, nicht wahr? Als dieser *Sassunach*-Bastard in die Burg kam und ich merkte, dass du in Schwierigkeiten steckst, habe ich mich auf die Suche nach dir gemacht.«

»Und hast Cait im Stich gelassen.«

Eine lange Pause entstand. Sinanns Lider flatterten nervös, und schließlich gab sie seufzend zu: »Aye, das habe ich getan.«

»Aber du hast mich nicht gefunden.«

»Du warst wie vom Erdboden verschluckt. Ich habe dich überall gesucht.«

»Nur nicht bei dem alten Turm. Cait ist nämlich als Erstes dorthin gekommen. Wärst du bei ihr geblieben, hättest du mich auch gefunden.«

Sinann entgegnete nichts darauf. Nach einiger Zeit flüsterte Dylan: »Und wie hast du mich schließlich entdeckt?«

»Weißt du, dieser Gobelin in Iain Mórs Arbeitszimmer ist sehr nützlich, wenn man jemanden belauschen will, während man sich zugleich an einem anderen Ort aufhält. In diesem Zimmer fand ein sehr aufschlussreiches Gespräch statt.«

»Du hast also gelauscht. Wurde über mich gesprochen?«

»Aye.«

Ganz offensichtlich wollte sie das Thema nicht weiter verfolgen, und das erweckte sein Misstrauen. »Was genau wurde denn gesagt?«

Einen Moment lang fürchtete er, keine Antwort zu bekommen, also bohrte er weiter: »War Iain an dem Komplott beteiligt?«

Sie runzelte die Stirn. »*Komplott?*«

»Äh … hat er zu meiner Verhaftung beigetragen?«

Die Fee schüttelte den Kopf. »Nein. Aber man kann nicht behaupten, dass er sonderlich traurig darüber ist. Coll ist tot, weil er Robin Innis angegriffen hat. Iain will nicht, dass Artair dasselbe Schicksal erleidet. Jetzt kann er seine ursprünglichen Pläne für seine Tochter verwirklichen, Artair ist der neue Erbe, und Seine Gnaden hat dich bequemerweise vergessen. Der Rest des Clans allerdings nicht.«

Das leuchtete Dylan nicht recht ein. »Wie meinst du das?«

Sinann seufzte. »Abgesehen vom Laird und seinem Bruder trauert der ganze Clan um dich. Malcolm Taggart hat Recht gehabt, du wärst ein guter Laird geworden. Jeder Einwohner Glen Ciorrams war entsetzt, als er von deiner Verhaftung erfuhr.«

»Wirklich?«

»Aye. Aber das tut jetzt nichts zur Sache. Du hast dich lange genug ausgeruht. Los, du musst weiter. Der Wachposten ist gerade am anderen Ende der Mauer.« Ungeduldig bedeutete sie ihm, endlich aufzustehen.

Dylan hätte gerne gefragt, welche Stimmung sein Verschwinden in Ciorram ausgelöst hatte, sah aber ein, dass sich später noch genug Gelegenheit zu einem Gespräch ergeben würde. Er versuchte sich langsam aufzurichten, doch jede Bewegung löste erneut einen brennenden Schmerz aus. »Lass mich einfach noch eine Weile hier liegen«, bat er.

»Auf keinen Fall! Sie werden Bedford bald finden, und da die Engländer es übel vermerken, wenn man ihre Soldaten umbringt, werden sie sofort die Verfolgung aufnehmen. Steh auf! Steh auf, sage ich!« Sie packte sein Hemd und zog kräftig daran. Dylan stöhnte unterdrückt auf und funkelte sie böse an, doch sie zog und zerrte weiter, bis er unter dem

Ginsterbusch hervorgekrochen kam. Sein Rücken brannte inzwischen so stark, dass er nur noch wünschte, endlich die Besinnung zu verlieren, was natürlich nicht geschah.

»Dann sorg wenigstens dafür, dass der Schmerz vergeht! Schnipp mit den Fingern und mach, dass es aufhört! Ich halte das nicht länger aus!«

Sie seufzte. »Wie hättest du es denn gerne? Möchtest du für den Rest deines Lebens nie wieder Schmerzen empfinden?«

»Mach, was du willst, aber tu endlich etwas!«

»Nein. Ich werde überhaupt nichts tun. Die Schmerzen werden bald vergehen.«

Dylan stöhnte nur.

»Siehst du das Wasser dort unten?« Dylan nickte. »Da musst du hinein. Das Fort ist auf drei Seiten von Wasser umgeben. Leider ist es Salzwasser, es wird also ein bisschen wehtun …« Dylan warf ihr einen gottergebenen Blick zu, auf den sie nicht einging. »Aber mach dir keine Sorgen, untergehen wirst du nicht.« Wieder zerrte sie an seinem Hemd, bis er schwankend auf die Füße kam und zum Wasser hinunterhumpelte.

Sinann hatte Recht, das Meerwasser brannte höllisch auf seinem Rücken. Dylan schnappte nach Luft, Tränen traten ihm in die Augen. Sinann wies ihn an: »Nur der Mund darf über der Wasseroberfläche zu sehen sein. Ich bringe dich auf die andere Seite.« Dylan rollte sich auf den Rücken und spürte einen leichten Druck an seinem Hinterkopf. Seine Habseligkeiten auf dem Bauch fest umklammernd, glitt er langsam in nördlicher Richtung auf das Vorgebirge am anderen Ufer zu. Als er die Hafeneinfahrt durchquerte, sah er, dass am Kai gerade ein Boot mit Waren für das Fort ausgeladen wurde. Englische Soldaten eilten geschäftig hin und her und wiesen Arbeiter in Kniebundhosen und kurzen Mänteln an, wo sie Kisten, Fässer und Käfige mit Hühnern abstellen sollten. Dylan kniff die Augen zusammen und betete, dass ihn keiner der Männer im Wasser entdeckte.

Als er mit dem Kopf gegen den Uferrand stieß, rollte er

sich herum und kroch auf allen vieren an Land. »Beeil dich!«, drängte Sinann. »Ins Gebüsch.«

Dylan rappelte sich auf und gehorchte, es war sinnlos, sich auf Diskussionen mit ihr einzulassen. Im Schutz von hohen Gräsern und dichtem Heidekraut robbte er auf dem Bauch langsam vorwärts, bis er auf einen Wildpfad stieß, den er entlangkroch. Er führte um einen Hügel herum zu einer Flussmündung, die den See mit frischem Wasser speiste. Hier richtete er sich wieder auf und folgte dem Flusslauf landeinwärts, weil er hoffte, bald auf Süßwasser zu stoßen. Das Salz auf seinem Rücken brannte, und seine Kehle war wie ausgedörrt; mühsam schleppte er sich weiter und weiter. Hinter ihm ging die Sonne langsam unter, und in der Ferne hörte er Pfiffe und laute Rufe. Seine Flucht war entdeckt worden.

»Weiter, weiter«, spornte Sinann ihn an. »Es wird eine Weile dauern, bis sie merken, dass du dich nicht mehr innerhalb der Fortmauern aufhältst.«

Die Angst vor etwaigen Verfolgern trieb ihn weiter das Tal hinauf, das sich zwischen hoch aufragenden Granitfelsen entlangwand. Auf halber Strecke machte er eine Pause und watete in den Fluss.

»Sei vorsichtig!«, rief Sinann ihm nach, doch Dylan hatte sich schon in das kalte Wasser fallen lassen und trank gierig, bis sein brennender Durst gestillt war. Danach wäre er am liebsten untergetaucht und nie wieder an die Oberfläche gekommen.

»Komm endlich raus!«, befahl Sinann.

»Hmm?«

»Ich sagte, komm raus! Du bist schon so weit gekommen, und jetzt willst du zulassen, dass die Rotröcke dich wie ein Stück Treibholz aus dem Wasser fischen? Du kannst jetzt nicht einfach aufgeben.«

Seufzend gab Dylan nach, krabbelte aus dem Wasser und setzte seinen Marsch fort.

»Wenn ich es fertig bringen würde, dich höher als ein paar Fuß in die Luft zu hieven, dann wärst du noch vor Sonnenuntergang in Ciorram. Aber das kann ich nicht, genauso wenig wie ich dich tragen kann. Also setz dich endlich in Bewegung.«

Doch Dylan brachte nicht mehr die Kraft dazu auf. Jede Faser seines Körpers schmerzte, er hatte seit zwei Tagen nicht mehr geschlafen und seit drei Tagen nichts mehr gegessen; stöhnend schüttelte er den Kopf.

»Dann versuch wenigstens, es bis zu den Bäumen dort drüben zu schaffen, da kannst du dich verstecken.«

Dylan blickte sich um: Direkt vor ihm lag ein kleines Waldstück. Mit letzter Kraft rappelte er sich auf und taumelte, sein Bündel mit Kleidern und Waffen fest an sich gepresst, auf die schützenden Bäume zu. Jeder Schritt verursachte ihm Höllenqualen. Sowie er sich ein Stück in den Wald hineingeschleppt hatte, brach er zwischen Farnen und Pilzen zusammen und verlor das Bewusstsein.

Stimmen drangen an sein Ohr. Dylan hoffte, dass sie Engeln gehörten. Er hoffte, er wäre tot, denn er wollte nicht in die nur aus Schmerzen und Qualen bestehende Welt zurückkehren, die auf ihn wartete. Aber die Stimmen sprachen Gälisch. Zumindest waren die Männer, denen sie gehörten, keine Engländer, obwohl er wusste, dass es auch ein paar Schotten gab, die ihm nach dem Leben trachteten. Einer der Männer sagte: »Meinst du, er gehört zu der Garnison?«

»Ich kann nur beten, dass sie ihn nicht in der Schenke von Banavie so zugerichtet haben. Weck ihn auf, wir wollen ihn fragen, wer er ist.«

Ehe irgendjemand auf die Idee kam, ihn anzurühren, schlug Dylan die Augen auf und stöhnte leise. Zwei Männer standen vor ihm, das erkannte er an der Anzahl der Füße direkt vor seinem Gesicht. Die erste Stimme meinte: »Zumindest bist du noch am Leben.«

Wieder stöhnte Dylan; er hoffte, sie würden das für ein Ja nehmen.

»Hast du auch einen Namen, Freundchen?«

Es dauerte einen Moment, bis Dylan seine Stimme wieder fand, dann rollte er sich auf die Seite und blinzelte zu den Fremden empor. Er konnte sie nur verschwommen erkennen. »Wenn ich die falsche Antwort gebe, lasst ihr mich dann laufen oder macht ihr mich fertig?«

»Hängt davon ab, wie falsch die Antwort ausfällt, schätze ich.« Beide Männer hatten rotes Haar. Der jüngere von beiden war derjenige, der die Fragen stellte; in seinem Gürtel steckten zwei Pistolen. Der ältere war etwas kleiner als sein Begleiter, kräftig gebaut und strahlte die Selbstsicherheit eines Mannes aus, der gewohnt ist, dass seinen Befehlen Folge geleistet wird.

Dylan holte tief Atem, ehe er erklärte: »Mein Name ist Dylan Robert Matheson. Ich bin ein Vetter von *Iain Mór nan Tigh a'Mhadaidh Bhàn.*«

»Dann verrate mir, Dylan Robert Matheson, warum du mit einem so seltsamen nördlichen Akzent sprichst. Oder ist es vielleicht eher ein *südlicher* Tonfall?« Die Frage wurde mit scharfer Stimme gestellt, der Mann nahm offenbar an, Dylan könne ein Engländer sein, der sich als Schotte ausgab.

»Ich bin in Amerika geboren.« Dabei beließ er es. Sollten sie doch mit ihm machen, was sie wollten, es kümmerte ihn nicht; erschöpft ließ er den Kopf wieder sinken.

Doch die Männer hatten anscheinend nicht vor, ihm etwas anzutun, stattdessen beugten sie sich zum ihm hinunter und halfen ihm auf die Beine. Dylan hielt noch immer sein Bündel an sich gedrückt. Einer der beiden nahm es ihm ab, dann legten sie sich seine Arme um den Nacken und trugen ihn durch den Wald zu einer nahe gelegenen Lichtung.

Dort flackerte ein kleines, von trockenen Ästen genährtes Feuer, von dem dünne Rauchschwaden aufstiegen. Ein Vogel röstete an einem Spieß über den Flammen. Der köstliche Duft ließ Dylan seine Schmerzen vorübergehend vergessen, und ihm lief das Wasser im Mund zusammen. Die Männer ließen ihn neben dem Feuer zu Boden sinken und blieben neben ihm stehen. Dylan betastete mit einer Hand vorsichtig seine trockene, rissige Unterlippe, dann vergrub er das Gesicht in dem weichen Gras, während die beiden

Männer sich mit dem Bratspieß beschäftigten. Schließlich richtete der Ältere erneut das Wort an ihn. »Dylan Robert Matheson, Vetter des Iain Mór aus Ciorram, ich wüsste doch zu gerne, wie es einem Mann in deiner körperlichen Verfassung gelungen ist, aus der Garnison zu entkommen und bis hierher zu gelangen.«

Dylan seufzte. »Ich bin geflogen.« Er sah sich verstohlen nach Sinann um, konnte sie jedoch nirgendwo entdecken. »Die kleinen Leute haben mich gerettet, sie mögen die Engländer ebenso wenig wie ich.«

Die beiden Männer lachten, und der Ältere schickte den Jüngeren los, um Wasser zu holen. Dann kniete er sich hinter Dylan und versuchte, das blutverklebte Hemd von dessen Rücken zu lösen. Es fühlte sich an, als würde ihm die Haut in Fetzen vom Leib gerissen, und Dylan musste sich auf die Lippe beißen, um nicht laut aufzuschreien. »*Och*«, bemerkte der ältere Schotte, »da hat jemand ja ganze Arbeit geleistet.« Er zupfte vorsichtig an dem Stoff, doch der klebte fest.

Dylan murmelte in das Gras hinein: »Leider weiß ich Euren Namen nicht.«

»Verzeihung«, entgegnete der ältere Mann. »Mein Freund hier heißt Alasdair Roy, und mein Name ist Rob Roy.«

# 18.

Dylan hob den Kopf, stützte sich auf die Ellbogen und drehte sich um, um den Mann eingehender zu betrachten. Seine Arme begannen unter seinem Gewicht zu zittern. Wie zu sich selbst flüsterte er: »MacGregor …«

Der Mann verzog keine Miene. »Demnach hast du schon von mir gehört?«

»Wer hätte das nicht?« Dylan sah ihn immer noch voller Staunen an. Jeder, der sich auch nur ansatzweise in der schottischen Geschichte auskannte, wusste, wer Rob Roy MacGregor war. »Was tut Ihr in der Nähe von Fort William?«

MacGregor grunzte. »Das ist wohl meine Angelegenheit.«

»Selbstverständlich. Ich bitte um Entschuldigung.« Dylan senkte den Kopf, warf aber MacGregor noch einen verstohlenen Blick zu. Der Mann sah dem Typen, der ihn im Film gespielt hatte, überhaupt nicht ähnlich. Doch sofort verwarf er diesen Gedanken als idiotisch. Er befand sich in der Gegenwart eines der größten Helden von Schottland – vielleicht des größten seit Cuchulain persönlich –, eines Jakobitenführers, dessen Einsatz in der Widerstandsbewegung ihm den Ruf eines schottischen Robin Hood eingetragen hatte.

Doch Dylans ehrfürchtige Bewunderung erlosch schlagartig, als MacGregor Kragen und Schoß seines Hemdes packte und ihm den Stoff mit einem Ruck wegriss. Es gelang ihm, den Schmerzensschrei, der sich ihm unwillkürlich entrang, so abzudämpfen, dass er wie ein ersticktes Schnauben klang. Rote Pünktchen tanzten vor seinen Augen, und er sackte kraftlos im Gras zusammen. Doch dann zog ihm MacGregor das Hemd behutsam über den Kopf und tauchte einen Ärmel in das Wasser, um seinen Rücken zu säubern.

Dylan biss die Zähne zusammen, als MacGregor begann, ihm das Blut abzuwaschen.

»Darf man fragen, wodurch du dir den Zorn der Handlanger Ihrer Majestät zugezogen hast?«

Dylan presste das Gesicht ins Gras. »Sie dachten, ich wüsste etwas, was sie wissen wollten, und wäre bereit, es ihnen zu verraten. Unglücklicherweise haben sie sich geirrt.«

MacGregor und sein Freund kicherten. »Und wer hat dich so übel zurichten lassen?«

»Ein Offizier, der oben im Norden, in der Nähe von Ciorram stationiert war. Captain ... nein, Major Bedford. Ich weiß nicht, ob er auf Befehl oder auf eigene Faust gehandelt hat.«

MacGregor knurrte. »Nie von ihm gehört.« Er flüsterte seinem Kameraden etwas von ›Marys Salbe‹ zu, woraufhin Alasdair zu einem Leinensack hinüberging, der unter einem Baum lag, und darin herumwühlte, bis er einen kleinen Tiegel gefunden hatte. Als MacGregor ihn öffnete, stieg Dylan ein würzig-erdiger Geruch in die Nase; vorsichtig verteilte Rob Roy den Inhalt auf seinem Rücken.

Allmählich ließ der Schmerz nach, und Dylans Lider wurden schwer.

»Wenn er ohne Befehl gehandelt hat, hat er sich strafbar gemacht. Wenn du nicht vom Gericht zu einer Prügelstrafe verurteilt worden bist, meine ich.«

Jetzt war es an Dylan, einen unwilligen Grunzlaut auszustoßen. »Also soll ich diesen Hurensohn anzeigen, um ihm eine Lektion zu erteilen, was?«

Wieder kicherten die rothaarigen Männer in sich hinein. MacGregor strich Dylan den Rest der Salbe auf den Rücken, dann meinte er: »Die Wunden bluten immer noch ein wenig, aber das wird bald aufhören. Die Salbe verhindert, dass das Hemd an deiner Haut kleben bleibt, dadurch würde der Heilungsprozess verzögert.«

Er reichte Dylan das blutverschmierte Hemd, dieser

richtete sich auf und streifte es dankbar über. Zwar war es nass und schmutzig, aber zumindest brauchte er nicht nackt herumzulaufen, außerdem würde es rasch trocknen. Sein Kilt und seine Tasche waren gleichfalls noch nass, aber das machte nichts. Er wickelte das Plaid wie eine Decke um sich, und schon nach wenigen Minuten wurde ihm wärmer. Ein strenger Geruch nach feuchter Schafswolle ging von dem Stoff aus. Sein Kruzifix fiel ihm ein, er knotete die zerrissene Kordel wieder zusammen und streifte sie sich über den Kopf, dann inspizierte er den Inhalt seines *sporrans*. Bis auf das Dreipencestück war alles noch da, und der Verlust der Münze schmerzte ihn nicht sonderlich. Er konnte froh sein, alles andere behalten zu haben – vor allem sein Leben. Und seine Waffen. Davon abgesehen lag der größte Teil seines Geldes noch in Ciorram vergraben, und auch der Ring befand sich noch an seinem alten Versteck.

»Ich vermute, dass du für die Krone keine übermäßige Sympathie hegst«, bemerkte MacGregors Begleiter trocken.

»Alasdair, gib dem Mann erst einmal etwas zu essen«, mahnte Rob Roy.

Alasdair verstummte; wortlos zerteilte er den gebratenen Vogel, und Dylan aß mit einem Appetit, den er nicht für möglich gehalten hätte. Zwar rebellierte sein so lange vernachlässigter Magen gegen die Zufuhr fester Nahrung, aber er atmete tief durch und zwang sich, das Essen bei sich zu behalten.

Als der Vogel verzehrt war, streckte er sich im Gras aus, stützte sich auf einen Ellbogen und dachte über Alasdairs Frage nach. Er wusste, dass die Jakobiten ihren Kampf verlieren würden, Schottland würde für mindestens dreihundert Jahre ein Teil des Vereinigten Königreiches sein, und weder er noch Rob Roy noch sonst wer konnten irgendetwas dagegen tun.

Trotzdem hatten die englische Muskete und die englische Peitsche, die ihn fast das Leben gekostet hätte, eine Wunde in seiner Seele hinterlassen, die niemals heilen würde. Er hatte nackten Hass in den Augen der Rotröcke gesehen, und er wusste, dass für sie die rechtmäßigen Bewohner dieses Landes noch unter den Tieren rangierten. Während dieses und auch während der vorangegangenen Jahrhunderte hatten sie alles darangesetzt, die Schotten ein für alle Mal auszulöschen, und dabei waren sie mit äußerster Grausamkeit vorgegangen. Jedes unschuldige Leben, das er vielleicht vor den englischen Besatzern retten konnte, war den Kampf auf Seiten der Jakobiten wert.

Er räusperte sich leise. »Ihr wollt wissen, wie ich zu diesen rot berockten Schweinen stehe?«

»Aye.«

»Dazu kann ich nur sagen: Lang lebe König James, und zur Hölle mit jedem *Sassunach* nördlich der Landesgrenze!«

Die anderen beiden nickten beifällig und wiederholten: »Lang lebe König James!« Dylan hatte den Eindruck, dass Alasdair noch etwas dazu sagen wollte, aber MacGregor brachte ihn mit einem Blick zum Schweigen.

Innerhalb weniger Minuten wurde Dylan von Müdigkeit überwältigt. Er rollte sich, in sein Plaid gewickelt, neben dem Feuer zusammen und flüchtete sich wieder an jenen Ort, an dem ihn die Engländer nicht finden konnten.

Als er aufwachte, wusste er weder, wo er war, noch, wie lange er geschlafen hatte. Er lag auf einer Art Bahre, aus Kiefernzweigen gefertigt und mit Farn bedeckt. Auf der Lichtung befand er sich jedenfalls nicht mehr; er konnte mit Heidekraut bewachsene Berge sehen, auf deren Hängen Granitbrocken lagen, groß genug, dass man ein kleines Haus hätte dahinter verstecken können. Er selbst lag auf der Südseite eines solchen Findlings in einer von etwas Ginster geschützten Höhlung. Sein ganzer Körper fühlte sich wie knochenlos an, Durst war seine erste bewusste Empfindung, und er bat leise um etwas Wasser. Ein Krug wurde an seine Lippen gesetzt, doch er durfte nur einen Schluck daraus trinken und dann noch einen zweiten, als er um mehr bat. Seine Augen waren vollkommen verklebt, und als er darüber reiben wollte, stellte er fest, dass seine Hände zitterten.

»Wo sind wir?« Er konnte die Worte nur mühsam herauskrächzen.

»Im Reannoch-Moor. Du warst sehr krank, wir mussten dich tragen.«

»Wie lange?«

Alasdair zuckte mit den Achseln. »Ein paar Tage. Wir konnten dich nicht zurücklassen, und wir konnten auch nicht bei dir bleiben, sonst wären wir am Ende noch den Rotröcken in die Hände gefallen, und du kannst dir ja vorstellen, was sie mit uns gemacht hätten.«

Dylan nickte. Irgendwann im letzten Jahr war MacGregor wegen einer Schuld, die gar nicht bestand, für vogelfrei erklärt worden. Hinter dem Komplott hatte der Marquis von Montrose gesteckt, der ein Auge auf Robs Land geworfen und es dann auch tatsächlich an sich gerissen hatte.

Alasdair fuhr fort: »Du hattest hohes Fieber. Eine Weile sah es so aus, als bräuchten wir dich nicht mehr weit zu schleppen. Aber hier sind wir sicher; wir können hier ausharren, bis du wieder zu Kräften gekommen bist.« Milder Spott schlich sich in seine Stimme. »Und selber weitergehen kannst.«

Dylan setzte sich auf, was ihm zu seiner Überraschung ohne fremde Hilfe gelang, nahm Alasdair den Wasserkrug ab und trank vorsichtig. Danach bekam er plötzlich fürchterlichen Hunger. »Hast du etwas zu essen?« Über ein bloßes Flüstern kam er nicht hinaus.

Alasdair lächelte. »Das ist ein gutes Zeichen.« Er nahm den Krug, goss etwas Wasser in eine hölzerne Schale, holte dann ein Säckchen Hafermehl aus der Tasche und schüttete eine Handvoll dazu. Dann rührte er alles mit dem Finger um und reichte Dylan die Schale. Der Brei war klumpig und fade, doch Dylan, der die Brocken ebenfalls mit den Fingern aus der Schale klaubte, fand, dass er köstlich schmeckte.

Während er aß, blickte er sich neugierig um. MacGregor war nirgendwo zu sehen. Alasdair, der seine Gedanken zu lesen schien, erklärte: »Rob ist schon vorausgegangen, er hatte etwas Dringendes zu erledigen. Ich sollte hier bei dir bleiben, bis du wieder laufen kannst, oder dich hier begraben.«

Dylan empfand eine merkwürdige Dankbarkeit darüber, dass Alasdair sich die Mühe gemacht hätte, ihn zu begraben; trotzdem war er seinem Schöpfer von Herzen dankbar. Er war noch einmal davongekommen, er würde am Leben bleiben. Erleichtert streckte er sich wieder auf seinem Farnbett aus und schlief sofort ein.

Alasdair und er blieben noch zwei Tage in ihrem Versteck. Der rothaarige Mann stellte ihm gelegentlich ein paar Fragen über seine Erlebnisse in Fort William, die Dylan auch bereitwillig beantwortete, doch ansonsten redeten sie wenig miteinander. Dylan schlief, aß und schlief dann weiter.

Am dritten Tag verspürte er ein menschliches Bedürfnis und beschloss, dass es an der Zeit war, zum ersten Mal aufzustehen. Alasdair wollte ihm helfen, doch Dylan winkte ab und rappelte sich so unsicher wie ein neugeborenes Fohlen hoch. Mit weit gespreizten Beinen blieb er schwankend vor dem Feuer stehen. Sein Rücken brannte, und in seinem Bein pochte ein dumpfer Schmerz, trotz all dem fühlte er sich jedoch so gut wie schon lange nicht mehr, seit …

Ihm wurde schwer ums Herz, als er an Cait und ihre letzte gemeinsame Nacht dachte, doch er riss sich zusammen, blickte sich um und fragte dann Alasdair: »Wann können wir aufbrechen?«

»Meinst du, du bist für einen Fußmarsch schon kräftig genug?«

Da Dylan keine Ahnung hatte, wo genau er sich befand, fragte er vorsichtig: »Wie lange müssen wir denn gehen?«

Alasdair zuckte mit den Achseln. »Oh, vielleicht zwei oder drei Tage lang. Wenn du meinst, dass du das durchhältst, können wir uns morgen früh auf den Weg machen.«

Dylan nickte, dann ging er langsam um den Felsen herum.

»Wo geht die Reise eigentlich hin?«, fragte Dylan am nächsten Morgen, als sie einen langen Hang emporstiegen. Caits Ring hing wieder zusammen mit dem Kruzifix an der Kordel um seinen Hals. Er hatte ihn am Tag zuvor aus seinem Versteck geholt und mit etwas Whisky gesäubert, den er Alasdair abgeschwatzt hatte. Der rothaarige Schotte hatte kein Wort über das plötzliche Auftauchen des Ringes verloren, dafür hatte er mit seiner Meinung hinsichtlich des Verschwendens von gutem Whisky nicht hinter dem Berg gehalten.

Dylan hätte sich lieber noch ein paar Tage ausgeruht, aber er wusste, dass weder er noch Alasdair es riskieren durften, länger in der Gegend des Rannoch-Moors zu verweilen. Er konnte wieder einen Fuß vor den anderen setzen, also musste er sehen, dass er weiterkam. Da er noch stark humpelte, benutzte er einen der Stäbe von seiner Trage als Krücke.

»Wir gehen nach Glen Dochart«, erwiderte Alasdair. »Es ist ja kein Geheimnis mehr, dass wir dort Zuflucht gefunden haben.«

»Seid ihr alle Outlaws?«

Alasdair lachte. »Aye. Aber nicht alle von uns haben gegen die Gesetze der Krone verstoßen. Einige von Robs Leuten haben einfach keine Arbeit gefunden und wussten nicht, wovon sie leben sollten, also kamen sie zu uns. Jetzt helfen sie uns, dem Marquis von Montrose sein Vieh zu stehlen – übrigens mit Billigung seines politischen Rivalen Iain Glas of Breadalbane. Iain ist ein Campbell, ein Vetter von Robs Mutter. Solange wir uns auf Campbell-Gebiet aufhalten, wagt Montrose es nicht, uns seine Männer auf den Hals zu hetzen.«

Alasdairs Stimme wurde schärfer. »Wir haben in Glen Dochart eine neue Heimat gefunden. Dort kann ein Mann wenigstens selbst für seinen Lebensunterhalt sorgen, und Rob behandelt uns gut. Abgesehen von Kost und Logis bekommt jeder Mann für jeden Arbeitstag einen halben englischen Shilling, dazu einen Anteil vom Gewinn, wenn wir eine Herde verkaufen.«

Dylan hatte Mühe, mit Alasdair Schritt zu halten, war aber zu stolz, diesen zu bitten, eine Pause einzulegen. Stattdessen fragte er: »Warum erzählst du mir das alles?«

Eine kurze Pause entstand, dann erwiderte Alasdair bedächtig: »Weil Rob dir Arbeit anbieten will, wenn du daran interessiert bist. Ehe er aufbrach, sagte er mir, wenn du am Leben bliebest, hättest du entweder ein unglaubliches Glück oder du wärst der zäheste Bursche, der ihm je untergekommen ist. Wie dem auch sei – er möchte gern, dass du dich uns anschließt.«

Zuerst empfand Dylan einen unbändigen Stolz darüber, dass der legendäre Rob Roy ihm ein solches Angebot unterbreitete, doch dann fiel ihm ein, dass der Mann bei Sheriffmuir die jakobitischen Truppen in die Schlacht geführt hatte und dass der Aufstand niedergeschlagen worden war. Noch vor wenigen Monaten wäre das für ihn ein Grund gewesen, das Angebot auszuschlagen. Doch nun war er selbst ein Outlaw, ein Gesetzloser, hatte fast alle seine irdischen Besitztümer verloren – ganz zu schweigen von einem hübschen Teil seiner Haut –, und seine Zukunft sah düster aus. Er sah sich nach Sinann um. Sie musste irgendwo in der Nähe sein, das wusste er, und er hätte gerne ihre Meinung eingeholt, ehe er seine Entscheidung traf, doch die Fee ließ sich nicht blicken. Seufzend wandte sich Dylan an Alasdair. »Aye«, sagte er, »ich werde für Rob arbeiten.« Nun sah es also doch so aus, als würde er bei Sheriffmuir auf Seiten der Jakobiten mitkämpfen.

Robs Haus in Glen Dochart war ein niedriges strohgedecktes Steingebäude. Es stand genau in der Sohle des von mächtigen, mit Heidekraut überwucherten Granitfelsen umgebenen Tales – mit Blick auf den gewundenen River Dochart. Der Südhang des Tales war stärker bewaldet, als Dylan es je zuvor in Schottland gesehen hatte, doch das Haus selbst stand in freiem Gelände.

Dylan und Alasdair trafen bei Sonnenuntergang dort ein, als die Familie gerade drinnen beim Essen saß. Ein paar Hühner hockten draußen vor der Tür auf aufgestapelten Torfballen, und als die Tür geöffnet wurde, roch Dylan, dass einer aus ihrer Sippe gerade etwas über dem Herdfeuer röstete.

Alasdair betrat die Stube und kam kurz darauf mit MacGregor wieder.

Nun, da Dylan vor ihm stand, stellte er überrascht fest, wie klein Rob Roy war – fast einen Kopf kleiner als er selbst. Aber sein selbstsicheres Auftreten ließ ihn größer erscheinen, und seine langen, muskulösen Arme verrieten Dylan, dass er einen erstklassigen Schwertkämpfer vor sich hatte.

MacGregor wirkte erfreut und nur wenig erstaunt, ihn zu sehen. Er schüttelte ihm die Hand und hieß ihn mit einem warmen Lächeln willkommen. »Was macht denn der Rücken?«, erkundigte er sich; Dylans Gesundheitszustand schien ihn aufrichtig zu interessieren.

Dylan zuckte mit den Achseln, was ihm jetzt wieder ohne Schmerzen möglich war. »Viel besser. Die Salbe, die Ihr mir verabreicht habt, hat wahre Wunder gewirkt.«

»Ich werde es Mary ausrichten, denn sie hat darauf bestanden, dass ich den Tiegel mitnehme.« MacGregor wandte sich an Alasdair. »Bring ihn zu seiner Unterkunft und sorg dafür, dass er alles hat, was er braucht. Dann kommst du sofort hierher zurück.« Er nickte Dylan noch einmal zu und ging dann ins Haus, um seine Mahlzeit zu beenden.

Die Baracken, wo die Männer schliefen, lagen ein Stück stromaufwärts hinter MacGregors Haus. Das lang gezogene Torfgebäude sah aus wie ein Teil des Hügels, an dem es erbaut worden war. Dichtes Moos wuchs auf dem Strohdach, dazwischen einige Grassoden, an denen sich ein Ziegenbock gütlich tat. Als sie näher kamen, hob das Tier den Kopf und starrte sie aus stumpfen gelben Augen an. Alasdair scheuchte es schreiend und mit den Armen fuchtelnd weg, dann meinte er zu Dylan: »Wenn es stark regnet, sickert Ziegenmist durchs Dach, und das finden wir dann nicht so angenehm.«

Gebückt traten sie durch die niedrige Tür in die dämmrige Baracke und wurden von vier Männern begrüßt, die gleichfalls beim Essen saßen. Die Feuerstelle lag am anderen Ende des Raumes unter einem Abzugsloch, ein Holztisch stand in der Mitte; direkt auf der Tischplatte klebten zwei Kerzen inmitten von Wachsresten, mehr Licht gab es nicht. Fünf Etagenbetten standen an den Wänden; insgesamt gab es zehn Schlafstellen, auf sieben davon lagen Strohmatratzen. Abgesehen von Betten, Tisch und Stühlen gab es keine weiteren Möbel im Raum, es wäre auch kaum noch Platz dafür vorhanden gewesen. Das einzige Fenster ließ kühle Nachtluft herein; es war weder mit einer Glasscheibe noch mit Fensterläden versehen.

»Gentlemen«, Alasdair ignorierte das leise Gekicher, das auf diese Anrede folgte, »heißt unseren neuen Freund Dylan willkommen.« Dylan entging nicht, dass sein Nachname keine Erwähnung fand. »Er kommt gerade aus den Verliesen von Fort William und wird daher eine ganze Weile auf dem Bauch schlafen müssen.« Augenblicklich änderte sich die Stimmung im Raum; anfängliches Misstrauen machte echter Anteilnahme Platz. Jeder der Männer begrüßte ihn mit ›Hallo, *a Dhilein*‹, und Alasdair erkundigte sich, welche Pritsche noch frei war. Ein großer Mann mit zottigem schwarzem Haar und einem hässlichen Loch dort, wo einst die Nase gesessen hatte, wies auf das ganz in der Ecke stehende Bettgestell. Die obere Pritsche war die einzige, auf der keinerlei persönliche Besitztümer lagen. Dylan warf sein Schwert und seinen *sporran* darauf, während Alasdair ihm bedeutete, sich von dem Stew zu nehmen, das über dem Feuer köchelte. Danach verließ er den Raum.

Dylan schnupperte an dem Stew und füllte sich dann eine Schale. Er setzte sich zu den anderen Männern an den Tisch und lächelte freundlich in die Runde, ehe er sich über seine Mahlzeit hermachte. Hammel. Im Lauf der letzten Monate war er auf den Geschmack von Hammelfleisch gekommen, und dieses Stew schmeckte besser als das, welches Gracie zuzubereiten pflegte. Er blickte die Männer nachdenklich an, ehe er sagte: »Ich dachte, wir wären viel mehr.«

Der Mann ohne Nase grunzte. »Rob kann zehntausend Mann zusammenrufen, wenn es nötig ist. Er hat ungefähr fünfzig oder sechzig Gefolgsleute, aber aus Sicherheitsgründen teilt er uns in kleine Gruppen ein.«

»Aha.« Dylan kaute genüsslich. »Habt ihr eigentlich auch Namen?«

Die Männer grinsten, und der ohne Nase antwortete: »Natürlich. Man kennt uns sogar unter vielen Namen.« Dylan lächelte über den Scherz, und der Mann übernahm das Vorstellen. Er deutete auf einen stumpfgesichtigen Burschen mit rötlich braunem Haar, der Dylan gegenüber saß. »Das ist Cailean nan Chasgraidh.« *Colin vom Massaker.* Aufgrund seines Alters hielt Dylan ihn für einen Überlebenden des Massakers von Glencoe. Der Hüne fuhr fort: »Dies hier ist Alasdair Og.« Der *junge Alasdair* war in der Tat noch ein halbes Kind, er hatte noch nicht einmal einen Bartansatz. »Und das ist Seamus Glas.« Der *bleiche James* hatte eine totenblasse Haut, nur auf seinen Wangen leuchteten zwei pinkfarbene Flecken; er war auffallend kräftig gebaut. »Und mich nennt man allgemein Murchadh Dubh.« Den *schwarzen Murdo.* Hoffentlich bezog sich der Name auf seine Haarfarbe und nicht auf seinen Charakter; auch über die fehlende Nase machte sich Dylan so seine Gedanken.

Murchadh sprach schon weiter. »Du willst dich vermutlich gleich rasieren.«

Dylan betastete seinen Bart, der zwar eine beachtliche Länge erreicht hatte, aber nie so dicht und buschig wie die der anderen Männer geworden war. Er wusste nicht, wie der Bart ihm stand, er fühlte nur, dass die Haare sich glatt und weich an seine Haut schmiegten. »Wieso das denn?«

»Wenn du in der Garnison warst, hat dich da vermutlich jeder Rotrock gesehen, der im westlichen Hochland Dienst tut. Du solltest dein Äußeres verändern, also rasier dich.« Murchadh widmete sich wieder seinem Stew. »Außerdem muss es dir um die paar Flusen nicht Leid tun.«

Dylan kratzte sich am Kinn. Ihm lag eine ähnlich boshafte Bemerkung auf der Zunge, doch er schluckte sie hinunter. Murchadh hatte Recht, er musste in der Tat sein Äußeres verändern, und mit seinem Bart konnte er ohnehin nicht viel Staat machen. Also fragte er, ob ihm jemand einen Wetzstein leihen könne, und als einer der Männer ihm einen zuwarf, ging er zu seiner Pritsche, um seinen *sgian dubh zu* schärfen.

Seamus, der einzige glatt rasierte Mann aus der Gruppe, gab ihm noch einen kleinen Kupfertopf. »Hol dir Wasser vom Brunnen und mach es über dem Feuer warm. Wenn du die Barthaare kurz geschnitten hast, kannst du die Stoppeln leichter abrasieren, wenn du vorher ein heißes, feuchtes Tuch auf die Haut gelegt hast.« Er sprach, als rede er mit jemandem, der sich noch nie zuvor rasiert hatte – was in Dylans Fall in gewisser Hinsicht sogar zutraf. Als er sich das letzte Mal rasiert hatte, hatte er dazu Rasierschaum aus der Sprühdose und einen Einwegrasierer benutzt. Daher tat er, was Seamus ihm geraten hatte.

Draußen am Brunnen blickte er zu dem Steinhaus hinüber, in dem MacGregor mit seiner Familie lebte. Jetzt waren zwei Pferde davor angebunden, und erregtes Stimmengewirr drang zu ihm herüber. Er fragte sich, was dort vor sich ging.

Sinann materialisierte plötzlich aus dem Nichts und hockte sich auf den Brunnenrand. Dylan fuhr erschrocken zusammen. »Wo hast du denn gesteckt?«

»In deiner Nähe. Aber du hast mich nicht gebraucht, und du hättest unangenehme Fragen beantworten müssen, wenn dich jemand bei Selbstgesprächen ertappt hätte. Und du warst nicht in der Verfassung, dich in Acht zu nehmen. Also habe ich mich bescheiden im Hintergrund gehalten und auf eine Gelegenheit gewartet, unter vier Augen mit dir zu sprechen.«

Dylan nickte zum Haus hinüber. »Was ist da los?«

»Ich habe keine Ahnung. Soll ich es für dich herausfinden?«

Dylan nickte. Wissen war Macht, und vielleicht konnte er den Ausgang der ihm bevorstehenden Schlacht im nächsten Jahr doch noch entscheidend beeinflussen, wenn er über genügend Informationen verfügte. »Ja, versuch mal, so viel wie möglich in Erfahrung zu bringen. Ich brauche alle Informationen, die ich kriegen kann, wenn ich bei dem nächsten Aufstand irgendwie von Nutzen sein soll.«

Die Fee lächelte. »Ich bin stolz auf dich, mein Freund. Wusste ich's doch, dass du Vernunft annehmen würdest.«

Dylan gab keine Antwort, sondern kehrte mit seinem Wassertopf und einem unangenehmen Kribbeln in der Magengegend zu der Baracke zurück.

Während das Wasser heiß wurde, stutzte er seinen Bart so kurz, wie es eben ging, ohne dass er Gefahr lief, sich zu schneiden. Dann schärfte er sein Messer noch einmal, tauchte ein Tuch in das heiße Wasser und presste es eine Weile gegen seine Bartstoppeln, ehe er vorsichtig das Messer ansetzte. Es ging einfacher, als er gedacht hatte; er schnitt sich nur einmal ganz am Anfang, dann wusste er, wie er das Messer handhaben musste. Bald darauf war sein Gesicht zum ersten Mal seit sechzehn Monaten sauber rasiert, und da er gerade einmal dabei war, schnitt er auch gleich seine schulterlangen Haare ein Stück kürzer.

Schließlich streifte er sich sein Hemd über den Kopf, wusch es in dem restlichen Wasser gründlich aus, wrang es aus und hängte es zum Trocknen an sein Bett. Die Blutflecken bekam er zwar nicht heraus, und er verabscheute die grässlichen Rüschen, aber er musste dieses Hemd tragen, bis er Gelegenheit bekam, sich ein neues machen zu lassen.

Als er am nächsten Morgen erwachte, waren seine Muskeln steif, und sein ganzer Körper schmerzte – wie an jedem Morgen seit seiner Verhaftung. Der dreitägige Marsch nach seiner Krankheit hatte auch nicht viel geholfen, sondern ihm nur klar gemacht, dass er nicht sterben würde. Seine Füße waren wund und die Muskeln seiner linken Wade hart wie Eisen. Er setzte sich auf die Bettkante und versuchte erfolglos, sich zu seinen Zehen hinabzubeugen. Wenn er seine frühere Form auch nur annähernd wiedererlangen wollte, musste er seine Muskeln lockern. Höchste Zeit, wieder mit dem Training anzufangen.

Zumindest galt es, die gröbsten Schwächen auszumerzen. Glen Dochart unterschied sich in einem Punkt von allen anderen Tälern, die Dylan bisher in Schottland gesehen hatte – es bot viel freien Raum. Also begann er noch vor Tagesanbruch auf dem flachen Gelände zwischen den Baracken und dem Haus mit seinem gewohnten Morgenprogramm. Die schorfige Haut auf seinem Rücken spannte bei jeder Bewegung der Arme, und er musste sich sehr in Acht nehmen, damit die Wunden nicht wieder aufplatzten. Langsam begann er mit dem qualvollen Prozess, seine frühere körperliche und seelische Verfassung wiederzuerlangen. Er musste sich selbst beweisen, dass es den Rotröcken in Fort William nicht gelungen war, seinen Körper und seinen Willen zu brechen.

Plötzlich hörte er ein wohl vertrautes Geräusch hinter sich; den typischen Laut, den die Schotten des achtzehnten Jahrhunderts immer ausstießen, wenn sie zum ersten Mal Zeuge der asiatischen Form des Kampftrainings wurden. Er achtete erst nicht darauf, sah aber dann, wie Murchadh sich an ihn heranpirschte, und begriff, dass er sich jetzt behaupten musste. Er hoffte nur, dass sein linkes Bein das aushielt, was ihm gleich bevorstand.

Und richtig, der große Schotte umklammerte ihn ohne Vorwarnung von hinten und versuchte, ihn in den Schwitzkasten zu nehmen. Dylan brachte ihn ohne große Mühe zu Fall, obwohl sein Rücken gegen diese Misshandlung protestierte. Der Schotte landete rücklings auf dem Boden und starrte verwirrt zu Dylan empor. »Wie hast du das gemacht?«

»Zauberei.« Dylan nahm wieder Grundhaltung ein: linkes Bein leicht vorgestreckt, Körpergewicht auf das rechte Bein verlagert, Arme locker an den Seiten herabhängend. Er rechnete damit, dass Murchadh gleich aufspringen und wieder auf ihn losgehen würde. »Hat Rob dir nicht gesagt, dass mich die kleinen Leute vor den Engländern gerettet haben?« Er hörte Sinann kichern, sah sie aber nicht und wagte auch nicht, nach ihr Ausschau zu halten.

Murchadh erhob sich und zückte ein Messer. Dylan seufzte. Er hatte in der letzten Zeit nun wirklich genug unnütz vergossenes Blut gesehen, also verzichtete er darauf, Brigid hervorzuholen, er war ziemlich sicher, dass er mit

Murchadh auch so problemlos fertig werden würde. Um den Gegner zu verwirren, beugte er sich langsam von einer Seite zur anderen und ließ dabei drohend die Fäuste kreisen.

Murchadh umkreiste ihn lauernd, Dylan ließ ihn nicht aus den Augen. Als der große Schotte zum Angriff überging, sprang er zur Seite, packte Murchadhs Hand, die das Messer hielt, und verdrehte das Handgelenk so lange, bis sein Gegner die Waffe fallen ließ und auf die Knie sank. Mit einem kräftigen Tritt stieß er Murchadh rücklings zu Boden und setzte ihm gleich darauf einen Fuß auf die Hand, um ihn am Aufstehen zu hindern. Zwar begann sein linkes Bein ob der Belastung heftig zu pochen, doch war es ihm gelungen, seinen Gegner zu überwältigen, ohne dass ein Tropfen Blut geflossen war.

»Lass mich aufstehen!«

Dylan verstärkte den Druck auf Murchadhs Hand, damit dieser begriff, dass er es ernst meinte. Der Schotte verzog zwar vor Schmerz das Gesicht, gab jedoch keinen Laut von sich. »Gibst du jetzt Ruhe?«, fragte Dylan drohend. »Ich möchte dich nur ungern ernsthaft verletzen, aber ich tue es, wenn du mich dazu zwingst.«

»Ich werde dir keine Schwierigkeiten mehr machen. Ich schwöre es.«

Dylan zog seinen Fuß zurück, damit Murchadh sich aufrappeln konnte. Im selben Moment hörte er die Stimme von Rob Roy, der sich unter die Zuschauer gemischt hatte. »Wir wollen doch einmal sehen, was unser neuer Freund mit einem Schwert ausrichten kann.« Mit einem breiten Lächeln nickte er Dylan zu.

»Gerne.« Dylan zog sein Schwert.

»Dann sieh zu, wie du mit Seamus fertig wirst. Er ist unser bester Mann.«

Seamus trat vor. Jemand warf ihm ein Schwert zu; er nahm augenblicklich Fechtstellung ein und begann Dylan zu umkreisen. Ein selbstgefälliges Grinsen lag auf seinem Gesicht. Dylan musterte Seamus' Schwert: ein uralter Zweihänder, dessen Klinge man gekürzt hatte, um die Waffe mit einer Hand handhaben zu können. Aufgrund des übergroßen Heftzapfens – des Teils der Klinge, der in den Griff eingearbeitet war – dürfte das Schwert schlechter ausbalanciert und schwieriger zu führen sein als mein Breitschwert, dachte Dylan. Immerhin war es aber schwer genug, um einigen Schaden anrichten zu können, falls Seamus einen Treffer landete. Dylan wusste nicht genau, nach welchen Regeln hier gekämpft wurde, deswegen gedachte er, Seamus erst gar nicht so nah an sich herankommen zu lassen.

Er nahm ebenfalls Fechtstellung ein, legte sein ganzes Gewicht auf den rechten Fuß, ließ den linken leicht vor- und zurückschwingen und hob sein Schwert über den Kopf. Seine Strategie bestand darin, einen Angriff herauszufordern, damit er anhand der Bewegungen seines Gegners dessen Geschick und Ausdauer abschätzen konnte. Doch Seamus griff mit so blitzartiger Geschwindigkeit an, dass Dylan Mühe hatte, die Hiebe zu parieren. Seamus trieb ihn immer weiter zurück, bis Dylan unverhofft zur Seite sprang, woraufhin Seamus aus dem Gleichgewicht geriet und an ihm vorbeistolperte. Dylan konnte der Versuchung nicht widerstehen, ihm mit der flachen Klinge einen Schlag auf das Hinterteil zu versetzen, ehe er sich gegen den nächsten Angriff wappnete. Seamus lachte über seinen Fehler, dann biss er die Zähne zusammen und drang erneut auf Dylan ein.

Dessen Arm wurde allmählich lahm. Er hatte sich von seiner Krankheit noch nicht so weit erholt, um der Anstrengung dieses Kampfes gewachsen zu sein, auch ging sein Atem immer schwerer. Er wusste, er musste den Gegner rasch besiegen, sonst lief er Gefahr, ernsthafte Verletzungen davonzutragen. Also führte er eine Reihe schnell aufeinander folgender, hoch angesetzter Hiebe gegen Seamus, der sofort in die Falle tappte und versuchte, den rechten unteren ungeschützten Teil von Dylans Körper zu treffen. Dylan, der genau dies hatte erreichen wollen, parierte den Hieb, drückte Seamus' Klinge zu Boden und trat darauf, um den Gegner zu entwaffnen. Das Schwert bohrte sich ins

Gras, Dylan packte seinen Gegner am Hemd und setzte ihm die Klinge seines Breitschwertes an die Kehle.

»Schon gut, schon gut! Ich ergebe mich!« Seamus grinste noch immer, aber ein ängstlicher Tonfall hatte sich in seine Stimme geschlichen. Dylan fragte sich, in welcher Gefahr er selbst geschwebt hatte und was Seamus wohl mit ihm angestellt hätte, wenn der Kampf anders ausgegangen wäre. Er ließ die Klinge sinken und hob Seamus' Schwert vom Boden auf, um es seinem Besitzer zurückzugeben.

Die Zuschauer begannen zu applaudieren, und Rob rief mit schallender Stimme: *»Seo Dilean Mac a'Chlaidheimh!«* Hier steht Dylan, der Sohn des Schwertes!

Dylan lachte. Man hätte ihn durchaus mit weniger schmeichelhaften Spitznamen belegen können, dachte er. Einige Zuschauer wiederholten den Namen ›Mac a'Chlaidheimh‹; sie schienen ihn für angemessen zu halten. Seamus bedachte ihn mit einem breiten Lächeln und schlug ihm kräftig auf den Rücken. Dylans Gesicht verfärbte sich vor Schmerz aschgrau, doch er biss die Zähne zusammen und erwiderte das Lächeln.

Die Menge löste sich auf, nur Rob und Alasdair standen noch da, steckten die Köpfe zusammen und beratschlagten eifrig. Dann rief Alasdair Dylan, Seamus und Murchadh zu sich. »Macht euch fertig, es gibt Arbeit. Lasst euch von Mary Proviant geben und holt euer Gepäck. Wir treffen uns dann hinter dem Haus.« Es klang, als würden sie einen kleinen Ausflug unternehmen.

# 19.

Als Dylan seine abgewogene Ration Hafermehl erhielt, erkannte er, dass ihnen eine längere Reise bevorstand.

Die Männer gingen zu den Baracken zurück, um ihre Sachen zu holen. Dylan ärgerte sich über den Verlust seines Mantels, den er in der Burg zurückgelassen hatte. Hoffentlich gelang es ihm, sich vor Wintereinbruch einen neuen zu beschaffen. Das Säckchen mit seinem Hafermehlvorrat verstaute er in seiner Tasche und schlang sich dann sein Wehrgehänge über die Schulter. Er war bereit. Alasdair, Rob und die anderen warteten schon hinter dem Haus, und die fünf Männer brachen unverzüglich auf.

Mit keinem Wort wurde das Ziel oder der Grund ihres Marsches erwähnt. Dylan stellte auch keine Fragen, sondern wanderte schweigend neben den anderen her. Nachts schliefen sie eng aneinander gedrängt, in ihre Plaids gewickelt, auf dem Boden; morgens verzehrten sie klumpigen kalten Haferbrei, dann ging es weiter. Einmal erlegte Alasdair ein Moorhuhn, das sie sich teilten. Die Gegend hier war waldreicher als der Norden des Landes, und nach und nach stieg das Gelände steil an. Am dritten Tag erklommen sie einen Berghang, und als Dylan zwischen den Bäumen hindurchspähte, bot sich ihm die Aussicht auf eine weitläufige niedrige Hügellandschaft. Hier gingen die Berge des Hochlands in die Ebenen des Tieflands über. Es war schon lange her, seit er zum letzten Mal offenes Land gesehen hatte; kurz darauf begannen sie mit dem Abstieg.

Sie mieden die viel benutzten Wege und Straßen und hielten sich lieber an die schmalen Pfade, die sich zwischen den vereinzelten Gehöften und den Hügeln hindurchwanden. Am fünften Tag erreichten sie einen Hof, an den sie sich so behutsam heranpirschten wie ein Jäger an seine Beute.

Direkt vor ihnen weidete eine Herde zottiger schwarzer Rinder. Rob zählte die Tiere und teilte Alasdair das Ergebnis mit, ehe sie sich zurückzogen und an die nächste Herde heranschlichen, die ebenfalls gezählt wurde.

Dylan wunderte sich allmählich, warum Rob vier Männer für diese Mission benötigte. Ein oder zwei hätten das Vieh ebenso gut zählen können wie fünf; außerdem wären zwei Männer weniger aufgefallen. Aber am sechsten Tag erhielt er auf seine unausgesprochene Frage eine Antwort, denn sie gelangten zu einer kleinen Kate, der sie sich – diesmal ganz offen – näherten. An der Tür wurden sie von einem kläffenden Hund und einer Frau mittleren Alters empfangen.

Als sie Rob sah, erhellte sich ihr verhärmtes, von Falten durchzogenes Gesicht vor Freude. Sie umarmte ihn liebevoll und bat dann alle in die Stube herein; die Männer traten gebückt durch die niedrige Tür und blieben im Raum stehen, während Rob die Frau zum Feuer zog und dort auf sie einsprach. Die mit gedämpften Stimmen geführte Unterhaltung dauerte nicht lange, die Frau versuchte sichtlich, ein Schluchzen zu unterdrücken, konnte aber nicht verhindern, dass ihr die Tränen über die Wangen rollten. Schließlich zog Rob einen ledernen Geldbeutel hervor, entnahm ihm einige Silberstücke und zählte sie der Frau in die Hand. Sie verstummte, die andere Hand vor den Mund geschlagen. Rob schloss ihre Finger um das Geld, küsste sie auf die Wange und wandte sich zum Gehen.

Doch an der Tür drehte er sich noch einmal um und sagte: »Achte darauf, dass du eine Quittung für die volle Pachtsumme erhältst. Lass dich nicht von ihnen mit Ausflüchten abspeisen, sondern verlange eine Quittung.« Die Frau nickte, und die kleine Gruppe verabschiedete sich.

Als sie ungefähr eine halbe Meile von der Kate entfernt waren, blieb Rob stehen, hob eine Hand und deutete auf eine Eiche, deren Äste über den Weg ragten. Alasdair kletterte flink hinauf, machte es sich in einer dicken Astgabel bequem und zog seine beiden Steinschlosspistolen aus dem Gürtel, um sie zu laden. Die anderen vier Männer bezogen in einem von Eichen und Kiefern überschatteten Farndickicht auf der anderen Seite des Weges Position, setzten sich auf den Boden und warteten.

Die Zeit verstrich, niemand sprach ein Wort. Dylans linkes Bein begann zu schmerzen, daher schloss er die Augen und bemühte sich, an etwas Erfreuliches zu denken. Cait. Er fragte sich, was sie in diesem Augenblick wohl gerade tat. Wahrscheinlich war sie inzwischen in Edinburgh, verheiratet mit diesem …

Er schüttelte unwillig den Kopf, um seinen aufkeimenden Ärger zu ersticken. Jetzt war nicht der Zeitpunkt, sich solch trüben Gedanken hinzugeben. Zwar wusste er noch nicht, was in Kürze geschehen würde, aber ihm war klar, dass Rob seine beiden besten Schwertkämpfer und seinen erfahrensten Schützen nicht ohne Grund für dieses Viehzählungsunternehmen ausgewählt hatte.

Anhand des Sonnenstandes schätzte er, dass zwei oder drei Stunden vergangen sein mussten, als sie in der Ferne Hufschlag hörten, der sich der Kate näherte. Die Männer ließen die Pferde ruhig passieren, und sowie diese außer Sicht waren, kamen sie aus ihrem Versteck heraus. Rob rief Alasdair oben im Baum mit gedämpfter Stimme etwas zu.

»Wie viele sind es?«

»Zwei. Nur mit Schwertern bewaffnet. Vielleicht haben sie noch Dolche bei sich.«

*Wahrscheinlich* haben sie noch Dolche bei sich, dachte Dylan. Aber wenigstens keine Gewehre, das beruhigte ihn ein wenig.

Rob befahl leise: »Seamus Glas, Murchadh, hinter diesen Baum. Mac a'Chlaidheimh, komm mit mir.« Dylan stutzte einen Moment, als er seinen neuen Namen hörte, dann gehorchte er; nach ungefähr fünfzehn Metern zog Rob ihn gleichfalls hinter einen Baum. Wieder warteten sie ab, aber diesmal längst nicht so lange.

Die Pferde kehrten in demselben gemächlichen Trab zurück, in dem sie sich der Kate genähert hatten. Ihre Reiter waren in eine aufgeregte, auf Englisch geführte Diskussion verstrickt. Offenbar konnten sie es sich nicht erklären, woher die Frau just an dem Tag, an dem die Zwangsräumung vollstreckt werden sollte, das Geld für die Pacht herhatte. Sie wirkten empört und enttäuscht und schenkten daher ihrer Umgebung wenig Beachtung.

Sie wirkten sogar noch entrüsteter, als Rob mit seiner Pistole im Anschlag hinter dem Baum hervortrat, gefolgt von Dylan, der sein Schwert gezogen hatte. Beide Männer zügelten ihre Pferde. Sogleich schwang sich Alasdair von seinem Ast in der Eiche hinter ihnen herab und rief ihnen eine Warnung zu. Die Männer fuhren im Sattel herum, blickten in die Läufe von Alasdairs Pistolen und fluchten unterdrückt. Dylan wertete das Verhalten der anderen beiden Schwertkämpfer als Signal für seinen eigenen Einsatz. Gemeinsam umzingelten sie die beiden Reiter, die jetzt nicht mehr von ihren Pferden steigen konnten, ohne sich einer Schwertspitze gegenüberzusehen. »MacGregor ...«, begann der eine vorsichtig.

»Gebt schon her«, unterbrach Rob ihn barsch.

Der Mann, den er angesprochen hatte, war stark gebaut, fast schon beleibt, und trug ein auffälliges Gewand aus pflaumenfarbenem Damast und Samt, dazu einen mit Federn geschmückten Hut. Da er sich seit seiner Ankunft in diesem Land in den Highlands aufgehalten hatte, kannte Dylan sich mit der englischen Mode dieser Zeit nicht aus. Zwar hatte er derartige Kostüme schon im Film gesehen, hätte sich aber nie träumen lassen, dass erwachsene Männer allen Ernstes so in der Öffentlichkeit herumliefen. Kopfschüttelnd stellte er bei sich fest, dass ihm so manches in diesem Jahrhundert schlicht und ergreifend lächerlich vorkam.

»Wovon sprecht Ihr?«, fragte der Fremde.

»Lasst doch das Theater. Ich weiß, dass Ihr es habt, also gebt es mir, und zwar schnell, dann lasse ich Euch am Leben. Obwohl Ihr es nicht verdient habt.«

Der korpulente Mann seufzte, dann suchte er in seiner Rocktasche nach seiner Geldbörse.

»Erst einmal das Pachtgeld, wenn ich bitten darf. *Und* Eure Börse.«

Der zweite Mann war klein, dünn und still, wirkte jedoch äußerst wachsam. Dylan behielt ihn scharf im Auge und achtete vor allem auf seine Hände. Die Pferde, gut genährte, gepflegte Vollblüter, denen man ansah, dass sie aus einer erstklassigen Zucht stammten, kauten geräuschvoll auf ihren Trensen herum und scharrten unruhig mit den Hufen.

Wieder stieß der Beleibte einen Fluch aus und wühlte in seiner Satteltasche nach dem Silber. Er warf Rob beide Beutel zu. Dieser fing sie geschickt auf, dann richtete er seine Pistole auf den kleineren Mann.

»Und wie sieht es mit Eurem Beitrag aus?«

Der Mann hob beide Hände, um anzudeuten, dass er kein Geld bei sich hatte, doch Dylan glaubte ihm nicht. Er trat näher und setzte dem Kleinen sein Schwert auf die Brust. Dieser warf ihm daraufhin einen giftigen Blick zu und murmelte ein einziges Wort, aber in einem so bösartigen Tonfall, dass Dylan fast froh war, die Bedeutung nicht zu kennen. Schließlich zog der Mann widerwillig seine Geldbörse hervor und reichte sie Rob.

Rob Roy wog sie in seiner Hand und grinste. »Ich danke Euch. Wir werden uns jetzt verabschieden. Kommt nicht auf die Idee, uns zu folgen, sonst wird Euch mein Meisterschütze hier«, er deutete auf Alasdair, »eine Kugel in den Kopf jagen, Euch diesen dann abschlagen und in einem Sack an Montrose schicken. Schönen Tag noch, Gentlemen.« Mit diesen Worten bedeutete er seinen Männern, ihm zu folgen. Alle schoben ihre Schwerter zurück in die Scheide und verschwanden im Wald.

Diesmal mussten sie, um Montrose' Pachteintreibern zu entkommen, eine schnellere Gangart anschlagen. Ihr Weg führte sie durch dicht bewachsene Waldstücke und steile Hänge empor. Um ihre berittenen Verfolger abzuschütteln, rannten sie, wo immer dies möglich war, und kämpften sich ansonsten so rasch wie möglich durch das dichte Unterholz. Rob trieb sie unermüdlich an, und obwohl Dylan fürchtete, sein Bein werde ihn nicht länger tragen, durfte er sich keinen Moment ausruhen.

Endlich legten sie auf einer Lichtung weit nördlich der

Kate eine Pause ein. Dylan sank nach Atem ringend auf die Knie, lauschte dem Gelächter der anderen und ihren vergnügten Schätzungen der Summe, um die sie Montrose erleichtert hatten. Der Schmerz in seinem Bein kroch bis zum Oberschenkel hoch, und er begann, vorsichtig seine Wade zu massieren. Alasdair, der das sah, fragte besorgt: »Bist du verletzt?«

Mit zusammengepressten Lippen schüttelte Dylan den Kopf. Dann blickte er von einem der Männer zum anderen. »Seid ihr sicher, dass wir nicht ein paar Meilen mehr zwischen uns und diese Kerle legen sollten?«

Die anderen lachten, und der Zustand von Dylans Bein wurde nicht mehr erwähnt, was diesem nur recht war.

Allmählich kam ihm zu Bewusstsein, was sie soeben getan hatten, und ein zufriedenes Lächeln breitete sich auf seinem Gesicht aus. Das war ja noch besser als die Robin-Hood-Spiele seiner Kindheit, besser als ein Sparringskampf ohne Schutzvorkehrungen. Hier setzte er auf volles Risiko, um alles zu gewinnen. Die Rotröcke hätten ihn fast umgebracht, und nun, nachdem er endgültig begriffen hatte, dass seine amerikanischen Vorstellungen von einem sicheren Leben nicht in dieses Jahrhundert passten, fand er die Aussicht auf weitere Abenteuer geradezu aufregend. Er musste lachen, als er daran dachte, dass ausgerechnet Major Bedford erheblich dazu beigetragen hatte, der Krone einen weiteren erbitterten Feind zu schaffen.

Am nächsten Morgen brachen sie Richtung Glen Dochart auf.

Den Tag nach ihrer Rückkehr verbrachten die Männer wieder mit ganz alltäglichen Beschäftigungen. Dylan und seine Kameraden reparierten Waffen und Hausgerät, flickten ihre Kleider, bereiteten Mahlzeiten zu und taten all das, was ihnen ihre Frauen abgenommen hätten, wenn sie welche gehabt hätten. Wieder und wieder mussten Dylan, Seamus und Murchadh den Daheimgebliebenen Cailean und Alasdair Og die Geschichte des erfolgreichen Überfalls erzählen. Die beiden beneideten sie sichtlich um dieses Erlebnis.

Rob und Alasdair Roy nahmen den ganzen Tag an einem Treffen teil, das in dem Steinhaus stattfand. Eine ganze Anzahl Männer hatte sich dort versammelt, und einoder zweimal hörte man draußen ärgerliche Rufe und erregtes Geschrei. Dylan ging zum Brunnen, weil er mit Sinann darüber sprechen wollte, aber die Fee ließ sich nicht blicken. Gerade als er aufgeben und wieder zu den Baracken zurückgehen wollte, tauchte sie plötzlich auf dem Brunnenrand auf.

»Was geht da drinnen vor, Tink?«

»Du hörst es doch selbst. Sie streiten sich, und wenn sie nicht bald zu einer Einigung kommen, wird es Tote geben.«

»Dass sie sich streiten, weiß ich auch. Warum sind all diese Männer überhaupt hier?«

»Weil hier ein Treffen der Anführer des Clans MacGregor stattfindet. Ihr Oberhaupt Archibald of Kilmanan ist gestorben und hat keinen legitimen Erben hinterlassen. Laut Erbfolgerecht müsste Iain Og of Glencairnig sein Nachfolger werden, aber in diesem Fall würde der Clan die Pension der Königin verlieren. Vielleicht weißt du, dass Ihre Majestät die löbliche Gewohnheit hat, den Clanoberhäuptern jährlich eine bestimmte Summe auszuzahlen, damit sie sich ruhig verhalten. Der Clan möchte natürlich, dass der nächste Führer sozusagen ... empfangsberechtigt ist. Iain Og hat keinen Anspruch auf diese Pension, die immerhin dreihundertsechzig Pfund pro Jahr beträgt, und der Clan ist nicht wohlhabend. Also werden sie ein Oberhaupt wählen, das den MacGregors auch weiterhin den Erhalt dieses Geldes ermöglicht.«

»Ist Rob auch im Rennen?«

Sinann warf ihm einen vernichtenden Blick zu. »Stell dich nicht dümmer, als du bist. Rob ist ein Outlaw, er kann nie zum Oberhaupt eines Clans gewählt werden. Allerdings muss ich zugeben, dass er die beste Wahl wäre; ich habe ihn heute während der Versammlung beobachtet. Für den Clan wäre es nur von Vorteil, einen Mann wie ihn zum Führer zu haben.«

»Wer wird deiner Meinung nach den Sieg davontragen?«

Sie zuckte mit den Achseln. »Ich weiß es nicht, und es interessiert mich auch nicht.«

Dylan grunzte, nahm seinen Wassereimer und kehrte zu den Baracken zurück.

Am nächsten Tag berichtete ihm Sinann, dass Alasdair of Balhaldie zum neuen Clanoberhaupt gewählt worden sei und das Geld der Königin mit den anderen Anwärtern teilen werde. Während des nächsten Monats sah es so aus, als würde sich für den MacGregor-Clan nicht viel ändern und als könnten Robs Männer ungehindert damit fortfahren, Montrose das Leben schwer zu machen.

Bald war Dylan auch mit den Einzelheiten von Robs ›Schutzsystem‹ bestens vertraut. Es bestand im Wesentlichen darin, den Landbesitzern, die verhindern wollten, dass ihnen ihr Vieh gestohlen wurde, eine Art Schutzgebühr abzuverlangen. Diese Vorgehensweise wurde Erpressung genannt, wobei dem Begriff jedoch nicht der negative Beigeschmack anhaftete, den er drei Jahrhunderte später erlangen sollte, denn im Gegensatz zur amerikanischen Schutzgeldmafia übernahmen hier die Männer, die die Gelder kassierten, zugleich die Garantie für die Sicherheit des Viehs. Wenn einem unter Robs Schutz stehenden Gutsbesitzer Rinder gestohlen wurden, machten sich Rob und seine Leute an die Verfolgung der Diebe und brachten entweder die Herde zu ihrem Besitzer zurück oder leisteten Wiedergutmachung. Zweimal in diesem Sommer begleitete Dylan seinen Arbeitgeber auf der Suche nach gestohlenem Vieh, und jedes Mal gelang es ihnen, die Tiere vollzählig aufzuspüren und ihrem rechtmäßigen Besitzer zu übergeben.

Dann wurde ein neuer Raubzug geplant. Diesmal trafen sich die Männer aus Robs engster Umgebung mit einigen von denen, die in anderen Teilen des Campbell-Territoriums hausten, und gemeinsam überfielen sie eines von Montroses Landgütern, das in der Nähe von Stirling lag. Nach Dylans Schätzung erbeuteten sie ungefähr hundert Stück Vieh und trieben die Tiere ins Hochland, wo die Herde geteilt und versteckt wurde.

Diese Unternehmungen waren zwar längst nicht so aufregend wie Straßenräuberei, dafür aber etwas weniger gefährlich. Dank der sorgfältigen Planung von Rob und seinen Vertrauensmännern wie Alasdair Roy gelang es ihnen stets, ihren Verfolgern einen Schritt voraus zu bleiben.

An einem Tag im Hochsommer kam ein junger Bote auf Robs Haus zugaloppiert und schrie schon von weitem etwas Unverständliches; vor der Tür sprang er von seinem Pferd, um seine Botschaft zu verkünden. Die Männer kamen aus den Baracken herbeigerannt, und auch Rob und seine Familie stürzten aus dem Haus, um den Nachrichten mit offenem Mund zu lauschen. Selbst Dylan ließen die Neuigkeiten nicht kalt, obwohl er schon lange vorher gewusst hatte, was jetzt eingetreten war: Königin Anne war letzte Woche gestorben.

Er eilte zum Brunnen, um sich mit Sinann zu besprechen. Die Fee erschien und sah ihn aus großen, ängstlichen Augen an. »Ich habe es dir doch gesagt, Tink«, empfing er sie vorwurfsvoll.

»Ja, ich weiß.«

»Ich kann den Lauf der Geschichte nicht ändern. Jetzt wird George von Hannover den Thron besteigen, ein schwacher, vollkommen unbedarfter Mann ohne jedes Durchsetzungsvermögen. Die Jakobiten werden sich die nächsten dreißig Jahre lang immer wieder gegen ihn auflehnen, weil er den jakobitischen Lairds keine andere Wahl lässt. Und da er ein unfähiger Herrscher ist, bilden sie sich ein, sie könnten den Kampf gewinnen. Viele Menschen werden deswegen sterben müssen.«

Sinanns Augen blitzten zornig auf. »Und wie viele werden sterben, wenn wir keinen Widerstand leisten?«

Dylan dachte an Fort William und an die Rotröcke, die ihn allein deswegen töten wollten, weil sie alle Schotten hassten, und schwieg.

Im Laufe der nächsten Wochen gingen unzählige Männer in dem Steinhaus ein und aus; fast täglich fand dort eine Versammlung statt. Ein weiterer Raubzug wurde ausgeführt, diesmal in der Gegend von Kippen, was näher an ihrem Quartier lag als Stirling. Rob beteiligte sich nicht daran, sondern überließ Alasdair Roy das Kommando. Die beiden ältesten von Robs vier Söhnen, James und Coll, begleiteten sie ebenfalls. Für Coll war es der erste Überfall, den er mitmachen durfte. Seine kleineren Brüder Ronald und Duncan waren noch zu jung, um an einem solchen Unternehmen teilzunehmen, sie blieben bei ihrer Mutter in Glen Dochart. Dylan tat widerspruchslos, was ihm aufgetragen wurde, verdiente sich seine sechs Pence pro Tag und sah im Übrigen ohne großes Interesse zu, wie sich rings um ihn herum der nächste Aufstand anbahnte.

Des Nachts wurde viel über den ›hergelaufenen Deutschen‹ gesprochen, der den englischen Thron für sich beanspruchte, obwohl er kein Wort Englisch sprach und keine Ahnung von den Problemen hatte, die zwischen den Schotten und ihren Nachbarn im Süden herrschten. Seine Ratgeber dachten gar nicht daran, ihn über diese Missstände aufzuklären, und zu den Beratungen wurde niemand zugelassen, der sich auch nur annähernd jakobitischer Sympathien verdächtig gemacht hatte. So war es nicht weiter verwunderlich, dass die Unzufriedenheit im Lande wuchs.

Später in diesem Sommer zog Dylan mit Alasdair Roy los, um von einigen besonders zahlungsunwilligen Kunden in der Nähe von Kingshouse die fälligen Schutzgelder einzutreiben. Alasdairs Aufgabe bestand darin, die Leute zu überreden, freiwillig zu zahlen; Dylan gab ihm für den Fall heftigen Widerstands die nötige Rückendeckung. Rob hatte für dieses Unternehmen bewusst nur zwei Männer losgeschickt, sie sollten den Eindruck erwecken, in friedlicher Absicht gekommen zu sein. Die Fantasie der zahlungspflichtigen Viehbesitzer erledigte den Rest, denn während der Verhandlungen pflegten sie sich stets ängstlich nach allen Seiten umzublicken, um festzustellen, wo der Rest von Robs Männern steckte. Dylan stand stets ein Stück hinter Alasdair und starrte so unbeteiligt zu Boden, als schenke er seiner Umgebung keine große Beachtung.

Dies erweckte bei dem Schuldner den Eindruck, als fühle er sich vollkommen sicher, und verstärkte seine Überzeugung, dass sich noch mehr von Robs Männern – wie viele, konnten sie nur schätzen – ganz in der Nähe hinter Bäumen oder Felsen versteckten. Also zahlte ein jeder ohne Widerstand, und zwei Tage verstrichen ohne besondere Zwischenfälle.

Am dritten Tag aber wurden Dylan und Alasdair überrumpelt. Sie durchquerten gerade die Sohle eines Tales nahe Kingshouse, und als sie einen der riesigen Felsbrocken umrundeten, die in dieser Gegend überall zu finden waren, wurden sie von zwei englischen Kavalleristen empfangen, die sie aufforderten, stehen zu bleiben und die Waffen fallen zu lassen. »Alasdair Roy!«, schrie einer von ihnen triumphierend.

Fluchend griff Alasdair nach seinen Pistolen, hielt aber mitten in der Bewegung inne, als beide Soldaten ihre Gewehre hoben. Auf diese Distanz konnten sie ihr Ziel gar nicht verfehlen. Die Soldaten grinsten; Alasdair wurde blass vor Zorn.

Dylan erstarrte. Lebendig sollten ihn die Rotröcke nicht noch einmal zu fassen bekommen! Ohne nachzudenken, wirbelte er herum, sprang in die Höhe und versetzte dem ihm am nächsten stehenden Pferd einen Tritt gegen die Nüstern. Das erschrockene Tier wieherte laut, bäumte sich auf und tänzelte dann ein paar Schritte nach hinten. Die genauso erschrockenen Soldaten, die keine Ahnung hatten, was gerade geschehen war, drückten beide gleichzeitig ab. Eine Kugel verfehlte ihr Ziel, die andere streifte Dylans Ärmel und schlug, eine kleine Staubwolke aufwirbelnd, hinter ihm in den Boden ein.

Die Soldaten warfen sich ihre unbrauchbar gewordenen Musketen über die Schulter und zogen die Schwerter, Dylan und Alasdair hatten sich jedoch bereits zur Flucht gewandt. Sie kletterten den steilen, zerklüfteten Nordhang des Tales empor. Da die englischen Pferde in diesem Gelände nicht sicher gingen, mussten die Soldaten absitzen und die Verfolgung zu Fuß aufnehmen. Doch Rob Roys

Männer kannten sich in dieser Gegend aus und waren im Gegensatz zu den Engländern in ausgezeichneter körperlicher Verfassung. Einer der Rotröcke blieb stehen, um seine Muskete nachzuladen, doch als er endlich einen zweiten Schuss abgab, hatten sich die beiden Schotten schon hinter einem Findling in Sicherheit gebracht und verschwanden in dem dahinter liegenden kleinen Wäldchen.

Erst nach einigen Meilen verlangsamten sie ihr wildes Tempo. Sie befanden sich bereits auf dem Gebiet von Iain Glas, das an Glen Dochart angrenzte, also beschlossen sie, hier zu übernachten und am nächsten Morgen nach Hause zurückzukehren.

Auf einem Fleckchen Heidekraut zwischen zwei Felsbrocken wickelten sie sich in ihre Plaids und legten sich zum Schlafen nieder. Während ihrer überstürzten Flucht hatten sie kein Wort miteinander gewechselt, doch gerade als Dylan in den Schlaf hinüberglitt, murmelte Alasdair: »Das war ein genialer Schachzug von dir, Kamerad.«

»Aye«, erwiderte Dylan lakonisch. Er war so wütend auf Sinann, die es nicht für nötig gehalten hatte, ihn vor den Soldaten zu warnen, dass er keinen Wert auf eine Unterhaltung legte. Er wollte nur der Fee rasch und gründlich die Meinung sagen, was allerdings in Alasdairs Gegenwart schlecht möglich war. Außerdem wusste er nicht, wo Sinann steckte. Vermutlich ließ sie sich nicht blicken, um der Strafpredigt zu entgehen, die sie erwartete.

Alasdair fuhr fort: »Eine merkwürdige Art zu kämpfen ist das. Ähnelt der der Franzosen, aber nur oberflächlich. Wo hast du das gelernt?«

Das Thema behagte Dylan nicht. Es konnte dazu führen, dass Erklärungen von ihm verlangt wurden, die er nicht geben konnte. Dennoch erwiderte er: »In den Kolonien. Aber eigentlich kommt diese Kampftechnik aus Westindien. Ich habe mich fast mein ganzes Leben lang damit beschäftigt.«

Alasdair grunzte verständnisvoll. Nach einer kleinen Pause bemerkte er: »Mir ist aufgefallen, wie glühend du die Engländer hasst. Eigentlich ungewöhnlich für einen

Kolonialisten. Deine Familie dürften sie ja schwerlich ausgelöscht haben, so wie viele der unseren.«

Dylan zögerte, dann schlang er sein Plaid enger um sich und entgegnete leise: »Wenn sie nicht gewesen wären, hätte ich heute eine eigene Familie. Ich wollte heiraten, aber kurz vor der Hochzeit wurde ich verhaftet.« Erinnerungen an den letzten Frühling stiegen in ihm auf. Unwillig schüttelte er den Kopf. »Sie hieß Caitrionagh. Ich hätte mein Leben für sie gegeben.«

Alasdairs Stimme wurde weich. »Ist sie tot?«

»Nein. Nach meiner Verhaftung hat ihr Vater sie mit einem anderen verheiratet.«

»Weiß sie, wo du bist?«

»Nein.«

»Glaubst du, sie denkt noch an dich?«

Dylan ließ sich mit der Antwort lange Zeit. Schließlich sagte er: »Das hoffe ich jedenfalls.«

Im Oktober wurde die Herde, die sie im Sommer von Montroses Landgut gestohlen hatten, nach Crieff getrieben. Dort wurde Vieh aus dem gesamten Tiefland und dem südlichen Hochland auf dem Markt feilgeboten. Als Dylan die kleine, von Viehtreibern, Rindern und Soldaten des Königs wimmelnde Stadt sah, fühlte er sich in einen der Western versetzt, die er als Kind so gerne gesehen hatte. Nur übten die Treiber hier ihren Job nicht zu Pferde aus; viele trugen einen Kilt statt Lederhosen, und es wurde ein wirres Gemisch aus Gälisch, Tieflandschottisch, Französisch und Englisch gesprochen.

Die königlichen Truppen schienen allgegenwärtig zu sein. Dylan bekam eine Gänsehaut, als er die zahlreichen Rotröcke bemerkte, die ihre Nase in alles steckten, was sie nichts anging. Er ging ihnen aus dem Weg, so gut er konnte, und betete insgeheim, er möge nicht zufällig auf einen treffen, der ihn vom Norden her kannte.

Kurz nach ihrer Ankunft saß er mit Seamus müßig auf einer niedrigen Steinmauer, die entlang der direkt in den Stadtkern führenden schmalen Hauptstraße verlief. Dylan brach kleine Stücke aus dem bröckeligen Mauerwerk und versuchte, damit zu jonglieren, bewies dabei aber wenig Geschick, denn immer wieder fielen ihm die Steine zu Boden. Geduldig hob er sie jedes Mal wieder auf und versuchte es aufs Neue. Plötzlich sah er einen Trupp Rotröcke in der Ferne, ließ die Steine hastig fallen und senkte den Blick.

Als die Soldaten an ihnen vorbeikamen, begrüßte Seamus sie mit einem breiten Grinsen und einer gälischen Obszönität, die sie veranlasste, stehen zu bleiben und den unverschämten Schotten finster zu mustern. Dylans erster Impuls war, Seamus den Hals umzudrehen, sein zweiter, unverzüglich das Weite zu suchen, doch er blieb sitzen. Lieber ließ er es auf eine Auseinandersetzung ankommen als auf eine neuerliche Hetzjagd.

»Wie ist dein Name?«, fuhr einer der Soldaten Seamus an.

Immer noch grinsend erwiderte dieser: »Ich gehöre zum Clan Murray, wenn Ihr nichts dagegen habt. Und wenn doch, kann ich's auch nicht ändern.« Dylan warf ihm einen vernichtenden Blick zu. Wenigstens war er so schlau gewesen, nicht seinen richtigen Namen zu nennen. Seamus war ein MacGregor, aber seit zweihundert Jahren hatte niemand mehr südlich der Hochlandgrenze diesen Namen benutzt – seit seine Träger im sechzehnten Jahrhundert wegen einer gestohlenen Kuh von der Krone für vogelfrei erklärt worden waren. Rob selbst nannte sich Campbell, das war der Mädchenname seiner Mutter, und sogar die Clansoberhäupter bedienten sich im Umgang mit Fremden verschiedener Decknamen.

Der Soldat wandte sich an Dylan. »Und wie heißt du?«

Dylan hob den Blick und sah dem Rotrock in die Augen. Nachdem er sich geräuspert hatte, sagte er fest: »Dilean Mac a'Chlaidheimh.«

Das löste bei den Engländern sichtliche Verwirrung aus, und ihr Wortführer meinte schließlich: »Von dem Clan hab' ich noch nie gehört.« Er wandte sich an seine Kameraden.

»Vermehren sich wie die Ratten, die Kerle. Jetzt müssen

sie schon neue Clans gründen.« Die anderen Soldaten lachten, dann ermahnte der Wortführer Dylan: »Also benehmt euch anständig, solange ihr hier seid, und zollt den Beamten der Krone gefälligst angemessenen Respekt.«

Seamus' Grinsen wurde noch eine Spur breiter, und er nickte. »Das haben wir ja eben getan.«

Die Rotröcke setzten ihren Weg fort. Sobald sie außer Sicht waren, versetzte Dylan Seamus einen kräftigen Rippenstoß, doch der lachte nur und rieb sich die Seite.

Als das Vieh verkauft war und die Treiber ihren Lohn erhalten hatten, nutzte Dylan seinen Aufenthalt in der Stadt, um sich einen neuen Mantel zu kaufen. Das verhasste Rüschenhemd hatte er schon vor Monaten durch ein anderes ersetzt; den Stoff des englischen Hemdes hatte Mary MacGregor dunkelgrün gefärbt und ihm daraus ein Stirnband und einen neuen Geldbeutel genäht. Sein neuer Mantel war aus Schaffell gefertigt und kostete ihn weniger, als er für seinen alten Wollmantel bezahlt hatte, da Leder zu dieser Zeit nicht in Mode war. Für einen gut geschnittenen Wollmantel hätte er doppelt so viel zahlen müssen wie für den viel wärmeren Schaffellmantel.

Da er einmal dabei war, ersetzte er auch gleich seine alten, blutverkrusteten und durchlöcherten Gamaschen durch ein neues, wärmeres Paar, das ihm auch viel besser passte als die Gamaschen des bedauernswerten Alasdair Matheson. Seine Schuhe konnte er wohl noch eine Weile tragen, auch wenn die Gummisohlen schon reichlich dünn und die Einlagen durchgelaufen waren. Aber einen Winter würden sie es noch tun, dann würde er ein Paar zeitgemäßer Schuhe erstehen, die ganz aus Leder gemacht waren und ein wenig an Mokassins erinnerten. Zwar freute er sich nicht gerade darauf, Schuhe ohne Einlagen tragen zu müssen, aber ihm blieb keine andere Wahl.

Auf dem Rückweg zu dem abgemähten Feld, wo seine Kameraden ihr Nachtlager aufgeschlagen hatten, kam er an einer hohen Steinmauer vorbei. Dahinter erklangen raue Männerstimmen, daher nahm er an, dass dort ein Hahnenkampf stattfand. In dieser Woche hatte er schon zweimal bei einer solchen Veranstaltung zugeschaut, den Anblick der sich gegenseitig in Fetzen reißenden Tiere jedoch eher abstoßend gefunden.

Doch was er hier hörte, klang nicht nach der ausgelassenen Fröhlichkeit von Männern, die ihre sauer verdienten Pennys auf irgendwelche Vögel setzten, sondern eher nach einem handfesten Streit. Dylan konnte nicht widerstehen und spähte vorsichtig über die Mauer. Dort ließ eine Gruppe Schotten im Kilt, die, wie er wusste, zum Clan MacDonald gehörten, einen Whiskykrug kreisen und schien sich mit einem Mann in Kniebundhosen, der Englisch mit Tieflandakzent sprach, einen üblen Schabernack zu erlauben. Dylan standen die Haare zu Berge, als er diese Sprache hörte, die ihn immer an seine schrecklichen Erlebnisse in Fort William denken ließ.

Der Tiefländer richtete sich zu seiner vollen Größe auf und befahl mit so viel Würde, wie er aufzubringen vermochte: »Und Ihr werdet mir auch diesen Krug dort aushändigen!«

Das rief wiederum schallendes Gelächter seitens der Viehtreiber hervor. Einer von ihnen, dessen Stimme man bereits den allzu reichlich konsumierten Whisky deutlich anhörte, nuschelte: »Weil dieser hergelaufene Deutsche Geld braucht? Wie kommen wir dazu, diesem verdammten Ausländer die Taschen zu füllen?« Dylan vermutete, dass der Tiefländer ein Steuereintreiber war; ein Vorläufer der späteren Zollbeamten, der versuchte, die auf einen Krug Whisky erhobene Steuer zu kassieren. Der MacDonald fuhr fort: »Wahrscheinlich wird es seine zarten Gefühle für uns verletzen, dass wir uns weigern, für unseren eigenen Whisky Steuern zu bezahlen.«

Einer der Männer reichte dem Sprecher den Krug, und dieser nahm einen kräftigen Schluck. Dann wandte er sich an seine Kameraden. »Wisst ihr, was ich denke, Freunde? Ich denke, dieser Whig hier ist ein ausgesprochen unhöflicher Geselle. Er hat es versäumt, auf das Wohl unseres rechtmäßigen Königs zu trinken.« Er beugte sich vor zu dem Tiefländer. »Ein schwerer Verstoß gegen die guten Sitten, findet Ihr nicht?« Wieder ertönte Gelächter, und Dylan musste an sich halten, um nicht mitzulachen.

Erst jetzt schien es dem Steuereintreiber zu dämmern, dass seine Lage ernst zu werden drohte. Ein ängstlicher Ausdruck trat in seine Augen, er wich ein Stück zurück, doch sofort packte ihn einer der Viehtreiber am Hemd, und ein anderer setzte ihm einen Dolch an die Kehle. Der mit dem Krug in der Hand bellte: »Hier, Kerl, erinnere dich an deine Manieren und trink auf das Wohl von König James VIII.!«

Der Mann versuchte sich loszureißen, doch seine Widersacher hielten ihn fest und zwangen ihn vor ihrem Wortführer in die Knie. Er wagte einen schwachen Protest, sah aber ein, dass er gegen diese Überzahl bis an die Zähne bewaffneter Gegner keine Chance hatte. »Nun mach schon«, befahl der MacDonald.

»Auf das Wohl von James«, murmelte der Steuereintreiber nahezu unhörbar.

»Seiner Majestät James VIII., unseres rechtmäßigen Königs«, wurde er prompt verbessert.

»Auf das Wohl Seiner Majestät James VIII., unseres rechtmäßigen Königs.« Der Whig nahm mit zitternden Händen den Whiskykrug entgegen und nippte daran. Im selben Augenblick schnitt ihm der Mann mit dem Dolch mit einer blitzschnellen Bewegung ein Ohr ab. Der Whig schrie auf und presste eine Hand gegen die blutende Wunde. Dylan zuckte zusammen, doch dann dachte er daran, dass dieser dumme, eingebildete Fatzke Vertreter einer Regierung war, die Dylan ohne Grund ins Gefängnis geworfen und halb zu Tode hatte peitschen lassen; die wulstigen Narben auf seinem Rücken würden ihn sein Leben lang an dieses schreckliche Erlebnis erinnern. Tief in seinem Innern empfand er eine Art primitiver Genugtuung.

Der Steuereintreiber stolperte davon, verfolgt von dem dröhnenden Gelächter seiner Peiniger. Einer von ihnen warf ihm das abgeschnittene Ohr hinterher. Dylan lachte zwar nicht, hegte aber auch kein Mitgefühl für den Mann. Er hoffte, der Whig würde diese Geschichte weitererzählen. Vielleicht lernten die Engländer dann, ihre schottischen Nachbarn mit etwas mehr Respekt zu behandeln.

Dylan kehrte zu Robs Mannschaft zurück, die ein Stück abseits der Hauptstraße kampierte. Er überquerte ein abgemähtes Feld, kletterte über eine Mauer und gelangte auf das Feld, auf dem die inzwischen verkaufte Montrose-Herde gestanden hatte. Es war gleichfalls von niedrigen Steinmäuerchen gesäumt, am Rand standen ein paar Bäume, darunter flackerte ein großes Feuer, von dem Rauchschwaden in die Baumkronen emporstiegen. Die Männer saßen um das Feuer herum und schnitten sich immer wieder Scheiben von dem gebratenen Hammel ab, der sich über den Flammen an einem Spieß drehte. Die meisten unterhielten sich angeregt miteinander, nur eine kleine Gruppe von Treibern hatte sich abgesondert und war in eine Schachpartie vertieft. Dylan zog Brigid aus seiner Gamasche, um sich gleichfalls ein Stück Fleisch abzuschneiden, und ließ sich an der Mauer nieder, um seine Mahlzeit in Ruhe zu verzehren. Dann wischte er seinen fettigen Dolch an seinem Kilt ab und schob ihn in die Gamasche zurück.

Als die Unterhaltung einen Augenblick lang verstummte, sagte er laut in die Runde: »Ein paar Viehtreiber der MacDonalds haben oben an der Straße einem Steuereintreiber ein Ohr abgeschnitten.« Er schluckte den letzten Bissen hinunter, und jemand reichte ihm einen Becher Ale, den er mit einem Zug leerte.

Die Nachricht von dem abgeschnittenen Ohr wurde mit freudiger Begeisterung aufgenommen. Seamus fragte neugierig: »Hat er ordentlich geblutet?«

Dylan nickte. »Wie ein abgestochenes Schwein. Hat auch genauso gequiekt.«

Die MacGregors lachten schallend und sparten nicht mit höhnischen Bemerkungen über feige, weibische Tiefländer. Rob wandte sich an Dylan. »Lebt der Kerl noch?«

Wieder nickte Dylan. »Ja, sie haben ihn laufen lassen.« Er wischte sich mit seinem Ärmel den Mund ab.

Murchadh kam über die Mauer geklettert, gefolgt von einer jungen Frau in bunten Kleidern. Augenblicklich verstummten die Männer. »Wer ist der Nächste?«, brüllte Murchadh, deutete auf Rob und grinste. »Ich meine natürlich nur diejenigen, die keine Frau haben.« Rob kicherte in sein Ale, sagte aber nichts.

Die Frau blickte sich nach dem nächsten Kunden um, und als niemand Anstalten machte, mit ihr zu gehen, gab sie ein unwilliges Knurren von sich und stampfte mit dem Fuß auf. Die Münzen, die sie in einer Börse unter ihrem Rock verborgen hatte, klirrten leise. Dylan vermutete, dass Murchadh der letzte Freier dieses Abends gewesen war, alle anderen waren offensichtlich schon an die Reihe gekommen. In diesem Moment fiel der Blick der Hure auf ihn, und sie kreischte vergnügt: »Na, komm schon, Süßer! Du wirst es nicht bereuen. Ich werd's dir gut besorgen.« Sie raffte ihre Röcke und entblößte ihre Knöchel, als wolle sie ihn damit anheizen.

Tatsächlich ließ ihn dieser Anblick nicht kalt. Dylan musste über sich selbst lächeln. Er, der er in einem Jahrhundert aufgewachsen war, wo ihm an jedem Zeitungskiosk halb nackte Frauen entgegengelächelt hatten, geriet angesichts eines bloßen Knöchels und eines schmutzigen Fußes in Wallung, weil er sich unwillkürlich vorstellte, was sonst noch unter dem Rock des Mädchens zu finden sein mochte.

Kopfschüttelnd ging er über diesen unerwarteten Hormonschub hinweg und stellte den leeren Alebecher auf den Boden. Er hatte Geld in der Tasche, neue Kleider am Leib, war satt und zufrieden und demzufolge bei bester Laune, aber er würde sich nicht mit dieser Frau einlassen, die vermutlich alle nur erdenklichen Krankheitskeime in sich trug. Wenn Robs Männer da weniger wählerisch waren, war das ihre Sache.

Murchadh stand ihm ja als warnendes Beispiel vor Augen, denn inzwischen wusste er, dass der schwarzhaarige Hüne seine Nase durch die ›französische Krankheit‹ eingebüßt hatte, was, wie er vermutete, ein anderer Ausdruck für Syphilis war. Murchadh befand sich in dem Krankheitsstadium, in dem sich überall an seinem Körper eitrige Pusteln bildeten. Jeder wusste, dass er irgendwann den Verstand verlieren und sterben würde. In diesem Jahrhundert, wo die Entdeckung der Antibiotika noch in weiter Ferne lag, verlief die Syphilis stets tödlich; sie war ebenso wenig heilbar wie Aids in seiner eigenen Zeit.

Abgesehen von all diesen Bedenken hinderte ihn nicht zuletzt der Gedanke an Cait daran, von dem Angebot der Hure Gebrauch zu machen. Auch wenn sein Körper auf die Frau reagierte – sie war unsauber, sie war nicht Cait, und er würde seine Liebe zu Cait nicht dadurch besudeln, dass er sich mit ihr einließ.

Die Hure, die noch jung und gar nicht hässlich war, hob erneut ihre Röcke und kam auf ihn zu, ließ sich zu seinen Füßen auf den Boden sinken und lehnte sich zwischen seine Knie. Ihr leuchtend rotes Haar hing ihr in wilden Locken um das Gesicht. In seiner Heimat hatte er oft Fotos von Supermodels und Filmsternchen mit solch kunstvoll zerzausten Frisuren gesehen, aber in diesem Land und in dieser Zeit bedeuteten unordentliche Haare nur, dass die Trägerin ungepflegt und schlampig war. Die Hure gurrte lockend: »Nun komm schon, Großer. Zeig, dass du ein ganzer Kerl bist.«

Dylan streckte das rechte Bein aus, er war froh, dass sein *feileadh mór* in reichen Falten über seinen Unterleib fiel und seine sichtbare Reaktion auf das Mädchen verbarg. Er blickte zu den anderen Männern hinüber, die gespannt auf seine Antwort warteten. Die meisten wussten über Cait Bescheid, nahmen aber wohl an, er werde sie nie wieder sehen. Er wusste auch, dass sie damit rechneten, er würde mit dem Mädchen über die Mauer klettern, um sich eine Weile mit ihr zu vergnügen.

Wieder schüttelte er den Kopf. »Danke, kein Bedarf.« Da er seit seiner Abreise aus der Burg kein Taschentuch mehr gesehen hatte, wischte er sich den letzten Rest Hammelfett mit dem Handrücken von den Mundwinkeln und wünschte, die Frau würde endlich verschwinden. Sein Verstand sagte ihm, dass er nicht mit ihr gehen sollte, aber sein Körper war da anderer Meinung. Er war von Minute zu Minute dankbarer für die Falten seines Kilts.

Einer der Männer spottete: »Er wartet wohl auf das nächste Treffen im Beggar's Benison.« Unterdrücktes Gelächter wurde laut, und Dylan biss sich auf die Lippe. Er wusste über den Beggar's Benison nur, dass es sich dabei um einen elitären Sexclub in Edinburgh handelte, wo wohlhabende Männer sich trafen, um gemeinsam zu masturbieren. Tatsächlich verschafften sich wohl auch die meisten seiner Kameraden gelegentlich Erleichterung, wenn sie ungestört waren, aber keiner wollte es zugeben. Das war ein Teil der menschlichen Natur, der sich nie ändern würde.

»Nein, ich glaube, er braucht das hier.« Seamus warf ihm etwas Weiches zu, das Dylan mit einem leisen Klatschen im Gesicht traf. Er zupfte sich das Ding von der Wange und stellte fest, dass es sich um ein aus Schafsdarm hergestelltes Kondom handelte. »Ich hab's nur einmal benutzt«, versicherte Seamus ihm ernsthaft.

Dylan schnippte das Kondom in seine Richtung und wischte sich mit dem Ärmel über die Wange. »Danke. Nett von dir, dass du so um mich besorgt bist, aber ich muss leider ablehnen.« Es fiel ihm zunehmend schwerer, das Gekicher der anderen zu ignorieren.

Das Mädchen verzog enttäuscht das Gesicht, dann lächelte es ihn plötzlich an und entblößte dabei ein noch fast vollständiges Gebiss. Dylan wusste inzwischen, dass das eine Seltenheit war; die meisten Menschen jenseits der dreißig hatten in diesem Jahrhundert kaum noch einen Zahn im Mund. Unwillkürlich erwiderte er das Lächeln, woraufhin sie ihm kichernd eine Hand auf den Oberschenkel legte. Dylan stöhnte leise auf und versuchte, nicht daran zu denken, dass er vor sechs Monaten zum letzten Mal mit einer Frau geschlafen hatte – und davor ebenfalls sieben Monate abstinent gelebt hatte, während er auf Cait wartete.

Plötzlich griff die Hure unter seinen Kilt und begann das, was sie dort vorfand, sachte zu kneten. Er wollte zurückweichen, lehnte aber schon mit dem Rücken an der Mauer. Die Augen des Mädchens wurden groß, und ihre Lippen formten ein rundes O. »Eine hübsche Hand voll, würde ich sagen!«

Diese Bemerkung gab den Ausschlag. Dylan fing an, sich zu ärgern, und das letzte bisschen Interesse an der Hure erlosch.

Irgendwo in der Nähe quietschte Sinann vor Lachen.

Es kostete Dylan einige Mühe, mit ruhiger, unbeteiligter Stimme zu sprechen. »Lass mich in Ruhe!« Doch sie drückte nur noch fester zu, und ihr Daumen fand eine Stelle, die seinen Widerstand beinahe zum Erliegen brachte.

Es war an der Zeit, der Sache ein Ende zu machen. Er griff unter seinen Kilt, packte ihre Hand und drückte sie so fest, dass das Mädchen zu wimmern begann, dann fuhr er sie an: »Verstehst du die Bedeutung des Wortes ›Nein‹ nicht?«

Angewidert stieß er ihre Hand weg und zupfte unter dem dröhnenden Gelächter der anderen seinen Kilt zurecht. Das Mädchen sprang auf und ergriff die Flucht, wobei sie lauthals über wahnsinnige schottische Grobiane schimpfte.

Seamus brüllte ihr nach: »Nimm's nicht persönlich, Herzchen, der Junge ist einfach nur verliebt, weiter nichts. Das geht vorbei.« Er zwinkerte Dylan zu, der nur unwillig die Lippen verzog und dann die Augen schloss, um zu warten, bis sich seine Erregung wieder gelegt hatte.

Am nächsten Abend, dem letzten, den sie in Crieff verbrachten, spendierte Rob ein kleines Fass Whisky und zog mit seinen Männern in die Stadt, wo auf dem Marktplatz ein großes steinernes Kreuz stand. Die Männer bildeten einen Kreis darum, Rob zog den Spundzapfen aus dem Fässchen und füllte eine Anzahl hölzerner Becher. Eine Art Festtagsstimmung lag in der Luft, zahlreiche Fackeln erleuchteten den Platz und warfen gespenstisch tanzende Schatten an die Mauern der umliegenden Gebäude. Als die Kirchenglocke Mitternacht schlug, hob Rob seinen Becher und rief laut: »Auf das Wohl seiner Majestät, König James VIII.!« Damit hatte er Hochverrat begangen; ein Verbrechen, das mit dem Tod durch den Strang bestraft wurde. Dennoch hoben alle Männer gleichfalls ihre Becher und tranken.

Ein anderer trat vor. »Tod für Montrose!« Beifall brandete auf, weitere Toasts folgten, und irgendwo stimmte ein Dudelsack eine wehmütige Weise an. »Auf Iain Glas of Breadalbane!«, brüllte ein anderer MacGregor. Der Jubel und das Gelächter wurden mit jedem Trinkspruch lauter. Schließlich schrie auch Dylan aus vollem Halse: »Zur Hölle mit jedem Engländer nördlich des Grenzgebietes!« Die Männer bekundeten begeistert ihre Zustimmung und tranken ihm zu. Dylan wusste, dass sie allesamt für das, was sie hier taten, an den Galgen kommen konnten. Er wusste auch, dass die Hinrichtung unverzüglich vollstreckt werden würde, wenn man sie erwischte. Aber er hatte inzwischen erfahren müssen, dass es Schlimmeres gab als den Tod. Abgesehen davon hatte er in diesem Jahr schon mehrere Delikte begangen, auf die die Todesstrafe stand, auf eines mehr oder weniger kam es da nicht mehr an. Außerdem mussten sie ihn erst einmal fangen, ehe sie ihn hängen konnten.

Etwas später gesellten sich noch Viehtreiber anderer Clans zu ihnen; der Platz wimmelte jetzt von Menschen. Bewohner der umliegenden Häuser lehnten sich aus ihren Fenstern und brüllten, sie sollten endlich Ruhe geben, aber niemand achtete auf sie. Der Whisky floss in Strömen, die Trinksprüche wurden immer gewagter und die Männer immer übermütiger.

»Auf dass Argyll mit George im Bett ertappt wird und wegen Verrats baumeln muss!«

»Auf Argylls Nasenhaar! Möge es üppig wuchern!«

»Auf das Geschwür an Montroses Arsch! Möge es wachsen und gedeihen!«

»Auf dass George in seine Latrine fällt und darin ersäuft!« Die Männer lachten, bis ihnen die Tränen über die Wangen strömten.

Das Trommelgedröhn, das in der Ferne ertönte, dämpfte die ausgelassene Stimmung ein wenig, kündigte es doch das Herannahen englischer Truppen an. Prickelnde Erregung durchströmte Dylan, und er fragte sich, ob es wohl zu einem Kampf kommen würde. Seine Finger schlossen sich um das Heft seines Schwertes – er war bereit. Doch Rob ergriff das Wort und hob erneut seinen Becher. »Auf das Wohl der tapferen Burschen, die diesem Hund von Steuereintreiber das Ohr abgeschnitten haben!« Unter röhrendem Beifall tranken die Männer ihm zu, dann flohen sie in alle Himmelsrichtungen.

# 20.

Im November setzte Schneefall ein, und nach einem letzten Überfall in der Gegend um Menteith stellte Rob seine Raubzüge ein. Dylan und seine Barackengenossen erhielten nur selten Gelegenheit, sich ein paar Pennys zu verdienen; sie blieben in ihrer Unterkunft und wurden von Rob gut verpflegt, doch das Bargeld blieb aus. Dylan hatte ein paar Shilling in seinem Leinenbeutel gehortet, dazu kam sein Anteil aus dem Viehverkauf. Er hütete sein Geld wie seinen Augapfel.

Murchadh und Cailean, deren Frauen in den Trossads lebten, verbrachten den Winter zu Hause, und so blieben nur Dylan, Alasdair Og und Seamus Glas übrig. Fast jeden Abend fanden sich die drei in Robs Steinhaus ein, die Tradition des *ceilidh* wurde hier ebenso gepflegt wie in anderen Landesteilen, und jeder, der die umliegenden Häuser zu Fuß erreichen konnte, schaute ab und zu bei seinen Nachbarn vorbei.

Diese Unterhaltungen bildeten die einzige Abwechslung in dem eintönigen Alltag der Männer, und so war es nicht weiter verwunderlich, dass jeder Neuankömmling freudig begrüßt und nach allen Regeln der Kunst ausgefragt wurde. So wurde berichtet, dass Zwangsräumungen jetzt den liebsten Zeitvertreib der Whigs darstellten. Öffentliche Sympathiebekundungen für James waren an der Tagesordnung und wurden häufig gar nicht mehr geahndet; ganz Schottland lebte in der Erwartung eines neuen Jakobitenaufstandes.

Der Winter verstrich, und die Unruhe wuchs.

Ende Februar saß Dylan eines Abends auf seiner Pritsche und schärfte sein Schwert; das war zwar nicht nötig, aber er hatte sonst nichts zu tun. Plötzlich hörte er Stimmen draußen vor der Baracke; er blickte auf und sah, wie die Tür aufflog und Schneeflocken hereinwirbelten. Alasdair Roy trat ein, in seiner Begleitung ein junger Mann, dessen Gesicht Dylan merkwürdig bekannt vorkam.

»Mac a'Chlaidheimh, besorg diesem Burschen hier eine Decke und etwas zu essen.« Ehe Dylan etwas erwidern konnte, war Alasdair schon wieder verschwunden.

»Aye«, rief Dylan ihm nach, dann starrte er den Besucher an: Dieses Gesicht hatte er schon einmal gesehen. Der Neuankömmling nickte ihm zu und legte sein Bündel auf eine leere Pritsche. Dylan musterte ihn immer noch forschend, und plötzlich kehrte die Erinnerung zurück. Er legte sein Schwert beiseite und sprang auf. »Robin!«

Robin Innis blinzelte im Dämmerlicht, doch endlich erkannte er den jetzt glatt rasierten Dylan wieder. Seine Augen wurden groß, er sprang auf, um dem Freund die Hand zu schütteln, dann umarmte er ihn heftig. *»A Dhilein!* Du lebst! Dem Herrn sei Dank! Es hieß, du wärst am Wundbrand gestorben, ehe du die Garnison erreicht hättest.«

Dylan lachte. »Wie du siehst, bin ich nicht tot. Die *Sassunaich* hatten mich aber fast so weit, dass ich es mir gewünscht hätte. Was tust du denn hier?«

Robin sah sich in der Baracke um. »Ich übernachte hier. Ich bin unterwegs, um für Iain Mór Botschaften zu überbringen.«

Dylan ließ sich auf seine Pritsche sinken und bedeutete Robin, sich einen Stuhl heranzuziehen. »Was gibt es Neues in *Tigh a'Mhadaidh Bhàin?*«

Robin nahm Platz, dann berichtete er ausführlich über die jüngsten Todesfälle in Glen Ciorram. Auch Marsaili war gestorben; einerseits stimmte diese Nachricht Dylan traurig, andererseits war er erleichtert, denn sie hatte so lange gelitten. Ihre älteste Tochter arbeitete in der Burgküche, sie hatte den Platz eines Mädchens eingenommen, das im August geheiratet hatte. Der Junge war bei Tormod, dem Schmied, in der Lehre. Zwei Kinder waren in Ciorram geboren worden, aber eines war kurz nach der Geburt gestorben, und die Ernte war dieses Jahr gut gewesen.

Ferner berichtete Robin, dass Iain Mórs Sutherland-Vettern treue Untertanen der Krone waren, jedermann aber damit rechnete, dass sich Iain auf die Seite der Jakobiten schlagen werde, vor allem jetzt, da ihm wegen angeblicher Schulden ein Teil seiner Ländereien weggenommen worden sei. »Außerdem«, Robin legte eine Pause ein, ehe er mit gedämpfter Stimme fortfuhr, »habe ich Neuigkeiten aus Edinburgh für Iain Mór.« Sein Tonfall besagte deutlich, dass diese Neuigkeiten auch für Dylan von Interesse waren.

Cait. Es musste Cait betreffen. War ihr Mann gestorben? Schwebte sie etwa in Gefahr? »Was ist denn passiert?«, fragte er heiser.

Robin zögerte, dann sagte er langsam: »Der Laird ist Großvater, vor einem Monat hat seine Tochter ein Kind zur Welt gebracht.«

Dylans Herz setzte einen Moment lang aus. Er wollte etwas sagen, brachte aber keinen Ton heraus. Endlich krächzte er: »Vor einem Monat?«

»Am zwanzigsten Januar. Einen großen, kräftigen Jungen. Sie hat ihn Ciaran genannt.«

Eine Weile herrschte Schweigen, während Dylan nachdachte. Wenn das Baby am zwanzigsten Januar geboren worden war, musste es Anfang Mai gezeugt worden sein. An Beltane. Cait hatte Ramsay erst Mitte Juni geheiratet und war Ende Mai nach Edinburgh gegangen. Ein Achtmonatskind war bestimmt nicht groß und kräftig, und in dieser Zeit mangelhafter medizinischer Versorgung wäre es wahrscheinlich erst gar nicht am Leben geblieben. Ciaran war Dylans Sohn, daran bestand kein Zweifel. Wenn ihm dies klar war, dann mussten es ebenso alle anderen wissen – auch Ramsay.

Er räusperte sich, weil ihm das Sprechen schwer fiel, dann fragte er: »Geht es ihr gut?«

Robin nickte. »Den Umständen entsprechend. Die Geburt verlief problemlos, und Ramsay hat sie nicht öffentlich bloßgestellt, aber er behandelt sie schlecht und betrachtet den Jungen nicht als seinen Sohn. Er gewährt ihnen Essen und ein Dach über dem Kopf, aber sein Zorn kennt keine Grenzen, und er ist ein grausamer Mann. Cait hat kein glückliches Leben mit ihm.«

Dylan wurde von einer Welle widersprüchlicher Gefühle überschwemmt. Er hatte das Gefühl, irgendetwas unternehmen zu müssen, wusste aber nur zu gut, dass er nichts, aber auch gar nichts tun konnte. Er sprang auf und tigerte in dem schmalen Raum auf und ab. Er hatte einen Sohn. Er war Vater geworden. Und er musste ohnmächtig zusehen, wie seine geliebte Cait litt, gefangen in einer Ehe, in der sie nicht glücklich war. Sie und ihr Kind waren im Heim ihres Mannes nur geduldet. Rasende Wut ergriff von ihm Besitz, und er wurde von dem glühenden Wunsch beseelt, Ramsay zu töten.

Robin fuhr fort: »Er demütigt sie öffentlich, und er bringt andere Frauen ins Haus. Und er schlägt sie.«

»Sie sollte sich von ihm scheiden lassen.«

Robin schwieg einen Moment, dann sagte er deutlich verärgert: »Du solltest dich schämen, an eine Scheidung überhaupt zu denken, Dylan. Selbst wenn der Papst es erlauben sollte – was Seine Heiligkeit ganz gewiss nicht tun wird –, würde ihr Vater sie als Hure verurteilen und verbannen. Er würde nie dulden, dass sie als geschiedene Frau in Ciorram bleibt.«

»Ramsay ist ein Ehebrecher!«

Robin senkte die Stimme. »Du weißt doch, wie es in der Welt zugeht, Dylan. Ich muss dir doch wohl nicht erklären …« Er brach ab und musterte Dylan, als sähe er ihn zum ersten Mal. Ihm dämmerte, was in seinem Freund vorging. »Halt dich von ihr fern, Dylan«, warnte er. »Du kannst ihr nicht helfen.«

Dylan beugte sich über den Tisch; bereit, seine Wut an Robin auszulassen. »Ich werde ihn umbringen. Er hat sie mir weggenommen. Dieses Kind ist mein Sohn. Er …« Seine Stimme brach, und er richtete sich auf. Erst jetzt begriff er voll und ganz, was die Existenz dieses Kindes bedeutete. Eine große Leere breitete sich in ihm aus, und er musste die aufsteigenden Tränen unterdrücken. »Ich gehe nach Edinburgh.«

Robin sprang auf und packte Dylan am Arm. »Nein, das kannst du nicht tun. Du würdest alles für beide nur noch schlimmer machen. Bis jetzt hat Ramsay das Kind noch nicht öffentlich als Bastard bezeichnet, aber wenn du dort auftauchst und Ansprüche stellst, wird er es tun. Ihm bleibt dann gar keine andere Wahl.«

Dylan machte sich los, warf seinen Mantel über, schob sein Schwert in die Scheide und hängte sich sein Wehrgehänge um. »Gut. Dann werde ich sie zu ihrem Vater zurückbringen.«

»Das kannst du ihr nicht antun. So grausam kannst du doch nicht sein.«

Dylan blieb stehen und sah Robin an. »Wie meinst du das?«

»Wenn du das tust, ist sie ihr Leben lang eine Ausgestoßene. Und sie wird in Armut leben müssen. Du wirst ja wohl wissen, dass sie mit einem illegitimen Kind nicht im Haus ihres Vaters leben kann. Er würde sie verstoßen, und das Kind dazu.«

»Niemals. Una würde es nicht zulassen.«

Robin nickte nachdrücklich. »O doch, er würde es tun, und seine Frau könnte ihn nicht daran hindern. Wie sollten ihn denn seine Leute respektieren, wenn er tatenlos zusieht, wie seine Tochter einen Bastard großzieht? Sein Clan folgt ihm nicht zuletzt deshalb, weil er als Mann von Ehre und Moral gilt.«

Dylan schüttelte den Kopf. Er verstand die Welt nicht mehr. Wie ließ es sich mit dem Ehrgefühl eines Vaters vereinbaren, die eigene Tochter zu verstoßen? »Wie bitte?«

»Du hast mich genau verstanden.«

»Ich kann's einfach nicht glauben.« Dylan wandte sich zur Tür.

»Dylan!« Robin folgte ihm. »Sei kein Narr! Es ist Nacht, es ist Winter, und du hast keinerlei Vorräte bei dir! Komm zurück!«

Aber Dylan hielt es nicht länger in der Baracke. Er wollte nichts mehr über verletzte Ehre, illegitime Kinder oder Caits Schicksal hören. Er würde nach Edinburgh gehen!

Entschlossen trat er in die Nacht hinaus, wo ein schneidender Wind an seinen Kleidern zerrte.

Sinann tauchte vor ihm auf und flatterte vor seinem Gesicht herum, während er Richtung Süden durch den Schnee stapfte. »Kehr um!«

»Verschwinde, Tink!«

Robin holte ihn ein. »Dylan, sei doch vernünftig!«

»Hör auf deinen Freund, Dylan. Er hat Recht. Du würdest ihr Leben zerstören, wenn du dort auftauchen und Ansprüche auf das Kind anmelden würdest.«

Er blickte sie finster an. »Du wusstest es, nicht wahr?«

»Ich hatte keine Ahnung. Woher hätte ich es auch wissen sollen?«, empörte sich Sinann.

Dylan knurrte angewidert und setzte seinen Weg fort; der Schnee knirschte unter seinen Füßen.

In dem verzweifelten Versuch, ihn aufzuhalten, landete Sinann direkt vor ihm auf dem Boden, doch Dylan ließ sich nicht beirren. Sie musste wieder aufflattern, um nicht zertrampelt zu werden. »Du wirst sterben, Dylan! Wenn du nicht schon auf dem Weg umkommst, werden sie dich töten, sobald du dort bist! Dann ist Cait in noch größerer Gefahr als vorher, denn Ramsay wird sie öffentlich bezichtigen, einen Bastard zur Welt gebracht zu haben!«

»Dylan!«, brüllte Robin, der keine Lust hatte, sich noch weiter in die verschneite Dunkelheit hinauszuwagen, ihm nach.

»Dylan!«, gellte auch Sinann, die ihm direkt ins Gesicht flog. Er scheuchte sie weg wie eine lästige Fliege und stapfte weiter.

In diesem Moment vernahm er ein Geräusch, ähnlich dem Knacken eines morschen Astes, und ein sengender Schmerz schoss durch sein linkes Bein; Dylan stieß einen unartikulierten Schrei aus, als er im Schnee zusammenbrach.

»Der Teufel soll dich holen!« Er robbte mühsam über den Boden, um dem Feuer in seinem Bein zu entfliehen. »Fahr doch zur Hölle!« Rote Funken begannen vor seinen Augen zu tanzen.

»Ich musste es tun«, entschuldigte sich Sinann.

»Hau ab! Hau bloß ab und lass dich nie wieder blicken!«

Robin, der gerade im Begriff war, Dylan aufzuhelfen, hielt erschrocken inne. Seamus, Rob, James, Coll und Alasdair Roy kamen aus dem Haus gestürzt, um zu sehen, was passiert war. Robin kniete neben Dylan nieder. »Was ist denn los?«

Dylan ließ sich rücklings in den Schnee fallen und machte seinem Frust durch ein ohrenbetäubendes Gebrüll Luft, das von den schneebedeckten Bergen widerhallte.

Die anderen Männer halfen ihm, zur Baracke zurückzuhumpeln und auf seine Pritsche zu klettern. Da es hier keinen Schmied gab, der den Knochen hätte richten können – wofür Dylan zutiefst dankbar war –, schienten sie das gebrochene Bein lediglich. Sinann erklärte ihm, sie habe für einen glatten Bruch gesorgt, Dylan hielt es nicht für nötig, sich bei ihr dafür zu bedanken. Alasdair flößte ihm Whisky ein, um die Schmerzen zu lindern, dann überließen sie ihn seinen Träumen, in denen er über die verdammten *Sidhe* schimpfte und ihre lästigen, gottverdammten Feen, die nur Unheil anrichteten, und dann murmelte er nur noch *Gott steh ihnen bei, Gott steh ihnen bei, Gott steh ihnen bei …*

Den Rest des Winters erholte er sich von seinem Beinbruch und von dem Schock, den ihm Robins Bericht versetzt hatte. Allmählich begriff er, warum er seinen Sohn nicht für sich beanspruchen durfte. Als Outlaw, der wegen Hochverrats, Mord und Raub gesucht wurde, konnte er Cait und ihrem Kind kein sicheres Leben bieten. Beide würden genau wie er ständig in Gefahr schweben, wenn er versuchte, sie bei sich zu behalten. Er wusste auch, dass sie nach der Schlacht bei Sheriffmuir am besten bei jemandem aufgehoben waren, der – wie Ramsay – das Vertrauen der Krone und des Staatsrates genoss. Auch wenn Ramsay ein schlechter Ehemann war, so hatte Cait doch mit ihm an ihrer Seite die besten Aussichten, die ihnen bevorstehenden Zeiten zu überleben. Ein Leben im Elend war zwar nur wenig besser als der Tod, aber immerhin besser.

Als Mitte April der Schnee langsam schmolz, konnte er

bereits ohne Krücken herumlaufen. Während eines morgendlichen Sparringskampfes mit Seamus Glas versicherte ihm dieser, dass sie alle begnadigt würden, sobald James endlich seinen Platz als rechtmäßiger König eingenommen hätte. Und dann könne Dylan auch Ansprüche auf seinen Sohn erheben.

Ohne zu überlegen, brach Dylan in schallendes Gelächter aus, hörte aber ebenso schnell wieder auf. Eine Welle von Panik überkam ihn, er drehte sich um und betrachtete einen Moment lang die umliegenden Berge, bis er sich wieder gefasst hatte. Seamus warf ihm einen seltsamen Blick zu, aber Dylan konnte ihm schlecht verraten, was er wusste und woher er es wusste.

Trotzdem schien Seamus seine Gedanken zu lesen. »Glaubst du, dass wir unterliegen werden?«

Dylan überlegte, wie viel von seinem Wissen er preisgeben durfte, ohne Verdacht zu erwecken. »Die jakobitische Führung ist schwach. Es gibt nicht einen einzigen General, der die Männer in die Schlacht führen könnte.«

»Da ist doch der Herzog von Berwick, König James' Halbbruder.«

Dylan schüttelte den Kopf. »Er ist ein französischer Marschall, und Frankreich hat einen Vertrag unterzeichnet, in dem es sich verpflichtet, uns nicht zu Hilfe zu kommen. Berwick wird sich aus allem heraushalten, außerdem haben viele westliche Highlandclans bereits für George Partei ergriffen.«

Seamus starrte ihn mit offenem Mund an. »Nein! Das kann nicht sein!«

Oh-oh, dachte Dylan. War das schon geschehen? Er wusste nur, dass es irgendwann in diesem Jahr einmal so weit kommen würde. Rasch machte er einen Rückzieher. »Wenn sie es nicht schon getan haben, dann werden sie es tun, dessen bin ich mir sicher. Besonders Campbell of Argyll, das weißt du ja selber. Und so bleibt niemand mit Kampferfahrung übrig, der den Aufstand anführen könnte.«

»Ich hoffe nur, du irrst dich.«

Dylan wünschte selbst, er würde sich irren, denn genau dieser Mangel an erfahrenen Kommandanten würde ihre Niederlage bei Sheriffmuir herbeiführen.

Das Bein verheilte gut, nur bei feuchtem Wetter verspürte Dylan manchmal einen dumpfen Schmerz. Leider war das Wetter in diesem Teil der Welt selten warm und trocken, aber er war froh, dass er sein Bein überhaupt wieder gebrauchen konnte; nur ein leichtes Hinken war geblieben. Sinann wies ihn des Öfteren darauf hin, dass sie ihm genauso gut das gesunde Bein hätte brechen können, aber aus purer Freundschaft das mit der Schussverletzung gewählt hatte. Er warf ihr dann stets einen vorwurfsvollen Blick zu und sagte nichts.

Sobald der Schnee geschmolzen war, wurden die Viehdiebstähle wieder aufgenommen, und Ende Mai nahm auch Dylan wieder daran teil. Die Überfälle auf Montroses Pachteintreiber häuften sich, und auch andere wohlhabende Reisende büßten unterwegs ihre Geldbörsen ein. Dylan stellte sich bei diesen Blitzüberfällen, wie er sie nannte, inzwischen äußerst geschickt an.

Eines Tages im Spätsommer lauerten er, Alasdair Roy, Seamus, James und Coll in der Nähe von Glen Dochart einigen Soldaten auf, die Gewehre und Schwerter nach Callander bringen sollten. Es hieß, dass die Engländer in Wirklichkeit nach Fort William wollten und nicht nur Waffen, sondern auch verschlüsselte Botschaften bei sich hatten. Obgleich die Waffen als Motiv für den Überfall dienten, waren diese Nachrichten für Rob mindestens ebenso wichtig.

Der Trupp bestand aus sechs Reitern, fünf Uniformierten und einem Zivilisten, sowie zwei mit Kisten beladenen Packpferden. Der Weg war ziemlich schmal; zur einen Seite lag ein steiler Lehmhang, zur anderen ein kleiner Fluss. Alasdair sprang hinter einem Baum hervor und zwang die Gruppe mit vorgehaltener Pistole, Halt zu machen, die anderen umringten die Pferde und schwangen dabei drohend ihre Schwerter. Der Soldat, der die Packpferde am Zügel führte, griff nach seiner Muskete. Seamus schleuderte blitzschnell seinen Dolch in seine Richtung und traf den Mann in den Rücken. Der Soldat krümmte sich zusammen und gab einen gurgelnden Laut von sich, dann wurden seine Augen glasig, und er sackte im Sattel vornüber; einen Moment später tropfte Blut vom Schoß seines roten Rockes auf die Satteldecke. Ungerührt zog Seamus dem Sterbenden das Messer aus dem Leib und wischte es an dessen Rock sauber. Die Reiter rutschten unruhig im Sattel herum, sie wagten nicht, sich zur Wehr zu setzen, obwohl sie sahen, dass die Räuber nicht über genügend Schusswaffen verfügten, um alle Engländer in Schach zu halten.

»So, und jetzt händigt ihr eure Waffen dem jungen Mann da aus«, befahl Alasdair. Coll MacGregor trat vor und sammelte die Musketen und Pistolen ein, die ihm widerwillig entgegengestreckt wurden. Er schob die Pistolen in seinen Gürtel und legte alle Musketen bis auf eine auf den Boden, ehe er sich abwandte.

Alasdair wies die Männer an, abzusteigen und sich ein paar Schritte von ihren Pferden zu entfernen. Auf sein Nicken hin bestieg James eines der Tiere und nahm die Zügel der Packpferde.

Der Zivilist nutzte diesen Augenblick, um die Flucht zu ergreifen. Alasdair schoss auf ihn, verfehlte aber sein Ziel. »Mac a'Chlaidheimh!«, brüllte er wütend, doch Dylan, der direkt neben dem Mann gestanden hatte, hatte die Verfolgung bereits aufgenommen. Der Flüchtige verschwand im Wald und lief auf den Fluss zu. Dylan setzte ihm nach, riss beim Laufen Brigid aus seiner Gamasche und schob das Schwert in die Scheide. Die Bäume standen hier so dicht beieinander, dass ihm die Waffe nur hinderlich war. Er konnte es kaum erwarten, diesem schmierigen Whig eine Lektion zu erteilen, er sollte lernen, in wessen Gebiet er sich hier befand. Im Laufe des letzten Jahres hatte er sich mit fast dem gesamten Gelände zwischen Glen Dochart und Stirling vertraut gemacht, und diese Gegend hatten sie vor dem Überfall sorgfältig ausgekundschaftet; daher wusste er, dass er sein Wild in eine Falle trieb. Der Fluss, dem sie stromaufwärts folgten, ergoss sich in einen kleinen

See am Fuß eines Wasserfalls. Dieser See war zu drei Seiten von Granitfelsen eingeschlossen, Dylan brauchte dem Mann also nur den einzigen Fluchtweg zu versperren. Der Flüchtende blieb dann auch abrupt zwischen Farn und hohen, knorrigen Kiefern stehen, als er erkannte, dass der Weg hier endete. Er drehte sich nach allen Seiten um und wandte Dylan schließlich sein angstverzerrtes Gesicht zu.

»Bitte tötet mich nicht!« Angesichts des drohend auf ihn gerichteten Dolches begann er förmlich zu schlottern, ein großer, hagerer Mann mit scharfen Zügen, dessen weiße, gepuderte Perücke während seiner Flucht verrutscht war.

»Sagt mir einen Grund, warum ich Euch schonen sollte.« Dylan kam näher.

»Ich bin ein Jakobit! Ein treuer Gefolgsmann von James VIII.! Lang lebe König James!«

Dylans Augen wurden schmal. »Worte sind Schall und Rauch!«

Der Mann zögerte, schien sich seine nächsten Worte genau zu überlegen, dann gestand er: »Ich bin ein Freund von Iain Mór von Ciorram.« Das genügte, um Dylans Interesse zu wecken. Er ließ den Dolch sinken, und der Mann fuhr ermutigt fort: »Iain Mór ist ebenfalls ein Jakobit. Ich liefere ihm und seinen Anhängern Informationen.« Er straffte sich und rückte seine Perücke zurecht. In dem selbstgefälligen, fast schon überheblichen Ton eines Mannes, der seiner Sache ganz sicher ist, fügte er hinzu: »Ich bin mit seiner Tochter verheiratet, wenn Ihr es genau wissen wollt.«

Kalter Schweiß trat Dylan auf die Stirn. Mit schneidender Stimme fragte er: »Und wie lautet Euer Name?«

Aber er kannte die Antwort bereits.

# 21.

»Connor Alexander Ramsay aus Edinburgh.«

Dylans Faust schloss sich um Brigid, er musste all seine Selbstbeherrschung aufbieten, um Ramsay nicht auf der Stelle zu töten. Zähneknirschend erkundigte er sich: »Was, zum Teufel, habt Ihr hier zu suchen?«

Seine heftige Reaktion brachte Ramsay etwas aus der Fassung, er zwinkerte verwirrt, doch dann schien er zu begreifen, dass sein Leben nicht länger in Gefahr war. Sichtlich entspannter erklärte er: »Ich sagte doch schon, dass ich Informationen sammle und weitergebe. Ich habe mich den Soldaten angeschlossen, um sicher nach Fort William zu kommen, wo ich mich mit einem gewissen Major Bedford treffen soll.«

In Dylans Kopf begann es zu summen, unwillig rieb er sich die Schläfen. »Bedford ist nicht tot?«

»Nein.« Ramsay wunderte sich offenbar, wie er auf diesen Gedanken kam. Da er sich nicht mehr in Lebensgefahr wähnte, begann er seine Kleider zu ordnen. Er trug Hosen aus Hirschleder, ein Brokatwams und einen grünen Samtmantel. Seine Perücke hatte er sich mit einem grünen Band zu einem Zopf gebunden, und sein Hemd strotzte an Kragen und Manschetten vor Rüschen.

Dylan verdrängte diese schlechte Nachricht vorerst, um sich auf das Naheliegende zu konzentrieren. »Ihr seid kein Freund von Iain Mór. Ich denke, Ihr lügt, Sir.« Er wusste, dass Ramsay die Wahrheit sprach, wollte aber nicht, dass dieser das merkte und sich Gedanken darüber machte, woher er, Dylan, sein Wissen hatte. »Trotzdem werde ich Euch das Leben schenken. Legt die Hände gegen den Baum dort und spreizt die Beine.« Ramsay tat, wie ihm geheißen, aber so widerstrebend, als sei es ihm zuwider, von einem Mann wie Dylan berührt zu werden. Dylan hielt ihm mit einer Hand den Dolch an die Kehle, während er ihn mit der anderen durchsuchte. In das Futter des Mantels war ein Päckchen eingenäht, Dylan schlitzte den Stoff auf und holte es heraus. Es war eine lederne Brieftasche, in der die gesuchten Botschaften steckten. Als Dylan die Tasche öffnete, stellte er fest, dass die Nachrichten verschlüsselt waren. Ramsay erklärte hastig: »Ich habe nicht die Absicht, diese Papiere in Bedfords Hände gelangen zu lassen. Nach diesem Treffen breche ich nach Glenfinnan auf. Dort erwartet mich ein Bote, der die Briefe nach Ciorram bringen wird.«

Dylan wusste, dass Rob Ramsay für verdächtig hielt, sonst hätte er ihm nicht seine Männer hinterhergeschickt, um die Briefe an sich zu bringen. Er gab ein undefinierbares Grunzen von sich und stopfte die Papiere in sein Hemd, dann fesselte er Ramsay mit einem Leinentaschentuch, das er in dessen Wams gefunden hatte, die Hände. Danach griff er nach Ramsays Börse, wog sie in der Hand und schüttelte sie, sodass die Münzen klirrten; er schätzte den Inhalt auf drei oder vier Pfund. Die Börse verschwand in seiner Tasche, dann packte er Ramsay am Kragen, zerrte ihn vom Baum weg und stieß ihn in die Richtung, aus der sie gekommen waren. Er würde persönlich dafür sorgen, dass die Briefe Ciorram erreichten, ob es Ramsay nun gefiel oder nicht.

Sie erreichten den Pfad, wo die Räuber bereits die erbeuteten Pferde bestiegen hatten und die entwaffneten Soldaten mit vorgehaltenen Gewehren in Schach hielten, während sie auf Dylans Rückkehr warteten. Beifälliges Gemurmel wurde laut, als sie sahen, dass er den Zivilisten wieder eingefangen hatte. Dylan beauftragte Seamus, Ramsay zu bewachen, und bedeutete dann Alasdair, dass er ihn sprechen wolle. Alasdair beugte sich zu ihm herunter, und Dylan kehrte den Soldaten den Rücken zu.

Mit gedämpfter Stimme sagte er auf Gälisch: »Es gibt gute Gründe, ihn vorerst festzuhalten. Wir werden ein Lösegeld für ihn verlangen.«

Alasdair zog die buschigen Brauen hoch. »Wieso?«

Dylan griff in sein Hemd und zeigte ihm die Brieftasche. »Er hat wichtige Papiere bei sich. Wenn die Engländer davon wissen, aber glauben, wir hätten sie nicht gefunden, werden sie jede Summe für den Mann zahlen. Und wir können ihn unterdessen aushorchen und prüfen, wie vertrauenswürdig er ist.«

Der hünenhafte rothaarige Schotte grinste. »Deine Denkweise gefällt mir, weißt du das?« Auf Englisch brüllte er den uniformierten Gefangenen, von denen einer seinen toten Kameraden über der Schulter trug, zu: »Hört gut zu, *Sassunaich*. Ihr sollt eurem Vorgesetzten Folgendes ausrichten: Wenn er diesen Whig lebend und unversehrt zurückhaben möchte, kostet ihn das hundert Pfund Sterling, die uns in genau einer Woche an dieser Stelle zu übergeben sind. Ihr könnt jetzt zu eurer Garnison zurückgehen, zu Fuß, versteht sich. Der Marsch wird euch gut tun. Sollte einer von euch versuchen, uns zu folgen, schlage ich ihm den Kopf ab und verfüttere seine Eier an meine Schweine – und zwar nicht unbedingt in dieser Reihenfolge.«

Die Soldaten blieben unschlüssig stehen, wagten offenbar nicht, ihren Begleiter einfach seinem Schicksal zu überlassen. Alasdair verlor die Geduld. »Was steht ihr hier noch rum und glotzt?«, fuhr er die Männer an. »Verpisst euch, ehe ich euch allesamt erschieße, nur um eure hässlichen Visagen nicht mehr sehen zu müssen.«

Das machte ihnen Beine. Zögernd begannen sie, den Pfad entlangzutrotten, wobei sie sich immer wieder nach Ramsay umsahen. Dylan und Ramsay bestiegen jeder eines der Pferde. Alasdair richtete seine Pistole auf die Soldaten, bis sie außer Sicht waren, dann gab er Befehl zum Aufbruch. Die Gruppe ritt, so schnell es die Packpferde zuließen, in entgegengesetzter Richtung davon.

Coll MacGregor wurde mit der Beute nach Glen Dochart geschickt. Sobald er fort war, ließ sich Alasdair zurückfallen, bis er auf einer Höhe mit Dylan ritt. Leise sagte er: »Unter den Briefen in diesem Packen befindet sich einer, den ich an den Earl of Mar schicken möchte.«

Dylan wusste, dass er sich in Teufels Küche brachte,

trotzdem widersprach er: »Alle diese Papiere müssen nach Glen Ciorram weitergeleitet werden.«

Eine kurze Pause entstand, dann fragte Alasdair nachdenklich: »Was hat Ramsay dir eigentlich erzählt? Was weißt du über ihn und seine Verbindung zu den Jakobiten?«

Dylan nagte einen Moment lang auf seiner Unterlippe herum und überlegte, wie viel er Alasdair verraten durfte. Schließlich erwiderte er: »Er hat zugegeben, dass er ein Spion ist, weil er hoffte, dann freigelassen zu werden. Aber ich glaube, viel Vertrauen schenkt man ihm nicht, sonst hätte uns Rob nicht ausgeschickt, um die Papiere zu holen.«

Alasdair nickte. »Ich hoffe nur, dass die anderen nicht auf denselben Gedanken kommen.«

Einer von Robs Männern wurde beauftragt, die Briefe nach Ciorram zu bringen. Die anderen suchten in einem verlassenen Haus bei Lochearnhead am Fuße des Passes nach Glen Dochart Unterschlupf, das sie bei Einbruch der Dämmerung erreichten. Die Pferde wurden draußen angebunden, damit sie grasen konnten. Dylan, der für den Gefangenen verantwortlich war, beauftragte Ramsay, einen Arm voll Torf aus der bröckeligen Mauer des an das Haus angrenzenden Kuhstalls herauszubrechen und ins Haus zu bringen. Damit entfachte Seamus unter dem Rauchabzugsloch in der Decke ein Feuer und machte sich daran, Bannocks für das Abendessen zuzubereiten.

Plötzlich flatterte im Kuhstall ein Huhn auf, ließ sich auf den Brettern nieder, die den Stall vom Wohnraum trennten, und beäugte die Eindringlinge gackernd. Seamus legte einen Finger auf die Lippen, um die Männer zur Ruhe zu bringen, schlich sich direkt unter die Stelle, wo der Vogel saß, und spähte vorsichtig hoch. Dann sprang er katzengleich in die Höhe, bekam das Huhn am Hals zu fassen und schüttelte es kräftig; der Hals brach mit einem leisen Knacken, und das Tier konnte gerade noch ein empörtes Gackern von sich geben, ehe es erschlaffte. Seamus nahm es mit nach draußen, um es zu rupfen und auszunehmen.

Schlagartig hob sich die Stimmung der Männer und der Gedanke an Brathuhn zum Abendessen ließ ihnen das Wasser im Mund zusammenlaufen.

Jeder suchte sich ein Plätzchen auf dem Boden. Dylan setzte Ramsay an die Wand des Kuhstalls und fesselte ihm die Hände hinter den Knien. Ramsay beteuerte noch immer lauthals, ein Jakobit zu sein, doch da Dylan verhindern wollte, dass die Männer ihm schließlich doch noch Glauben schenkten, befahl er ihm barsch, endlich den Mund zu halten. Seamus röstete derweil das Huhn über dem Feuer; ein würziger Duft erfüllte den Raum, und die Männer schnupperten genießerisch, während sie darauf warteten, dass das Fleisch gar wurde. Schließlich verteilte Seamus die Rationen, und Dylan stopfte Ramsay ein großes Stück in den Mund, ohne sich groß darum zu kümmern, dass der Mann Mühe hatte, das Fleisch zu kauen und runterzuschlucken.

Wie er Ramsay allerdings seinen Anteil an dem Bannock verabreichen sollte, wusste er nicht. Weder wollte er zusehen, wie Ramsay an dem Bissen erstickte, noch hatte er die Absicht, seinen Gefangenen zu füttern; unschlüssig stand er mit dem Bannock in der Hand da und überlegte.

Ramsay kam ihm zu Hilfe. »Vielleicht könnt Ihr mir die Hände losbinden, damit ich alleine essen kann.«

Dylan blickte zu Alasdair hinüber, der mit den Achseln zuckte und nickte. Also bückte er sich, knotete das Taschentuch auf, reichte Ramsay sein Bannock und ließ sich wieder an der Torfmauer nieder.

Nach dem Essen wurde ein Whiskykrug herumgereicht, und die Männer fingen an, sich angeregt miteinander zu unterhalten; auch Ramsay durfte ein paar Schlucke aus dem Krug nehmen. Schon bald lockerte sich die Stimmung, denn Seamus erzählte von einem Mädchen, das er in Glen Dochart kennen gelernt hatte und das er so schnell wie möglich heiraten wollte. Schwärmerisch ließ er sich über ihre Schönheit und ihr umgängliches Wesen aus, was ihm höhnische Bemerkungen seitens seiner Kameraden eintrug, doch er lachte nur und nannte sie eine neidische Bande. Dylan wurde das Herz schwer, als er daran dachte, wie er von seiner Hochzeit mit Cait geträumt hatte. Mit einem Anflug von Eifersucht stellte er fest, dass Ramsay der einzige verheiratete Mann im Raum war.

Er wandte sich an den Gefangenen. »Ihr habt doch eine Frau. Klärt den Burschen einmal darüber auf, wie man sich in einer Ehe so fühlt.«

Ein mürrischer Ausdruck trat auf Ramsays Gesicht mit den schweren Lidern. Er warf Seamus einen boshaften Blick zu. »Lasst lieber die Finger davon.«

Dylans Augen wurden schmal. »Das Eheleben gefällt Euch also nicht?«

Ramsay zuckte mit den Achseln. »Nun, eine Frau hat auch ihre Vorzüge, besonders, wenn ihr Vater reich ist und sie hübsch genug, um einen Mann nicht in der Öffentlichkeit zu blamieren.« Unterdrücktes Gekicher wurde von allen Seiten laut.

Dylan hätte den unverschämten Kerl am liebsten grün und blau geprügelt, zwang sich aber, seine Wut und seinen Abscheu zu verbergen, er durfte kein zu großes Interesse an Ramsays Frau zeigen. »Aber eine Ehe schafft doch immer ein Band zwischen zwei Menschen, auch wenn es manchmal Probleme gibt. Es muss doch tröstlich sein, eine Gefährtin zu haben, der man voll und ganz vertrauen kann.«

»Darauf lege ich keinen Wert.«

»Aber jede Frau hat gewisse Reize«, mischte sich Alasdair ein. »Falls Ihr versteht, was ich meine.«

Die anderen lachten, nur Dylan beobachtete Ramsay aufmerksam. Ein höhnisches Lächeln huschte über dessen Gesicht, und er rümpfte die Nase, als habe er etwas Übles gerochen. »Nun, nach der Geburt des Kindes sind diese Reize allmählich … geschwunden.«

Dies löste eine erneute Lachsalve aus, doch Ramsays rot angelaufenes Gesicht verriet, dass er nicht beabsichtigt hatte, einen Witz zu machen.

Dylan, der als Einziger nicht lachte, fragte: »Also habt Ihr auch Kinder?«

Eine lange Pause entstand, ehe Ramsay nickte. »Aye. Einen Jungen. Aber wenn man mit einer treulosen Frau verheiratet ist, hat man nicht viel Freude daran, Vater zu sein.« Ein Anflug von Schmerz klang in seiner Stimme mit, und Dylan tat der Mann plötzlich Leid. Iain hatte ihn bewusst dazu verleitet, Cait zu heiraten, obwohl sie bereits schwanger war. In diesem Punkt zumindest traf Ramsay keine Schuld.

Doch dann fuhr der Whig fort: »Verstoßen werde ich den kleinen Bastard nicht, aber ich habe ihn enterbt und werde dafür sorgen, dass er sich wünscht, er wäre nie geboren worden. Und seine Hure von Mutter wird mich auch noch kennen lernen. Wenn sie es dann nicht mehr wagt, ihr Gesicht in der Öffentlichkeit zu zeigen, ist das ihr Problem. Mir mangelt es nie an willigen Frauen, ich kann gut auf sie verzichten.« Der Schmerz war aus seiner Stimme verflogen, nackter Hass und der Wunsch, Rache zu üben, klangen jetzt deutlich heraus. Ramsay wollte Cait für den Betrug büßen lassen, den ihr Vater an ihm begangen hatte.

Dylan kniff die Augen zusammen. Seine Hand schloss sich um Brigids Griff, doch gerade als er auf den Mann losgehen wollte, hörte er Sinanns Stimme und blickte auf.

»Nein«, sagte die Fee fest, kauerte sich neben ihm nieder und legte eine Hand über die seine.

Die anderen unterhielten sich weiter mit Ramsay und achteten nicht mehr auf ihn. Dylan fragte leise: »Und wie willst du mich daran hindern? Indem du mein anderes Bein auch noch brichst?« Er hielt den Blick gesenkt, damit niemand die glühende Mordlust in seinen Augen sah.

»Nein. Ich will dich nur daran erinnern, dass deine Herzensdame diesen Mann braucht – zumindest so lange, bis du sie zu dir holen kannst. Du hast doch gehört, was er gesagt hat! Er hat den Jungen und seine Mutter enterbt. Wahrscheinlich hat er in seinem Testament als Grund dafür angeführt, dass er nicht der Vater des Kindes ist. Wenn du ihn tötest, zerstörst du das Leben der beiden Menschen, die dir auf dieser Welt am meisten bedeuten. Warte, bis du in der Lage bist, sie zu heiraten.« Sinann zuckte mit den Achseln. »Und dann töte ihn, wenn du willst.«

»Ich werde sie nie heiraten können. Selbst wenn ich nicht bei Sheriffmuir falle, werde ich die Schikanen der Engländer danach wohl kaum überleben.« Er rieb mit dem Daumen über Brigids Griff.

Sinann drückte seine Hand. »Das kannst du doch gar nicht wissen.«

Endlich sah er sie an. »Ich kann den Lauf der Geschichte nicht ändern.«

Ein belustigter Tonfall schlich sich in ihre Stimme, als habe er gerade etwas unglaublich Dummes von sich gegeben. »Ich möchte behaupten, dass du in keinem Geschichtsbuch je gelesen hast, dass Dylan Robert Matheson, auch bekannt als Dilean Maca'Chlaidheimh, in dieser Schlacht oder kurz danach ums Leben gekommen ist.« Dylan zuckte mit den Achseln, denn in diesem Punkt musste er ihr Recht geben. Sie fuhr fort: »Also gib deine Absichten auf. Vorerst jedenfalls.« Seufzend ließ Dylan seinen Dolch los und lehnte sich mit dem Rücken gegen die Torfwand, um mit seinem Schicksal zu hadern, doch die Fee war noch nicht fertig. »Du darfst ihn nicht nur nicht töten, sondern du musst auch verhindern, dass ein anderer es tut.«

Er warf ihr einen bösen Blick zu, sagte aber nichts darauf.

Die Unterhaltung währte bis tief in die Nacht. Als die Männer sich endlich auf dem schmutzigen Boden zum Schlafen niederlegten, band Dylan Ramsay die Hände wieder mit dem Taschentuch hinter den Knien zusammen – vielleicht ein bisschen fester als nötig, aber nicht so fest, dass es einen Blutstau zur Folge haben konnte. Dann wickelte er sich in sein Plaid und streckte sich ebenfalls auf dem Boden aus.

Irgendwann mitten in der Nacht wurde er von einem schabenden Geräusch geweckt und war sofort hellwach. Seamus stieß einen wütenden Schrei aus, und Alasdair stürzte zu dem Loch, das Ramsay in die Wand des Kuhstalls gerissen hatte. Dylan entdeckte das Taschentuch auf dem Boden, hob es auf und steckte es ein. Statt durch das Loch zu kriechen, zog er sein Schwert, stürmte zur Tür hinaus und rannte zur Rückseite des Hauses, wo die Pferde angebunden waren.

Ramsay hatte eines losgemacht und schwang sich gerade in den Sattel. Alasdair richtete seine Pistole auf ihn, doch da ertönte Sinanns Stimme aus dem Nichts: »Er muss leben! Dylan, du musst ihn beschützen!«

Dylan jagte auf Alasdair zu und schlug ihm heftig gegen den Arm. Der Schuss ging fehl, und der Knall erschreckte Ramsays Pferd so, dass es Hals über Kopf in die Nacht hinausgaloppierte. Seamus band ein anderes Pferd los und nahm die Verfolgung auf. Alasdair drehte sich zu Dylan um.

»Was in Teufels Namen hast du dir dabei gedacht?« Er schob die Pistole in seinen Gürtel zurück und zog sein Schwert. Dylan nahm Verteidigungsstellung ein. Alasdair, dessen Augen vor Wut brannten, brüllte ihn an: »Du junger Esel! Was sollte das? Hast du den Verstand verloren? Hast du die Seiten gewechselt, oder bist du einfach nur dämlich?« Lauernd umkreiste er Dylan, der zu wünschen begann, er hätte Alasdair nicht daran gehindert, Ramsay zu erschießen. »Gibst du mir jetzt eine Antwort, oder willst du sterben, ohne etwas zu deiner Verteidigung vorzubringen?«

»Ich weiß nicht, warum ich es getan habe.«

Alasdair griff an, Dylan parierte. Wieder umkreisten sich die beiden Männer.

»Das ist keine Antwort.« Der nächste Hieb hätte beinahe getroffen. Dylan parierte ihn und wich ein Stück zurück.

»Ich will nicht mit dir kämpfen.« Er wollte Alasdair nicht verletzen, der zwar ein ausgezeichneter Schütze, jedoch nur ein mittelmäßiger Schwertkämpfer war.

»Dann hättest du mich schießen lassen sollen.« Ein neuerlicher Angriff folgte. »Warum hast du mich daran gehindert? Haben wir am Ende einen Spion in unserer Mitte?«

O nein. Derartige Verdächtigungen konnte er überhaupt

nicht brauchen. »Ich konnte nicht zulassen, dass du ihn erschießt. Wir haben ihn nicht hierher gebracht, um ihn zu töten.«

»Wir haben ihn auch nicht hierher gebracht, um ihn weglaufen zu lassen, ehe wir unser Geld haben. Warum wolltest du unbedingt, dass er am Leben bleibt?«

Eine lange Pause entstand, während Dylan mit sich rang. Sollte er mit der Wahrheit herausrücken oder nicht? Als Alasdair ihn erneut angriff und bis zur Hauswand zurücktrieb, beschloss er, sein Geheimnis zu lüften. Es lohnte sich nicht, dafür zu sterben. »Der Junge, von dem er letzte Nacht sprach … das Kind seiner Frau … das ist mein Sohn!«

Alasdair starrte ihn mit offenem Mund an und ließ sein Schwert sinken. »Du machst Witze, Mann!« Dylan schüttelte den Kopf und lehnte sich gegen die bröckelige Wand. Er fühlte sich ausgelaugt und erschöpft. Alasdair schnaubte angewidert. »*Och!* Er ist also der Kerl, mit dem deine Cait verheiratet ist?« Dylan nickte. Er sah förmlich, wie sich Alasdairs Gedanken überschlugen und er schließlich zu demselben Schluss kam wie Sinann. »Aye, jetzt verstehe ich, warum du ihn nicht töten konntest. Du hast mein volles Mitgefühl. Und Cait auch, sie muss ja mit diesem rückgratlosen Schwein leben.« Er deutete in die Richtung, in die Ramsay geflohen war. »Hoffentlich holt Seamus ihn ein. Wenn nicht, sollten wir besser sehen, dass wir hier wegkommen.«

Seamus kehrte ohne Ramsay zurück, und die Männer packten ihre Sachen und machten sich auf den Rückweg nach Glen Dochart.

Es stellte sich heraus, dass das Scheitern des Lösegeldplanes keine große Katastrophe war, denn sie waren noch nicht lange zu Hause, als ihnen befohlen wurde, sich erneut zum Aufbruch zu rüsten. Alle Gefolgsleute, die zum Kampf bereit waren, konnten sich Rob anschließen und sich als Rekruten für die Truppen von König James VIII. anwerben lassen. Sie marschierten nach Glen Gylem, wo der Hof von Robs Vorfahren lag. Dort würde das Oberhaupt des Clans MacGregor die Clansmänner zusammenziehen, die für die Sache kämpfen wollten. Die Hälfte von Robs Outlaws folgte dieser Aufforderung; mit Waffen und Proviant versehen zogen sie gen Westen, und Dylan befand sich mitten unter ihnen.

Sinann tauchte plötzlich auf und hüpfte aufgeregt neben ihm her. »Du gehst! Du gehst wirklich!«

Dylan bedachte sie mit einem schiefen Lächeln und sagte nicht ohne Ironie: »Gut beobachtet, Tink. Sieht aus, als wären wir bei der Armee gelandet.«

# 22.

Das Soldatendasein hatte, wie Dylan bald erfahren sollte, so manche Schattenseite. Sein Lohn wurde auf drei Pence pro Tag halbiert, und seine Tagesverpflegung betrug drei Laibe Brot; wenn er Fleisch haben wollte, musste er welches kaufen oder selber auf die Jagd gehen. Er trug eine der Pistolen bei sich, die sie im vorigen Monat den *Sassunaich* abgenommen hatten, aber es war ihm zu umständlich, sie nach jedem Schuss neu zu laden, außerdem war er ohnehin kein guter Schütze. Er behielt die Pistole nur, um gut bewaffnet zu erscheinen. Wilderei wurde in diesen Zeiten zwar nicht gern gesehen, aber auch nicht unter Strafe gestellt, daher kaufte er jedem, der ein größeres Wild erlegte, ein Stück davon ab. Nach wie vor aß er auch Gemüse und wilde Kräuter, obwohl die anderen Männer ihn deshalb fürchterlich aufzogen. Doch Dylan ließ der Spott kalt, ihm lag daran, seine Zähne zu behalten. Und da es ihm nichts ausmachte, Lebensmittel zu verzehren, die als Armeleuteessen galten, aß er auch weiterhin so viel Gemüse, wie er bekommen konnte.

Wie die meisten seiner Kameraden, so hatte auch Dylan sich eine blaue Kappe anfertigen lassen, eigentlich eher eine Mütze, die wie ein fast leerer Ballon auf seinem Kopf lag; die weiße Rose, die er daran befestigt hatte, wies ihn als Angehörigen der jakobitischen Armee aus. Zwar war sein Hemd arg zerschlissen, und sein Kilt hatte auch schon bessere Tage gesehen, aber zumindest trug er einen schmucken neuen Hut.

»Steht dir gut«, bemerkte Sinann bewundernd.

Dylan rückte die Kappe zurecht. »Man gewöhnt sich dran. Ich will schließlich nicht, dass man mich mit einem Engländer verwechselt.« Eigentlich machte er sich nichts aus Kopfbedeckungen, aber wenigstens hielt die weiche Wolle ihm die Ohren warm.

Sinann lachte. »Hast du in der letzten Zeit mal dein Spiegelbild gesehen? Du bist ein Highlander durch und durch. Niemand würde dich für einen verweichlichten *Sassunach* halten.«

Dylan musste unwillkürlich grinsen.

In Glen Gyle konnten die von Rob Roy und dessen Neffen Gregor Ghlun Dhubh angeworbenen Männer anfangs nichts anderes tun als warten; dann wurde Rob nach Perth gerufen und damit betraut, Gelder für den Ankauf von Waffen nach Breadalbane zu schaffen. Er nahm seine besten Männer mit; Alasdair Roy, Seamus Glas, Alasdair Og und Dilean Mac a'Chlaidheimh. Damit hatte er eine gute Wahl getroffen, denn da die Männer alle selbst schon Überfälle durchgeführt hatten, wussten sie, worauf sie zu achten hatten. Sie hatten die besten Aussichten, das Geld sicher an seinen Bestimmungsort zu bringen.

Mit fünf der besten Pferde aus Gregor Ghlun Dhubhs Ställen ausgestattet, verließ die Gruppe Glen Gyle und erreichte Perth ohne jeglichen Zwischenfall.

Nachdem sie ihren ersten Auftrag erfolgreich ausgeführt hatten, wurden Rob und seine Truppe dafür auserkoren, Botschaften zwischen dem neuen Jakobitenführer, dem Earl of Mar, und seinem General Alexander Gordon of Auchintoul hin- und herzubefördern. König James sollte an der Westküste in der Nähe von Dumbarton landen, doch Dylan beeindruckte diese Nachricht wenig. Während alle um ihn herum in atemloser Spannung abwarteten, enthielt sich Dylan jeglicher Meinungsäußerung, denn er wusste, dass der König nicht kommen würde. Zumindest würde er nicht rechtzeitig eintreffen, um den Kampf zu seinen Gunsten zu entscheiden.

Während eines Aufenthaltes in Stirling erfuhren sie von einem der Empfänger von Robs Botschaften, welche Clanoberhäupter gleichfalls in die Schlacht ziehen wollten. Enttäuscht vernahm Dylan, dass Iain Mór dreihundert Männer zusammengezogen hatte. Das waren schlechte

Neuigkeiten, obwohl Dylan insgeheim damit gerechnet hatte, da er Iains Hass auf die *Sassunaich* kannte. Doch als Laird eines im Norden angesiedelten Clans, der sich nicht in der Nähe der Front befand, hätte er den direkten Kampfeinsatz den Familien im Westen überlassen können. Dylan wünschte, er hätte sich aus der Sache herausgehalten. Dass die meisten MacGregors, MacDonalds, Camerons, MacLeans, MacDougals und Stewarts nicht für die Krone Partei ergreifen würden, war vorherzusehen gewesen, aber der größte Teil des Matheson-Clans, insbesondere die Sutherland-Linie, zählte zu den Loyalisten und würde den Aufruhr überleben. Doch Dylan machte sich große Sorgen um die Mathesons von Glen Ciorram, die ihrem rebellischen Laird folgen mussten.

Im Oktober fanden Rob und seine Leute sich wieder in Perth ein, nachdem sie das obere Tiefland und das südliche Hochland wieder und wieder kreuz und quer durchstreift hatten. Dylan, der Tag und Nacht fast ununterbrochen im Sattel gesessen hatte, hatte sich mittlerweile mit seinem Pferd angefreundet. Reiten war ihm keine lästige Pflicht mehr, sondern vielmehr zur zweiten Natur geworden. Er erstand eine enge wollene Hose, die er unter seinem Kilt trug, um seine Beine zu schützen, fand aber, dass sie um die Oberschenkel herum zu eng anlag und außerdem kratzte, deshalb ließ er sie nach einer Woche wieder weg. Voller Verlangen dachte er an eine lange Unterhose nach amerikanischer Art und fragte sich manchmal, ob Baumwollstoffe noch zu seinen Lebzeiten den Weg nach Schottland finden würden.

Die jakobitische Armee wuchs ständig an, da es Mar gelang, immer mehr Clanoberhäupter zu verpflichten. Rob und seine Männer schlossen sich Gordons Truppen an, die Inverary angreifen wollten, um Kontrolle über den Seezugang zum Clyde River zu erlangen.

Doch die Befehle tröpfelten nur nach und nach ein, und als die Jakobiten endlich die Festung erreichten, hatten die Campbells sich bereits in der Stadt verschanzt. Der jakobitischen Armee blieb nicht viel anderes übrig, als hinter provisorischen Brustwehren hervor aufs Geratewohl Schüsse abzugeben, die kaum Schaden anrichteten. Das Feuer wurde erwidert, und Rob trug einen Streifschuss am Oberarm davon. Die nächsten Tage lief er äußerst schlecht gelaunt mit einem blutigen Verband herum und verfluchte Argyll bei jeder Gelegenheit. Dann verließ er samt seinem Gefolge mit Gordon die Stadt. Dieser ließ einen Teil seiner Truppen zurück, um die Campbells in Atem zu halten, während der Rest der Männer die Dörfer am Westufer des Loch Lyne ausplünderte, um Vorräte für die Armee zusammenzutragen.

Sinanns Begeisterung wuchs, als sie sah, dass die Jakobiten an Boden gewannen. Aufgeregt flatterte sie hinter Dylan her, der half, Vorräte von den am Seeufer ankernden Booten zum eine Meile landeinwärts gelegenen Jakobitenlager zu schaffen. Da er hier nicht Gefahr lief, belauscht zu werden, konnte er sich relativ ungestört mit der Fee unterhalten. Scherzhaft schlug er vor, sie solle ihm helfen, die große Kiste mit Schiffszwieback zu tragen, die er gerade den Weg zum Lager hochschleppte. Sinann winkte mit der Hand, und plötzlich wurde die Kiste leichter auf seiner Schulter.

»Danke. Ich hoffe nur, du hast den Inhalt nicht weggezaubert.«

»Keine Angst. Sobald du sie absetzt, ist sie wieder so schwer wie vorher. Wir brauchen die Vorräte, wenn der König …«

»Er kommt nicht, Tink.«

»Du lügst!«

»Er kommt nicht. Der lässt sich erst sehen, wenn die Schlacht verloren und der Aufstand niedergeschlagen ist.«

»Aber die Botschaft von Mar …«

»Mar weiß nichts, überhaupt nichts. Er ist fast ebenso ahnungslos wie dieser aufgeblasene deutsche Fatzke in London. Und seine Unschlüssigkeit wird dazu führen, dass wir bei Sheriffmuir unterliegen. Durch seine Schuld haben wir schon Inverary verloren.«

»Dann stoß ihm einen Dolch zwischen die Rippen und

das Problem hat sich erledigt. Du hast ja großes Geschick in solchen Dingen.«

Dylan blieb stehen und sah Sinann an, als sehe er sie zum ersten Mal. »Ich denke ja gar nicht daran! Was immer ich auch sein mag – oder zu was ich geworden bin, seit du mich hierher verschleppt hast –, ein Mörder bin ich nicht! Nimm das sofort zurück!« Drohend baute er sich vor ihr auf.

»Ich …«

»Nimm das zurück, Tink, oder ich stelle diese Kiste ab, mache mich auf den Weg nach Glasgow und nehme dort das erste Schiff in die Kolonien. Dann kannst du mitsamt deinem kostbaren Aufstand zur Hölle fahren.«

»Ich wollte doch nur …«

»Nimm das zurück. Ich will nichts mehr von hinterhältigen Mordanschlägen hören. Nie mehr. Nimm es zurück.«

»Also gut, es tut mir Leid.«

Doch so schnell verrauchte Dylans Zorn nicht. Schweigend stapfte er weiter, und sie hüpfte neben ihm her. »Aber vor kurzem warst du noch durchaus bereit, Ramsay zu töten.«

»Das wäre ein großer Fehler gewesen. Du hattest vollkommen Recht, mich daran zu hindern.«

Sinann rümpfte die Nase. »Auf einmal hört er auf mich.«

Eine lange Pause entstand, während der sie versuchte, mit ihm Schritt zu halten. Endlich fragte sie verzagt: »Aber was kannst du tun?«

Dylan seufzte tief. »Ich weiß es nicht. Ich muss eben alles auf mich zukommen lassen.«

Mehrere Wochen lang begleiteten Dylan und seine Kameraden Rob auf seinen Botengängen nach Perth und zurück, nach Drummond Castle, wieder nach Perth, nach Auchterader und zurück nach Perth. Obwohl Dylan so viele Fragen stellte, wie er es wagte, ohne Verdacht zu erregen, und sich so oft wie möglich in Robs Nähe aufhielt, erfuhr er nichts vom Inhalt der Botschaften, die sie beförderten. Der Gedanke, dass er nichts über mögliche

Fehler herausfinden konnte, ehe sie begangen wurden, trieb ihn fast zum Wahnsinn. Auch die Informationen, mit denen Sinann ihn versorgte, waren oft zu ungenau und trafen zu spät bei ihm ein, um von Nutzen zu sein. So, wie es aussah, war Mar nicht im Stande, auch nur die kleinste Entscheidung ohne langwierige Bedenkzeit zu treffen. Dylan bekam nur mit, dass all diese Verzögerungen ihnen schadeten, und das wusste inzwischen jeder Jakobit in Schottland.

Die jakobitische Armee brannte darauf, sich im Kampf zu bewähren. Mars Hinhaltetaktik löste großen Verdruss unter den Männern aus, und die Nachricht, dass Argyll Edinburgh eingenommen hatte, demoralisierte sie noch mehr. Dylan erfüllte diese Neuigkeit mit eisigem Entsetzen; er stand Todesangst um Cait und den Jungen aus.

Inzwischen war es November geworden, der erste Schnee lag in der Luft, doch noch immer wollte Mar die Ankunft des Königs abwarten. Erst am neunten November wurde bekannt, dass der Abmarsch unmittelbar bevorstand. Dylan wusste, wann es losging, und er wusste auch, wohin. In vier Tagen würde die Schlacht von Sheriffmuir stattfinden. Er hatte nicht mehr viel Zeit.

Ein atemloser Bote stieß zu ihnen und überbrachte Rob eine Nachricht von Mar. Rob sollte mit ein paar Männern die Gegend um den River Forth auskundschaften und danach wieder zu Mars Truppen stoßen. Eine Zentnerlast fiel Dylan von der Seele, als er begriff, dass sie in diesem Fall der Schlacht entgehen würden. Doch seine Erleichterung verflog augenblicklich, denn ihm wurde klar, dass er die letzte Hoffnung für die Jakobiten war. Wenn er den Ausgang des Aufstandes ändern sollte, dann musste er irgendwie Einfluss auf den Ausgang der Schlacht nehmen. Und das konnte er nicht tun, wenn er sich mit Rob auf einem Erkundungsgang befand.

Also trat er mit einer Bitte an MacGregor heran.

»Ich möchte in Balhaldies Abteilung kämpfen.«

Rob besprach sich gerade mit einem der MacPhersons, entschuldigte sich aber und wandte sich stirnrunzelnd an

Dylan. »Warum denn?« Ganz offensichtlich missfiel es ihm, dass einer seiner Männer ihn verlassen wollte, auch wenn er sich einem anderen MacGregor anschloss. Obwohl sich die sozialen Strukturen und Ansichten allmählich wandelten, würden sich die Highlander erst in zwei oder drei Generationen daran gewöhnen, nicht mehr ausschließlich für oder an der Seite der eigenen Familie zu kämpfen. Dylan war von Rob Roys MacGregor-Clan als einer der ihren aufgenommen worden, und nun wollte er sie im Stich lassen. Kaum jemand würde Verständnis dafür aufbringen.

Dylan war all dies durchaus bewusst. Er räusperte sich verlegen. Wie sollte er Rob erklären, woher er wusste, dass er, wenn er bei ihm blieb, erst auf dem Schlachtfeld eintreffen würde, wenn bereits alles entschieden war? Er wusste, dass Mar alles verpfuschen würde, konnte sich aber nicht daran erinnern, was genau geschehen würde. Er wusste nur, dass er bei den jakobitischen Truppen bleiben musste, wenn er den Ausgang der Schlacht beeinflussen wollte. Also lieferte er Rob eine Erklärung, von der er hoffte, dass dieser sie akzeptieren würde. »Ich möchte unter den Ersten sein, die in den Kampf ziehen. Ich habe mit den Rotröcken nämlich noch eine Rechnung offen und möchte möglichst viele von ihnen in die Hölle befördern.«

Ein trockenes Lächeln spielte um Robs Lippen. Er blickte den MacPherson an, der ebenfalls lächelte, dann meinte er: »Du hast noch nie an einer Schlacht teilgenommen, nicht wahr?«

Dylan schüttelte den Kopf. Abgesehen von der Belagerung von Inverary hatte er sich tatsächlich noch an keinem ernsthaften Kampf beteiligt. Er wusste, dass die anderen ihn für einen unerfahrenen Narren hielten, der sich von seiner Begeisterung hinreißen ließ, aber er wollte ihnen diesen Glauben nicht nehmen, denn alles würden sie eher verstehen als die Wahrheit.

»Du wirst diese Entscheidung noch bedauern.« Echtes Mitgefühl schwang in Robs Stimme mit; er klang, als sei Dylan bereits ein toter Mann.

Dylan nickte. Höchstwahrscheinlich hatte Rob Recht. Er selbst rechnete ebenfalls damit, im Kampf zu fallen, aber er wollte lieber in die Schlacht ziehen, als sich den Rest seines Lebens zu fragen, ob er nicht doch etwas hätte tun können. Wenn tatsächlich die Chance bestand, den Lauf der Geschichte zu ändern, einen Weg zu finden, den Kampf bis zu James' Ankunft im Dezember hinauszuzögern, dann musste er sie beim Schopf packen. Sollte der Aufstand Erfolg haben und James seinen Platz als König von Schottland einnehmen, so würden dadurch die beiden nächsten Aufstände 1719 und 1745 verhindert werden. Viele Schotten würden am Leben bleiben, und viele Clans würden einem besseren Leben entgegensehen.

Außerdem trieben ihn auch persönliche Gründe zu seinem Handeln. Wenn James VIII. als rechtmäßiger König den schottischen Thron bestieg, würde Dylan als Jakobit begnadigt werden, dann wäre er frei und könnte Ansprüche auf Cait und seinen Sohn erheben. Und genau das würde er auch tun, selbst wenn das bedeutete, dass er mit seiner Familie nach Amerika gehen müsste, um Cait die Schmach einer Scheidung zu ersparen und die Umstände von Ciarans Geburt zu verschleiern.

So empfand er eine merkwürdige Freude, als Rob ihm die Erlaubnis erteilte, mit dem Haupttrupp der MacGregors weiterzumarschieren.

Während des ganzen langen Fußmarsches zum Schlachtfeld hing Dylan seinen trüben Gedanken nach. Er wusste ungefähr, wo sie sich gerade aufhielten und wo ihr Ziel lag, doch obwohl ihn der Ausgang der Schlacht bekannt war, hatte er kaum eine Vorstellung davon, was genau sich bei Sheriffmuir zutragen würde. Hätte er doch nur ein Geschichtsbuch bei sich gehabt, als das Schwert ihn in die Vergangenheit beförderte!

Am Morgen des dreizehnten November erwachte er inmitten tausender anderer Männer, die er nicht kannte, im provisorischen Lager bei Kinbuck in der Nähe des Allan Water, schüttelte Raureif aus seinen Haaren und rieb sich die Nase, um die Blutzirkulation anzuregen. Hätte er vor zwei Jahren bei solchen Temperaturen die Nacht im Freien verbringen müssen, wäre er steif gefroren aufgewacht, inzwischen aber hatte er gelernt, die Kälte weitgehend zu ignorieren. Rasch verzehrte er sein Frühstück: eine Hand voll Hafermehl, mit etwas Wasser vermischt und zu Klumpen geformt. Nachdem er gegessen hatte, wusch er sich die Hände und machte sich daran, seine Pistole zu laden.

Zuerst füllte er Schießpulver in den Lauf und hoffte dabei nur, dass er nicht des Guten zu viel getan hatte, denn er brauchte seine rechte Hand noch und wollte nicht, dass sie zerfetzt wurde, falls die Pistole explodieren sollte. Danach stopfte er mit Hilfe des Ladestocks den Ladepfropf und die Kugel hinein; fest, aber hoffentlich nicht zu fest. Himmel, wie er es hasste, mit Schusswaffen herumzuhantieren! Er befestigte den Ladestock wieder unter dem Lauf, öffnete die Pfanne, spannte den Hahn halb und füllte dann feines Schießpulver in die Pfanne, ehe er die Waffe leicht schüttelte, damit das Pulver in das Zündloch rieselte. Dann schob er die Pistole in seinen Gürtel zurück.

Nun war er bereit. Er nahm seinen Platz in der Reihe der anderen Männer ein und wartete auf das Signal zum Aufbruch.

Die Armee entfernte sich vom Fluss und marschierte auf eine Anhöhe zu. Das Gelände bestand aus einer Unzahl niedriger, welliger Hügel, die zu einem riesigen Hochmoor anstiegen. Zehntausend Jakobiten bewegten sich in einem steten Strom vorwärts. Unten zwischen den Hügeln konnte man das Moor nicht sehen, aber als ein Halt befohlen wurde, stand Dylan gerade auf einer Anhöhe und konnte die Linie der Feinde westlich des Moores am Horizont erkennen; eine nicht enden wollende Reihe kleiner, rot berockter Zinnsoldaten, deren Anblick ihn bis ins Mark traf. Rote Röcke waren das Symbol des Feindes; gleichbedeutend mit Erniedrigungen, Schmerzen und Gefahr. Er wusste aus eigener leidvoller Erfahrung, was es hieß, den Engländern in die Hände zu fallen. Sein Herz begann schneller zu schlagen, und er spürte Mordlust in sich aufsteigen.

Die Clansmänner bereiteten sich auf die Schlacht vor.

Sie legten ihre Kilts ab und wickelten ihre *sporrans* darin ein, um in ihren langen Hemden zu kämpfen. Dylan überlegte, ob er sich seine Brosche anstecken sollte, entschied sich aber dagegen. Der Talisman entfaltete seine Wirkung nur, wenn er sich ganz still verhielt, und wenn er verwundet wurde und hilflos am Boden lag, würde man ihn vielleicht nicht finden. Er besaß kaum noch Geld; seine Tasche enthielt lediglich ein paar Pence, die Brosche, Ramsays Taschentuch, den Götterstein und ein Säckchen mit Hafermehl. Er schnallte seinen Gürtel samt *sporran* ab und wickelte beides in seinen Kilt, den er hinter einem Stein auf den Boden legte, ehe er weiterging. Sein Wehrgehänge hing ihm über der Brust, Brigid steckte in seiner Gamasche; in der rechten Hand hielt er die geladene Pistole. Eine geradezu greifbare Spannung lag in der Luft: Die Jakobiten lechzten nach englischem Blut.

Endlich erfolgte der Befehl zum Weitermarschieren. Die Truppen änderten ihre Richtung, doch auch Argyll hatte seine Soldaten wieder in Bewegung gesetzt. Es gelang den Jakobiten nicht, das Moor zu durchqueren und rechtzeitig höher gelegenes Gelände zu erreichen. Beide Armeen formierten sich auf den Hügelketten zum Kampf. Dylans Herz hämmerte wie wild, als sie langsam vorrückten.

Sinann tauchte plötzlich neben ihm auf. »Schau nach rechts, zum Rand des Moores«, forderte sie ihn auf. Dort lag ein kegelförmiger Hügel, um den die Armee einen weiten Bogen machte. »Ein Feenhügel«, erklärte Sinann. »Jetzt schau genauer hin.«

Dylan betrachtete den seltsam geformten Hügel und runzelte die Stirn. Eine Frau in einem fließenden roten Gewand stand auf dem Gipfel und beobachtete das Meer der vorüberziehenden Männer. Was sie sah, schien sie mit überströmender Freude zu erfüllen, denn sie vollführte auf ihrem Hügel einen ausgelassenen Tanz. »Was tut sie da?«

»Das ist Morrighan. Die Göttin des Krieges.«

Dylan grunzte nur und richtete seine Aufmerksamkeit auf das, was vor ihm lag. »Für sie ist heute ein Festtag. Viele Menschen werden sterben.« Dann murmelte er: »Und du verschwindest jetzt von hier.«

Sie grinste nur, schüttelte den Kopf und hüpfte weiter neben ihm her. Sie musste für jeden seiner Schritte zwei machen, um sein Tempo mithalten zu können.

»Ich habe gesagt, du sollst verschwinden.«

Jetzt runzelte sie die Stirn. »Was, wenn du mich brauchst?«

»Das Einzige, was du für mich tun kannst, ist, mich von meinem Leiden zu erlösen, falls ich lebensgefährlich verletzt werden sollte. Und jetzt geh, sonst stößt dir am Ende selbst noch etwas zu.«

»Ach, ihr Sterblichen seid doch alle gleich.« Sinann schnalzte mit der Zunge, flatterte auf und schwebte über seinem Kopf dahin, während er weitermarschierte. Damit konnte er leben. Sie wollte ihm weismachen, sie wäre unsterblich, aber er wusste es besser. Zäh, listig und verschlagen, das ja, aber nicht unsterblich.

Das Schlachtfeld war ein unebenes, mit Heidekraut überwuchertes Moorgebiet, auf dem große, glitschige, mit dem Schlamm tausender Soldatenstiefel bedeckte Steine verstreut lagen. Der Boden zwischen den Steinen war feucht und matschig; teilweise sanken die Männer knöcheltief ein.

Die Jakobiten formierten sich dem Gegner gegenüber zu einer langen Reihe. Dylan und die anderen MacGregors bildeten zusammen mit den MacKinnons und den MacPhersons den linken Flügel. Als Campbell of Argylls Truppen aufmarschierten, hörte Dylan das stete Gedröhn der englischen Trommeln und stellte voller Befriedigung fest, dass seine Abteilung einer Gruppe rot berockter Dragoner gegenüberstand. Er selbst war zwar nur Fußsoldat, hatte aber Erfahrung darin, berittene Gegner zu überwältigen. Die Dragoner hatten den Vorteil, von höher gelegenem Gelände aus angreifen zu können, dafür wusste Dylan, wie man ein Pferd gegen seinen Reiter einsetzen konnte.

In diesem Moment donnerte die jakobitische Kavallerie zu seiner Linken los und galoppierte auf die Mitte des

Schlachtfeldes zu. Das war ein unkluger Schachzug, nun stand nur noch die schottische Infanterie der übermächtigen englischen Kavallerie gegenüber. Dylan atmete tief durch und zwang sich, jeden Gedanken an seinen möglichen Tod abzuschütteln, als die Armeen langsam gegeneinander vorrückten. Auf beiden Seiten wurden Musketen, Pistolen, Schwerter und Dolche geschwungen. Dylan, der seine Pistole mit der rechten Hand umklammerte, zog beim Gehen das Knie an und riss mit der linken Brigid aus seiner Gamasche. Dann machten die vorrückenden Reihen Halt, einen atemlosen Moment lang sahen sich die Gegner in die Augen, die Zeit schien stehen zu bleiben. Plötzlich ging eine ganze Salve von Schüssen los, und Dylan zwinkerte verwirrt. Er hatte keine Ahnung, von welcher Seite das Feuer ausgegangen war, bis er sah, dass über den vorderen Reihen der Rebellen dünne Rauchschwaden in der Luft lagen.

Dudelsackklänge ertönten, und die jakobitische Armee stürmte geschlossen vorwärts. Dylan stimmte in das allgemeine Jubelgeschrei mit ein und rannte los, um die Kluft zwischen sich und der herandrängenden englischen Kavallerie so schnell wie möglich zu überwinden.

Von strategischer Vorgehensweise konnte jetzt keine Rede mehr sein; die Männer wurden nur noch von dem Wunsch beseelt, den Gegner zu töten. Dylan feuerte auf einen heranreitenden Dragoner, der feindliche Soldat stürzte vom Pferd, und Dylan ließ seine unbrauchbar gewordene Pistole fallen und zog sein Schwert. Nackte Wut trieb ihn voran. Der unebene Boden erschwerte den Fußsoldaten das Laufen und verschaffte den Kavalleristen einen leichten Vorteil. Das Geklirr tausender aufeinander prallender Schwerter war ohrenbetäubend. Ein Dragoner ritt auf ihn zu, Dylan wich aus und drängte sich an die linke Seite des Pferdes, um die Reichweite des mit rechts geführten Schwertes des Kavalleristen zu verkürzen. Ohne Mühe parierte er den gegen ihn geführten Hieb. Doch der Reiter wendete sofort sein Pferd, um ihn in die Enge zu treiben. Inmitten des Gewirrs von eng aneinander gedrängten Leibern gab es keine Möglichkeit zum Zurückweichen, also griff Dylan stattdessen mit hoch erhobenem Schwert an und stieß dem Gegner gleichzeitig mit der anderen Hand seinen Dolch in den Oberschenkel, riss ihn wieder heraus und stach erneut zu.

Obwohl sofort Blut aus der Wunde sprudelte, zeigte der Rotrock keine Reaktion. Er schwankte nur ein wenig im Sattel, als er mit seinem Säbel einen Hieb gegen Dylans Kopf führte. Dylan parierte ihn mit dem Dolch und griff zugleich mit dem Schwert an. Die Klinge drang dem Engländer tief in den Rücken. Er erstarrte vor Schmerz, und sein verzerrtes Gesicht verriet, dass er um sein nahendes Ende wusste. Als Dylan sein Schwert zurückriss, glitt der Dragoner langsam aus dem Sattel, und Dylan wandte sich ab, um sich auf den nächsten Gegner zu stürzen.

Um ihn herum herrschte Chaos. Dylan war sich nicht mehr sicher, aus welcher Richtung er eigentlich gekommen war. Er konzentrierte sich einzig und allein darauf, am Leben zu bleiben, feindliche Schwerter abzuwehren und alles niederzumetzeln, was einen roten Rock trug. Doch die Zeit verstrich, und allmählich drohten die Männer in den roten Röcken die Männer in Kilts und Hemden förmlich zu überschwemmen. In der Ferne riefen die Dudelsäcke die Schotten dazu auf, sich bei ihren Bataillonsfahnen zu sammeln. Dylan bahnte sich einen Weg durch das Gewühl, dabei trat er unwillkürlich auf die Leichen von Balhaldies MacGregors oder musste über sie hinwegspringen. Seine Einheit trat angesichts der erdrückenden Überzahl feindlicher Truppen den Rückzug an. Die Männer flohen den Hügel hinunter und befanden sich nun dem von oben nachdrängenden Gegner gegenüber in einer ausgesprochen ungünstigen Position. Dylans Haar klebte im schweißüberströmten Gesicht, und er stellte fest, dass er irgendwann während des Kampfes seine Kappe verloren hatte.

Verwundete und sterbende Pferde wieherten; erneut drang ein Dragoner mit gezücktem Säbel auf Dylan ein, aber einer der MacPhersons reagierte blitzschnell und durchtrennte dem Pferd mit einem mächtigen Hieb die Sehnen. Das Tier brach zusammen, sein Reiter sprang aus dem Sattel und griff Dylan zu Fuß an. Dylan, der versuchte zurückzuweichen, hätte den Schlag beinahe nicht mehr rechtzeitig pariert. Um ihn herum waren nur noch wenige Jakobiten zu sehen, also musste er unbedingt zu seiner Einheit zurück. Er spürte, dass seine Kräfte nachließen und er an Boden verlor; der Soldat drang erbarmungslos auf ihn ein. Das Klirren der Schwerter ging im allgemeinen Kampflärm unter, Dylan parierte verzweifelt Hieb um Hieb, konnte jedoch nicht verhindern, dass sein Gegner ihn immer weiter zurückdrängte. Schließlich stand er Rücken an Rücken mit anderen Männern, wie ein in die Enge getriebenes Tier, und in dieser Situation unterlief ihm ein folgenschwerer Fehler. Er parierte eine Finte, und der Engländer stieß ihm seine Klinge tief in den Leib.

Einen nicht enden wollenden Moment lang starrte Dylan das Heft an, das aus seiner Magengegend ragte. Ein von seinem Körper losgelöster Teil seines Verstandes registrierte das eingravierte Gesicht auf dem kugelähnlichen Schwertgriff und identifizierte ihn als so genannten ›Totengriff‹. Der körperlose Kopf, den manche für den des hingerichteten Charles I. hielten, war mit seinem eigenen Blut bedeckt. Dann wurde die Waffe zurückgezogen, und der Dragoner, der sah, dass er den Gegner tödlich verwundet hatte, suchte sich das nächste Opfer. Er fand es in einem anderen MacGregor, der Dylan zu Hilfe kommen wollte.

Dylans Schwert fiel zu Boden, schwankend blieb er stehen, die rechte Hand gegen den Bauch gepresst, die linke um Brigids Griff gekrallt. »Nein«, stöhnte er. »Nein, ich kann doch noch nicht sterben.« Doch als er spürte, wie Blut aus der Wunde floss, die die Klinge beim Austreten verursacht hatte, ihm über den Rücken rann und sein Hemd durchweichte, da wurde ihm klar, dass er, wenn er nicht heute schon an dem immensen Blutverlust starb, in wenigen Tagen elend an einer Infektion zu Grunde gehen würde. Aber aufgrund der Blutmenge, die zwischen seinen Fingern hervorquoll und vom Schoß seines Hemdes zu Boden tropfte, hielt er es für wahrscheinlich, dass in wenigen Minuten alles vorbei sein würde.

Er blickte auf und sah Sinann, die sprachlos, mit weit aufgerissenen Augen über ihm schwebte. »Es tut mir Leid«, flüsterte er. »Ich konnte nichts ausrichten, überhaupt nichts.« Er taumelte, hielt sich aber unter Aufbietung all seiner Kraft auf den Beinen. Die Welt begann sich um ihn zu drehen. »Nein«, murmelte er wieder. »Nein ... nein ...«

Aus weiter Ferne drang Sinanns Stimme an sein Ohr. Schluchzend stammelte sie: »*A Dhilein* ... jetzt musst du nach Hause zurückkehren.«

Dylan meinte, in ein tiefes schwarzes Loch zu fallen. Er wusste, dass seine Zeit auf dieser Welt zu Ende ging, und er fragte sich, ob er tatsächlich das helle Licht am Ende eines Tunnels sehen würde, von dem er so oft gehört hatte. Ein sengender Schmerz schoss durch seinen Körper, vage wunderte er sich, wie er Schmerzen empfinden konnte, wenn er doch tot war. Dann sah er das Licht. Eine gleißende Helligkeit hüllte ihn ein, verwandelte sich in ein Farbenmeer. Danach formten sich die Farben zu Gesichtern, bekannten Gesichtern, die er jedoch nicht zuordnen konnte. »*Chan eil*«, keuchte er, immer noch nicht bereit, den Tod zu akzeptieren. »*Chan eil, chan eil* ...« Nein, nein, nein.

Heiß. Es war furchtbar heiß.

Jemand schrie. Dann brach er im Gras zusammen. Weitere Schreie. Jemand brüllte, man müsse sofort einen Notarzt rufen. Ein anderer schrie, er habe einen Feuerwehrwagen auf dem Parkplatz gesehen. Dylan spürte, wie er hochgehoben wurde. Wieder verschwamm die Welt um ihn, und jetzt wusste er, dass er starb.

## 23.

Das Erste, was Dylan wahrnahm, als er das Bewusstsein wiedererlangte, war der durchdringende Geruch nach Desinfektionsmitteln und Plastik. Dann Schmerz, einen glühend heißen Schmerz. Er hatte das Gefühl, seine Eingeweide würden zu Atomen zerfallen, sobald er sich bewegte. Aber er war nicht tot. Und nachdem er eine Weile darüber nachgedacht hatte, fand er, dass er sich glücklich schätzen durfte. Mit einem erstickten Grunzen versuchte er, sich das Plastikding vom Gesicht zu schieben. Augenblicklich tauchte eine Krankenschwester an seinem Bett auf und entfernte es für ihn.

»Mr. Matheson, wie fühlen Sie sich?« Mister? Wie lange war es her, seit man ihn zum letzten Mal mit ›Mister‹ angeredet hatte? Es hörte sich irgendwie … fremd an. Er blickte die Krankenschwester an. Sie war hübsch, hatte dunkle Haare und trug einen leuchtend violetten Kittel. Die Farbe war so grell, dass er die Augen zusammenkneifen musste. Alles war so hell und bunt, als ob Gott irgendwann im zwanzigsten Jahrhundert die ganze Welt mit Wasserfarben verschönert hätte. »Mr. Matheson?« Die Schwester wartete immer noch auf seine Antwort.

Er erwiderte: »Ich bin nicht tot« und stellte fest, dass sein Hals schmerzte und seine Stimme nur noch ein fast unhörbares Krächzen war.

Sie lächelte, als hätte er einen Witz gemacht. »Nein, Sie sind nicht tot. Wir mussten Ihnen die Milz und eine Niere entfernen, aber Sie werden wieder gesund werden. Und wenn Ihre andere Niere gesund bleibt, werden Sie noch nicht einmal Folgeschäden davontragen. Ich gebe Ihnen jetzt etwas gegen die Schmerzen, und dann verlegen wir Sie in ein anderes Zimmer.« Sie drohte ihm scherzhaft mit dem Finger. »Und Sie bleiben inzwischen schön hier liegen.« Kichernd verließ sie den Raum und überließ ihn seinen Gedanken.

Er versuchte sich aufzurichten, aber da auf seinem Bett keine Kissen lagen, gegen die er sich hätte lehnen können, gab er schließlich auf, legte sich zurück und wartete darauf, dass er verlegt wurde. Die hübsche Schwester kam mit einer Spritze zurück und gab ihm eine Injektion in die Hüfte. Dylan legte keinen sonderlichen Wert auf Schmerzmittel. Er hatte in der letzten Zeit viel schlimmere Schmerzen ertragen müssen, und er störte sich viel mehr an dem Katheter in seinem Penis als an den Wundschmerzen nach der Operation.

Die Schwester rollte ihn in ein Privatzimmer, daraus schloss er, dass seine Mutter wusste, wo er war, und einige Hebel in Bewegung gesetzt hatte. Auch als er noch ein Teil dieses Jahrhunderts gewesen war, wäre seine Krankenversicherung nicht für ein Zimmer auf der Privatstation aufgekommen. Er fragte sich, wie lange er bewusstlos gewesen war. Zwei Jahre lang? Hatte er überhaupt noch ein Leben, in das er zurückkehren konnte? Er blickte sich verwirrt um. Der Fernseher lief, aber ohne Ton, und einen Moment lang starrte er den Bildschirm wie gebannt an. Er empfand die schnelle Abfolge von Bildern als unangenehm, beschloss, dass er keinen Grund hatte, die ganze Welt in seinem Zimmer zu dulden, griff nach der Fernbedienung und drückte auf den grünen Knopf. Der Bildschirm wurde grau, und ein wohltuender Friede überkam ihn.

Die Tür ging auf, und seine Mutter steckte den Kopf herein. »Dylan?«

»Mom!« Als sie näher kam, sah er deutlich, welche Angst sie um ihn ausgestanden haben musste und wie erleichtert sie war, dass er noch lebte. Ihr Gesicht war aschfahl, ihre Augen vom Weinen gerötet. Sie sah furchtbar aus, aber er war so froh, sie nach so langer Zeit wieder zu sehen, dass er darüber hinwegging. Für ihn war sie schön.

»Ich bin okay, Mom«, krächzte er. »Es tut noch nicht einmal weh.« Jedenfalls im Moment nicht. Was auch immer sie ihm verabreicht hatten, es wirkte schnell. Seine Mutter ergriff seine Hand. Ihm fiel auf, wie sauber er war. Irgendjemand hatte ihn gründlich gewaschen, während er weggetreten war, nur unter seinen Armen entdeckte er braunorangefarbene Flecken, die das Antiseptikum hinterlassen hatte. Er betastete sein Haar. Es war noch immer mit Schmutz, Schweiß und Blut verklebt, und als er es seiner Mutter zuliebe mit den Fingern durchkämmen wollte, gelang es ihm nicht, die Strähnen zu entwirren.

Mom setzte sich auf seine Bettkante und erklärte ihm, wie glücklich sie sei, dass er wieder gesund werden würde, doch er hörte gar nicht hin; er konzentrierte sich allein auf ihr Gesicht. Wie hatte er sie vermisst! Also hielt er nur ihre Hand, als wolle er sie nie wieder loslassen.

Wieder ging die Tür auf, und Cody kam herein. »Dylan?« Bei ihrem Anblick wurde Dylan erneut in eine andere Zeit katapultiert, denn sie trug immer noch das Kostüm aus dem 17. Jahrhundert, das sie am Tag der Highland Games angehabt hatte …

»Mom, welches Jahr haben wir?«

Seine Mutter unterbrach ihren Redefluss – sie hatte gerade geklagt, dass er viel zu dünn sei, und aß er eigentlich jemals etwas Vernünftiges? – und lachte.

»Welches *Jahr*?«

Er musste tief Atem holen, um zu verhindern, dass seine Stimme zitterte. »Ja, ich hab's vergessen. Muss wohl am Schock liegen. Außerdem haben sie mir ziemlich harte Schmerzmittel verpasst.« Noch ein tiefer Atemzug. »Also, welches Jahr haben wir?«

Seine Mutter kicherte nervös. »2000.«

»Den dreißigsten September?«

Sie blickte auf ihre Uhr. »Ein paar Minuten noch. Es ist kurz vor Mitternacht.«

Dylan blickte Cody an. Sinann hatte ihn fast auf den Moment genau, nachdem er das Schwert berührt hatte, in seine eigene Zeit zurückgeschickt. Niemand hatte gemerkt, dass er überhaupt fort gewesen war; erschöpft schloss er die Augen.

Von der Tür her erklang die Stimme seines Vaters. Er mahnte seine Mutter leise: »Wir sollten jetzt gehen, Barri.« Natürlich, Dad hatte es tunlichst vermieden, einen Fuß in dieses Zimmer zu setzen. Dylan hielt die Augen geschlossen, als seine Mutter ihn auf die Wange küsste und flüsterte: »Ich komme morgen wieder. Du brauchst jetzt Ruhe.« Er nickte nur, ohne etwas zu sagen.

Cody stand immer noch vor seinem Bett und drehte ihr zerschlissenes Taschentuch in den Händen. »Du hast uns einen furchtbaren Schrecken eingejagt, Dylan.« Sie sah aus, als hätte sie geweint und würde bei dem geringsten Anlass erneut in Tränen ausbrechen.

»Wie geht es dir, Cody?« Für sie waren nur wenige Stunden verstrichen, für ihn dagegen zwei Jahre.

Sie bedachte ihn mit einem verwirrten Lächeln, ehe sie sich zu ihm aufs Bett setzte. »Dylan, wie in aller Welt hast du es fertig gebracht, dich noch so lange auf den Beinen zu halten?«

Er runzelte die Stirn. »Wie bitte?«

»Nachdem er zugestochen hat. Du bist zu dem Schwert hinübergegangen und hast es aufgehoben, und niemand hat überhaupt gemerkt, dass du blutest. Du sagtest, du würdest dich irgendwie komisch fühlen oder so was Ähnliches, und auf einmal bist du blutüberströmt zusammengebrochen. Ich habe noch nie so viel Blut gesehen. Es ist einfach ... aus dir herausgesprudelt.« Als Dylan das Gesicht verzog, entschuldigte sie sich hastig: »Tut mir Leid. Na ja, jedenfalls warst du sofort von einem Haufen Leute umringt, und ich konnte nicht sehen, was sie mit dir machten. Du hast was von Aal in Dosen gebrabbelt, deswegen dachten die meisten zuerst, du hättest was Schlechtes gegessen. Doch dann haben sie das Blut gesehen. Die Feuerwehrleute brachten dich dann mit Blaulicht und Sirene ins Krankenhaus. Und ich sitze im Wartezimmer, seit du eingeliefert worden bist. Raymond dreht bestimmt schon durch.«

Raymond ... ach ja, der mit dem Polyesterhaar. Dylan nickte. Er erinnerte sich gut.

»Jedenfalls sind wir alle heilfroh, dass du noch lebst. Dieser Typ gehört hinter Gitter, wenn du mich fragst.«

»Welcher Typ?«

»Na, dieser Bedford.«

Dylan brach der kalte Schweiß aus, doch dann begriff er, dass sie den Yankee meinte, der das Schwert geerbt hatte. »Er hat mir nichts getan.«

Das brachte sie einen Moment lang zum Schweigen, dann sagte sie: »O doch, das hat er.«

»Nein. Es war nicht seine Schuld.«

»Er hat zugestochen. Er hätte dich beinahe umgebracht, obwohl das nur ein Schaukampf sein sollte.«

»Nein. Er hat mir gar nichts getan. Er hat mich überhaupt nicht getroffen.«

»Aber ...«

»Cody, lass es gut sein!« Als sie ihn erschrocken ansah, dämpfte er seine Stimme. »Was auch immer da geschehen ist, geht nur uns beide etwas an und niemanden sonst. Hast du mich verstanden?«

Sie überlegte einen Moment, dann nickte sie und lächelte ihn schelmisch an. »Kann es sein, dass dir die Spiele die Sinne vernebelt haben?«

Dylan seufzte. Es gab so viel, was sie von ihm nicht wusste.

»Na schön«, meinte sie dann, »vielleicht sollte ich jetzt besser gehen. Raymond wartet. Wir sehen uns morgen wieder, einverstanden?« Sie umarmte ihn, und er legte ihr einen Arm um die Taille. Doch als ihre Hand unter sein am Rücken offenes Krankenhaushemd glitt, schnappte sie vor Schreck nach Luft.

Dylan ließ sich in die Kissen sinken, wobei er auf Gälisch seine eigene Dummheit verwünschte.

»Dylan! Was ist denn bloß mit deinem Rücken passiert?« Sie wollte ihm das Hemd von der Schulter streifen, doch er wehrte unwillig ab. Ihre Stimme wurde scharf. »Dylan, lass mich bitte einmal sehen!«

Am liebsten hätte er ihr gesagt, sie solle verschwinden und ihn in Ruhe lassen, aber nach kurzer Überlegung gelangte er zu dem Schluss, dass sie die beste und loyalste Freundin war, die er in diesem Jahrhundert hatte. Warum sollte er sie nicht einen Blick auf seinen Rücken werfen lassen? Also rollte er sich auf die Seite, damit sie das Hemd ein Stück zur Seite ziehen konnte.

Er hörte, wie sie scharf die Luft einsog, dann sagte sie leise: »Das sind Narben. Alte Narben. So etwas habe ich noch nie gesehen. Und so *viele.* Was ist mit dir passiert?«

Wie sollte er ihr erklären, dass er vor zweihundertsechsundachtzig Jahren fast zu Tode gepeitscht worden war? Stöhnend setzte er sich auf. »Ein Motorradunfall?«

»Wann soll der denn gewesen sein? Letzte Woche waren diese Narben noch nicht da. Du hast während des Unterrichts ein loses Achseltop getragen, erinnerst du dich? Und du hast es ausgezogen, weil der Stoff riss. Da war dein Rücken noch glatt. Dylan, sag mir die Wahrheit. Diese Narben stammen nicht von irgendwelchen Spielchen, die außer Kontrolle geraten sind. Das war eine regelrechte Folter. Das … das gibt es eigentlich gar nicht.«

Dylan seufzte. »Ich kann es dir nicht erklären. Wirklich nicht.«

»Dyl…«

»Bitte, Cody, hör auf. Ich kann es dir nicht sagen. Und sprich mit niemandem darüber. Bitte.«

Ihre Augen schimmerten feucht, als sie flüsterte: »Natürlich nicht. Das bleibt unter uns. Es ist nur so … es tut mir so Leid.«

Er drückte ihre Hand, und sie küsste ihn auf die Stirn, ehe sie das Zimmer verließ.

Als er am nächsten Morgen erwachte, waren die Schmerzen wieder stärker geworden, der Katheter drückte, und seine Laune besserte sich auch nicht, als der Chirurg zur Visite kam. Der dünne, kahlköpfige Mann in dem weißen Kittel kam in sein Zimmer geschlendert und begrüßte ihn in einem leicht herablassenden Tonfall: »Guten Morgen, Mr. Matheson. Ich bin Dr. French. Wie ich hörte, sind Sie im Umgang mit scharfen Gegenständen etwas unvorsichtig gewesen.« Er klang genau wie die hochnäsigen Engländer, über die sich Seamus bei jeder Gelegenheit lustig gemacht hatte.

Seamus. Dylan wurde das Herz schwer, als ihm einfiel, dass sein Freund ja schon lange, lange tot war. Dr. French schien zu der Sorte von Ärzten zu gehören, die ständig dumme Witzchen machten. Trotzdem blickte er nicht von seinem Klemmbrett auf, um zu sehen, wie Dylan darauf reagierte.

Der Typ war noch keine halbe Minute im Zimmer, und schon ging er Dylan gewaltig auf die Nerven.

»Hey.« Suchend blickte er sich im Raum um. »Wo sind meine Sachen geblieben?« Er wusste, dass er Brigid in der Hand gehalten hatte, als er in dieses Jahrhundert zurückgeschickt worden war. Sein zerfetztes, blutiges Hemd war vermutlich im Müll gelandet, sein Schwert auf dem Schlachtfeld zurückgeblieben, aber wehe, irgendjemand in diesem Krankenhaus hatte sich an seinen Dolchen vergriffen.

»Was für Sachen?«

»Ich hatte zwei Dol… Messer bei mir. Wo sind die? Und eine Schwertscheide an einem Wehrgehänge.«

Der Chirurg zeigte nicht das geringste Interesse daran, ihm zu helfen. »Fragen Sie da doch am besten mal die Schwester.«

»Dann rufen Sie sie.«

»Sie können …«

»Jetzt sofort!«

Verärgert wandte sich der Arzt vom Bett ab und deutete auf den schmalen Schrank in der Ecke. »Wahrscheinlich ist alles da drin.«

»Dann sehen Sie nach!«

Seufzend kam Dr. French der Aufforderung nach. Dylans Wehrgehänge lehnte an der Rückwand des Schrankes, im Regalfach lagen Brigid, sein *sgian dubh,* seine Schuhe, Wollstrümpfe und seine Gamaschen. Alles, was er während der Schlacht getragen hatte, war da, außer seinem Hemd. »Haben Sie diese Sachen gesucht?«

Dylan ließ den Kopf auf das Kissen sinken. »Yeah.«

Dr. French drehte sich wieder zu ihm um. »So, dieses Problem hätten wir glücklich gelöst.«

»Wann komme ich hier raus?«, fuhr Dylan ihn an.

Der Arzt lachte. »Sobald Sie wieder gesund sind.« Es war klar, dass French ihn erst dann entlassen wollte, wenn *er* es für richtig hielt. »Wie wär's, wenn Sie klein anfangen und erst einmal versuchen, aus dem Bett aufzustehen?«

Dylan warf ihm einen bösen Blick zu. »Wie wär's, wenn Sie mir erst mal diesen widerlichen Katheter aus dem Schwanz ziehen?«

Jetzt wirkte Dr. French sichtlich verärgert, doch genau das hatte Dylan mit seiner Bemerkung bezweckt. French erwiderte kurz: »Wir entfernen ihn so bald wie möglich. Jetzt werden wir erst einmal …«

»Mir das Ding abnehmen, und zwar ein bisschen dalli.«

French gab auf. »Na schön. Ich schicke Ihnen gleich eine Schwester.« Wortlos verließ er den Raum und knallte die Tür hinter sich zu.

»Vielen Dank«, rief Dylan ihm nach.

Sobald der Katheter entfernt worden war, fühlte Dylan sich sofort weniger hilflos, weniger stark an das Krankenhaus gefesselt; seine Stimmung hob sich beträchtlich. Er ging ins Bad und wieder zurück, ohne sich einmal abzustützen, dann setzte er sich aufs Bett, um den Schaden zu begutachten, den die Chirurgen angerichtet hatten. Die ursprüngliche, von einem Kavalleriesäbel verursachte Wunde war eher klein gewesen, aber da man ihm die Milz und eine Niere entfernt hatte, waren sowohl Ein- als auch Austrittsstelle der Waffe vergrößert worden. Die Narbe an seinem Bauch war nur wenig länger als zuvor, doch als er seinen Rücken betastete, traf er auf großflächige Verbände. Er erschauerte. Jetzt war er doch dankbar für die Schmerzmittel, die man ihm verabreicht hatte. Im achtzehnten Jahrhundert hätte niemand nach einem solchen Eingriff noch lange genug gelebt, um Schmerzen zu empfinden.

Irgendwann am späten Vormittag klopfte es kurz an der Tür, und ein Cop betrat das Zimmer. »Dylan Matheson?« Er trug zwar Zivil, strahlte aber die typische selbstgefällige

Aura eines Mannes aus, der sich als Hüter von Gesetz und Ordnung betrachtet. »Ich bin Detective Jones, und ich würde Ihnen gerne ein paar Fragen stellen.«

Dylan gab keine Antwort.

Jones blieb mitten im Raum stehen, sichtlich überrascht von Dylans mangelnder Kooperationsbereitschaft. »Sie haben doch nichts dagegen?« Er sah aus wie eine Bulldogge und versuchte seinen zurückweichenden Haaransatz dadurch zu verbergen, dass er sich eine Schmachtlocke in die Stirn kämmte. Dylan starrte die Locke wie gebannt an. Vielleicht lag es an den Medikamenten, vielleicht an seiner instinktiven Abneigung gegen Menschen, die dermaßen autoritär auftraten, aber er kam nicht darüber hinweg, wie lächerlich diese Frisur wirkte.

Schließlich grunzte er: »Nehmen Sie Platz, Officer.«

Jones zog sich einen Plastikstuhl heran, setzte sich, nahm ein Notizbuch aus seiner Manteltasche und schlug es auf. »Es wird Sie sicherlich interessieren, dass der Mann, der Sie verletzt hat, in Untersuchungshaft sitzt.«

»Lassen Sie ihn gehen.«

Jones seufzte. »Sie wollen keine Anklage erheben?«

»Er hat mir nichts getan.«

»Es gibt Zeugen, die alles ganz genau gesehen haben.«

»Er hat es nicht getan.«

»Wollen Sie behaupten, dass das Ganze ein Unfall war?«

Dylan erhob die Stimme. »Er hat nichts verbrochen. Der Mann hat mir noch nicht einmal einen Kratzer verpasst.«

»Und wie kommt es dann, dass Sie eine schwere Stichverletzung, verursacht durch eben sein Breitschwert, davongetragen haben?«

»Es war kein Breitschwert, sondern ein Kavalleriesäbel mit einem eingravierten Gesicht auf dem Heft, das den enthaupteten König Charles I. darstellen soll. Die Klinge war höchstens zwei Zoll breit, was man, wenn ich an der Verletzung gestorben wäre, bei der Obduktion festgestellt hätte. Aber da ich noch am Leben bin, müssen Sie sich schon auf mein Wort verlassen. Die italienische Monsterwaffe, mit der Bedford gefochten hat, hätte eine viel größere Wunde gerissen. Fragen Sie den Chirurgen, der mich operiert hat. Bedford hat mir kein Haar gekrümmt.«

»Wie erklären Sie sich dann ...«

»Soweit ich weiß, Officer, wird mir kein Verbrechen zur Last gelegt, und ich muss Ihnen daher überhaupt nichts erklären. Alles, was Sie wissen müssen, ist, dass Bedford keine Schuld an dem Vorfall trifft, und das werde ich unter Eid beschwören, falls Sie ihn vor Gericht bringen.«

»Ich weiß ja nicht, wen Sie schützen wollen, aber ich gebe Ihnen den guten Rat ...«

»Ihre Ratschläge können Sie sich sonst wohin stecken. Ich wäre Ihnen dankbar, wenn Sie mich jetzt in Ruhe lassen würden. Da drüben hat der Zimmermann ein Loch gelassen. Also sehen Sie zu, dass Sie Ihren Arsch rausbewegen!«

»Mr. Math...«

»Guten Tag, Sir!«

Eine lange Pause entstand, dann klappte Jones sein Notizbuch zu, erhob sich und verließ wortlos den Raum. Dylan sank zufrieden in sein Kissen zurück. Er hoffte, sich hinreichend verdächtig gemacht zu haben, um die Polizei von Bedford abzulenken. Sie würden ihn bestimmt noch ein paarmal in die Mangel nehmen, aber sie konnten ihm nichts beweisen. So sehr er den *Sassunach*-Major auch verabscheute – sein Nachfahre war unschuldig. Dylan wollte nicht, dass der Yankee für eine Tat ins Gefängnis ging, die er nicht begangen hatte.

Wenn er doch nur aus diesem Krankenhaus herauskönnte! Im Raum war es unerträglich heiß und stickig.

Erst nach fünf Tagen gelang es ihm, dem Desinfektionsmittelgeruch und dem Krankenhausfraß zu entrinnen, aber trotzdem kehrte er nicht gleich in seine Wohnung zurück. Seine Mutter hielt es für zu gefährlich, ihn sich selbst zu überlassen, und überredete ihn, vorerst in ihr Gästezimmer – sein ehemaliges Kinderzimmer – zu ziehen. Sie holte ihn vom Krankenhaus ab, brachte ihn nach Hause und riet ihm, sofort nach oben zu gehen und sich hinzulegen. Er gehorchte, setzte sich auf das Gästebett und sah sich in dem Raum um, der lange Jahre sein Zuhause gewesen war.

Mom hatte das Zimmer neu eingerichtet, nachdem er mit zweiundzwanzig ausgezogen war, um am College zu studieren. Abgesehen von der vertrauten Aussicht aus dem Fenster, mit der er groß geworden war, unterschied sich der Raum jetzt in keiner Weise von einem unpersönlichen Standardgästezimmer. Ein Einzelbett stand darin, zwei Messinglampen aus den achtziger Jahren und eine Eichenkommode, die als Kofferablage diente. Im Schrank waren große Kartons mit Weihnachtsdekoration untergebracht. Es roch nach staubiger Pappe und alten Tannenzapfen. Dylan drückte eine Hand gegen seinen Verband. Er hatte immer noch das unangenehme Gefühl, seine Eingeweide würden ihm aus dem Leib quellen, wenn er die Hand wegnahm.

Er war wieder zu Hause, trotzdem fühlte er sich irgendwie verloren. Fünf Tage lang hatte er es vermieden, an Cait und an all die anderen Menschen zu denken, die ihm im Laufe der letzten beiden Jahre ans Herz gewachsen waren. Seine jüngste Vergangenheit kam ihm fast wie ein Traum vor, wären da nicht die wulstigen Narben auf seinem Rücken, die dünne weiße Linie an seinem linken Arm, die Kerbe in seinem Ohr und die dicke weiße Narbe an seiner linken Wade gewesen …

Er schob Brigid unter sein Kopfkissen, legte sich aufs Bett und schloss die Augen, in der Hoffnung, die Welt um ihn herum eine Weile vergessen zu können.

Nach einer Weile spürte er, wie er sich zum ersten Mal seit seiner Rückkehr vollkommen entspannte. In Gedanken machte er eine Bestandsaufnahme seines Körpers: welche Teile gebrochen waren, welche fehlten, welche beschädigt worden und welche noch intakt und vielleicht stärker und widerstandsfähiger als zuvor waren. Allmählich ließen die schlimmsten Schmerzen nach, und die Welt wurde still und dunkel um ihn, aber er wusste, dass er nicht schlief. Seine Augen waren nur halb geschlossen, trotzdem konnte er nichts sehen. Sein Herz setzte eine Sekunde lang aus, er sprang vom Bett. Alles um ihn herum war grau, wie dichter Nebel bei Nacht. Er hielt sich eine Hand vor die Augen, konnte sie jedoch nicht sehen, konnte sie noch nicht einmal *fühlen*.

Verstört spähte er in den Nebel. »Wo bin ich?«, fragte er ins Nichts, erhielt aber keine Antwort. »Sinann?« Nichts.

Dann hörte er Geflüster. Stimmengewirr, gedämpft und in einer seltsamen Sprache. Überall um ihn herum. »Wer seid ihr?« Wieder keine Antwort, nur unverständliches Gewisper.

Und dann übertönte eine Stimme auf Gälisch alle anderen; eine Stimme, die ihm tief ins Herz schnitt. Cait. Sie betete; flehte Gott an, seine schützende Hand über ihren Geliebten zu halten. »Cait!«, rief er laut, aber sie schien ihn nicht zu hören und fuhr fort zu beten, bis ihre Stimme verklang.

Im nächsten Moment spürte Dylan auch seinen Körper wieder, die Schmerzen kehrten zurück, und er stellte fest, dass er noch immer auf dem Bett lag. Er setzte sich auf und flüsterte Caits Namen, obwohl er wusste, dass ihm niemand antworten würde; schließlich ließ er sich entmutigt wieder in die Kissen sinken.

Nach einer Weile wurde er zum Lunch gerufen.

Nach dem Essen setzte ihn seine Mutter vor den Fernseher, wo er sich die Zeit damit vertrieb, durch sämtliche Kanäle zu zappen; zwischendurch nickte er vor lauter Langeweile immer wieder ein. Dann nahm er sich ein Buch aus dem Regal und blätterte lustlos darin herum. Im Laufe des Nachmittags spürte er, wie seine innere Anspannung stieg; ein Gefühl, das schon früher immer um diese Zeit herum von ihm Besitz ergriffen hatte. Bald musste sein Vater nach Hause kommen.

Doch der Zeitpunkt, an dem er üblicherweise zur Tür hereinkam, verstrich, ohne dass etwas geschah. Auch das war nicht ungewöhnlich. Wahrscheinlich war sein Vater unterwegs irgendwo auf einen Drink eingekehrt. In gewisser Hinsicht war Dylan erleichtert, es bedeutete, dass er an diesem Abend vielleicht um eine Auseinandersetzung mit dem alten Mann herumkam.

Kenneth Matheson kam nach Hause, als Dylan schon

längst zu Abend gegessen und in seinem Zimmer verschwunden war. Vermutlich war seiner Mutter inzwischen speiübel, weil sie mit dem Essen auf ihren Mann gewartet hatte. Dylan hörte ihn unten ärgerlich herumbrüllen, vermutlich war er wieder sturzbetrunken. Dylan konnte nur hoffen, dass er bald in sein Bett fallen würde. Auch das erinnerte ihn wieder an unzählige ähnliche Vorfälle während seiner Kindheit. Er schloss seine Schlafzimmertür, legte sich mit dem aufgeschlagenen Buch ins Bett und las dieselbe Seite wieder und wieder, bis ihm die Augen zufielen.

In der nächsten Woche ging Dylan seinem Vater aus dem Weg. Seine Wunden heilten, die Schmerzen ließen nach, und er begann, zunächst kurze und dann immer längere Spaziergänge zu unternehmen. Die Bewegung tat ihm gut, und während der letzten zwei Jahre hatte er sich daran gewöhnt, größere Entfernungen zu Fuß zurückzulegen. Er fühlte sich schon fast wieder fit genug, um in sein Studio zurückzukehren, was für ihn eine große Erleichterung bedeutet hätte.

Und dann kam er eines Abends von einem ausgedehnten Spaziergang zurück und fand das Auto seines Vaters in der Einfahrt vor. Er seufzte. Eine gemeinsame Mahlzeit mit Dad war schlecht für die Verdauung und den Blutdruck; widerstrebend ging er ins Haus.

Sein Vater saß in dem ledernen Clubsessel und sah fern. »Hi«, begrüßte Dylan ihn.

Der ältere Matheson blickte auf. »Hallo.« Seine Stimme klang ganz normal, das hieß, dass er noch nicht allzu tief ins Glas geschaut hatte. Aber auf dem Tisch neben ihm stand ein mit Eis gefülltes Whiskyglas, was vermuten ließ, dass er in Kürze darangehen würde, der Flasche auf dem Kaffeetisch den Garaus zu machen.

Dylan ließ sich in den kleinen Sessel fallen, der eigentlich für Gäste gedacht war. Es war schon immer sein Lieblingssessel gewesen, denn er stand am weitesten von Dads Platz entfernt. Mom saß stets ganz am Ende des Sofas – wenn sie überhaupt einmal zur Ruhe kam. Im Moment war sie gerade in der Küche beschäftigt.

Sein Vater wandte seine Aufmerksamkeit wieder dem Film zu, der im Fernsehen lief. *Butch Cassidy and the Sundance Kid.* Butch und Sundance flohen gerade vor dem Sheriff; ritten über felsiges Gelände, um den indianischen Fährtensucher in die Irre zu führen. Dylan seufzte. Er kannte den Film in- und auswendig. Als er seinen Vater ansah, wurde ihm plötzlich klar, dass er beinahe mehr über zwei Banditen des neunzehnten Jahrhunderts wusste als über seinen nächsten Verwandten. Je länger er seinen Vater betrachtete, desto stärker wunderte er sich, warum dies so war.

Ihm war nie zuvor aufgefallen, dass sein Vater die blauen Matheson-Augen hatte, die in der Familie und unter den Pächtern Iain Mórs so stark verbreitet gewesen waren; die Augen, die Dylan laut Malcolm davor bewahrt hatten, für einen englischen Spion gehalten zu werden. Als Kind hatte ihm nie jemand gesagt, dass er seinem Vater oder sonst einem der Mathesons ähnlich sah, weil er seine Farben hauptsächlich von seiner Mutter geerbt hatte. Dad und seine Brüder hatten alle mittelbraunes Haar und helle Haut. Es versetzte ihm einen kleinen Schock, als er begriff, dass er sein Leben vielleicht der Tatsache verdankte, seines Vaters Augen zu haben.

Dad nahm die Flasche vom Tisch und goss sich einen großzügigen Drink ein. Als er die Flasche wieder abstellte, fiel Dylans Blick auf das Etikett. Er beugte sich vor, um besser sehen zu können. Nein, er hatte sich nicht geirrt. In altenglischer Schrift stand ein Name auf der Flasche: *Glenciorram.* Er ging zum Sofa, nahm die Flasche in die Hand und studierte das Etikett genau, erfuhr aber nur, dass es sich bei dem Inhalt um Maltwhisky handelte, der in Ciorram, Schottland, gebrannt worden war. Vorsichtig setzte er die Flasche wieder ab und schüttelte den Kopf, um die aufkeimenden Erinnerungen zu verdrängen. Er hatte sich geschworen, nicht zu viel zu grübeln, also bemühte er sich, sich auf den Bildschirm zu konzentrieren.

Schweigend saßen die beiden Männer vor dem Fernseher, bis Mom das Essen auftrug, dann nahmen sie an einem

Ende des langen Esszimmertisches Platz. Mom saß an der Küchentür, Dylan und sein Vater rechts und links von ihr. Und da sah Dylan ihre Lippe.

Sie hatte dunklen Lippenstift aufgetragen, um zu verbergen, dass ihre Oberlippe aufgeplatzt und auf das Doppelte ihrer ursprünglichen Größe angeschwollen war. Am Morgen war die Lippe noch heil gewesen. Dylan starrte seinen Vater drohend an. Am liebsten hätte er den alten Säufer, der so unbeteiligt dasaß, als sei er sich keiner Schuld bewusst, vom Stuhl hochgezerrt und ihn grün und blau geprügelt, doch seine Mutter legte ihm beschwichtigend die Hand auf den Arm. Ihre Augen flehten ihn an, keinen Streit anzufangen, also lehnte sich Dylan in seinem Stuhl zurück, verschränkte die Arme vor der Brust und fragte sich, ob sein Vater schon zu betrunken war, um zu bemerken, dass die Stimmung bei Tisch umgeschlagen war.

Mom tat ihr Bestes, um ein Gespräch in Gang zu bringen, obwohl weder Dylan noch sein Vater viel dazu beitrugen. Schließlich gab sie die unverfänglichen Themen Kirche und Fernsehprogramm auf und fragte: »Wie haben dir denn die Highland Games gefallen, Dylan? Abgesehen von dem unglücklichen Ende natürlich.«

Dad kicherte humorlos, ein sicheres Zeichen, dass eine bösartige Bemerkung folgen würde. Und richtig, schon höhnte er: »Unser heldenhafter Sohn hat sich doch im Schwertkampf großartig bewährt. Nicht jeder lässt sich von einem hergelaufenen Yankee fast umbringen.«

Dylan ging über die Spitze hinweg. »Die Spiele waren großartig. Ich habe ein tolles Schwert entdeckt, einen echten Zweihänder. Es hat bestimmt eine sehr … interessante Geschichte.« Wenn er sie nur erzählen könnte!

Mom hatte mit Sicherheit keine Ahnung, was ein Zweihänder war, sie wusste nur, dass es etwas Schottisches sein musste, wenn er sich so dafür begeisterte. Sie lächelte gezwungen. »Du weißt wirklich ungemein viel über die schottische Geschichte.«

Er hüstelte, dann meinte er: »Mehr als die meisten Menschen, denke ich.«

»Ich finde das einfach großartig.« Das stimmte wahrscheinlich sogar. Sie fand fast alles großartig, was er tat, und genau das liebte er so an ihr. »Heute Morgen habe ich in den Nachrichten gehört, dass Schottland die Unabhängigkeit vom Vereinigten Königreich anstrebt.«

Dylan lächelte. »*Anstreben* tun die Schotten ihre Unabhängigkeit schon seit tausend Jahren. Ich glaube aber nicht, dass es je so weit kommen wird, genauso wenig wie ich glaube, dass sich der Norden Amerikas noch einmal von den Südstaaten abspalten wird.«

Mom seufzte. »Ja, all diese Kriege, die dort getobt haben, eine Schande. Vielleicht hätten sie einen anderen Weg wählen sollen, man hätte versuchen müssen, das System von innen her zu ändern.«

Dylan schüttelte den Kopf. »Die Schotten sind ja nie in das System eingegliedert worden. England war früher noch keine Demokratie.«

»Musste man deswegen denn gleich Kriege führen?«

Er zuckte mit den Achseln. »Wo wäre Amerika ohne die Revolution?«

»Das ist etwas anderes. Die Amerikaner waren keine Engländer.«

»Sie haben nur nicht in England gelebt, das tun die Schotten auch nicht. Und die Kultur der Hochlandschotten hat sich von der der Engländer noch stärker unterschieden als die der Amerikaner zu dieser Zeit. Natürlich mussten die Schotten für ihre Sache kämpfen, so wie die Amerikaner auch, aber das Problem ist, dass sie den Kampf verloren haben.«

»Ach, hör doch auf«, mischte sich Dad ein. »Wen interessiert schon Schottland? Männer, die Röcke tragen, dass ich nicht lache! Alles verkappte Schwule, wenn du mich fragst.«

Dylan verschränkte die Arme vor der Brust. Seine Augen wurden schmal vor Ärger. »Nur zu deiner Information, Dad – die Highlandschotten in ihren Kilts zählen zu den tapfersten Soldaten der Welt.« Er spürte, wie sich der schottische Akzent, den er sich angewöhnt hatte, wieder in seine Stimme schlich, achtete aber nicht darauf. »Die Feinde haben sie wegen ihrer Tapferkeit und Angriffslust gefürchtet wie den Leibhaftigen persönlich. Sie werden nicht umsonst ›Laddies from Hell‹ genannt. Hättest du jemals mit ihnen zu tun gehabt, würdest du sie nicht als verkappte Schwule bezeichnen. Aber etwas anderes habe ich von einem Ignoranten wie dir auch gar nicht erwartet.«

Dad stotterte etwas, dann machte er Anstalten, aufzuspringen. »Du kleiner Scheißkerl …«

»Sei lieber vorsichtig, Dad.«

»Schluss jetzt! Alle beide!« Panik schwang in Moms Stimme mit. Sie hielt den Blick unverwandt auf ihren Teller gerichtet. Dylan funkelte seinen Vater drohend an, bis der ältere Mann sich wieder setzte und sein Glas in einem Zug leerte. Eine Weile herrschte Schweigen, dann meinte Mom mit einem zittrigen Lächeln: »Esst auf, Männer. Ich habe Rhabarberpastete zum Nachtisch gemacht.«

Das Glas wurde so heftig auf den Tisch geknallt, dass die Eiswürfel klirrten. »Was Besseres ist dir wohl nicht eingefallen, was? Rhabarberpastete! Immer dasselbe!«

»Dylan isst sie gerne.« Sie hätte wissen müssen, dass man mit ihrem Mann nicht reden konnte, wenn er in dieser Verfassung war. Aber vermutlich würde sie nie ein Wort mit ihm wechseln, wenn sie darauf wartete, dass er einmal nüchtern war.

»Es interessiert mich einen Scheißdreck, was Dylan gerne isst. Es geht darum, was ich gerne zum Nachtisch hätte!«

»Ich dachte, du magst Rhabarberpastete.«

Er holte aus, um ihr einen halbherzigen Schlag zu versetzen, doch sie wich mit dem Geschick, das jahrelange leidvolle Erfahrung mit sich bringt, zur Seite aus. »Ich kann das Zeug nicht ausstehen!«

»Hey!« Dylan sprang auf.

»Schon gut, Dylan.« Mom wirkte sichtlich verängstigt. Ihre Augen schwammen in Tränen.

Dad bedachte Dylan mit einem abfälligen Schnauben. »Halt du den Mund und iss! Es gibt ja *deinen* Lieblingsnachtisch!«

Dylan setzte sich wieder. Er musste an sich halten, um nicht die Beherrschung zu verlieren. Lustlos stocherte er in seinem Teller herum, ihm war der Appetit vergangen. Er wollte nur noch hier raus.

Dad stand auf, um sich einen neuen Drink zu holen. Langsam schwankte er zum Sideboard am anderen Ende des Tisches, auf dem eine Karaffe stand. Dylan streckte den Arm aus und stieß sein Wasserglas um.

»Oh!« Mom sprang auf. »Ich hole einen Lappen.«

»Bringst du mir bitte auch noch etwas Wasser mit, Mom?« Er wollte sie lange genug aus dem Weg haben, um sein Vorhaben durchführen zu können. Als sie in die Küche eilte, nahm er sein Steakmesser in die Hand und erhob sich. So schnell und geräuschlos, wie er es in den Wäldern und Mooren gelernt hatte, als er vor den englischen Soldaten und Montroses Männern floh, schlich er zum Tischende, packte den alten Mann am Hemd, drehte den Stoff mit der Hand zusammen und stieß seinen Vater rücklings auf die Tischplatte.

Dad quollen die Augen aus den Höhlen, und er stammelte: »Was, zum Teufel, soll das?« Er wollte aufstehen, doch Dylan stieß ihn unsanft auf den Tisch zurück. Der Tafelaufsatz klirrte, die Kerze darin begann zu flackern. »Nimm sofort deine dreckigen Pfoten weg, sonst ...« Er verstummte, als er die Spitze des Messers unterhalb seines Herzens spürte.

Dylan beugte sich über ihn. »Hör mir gut zu«, befahl er mit leiser Stimme, in der nackte Mordlust mitschwang, »denn ich sage es nur ein einziges Mal. Du bist es nicht wert, den Namen Matheson zu tragen. Ein Mann, der Gewalt gegen Schwächere ausübt, ist kein Mann, sondern ein jämmerlicher Feigling.« Er drehte den Hemdstoff fester zusammen und zischte noch einmal auf Gälisch: *»Tha thu gealtach!«*

Er musste sich beeilen, seine Mutter konnte jeden Moment zurückkommen. »Du wirst meine Mutter ab heute anständig behandeln. Sie liebt dich, Gott weiß, warum, und nur das hält mich davon ab, dir das Messer ins Herz zu stoßen und der Sache ein für alle Mal ein Ende zu machen. Und das eine schwöre ich dir: Wenn du ihr nicht von heute an bis zu deinem seligen Ende ein guter Mann bist, dann kommt dieses Ende früher, als du denkst.« Er verstärkte den Druck des Messers, um seinen Worten das nötige Gewicht zu verleihen. »Rühr sie nie wieder an, hast du mich verstanden? Nie wieder!«

Sein Vater nickte, und Dylan ließ ihn just in dem Moment los, als Mom zurückkam. Er klopfte seinem Vater das Hemd ab und erklärte beiläufig: »Dad ist gestolpert. Du solltest aufpassen, wo du hintrittst, Dad.«

Sein Vater war zu verstört, um etwas zu erwidern. Er ließ das Glas auf dem Sideboard stehen und ging wieder zu seinem Platz. Mom wischte das verschüttete Wasser auf und stellte Dylan ein frisches Glas hin; kurz darauf entschuldigte sich Dad und verließ den Raum.

Verblüfft sah Mom ihm nach. »Was hat er nur? Normalerweise trinkt er, bis er umfällt, und ich muss es ihm dann so bequem wie möglich machen.«

Dylan schluckte. »Vielleicht ändert er ja langsam seine Gewohnheiten.« Ein schwerer Kloß hatte sich in seinem Magen gebildet, denn er hatte soeben seinen eigenen Vater bedroht, und er würde ihn ohne mit der Wimper zu zucken umbringen, wenn er seine Mutter erneut schlug. Er beobachtete Mom beim Essen und fragte sich, was für ein Mensch aus ihm geworden war.

# 24.

Am nächsten Tag kehrte er in sein Apartment zurück. Ronnie hatte seinen Jeep noch am Tag der Highland Games vom Moss-Wright-Park abgeholt und vor seiner Tür abgestellt, deswegen brachte ihn seine Mutter nach Hause. Er versprach ihr, am nächsten Abend zum Essen zu kommen, küsste sie auf die Wange und schloss dann die Glastür zu seinem Studio auf. Drinnen blieb er einen Moment lang wie angewurzelt stehen, während die Tür hinter ihm zufiel.

Er hatte ganz vergessen, wie es hier aussah. Zwei Jahre lang hatte er sich danach gesehnt, nach Hause zurückkehren zu können, trotzdem waren seine Erinnerungen allmählich verblasst und einige Einzelheiten gar völlig daraus verschwunden: der Stapel Turnmatten vor der Spiegelwand, die Pinnwand mit den Zeitungsausschnitten und Reklamezetteln, das zerbrochene Bürofenster. Verdammt, das hatte er auch vollkommen vergessen. Ronnie musste während Dylans Krankenhausaufenthalt das Loch mit einer Sperrholzplatte zugenagelt haben; er hatte in den letzten beiden Wochen auch Dylans Kurse mit übernommen und seine Sache anscheinend sehr gut gemacht. Guter alter Ronnie.

Aus purer Neugier stieg er auf die Waage vor der Spiegelwand. Obwohl er vollständig bekleidet war und seit seiner Rückkehr etwas Gewicht zugelegt hatte, wog er zehn Pfund weniger als vor zwei Jahren. Der Spiegel zeigte ihm das Bild eines schlanken, muskulösen Mannes, der ausgesprochen durchtrainiert wirkte. Erst jetzt fiel ihm auf, wie viele überflüssige Pfunde er früher mit sich herumgeschleppt hatte. Nun waren sie verschwunden, die Haut spannte sich straff über einem kräftigen, nahezu perfekt modellierten Körper. Wieder stellte er erschrocken fest, wie sehr er sich verändert hatte.

Er stieg die Treppe zu seiner Wohnung hoch. Dort roch es merkwürdig, nicht so, wie er es in Erinnerung hatte; ein Hauch von Moder wehte von den Duschen unten im Studio herauf, und in der Nähe der Heizung roch es nach verbranntem Staub. Dylan drehte den Thermostat herunter. Seit seiner Rückkehr fühlte er sich in zu warmen Räumen nicht mehr wohl. Hier in der Gegend drehten die Leute ihre Heizungen viel zu hoch auf, und das in diesem relativ warmen Klima!

Er blickte sich um, beschwor Erinnerungen herauf, versuchte, sich zu freuen, dass er wieder daheim sein konnte, aber wenn er ganz ehrlich war, fand er seine Situation im Moment eher beunruhigend. Er wusste noch nicht einmal mehr, ob er froh sein sollte, die Operation überlebt zu haben.

Die Küche fand er genau so vor, wie er sie verlassen hatte. Seit dem Tag, an dem er Amerika … verlassen hatte, war niemand mehr hier oben gewesen. Er blieb stehen, überlegte einen Moment, griff dann in die Keksdose aus Keramik, die auf der Anrichte stand, und nahm ein Zimttoffee heraus. Die Dinger hatte er schon immer für sein Leben gern gegessen und während des ersten Jahres in Schottland furchtbar vermisst. Ungeduldig entfernte er die Zellophanhülle, schob sich das Toffee in den Mund und kostete den süßen Zimtgeschmack genüsslich aus. Dann schob er den klebrigen Klumpen in die linke Backentasche und ging ins Bad. Das Handtuch, das er vor zwei Jahren aus dem Regal gezogen hatte, lag noch immer auf dem Toilettensitz.

Es war zu still hier. Ihm fehlte das Stimmengewirr, das Geschnatter von Kindern, die Unterhaltung der Erwachsenen, die Geschichten erzählten, von ihren Erlebnissen berichteten, über Dinge sprachen, die sich so oder so zugetragen hatten, oder über Dinge, die nie geschehen, deshalb aber nicht weniger wahr waren. Er sehnte sich nach einem Menschen, mit dem er reden oder dem er zuhören konnte. Ginny gehörte der Vergangenheit an. Sie hatte ihn noch nicht einmal im Krankenhaus besucht, und er dachte auch kaum noch an sie. Cody führte ihr eigenes Leben, in dem er nur eine Nebenrolle spielte. Eigentlich spielte er im Leben aller, die er hier kannte, nur eine Nebenrolle. Lähmendes Unbehagen beschlich ihn. Er setzte sich ins Wohnzimmer, konnte sich aber nicht dazu überwinden, die Fernbedienung zur Hand zu nehmen und den Fernseher einzuschalten. Er konnte auch zu Bett gehen, aber er war überhaupt nicht müde. Schließlich ging er wieder nach unten, verließ das Studio und schlenderte die Main Street entlang zu einem Restaurant am See, das auch eine Bar hatte.

Dort saßen mehrere Gäste, und er fühlte sich augenblicklich wohler. Er setzte sich an die Theke und bestellte ein Ale. In Tennessee ein Ale zu verlangen war ähnlich exotisch wie in New York nach Hafergrütze oder in Glasgow nach einem Burrito zu fragen, aber er wagte den Versuch trotzdem. Das Getränk wurde vor ihn hingestellt, und als er daran nippte, fand er, dass es schwächer war als das, woran er gewöhnt war. Trotzdem schmeckte es ihm besser als Bier. Er blickte sich um: Neonschilder, dunkle Ecken und andere Amerikaner, die ihm an diesem Abend Gesellschaft leisten sollten.

An einem der Billardtische stand ein junges Pärchen. Dylan sah eine Weile zu, wie sie die bunten Kugeln über den Tisch jagten. Der Junge zeigte seiner Freundin, wie sie das Queue halten musste. Dabei presste er sich von hinten so eng an sie, als ob er sie gleich hier auf dem Tisch bumsen wollte. Das Mädchen streichelte jedes Mal, wenn sie darauf wartete, wieder an die Reihe zu kommen, geistesabwesend über ihr Queue und tat so, als wüsste sie nicht, dass ihr Freund sie beobachtete. Dylan amüsierte sich im Stillen über die allzu deutliche Körpersprache der beiden, die jedem, der sie beobachtete, verriet, dass sie später zusammen im Bett landen würden. Die Zeiten hatten sich doch gewaltig geändert. Wenn er sich in Caits Gegenwart so benommen hätte, hätte ihr Vater ihn umgebracht.

Doch dann ging ihm auf, dass sich das Gehabe der beiden gar nicht so sehr von seinem und Caits Verhalten unterschied, sie scherten sich nur weniger darum, ob andere Leute sie beobachteten. Vielleicht hätten Cait und er sich genauso benommen, wenn der Clan von ihrer Beziehung hätte wissen dürfen. Dieses junge Pärchen hier konnte tun und lassen, was es wollte, weil sich keine Menschenseele für es interessierte. Dylan dachte an all die Leute in Ciorram, die an seinem und Caits Glück aufrichtig Anteil genommen hatten, und war sich plötzlich nicht mehr so sicher, ob ihm die modernen Zeiten wirklich besser gefielen.

Doch nach kurzer Zeit merkte der junge Mann, dass er und seine Freundin beobachtet wurden. Er blickte auf und runzelte drohend die Stirn. Dylan merkte, dass er die beiden wohl doch zu auffällig angestarrt hatte. Er hob entschuldigend eine Hand und drehte sich wieder zur Bar um.

Am Fenster, das zum See hinausging, saß noch ein Mann. Er war allein und wirkte nicht so, als ob er an diesem Zustand etwas ändern wollte. So um die vierzig war er wohl, machte aber den Eindruck, als fühle er sich viel älter. Dylan ahnte, dass er hier eine interessante Geschichte zu hören bekommen könnte, wusste aber auch, dass er sich eine schroffe Abfuhr einhandeln würde, falls er versuchte, den Mann in ein Gespräch zu verwickeln.

Er starrte in sein Glas und dachte über die vergangenen zwei Jahre nach. Sein Leben in der Vergangenheit war nicht leicht gewesen. Allein wegen Cait hatte er in dieser Zeit, in diesem Land bleiben wollen. Seine Sehnsucht nach ihr war so stark, dass er fast wünschte, Sinann hätte ihn auf dem Schlachtfeld von Sheriffmuir sterben lassen. Als Cait in Edinburgh und er in Glen Dochart gelebt hatte, hatte er unter der räumlichen Trennung schon genug gelitten. Doch mit der zeitlichen Kluft, die jetzt zwischen ihnen lag – mehrere hundert Jahre –, wurde er einfach nicht fertig. Cait war tot, schon lange, lange tot …

Er musste an Ciaran denken. Tiefe Trauer stieg in ihm auf, denn auch sein Sohn war inzwischen schon lange tot. Die Erkenntnis traf ihn wie ein Schlag. Sein Sohn, den er nie gesehen hatte, lebte seit vielen, vielen Jahren nicht mehr. Erschauernd trank er einen großen Schluck Ale, dann fuhr er fort, blicklos in sein Glas zu starren.

Alle, die er einst gekannt hatte, waren tot. Ihr Leben war auch ohne ihn weitergegangen, und nun war es vorüber, sein Leben dagegen lag noch vor ihm. Jeder Moment, der verstrich, entfernte ihn weiter von seinen damaligen Freunden.

Bis ins Innerste aufgewühlt trank er sein Ale aus, zahlte und verließ die Bar.

Zu Hause tigerte er ruhelos im Wohnzimmer auf und ab und mahnte sich immer wieder, doch endlich ins Bett zu gehen. Die Schmerzen in seiner Seite strahlten bis ins linke Bein hinunter, trotzdem hatte er kein Lust, sich hinzulegen. Er blieb vor seinem großen Bücherschrank stehen. Die meisten Bücher, die er besaß, handelten von Schottland, und ihm kam plötzlich der Gedanke, dass er über vieles, was darin stand, heute nur noch lachen würde. Er nahm eines heraus, das die wichtigsten Schlachten der Schotten beschrieb, und schlug das Inhaltsverzeichnis auf. Glencoe, Killiecrankie, Culloden, aber nichts über Sheriffmuir. Er stellte das Buch in den Schrank zurück und holte ein anderes heraus. Darin fand er einen kurzen Absatz über den Tag, an dem er beinahe gestorben wäre. Einer der Tage, an denen er beinahe gestorben wäre.

Dort hieß es, die linke Flanke jeder Armee sei von der rechten Flanke des Gegners in die Flucht geschlagen worden. Er stutzte, hatte er doch selbst in der linken Flanke der jakobitischen Armee gekämpft. »O verdammt«, murmelte er leise vor sich hin. Doch abgesehen von der Tatsache, dass Mar schließlich zum Rückzug geblasen hatte – was Dylan ohnehin wusste –, lieferte das Buch keine konkreten Fakten und schon gar keine Hinweise darauf, was zu Mars Rückzug geführt hatte.

Er stellte das Buch an seinen Platz zurück, griff nach dem Telefon, ließ sich aufs Sofa fallen und wählte Codys Nummer, die er sogar nach zwei Jahren noch auswendig wusste. Raymond meldete sich.

»Hi. Ist Cody da?«

»Wart einen Moment, Dylan.« Dylan hörte, wie Raymond nach Cody rief, dann wurde der Hörer abgelegt und wenig später wieder aufgenommen.

»Hi, Dyl. Wie fühlst du dich?«

»Als ob ich zu Fuß nach Edinburgh marschieren könnte.«

Am anderen Ende entstand eine kleine Pause, dann hörte er ein kurzes, verlegenes Lachen. »Aha. Erzähl mir mehr davon.«

Dylan zögerte, rang mit sich selbst; sie wartete geduldig ab. Schließlich streckte er sich auf dem Sofa aus und fragte so ruhig wie möglich: »Was würdest du für den Menschen tun, den du auf dieser Welt am meisten liebst?« Dabei presste er ein Kissen gegen seine schmerzende Seite.

»Alles. Ich würde für Raymond alles tun.«

»Und wenn du Kinder hättest, was würdest du ihnen zuliebe alles aufgeben?«

»Auch alles.« Sie schwieg einen Moment, dann meinte sie nachdenklich: »Weißt du, das sind alles ziemlich schwer wiegende Fragen. Worauf willst du hinaus?«

Ja, worauf wollte er eigentlich hinaus? Was sollte er sagen, damit sie ihm glaubte? Er beschloss, es ganz einfach mit der Wahrheit zu versuchen und abzuwarten, was passieren würde. »Würdest du mir glauben, wenn ich dir erzähle, dass ich seit zwei Jahren eine Frau liebe und mit ihr einen Sohn habe, der letzten Januar geboren wurde?«

Cody schnaubte. »Nein. Damit wärst du schon längst herausgeplatzt. Netter Versuch, Matheson.«

»Cody, ich meine es ernst. Was wäre, wenn ich von einer Sekunde zur anderen für zwei Jahre verschwunden wäre, mich verliebt, fast geheiratet und einen Sohn gezeugt hätte, ohne dass es hier jemand gemerkt hätte?«

Jetzt begann sie zu kichern. »Ich weiß ja nicht, was du getrunken hast, Dylan, aber es dürften ein paar Gläschen zu viel gewesen sein.«

Vielleicht war diese Beichte doch keine so gute Idee gewesen, trotzdem versuchte er es noch einmal. »Du erinnerst dich doch an die Narben auf meinem Rücken?« Das

Atmen fiel ihm schwer, und nun, da er sich tatsächlich dazu überwunden hatte, über seine Erlebnisse zu sprechen, fühlte er sich auf einmal merkwürdig benommen.

Cody hörte sofort auf zu kichern. »Allerdings.« Gut. Jetzt wusste sie, dass er sich keinen Spaß mit ihr erlaubte.

»Du hast sie ja selbst gesehen. Du weißt, dass sie echt sind. Und du weißt, dass ich diese Narben vor zwei Wochen noch nicht hatte.«

»Richtig.«

»Aber das ist eigentlich unmöglich, nicht wahr?«

Sie zögerte kurz, dann bestätigte sie: »Richtig.«

»Du hast mit eigenen Augen gesehen, wie ich unverletzt von einem Schwertkampf weggegangen bin und trotzdem im nächsten Moment blutüberströmt am Boden gelegen habe.«

»O ja. Das war mehr als merkwürdig.«

»Außerdem war ich von Kopf bis Fuß mit Schlamm bedeckt, und mein Kilt war weg, richtig? Dafür trug ich ein Wehrgehänge, das ich vorher nicht hatte, und Gamaschen. Und ich hielt einen Dolch in der Hand, den du noch nie gesehen hattest.«

Cody schwieg eine ganze Weile, dann erwiderte sie bedächtig: »An die Sachen kann ich mich nicht erinnern, und ich dachte, deinen Kilt hätten sie dir ausgezogen, um zu sehen, wo du verwundet worden warst. Aber jetzt, wo du es sagst, fällt mir ein, dass du mir irgendwie verändert vorgekommen bist. Du hast auch anders ausgesehen. Im Krankenhaus hab ich einen furchtbaren Schreck bekommen, weil du auf einmal so hager warst und weil du … na ja, weil du älter ausgesehen hast. Viel älter. Aber ich dachte, das wäre eine Folge der Operation.«

»Die Operation hatte damit gar nichts zu tun, Cody. Ich bin tatsächlich in das Jahr 1713 zurückversetzt worden, wo ich eine Frau namens Caitrionagh kennen gelernt und mich in sie verliebt habe. Und wir haben zusammen einen kleinen Sohn. Weißt du, woher die Narben auf meinem Rücken stammen? Aus dem Jahr 1714; da haben mich die Engländer verhaftet und ausgepeitscht. Mein Kilt ist in

Schottland auf dem Schlachtfeld von Sheriffmuir zurückgeblieben, und zwar am 13. November 1715, an dem Tag, an dem der letzte große Kampf der Jakobiten gegen die Engländer in diesem Jahr stattfand; dort wurde ich auch mit einem englischen Kavalleriesäbel verwundet und unmittelbar darauf in dieses Jahrhundert zurückkatapultiert.«

»Dylan, du machst mir Angst.«

»Glaub mir, Cody, ich bin nicht verrückt. Du hast doch die Narben selbst gesehen, du hast mich noch nach ihnen gefragt. Du weißt, dass es keine andere Erklärung dafür gibt. Erinnerst du dich an das alte Schwert, das du auf den Highland Games entdeckt hast? Eine irische Fee hatte es verzaubert, und als ich es berührte, wurde ich fast drei Jahrhunderte in die Vergangenheit geschickt. Und da bin ich zwei Jahre lang geblieben.«

Cody dachte eine Weile darüber nach, während Dylan den Atem anhielt. Dann vergewisserte sie sich: »Sie haben dich gefoltert?«

Er schloss erleichtert die Augen. Sie glaubte ihm! Seine Stimme wurde leiser, als er an die Verliese von Fort William zurückdachte. »Yeah.«

»Und du hast wirklich einen Sohn?«

»Ja. Er heißt Ciaran. Ich habe ihn noch nie gesehen, obwohl ich es gerne wollte.«

»Du hast einen Sohn.« Ein beinahe ehrfürchtiger Unterton schwang in ihrer Stimme mit. Sie schien Mühe zu haben, sich an den Gedanken zu gewöhnen. »Himmel, Dylan, vielleicht leben heute noch Nachkommen von dir in Schottland.«

Dylan presste das Kissen fester gegen die Seite, denn sein Magen krampfte sich schmerzhaft zusammen. »Bitte, Cody, ich möchte jetzt nicht darüber nachdenken. Ich kann nicht.«

»Wie war denn die Mutter des Babys so?« Cody lachte leise. »Stimmt es, dass die Leute sich damals nie gewaschen oder rasiert haben? Ich meine, hatte sie Haare an den Beinen und unter den Achselhöhlen?«

Dylan musste grinsen. Er dachte einen Moment nach. »Weißt du, darauf habe ich gar nicht geachtet. Als ich ihre Beine endlich das erste Mal sah, schienen mir solche Kleinigkeiten nicht so wichtig zu sein. Und die Leute haben damals sehr wohl gebadet, nur nicht so oft wie wir und fast nie mit heißem Wasser. In dieser Zeit wurde man von so vielen grässlichen Gerüchen geplagt, dass es auf ein bisschen Schweiß auch nicht mehr ankam. Ich habe ihren Geruch geliebt. Sie roch ...«, er suchte nach einem passenden Vergleich, »sie roch so, wie man sich beim Sex fühlt.«

Cody kicherte. »Du hast sie wirklich geliebt, nicht? Ich wusste schon immer, dass es dich wie ein Blitzschlag treffen würde, wenn du der richtigen Frau begegnest.«

Dylan grinste, obwohl ihm ein Kloß in der Kehle saß. »Cody, ich wäre für sie durchs Feuer gegangen. Sie war eine wunderbare Frau, schön, stark und selbstbewusst, dabei aber mit dem weichsten Herzen der Welt ...«

Er musste sich räuspern, um weitersprechen zu können. »Cody, ich weiß nicht, wie es jetzt weitergehen soll. Ich komme mir vor, als würde ich mein Leben rückwärts leben; als hätte ich plötzlich erkannt, wer ich wirklich bin, und müsste jetzt wieder die Rolle desjenigen spielen, der ich *nicht* bin.«

»Was willst du tun?«

»Ich weiß es nicht.«

»Irgendetwas musst du tun, Dylan. Du klingst, als würdest du dich hundsmiserabel fühlen. Ich kann mir gar nicht vorstellen, was du jetzt durchmachst. Furchtbar, dass du deinen Sohn nicht sehen kannst. Und Cait.«

»Ich kann dir auch nicht beschreiben, wie ich mich fühle.« Trotzdem versuchte er es. Bis spät in die Nacht hinein erzählte er ihr von seinem Leben in der Vergangenheit, von Sinann, von dem weißen Hund und von Fearghas MacMhathains Kampf gegen die Wikinger. Er erzählte von Viehdiebstählen und Raubüberfällen, verschwieg ihr aber, dass er dabei auch Menschen getötet hatte, denn er wusste, dass sie das nie verstehen würde. Aber dafür berichtete er ihr von dem Messerkampf mit Iain und dem Jagdausflug, bei dem er ein Stückchen seines Ohres verloren hatte, und musste lachen, als sie meinte, sie müsse wohl blind gewesen sein, weil sie die Kerbe nicht bemerkt hatte. Es tat gut, wieder einmal von Herzen zu lachen.

Zwar fand er während des Gesprächs mit Cody auch keine Lösung für sein Problem, aber es tat ihm gut, sich alles von der Seele zu reden, und allmählich konnte er auch wieder klar und logisch denken. Der Verkehr auf der Main Street war schon verstummt, als er endlich den Hörer auflegte, das Telefon auf den Boden stellte und sich auf dem Sofa ausstreckte, um ein paar Stunden zu schlafen.

Doch der Schlaf wollte sich nicht einstellen. Dylan wälzte sich von einer Seite auf die andere und lauschte seinem eigenen Herzschlag. Die Welt um ihn herum war dunkel und still, nur das regelmäßige Pochen seines Herzens dröhnte ihm in den Ohren. Er lebte, und er würde auch noch eine ganze Weile leben, während fast alle, die er liebte, schon lange tot waren. Er setzte sich auf. Ein kalter Schauer rann über seinen Rücken, sein ganzer Körper schien vor Energie zu vibrieren. Schließlich stand er auf; in dieser Nacht würde er ohnehin keinen Schlaf mehr finden.

Brigid steckte noch in dem Kleiderbündel, das er aus dem Krankenhaus mitgebracht hatte. Er schob den Dolch in seinen Gürtel, dann verließ er das Apartment durch die Hintertür und stieg die hölzernen Stufen zum Rasen hinter dem Haus hinunter. Die Weide am Seeufer raschelte leise im Wind; die Zweige mit den wenigen verbliebenen gelblichen Blättern strichen ihm über den Rücken, als er unter sein Ruderboot kroch. Weidenrindentee. Die Erinnerungen drohten ihn schon wieder zu überwältigen.

Die Ruder lehnten an der Bootswand. Dylan legte sie auf den Boden, dann hob er das Boot von den Böcken hoch und drehte es um. Es fiel mit einem dumpfen Krachen auf das Gras und blieb leicht schwankend liegen. Er legte die Ruder hinein, ging zum Bug und zerrte das Boot zum Wasser hinunter. Dort stieg er ein, stieß sich mit einem Ruder vom Land ab, befestigte dann die Ruder in den Dollen und glitt auf den dunklen See hinaus.

Die Lichter von den Volleyballplätzen auf der Main Street überstrahlten die Sterne, spiegelten sich auf der schwarzen Wasseroberfläche wider und wurden immer kleiner, je weiter er auf den Hauptkanal des Sees zuruderte. Die Häuser zu beiden Ufern lagen im Dunkeln da; tiefe Stille herrschte, die nur vom gelegentlichen Rascheln der Blätter im Wind und dem leisen Klatschen der Ruderblätter unterbrochen wurde. Die leichte Brise wehte ihm die Haare ins Gesicht und er bekam eine Gänsehaut.

Inzwischen hatte er gelernt, welche Macht allen Dingen seiner Umgebung innewohnte; dem Wasser unter ihm, der Luft um ihn herum, den Sternen über ihm. Er sah zum Himmel empor und spürte, dass er nicht in diese Zeit und in dieses Leben gehörte. Die Sterne rieten ihm, nach Hause zurückzukehren, aber auch sie konnten ihm nicht verraten, wie er das bewerkstelligen sollte.

Langsam glitt das Boot über den dunklen See. An der Einfahrt zum Hauptkanal lag eine kleine, mit Büschen und Bäumen bewachsene Insel, dort legte er am steinigen Ufer an, zog das Boot an Land und verbarg es im Gestrüpp. Dann stieg er den Hügel zur Mitte der Insel empor. Dort gab es eine kleine Lichtung, wo Leute, die unerlaubt hier gezeltet hatten, eine Feuerstelle angelegt hatten. Während seiner High-School-Zeit hatte er hier oft mit Freunden wilde Partys gefeiert; sie hatten sich Geistergeschichten erzählt und mit Mädchen herumgemacht. Heute hatte er hier wichtigere Dinge zu tun.

Er sammelte einen Arm voll trockenes Reisig und machte ein kleines Feuer, von dem eine dünne Rauchwolke aufstieg. Von einer in der Nähe wachsenden Zeder brach er einen grünen Zweig ab und warf ihn ebenfalls in die Flammen. Dann legte er Brigid neben dem Feuer nieder, streifte sich das Hemd über den Kopf, zog Schuhe und Socken aus und löste seinen Gürtel. Seine Jeans glitten zu Boden, gefolgt von seinen Shorts. Fröstelnd stand er da, in seinem Magen begann es zu kribbeln. Er spürte die kühle Nachtluft, die ihn einhüllte, das Mondlicht auf seiner Haut und legte eine Hand über das Kruzifix auf seiner Brust. Auch

Caits Ring hing noch an der Kordel, er drückte sich warm gegen seine Handfläche.

Sein Puls ging schneller. Er nahm Brigid und stellte sich neben dem Feuer auf, um sich zu sammeln. Der Wind strich sanft über seine Haut. Ein scharfer Geruch nach verbranntem Zedernholz lag in der Luft. Dylan hielt Brigid direkt über die Flammen, schritt dreimal entgegengesetzt zum Uhrzeigersinn um das Feuer herum, kauerte sich schließlich davor, schloss beide Hände um den Griff des Dolches und richtete die Spitze auf die Erde. Er holte einmal tief Atem und stieß ihn langsam wieder aus, dann blickte er in die Flammen und löschte jeden bewussten Gedanken aus seinem Kopf. Alle Zweifel am Gelingen dieses Unterfangens verflogen. Zweifel hätten seine Pläne von vornherein zum Scheitern verurteilt.

Endlich stimmte er einen monotonen Gesang an. »*A null e; a nall e; slàinte*. Dolch des Feuers, Dolch der Macht, dessen Atem Leben schenkt.« Ein elektrischer Schlag schien seine Hände zu treffen und durch die Arme in seinen Körper zu fließen. Dylan schnappte nach Luft, versuchte, sich zu konzentrieren, und suchte nach den richtigen Worten, um die Macht heraufzubeschwören. »Lass dich von der Reinheit des Feuers durchdringen und nutze seine Kraft, um mich zu Caitrionagh zurückzubringen. Führe zusammen, was das Schicksal getrennt hat. Lass meine Seele mit der ihren verschmelzen. Möge die Kraft der Sonne und des Mondes dich durchströmen, auf dass du meine Bitte erfüllen kannst.«

Einige Minuten saß er ganz still da, wagte nicht, sich zu rühren. Er war so erschöpft, dass er beinahe im Sitzen eingeschlafen wäre. Allmählich glitt er in eine Art Trance hinüber. Brigid fühlte sich wärmer und wärmer in seinen Händen an, und dann begann die Klinge ein silbriges Licht zu verströmen. Die Strahlen hüllten ihn ein, und er spürte, wie die magische Kraft des alten Turmes von ihm Besitz ergriff.

Als das seltsame Licht wieder erloschen und alles still um ihn war, schloss er die Augen und dachte an Cait, die andere Hälfte seiner Seele. So weit weg, so lange her. Und dann trat er die Reise an, die ihn über Jahrhunderte hinweg in die Vergangenheit führte, über den Ozean hinweg; endlose Entfernungen, die er zurücklegen musste, bis er überzeugt war, seine Kraft überschätzt zu haben und sein Ziel nie erreichen zu können. Oder nicht mehr in seinen Körper zurückzufinden.

Dann schwebte er durch die Luft, die mächtigen Schwingen mit den langen glänzend schwarzen Federn weit ausgebreitet, direkt auf Edinburgh zu. Die Sonne ging auf. Es war der Tag der Schlacht, der Moment, in dem er … starb.

Er landete auf dem Fensterbrett eines großen Hauses, und dort sah er sie. Sie war wie eine Engländerin gekleidet, hatte ihr Haar in ein Tuch gebunden und kniete auf dem Boden. Ihre Augen waren vom Weinen geschwollen und gerötet, schillernde Blutergüsse bedeckten ihr Gesicht. In Gedanken rief er nach ihr. »Cait …«

»*A Dhilein.*« Suchend blickte sie sich um.

Er begann zu zittern. Tränen brannten in seinen Augen. »*A Chait.*« Der Wind fuhr raschelnd durch sein Gefieder. Ihre Stimme hallte in seinem Körper wider; seine Brust hob und senkte sich rasch, während er sich mit den Klauen am Fensterbrett festkrallte.

»Dylan, wo bist du?« Auch Cait rannen jetzt Tränen über das Gesicht.

»Ich bin hier, ganz in deiner Nähe, Liebes.« Seine Kehle war wie zugeschnürt, er konnte kaum einen Ton herausbringen.

Doch sie war vollkommen durcheinander; wusste nicht, wie ihr geschah. Er konnte es fühlen. »Wo? Wo bist du? Ich kann dich nicht sehen. Dylan, wir brauchen dich. Es ist furchtbar hier. Ich habe solche Angst. Aber ich kann dich nicht sehen.« Sie begann zu schluchzen. »Dylan, ich vermisse dich so. Mein Leben ist die Hölle, seit sie dich mitgenommen haben. Du fehlst mir so … ach, Dylan …«

»Ich bin nicht tot, Cait. Sie haben mich nicht umgebracht. Und ich vermisse dich auch. Aber wie kann ich zu dir zurückkommen? Sag mir, wie ich zurückkommen kann.«

»Zurückkommen?« Eine Pause entstand, dann wurde das Schluchzen lauter. Er spürte, wie verwirrt sie war. Sie konnte nicht verstehen, was hier vor sich ging, und sie hatte auch keine Ahnung, wo er war. »Komm doch zu uns, Dylan.«

»Ich kann nicht. Nur durch Magie ist es mir überhaupt möglich, mit dir zu sprechen. Aber ich weiß nicht, wie ich zu dir zurückkommen kann.«

»Du musst die kleinen Leute fragen. Sie werden einen Weg wissen. Geh zu den *Sidhe,* die Feen werden dir helfen. Bitte beeil dich. Irgendwann wird er uns umbringen. Wir sind in großer Gefahr.«

Dann war sie plötzlich verschwunden. Eine große Leere breitete sich in ihm aus. In einem wilden Flug stürmte er zurück, ließ Jahrhunderte in Sekundenschnelle hinter sich. Er bekam kaum Luft, ein sengender Schmerz marterte seinen Körper, und er meinte, das Herz werde ihm aus dem Leib gerissen. Ein gellender Schrei durchschnitt die nächtliche Stille Tennessees, er kippte nach vorne, und Brigid fiel in den Staub. Tränen rannen ihm über die Wangen, während er immer wieder Caits Namen rief.

Auf allen vieren kniete er auf dem Boden, die Stirn gegen das Erdreich gepresst, und schluchzte, bis er dachte, er würde in tausend Stücke zerspringen.

Er gehörte nicht hierher, nicht in diese Zeit, nicht in dieses Land. Er hatte noch nie hierher gehört. Sein Platz war bei Cait, und er musste einen Weg finden, zu ihr zu gelangen. Dies war seine Bestimmung. Er musste Sinann finden, um jeden Preis, und er musste sie bitten, ihn … nach Hause zu schicken.

## 25.

Am nächsten Tag setzte Dylan sein Testament auf. Er hatte keine Kinder – keine, die noch am Leben waren, verbesserte er sich –, also würde sein Besitz an seine Mutter fallen, sowie er für tot erklärt worden war. Zum Glück erlaubten es ihm die Gesetze des Staates Tennessee, seinen Vater ausdrücklich vom Erbe auszuschließen. In dem Testament brachte er überdies seine Hoffnung zum Ausdruck, dass seine Mutter den gewalttätigen Mistkerl verlassen und künftig in dem Apartment über dem Studio wohnen würde. Die Entscheidung musste er natürlich ihr überlassen, er konnte ihr nur den Weg ebnen.

Einen zehnprozentigen Anteil an seinem Geschäft überschrieb er Ronnie und bat ihn in seinem letzten Willen, die Kurse auch nach Dylans Tod fortzuführen.

Seinen Jeep hinterließ er Cody. Damit es ihr später leichter fiel, den Nachlass anzunehmen, und auch, um einen Vorwand zu haben, mit ihr zu sprechen, rief er sie an und bat sie, den Wagen vorerst bei sich unterzustellen, da er eine längere Schottlandreise plane.

Am anderen Ende der Leitung herrschte lange Zeit Schweigen, dann sagte Cody langsam: »Du kommst nicht mehr zurück, nicht wahr, Dylan?«

Er zögerte mit der Antwort, erwiderte dann aber: »Hoffentlich nicht.«

Wieder entstand eine lange Pause, und er hörte, wie sie leise zu weinen begann. »Du wirst mir furchtbar fehlen«, flüsterte sie.

»Cody, ich muss es tun.«

»Ich weiß. Ich glaube, du warst nie dazu bestimmt, in unserer Zeit zu leben. Du gehörst in die Vergangenheit. Ich hoffe, du findest dort, was du suchst.«

Er dankte ihr, wohl wissend um die Möglichkeit, dass keine seiner Hoffnungen sich erfüllen würde. »Du wirst mir auch fehlen. Ich hab dich sogar während der Zeit vermisst, wo ich weg war.«

Sie lachte mit tränenerstickter Stimme leise auf. »Du warst mein bester Freund, solange ich denken kann, Dylan. Ich werde dich nie vergessen. Aber versuch doch bitte, berühmt zu werden, dann kann ich irgendwann in den Geschichtsbüchern über dich nachlesen.«

Auch Dylan musste lachen. Zusammenhängende Worte hätte er nicht mehr herausgebracht.

Viel Gepäck benötigte er für die Reise nicht. Kleidung für ein paar Tage, ein neues Leinenhemd – ein Duplikat desjenigen, das er bei den Spielen getragen hatte –, seine Gamaschen, seine Dolche, eine Tüte Zimttoffees und eine große Flasche mit Aspirintabletten.

Am Tag vor seinem Flug nach London besuchte er kurz seine Mutter, während sein Vater nicht da war, und erzählte ihr von seiner Reise nach Schottland.

»Wie schön, mein Junge!« Sie umarmte ihn begeistert. »Ich wünsche dir eine herrliche Zeit. Mach ein paar Fotos, und wenn du zurückkommst, musst du mir erzählen, was du alles erlebt hast.«

Dylan zuckte schmerzlich berührt zusammen, er konnte ihr ja nicht sagen, dass er nicht zurückkommen würde. Und deshalb konnte er sich auch nicht so von ihr verabschieden, wie er es gern getan hätte. Heiser erwiderte er lediglich: »Aber sicher, Mom.«

Nur ein Thema musste er noch zur Sprache bringen. Er setzte sich auf das Sofa, und sie nahm in dem Gästesessel Platz, obwohl Dads Sessel näher am Sofa stand. Also rutschte Dylan bis an die Lehne vor. »Mom …« Hoffentlich regte sie sich nicht allzu sehr auf; das tat sie immer, wenn er auf seinen Vater zu sprechen kam. »Mom, hast du schon einmal daran gedacht, Dad zu verlassen?«

Sie stieß einen unartikulierten Laut aus. Ob es Überraschung oder Ärger war, konnte Dylan nicht sagen. Sie wirkte nervös und verwirrt, lange saß sie schweigend da.

Eine tiefe Furche trat auf ihre Stirn. Dylan wartete geduldig ab. Schließlich sagte sie: »Dylan, ich wüsste nicht, wo ich hingehen sollte.«

»Und wenn du es wüsstest?«

»Dein Vater und ich sind schon sehr lange verheiratet, Dylan.«

»Mom, er schlägt dich. Er demütigt dich. Er verdient den …« Dylan führte den Satz nicht zu Ende, er wusste, wenn er hier blieb, würde er seinen Vater eines Tages umbringen, und das wäre für seine Mutter das Schlimmste überhaupt. »Mom, versprich mir nur, dass du darüber nachdenkst. Und wenn du die Gelegenheit bekommst, hier auszuziehen, dann nutze sie.«

»Dylan …«

»Möchtest du nicht frei sein?«

Sie verschränkte die Finger ineinander und zuckte mit den Achseln. »Ich möchte, dass er sich ändert.«

»Nein, Mom, ich habe dich gefragt, ob du frei sein willst. Er wird sich nämlich nie ändern. Der macht so weiter, bis einer von euch beiden tot ist. Und das wirst vermutlich du sein, wenn du ihn nicht verlässt. Versprich mir das, Mom. Versprich mir, dass du ausziehst, wenn du kannst.«

Wieder musste er lange auf eine Antwort warten. Schließlich sagte sie: »Na gut, aber ich glaube nicht, dass ich je die Möglichkeit dazu bekommen werde.«

»Man kann nie wissen. Manche Dinge sind vom Schicksal vorherbestimmt und treten ganz überraschend ein.«

Sie seufzte ergeben. »Gut, Dylan, ich verspreche es.« Dylan wusste, dass sie dieses Versprechen nur gab, um ihn von dem leidigen Thema abzulenken, aber er wusste auch, sie würde sich daran erinnern, wenn sie das Studio und die Wohnung erbte.

»Nur eines noch.« Er merkte selbst, dass seine Worte nach einem endgültigen Abschied klangen, aber er musste unbedingt noch loswerden, was er zu sagen hatte. »Weißt du noch, nach wem ich benannt worden bin?«

»Bob Dylan?«

Er kicherte. »Nein, Black Dylan Matheson, der schottische Straßenräuber, von dem Opa Matheson immer erzählt hat. Was weißt du über ihn? Wo kommt diese Geschichte her?«

Mom dachte einen Moment nach, dann erwiderte sie: »Ich glaube … ich glaube, sie stammt aus dem Zweiten Weltkrieg; dein Großvater war damals in England stationiert. Er erzählte, er habe dort einen RAF-Offizier getroffen, der denselben Namen trug wie er: James Matheson. Als sie sich näher kennen gelernt hatten, unterhielten sie sich oft über die Geschichte des Clans, und der andere James erzählte deinem Großvater von dem Straßenräuber im Familienstammbaum.«

Dylans Pulsschlag beschleunigte sich. »War dieser Offizier ein direkter Nachkomme von ihm?«

Sie zuckte mit den Achseln. »Tut mir Leid, das weiß ich nicht.«

Er senkte den Kopf, um seine Enttäuschung zu verbergen. »Hast du denn jemals versucht, mehr über Black Dylan herauszufinden?«

»Nein, warum denn?« Ihre Stimme verriet Verblüffung.

»Vielleicht tust du's ja noch. Und such unter dem gälischen Namen. *Dilean Dubh.* Ich bin mir nicht sicher, aber ich glaube, du wirst einige Einzelheiten aus seinem Leben sehr interessant finden.«

»Gut, das werde ich tun.«

Als er sich von seiner Mutter verabschiedete, wusste er, dass es ein Abschied für immer war. Er umarmte sie, küsste sie auf die Wange und umarmte sie noch einmal. Erst dann brachte er es fertig, zur Tür hinauszugehen, ohne sich noch einmal umzudrehen.

Während des Fluges nach England versuchte er zu schlafen, war aber innerlich so aufgewühlt, dass er kein Auge zutun konnte; erst im Zug von London nach Glasgow nickte er für eine Weile ein. Als er in Glasgow ausstieg, begann sein Herz zu rasen, und er musste mehrmals tief Luft holen.

In etwas mehr als einem Tag hatte er über fünftausend

Meilen zurückgelegt, und er wusste, dass es mit dieser bequemen Art zu reisen für ihn bald vorbei sein würde. Dann würde er auch nicht mehr schnell mit dem anderen Ende der Welt telefonieren oder im Kaufhaus einkaufen können und musste auf frisches Obst und moderne sanitäre Einrichtungen verzichten. Aber im Vergleich zu dem, was ihn erwartete, waren all diese Dinge unwichtig.

In Glasgow mietete er sich ein Auto und setzte seine Reise Richtung Norden fort. Die Landschaft, die an ihm vorbeiflog, war ihm vertraut und auch wieder nicht. Die Berge hatten sich nicht verändert, die Täler und Moore dafür umso mehr. Einige Wälder waren verschwunden, andere an anderen Stellen entstanden. Die Straße, über die er fuhr, hatte zu seiner Zeit noch nicht einmal als Weg existiert. Sie führte durch eine Gegend, die er oft zu Fuß durchstreift hatte, ins Hochland empor.

Als er sich Fort William näherte, beschlich ihn ein unbehagliches Gefühl. Er musste anhalten, um seine verkrampften Schulter- und Nackenmuskeln zu lockern. Seit seiner Flucht war er nicht mehr in diesem Teil Schottlands gewesen, und er konnte nicht verhindern, dass ihm ein kalter Schauer über den Rücken lief. Obwohl sich die Stadt so sehr verändert hatte, dass er sie nicht mehr wiedererkannte, so erkannte er doch die umliegenden Berge und wusste, dass die Straße ihn direkt zum Fort brachte.

Dann sah er die niedrigen, grasbedeckten Mauern zu seiner Linken und begriff, dass die Festung inzwischen abgerissen worden war und die Straße quer über die Stelle verlief, wo sie einst gestanden hatte. Fort William existierte nicht mehr. Das düstere Gemäuer, in dem er vor hunderten von Jahren beinahe sein Leben gelassen hätte, gehörte endgültig der Geschichte an. Nur noch zerfallene Überreste waren geblieben.

Die Erkenntnis versetzte ihm einen regelrechten Schock. Er fuhr an der Ruine vorbei, hielt vor einem Schnellrestaurant an und legte den Kopf auf das Lenkrad, um wieder zur Ruhe zu kommen. Zwar zitterte er am ganzen Leib, war aber dennoch erleichtert, dass das scheußliche Gebäude dem Erdboden gleichgemacht worden war. Als er über seine Schulter blickte, sah er, dass jetzt an dieser Stelle eine Lebensmittelhandlung und ein Bahnhof entstanden waren. Gut so.

Schließlich wendete er und fuhr in Richtung Inverness zurück, dann hoch nach Glen Mór, von dort erst in nordwestlicher, später in nordöstlicher Richtung zum östlichen Rand von Glen Ciorram, wo er sich wieder gen Westen wandte. Er vermied es, direkt in die Stadt hineinzufahren, denn er wollte erst gar nicht sehen, was aus dem kleinen Dorf von früher geworden war. An mehreren Schildern war er vorbeigekommen, die Touristen den Weg zur Burg und zur hiesigen Whiskybrennerei wiesen. Er entdeckte auch eine Hinweistafel mit der Aufschrift »Königin-Anne-Garnison, 1707« und einen Pfeil, der auf die Straße wies, die sich zu seiner Linken entlangwand. Kopfschüttelnd stellte er bei sich fest, dass sich die hässliche Baracke ziemlich verändert haben musste, wenn sie jetzt als Touristenattraktion diente.

Vor der letzten Biegung vor dem Tal, ehe die Burg in Sicht kam, bog er bei dem kleinen schwarzweißen Schild mit dem Pfeil und der Aufschrift *›Broch Sidhe‹* ab. Er stellte den Wagen auf dem Parkplatz am Anfang des schmalen Tals ab, stieg aus, holte seinen Pass und seine Brieftasche aus der Tasche, nahm Geld und Kreditkarten heraus und ließ beides dann zu Boden fallen. Mit seinem *sgian dubh* schnitt er die alte Narbe an seinem Arm ein Stück auf und ließ das hervorquellende Blut auf Fahrersitz und Lenkrad tropfen. Er wollte nicht, dass seine Mutter für den Rest ihres Lebens nach ihm suchte; besser, sie hielt ihn für tot. Dann riss er einen Streifen von seinem T-Shirt ab und verband damit seinen Arm. Die Autotür ließ er offen stehen.

Mit seiner Reisetasche in der Hand folgte er dem mit Steinplatten ausgelegten Weg. Die Platten sahen alt aus, lagen vielleicht schon seit hundert Jahren hier, aber er kannte sie noch nicht. Der Turm jedoch wirkte unverändert, nur die Eiche war noch gewachsen; das Innere des Turms lag jetzt vollständig im Schatten. Der Rasen war gepflegt, sauber gemäht und von Unkraut befreit; die kleinen schwarzen Pilze bildeten ein hübsches Muster im grünen Gras. Dylan bohrte einen Finger in das Erdreich zu seinen Füßen und stellte fest, dass es so rot war wie eh und je. Sogar das heruntergebröckelte Mauerwerk sah noch so aus wie früher, obwohl ein Teil der Mauer jetzt von Stahlstreben gestützt wurde. Der Parkplatz war leer gewesen, und auch in der Nähe des Turms hielt sich niemand auf. Die Sonne würde bald untergehen; zu dieser Jahreszeit und so hoch im Norden sank sie sehr schnell.

»Sinann!« Rechnete er tatsächlich damit, eine Antwort zu bekommen? Sie musste noch am Leben sein, musste sich noch in dieser Gegend aufhalten. Über eine andere Möglichkeit wollte er noch nicht einmal nachdenken. »Sinann, bitte spiel nicht Katz und Maus mit mir. Ich brauche dich.«

Er wartete eine Weile, dann wiederholte er unsicher: »Sinann?« Als wiederum alles ruhig bist, war er nahe daran aufzugeben.

»Meinen Namen hast du also nicht vergessen.« Beim Klang ihrer Stimme machte sein Herz einen Satz. Er drehte sich um und sah sie auf den Stufen unter dem Eichengeäst hocken. Eine Welle der Erleichterung schlug über ihm zusammen.

»Sinann, ich möchte zurück nach Hause.«

»Du bist zu Hause. Zwei Jahre lang hast du mir ständig in den Ohren gelegen, ich solle dich nach Hause schicken, und nun bist du zu Hause und immer noch nicht zufrieden.« Sie wirkte verhärmt und erschöpft. Ihr Körper zeigte keine Spuren eines Alterungsprozesses, aber ihre Augen blickten trübe, und sie ließ mutlos die Schultern hängen. »Weißt du, du hattest nämlich Recht. Der Lauf der Geschichte kann nicht geändert werden. Auch wenn du zurückgehen würdest, könntest du nichts ausrichten. Die Engländer werden Schottland nach wie vor als ihren Besitz betrachten; die Clans werden weiterhin der Vergangenheit angehören und nur als Vorwand dienen, den Touristen aus den Kolonien karierte Tücher zu verkaufen. Sogar die

Sprache wird aussterben. Schottland ist und bleibt der Sklave der englischen Regierung.«

»Das stimmt nicht.«

Sie zog die Brauen hoch, mehr nicht. Ihre Reaktion erschreckte ihn. Die Lebhaftigkeit, mit der sie ihm sonst immer zugestimmt oder widersprochen hatte und die so charakteristisch für sie gewesen war, schien ihr völlig abhanden gekommen zu sein. »Ach nein?«

»Nein. Frag einen Amerikaner schottisch-englischer Abstammung, als was er sich betrachtet, und er wird sagen, er sei Schotte oder Engländer. Die wenigsten behaupten, sie seien Briten. Frag, warum das Land Schottland heißt und nicht Nordbritannien wie zu Zeiten der Highland Clearances, als den Engländern die Schafe wichtiger waren als die Menschen. Frag, warum die alte Sprache nicht in Vergessenheit geraten ist, obwohl die *Sassunaich* ihr Bestes getan haben, um das zu erreichen, und warum sie jetzt zum ersten Mal seit Jahrhunderten wieder an den Schulen gelehrt wird. Moderne Literatur wird in gälischer Sprache veröffentlicht; Kinderbücher und Gedichtbände, nicht nur die Bibel. Frag dich einmal, Sinann, warum Schottland nach fast drei Jahrhunderten wieder ein eigenes Parlament hat. Ich will es dir sagen: Weil wir, die wir nie Teil dieses Systems waren, es so lange bekämpft haben, wie es eben ging, und weil unsere Nachfahren noch immer auf ihrem Recht auf eine eigene Identität beharren. Die Widerstandsbewegung hat schon deshalb Erfolg gehabt, weil durch sie die Schotten davor bewahrt wurden, vollständig unterdrückt, wenn nicht gar ausgerottet zu werden. Insofern ist es uns in gewisser Hinsicht doch gelungen, unser Volk zu retten.«

»Warum willst du dann zurückgehen?«

Dumme Frage. »Wegen Cait.«

»Du willst sie ihrem rechtmäßigen Ehemann wegnehmen?«

»Ich will sie aus den Klauen eines Mannes befreien, der sie hasst. Und meinen Sohn ebenfalls. Ich will meinem Sohn ein guter Vater sein. Ist das denn so schwer zu begreifen?«

Sinann hob den Kopf und beugte sich vor. »Möchtest du gerne wissen, was mit Ramsay passiert ist?«

»Nein. Ich möchte es selbst miterleben.« Sein Magen verkrampfte sich, und er presste eine Hand auf die schmerzende Wunde an seiner Seite. Das Atmen fiel ihm plötzlich schwer. »Ich möchte sein Ende höchstpersönlich herbeiführen. Und ich möchte meinen Sohn selber großziehen, ihn beschützen ...« Seine Kehle wurde trocken, als er daran dachte, welchen Schikanen und welcher Willkür Ciaran in seinem Leben noch ausgesetzt sein würde. »Ich muss dafür sorgen, dass er überhaupt am Leben bleibt. Jeder Schotte, der gegen die Engländer und ihre Schreckensherrschaft kämpft, sorgt dafür, dass seinen Kindern Unterdrückung und ... Ausrottung erspart bleibt.«

Was Sinann anfangs gesagt hatte, fiel ihm wieder ein. Sie hatte endlich doch zugegeben, dass man den Lauf der Geschichte nicht ändern konnte. Wenn dem aber so war, dann musste sie bereits wissen, ob er in die Vergangenheit zurückgekehrt war oder nicht, denn dann hatte sie ihn dort gesehen. Er blickte zu den Steinbrocken hinüber, die noch genauso dalagen wie damals. Der große, unter dem er seine Guineen versteckt hatte, schien seit Hunderten von Jahren nicht mehr von der Stelle bewegt worden zu sein. Er trat hinter den Stein und grub die Finger unter seinen Rand.

»Was tust du da?«

»Ich muss etwas wieder finden.« Er zerrte an dem Stein, um ihn aus dem lehmigen Boden zu lösen, holte dann tief Atem und hob ihn an. Ein scharfer Schmerz schoss durch seine Seite, doch es gelang ihm, den Stein ein Stück weit wegzurollen.

»Was liegt denn so Wichtiges darunter?«

»Etwas, wovon du nichts wissen kannst.« Er grub mit den Fingern im Matsch herum, konnte die Münzen aber nicht finden. Doch was er stattdessen entdeckte, verschlug ihm den Atem. Ein Stück Zellophan klebte an seinen Fingern. Er zupfte es ab und säuberte es mit etwas Gras, bis der Aufdruck sichtbar wurde. Es handelte sich um das

Bonbonpapier eines Zimttoffees. Dylan erhob sich und wandte sich an Sinann. »Du wirst mich zurückschicken.«

»Wie kommst du denn darauf?«

Um den Eindruck eines Gewaltverbrechens noch zu verstärken, warf er seine modernen Banknoten und die Kreditkarten in den Schlamm unter dem Stein, dann schob er diesen an seinen alten Platz zurück. Hier würde die Sachen niemand finden.

Danach setzte er sich auf den Brocken und wischte seine schmutzigen Finger an seinen Jeans ab, ehe er antwortete: »Du hast gesagt, du könntest die Geschichte nicht verändern. Aber du hast hier auf mich gewartet, also hast du genau gewusst, dass ich heute komme. Nur hättest du das gar nicht wissen können, hättest du mich nicht zurückgeschickt. Du hattest keine Ahnung, dass ich am Tag meiner Verhaftung ein paar Goldstücke unter diesem Stein versteckt habe. Niemand wusste davon, noch nicht einmal Cait.« Er hielt den Zellophanfetzen hoch. »Das hier ist das Papier eines Zimttoffees, für die ich schon immer eine Schwäche hatte, und es liegt schon sehr lange hier. Ich wette, dass ich es nach meiner Rückkehr in die Vergangenheit hier liegen gelassen habe.«

»Das kannst du nicht wissen.«

»Aber du weißt es. Du weißt, dass es mir nie bestimmt war, das einundzwanzigste Jahrhundert zu erleben. Du weißt, dass es keine Zufälle gibt, denn du hast nicht umsonst dieses Schwert verzaubert. Und du weißt auch ganz genau, dass du mich letztendlich doch zurückschicken wirst, du willst mich nur vorher noch ein bisschen quälen.«

Ein leises Lächeln spielte um ihre Lippen. »Ich bin ausgebrannt, vollkommen erledigt, wie ihr modernen Menschen sagen würdet.« Ihr Lächeln verblasste. »Aber eines weißt auch du nicht, junger Freund: Ich war an jenem Tag dabei, als du gestorben bist. Es war einer der schwärzesten Tage meines Lebens, und mein einziger Trost bestand in dem Wissen, dass ich dich noch ein einziges Mal sehen würde – an dem Tag, an dem du mich bitten würdest, dich zurückzuschicken. Und wenn ich das getan habe, werde ich dich nie wieder sehen.« Sie hielt inne und blickte zum Himmel empor, der sich langsam violett verfärbte. Ein Ausdruck tiefen Kummers trat in ihre Augen. »Ich habe lange gelebt und sehe einem einsamen Ende entgegen. Es gibt nicht mehr viele Feen auf der Erde, und die Sterblichen wollen von den *Sidhe* nichts mehr wissen. Ich werde dich furchtbar vermissen.«

Ein dicker Kloß bildete sich in Dylans Kehle. »Ich konnte doch nicht ahnen …«

»Natürlich nicht. Ihr Sterblichen denkt immer, die *Sidhe* hätten keine Gefühle.« Tränen rannen ihr über die Wangen, ihre Stimme begann zu zittern. »Nun geh. Lass mich allein.« Sie hob eine Hand.

»Warte! »

Sinann seufzte. »Was ist denn jetzt schon wieder?«

Dylan schleuderte hastig seine Schuhe von sich und wühlte in seiner Reisetasche herum. Dann entledigte er sich seiner Jeans, des T-Shirts und der Jockeyshorts, schnallte seinen *sgian dubh* um, streifte sein Hemd über und schlang sich das Wehrgehänge mit der leeren Schwertscheide über die Brust. Schließlich legte er seine Gamaschen an, schob Brigid an ihren alten Platz und schlüpfte wieder in seine neuen Wildlederstiefel mit Gummisohle. Dann stand er auf und sah Sinann an. »Fertig. Nein, warte.« Wieder kramte er in der Tasche herum, förderte die Tüte mit den Zimttoffees und die Aspirinflasche zu Tage und schob sich beides in seine linke Gamasche. »So, jetzt kann's losgehen.«

Sinann flatterte zu ihm hinab und sah ihm einen Moment lang in die Augen. »Du bist mein *Cuchulain*, Dylan Robert Matheson, mein Held. Ich kann dir gar nicht sagen, wie sehr du mir ans Herz gewachsen bist.« Sie legte eine Hand gegen seine Wange. »Leb wohl, mein Held.« Wieder hob sie die Hand. Ein trauriges Lächeln trat auf ihr Gesicht. »Und grüß mich, wenn du in der Vergangenheit bist, ja?«

»Das werde ich tun.«

»Ich weiß.« Sie winkte mit der Hand, und die Welt wurde dunkel. Dylan hörte noch, wie sie in Tränen ausbrach, dann war sie verschwunden.

Als das Licht zurückkehrte, befand er sich wieder auf dem Schlachtfeld von Sheriffmuir; an derselben Stelle, wo er gestanden hatte, als er verwundet worden war. Um ihn herum tobte die Schlacht, und er hob hastig sein Schwert vom Boden auf, um sich eines englischen Dragoners zu erwehren, der auf ihn zustürmte. Eine rasche Parade, ein gerader Stoß, und der Rotrock brach sterbend zusammen. Sinann starrte sprachlos auf ihn herab. Sie wirkte, als hätte sie gerade einen Geist gesehen.

»Du lebst! Habe ich das bewirkt?, fragte sie verwundert.

»Ja und nein.« Voll überströmender Freude, sie zu sehen, schob Dylan sein Schwert in die Scheide, nahm ihr Gesicht in beide Hände und küsste sie auf die Stirn, ehe er ihr über den Schlachtlärm hinweg zurief: »Übrigens soll ich dich von dir grüßen!« Dann fasste er sie um die Taille und hob sie hoch. »Flieg!« Er warf sie in die Luft und sah zu, wie sie wild mit den Flügeln schlug. »Hier unten ist es für dich nicht sicher.«

Dann zog er wieder sein Schwert, sah sich um und stellte fest, dass seit seiner Verwundung keine Zeit verstrichen war. Pferde wieherten, verwundete Männer wälzten sich schreiend im niedergetrampelten Heidekraut. Überall klebte Blut. Dylan drohte mit seinen neuen Schuhen ständig auf dem glitschigen Untergrund auszugleiten. Einen entsetzlichen Moment lang wurde ihm klar, dass das Blut, das an dem Stein zu seinen Füßen klebte, sein eigenes war, doch er schüttelte diesen Gedanken rasch ab und wandte sich dem nächsten Dragoner zu, der ihn mit gezücktem Säbel angriff.

Die Jakobiten waren noch immer im Rückzug begriffen; die Männer waren hoffnungslos inmitten der niedrigen Hügel verstreut. Dylan wich bis zum Fluss zurück, verteidigte sich gegen näher rückende Gegner, erreichte aber ansonsten nichts. Als er einen Moment zu Atem kam, sah er, dass die Reihen der Jakobiten vollständig auseinandergesprengt worden waren; Mars Truppen waren endgültig besiegt.

Dylan, der noch an den Folgen der Operation litt, presste sich keuchend eine Hand gegen die schmerzende Seite. Er musste Mar finden, hatte aber keine Ahnung, wo sich der Truppenkommandant aufhielt. Doch plötzlich tauchte er oben am Mooresrand auf; die Männer im Gefolge, die von den Einheiten getrennt worden waren, die jetzt am Ufer des Flusses kämpften. Die Hannoveraner, die sahen, dass die Jakobiten nachrückten, wandten sich gegen die Truppen auf dem Hügel. Die jakobitischen Soldaten unten warteten voll atemloser Spannung ab; sie rechneten damit, dass Mar zum Angriff blasen werde, sodass die Reste ihrer Truppe von hinten vorrücken und den Gegner in die Zange nehmen konnten. Doch dieser Befehl blieb aus, und somit hatten die Hannoveraner genug Zeit, sich neu zu formieren und den Jakobiten geschlossen entgegenzutreten.

Jetzt erkannte Dylan, dass dies Mars fataler Fehler gewesen war. Hätte er Argyll just in diesem Moment angegriffen, hätte er eine Chance gehabt, einen Sieg zu erringen, der dem Aufstand vielleicht sogar zum Erfolg verholfen hätte. Wenn Dylan dies auffiel, mussten auch viele der heute hier Kämpfenden zu demselben Schluss gekommen sein. Aber für Dylan gab es keine Möglichkeit, diesen Angriff irgendwie in die Wege zu leiten, selbst wenn Mar auf ihn gehört hätte. Argylls Truppen standen zwischen ihm und den Männern, die er von der Richtigkeit seines Vorhabens hätte überzeugen müssen, wenn er den Ausgang der Schlacht hätte ändern wollen. Er stand da und starrte den perückenbewehrten Aristokraten Mar an, als könne er ihn kraft seiner Gedanken dazu bringen, seinen Irrtum einzusehen, wusste aber, dass es keinen Sinn hatte. Er konnte hier gar nichts ausrichten, denn auch seine Anwesenheit auf dem Schlachtfeld war vorherbestimmt. Er war schon immer ein Teil dieser Geschichte gewesen.

Die geschlagene jakobitische Truppe sammelte sich unten am Fluss, während Mars noch ziemlich ausgeruhte Männer versuchten, den Hügel zu halten. Dylan verfolgte das Gefecht, wobei er Mar im Stillen verwünschte. Als die Dunkelheit hereinbrach, gab Mar den Hügel auf, rückte vom Moor ab und überließ Argyll das Feld. Um die erschöpften Männer unten am Fluss kümmerte er sich nicht weiter, sie mochten sehen, wie sie sich in Sicherheit brachten.

Der Kampf war vorüber, der Aufstand so gut wie niedergeschlagen. Auf dem Schlachtfeld plünderten Argylls Leute die toten und verwundeten Jakobiten aus. Dylan spie angewidert aus. Er wusste, dass es an der Zeit war, von hier zu verschwinden und sich nach Edinburgh zu begeben. Viele der Männer um ihn herum schienen ähnlich zu denken; sie begannen, den Fluss zu überqueren und sich Richtung Norden davonzumachen. Dylan entdeckte ganz in seiner Nähe ein friedlich grasendes englisches Kavalleriepferd. Er rannte darauf zu, schwang sich in den Sattel, packte die Zügel und jagte auf die Hügel zu, wo Argylls Männer die Kilts und *sporrans* der Highlander durchsuchten.

Aus den Reihen der MacGregors hinter ihm ertönte plötzlich eine vertraute Stimme: *»A Dhilein Dubh nan Chlaidheimh!«*

Dylan zügelte sein Pferd und wendete es. Black Dylan! Er war nicht sonderlich überrascht, hatte er doch immer gewusst, dass man ihn eines Tages nach seinen dunklen Farben benennen würde. Jetzt erkannte er auch die Stimme. »Seamus!« Er spähte in die Dämmerung, konnte die Gestalt, die über eine niedrige Anhöhe auf ihn zukam, aber nur undeutlich erkennen.

»Wo willst du denn hin?« Seamus Glas tauchte als langer, dunkler Schatten vor ihm auf. Die MacGregor-Verstärkung war eingetroffen, allerdings viel zu spät.

*»A Chaitrionagh!«*, rief Dylan laut, riss sein Pferd herum und galoppierte auf das Moor zu, das ihn von dem von den Hannoveranern besetzten Edinburgh trennte. Sinann schwirrte hinter ihm her.

Hinter der nächsten Anhöhe fand er eine Anzahl *Sassunaich* vor, die die von den Jakobiten zurückgelassenen Kilts und *sporrans* gierig von Hand zu Hand gehen ließen. Dylan grinste. Abgesehen von zerschlissenen Wolltüchern und Säckchen mit Hafermehl würden sie wenig Brauchbares erbeuten. Trotzdem stieg beim Anblick der englischen Plünderer siedend heiße Wut in ihm auf. Er verlangsamte sein Tempo. Ein Rotrock löste gerade einen schwarzen *sporran* von einem rötlich braun und schwarz gemusterten Kilt. Dylan trieb sein Pferd an, beugte sich über den Hals des Tieres und jagte an einem überraschten Dragoner nach dem anderen vorbei, bis er den Mann erreicht hatte, der seinen Kilt in den Händen hielt. In vollem Galopp entriss er dem verdutzten *Sassunach* seine Beute und floh weiter auf das Moor zu.

Er hatte den Rand schon fast erreicht, als hinter ihm Geschrei aufbrandete. Schüsse dröhnten, und ein paar Kugeln pfiffen wie bösartige Hummeln dicht an seinem Kopf vorbei. Dylan gab seinem Pferd die Sporen, hielt seinen Kilt hoch, sodass das lange Plaid wie eine Hochlandfahne hinter ihm herwehte, und brach in triumphierendes Gelächter aus. Auf einem Hügel direkt unterhalb des Moores hielt er an, drehte sich zu den Rotröcken um, schwenkte den Kilt über seinen Kopf und brüllte aus vollem Halse: *»Alba gu brath!«* Schottland auf ewig! Dann warf er den Kopf zurück und stieß einen markerschütternden Rebellenschrei aus. Als die *Sassunaich* erneut ihre Musketen auf ihn richteten, trieb Black Dylan sein Pferd wieder an und galoppierte Richtung Edinburgh davon, zurück zu Cait.

## *Nachwort*

Die in diesem Roman beschriebenen Ereignisse haben sich tatsächlich so zugetragen; bis auf die Kleinigkeiten natürlich, die meiner Fantasie entsprungen sind. Doch obwohl viele dieser Begebenheiten zu der Zeit und in dem Land, in dem der Roman spielt, an der Tagesordnung waren, habe ich für die erfundenen Charaktere keine Persönlichkeiten der Geschichte zum Vorbild genommen. Glen Ciorram existiert nicht und hat auch nie existiert. (›ciorram‹ bedeutet auf Gälisch-Schottisch so viel wie ›Verderben‹). Ebenso wenig ist einer der Mathesons oder Bedfords in diesem Roman einem historischen Mitglied des Clans Matheson oder der Familie Bedford nachempfunden.

Bei der Beschreibung der tatsächlich aus der Geschichte her bekannten Charaktere habe ich mich weitgehend nach dem gerichtet, was über sie nachzulesen ist. Es sind dies: Rob Roy MacGregor und seine Söhne; Iain Glas Campbell of Breadalbane; Alasdair Roy; Alasdair MacGregor of Balhaldie; James Graham, 4. Marquis of Montrose; John Erskine, 6. Earl of Mar; John Campbell, 2. Herzog von Argyll; Alexander Gordon of Auchintoul; John Dalrymple, Schottischer Staatssekretär; Königin Anne von England; König George I. von England; König James VIII. von Schottland; Cuchulain of Muirthemne; Sinann Eire, Enkelin des Meeresgottes Lir.

ZUR SCHREIBWEISE: Im 18. Jahrhundert hätte die Frage der Rechtschreibung ein ganzes Gelehrtenteam in Atem gehalten. Erst im darauf folgenden Jahrhundert wurde eine einheitliche englische Schreibweise eingeführt, für das Gälische erst Ende des zwanzigsten Jahrhunderts. Die Schreibweise der gälischen Worte in diesem Buch habe ich

MacLennan's Dictionary entnommen, das sich an die archaische Orthographie anlehnt und demzufolge besser in die Zeit passt, in der der Roman spielt. Alle anderen nicht dem Standardenglisch angehörenden Worte stammen aus dem Scots, dem Dialekt, den englischsprachige Schotten sprechen, und unterliegen zwecks besseren Verständnisses den Regeln der amerikanischen Rechtschreibung.

*Julianne Lee*

## *Kleine schottisch-gälische Wortkunde*

| | |
|---|---|
| bannock | runder Hafer- oder Gerstenmehlkuchen |
| broch | steinerner Rundturm aus der Zeit um Christi Geburt |
| céilidh | eigentlich: ›Besuch‹; gemeint ist ein oft mit Tanz verbundenes geselliges Zusammensein |
| feileadh mór | ›Großer Kilt‹, Plaid und Rock bestehen hier aus einer einzigen Stoffbahn |
| sassunach | abfällige Bezeichnung der Schotten für die Engländer |
| sgian dubh | wörtl. ›schwarzes Messer‹, Zierdolch, der im Strumpf getragen wird |
| spréidhe | Viehherde |
| sporran | beschlagene Felltasche, die vor dem Kilt getragen wird |
| tigh | Burg, eigentlich: Haus |

# *Danksagungen*

Für ihre Unterstützung und Ermutigung möchte ich mich bedanken bei:

Jersey Conspirators Keith DeCandido, Marina Frants, Laura Anne Gilman, Sue Stiefel, Donna Dietrich, Ashley McConnell, Doris Egan, Cleindori, Karen Jones und Margie Maggiulli; dem Schwertkampfmeister F. Braun McAsh; meinen Beratern in Kampftechnikfragen Rev. HyeonSik Hong, Sam Alden, Cecily M. McMahan und Aaron Anderson; Ernie O'Dell and The Green River Writers of Louisville, Kentucky; meinem Lehrer der gälischen Sprache John Ross; den immer hilfsbereiten Damen der Public Library in Ft. William, Schottland; den einheimischen Fremdenführern Gail Montrose und Duncan MacFarlane aus Glenfinnan, Schottland; der High Hallack Research Library in Murfreesboro, Tennessee; Teri McLaren; Susan Bowmer; Trisha Mundy; Diana Diaz; Sue Wolven; Jenni Bohn; Candy Gaskin; Dale Lee und besonders meiner Redakteurin Ginjer Buchanan.

# Robert Newcomb

Die große Fantasy-Entdeckung aus Amerika!

»Robert Newcomb ist die neue, herausragende Stimme in der epischen Fantasy – Vorsicht: Suchtgefahr!« *Publishers Weekly*

*Die fünfte Zauberin*
ISBN 3-453-87358-0

*Tore der Dämmerung*
ISBN 3-453-87836-1

3-453-87358-0

3-453-87836-1

HEYNE